BASTEI
LÜBBE
TASCHENBUCH

Über den Autor:

Jean-Marc Souvira arbeitet seit 25 Jahren bei der Pariser Kriminalpolizei. Momentan leitet er die Abteilung zur Prävention von Menschenhandel. Er hat an Drehbüchern mitgewirkt, die von Starregisseuren wie Luc Besson verfilmt wurden. Er lebt in Paris, ist verheiratet und hat zwei Kinder. *DER ZAUBERER* ist sein erster Roman.

Jean-Marc Souvira

DER ZAUBERER

Aus dem Französischen von
Ulrike Werner

BASTEI LÜBBE
TASCHENBUCH

BASTEI LÜBBE TASCHENBUCH
Band 16 526

1. Auflage: Januar 2011

Vollständige Taschenbuchausgabe

Bastei Lübbe Taschenbuch in der Bastei Lübbe GmbH & Co. KG

Deutsche Erstausgabe

Titel der französischen Originalausgabe: »Le Magicien«
Originalverlag: Éditions Fleuve Noir, département d'Univers poche

Textredaktion: Boris Heczko
Titelillustration: © Masterfile/Chad Johnston/
© plainpicture/Erickson/© shutterstock/Marilyn Volan
Umschlaggestaltung: Manuela Städele
Satz: Urban SatzKonzept, Düsseldorf
Gesetzt aus der Garamond
Druck und Verarbeitung: Norhaven
Printed in Denmark
ISBN 978-3-404-16526-1

ERSTER TEIL

1

Justizvollzugsanstalt von Moulins-Yzeure

November 2001

Ein grauer, regnerischer Tag ist angebrochen. Die Menschen hier wissen, dass das Wetter mindestens noch eine Woche so bleiben wird. Doch die Häftlinge der JVA Moulins scheren sich nicht um die Novemberwitterung. Sie sitzen hinter Gittern – ganz gleich, ob es draußen friert oder ob die Sonne scheint. Der Wetterbericht lässt sie kalt. Sie wollen nur eines: so schnell wie möglich wieder von hier verschwinden. Tot oder lebendig. Vorzugsweise lebendig.

Vor dem Gefängnistor wartet eine Gruppe Frauen. Es ist Besuchstag. Ergeben und geduldig stehen sie in der Kälte – Junge und Alte, Mütter, Ehefrauen, Verlobte und Schwestern. Sie haben Päckchen bei sich, die man am Eingang durchsuchen wird. Alle haben sie schon den magischen Satz vernommen: »Nie wieder werde ich so etwas tun! Ich schwöre es.« Zur halbstündigen wöchentlichen Visite sind sie immer da, sofern der Kerl, den sie besuchen wollen, nicht gerade eine Strafverschärfung abbüßt. Dann kommen sie mit ihren Päckchen in der folgenden Woche wieder.

Im Inneren des Gefängnisses herrscht bereits Betriebsamkeit. In einem breiten, mit hellen, abwaschbaren Farben gestrichenen Flur schieben zwei Häftlinge einen Wäschewagen vor sich her. Die beiden erwarten keinen Besuch. Stumm und teilnahmslos gehen sie den Flur entlang. Vor allem der kleinere Mann wirkt so abwesend, als wäre er auf dem Mond. Doch er tut nur so: In Wahrheit ist er hellwach. Seinen Augen entgeht nicht das kleinste Detail. Er hat gesehen, dass fünfzehn Meter vor ihnen unter Aufsicht eines Wärters zwei Handwerker arbeiten. Der Mann schiebt den Wäschewagen auf der rechten Seite; die Handwerker befinden sich rechts von ihm. Kurz bevor er sie erreicht, erspäht er auf dem Deckel der Werkzeugkiste einen einfachen Schraubendreher. Den will er haben. Er weiß auch schon, wie er ihn verändern wird.

Als der Wagen an den Handwerkern vorüberkommt, fällt wie von ungefähr ein Wäschestück herab. Ohne auch nur hinzuschauen, bückt sich der Mann und hebt Wäsche und Schraubendreher auf. Niemand hat etwas Verdächtiges bemerkt: Alle haben nur gesehen, dass er das Wäschestück aufgehoben hat. Das Werkzeug verschwindet unter der Schmutzwäsche. In der Wäscherei wandert der Schraubendreher in den Ärmel des kleinen Mannes.

Damit hat er den letzten Akt seines Gefängnisaufenthalts eingeleitet. Er verlässt die Wäscherei und geht mit den anderen in die Küche.

Der kleine Mann gehört zur Küchenbelegschaft. Er ist allerdings kein Koch, sondern kümmert sich um Dinge wie Spülen, Abräumen und das Servieren der drei täglichen Mahlzeiten. Die Messer zum Zerteilen der Fleischportionen befinden sich im Büro in einem verschlossenen Schrank. Sie sind nummeriert und werden dem Küchenpersonal unter Aufsicht eines Wärters ausgehändigt. Sobald das Fleisch geschnitten ist, sammelt der Wärter die Messer ein und schließt sie wieder fort. Rasch hat der kleine Mann sich von der Idee verabschiedet, eines dieser Messer zu verwenden, von denen alle Gefangenen träumen. Jetzt hat er seinen Schraubendreher.

Im Gegensatz zu amerikanischen Gefängnissen gibt es in französischen Haftanstalten keine Speisesäle und damit bei den Mahlzeiten weder Krach noch Aufruhr. Die Überbelegung und das enge Zusammenleben sorgen schon für genügend Spannungen. Die Häftlinge nehmen ihre Mahlzeiten in ihren Zellen ein. Am Herd stehen höchstens zehn Gefangene, einige andere haben die Aufgabe, die gefüllten Teller auf Servierwagen zu den Zellen zu transportieren. Ein unabänderliches Ritual, wobei die Männer stets lauthals meutern, dass sie es leid sind, Scheiße zu fressen. Auch das gehört hier zum Alltag.

Das Gefängnis ist ein in sich abgeschlossener Ort, an dem sich Tag für Tag eine unvorstellbare Gewalt entlädt. Einschüchterungsversuche, Prügeleien, Diebstähle, Vergewaltigungen, Morde mit Drogenhintergrund. Auch Sex and Drugs, aber ohne Rock 'n ' Roll. Der Besitz eines Messers oder eines vergleichbaren Gegenstandes kann für den Eigentümer Strafverschärfung bedeuten, ist aber möglicherweise auch eine Lebensversicherung. Und die Wahl zwischen Strafverschärfung und Lebensversicherung fällt keinem der Häftlinge schwer.

Hofgang. Der kleine Mann lehnt im Freien an einer Mauer und gibt sich gleichmütig. Die anderen Gefangenen lassen ihn links liegen, als existiere er gar nicht. Sie spielen Fußball, rennen, johlen, schmieden Pläne und tauschen Chipkarten für Handys.

Der kleine Mann, verloren in seiner eigenen chaotischen, gewalttätigen Welt, lässt sich nichts von seiner inneren Unruhe anmerken. Er will um jeden Preis unsichtbar bleiben, stumm und grau wie die Mauern, die ihn umgeben. Und das gelingt ihm auch.

Das Abendbrot ist verteilt, die Küche gesäubert. Es geht zurück in die Zellen. Endlich ist der kleine Mann allein auf neun Quadratmetern, die ihm Ruhe bieten. Die Gefängnisse sind derart überbelegt, dass sich normalerweise sechs Häftlinge den gleichen Raum teilen. Der kleine Mann gehört zu den Wenigen in dieser Vollzugsanstalt, die eine Zelle für sich allein haben. Er kennt den Grund dafür, und es ist die Erinnerung, die ihn nun antreibt. Bald wird die Sache erledigt sein.

Ausgestreckt auf seinem Bett wartet er, dass die Wärter ihre Runde machen, durch das Guckloch in die Zellen spähen und das Licht löschen. In den anderen Zellen stehen Fernseher, in seiner nicht. Das ist keine Strafmaßnahme – er wollte nie einen. Manche Häftlinge lassen ihre Geräte die ganze Nacht hindurch laufen und zeigen eine Vorliebe für Sender, auf denen vor allem entblößte Frauen zu sehen sind. Der Anblick geilt die Männer auf, und andere müssen deshalb für den Rest der Nacht Höllenqualen erdulden.

In seiner Zelle kann der kleine Mann endlich den Schraubendreher aus dem Ärmel ziehen, ihn betrachten und berühren. Genau so etwas brauchte er. Das Werkzeug mit dem rot lackierten Holzgriff hat eine Länge von etwa dreißig Zentimetern. Zu dick und zu auffällig, findet der kleine Mann.

Er lässt sich vom Bett gleiten und beginnt den Griff auf dem Zementboden zu reiben. Der Zement wirkt wie eine Raspel. Der Mann bewegt seine Hände sehr langsam, um so wenig Lärm wie möglich zu machen. Die Geräuschkulisse der frühen Nachtstunden gestattet es ihm, den Griff zu bearbeiten, ohne dass ihn jemand hört. Er macht das nicht zum ersten Mal.

Als er sich ausmalt, was er damit tun wird, beginnt er zu schwitzen. Der Schweiß brennt ihm in den Augen. Mit dem Handrücken reibt er sich die Lider und hält inne, um nach draußen zu lauschen. Auf keinen Fall darf er sich jetzt erwischen lassen. Er säubert den Zellenboden, lässt den Schraubendreher im Metallfuß seines Bettes verschwinden und legt sich hin. Seine Nerven liegen blank, auch wenn es an seinem Äußeren nicht erkennbar ist – außer vielleicht an seinen geballten Fäusten. Erst im Morgengrauen schläft er ein. Gegenüber den Geräuschen des Gefängnisses, den Schreien und dem Schluchzen, ist er unempfindlich geworden. Er hört sie nicht einmal mehr.

In den folgenden Tagen hat er es immer sehr eilig, in seine Zelle zurückzukehren, um nachts an seinem Schraubendreher zu arbeiten.

Eine Woche später begutachtet er fachmännisch das Werkzeug, aus dem jetzt eine gefährliche Waffe geworden ist. Der Holzgriff ist nicht mehr rot, dafür aber so schlank, dass er ausgezeichnet in der Hand liegt. Der kleine Mann hantiert unglaublich geschickt mit der neuen Waffe, ohne eine Miene zu verziehen. Am beeindruckendsten aber ist, wie er das metallene Ende des Werkzeugs auf dem Zementboden zu einer scharfen Spitze geschliffen hat. Vorsichtig lässt er seine schlanken Finger über das mörderisch scharfe Metall gleiten. Jetzt muss er nur noch warten – stillhalten und warten.

Jeden Tag versteckt er den Schraubendreher in seinem Ärmel, oder er trägt ihn, gehalten von seinem Hosenbund, an der Hüfte. Ihm bleiben nur noch anderthalb Monate, um seinen Plan durchzuführen, und von diesen anderthalb Monaten braucht er nur wenige Sekunden. Er wird die erste Gelegenheit nutzen.

Dezember 2001

Küchendienst. Die Mahlzeit ist beendet, jetzt muss nur noch gespült und geputzt werden. Aus einem Transistorradio blökt ohrenbetäubende Popmusik, die dann und wann von Werbung unterbrochen wird. In regelmäßigen Abständen verringert der Aufseher die Lautstärke, die aber innerhalb der nächsten zehn Minuten wieder ihren ursprünglichen Stand erreicht.

»Leute, ihr geht mir mit eurem Radio ganz schön auf den Zeiger. Wenn ihr das Ding noch ein einziges Mal lauter dreht, fliegt die Kiste raus! Warum könnt ihr das Zeug nicht in vernünftiger Lautstärke hören?«

Die vier jungen Häftlinge protestieren scherzhaft.

»Verstehen Sie doch, Chef: Wenn wir rauskommen, müssen wir wissen, was Sache ist. Schließlich wollen wir nicht total beknackt dastehen. Genau genommen tun wir nur etwas für unsere Allgemeinbildung.«

»Meinetwegen könnt ihr gern was für eure Allgemeinbildung tun, Jungs. Aber tut es leise.«

Die anderen Gefangenen amüsieren sich. Der kleine Mann nimmt das Radio nicht einmal wahr. Er hat Spüldienst. Plötzlich entdeckt er seine Zielperson.

Der Mann ist ebenfalls Häftling, misst fast zwei Meter und besteht aus hundertzehn Kilo durchtrainierter Muskeln.

Auch er hat den kleinen Mann gesehen und lässt ihn nicht mehr aus den Augen. Der kleine Mann erscheint noch abwesender als sonst. Mit seiner Größe von eins siebzig und seinen sechzig Kilo Gewicht wirkt er nicht gerade eindrucksvoll. Trotzdem ist der Herkules auf der Hut. Es beruhigt ihn, dass der kleine Mann nur mit Mühe zehn Metalltabletts schleppt, während er selbst ohne Probleme zwanzig der schweren Platten auf einem Arm trägt.

Der kleine Mann hat die Verrichtungen der Menschen in der Küche genau beobachtet. Er weiß, dass er den Weg seines Opfers kreuzen und sich für zwei bis drei Sekunden allein in seiner Nähe aufhalten wird. Mühsam umklammert er seine zehn Tabletts mit beiden Händen. Ihm ist warm; sein Kopf schmerzt zum Zerspringen. Er hält die Augen gesenkt, denn ihm ist bewusst, dass in ihnen blanker Hass liegt. Jedermann könnte darin erkennen, was sich gleich abspielen wird. Doch der kleine Mann weiß, wie er sich zu verhalten hat.

Einige Gefangene putzen die Küche. Sie haben Wasser auf den Boden geschüttet und schieben es mit Schrubbern auf den Ausguss in der Mitte des Raums zu. Der Muskelprotz wartet einige Sekunden, ehe er die Pfütze passiert. In diesem Augenblick ist der kleine Mann auf seiner Höhe.

Er steht neben dem schwergewichtigen Kerl, der ihn und seine zehn Tabletts abschätzig mustert. Irgendetwas stimmt nicht, doch das begreift der Muskelmann den Bruchteil einer Sekunde zu spät. Der kleine Mann, erfüllt von brodelndem Hass, der seine Kräfte vervielfacht, hält die Tabletts nur mit der linken Hand. Aus seiner Rechten springt wie von Zauberhand eine scharfe Spitze, die er dem Kerl mit einer raschen Bewegung von unten nach oben ins Herz stößt. Der Kraftprotz kann nicht mehr reagieren, nicht einmal einen Aufschrei bringt er zustande. Er wankt noch zwei Schritte und bricht im scheppernden Lärm der zu Boden fallenden Tabletts zusammen. Als sein Gesicht auf den Kacheln aufschlägt, ist er bereits tot.

Die anderen glauben, dass er ausgerutscht ist, und machen sich über ihn lustig. Doch der Kraftprotz rührt sich nicht mehr, und langsam sickert Blut unter ihm hervor. Plötzlich wird es ganz still in der Küche. Unbehagen breitet sich aus. Der kleine Mann setzt seinen Weg fort, als wäre nichts geschehen.

Einer der Jungen hat das Radio abgeschaltet, was die Stille noch erdrückender wirken lässt. Alle haben jetzt begriffen, dass hier ein Mord geschehen ist und dass sich der Mörder mitten unter ihnen befindet. Der kleine Mann kehrt ihnen den Rücken zu. Er hat seine Tabletts ins Spülbecken gleiten lassen und dabei beide Hände tief ins Wasser gesteckt.

Das Herz schlägt ihm bis zum Hals. Er ringt nach Luft. Doch wenn sie ihn jetzt erwischen, macht es auch nichts mehr. Es ist vorbei. Er hat getan, was er tun musste. Langsam beruhigt er sich wieder. Niemand hat seine Nervosität bemerkt. Es ist ihm gelungen, grau, unsichtbar und stumm zu bleiben. Nur in seinem Kopf herrscht Heulen und Zähneknirschen. In der Küche ist der Teufel los. Niemand hat etwas gesehen – auch nicht der Aufseher, dem schnell klar wird, dass ihm eine Menge Ärger mit der Bürokratie ins Haus steht. Auch seine Weihnachtszulage kann er wohl in den Wind schreiben. Wärter kommen und untersuchen den Toten. Der Muskelmann hat eine Menge Blut verloren. Den acht Häftlingen in der Küche wird Strafverschärfung aufgebrummt. Um die Ermittlungen kümmert sich die Polizei von Moulins.

Alle Feststellungen, Anhörungen und Gegenüberstellungen ergeben lediglich, dass niemand etwas gesehen hat; und das ist wahr. Das Opfer hatte wegen Doppelmordes eingesessen und nicht viele Sympathien auf seiner Seite. Die Polizisten haben Wichtigeres zu tun, als ihre Zeit in der JVA zu vergeuden; sie sind überzeugt, dass sie ohnehin nicht mehr in Erfahrung bringen werden.

2. Januar 2002

Die beiden Vollzugsbeamten in der Gefängnisverwaltung bereiten sich auf die erste Freilassung des Jahres vor. Nachdem sie einander von ihren Silvesterfeiern vorgeschwärmt haben – »Mann, haben wir gelacht!« –, bereiten sie sich auf ihren Arbeitstag vor.

Der Ältere wirft einen Blick auf den Namen des Freizulassenden und pfeift durch die Zähne. »Scheiße! Der kommt raus?« Der Jüngere, der gerade sein erstes Ausbildungsjahr beendet hat, blickt fragend auf seinen Kollegen, der zwanzig Jahre Berufserfahrung auf dem Buckel hat – fünfzehn davon in der Haftanstalt von Moulins-Yzeure.

Der Ältere sonnt sich in seinem Wissen und zündet sich erst einmal eine Zigarette an, ehe er schließlich antwortet: »Solche Typen wie der Kerl, der da gleich rauskommt, werden dir in deinem Berufsleben nicht so häufig unterkommen. Er ist im Januar 1990 von einem Schwurgericht zu fünfzehn Jahren Freiheitsstrafe verurteilt worden, und zwar wegen Vergewaltigung einer alten Frau. Die Frau war um die achtzig und hätte die Sache beinahe nicht überlebt. Sie stand so unter Schock, dass sie nie mehr ein Wort geredet hat. Und der Kerl ist nicht einmal abgehauen; er hat die ganze Nacht neben der völlig verängstigten Frau gesessen, bis am Morgen die Haushaltshilfe kam und sofort zur nächsten Polizeiwache gerannt ist.«

»Er hat sich nicht davongemacht? Mann, ist der blöd!«

»Warte, die Geschichte geht noch weiter. Bis die Bullen kamen, hatte der Typ sich keinen Zentimeter von der Stelle bewegt. Und er hat keinen Ton von sich gegeben. Kein einziges Wort – weder gegenüber den Bullen noch zu seinem Anwalt oder dem Untersuchungsrichter. Er hat während des gesamten Prozesses geschwiegen. Das habe ich übrigens in der Zeitung gelesen; für die Klatschpresse war das natürlich ein gefundenes Fressen! Die alte Oma ist zwei Jahre später gestorben, ohne je wieder gesprochen zu haben. Als der Kerl dann herkam, waren alle neugierig. Er hat nach wie vor nicht geredet.«

»Und warum nicht?«, will der junge Vollzugsbeamte wissen.

»Ja, wenn wir das wüssten! Der Bursche hat jahrelang kein Wort gesprochen. Außerdem gab es ziemlich bald Ärger. Anfangs teilte er sich eine Zelle mit drei anderen. Nach ungefähr anderthalb Jahren fand man ihn halb tot auf. Wie sich dann herausstellte, hatten die drei anderen Kerle den Typ anderthalb Jahre lang vergewaltigt. So etwas passiert häufig mit Häftlingen, die wegen Vergewaltigung einsitzen. Unser Freund hat jedenfalls versucht, sich an seinen Betttüchern aufzuhängen, dabei aber irgendwie Mist gebaut. Unserem Doc kam die Sache nicht ganz koscher vor. Er hat ihn ein wenig genauer unter die Lupe genommen, und dabei kam dann alles raus. Aber der Typ hat die ganze Zeit nicht ein einziges Mal aufgemuckt.«

»Er hat sie nicht verraten? So ein Spinner! Er hatte doch nichts zu verlieren!«, wundert sich der Jüngere.

»Nein, er hat sich nie beschwert. Allerdings sind seine drei ehemaligen Zellengenossen jetzt tot. Der erste ist zwei Jahre später unter der Dusche verblutet. Irgendwer hat ihm die

Halsschlagader durchgeschnitten. Fünfzehn Häftlinge, unter anderem auch unser Freund, waren im Duschraum, aber niemand hat etwas gesehen. Wenn jemand ihn beobachtet hätte, ganz egal wobei, dann wäre er verpfiffen worden, das kannst du mir glauben! Aber zunächst war er nicht mehr und nicht weniger verdächtig als alle anderen. Der zweite Mann wurde in der Bibliothek mit einer Kordel erdrosselt – drei Jahre nach dem ersten Mord. Auch diesmal waren zwischen fünfzehn und zwanzig Gefangene und ein paar Wärter dabei, doch keiner hat etwas gesehen. Unser Kandidat war natürlich auch da.«

»Und niemandem ist was aufgefallen?«

»Ich habe damals den Direktor und die Polizisten auf die Sache angesprochen und bekam zur Antwort, ich hätte wohl eine blühende Fantasie. Den Letzten der drei hat es dann vorigen Monat erwischt. Und dabei hat er aufgepasst wie ein Schießhund. Immer hat er es so eingerichtet, dass er auf keinen Fall mit dem Typ allein war. Außerdem war der Dritte ein wandelndes Muskelpaket. Er wusste, dass unser Mann im Januar freikommen würde, und sehnte seine Entlassung geradezu herbei. Aber er hatte Pech. Ihn hat es in der Küche erwischt. Ich habe den neuen Direktor auf die Vorfälle angesprochen, aber der meinte bloß, ich solle mich um meinen eigenen Kram kümmern.«

»Und dem Mann konnte man nie etwas nachweisen? Hat er je Schwierigkeiten gemacht?«

»Nichts! Absolut null! Er war zwölf Jahre hier und immer die Ruhe in Person. Sozusagen ein Musterhäftling. Trotzdem bin ich überzeugt, dass er die drei Kerle auf dem Gewissen hat. Drei Männer! Die übrigen Gefangenen gingen ihm aus dem Weg. Sie mochten ihn nicht, und wahrscheinlich ahnten sie auch etwas. Er hat hier im Knast eine Ausbildung zum

Klempner gemacht. Vor zwei Jahren kamen seine Eltern bei einem Busunglück ums Leben, während einer Kaffeefahrt oder irgend so einem Quatsch. Der Direktor hat ihm vierundzwanzig Stunden Freigang genehmigt, natürlich mit Polizeibegleitung. Aber der Kerl wollte nicht. Er hat einfach Nein gesagt. Übrigens hat er weder die Briefe noch die Pakete seiner Eltern je geöffnet. Ganz ehrlich, der Typ kann einem echt Angst machen! Während der ganzen Zeit hat er nicht einen einzigen Freigang in Anspruch genommen. Na gut, jetzt ist es vorbei – oder es fängt erst an.«

»Wie heißt der Mann überhaupt?«, fragt der junge Vollzugsbeamte.

»Arnaud Lécuyer.«

In diesem Augenblick betreten zwei Aufseher das Büro. Zwischen ihnen geht mit gesenktem Kopf und hängenden Schultern der kleine Mann. Neugierig starrt der junge Beamte ihn an.

Der Ältere, der vor seinem jungen Kollegen ein wenig angeben will, nimmt die Papiere entgegen und deklamiert geradezu feierlich: »Arnaud Lécuyer, geboren am 17. März 1970 in Paris im achten Arrondissement, Kennnummer 900.137, verhaftet am 7. Januar 1990. Am heutigen 2. Januar 2002 werden Sie unter Auflagen aus der Haft entlassen. Ehe Sie die Entlassungsurkunde unterzeichnen, händige ich Ihnen die während der Haftzeit angesparte Summe von 530 Euro aus. Bitte schreiben Sie hier die Adresse auf, unter der wir Sie ab jetzt erreichen können. Außerdem erhalten Sie Ihr persönliches Eigentum zurück: einen Führerschein, einen Personalausweis, den Schlüssel zu der Wohnung, die Sie innehatten, als Sie zu uns kamen, sowie einen Nagelknipser.

Gemäß der Anordnung des Strafrichters erhalten Sie von mir die Adresse eines Arbeitgebers, den Sie morgen aufsuchen müssen, ebenso die eines vom Gericht bestimmten Psychiaters, der Sie begleiten wird und den aufzusuchen Sie verpflichtet sind. Ihren ersten Termin haben Sie am 7. Januar um 11.30 Uhr. Eine Vorladung vor den Untersuchungsrichter wird Ihnen per Post an Ihre angegebene Adresse in Paris zugestellt. Eine Nichtbeachtung der Auflagen kann zur Aufhebung der bedingten Haftentlassung und Wiedereinweisung in die JVA führen. Bitte unterschreiben Sie hier.«

Mit dem Stift des Vollzugsbeamten unterzeichnet Lécuyer seine Haftentlassungspapiere und steckt die 530 Euro sowie die beiden Adressen ein, die der Beamte ihm reicht.

Er trägt eine blaue Hose, ein weißes Hemd, einen schwarzen Pullover und einen beigefarbenen Blouson. Mehr besitzt er nicht. Er wartet.

Der Beamte informiert über die Gegensprechanlage einen Wärter auf der anderen Seite der Sicherheitstür. Nach kurzer Überprüfung öffnet er die Tür des Büros und begleitet den kleinen Mann zum Ausgang. Sie durchqueren den Hof, passieren die Sicherheitsschleuse und erreichen das Tor. Das Tor wird geöffnet, und der kleine Mann ist frei. Draußen. Es ist vorbei.

Der junge Beamte, der die Szene interessiert verfolgt hat, wendet sich an seinen Kollegen: »Scheiße, der Kerl sieht wirklich zum Fürchten aus. Hast du die Augen gesehen? Als ob er der ganzen Welt böse wäre. Und er hat wirklich und wahrhaftig kein Wort gesprochen. Jetzt weiß ich nicht einmal, wie seine Stimme klingt.«

»Ach, weißt du, irgendwann wirst du schon kapieren, wie die Knastbrüder ticken. Im Gefängnis müssen viele um das nackte Überleben kämpfen. Damit will ich sie allerdings weiß Gott nicht entschuldigen.«

»Schon, aber einer wie der dürfte nicht entlassen werden.

Der Kerl ist eine Zeitbombe. Man sollte der Polizei mitteilen, dass er wieder draußen ist.«

Der ältere Kollege grinst, drückt seine Zigarette aus und schüttelt den Kopf.

»Und was willst du den Bullen sagen? Wir haben einen komisch aussehenden Typ aus dem Gefängnis entlassen? Die lachen dich doch aus! Außerdem haben sie genug mit den Verrückten zu tun, die noch frei rumlaufen, obwohl sie jede Menge Unfug angestellt haben – Verbrechen oder sonst was. Wenn man denen jetzt auch noch die aufs Auge drückt, die vielleicht irgendwann Mist bauen … Außerdem vergisst du, dass jemand, der aus dem Gefängnis entlassen wird, seine Schuld gegenüber der Gesellschaft gesühnt hat. Immerhin sollte es das Ziel jeder Haftstrafe sein, den Delinquenten wieder in die Gesellschaft einzugliedern. So lautet zumindest die Theorie.«

Tatsächlich fand der ältere Beamte die Idee seines jungen Kollegen gar nicht so abwegig.

Den Mann sehen wir nicht zum letzten Mal, dachte er. *Früher oder später ist er wieder da, und dann wird er einigen Schaden angerichtet haben.*

2

Bahnhof von Moulins, 2. Januar 2002

Arnaud Lécuyer hat mit seinen Euros eine Fahrkarte erstanden.

»Einmal zweiter Klasse Paris, einfach«, hatte er mit tonloser Stimme gemurmelt.

Er sieht die neue Währung heute zum ersten Mal. Als er seine Haftstrafe antrat, bezahlte man noch in Francs – nach der Entlassung muss er sich nun an Euros gewöhnen. Zwar hatte man in der Haftanstalt Kurse zum Kennenlernen der neuen Währung angeboten, doch daran nahm er nicht teil. Es interessierte ihn nicht. Eigentlich ist ihm überhaupt alles egal.

Auf die Angestellte am Schalter wirkt der kleine Mann offenbar nicht ganz geheuer, und sie ist froh, die Sicherheitsscheibe zwischen ihm und sich zu haben. Als er schließlich geht, ist sie geradezu erleichtert.

Lécuyer sucht die Toilette auf. Im Spiegel stellt er fest, dass sein Blick wirklich furchterregend ist; trotzdem kann er beim besten Willen nicht den ganzen Tag mit gesenkten Augen herumlaufen. Aber die Regel Nummer eins lautet nun einmal: Nicht auffallen. Niemals. Um keinen Preis. Ein Mann mit einem Allerweltsgesicht sein, unscheinbar und grau.

Er geht in eines der Bahnhofsgeschäfte und kauft eine möglichst einfache Sonnenbrille, eine Zeitung und ein Kartenspiel. Er liebt es, sich die Zeit mit Karten zu vertreiben, sie in den Händen zu spüren und sie zu manipulieren, indem er zum Beispiel ein As verschwinden lässt. Mit seiner Begabung als Taschenspieler hat er große Verheerungen angerichtet. Allein die Erinnerung lässt ihn schaudern vor Lust. Er denkt an seine Sammlung und hat es eilig, sie wieder in die Hände zu bekommen. Er hat sie jedenfalls gut versteckt, denn wenn man sie gefunden hätte, wäre bestimmt der Teufel los gewesen.

Lécuyer sitzt auf einem Fensterplatz in Fahrtrichtung. Der Platz neben ihm ist frei, auf der anderen Gangseite haben sich eine Mutter und ihr etwa zehnjähriger Sohn niedergelassen.

In der Scheibe, an der Landschaften, Tunnel und Überlandleitungen vorübersausen, beobachtet Lécuyer sein Spiegelbild mit der Sonnenbrille. Völlig in Gedanken versunken hält er seine Karten in der Hand.

Dem kleinen Mann ist es gelungen, den Gefängnispsychiater zu täuschen. Er hat ihm den größten Humbug erzählt, den der Arzt mit wissendem Gesichtsausdruck in seine Akte notierte. Sein ausgezeichnetes Gedächtnis ist die große Stärke Lécuyers. Nie hat er sich aufs Glatteis führen lassen. Bereits in der ersten psychologischen Sprechstunde erfand er für sich eine absolut banale Persönlichkeit, die er im Lauf der Jahre immer weiter vertiefte und ausbaute. Manchmal stellte der Psychologe ihm Fragen zu Dingen, die er viele Monate zuvor geäußert hatte, doch der kleine Mann konnte sie mit seiner tonlosen Stimme ruhig und sicher beantworten. Nie irrte er sich. Er erfand eine andere Familie und eine andere Kindheit, die er auf seine neue Persönlichkeit abstimmte. Manchmal entschwebte er vor dem Einschlafen zu seiner neuen Familie;

wenn er dann morgens in seiner Zelle aufwachte, hatte er Schwierigkeiten, sich zu erinnern, wer er war. Oft brauchte er einige Minuten, um auf den Boden der Tatsachen zurückzukehren.

Natürlich hatte der Psychologe mit seiner Gesprächstherapie herausfinden wollen, warum Lécuyer die alte Frau vergewaltigt hatte. Der kleine Mann, der die Absichten des Seelenklempners sofort durchschaute, machte sich einen Spaß daraus, ausführlich zu antworten und dabei seinen inneren Jubel zu verbergen. Er breitete die Arme aus, wandte die Handflächen nach oben und gab sich mit seinem Hundeblick und den fest zusammengepressten Beinen mehr denn je als kleiner, grauer, unauffälliger Mann.

»Das wüsste ich wirklich auch gern. Vielen Dank, dass Sie mir dabei helfen, Herr Doktor. Die Therapie tut meiner Seele gut«, murmelte er.

Und am Ende des Gesprächs wusste der Psychologe auch nicht mehr als zu Beginn.

Wenn der kleine Mann nach solchen Sitzungen in seine Zelle zurückkehrte, war er schweißgebadet. Sein Rücken schmerzte, und er hatte Mühe, seine Wut im Zaum zu halten. Trotzdem achtete er sorgfältig darauf, seine Gefühle nicht zu zeigen, sondern weiter die Rolle des völlig unscheinbaren Menschen zu spielen.

Er wartete, bis die Schritte des Wärters sich entfernt hatten, ehe er sich auf sein Bett warf und dort wie in unerträglichen Schmerzen herumwälzte. Manchmal sprang er mit einem Satz auf die Beine, weil er glaubte, der Wärter wäre leise zurückgekommen und beobachte ihn durch das Guckloch in der Zellentür. Dann hielt er sich kerzengerade, fixierte den hellen Punkt minutenlang, ohne zu blinzeln und versuchte zu erforschen, ob jemand ihn belauerte. Anschließend brannten seine

Augen vor Anstrengung, ihm wurde schwindelig, und er brach erschöpft auf seiner Pritsche zusammen.

»Cool! Wie haben Sie das gemacht?«

Eine Stimme und ein Zupfen am Ärmel reißen den kleinen Mann aus seinen Tagträumen. Eine Angstsekunde schnürt ihm die Luft ab. Wieso hat dieses Kind ihn angesprochen? Es kann nicht sein – das hätte es nicht tun dürfen. Der Satz des Kindes hallt in seinem Kopf wider und wiederholt sich, als ob mehrere Kinder gleichzeitig sprächen. Er erschrickt und lässt die Karten fallen. Erst jetzt wird ihm bewusst, dass er mit einem kleinen Jungen an seiner Seite in einem Zug sitzt.

Die Mutter steht auf und holt das Kind an seinen Platz zurück.

»Entschuldigen Sie bitte. Mein Sohn ist ziemlich neugierig und fand Ihre Kartenkunststücke verblüffend. Aber Sie sind wirklich ausgesprochen geschickt. Eric, du bleibst jetzt bei mir sitzen! Du kannst nicht überall herumlaufen und die Leute stören.«

Lécuyer murmelt irgendetwas und sammelt seine Karten auf. Er war so in Gedanken versunken, dass er überhaupt nicht gemerkt hat, wie er mechanisch mit seinen Karten spielte. Er wirft einen verstohlenen Blick auf das Kind. In seinem Kopf ertönen ohrenbetäubend laute Alarmsignale.

Am gleichen Tag im Präsidium der
Pariser Kriminalpolizei, Quai des Orfèvres 36

Die Sekretärin lächelt dem vor ihr stehenden Beamten zu, greift zum Telefon, drückt einen Knopf und sagt:

»Frau Direktor, Monsieur Mistral ist da. Treten Sie ein«, wendet sie sich an den Mann, »Sie werden erwartet.«

Françoise Guerand ist die erste Frau, die den Direktorenposten innehat. Als Tochter eines Polizisten und als Frau, die immer wusste, was sie wollte, hat sie die Arbeit bei der Kripo von der Pike auf erlernt. Den eintretenden Polizisten begrüßt sie besonders warmherzig.

»Grüß dich, Ludovic. Schön, dass du wieder da bist. Ich habe gehört, dein halbes Jahr in Amerika war ein voller Erfolg? Und jetzt wirst du also stellvertretender Chef der Kriminalpolizei! Meinen herzlichen Glückwunsch! Umso mehr, als du zurzeit keinen direkten Vorgesetzten hast. Jean Chapelle ist gerade pensioniert worden, und auf den Nachfolger warten wir noch. Die Ausschreibung bei den Kommissaren findet erst in sechs Monaten statt. Bis dahin müssen wir eben weitersehen. Inzwischen bist du sozusagen Kripochef.«

Ludovic Mistral freut sich ehrlich, nach einem monatelangen Lehrgang beim FBI wieder in Paris zu sein.

»Danke für den liebenswürdigen Empfang. Nach dem Zwischenspiel beim FBI freue ich mich wieder auf den aktiven Dienst, erst recht bei der Kriminalpolizei. Wie sieht es denn mit meinem Personal aus?«

»Da ist zunächst der Chef der Antiterroreinheit. Er heißt Philippe Martignac und ist ein ausgesprochen sympathischer Zeitgenosse. Ein Dezernat ist im Augenblick führungslos, auch da müssen wir die nächste Ausschreibung abwarten. Das andere leitet Cyril Dumont, der von Chapelle eigentlich als künftige Nummer zwei aufgebaut wurde. Was den betrifft, bin ich ein wenig skeptisch. Kurz vor seiner Pensionierung hat Chapelle selbst eingeräumt, dass der Mann vielleicht nicht die glücklichste Wahl war. Er ist zweifellos ein guter Polizist, aber sehr ichbezogen. Ich denke, du wirst schon irgendwie mit ihm klarkommen. Etwas anderes bleibt uns ja auch nicht übrig: Fürs Erste müssen wir mit ihm vorliebnehmen. Und jetzt erzähl mal! Wie war dein Lehrgang? Sind die Leute beim FBI wirklich so gut, wie immer behauptet wird?«

»Der Kurs war einfach klasse. Außerdem gab es morgens Ausdauertraining und nachmittags Sprachunterricht. Die Tage waren ganz schön vollgepackt. Wirklich gut sind die Amerikaner, wenn es um die Analyse des Verhaltens von Gewaltverbrechern geht. Da sind sie uns um Jahre voraus, und wir sollten uns ein Beispiel an ihnen nehmen. Wenn du einverstanden bist, rede ich mal mit der Ausbildungsabteilung. Vielleicht können wir in dieser Richtung etwas tun. Was diesen Dumont angeht, so hatte ich früher schon mal mit ihm zu tun und muss sagen, dass uns nicht gerade viel verbindet. Aber wenig Gemeinsamkeit muss ja nicht gleich in offene Feindschaft ausarten. Was gibt es sonst Neues?«

Françoise Guerand überlegt kurz. Sie leitet zwar inzwischen die gesamte Behörde, doch die Kriminalpolizei, der sie ebenfalls eine Zeit lang vorstand, genießt ihre besondere Sympathie.

»Im Augenblick gehen wir Hinweisen nach, laut denen sich islamische Terroristen in Paris aufhalten sollen. Ansonsten gab es ein paar Morde, die sich leicht aufklären ließen. Das Team von Vincent Calderone arbeitet allerdings an einem interessanten Fall, einem Doppelmord, bei dem es wohl auch schon vielversprechende Spuren gibt. Dann liegen noch sieben unaufgeklärte Fälle aus dem letzten Jahr vor. Es geht um drei auf Parkplätzen aufgefundene Frauenleichen, zwei in den eigenen vier Wänden ermordete Frauen und zwei tote Männer, die im Bois de Boulogne auf leichte Abenteuer aus waren.«

Der Schluss des Satzes hört sich ein wenig ironisch an.

Ludovic Mistral verabschiedet sich von Frau Direktor, sucht sein neues Büro auf und bringt seine Habseligkeiten unter. Anschließend dreht er eine Runde durch die Abteilungen. Von Dumont wird er kühl und knapp, von Martignac hingegen sehr freundlich begrüßt. Zum Schluss geht er zu Calderone.

Mistral und Calderone kennen sich gut. Sie stammen beide aus der Provence, und sie verbindet diese wortlose Übereinstimmung in vielen Dingen, wie oftmals bei Menschen, die nicht nur die gleichen Orte, sondern teilweise sogar die gleichen Leute kennen. Trotzdem überschreitet ihre gegenseitige Sympathie nie die Grenzen der dienstlichen Hierarchie, und Calderone, der mit sechsundvierzig Jahren immerhin zehn Jahre älter ist als Mistral, hält sich eisern an die Regeln. Die beiden Männer hatten vor vielen Jahren schon einmal zusammengearbeitet und fühlten sich vom ersten Augenblick an zueinander hingezogen. In Calderones Büro begrüßen sie sich herzlich.

»Ich freue mich ehrlich darüber, dass Sie jetzt mein Vorgesetzter sind«, erklärt Calderone.

»Ganz meinerseits. Wir werden bestimmt prima zusammenarbeiten. Madame Guerand hat gesagt, dass Sie an einem interessanten Fall sitzen?«

Calderone schenkt zwei Tassen Kaffee ein und reicht Mistral eine.

»Zucker?«

Mistral schüttelt den Kopf.

»Es geht um ein Wirtspaar, das in der eigenen Kneipe kurz nach Ladenschluss mit einer Pumpgun erschossen wurde. Die Spurensicherung konnte weder DNA noch Fingerabdrücke finden, weil die herbeigerufene Polizeistreife alles angegrapscht hat. Manchmal frage ich mich, was man den Leuten auf der Polizeischule beibringt! Dabei gehört doch die Sicherung von Beweismaterial zum Lehrstoff! Selbst wenn unsere Leute sich nur ab und zu einmal einen Krimi im Fernsehen ansähen, wüssten sie, dass man auf keinen Fall etwas anfassen darf. Vor allem, wenn da zwei Tote liegen. Denen konnte ohnehin niemand mehr helfen – wozu also alles in die Hand nehmen? Nachdem also alle Spuren verwischt waren, mussten wir unser Glück auf andere Weise versuchen. Wir sind allerdings noch nicht am Ziel, und ich möchte den Untersuchungen nicht vorgreifen.«

»Das ist völlig in Ordnung«, antwortet Mistral. »Danke für den Kaffee.«

An der Gare de Lyon steigt Arnaud Lécuyer aus. Die Hast der Menschenmassen überrascht ihn. Ohne sein Zutun wird er von der zum Ausgang strömenden Menge mitgerissen. Fremde Koffer schlagen gegen seine Beine. Es ist mehr als zwölf Jahre her, seit er das letzte Mal so viele Menschen gesehen hat. Nur mit Mühe gelingt es ihm, sich zurechtzufinden. Er lässt sich treiben, bis er die Metrostation erreicht. Völlig außer Atem lehnt er sich gegen eine Wand und bemüht sich, wieder Herr seiner Sinne zu werden. Aber er muss sich zusammenreißen. Er will unbedingt vermeiden, dass man ihn wahrnimmt.

Er tritt an den Schalter, kauft eine Fahrkarte und erkundigt sich nach dem richtigen Zug. Er kennt sich nicht mehr aus, obwohl er einmal hier zu Hause war.

Als er schließlich in der Nähe der Place d'Italie aussteigt, fällt es ihm leichter, sich zu orientieren. Fast automatisch führt ihn sein Weg zur Wohnung seiner Eltern. Sie liegt im dreizehnten Arrondissement, das Viertel heißt La Butte-aux-Cailles. Langsam geht er den Boulevard Blanqui entlang und folgt ein Stück der Rue du Moulin-des-Prés, ehe er nach rechts in die Rue Gérard abbiegt. Die Verlängerung dieser Straße ist die Rue Samson – seine Straße. Er stellt fest, dass alle Autos auf der rechten Straßenseite parken. Am Gehsteigrand auf der linken Seite hat man gusseiserne Poller angebracht, um das Abstellen von Autos zu verhindern.

Plötzlich bekommt es Lécuyer mit der Angst zu tun.

Und wenn mich nun jemand erkennt?, denkt er.

Er blickt sich um und zuckt die Schultern.

Was würde das schon groß ändern? Außerdem erkennt mich bestimmt niemand!

Als er schließlich die Rue Samson erreicht, klopft sein Herz doch heftiger, als er gedacht hätte. Die wenigen Menschen, deren Weg er gekreuzt hatte, haben ihn nicht beachtet – er wirkt so unscheinbar, dass man ihn kaum wahrnimmt. In der Straße gibt es keine Geschäfte, allerdings zwei oder drei Restaurants, die vor zwölf Jahren noch nicht existiert hatten.

Vor Nummer 46 bleibt Arnaud Lécuyer stehen. Es ist ein kleines, altes Mehrfamilienhaus, das über kurz oder lang abgerissen werden soll. Er steigt in die erste Etage hinauf. Es ist die Tür rechts. Hier ist er zu Hause. Die Wohnung ist sein einziger Besitz – eine kleine Dreizimmerwohnung, in der er schon seine Kindheit verbracht hat. Seit dem Tod seiner Eltern vor zwei Jahren hat sich eine Tante darum gekümmert, dass die laufenden Kosten aus deren Sparguthaben beglichen wurden. Zumindest hat der Richter ihm das erzählt. Aber eigentlich ist es Arnaud ziemlich egal.

Mit zitternden Händen sucht er in der Tasche seines Blousons nach dem Schlüssel. Als er ihn schließlich ins Schlüsselloch steckt, pocht sein Herz wie verrückt. Längst vergessene Gefühle steigen in ihm auf, Gefühle, die er überwunden glaubte.

Plötzlich erfüllt ihn eine glühende Hitze. Er lehnt die Stirn gegen die Tür, seine Finger krampfen sich um den Schlüssel. Er spürt, wie das Blut in seinen Ohren dröhnt, und reißt den Mund auf, weil er fürchtet, keine Luft mehr zu bekommen. Wer weiß, vielleicht sind sie ja da! Langsam dreht er den Schlüssel – erst ein-, dann zweimal. Die Tür geht auf. Lécuyer steht im Wohn- und Esszimmer, einem armselig möblierten Raum. Ein Tisch und vier nicht zueinanderpassende Stühle, in einer Ecke ein Fernseher und zwei Sessel. Auf allen Möbeln liegt eine dicke Staubschicht.

Langsam schließt er die Tür hinter sich und sagt mit leiser, fast kindlicher Stimme: »Papa? Mama? Ich bin es. Arnaud.«

Mit weit ausgebreiteten Armen trippelt er um den Esstisch. Er spielt Flugzeug, wie damals, als er acht Jahre alt war und aus der Schule kam. Als noch alles richtig schien. Als sie noch glücklich waren. Bevor seine Welt ins Wanken geriet.

Als er mit ausgebreiteten Armen um den Tisch läuft, erblickt er plötzlich vor sich das Kind, das er einst gewesen ist. Er rennt. Vielleicht will er es fangen. Beißender Schweiß rinnt ihm in die Augen. Sein Herz schlägt zum Zerspringen. Er ringt nach Luft.

Plötzlich bleibt er stehen. Der kleine Junge ist verschwunden, ohne auf ihn zu warten. Lécuyer setzt die Sonnenbrille ab, wischt sich mit dem Ärmel über die Augen, setzt sich an den Tisch, stützt die Ellbogen auf und legt den Kopf in die Hände. Mehrere Minuten bleibt er so sitzen, wagt nicht, die Augen zu öffnen. Allmählich beruhigt er sich. Sein Atem findet zu einem regelmäßigen Rhythmus zurück.

Er verspürt ein merkwürdiges Gefühl, als ob er weinen müsste, doch es gelingt ihm nicht. Schließlich öffnet er die Augen. Er betrachtet den verschossenen beigen Teppich und die Bilder an den Wänden. Sie stammen von Pralinenschachteln, die sie sich zu Weihnachten leisteten und die seine Mutter anschließend einrahmte.

Er steht auf und geht in den Flur. Drei Türen. Die Tür links führt in sein eigenes Zimmer, die rechte Tür ins Schlafzimmer seiner Eltern und die Tür gegenüber ins Bad. Nach kurzem Zögern öffnet er die Tür zum elterlichen Schlafzimmer und drückt den Lichtschalter. Nichts geschieht. Richtig, der Strom ist ja abgeschaltet! Aber auch im Halbdunkel kann er sehen, dass sich nichts verändert hat. Ein Bett, ein Schrank, zwei Nachttische. Die Wände sind kahl. Auf einem der Nachttische, auf der Seite, wo seine Mutter geschlafen hat, steht das Hochzeitsfoto der Eltern.

Mit ruhigen Bewegungen öffnet Lécuyer den Bilderrahmen, nimmt das Foto heraus und zerreißt es in tausend Fetzen. Anschließend zieht er die Schublade im Nachttisch seines Vaters auf und nimmt ein Paket Kerzen und Streichhölzer heraus. Er wusste, dass die Kerzen dort lagen, denn sein Vater hatte sie schon immer dort aufbewahrt. Er zündet vier Stück an. Es sieht ein wenig nach Sterbezimmer aus, doch das fällt ihm nicht auf. Er kniet sich vor den geöffneten Nachttisch und greift nach einem Stapel Pornohefte. Er hat nicht vergessen, dass sein Vater ein großer Freund solcher Magazine war, offenbar bis zum Schluss. Auch seinem Sohn hatte er immer wieder welche geschenkt. Arnaud blättert den Stapel hastig durch und lässt die Hefte auf dem Boden liegen. Sie interessieren ihn nicht mehr. Er steht auf und sieht sich kurz im Zimmer um.

Beim Anblick des Bettes wird ihm fast übel. Er erinnert

sich an einen Mittwochnachmittag. Damals war er achteinhalb Jahre alt und nicht zum Spielen nach draußen gegangen. Der Vater saß im Wohnzimmer, die Mutter machte Einkäufe. Plötzlich warf der Vater dem Jungen einen merkwürdigen Blick zu, packte ihn im Nacken, zerrte ihn in das Schlafzimmer und vergewaltigte ihn. Erneut durchlebt Lécuyer die Szene. Sein Vater tat ihm weh. Er warf ihn bäuchlings auf das Bett und zwang seine Arme auseinander. Der Junge verstand nicht, was mit ihm geschah.

Als die Mutter jedoch am Abend zurückkehrte, begriff sie sofort. Es gab einen heftigen Streit. Die Eltern schrien sich an. Trotzdem hörte es nicht auf. Die Mutter akzeptierte, was geschah. Sie erhob keine Einwände. Vielleicht hatte sie Angst, ihren Mann zu verlieren und mit ihm die relative finanzielle Sicherheit, in der sie lebten. Auf jeden Fall sorgte sie nicht dafür, dass es aufhörte.

Mit Lécuyer aber ging es bergab. Er versagte in der Schule, hörte auf zu sprechen, wurde verschlossen, gewalttätig und grausam. Die Schulärzte suchten nicht ernsthaft nach Gründen für die plötzliche Veränderung; außerdem wurden solche Dinge in den 1970er Jahren gerne unter den Teppich gekehrt.

Lécuyer selbst sorgte dafür, dass fünf Jahre andauernden Missbrauchs schließlich doch endeten. Eines Tages saß er am Esstisch. Der Vater stand auf und griff wie gewöhnlich mit der rechten Hand nach dem Nacken des Jungen. Seine linke Hand stützte sich flach auf den Tisch. Auf dem Tisch lag eine Schere. Ohne nachzudenken, griff der Junge nach der Schere und rammte sie mit voller Wucht in die Hand seines Vaters. Er durchbohrte sie und spießte sie auf wie einen Schmetterling. Der Vater gab keinen Laut von sich – nichts. Von diesem Tag an aber war ihm klar, dass er den Jungen nicht mehr berühren durfte.

Lécuyer war dreizehn Jahre alt. Er kam in ein Heim, floh, kam in ein anderes Heim. Niemand erkannte die Gründe für seine Unstetheit. Er sprach nie darüber. Beim Militär wurde er als untauglich ausgemustert. Als junger Erwachsener brach er jede Lehre und jede Ausbildung ab. Das Einzige, was er durchhielt, war die Fahrschule. Zum Zeitpunkt seiner Festnahme befand er sich in der Ausbildung zum Elektriker; er verließ das Gefängnis als Klempner.

Arnaud Lécuyer nimmt etwa zehn Kerzen und geht in sein Zimmer. Auch dort hat sich nichts verändert. Nach wie vor ist es ein richtiges Kinderzimmer – nicht etwa die Bleibe eines Halbwüchsigen oder jungen Erwachsenen. Außer einem schmalen Bett gibt es einen Schreibtisch, einen Stuhl und einen Schrank, die samt und sonders aus dem Katalog eines Möbelversands stammen. Auf der Blümchentapete hängen Tierposter. Lécuyer zündet die Kerzen an und verteilt sie im ganzen Zimmer. Er setzt sich auf sein Bett und erinnert sich all dieser Jahre. Er verspürt keine Trauer, sondern nichts als konzentrierten, reinen Hass.

Mit einer tausendfach wiederholten Geste greift er unter das Bett und zieht seinen Zauberkasten hervor. Er hatte gehofft, ihn wiederzufinden. Der Kasten ist wirklich noch da, und mit ihm verbindet sich ein Reigen von Erinnerungen.

Er hat den Kasten zum zehnten Geburtstag von seiner Tante bekommen. Der Zauberkasten verhalf ihm zu den einzigartigsten Momenten seines Lebens. Seine geschickten Hände verstanden sich hervorragend auf Kartentricks und darauf, Münzen und Murmeln verschwinden zu lassen – auf Kunststücke also, die den Ausführenden sympathisch erscheinen lassen.

Er öffnet die Schachtel. Alles ist noch da. Ob es noch so funktioniert wie früher? Warum nicht?

Er nimmt eine Kerze, geht in die Küche, holt ein großes Tranchiermesser, kehrt ins Schlafzimmer seiner Eltern zurück und beginnt in aller Ruhe, das Bett zu zerfetzen. Er sticht mit dem Messer zu, zieht es durch und zerstückelt Kissen, Decken und Matratzen. Obwohl er erschöpft ist, macht er weiter, bis die Kerze erlischt. Erst jetzt verlässt er das Zimmer und schließt die Tür hinter sich. Er weiß, dass er diesen Raum nie wieder betreten wird.

Zurück in seinem eigenen Zimmer sucht er nach seiner Sammlung. Er findet sie unangetastet in seinem Schreibtisch. Unauffällig versteckt zwischen Büchern, die er nie geöffnet hat. Genau genommen war sie nicht einmal wirklich versteckt. Sondern ein großes Heft inmitten von Büchern und anderen großen Heften.

Als er in Handschellen und – wie bei Verhafteten üblich – ohne Gürtel und Schnürsenkel nach Hause gebracht worden war, hatte er große Angst gehabt, dass die Polizisten seine Sammlung finden könnten. Zwar war sein Zimmer in aller Eile durchsucht worden, doch im Grunde wusste man nicht, wonach man eigentlich suchte. Wirklich beruhigt war Lécuyer aber erst, als er hörte, wie die Polizisten mit seinen Eltern sprachen.

»Ihr Sohn hat eine alte Dame vergewaltigt und ist neben ihr sitzen geblieben. Wir konnten ihn an Ort und Stelle verhaften.«

Seine Eltern waren derart bestürzt, dass sie gar nicht erst versuchten, mit ihm zu sprechen. Sie wichen sogar seinem Blick aus, allerdings ... Sie sprachen ohnehin schon seit zwei oder drei Jahren nicht mehr miteinander. Zum letzten Mal hatte er sie während des Prozesses gesehen. Eigentlich sollte er statt »gesehen« lieber »wahrgenommen« sagen. Sie saßen links von Lécuyer unter den Zuschauern. Um sie sehen zu können, hätte er den Kopf drehen müssen. Da er aber mit versteinertem Gesicht immer nur geradeaus schaute …

Gut, jetzt aber die Sammlung! Die Bullen hatten nichts Bestimmtes gesucht. Der Kerl hatte eine Großmutter vergewaltigt und war nicht abgehauen – was gab es da noch groß zu ermitteln? Die Durchsuchung seines Zimmers war eine reine Routinemaßnahme. Die Polizisten blieben nur wenige Minuten und suchten mehr mit den Augen als mit den Fingern. Die Hausdurchsuchung verlief ergebnislos, wie es in den Polizeiberichten so schön heißt. Und das war's dann!

Vorsichtig breitet Lécuyer die Sammlung auf seinem Bett aus. Sie besteht aus acht Doppelbögen. Sie nur zu berühren und zu betrachten verursacht ihm schon mehr als nur eine Gänsehaut. Sanft streichelt er sie mit den Fingern. Er schließt die Augen und ruft sich die Handlungen ins Gedächtnis, die ihn dazu bewogen haben, das aufzubauen, was er seine Sammlung nennt. Er befindet sich mit vor Lust verdrehten Augen in einer Art Trance. Er sitzt nicht mehr auf seinem Bett – er ist ganz woanders, als hätte er abgehoben.

Ehe er seine Sammlung wieder schließt, blättert er sie noch einmal durch. Sechs Doppelseiten sind vollständig, bei zweien ist es lediglich die linke Seite. Die beiden unvollendeten Seiten quälen ihn. Am Schluss des Heftes hat er die Artikel eingeklebt, die sich mit ihm beschäftigen. *Der Zauberer.* So hat die Polizei ihn genannt. Sehr vorsichtig, um die mehrfach gefalteten Bögen nicht zu zerreißen, faltet er die Zeitungsausschnitte auseinander und liest einige der Artikel. Er erinnert sich nicht des Schreckens, den er damals in Paris auslöste, sondern nur der Macht, die er empfand – und diese Macht wurde verstärkt durch Zeitungsartikel, in denen die Polizei in den Schmutz gezogen wurde. Er liebte die Bezeichnung »der Zauberer«, durch die er sich aufgewertet fühlte.

Auf jeden Fall klang es netter als »Kindermörder«; so hatte man ihn zunächst genannt.

Nachdem seine Gefühle abgeebbt sind, räumt er die Sammlung sorgfältig fort und überlegt, dass er sie vervollständigen sollte.

Mit einer Kerze in der Hand sucht Arnaud Lécuyer das Bad auf. Natürlich ist auch das Wasser abgestellt. Er öffnet den Spiegelschrank und schaut hinein. Auf einem der Regale steht ein Flakon mit Eau de Toilette – vor mindestens zwanzig Jahren war das einmal ein Vatertagsgeschenk gewesen. Er schüttelt die Flasche. Sie ist nicht ganz leer. Einige Tropfen spritzen auf Kragen und Schulterpartie seines Hemdes.

Er friert, er hat Hunger, und er ist müde. Eine Vielzahl von Gefühlen und Erinnerungen hat ihn erschöpft. Er verlässt die Wohnung, geht zu Fuß zur Place d'Italie und betritt einen mit äußerst lautstarken Jugendlichen bevölkerten McDonald's. Trunken vom Lärm und den vielen Menschen reiht er sich in die Schlange an der Theke ein. Er beobachtet die anderen Kunden und ahmt ihr Verhalten nach.

Als er an der Reihe ist, weiß er nicht, was er wählen soll. Er hebt die Augen zu den Fotos der verschiedenen Angebote und sucht sich auf gut Glück etwas aus. Für die Mahlzeit braucht er drei Minuten. Dann kehrt er nach Hause zurück, geht in sein Zimmer, legt sich vollständig angezogen und mit Schuhen auf sein Bett und schläft mit in den Taschen seines Blousons geballten Fäusten ein.

3

7.30 Uhr. Mistral sitzt mit seiner Frau Clara am Frühstückstisch. Sie bewohnen ein hübsches Haus im Pariser Nobelvorort La Celle-Saint-Cloud. Mistrals Frau arbeitet als »Nase« in der Parfümherstellung von Chanel und hat zwei berühmte Duftnoten kreiert. Die Honorare für diese Arbeit sind so großzügig, dass die Mistrals sich nicht nur das Haus, sondern auch gewisse Extras wie zum Beispiel schöne Reisen leisten können.

Ludovic, der seine Laufbahn bei der Kriminalpolizei in Marseille begann, hat Clara in der Parfümstadt Grasse kennengelernt, wo sie damals arbeitete. Er sagte ihr, sie erinnere ihn an Louise Brooks. Inzwischen arbeitet Clara zwar in Paris, fährt aber immer noch häufig nach Grasse.

Am Quai des Orfèvres gibt es einige Miesmacher, die den Mistrals ihren relativen Wohlstand neiden. Dumont ist einer von ihnen. Aber Clara und Ludovic sind wirklich glücklich miteinander. Sie haben zwei Kinder. Mathieu ist neun und Antoine sechs Jahre alt.

Wie jeden Morgen hört Ludovic beim Frühstück einen Nachrichtensender. Es ist die kleine Marotte eines Polizisten, der zumindest in Kurzform erfahren will, was in der Nacht passiert ist. Notwendig ist es allerdings nicht, denn wenn sich in der Nacht wirklich etwas Wichtiges ereignet hätte, wäre er sofort von der Einsatzleitung informiert worden.

Clara und Ludovic unterhalten sich über den bevorstehenden Tag. Die Kinder studieren beim Frühstück hingebungsvoll die bunt bebilderte Rückseite der Frühstücksflockenpackung. Clara genießt die letzten Tage der Weihnachtsferien und möchte am Nachmittag mit den Kindern zum Reiten fahren. Ludovic erzählt ihr, wie froh er über die ihm anvertraute Aufgabe ist. Möglicherweise kann er hier die Kenntnisse anwenden, die er beim FBI erworben hat.

8.00 Uhr. Mistral steigt in seinen Dienstwagen, einen Peugeot 404, schaltet den Polizeifunk ein und macht sich auf den Weg zum Quai des Orfèvres.

6.30 Uhr. Arnaud Lécuyer sitzt auf seinem Bett. Er ist automatisch zur Weckzeit im Gefängnis aufgewacht. Der innere Wecker in seinem Kopf war über zwölf Jahre hinweg ununterbrochen auf diese Zeit programmiert. Lécuyer braucht einige Minuten, ehe er sich erinnert, wo er sich befindet. Es war seine erste in Freiheit verbrachte Nacht, doch das ist ihm nicht einmal richtig bewusst. Er sitzt in seinem Zimmer und fürchtet sich, vor die Tür zu gehen.

Aus seinem Blouson holt er die beiden Zettel, die der Vollzugsbeamte ihm in die Hand gedrückt hat – die Adressen seines Arbeitgebers und seines Psychiaters. Der Psychiater heißt Jacques Thévenot und hat seine Praxis in der Rue de la Convention 288, fünfzehntes Arrondissement. Die Firma, bei der er sich vorstellen soll, heißt Da Silva und Söhne, sie erledigt alle Arbeiten rund ums Haus und befindet sich im achtzehnten Arrondissement in der Rue Championnet 93.

7.15 Uhr. Arnaud Lécuyer verlässt das Haus. Trotz des grauen und kalten Wintermorgens trägt er seine Sonnenbrille. An der Haustür bleibt er stehen. Langsam erinnert er sich wieder, wo man früher einkaufen gehen konnte. Er wendet sich nach rechts und erreicht nach etwa hundert Metern die Rue de la Butte-aux-Cailles. Wieder biegt er nach rechts ab, denn er entsinnt sich, dass es dort einen Zeitungskiosk, ein Café und einen Bäcker gibt.

Schüchtern betritt er das Café. An der Bar lehnen Stammgäste. Auf dem Fernsehbildschirm in der Ecke laufen ununterbrochen Sportnachrichten, an den Wänden hängt lilafarbene Reklame. Lécuyer nimmt nichts davon wahr, und es ist ihm egal. Er bestellt einen Kaffee und ein Croissant. Er hat auch keinen Sinn für das wohltuende Gefühl, das ihm der erste Kaffee in Freiheit bieten könnte. Lécuyer ist sich seiner Freiheit nicht bewusst.

Der Wirt beachtet den Gast mit dem blassen, eingefallenen Gesicht nicht weiter, obwohl der Mann mitten im Winter und lange vor der Morgendämmerung mit einer Sonnenbrille herumläuft. Vielleicht hält er ihn für einen Nachtschwärmer.

Nachdem Lécuyer seinen Kaffee hinuntergestürzt hat, macht er sich auf den Weg zur Metrostation Place d'Italie. Nach einigem Suchen sitzt er schließlich im richtigen Zug und kommt gegen neun bei seinem zukünftigen Arbeitgeber an. An der Mauer des Hauses ist oberhalb einer Vitrine eine Leuchtreklame angebracht: »Da Silva und Söhne«. Ein weißes Schild mit blauen Buchstaben weist auf die Spezialgebiete des Unternehmens hin: »Renovierungsarbeiten, Sanitärinstallation, Reparaturen«. Auf der staubigen Vitrine, deren schwaches Licht kaum den Inhalt erkennen lässt, klebt ein kleines Plastikschild: »Zum Büro bitte erste Tür links«. Lécuyer wendet sich nach links. Im benachbarten Hof steht ein weißer Lieferwagen ohne Aufschrift. Als Lécuyer die Eingangstür öffnet, ertönt eine schrille elektrische Türglocke.

In dem Büro herrscht ein unglaubliches Chaos. Hinter einer vollgepackten Ladentheke steht ein Mann Ende sechzig. Auf seiner dicken Nase klemmt eine Brille.

»Guten Morgen, Monsieur Da Silva. Mein Name ist Arnaud Lécuyer. Ich komme aus der Haftanstalt in Moulins und bin Klempnergeselle. Ich soll mich heute Morgen bei Ihnen vorstellen«, murmelt der kleine Mann.

Der Mann hinter der Ladentheke lauscht gerade gebannt dem Horoskop auf Europe 1 und macht Lécuyer ein Zeichen, ein paar Minuten zu warten. Als die Werbung beginnt, wendet er sich Arnaud zu. Ein gutmütig wirkender Mann mit einer Latzhose über einem karierten Hemd und einer in den Nacken geschobenen Schirmmütze. Lächelnd streckt er die Hand aus.

»Luis Da Silva. Ich bin der Vater. Mein Horoskop muss ich jeden Morgen hören. Heute sind die Aussichten günstig. Ich glaube an Horoskope; sie liegen nur ganz selten falsch. Und du bist also Lécuyer? Bei der Stimme ist es wirklich besser, dass du Klempner geworden bist und nicht etwa Sänger. Was ist mit deinen Augen los, dass du eine Sonnenbrille trägst?«

»Nichts Schlimmes. Eine leichte Bindehautentzündung. Wahrscheinlich von der Klimaanlage im Zug.«

Da Silva betrachtet den kleinen Mann.

»Weißt du, mein Junge, ich stelle jetzt seit fünfzehn Jahren ehemalige Knastbrüder ein und habe bis heute keinen Grund gehabt, es zu bereuen. Ich hoffe, auch du folgst von jetzt an dem geraden Weg. Heute kümmert sich mein Sohn um dich. Er wird dir zeigen, welche Reparaturen wir durchführen. Wenn du dich geschickt anstellst, darfst du anschließend allein losziehen. In der ersten Zeit bezahle ich dir das, was du als Arbeitslosengeld bekommen hättest. Du solltest dich übrigens morgens vor der Arbeit waschen und rasieren.«

»Einverstanden.«

»Wir sind hier eine Art große Familie. Mein Sohn Georges ist Klempner, wie ich übrigens auch. Aber ich fahre nicht mehr durch die Gegend, das sollen die Jüngeren übernehmen. Neben meinem Sohn gibt es bei uns noch sechs weitere Arbeiter – einen Schlosser, einen Elektriker, zwei Anstreicher, einen Maurer und einen Fliesenleger. Leute vom Bau, wenn du so willst. Du bist dann also der siebte.«

»Ich bin einfach nur Klempner.«

»Junge, das ist doch fürs Erste nicht schlecht. Hast du den Gesellenbrief im Gefängnis gemacht?«

»Ja.«

»Na prima, dann hast du doch was Reelles in der Hand. Mein Sohn kommt sicher gleich. Die anderen Arbeiter sind schon auf ihren Baustellen. Komm, wir trinken inzwischen einen Kaffee, und du erzählst mir, wie du lebst.«

Bestimmt nicht so, wie du es dir vorstellst, denkt Arnaud Lécuyer.

Er berichtet, dass er zurzeit weder Wasser noch Strom in der Wohnung hat und nicht weiß, wie er sich behelfen soll. Mit verständnisvoller Miene schreibt sich Da Silva seine Adresse auf und verspricht, sich darum zu kümmern, während Lécuyer mit Georges zu den Kunden fährt.

Arnaud Lécuyer verbringt seinen ersten Arbeitstag mit dem Sohn Da Silva. Arnaud hat geschickte Hände, arbeitet schnell und hinterlässt einen guten Eindruck, obwohl in seinem Verhalten etwas ist, das Georges irritiert. Was mag es nur sein? Er könnte es nicht beschreiben.

Am Ende des Tages äußert man sich zufrieden über Lécuyers erste Gehversuche. Arnaud teilt seinem Arbeitgeber mit, dass er am Montagmorgen einen Termin beim Psychiater hat, danach aber zur Arbeit kommen wird.

Der kleine Mann fährt auf dem kürzesten Weg nach Hause. Unterwegs kauft er eine Pizza und eine Flasche Cola. Wasser und Strom sind wieder da. Lécuyer findet, dass die Wohnung mit Licht noch trauriger aussieht. Er schaltet den Fernseher ein, schaut aber nicht hin. Es genügt ihm, dass Ton und Bilder da sind, die ihm Gesellschaft leisten. Er hört keine Musik, weil ihm nichts gefällt. Schließlich schläft er auf einem der Sessel vor dem Fernseher ein und erwacht wie gewöhnlich um 6.30 Uhr. Der Fernseher läuft noch immer. Es ist Samstag. Das erste Wochenende in Freiheit. Er fragt sich, was er damit anfangen soll.

Zwei Tage lang läuft er ziellos durch Paris, ehe er abends zum Schlafen nach Hause zurückkehrt. Seine Sonnenbrille auf der Nase, die Fäuste in den Taschen seines Blousons geballt legt er lange Strecken zurück. Wenn er hungrig wird, isst er ein belegtes Brötchen, wenn er Durst hat, trinkt er einen Kaffee. Er durchwandert Straßen, die ihn um Jahre in der Zeit zurückkatapultieren. In seinem Kopf prallen Bilder von Gewalt, Schreien und Flucht aufeinander.

Die hell erleuchteten Straßen, der Autoverkehr und der Lärm machen ihm ein wenig Angst. Er befürchtet, dass die Leute ihn anschauen und die Gedanken eines noch nicht ganz aus seiner Lethargie erwachten Monsters lesen könnten. Aber nein – er wirkt so unscheinbar, dass die Passanten ihn einfach übersehen. Doch hinter seinen Schläfen herrschen Sturm und Aufruhr.

Er lehnt sich an eine Mauer, um wieder zu Atem zu kommen, und versucht, die Bilder der Gewalt zu unterdrücken, die sich noch unscharf vor seinem inneren Auge abzeichnen, aber schon bald sehr viel klarer werden. Die Schreie und Geräusche, die diese Bilder begleiten, erscheinen ihm undeutlich und verzerrt. Er vermutet, dass es sich um Kinderstimmen handelt. Im Gefängnis hörte er sie nie, aber jetzt, in der Freiheit, kehren sie zurück.

Trotz der scharfen Januarkälte schwitzt er. Manchmal hat er Mühe, sich zurechtzufinden. Die Nacht überrascht ihn auf den Champs-Elysées. Lécuyer hat den Eindruck, sich in einem betäubenden Tunnel aus Licht und Lärm zu befinden. Er findet einen Metroeingang. Als er wieder zu Hause ankommt, ist er völlig erschöpft.

Ihm ist klar, dass die alten Dämonen zurückgekehrt sind. Noch hüllen sie sich in Schweigen und verbergen sich irgendwo in den Tiefen seines Gehirns. Sie warten. Aber bald schon werden sie ihn vor sich her treiben wie früher. Schon hat er sie flüstern hören und weiß, dass sie binnen Kurzem lauter sprechen werden. Wenn er etwas zu tun hat, hört er sie kaum und kann sie zum Schweigen bringen. Er setzt sich auf sein Bett, holt seinen Zauberkasten hervor und verbringt einen Teil der Nacht damit, sich zu amüsieren – oder zu üben; so genau weiß er das nicht.

Später legt er sich vollständig bekleidet schlafen.

6.30 Uhr. Lécuyer ist schon auf. Er muss bei dem Psychiater einen guten Eindruck hinterlassen. Im Bad findet er einen Rasierer und Rasierseife. Er duscht, zieht sich etwas Sauberes an und übt vor dem Spiegel, bis er wie ein netter, reinlicher Mensch aussieht, den das Gefängnis auf die Wiedereingliederung ins Leben vorbereitet hat.

Der Psychiater begutachtet ihn. Wozu die Sonnenbrille? Lécuyer gibt die bewährte Antwort: Bindehautentzündung. Der Psychiater stellt ihm mehrere Fragen zu seiner Kindheit, dem Tod seiner Eltern, der Haftstrafe, der Freiheit. Arnaud Lécuyer, ganz in der Rolle des kleinen, schwächlichen Mannes, antwortet einsilbig, stottert, stammelt, antwortet nicht wirklich auf die Fragen und spielt den Verlegenen. Der Arzt wirft einen Blick auf seine Uhr. Fünfzehn Minuten. Die für solche Konsultationen vorgesehene Zeit beträgt eine Viertelstunde. Er stempelt Arnauds Besuchsnachweis ab, vereinbart einen neuen Termin in vierzehn Tagen und hofft, dass sich diese Auster beim nächsten Mal weniger verschlossen geben wird.

Lécuyer fährt vom Psychiater zu Luis Da Silva. Er spielt mit einer Münze, lässt sie zwischen den Fingern kreisen, verschwinden und in der anderen Hand wieder auftauchen. Er tut dies mechanisch und ohne hinzusehen. Die Fahrgäste der Metro lächeln anerkennend über seine Geschicklichkeit, doch er sieht sie nicht.

Zauberer ziehen immer die Sympathie ihres Publikums auf sich. Sie bewirken Illusionen und sind stärker als die Vernunft.

Lécuyer jedoch ist mit den Gedanken weit fort. Die Dämonen gewinnen immer mehr die Oberhand in seinem Innern. Und er lässt sie gewähren, obwohl er ein wenig Angst hat.

Januar. Bei der Kriminalpolizei

In den Büros herrscht der alltägliche Trott. Mistral nimmt die Gelegenheit wahr, sich in die Teamarbeit einzubringen. Er beteiligt sich an den Aktivitäten dreier Gruppen, unter anderem der von Calderone. Schließlich wartet das Dezernat noch auf einen neuen Chef. Außerdem ist Mistral noch mit der Einrichtung seines Büros beschäftigt und hat schon einmal einen Teil seiner Bücher und Fachzeitschriften ausgepackt.

Er wirft einen prüfenden Blick in den Raum und findet, dass er immer noch viel zu unpersönlich wirkt. Gleich morgen wird er einige persönliche Kleinigkeiten mitbringen. In seiner Garage stehen noch zwei Kartons mit Andenken an frühere Dienststellen oder besondere Aufgaben, an die er sich mit Vergnügen erinnert.

Seine Beziehungen zu Cyril Dumont sind höflich – nicht mehr. Dumont fällt es sichtlich schwer zu akzeptieren, dass er Ludovic über die Ergebnisse der Arbeit seines Teams Rechenschaft ablegen muss.

»Cyril, ich bin hier der Boss. Damit musst du dich abfinden. Ich weiß, dass dir das nicht passt, aber so ist es nun einmal, und solange du bei dieser Dienststelle arbeitest, wird es wohl auch so bleiben. Es steht dir natürlich frei, dir etwas anderes zu suchen.«

Mit diesen Worten hatte Ludovic Dumont eines Abends nach einem Zwischenfall in die Schranken gewiesen.

Dumont hatte darauf nichts erwidert, sondern trotzig Ludovics Büro verlassen.

Januar. Bei Arnaud Lécuyer

Als Lécuyer eines Abends nach Hause kommt, findet er in seinem Briefkasten einen Umschlag mit dem Briefkopf des Obersten Gerichtshofs von Paris. Es ist ein Schreiben des Untersuchungsrichters, der ihn für die folgende Woche vorlädt. Lécuyer setzt sich, legt das Schreiben vor sich auf den Tisch und starrt darauf. Die Institution des Untersuchungsrichters ist ihm nicht unbekannt. Während seiner zwölfjährigen Haftzeit hat er zwei oder drei dieser Richter kennengelernt und sie ebenso zum Narren gehalten wie alle anderen. Der letzte hatte in ernstem Ton zu ihm gesagt: »Dank Ihrer guten Führung werden wir Sie vorzeitig aus der Haft entlassen.«

Sicher erwartete der Richter keine glühenden Dankesbezeugungen – allenfalls ein paar Worte. Aber Lécuyer war sich treu geblieben, hatte geschwiegen und keinerlei Gefühlsregung gezeigt. Eine Mauer. Doch innerlich bog er sich vor Lachen.

Aha! Drei tote Mitgefangene bedeuten also gute Führung. Na prima!

Nach diesen Überlegungen sagt sich Lécuyer: Es gibt keinen Grund, warum sich das ändern sollte. Mit dem nächsten Richter wird er verfahren wie zuvor mit den anderen – ihm einfach allen möglichen Unsinn auftischen. Der Richter wird die Märchen schon schlucken! Alles nur eine Frage der Übung. Und dieses Spiel beherrscht Lécuyer gar nicht schlecht!

Was die Arbeit angeht, ist man mit Lécuyer ausgesprochen zufrieden. Er ist schnell, gewissenhaft und ehrlich. Seit einigen Tagen darf er Reparaturaufträge selbstständig erledigen. Für seine Fahrten zu den Kunden benutzt er einen weißen Lieferwagen der Marke Peugeot Expert. Der Wagen trägt keine Aufschrift. Abends nimmt er das Auto mit nach Hause und kümmert sich am nächsten Tag direkt um die von Luis Da Silva notierten Aufträge. Dreimal in der Woche – montags, mittwochs und freitags – fährt er ins Büro, holt die neuen Aufträge und liefert das für die Reparaturen eingenommene Geld ab. Georges hat immer noch einige Vorbehalte.

»Seinen Job macht der Kerl wirklich gut, aber ansonsten irritiert er mich. Ich weiß nicht, wieso!«

Der Vater nickt.

»Ich verstehe, was du meinst. Aber zwölf Jahre hinter Gittern können einem Mann ganz schön zusetzen. Ich glaube, er hat einiges einstecken müssen. Zumindest habe ich so etwas herausgehört. Alles haben sie mir natürlich nicht gesagt.«

Auch mit dem Psychiater läuft es recht ordentlich. Der kleine, vom Leben gebeutelte Mann ist Lécuyer ganz gut gelungen. Bei seinen Besuchen trägt er keine Sonnenbrille mehr, sondern senkt den Blick, lässt die Schultern hängen und antwortet stets sehr leise und einsilbig. Der Psychiater bekommt seine Viertelstunde Gespräch, wenn man es so ausdrücken darf, notiert auf seine Karteikarte: »Gibt wenig von sich preis, erschwerte Introspektion« und stempelt den Besuchsnachweis. Beide Seiten sind zufrieden: Dem Psychiater bleibt eine Menge Papierkram erspart, weil der Freigänger auf Bewährung regelmäßig bei ihm erscheint. Arnaud Lécuyer erfüllt seine Auflagen und geht so jeglichem Ärger aus dem Weg.

Er hat den Psychiater um Schlaftabletten gebeten. Der Arzt sagte: »Natürlich. Aber gehen Sie vorsichtig damit um« und verschrieb ihm Rohypnol.

Aus eigenem Antrieb fügte er dem Rezept noch Temesta hinzu, das Lécuyer »bei Bedarf« abends einnehmen sollte. Unmittelbar nach dem Gespräch mit dem Psychiater ging Lécuyer in eine Apotheke, kaufte die Medikamente und verstaute sie ganz unten in seinem Rucksack.

Was sein Privatleben angeht, so ist es eine Katastrophe. Lécuyers Wohnung ist zu einer wahren Bruchbude verkommen. Überall steht schmutziges Geschirr herum, und in der Küche, die nachts ein Eldorado für Kakerlaken ist, stapeln sich Müllsäcke. Der Boden des Schlafzimmers ist mit schmutziger Wäsche übersät. Nur draußen wahrt Lécuyer den Schein.

In seinem Kopf herrscht ein grässliches Gemetzel. Die Dämonen sind endgültig zurückgekehrt und drängen ihn zu handeln. Sie sprechen laut und streng. Er wehrt sie nicht mehr ab, hat aber auch keine Angst mehr vor ihnen. Er weiß, dass das Unvermeidliche geschehen wird. Dass es nur noch eine Frage von Tagen, höchstens Wochen und der richtigen Gelegenheit ist.

Abends verbringt er viele Stunden mit seinem Zauberkasten; seine Hingabe grenzt an Besessenheit. Manchmal staunt er selbst über seine Geschicklichkeit, sei es mit Karten, Würfeln, Kordeln oder irgendwelchen anderen Utensilien. Der Fernseher läuft mit heruntergedrehter Lautstärke Tag und Nacht. Lécuyer weiß nicht, welches Programm eingeschaltet ist, aber das Gerät flimmert rund um die Uhr. Von Zeit zu Zeit wirft er einen flüchtigen Blick auf den Bildschirm, versteht jedoch nicht, um was es geht, und außerdem ist es ihm ohnehin egal.

Lécuyer hat sein Zimmer umgeräumt. In einem Schrank entdeckte er das Zelt, das er mit sieben zu Weihnachten geschenkt bekommen hatte. Es ist ein Indianerzelt für eine Person, ein Tipi aus über einen Rohrrahmen gespanntem, bedrucktem Stoff. Das Zelt hatte lange in seinem Zimmer gestanden und war zu seinem Zufluchtsort geworden – eine trügerische Zuflucht, aber er fühlte sich dort sicher. Nachdem mit acht Jahren die Hölle über Arnaud hereingebrochen war, wagte sein Vater es nie, ihn aus dem Zelt zu holen, wenn er sich darin verkroch, um dem Griff in den Nacken und dem Gang in Vaters Zimmer zu entkommen. Im Zelt gab es elektrisches Licht und ein Kissen.

Er hat sein Refugium wieder aufgebaut. Auch die Lampe

ist wieder im Zelt, allerdings kein Kissen. Dafür aber seine Sammlung. Er sitzt im Schneidersitz wie ein Indianer, doch diese Parallele fällt ihm nicht auf. Humor ist ihm unbekannt. Auf den Knien hält er seine Sammlung. Mit geschlossenen Augen wiegt er sich vor und zurück.

Eines Januarabends, auf dem Heimweg, kann oder will Arnaud Lécuyer seinen Trieb nicht mehr im Zaum halten. Er betritt einen großen Zeitungsladen, irrt durch die Regalreihen und kauft einen Versandhauskatalog, nachdem er zuvor mehrere andere durchgeblättert hat. Schon diese erste Vorkehrung – ein banaler Akt für jeden Durchschnittsbürger, für Lécuyer jedoch der Beginn aller Vorbereitungen – löst in ihm eine Art Aufbruchssignal aus. Entschlossen macht er sich auf den Weg in das achtzehnte Arrondissement, wo es viele Sexshops gibt.

Er parkt am oberen Ende der Rue de Clichy und geht zu Fuß ins Pigalle-Viertel. Man soll keine Verbindung zwischen ihm und dem Auto herstellen können. Er betritt mehrere Sexshops, wobei er genau darauf achtet, ob es eine Videoüberwachung gibt. Sobald er eine entdeckt, verlässt er den Laden ruhig und unauffällig. Er will vermeiden, dass sein Bild aufgezeichnet wird.

Schließlich findet er ein Geschäft ohne Kameras. Er gibt sich als zerstreuter Kunde, schaut hier und da und bleibt bei den Pornoheften etwas länger stehen. In zwölf Jahren hat sich auf diesem Gebiet unglaublich viel verändert. Inzwischen geht es häufiger um abartige Praktiken, oft um Sodomie. Was Lécuyer jedoch sucht, sind ganz traditionelle Pornos, die aber immer seltener werden. Er findet aber doch welche, und zwar im Regal mit der heruntergesetzten Ware, kauft fünf oder sechs

Stück, zahlt bar und verlässt den Laden mit einer neutralen Tüte. Langsam geht er zu seinem Wagen und fährt nach Hause.

Obwohl Lécuyer erregt ist, bleibt er auf der Hut. Von diesem Tag an muss er sich tadellos und unauffällig verhalten. In der Haft hat er genügend gelesen und gehört, um zu wissen, was er zu tun hat – aber das kommt später.

Zunächst geht es darum, umsichtig zu fahren, den Sicherheitsgurt anzulegen und die Straßenverkehrsordnung penibelst zu befolgen. Es wäre zu dumm, wegen eines läppischen Fahrfehlers die Aufmerksamkeit der Bullen auf sich zu lenken. Außerdem bedeutet Unauffälligkeit, mit der Menge zu verschmelzen, niemandem in die Augen zu sehen, niemals zu rennen – auch nicht danach –, sich diskret zu kleiden und keine besonderen Merkmale zu haben.

Widerstrebend hat er die Sonnenbrille abgesetzt, trägt sie aber für den Fall der Fälle bei sich. Er übt einen möglichst neutralen Blick ein. Wenn er allerdings allein ist, zum Beispiel im Auto, oder, besser noch, in seinem Zelt, dann lässt er seiner Wut und seinem Hass freien Lauf.

Dann ist Lécuyer zu Hause. Kaum, dass er die Tür hinter sich geschlossen hat, stürzt er mit seinen Einkäufen in sein Zelt. Auf dem Weg greift er nach einer Schere und einer Tube Klebstoff. Mit dem Versandhauskatalog sitzt er im Schneidersitz in seinem engen Refugium. Hastig blättert er den Katalog durch, bis er zu den Seiten für Kindermode kommt.

Die Mädchen interessieren ihn nicht. Aufmerksam betrachtet er die Jungen. Einige gefallen ihm. Er nimmt die Schere und schneidet sorgfältig ihre Köpfe aus. Sieben oder acht hat er sich ausgesucht. Im Zelt ist es warm. Lécuyer ist in seiner Welt.

Er klappt den Katalog zu und holt die Pornohefte aus der Tüte. Hier ist es leichter. Er schneidet Paare aus, und zwar hauptsächlich Homosexuelle. Als er damit fertig ist, klebt er die Kinderköpfe auf die ausgeschnittenen Erwachsenenkörper. Das Ergebnis ist atemberaubend und verursacht ihm eine Gänsehaut: erwachsene Körper mit den Gesichtern zehnjähriger Jungen in sehr eindeutigen Stellungen.

Jetzt kann er seine Sammlung vervollständigen. Zumindest ist es ein Anfang. Er schlägt das Heft auf und vergleicht die Fotomontagen mit denen von vor zwölf Jahren. Die Gesichter der Kinder haben sich seiner Meinung nach mehr verändert als die Körper der Erwachsenen.

Er betrachtet die kleine, zwischen 1988 und 1989 zusammengestellte Sammlung, die nur aus acht Doppelseiten besteht. Die neuen Fotomontagen klebt er auf die Folgeseiten. Die Fotos gehören nach links, daher beklebt er die folgenden fünf linken Seiten. Die rechten Seiten sind reserviert. Er blättert rückwärts. Mit geschlossenen Augen streicht er über die rechten Seiten, um zu fühlen und sich zu erinnern. Erregung überkommt ihn; er zittert. Er öffnet die Augen und schließt mit einer ruhigen Bewegung sein Heft.

Seinen Dämonen setzt er keinen Widerstand mehr entgegen. Manchmal bebt er vor Angst und Begierde gleichzeitig. Er verlässt das Tipi und legt sich vollständig angezogen auf sein Bett.

Für morgen stehen Kundenbesuche auf dem Plan, danach wird man weitersehen. Er fällt in einen tiefen, von Albträumen erfüllten Schlaf.

In Vincent Calderones Büro sitzt ein junges, etwa zwanzigjähriges Paar. Ihre Hände sind mit Handschellen auf dem

Rücken gefesselt. Calderone stellt Fragen. Ein junger Polizeileutnant protokolliert; er tippt sowohl Calderones Fragen als auch die Antworten der jungen Frau und des jungen Mannes in die Tastatur. Manchmal wiederholt der Leutnant die Antworten mit halblauter Stimme, während er schreibt; er will ganz sicher sein, dass er den genauen Inhalt der Antworten wiedergibt.

Hinter ihnen, diskret an die Tür gelehnt, steht Ludovic Mistral. Das Verhör nähert sich dem Ende; gleich wird das Paar ein Geständnis ablegen.

»Ja, ich bin verantwortlich für den Raubüberfall bei dem Tabakhändler in der Rue Amelot«, erklärt der junge Mann mit leiser Stimme.

Einen Augenblick lang bleibt es still.

»Wer hat geschossen?«, fragt Calderone schließlich nüchtern.

Er hätte auch sagen können: »Wer hat das Ehepaar mit einer Pumpgun erschossen?« Doch als erfahrener Polizist und einfühlsamer Psychologe weiß er, dass die Art der Fragestellung einen großen Einfluss hat. Der Sinn ist identisch, nicht aber die Worte. Eine allzu brutale Formulierung kann bei Gelegenheitsmördern eine Blockade auslösen und ihnen die Realität ihrer Tat bewusst machen. Doch die fast harmlos gestellte Frage »Wer hat geschossen?« klingt wie »Ich will es ja nur verstehen«. Das Paar wechselt einen Blick. Es ist ganz still im Raum, die Spannung fast greifbar.

Der Leutnant scheint sich ganz seinem Bildschirm zu widmen. Er weiß, dass Calderone kurz vor dem Durchbruch steht, und macht sich daher unsichtbar. Mistral, der seit dem Beginn des Verhörs geschwiegen hat, weiß die Durchführung zu schätzen. Calderone wartet. Nur nicht drängen! Mit seinen Beweisen kann er die Verantwortlichen des Raubüberfalls überführen, nicht aber den Schützen. Zeugen gibt es keine. Wenn das Pärchen will, kann es die Polizei gewaltig in die Irre führen und beispielsweise einen Komplizen erfinden, den es nur mit Vornamen kennt und von dem es keine Adresse weiß. In einem solchen Fall wäre es fast unmöglich, die Wahrheit herauszufinden. Auf einen Raubüberfall stehen für Ersttäter sieben bis acht Jahre Knast, auf einen Totschlag aber zwanzig.

Während das Paar noch immer schweigt, spielt Calderone mit einer routinierten, bewusst nachlässigen Bewegung an den Amtssiegeln herum. Vor ihm liegen Beweisstücke. Das am Tatort aufgefundene Gewehr, das weder Fingerabdrücke noch andere Spuren trägt, sowie Telefonkarten und Zigarettenschachteln, die während der Hausdurchsuchung bei dem Paar sichergestellt wurden.

Calderone überstürzt nichts. Jetzt hält er eine Akte in der Hand, auf deren Rücken »Wissenschaftlicher und technischer Polizeibericht« steht. Der Bericht ist absolut inhaltslos; er enthält nicht den geringsten Beweis zur Identifikation der Verantwortlichen. Doch Calderones Haltung bedeutet: »Mit dem, was ich in der Hand habe, seid ihr dran.«

Er blickt die beiden jungen Leute fast freundlich an und fragt leise: »Also?«

»Ich war es.«

Die junge Frau hat mit fast unhörbarer Stimme geantwortet.

Ohne mit der Wimper zu zucken, fragt Calderone sie, wie sie es angestellt habe. Der junge Leutnant rührt sich noch immer nicht. Er wartet auf grünes Licht von Calderone.

Der sagt schließlich: »Okay, dann wollen wir das mal schriftlich festhalten.«

Und zum Leutnant gewandt fügt er hinzu: »Weiter im Text.«

Mistral hat den Ausgang des Verhörs abgewartet. Stumm gratuliert er Calderone, indem er den Daumen seiner rechten Hand hebt.

Ohne dass das Pärchen etwas bemerkt, verlässt er das Büro.

4

Lécuyer hat seinem Chef am Vorabend Bescheid gesagt, dass er am nächsten Tag um 9.30 Uhr vor Gericht erscheinen muss. Da er die Gegend um den Justizpalast kennt, ist er mit der Metro gefahren, wie es zu seiner Rolle als armer, vom Leben gebeutelter Mann passt. Sein Gang und seine Haltung verursachen eher Mitleid als Angst. Er ist zufrieden mit dem Spiegelbild, das die Scheiben des Triebwagens ihm zeigen.

Mit der Vorladung in der Hand spricht er schüchtern am Empfang des Justizpalastes vor. Die Angestellte gibt ihm Auskunft, ohne ihn auch nur anzusehen. Jetzt sitzt er mit mehreren anderen Personen auf einer Holzbank. Die anderen sind ebenfalls auf Bewährung entlassene Sträflinge, die auf den Richter warten. Polizisten im Wachdienst wandern im Flur auf und ab. Mit hängenden Schultern betrachtet Lécuyer unverwandt seine Schuhe. Der Richter hat fast eine Stunde Verspätung, doch Lécuyer zeigt nicht die geringste Ungeduld.

So sind unterwürfige Menschen nun einmal, denkt er.

Er hört seinen Namen und hebt den Blick zu einer Frau, die ein weiteres Mal ruft. Schon jetzt scheint sie verärgert, weil er nicht gleich beim ersten Mal geantwortet hat. Lécuyer steht auf. Die Frau wendet sich halb um und winkt ihm, ihr zu folgen.

Durch eine geöffnete Bürotür dringt Tageslicht in einen

von Neonlampen nur mäßig erhellten Flur. Die Frau bleibt stehen, lässt Lécuyer eintreten und knallt die Tür zu.

Lécuyer bleibt mitten im Raum stehen. Das Büro quillt von Akten geradezu über. Überall stapeln sich Schnellhefter, auf deren Rücken jeweils ein Name und eine Nummer notiert sind. Zwei Stühle stehen vor einem Schreibtisch, hinter dem ein kleiner, nervöser Mann Papiere sortiert. Er wirft Lécuyer einen flüchtigen Blick zu und deutet auf einen Stuhl. Der kleine, bescheidene Mann scheint sich fast zu entschuldigen, als er sich auf der Kante niederlässt. Aus dem Augenwinkel sieht Lécuyer, dass die Frau, die ihn begleitet hat, jetzt vor einem Computer sitzt und darauf wartet, dass der Richter beginnt.

Lécuyer beobachtet den Beamten. Sein Gesicht ist unruhig, und er wirkt überfordert. Der Richter fingert in einem Schnellhefter herum, auf dem Lécuyer seinen Namen entdeckt hat, und beginnt zu sprechen. Sein Blick konzentriert sich auf die eingehefteten Blätter.

»Ich sehe hier, dass Sie wegen guter Führung vorzeitig entlassen wurden. 1989 wurden Sie vom Schwurgericht wegen Vergewaltigung verurteilt.«

Jetzt erst sieht er Lécuyer an, der bei sich denkt: *Dem Kerl werde ich es zeigen.*

Er riskiert einen prüfenden Blick.

»Hatten Sie … äh … Probleme im Zusammenhang mit Ihrer Verurteilung wegen … äh … Vergewaltigung?«

Lécuyer schüttelt den Kopf und erklärt: »Die anderen Häftlinge haben nicht mit mir geredet, und auch ich habe nicht mit ihnen gesprochen.«

»Gut, allerdings steht in Ihrer Akte, dass Sie zu Beginn Ihrer Haftstrafe von Mitgefangenen sexuell belästigt wurden.«

Der Richter sieht Lécuyer in Erwartung einer Antwort an.

»Das war ganz zu Anfang, wie Sie schon sagten. Ich hatte es vergessen. Später hatte ich eine Zelle für mich allein.«

Lécuyer spricht mit Piepsstimmchen und wird unruhig.

Worauf will das Arschloch hinaus? Vorsicht! Höchste Konzentration. Der Typ ist schlauer, als er aussieht.

Der Richter blättert weiter in der etwas chaotischen Akte.

»Offenbar sind Sie nicht sehr mitteilsam. Ihre Gespräche mit dem Gefängnispsychiater haben gezeigt, dass Sie nicht wirklich aus sich herausgehen. Warum?«

Weil ihr samt und sonders Reißaus nehmen würdet, wenn ihr wüsstet, wer ich bin, denkt Lécuyer.

Doch er begnügt sich damit, die Schultern zu zucken – ganz der kleine, traurige Mann.

»Ich konnte noch nie von mir sprechen. Es ist schwierig.«

Der Richter stellt Lécuyer noch einige relativ harmlose Fragen. Der kleine Mann wird ruhiger und hat sich wieder völlig unter Kontrolle.

Er beobachtet den Beamten. Wenn er spricht, bildet sich zwischen seinen Lippen ein dünner Speichelfaden, und da er den Mund beim Sprechen nicht sehr weit öffnet, wirkt der Speichel wie ein Scharnier zwischen den Lippen.

Irgendwann stellt er fest, dass der Richter nichts mehr sagt, und blickt ihn fragend an. Nach kurzem Schweigen fährt der Richter mit lauterer Stimme fort.

»Ich habe Ihnen eine Frage gestellt, Monsieur Lécuyer. Wie kommen Sie mit Ihrer Arbeit zurecht?«

Lécuyer nimmt sich zusammen und legt dem Richter die Lohnabrechnung für vierzehn Tage auf den Schreibtisch.

»Hier, bitte sehr. Ich arbeite als Klempner. Der Job gefällt mir, und mein Chef sagt, dass er sehr zufrieden mit mir ist.«

Lécuyer weiß, dass nun die letzte Frage kommen wird.

»Sie sprechen zweimal im Monat mit einem durch das Gericht bestimmten Psychiater. Dürfte ich bitte den Nachweis sehen?«

Mit einstudierter Ungeschicklichkeit zieht Lécuyer die Karte aus der Tasche. Der Richter überprüft, ob sie ordnungsgemäß abgestempelt ist.

»Schön. Machen Sie weiter so. Sollten Sie auch nur die kleinste Dummheit begehen, steht es mir frei, Sie ins Gefängnis zurückzuschicken. Es liegt an Ihnen, alles zu vermeiden, was eine erneute Haftstrafe nach sich ziehen könnte.«

»Sie können mir vertrauen. Das eine Mal hat mir gereicht.«

Schweißgebadet verlässt Lécuyer das Büro des Richters. Er hat den Eindruck, dass der Beamte ihn mit seinen Anspielungen aus der Reserve locken wollte.

Vor Meister Spucke musst du dich höllisch in Acht nehmen, sonst sitzt du ganz schnell wieder im Knast und kannst dir deine Sammlung sonst wohin schieben.

Er nimmt die Metro, um zu seinem Auto zu gelangen. Nach wie vor verhält er sich wie ein Häufchen Elend mit hängenden Schultern.

Alles eine Frage der Übung. Irgendwann muss es ganz von selbst gehen.

Der Tag vergeht nur sehr langsam. Die Kunden sind geschwätzig. Lécuyer reicht es. Er hat es eilig, nach Hause zu kommen.

Wieder einmal hat der kleine Mann kaum geschlafen. Stattdessen hat er die ganze Nacht hindurch mit seiner Sammlung im Tipi gesessen, die Fingerspitzen sanft über die rechten Seiten gleiten lassen und mit der Berührung die Erinnerung an Erlebtes zurückgeholt, das viele Jahre zurückliegt. Erst als er das Tipi verlässt, schaut Arnaud Lécuyer auf die Uhr. Es ist 6.30 Uhr – Zeit, aufzubrechen und irgendwo Kaffee zu trinken.

Er geht ins Bad, rasiert sich flüchtig, feuchtet Gesicht und Haare an und rubbelt sich heftig mit einem Handtuch ab. Er wirft sich den Blouson über die Schultern, betrachtet die Kundenliste und besprüht sich mit einigen Tropfen des väterlichen Eau de Toilette.

Dann verlässt er das Haus, bleibt einige Sekunden unentschlossen auf dem Bürgersteig stehen und geht schließlich die Rue de la Butte-aux-Cailles entlang. Er betritt die Kaffeebar, in der er bereits gewesen ist, und bestellt schüchtern einen Kaffee. Die Stammgäste genehmigen sich bereits Calvados zum Kaffee und lesen Zeitung. Der Wirt stellt eine kleine, dampfende Tasse vor Lécuyer. Der kleine Mann nimmt das Papierröhrchen mit dem Zucker, reißt das Ende vorsichtig auf und lässt das weiße Pulver auf seine Zunge rieseln. Dann erst trinkt er seinen Kaffee.

8.30 Uhr. Der erste Kunde ist ein Blumenhändler im fünfzehnten Arrondissement. Lécuyer braucht fast eine Stunde, um den Wasserabfluss wieder in Ordnung zu bringen. Er arbeitet konzentriert und geht nicht auf die Fragen ein, mit denen der Blumenhändler ihn überhäuft. Nach Beendigung der Reparatur stellt er die Rechnung aus, kassiert und geht.

Vielen Dank und auf Wiedersehen.

Lécuyer mag seinen anonymen Lieferwagen. Er fühlt sich sicher und kann kreuz und quer durch Paris fahren – natürlich immer zurückhaltend und streng nach den Regeln der Straßenverkehrsordnung. Bloß nicht auffallen. Sich einfach in den fließenden Verkehr eingliedern.

Er fährt zum nächsten, auf 10.00 Uhr angesetzten Termin und steht vor verschlossenen Türen. Nachdem er einige Minuten gewartet hat, steigt er wieder in sein Auto und überlegt. Er weiß nicht, wie er die Zeit bis zum dritten Termin gegen 11.00 Uhr totschlagen soll. Er startet den Wagen und fährt langsam an. Ziellos streift er umher. Seine Augen suchen die Bürgersteige rechts und links ab. Irgendwann wird ihm bewusst, dass er auf der Pirsch ist. In seinem anonymen Auto fühlt er sich wohl – mächtig, unbesiegbar und unsichtbar wie ein Raubtier.

Sein Puls beschleunigt sich, und seine Lippen werden trocken. Er hat ein Kind entdeckt, das den Bürgersteig entlangschlendert. Allein. Ein kleiner Junge von etwa zehn Jahren. An seiner Gangart erkennt Lécuyer, dass der Junge sich langweilt. Er dribbelt eine Zeit lang mit einem Flaschenverschluss, ehe er das Interesse verliert.

Für Lécuyer gibt es nur noch diesen Jungen. Alles ringsum ist verschwommen, bis auf dieses Kind, das sich klar und deutlich von seiner Umgebung abhebt. Lécuyer ist sich ganz sicher, dass der Junge allein ist. Weit und breit ist kein Erwachsener zu sehen. Seine Dämonen haben die Kontrolle übernommen, und er lässt sich mit Vergnügen von ihnen leiten, obwohl er sich selbst immer wieder warnt: *Es ist zu früh, es ist viel zu früh, du bist noch nicht bereit.*

Trotzdem lässt er die Dämonen gewähren. Er hat keine Lust zu kämpfen, und er hört gern, wenn sie zu ihm sprechen.

Lécuyer überholt das Kind und parkt einige Hundert Meter weiter. Er ist wie verwandelt. Er fühlt sich stark.

Es geht wieder los, denkt er lächelnd.

Zwölf Jahre lang hat er nicht mehr gelächelt. Das letzte Mal war es, als er die Großmutter überfiel. Wenn Lécuyer lächelt, verzieht sich lediglich sein Mund nach links und rechts. Das ist alles. Sein Blick bleibt unverändert.

Seine Strategie ist bewährt. Er lehnt sich gegen eine Mauer, nachdem er sichergestellt hat, dass sich alles, was er braucht, in seiner Hosentasche befindet. Beruhigt nimmt er eine Münze und vergnügt sich damit, sie verschwinden zu lassen.

Er muss nicht lange warten. Das gelangweilte Kind bleibt stehen und sieht Lécuyer zu. Lécuyer macht weiter, als wäre er allein, als nähme er das Kind gar nicht wahr. Der Junge kommt näher.

Er hat angebissen, stellt Lécuyer fest. *Jetzt muss ich den Fisch nur noch aus dem Wasser holen, ohne die Schnur zu zerreißen.*

Er weiß, dass er noch immer im Vorteil ist. Der Junge steht vor ihm. Fünfzig Zentimeter trennen sie. Die Spinne sitzt mitten im Netz und lauert auf ihr Opfer. Lécuyers Hand nähert sich dem Kopf des Jungen, der wie gebannt zu begreifen versucht, auf welche Weise diese Münze verschwindet. Lécuyer öffnet seine Hände. Sie sind leer.

»Wie machen Sie das?«

Wieder einmal hört Lécuyer diesen magischen Satz.

»Die Münze ist in der Tasche deines Hemdes.«

Sofort greift das Kind in seine Brusttasche und zieht strahlend die Münze hervor.

»Cool. Kann ich das auch lernen?«

Nichts hat sich verändert, denkt Lécuyer.

Es sind immer die gleichen Sätze, die ihn ermutigen, weiterzumachen. Fast automatisch antwortet er: »Ja, natürlich. Es ist ganz leicht.«

Gemeinsam gehen sie die Straße entlang. Die Dämonen in Lécuyers Kopf beglückwünschen ihn.

Bravo! Genauso läuft es! Mach weiter. Dir wird nichts passieren.

Bestärkt geht Lécuyer weiter, obwohl er ein wenig Angst hat. Er ist so erregt, dass er zittert.

Zunächst muss er ein paar Fragen stellen, um Vertrauen zu schaffen. Er muss lächeln und sich freundlich geben.

»Verrätst du mir deinen Namen? Und wie alt bist du?«

»Ich heiße Gilles und bin zehn Jahre alt. Und Sie?«

»Mein Name ist Gérard. Hast du denn heute keine Schule?«

»Nein, heute ist doch Mittwoch. Wir haben mittwochs nie Schule.«

»Stimmt, das hatte ich vergessen. Komm, gib mir die Hand. Ich will dir etwas zeigen.«

Bereitwillig reicht Gilles ihm die Hand. Lécuyer legt ihm eine Münze hinein.

»Zunächst musst du die Münze ganz intensiv spüren und üben, sie zwischen deinen Fingern kreisen zu lassen.«

Der Junge probiert es; die Münze fällt zu Boden. Mehrmals zeigt ihm Lécuyer, wie er es anstellen muss. Er wirft einen Blick auf seine Uhr. Nur noch zwanzig Minuten. Seine Kehle ist völlig ausgetrocknet. Er hat keinen Tropfen Speichel mehr im Mund. Erfüllt von unbändiger Gier schmiedet er einen Plan nach dem anderen. Er kann jetzt nicht mehr zurück, doch er muss so vorsichtig wie möglich vorgehen. Nie hätte er gedacht, so schnell zum Zuge zu kommen. In den wenigen klaren Augenblicken, die ihm vergönnt sind, weiß er, dass es ein Spiel mit dem Feuer ist. Er dürfte nicht weitermachen. Nichts ist vorbereitet. Aber er kann nicht dagegen ankämpfen und will es auch nicht. Er muss es tun, koste es, was es wolle. Die Dämonen johlen und machen ihm Mut.

Los, Junge! Es geht doch!

Er versucht seine Gefühle zu bezähmen und so natürlich wie möglich zu erscheinen, als er sagt: »Gilles, ich muss mich in dem großen Haus dahinten um eine kaputte Birne kümmern. Hast du nicht Lust, mitzukommen? Während der Arbeit erkläre ich dir das Geheimnis der magischen Münze.«

»Nein, das geht nicht. Meine Mutter sagt, dass ich nicht mit fremden Leuten gehen darf.«

Er darf jetzt nicht lockerlassen, ohne jedoch zu drängen. Mit ruhiger, vor Erregung ein wenig zitternder Stimme erwidert er: »Das hat meine Mutter auch immer gesagt. Aber mit mir ist es doch ganz anders. Du kennst mich; ich heiße Gérard. Außerdem verrate ich dir das Geheimnis der verschwundenen Münze. Deine Klassenkameraden werden dich glühend beneiden.«

Gut gemacht, loben die Dämonen. *Trotzdem solltest du nichts überstürzen.*

Der Junge wirkt hin- und hergerissen zwischen dem Verbot und dem Wunsch, das Geheimnis zu ergründen.

»Na gut, einverstanden. Aber wir müssen uns beeilen.«

Lécuyer muss an sich halten, um sein Entzücken nicht hinauszuschreien.

»Keine Sorge, es geht ganz schnell.«

Reiß dich zusammen, reiß dich zusammen, ermahnt er sich selbst.

Du hast es fast geschafft. Du hast gewonnen, raunen die Dämonen.

Lécuyer und das Kind gehen durch die große Toreinfahrt des Mietshauses. Sie kommen am Abstellraum für die Müllcontainer vorbei. Lécuyer wirft einen kurzen Blick hinein. Zu riskant: Der Raum liegt zu nah an der Straße. Sie betreten einen weitläufigen Hof. Lécuyer hat eine Stahltür mit der Aufschrift »Fahrradkeller« entdeckt. Die Tür führt zu einer Reihe von Kellerabteilen, in denen Fahrräder und Kinderwagen stehen. An der Wand türmt sich ein großer Haufen Tücher und Decken; in einem Einkaufswagen aus dem Supermarkt lagern Kartons und allerlei Krimskrams. Der kleine Mann spürt, wie sein Herz wild zu schlagen beginnt. Er fühlt das Pochen bis in seinen Schädel. Der lang ersehnte Augenblick ist endlich da. Seine Begierde wächst.

Lécuyer bemüht sich um eine feste Stimme.

»Die kaputte Birne ist dahinten im letzten Verschlag. Ich brauche höchstens zwei Minuten.«

Er kann sich kaum noch beherrschen. Eine Gänsehaut läuft ihm über den Rücken. Seine Knie sind weich.

»Ich habe Angst. Ich will weg«, jammert das Kind.

Lécuyer weiß, dass er sich jetzt beeilen muss. Er packt den Jungen am Arm und zerrt ihn in das hinterste Abteil, wo ein paar ausgeschlachtete Mofas stehen.

»Lassen Sie mich los! Sie tun mir weh! Ich will weg!«

Gilles weint.

Lécuyer gerät in Panik.

Du warst zu schnell, sagt er sich, weiß aber, dass er nicht mehr zurückkann.

Aus dem Ärmel zieht er einen Schraubendreher mit einem sehr dünnen Griff und einer scharfen Spitze. Es ist sein Fetisch. Er hat ihn nach der Haftentlassung fabriziert, denn die letzte Waffe ist im Bauch des Muskelmanns in der Gefängnisküche stecken geblieben.

Er hält seinen Schraubendreher an der Spitze und schlägt dem Jungen mit dem Griff zweimal hart auf den Schädel. Das Kind bricht zusammen.

Die Dämonen zetern: *Beeil dich, hier droht Gefahr.*

Lécuyer keucht. Er atmet, als wäre er zehn Kilometer gerannt. Er legt den Jungen auf den Bauch, dreht seinen Kopf nach rechts und spreizt seine Arme. Die Handflächen liegen mit ebenfalls gespreizten Fingern auf dem Boden. Während er das Kind für den Todesstoß rüstet, durchlebt er erneut, was er mit den sechs anderen getan hat. Die Bilder überlagern sich. Er weiß nicht mehr, ob er sich im Traum oder in der Wirklichkeit befindet. Übererregt richtet er sich auf, um sein Werk zu begutachten. Plötzlich packt ihn jemand mit harter Hand im Nacken.

»Was machst du da mit dem Kind?«

Um ein Haar hätte Lécuyer aufgeschrien. Wie vom Blitz getroffen reißt er die Augen auf. Seinem weit geöffneten Mund entfährt ein Röcheln. Er bekommt keine Luft mehr. Die Hand, die ihn im Nacken hält, greift ein wenig fester zu. Lécuyer, dem es vorkommt, als befände sich sein Hals in einem Schraubstock, wird ins erste Abteil gezerrt.

»Sehen wir uns doch mal dein Gesicht an«, knurrt der Mann. »Hier ist es wenigstens hell.«

Lécuyer umklammert den Griff seines Schraubendrehers. Er bietet alle Kraft auf, um sich aus der Umklammerung zu winden, die ihn zu zermalmen droht, und steht einem riesenhaften, zottigen, schmutzigen und in Lumpen gekleideten Kerl gegenüber.

Lécuyer graust es. Stöhnend rammt er dem Mann den Schraubendreher von unten nach oben ins Herz. Der Mann scheint nichts zu spüren. Lécuyer zieht die Spitze heraus und versucht, fortzurennen. Doch der Hüne klammert sich an den kleinen Mann, der sich wie ein Irrer gebärdet.

Ein scharfer Schmerz breitet sich in seinem Herzen aus. Er begreift, dass er sterben muss. Ihm ist, als ob sich zwei Hände in seine Brust gedrängt hätten und versuchten, ihm das Herz aus dem Leib zu reißen. Im Todeskampf krampft sich seine Hand um die Schulterpartie des Blousons.

Blind vor Angst hastet Lécuyer zur Tür. Ein Stück Stoff aus seinem Blouson bleibt in der Hand des Hünen zurück. Dieser wankt noch einige Schritte und bricht zwischen den Fahrrädern zusammen. Lécuyer rennt bis zur Tür und geht dann ganz ruhig weiter. Nur keine Aufmerksamkeit erregen.

Zieh die zerrissene Jacke aus, schimpfen die verärgerten Dämonen.

Lécuyer gehorcht sofort, faltet den Blouson und klemmt ihn sich unter den Arm. Er hat ein unglaubliches Verlangen, zu rennen und zu schreien, als ob eine riesenhafte Hand ihn heftig in den Rücken stieße.

Keine auffällige Bewegung. Du darfst keine Aufmerksamkeit auf dich lenken. Nicht, dass man dir mit Blicken folgt und später dein Auto identifizieren kann.

Lécuyer geht zu seinem Wagen zurück. Er weiß, dass niemand ihn beachtet. Leute schauen in aller Regel stur geradeaus, niemals zur Seite.

Als er sein Auto erreicht, hat er Schwierigkeiten, es aufzuschließen, weil seine Hände so stark zittern. Er steigt ein, lässt sich auf den Sitz fallen und atmet stoßweise mit weit geöffnetem Mund wie ein Ertrinkender.

Du musst hier weg. Aber ruhig. Bloß kein Kavalierstart.

Er legt den Sicherheitsgurt an, betätigt die Zündung, blinkt links, schaut in den Rückspiegel und will eben die Parklücke verlassen, als ein Polizeiauto kommt. Lécuyer gerät in Panik. Doch das Polizeiauto fährt weiter. Es ist ein ganz normaler Streifenwagen, der in zwanzig Metern Entfernung einen Toten passiert.

Mit wild klopfendem Herzen fährt Lécuyer los. Er windet sich vor Enttäuschung und presst die Hand vor den Mund, um ein Schluchzen zu unterdrücken. Ihm bleibt noch eine Viertelstunde Zeit, um sich zu beruhigen, ehe er beim nächsten Kunden erwartet wird.

Die Dämonen wagen nichts mehr zu sagen.

Ludovic Mistral hat endlich sein Büro fertig eingerichtet. In Gedanken vergleicht er es mit den Büros seiner amerikanischen Kollegen und muss lächeln. Die Beamten der Kriminalpolizei von New York und Washington, die er gut kennt, arbeiten in Hightechbüros und sind sowohl auf dem Gebiet der Informatik als auch der Telefonie mit der absolut neuesten Technologie ausgerüstet. Dieser Raum hingegen ist zwar sicherlich vor einem, höchstens zwei Jahren frisch gestrichen worden, die Ausrüstung allerdings kann mit den Amerikanern nicht mithalten. Trotzdem zieht es Mistral bei Weitem vor, mitten in Paris in dem von Simenon unsterblich gemachten Quai des Orfèvres 36 zu arbeiten, als in einem anonymen und vergangenheitslosen Gebäude aus Glas und Stahl. Im Vorzimmer von Frau Direktor hängt übrigens ein Schwarz-Weiß-Foto von Georges Simenon, der Pfeife rauchend vor der Hausnummer 36 steht.

Obwohl sie eine Frau ist, lässt sie sich nicht gern »Frau Direktorin« nennen. Sie bevorzugt »Frau Direktor«. Gleich das erste Rundschreiben hat unmittelbar nach ihrer Berufung darauf hingewiesen. Der Polizeipräfekt trat als Erster ins Fettnäpfchen.

»Dann müssen wir also jetzt Frau Direktorin sagen?,« hatte er mit salbungsvoller Stimme und einem angedeuteten Lächeln geäußert, worauf sie ihn anstrahlte: »Mir ist Frau

Direktor lieber. Ich glaube, die Bezeichnung nimmt mir nichts von meiner Weiblichkeit.«

Mistral hat einige Bilder aufgehängt, eine Grünpflanze bestellt und seinen Schreibtisch mit einigen persönlichen Gegenständen dekoriert, an denen er hängt– wie zum Beispiel einer wunderschönen Pendeluhr, einem Geschenk des Direktors des FBI. Das Klingeln des Telefons reißt ihn aus seinen Gedanken. Es ist der diensthabende Chef der Einsatzleitung.

Nach einer kurzen Begrüßung kommt der Anrufer gleich zur Sache.

»Im sechzehnten Arrondissement, auf dem Boulevard Murat, wurde ein Stadtstreicher ermordet aufgefunden, und zwar in einem Fahrradkeller. Aber was noch schlimmer ist: In einem anderen Teil des Kellers lag ein bewusstloses Kind. Mehr wissen wir noch nicht. Bis jetzt haben wir nur die telefonische Benachrichtigung, aber unsere Leute vor Ort hätten gern, dass die Kripo sich die Sache mal ansieht.«

»Klar«, sagt Mistral. »Ich lasse mich von der Bereitschaft mitnehmen. Es ist lange her, dass ich das letzte Mal draußen war. Wer vertritt die Staatsanwaltschaft?«

»Bruno Delattre. Ein junger Mann, ausgesprochen nett. Halte uns bitte auf dem Laufenden. Bis dann.«

Mistral fährt mit Calderone, der Bereitschaftsdienst hat. Zwei andere Autos folgen. Die beiden Männer schweigen. Nach einiger Zeit entfährt es Calderone: »Ich finde es furchtbar, wenn Kinder involviert sind. Für mich gibt es nichts Schlimmeres.«

»Aber so, wie es aussieht, ist nicht das Kind das Opfer, sondern ein Clochard«, entgegnet Mistral. »Wir werden ja gleich sehen. Doch mir geht es genauso wie Ihnen – wenn Kinder im Spiel sind, wird man leicht von Emotionen übermannt.«

»Haben Sie selbst Kinder?«, erkundigt sich Calderone.

»Zwei Jungen von sechs und neun Jahren. Und Sie?«

»Leider nein. Wir haben alles durchtesten lassen, aber wie es aussieht, liegt das Problem bei mir. Ich war bei allen möglichen Spezialisten, aber nichts hat funktioniert. Na ja, so ist das Leben. Meine Frau hat die Sache ganz vernünftig aufgenommen. Am Anfang war ich total deprimiert und dachte, dass unsere Ehe die Belastung nicht aushalten würde. Frauen haben nun einmal eine mütterliche Ader. Wenn sich keine Kinder einstellen, machen sie Schluss.«

»Haben Sie nie an Adoption gedacht?«

Calderone lächelt traurig.

»Sicher. Leider werden in Frankreich nur sehr wenige Kinder zur Adoption freigegeben. Ungefähr ein Kind auf fünfzig Antragsteller. Auch da sind wir kläglich gescheitert.«

»Ich kenne Leute, die Kinder aus dem Ausland adoptiert haben. Sie scheinen sehr zufrieden.«

Calderones Lächeln wird bitter.

»Das haben wir natürlich auch versucht. Wir waren in Brasilien, Guatemala, Nepal und Vietnam. Überall muss man irgendwelche Vermittler bestechen, unter anderem ziemlich windige Anwälte, die sich auf dieses Geschäft spezialisiert haben. Denn letztendlich ist es nichts anderes als ein Geschäft. Und wir Westler müssen richtig viel Geld abdrücken. Irgendwann kam es uns vor, als ob wir dabei wären, ein Kind zu kaufen. Da haben wir dann resigniert und die Sache fallen lassen. Es scheint uns einfach nicht bestimmt zu sein, ein Kind zu haben.«

Mistral hat das Gefühl, dass sich Calderone noch nicht damit abgefunden hat, nie Vater sein zu dürfen. Also wagt er nicht, ihm zu erzählen, wie viel Freude er an seinen Söhnen hat.

Nach einem kurzen Schweigen wendet sich Calderone an Mistral und fährt in angestrengt scherzhaftem Ton fort: »Tiere haben wir übrigens auch nicht. Weder Hund noch Katze, keinen Vogel und noch nicht einmal einen Goldfisch. Nichts. Ich bringe es einfach nicht fertig, abends beim Heimkommen zu einem Köter zu sagen: Da ist der Papi wieder. Andere haben da keine Probleme.«

Mistral schmunzelt und wechselt das Thema.

»Ich liebe Paris. Es ist herrlich, endlich wieder hier zu sein.«

»Schon, bloß geht es hier gerade ziemlich drunter und drüber – wegen des Baubeginns für die neuen Straßenbahnlinien und der Erweiterung der Bustrassen. Aber wenigstens dürfen wir mit gekennzeichneten Dienstfahrzeugen, Blaulicht und Martinshorn die Busspuren benutzen.«

Calderone versichert sich im Rückspiegel, dass die beiden anderen Einsatzfahrzeuge folgen können. Sie erreichen den Boulevard Murat. Die Adresse ist leicht zu finden, denn Krankenwagen, Notarzt, Polizeifahrzeuge und das Auto eines anderen Einsatzteams parken in Zweierreihen vor dem Haus.

Mistral und Calderone werden von einem Polizisten in Empfang genommen, der offensichtlich bereits auf sie gewartet hat. Er begrüßt sie vorschriftsmäßig.

»Ich bringe Sie zum Fundort der Leiche.«

Während Mistral mit dem Polizisten vorgeht, macht Calderone den acht Männern vom Bereitschaftsdienst ein Zeichen, vorläufig noch in ihren Wagen sitzen zu bleiben. Dann betritt auch er den Fahrradkeller, gefolgt von einem jungen Beamten.

Dort erblickt er eine Menge Leute, die überall herumwuseln, ohne dass der Fundort ordnungsgemäß abgesperrt ist. Er ahnt bereits, dass hier nicht mehr allzu viele Spuren übrig sind. Zwei junge Polizisten in Zivil machen sich Notizen über die Männerleiche, die auf dem Rücken zwischen einigen umgekippten Fahrrädern liegt. Hinter den beiden stehen noch drei weitere Gesetzeshüter und ein Mann in einem blauen Hemd. Mistral stellt sich kurz vor und bittet um einen Überblick. Der junge Beamte zückt seinen Notizblock, um mitzuschreiben.

»Wer hat die Leiche gefunden?«

Der Mann in dem blauen Hemd tritt vor, wobei er nervös mit einem Schlüsselbund hantiert. Offenbar dienen die Taschen seiner Kleidung ihm auch zur Werkzeugaufbewahrung. Ehe der Kerl antwortet, stopft er den Schlüsselbund in eine Hosentasche, zieht ein zweifelhaft aussehendes Taschentuch hervor und putzt sich die Brille.

»Darf ich um Ihren Namen bitten?«, fragt Mistral.

»Joo Fernandes. Ich bin Hausmeister für den ganzen Wohnkomplex«, antwortet der Mann mit den vielen Werkzeugtaschen.

Ein Polizist, der ein Stück weiter hinten steht, winkt mit einem Blatt Papier.

»Ich habe alles aufgeschrieben. Wenn Sie wollen, kann ich …«

Mistral unterbricht ihn mit einer knappen Geste.

»Lassen Sie nur. Monsieur Fernandes wird es uns erzählen.«

Ermutigt fährt Fernandes fort: »Wie ich den beiden Bullen … äh … den beiden Polizisten schon gesagt habe – ich will für den Mord auf keinen Fall verantwortlich gemacht werden. Es ist doch Mord, oder?«

»Wieso verantwortlich?«

»Weil ich dem Mann erlaubt habe, hier zu schlafen. Es ist

Winter, es ist kalt, und er störte doch niemanden. Er hat nicht einmal getrunken. Tagsüber war er immer unterwegs und hat gebettelt oder was weiß ich. Abends, wenn die Wärmeküche zugemacht hatte, kam er zurück und legte sich in seine Ecke zum Schlafen. Wir haben dieses Jahr einen ziemlich harten Winter. Er schlief lieber hier als im Obdachlosenasyl.«

Fernandes zeigt auf einen großen Stapel aus Tüchern und Kartons.

»Damit haben Sie sich auf keinen Fall mitschuldig gemacht. Fahren Sie fort.«

Die Verunsicherung schwindet aus Fernandes' Gesicht.

»Der Mann war seit Ende November hier. Er hat mir gesagt, dass er Roger heißt. Das war alles. Seinen Nachnamen kenne ich nicht. Tja, und als ich heute Morgen gegen ...«, er wirft einen Blick auf seine Uhr, »gegen Viertel vor elf in den Fahrradkeller kam, habe ich Roger hier auf dem Bauch mitten zwischen den Rädern gefunden. Zunächst dachte ich, er hätte vielleicht einen Schwächeanfall gehabt. Aber als ich ihn umdrehte, sah ich das ganze Blut. Ich wollte gerade losrennen, um Hilfe zu holen, doch da hörte ich aus einem anderen Verschlag ein Stöhnen. Ich lief mit meiner Taschenlampe hin – ich habe immer eine Taschenlampe bei mir; man weiß ja nie, ob nicht mal eine Glühbirne kaputtgeht oder ...«

Freundlich unterbricht ihn Mistral.

»Monsieur Fernandes, Sie haben ein Stöhnen gehört. Und was geschah dann?«

»Äh ... ja! Ich mache meine Lampe an und sehe ein Kind flach auf dem Bauch liegen. Ich gehe schnell hin und drehe den Jungen vorsichtig um, weil ich sehen will, ob er auch etwas abbekommen hat wie Roger. Gott sei Dank nicht! Also nehme ich ihn auf den Arm, trage ihn über den Hof in mein Büro und rufe die Feuerwehr und die Bullen ... äh, Entschuldigung, die Polizei. Tut mir leid, aber Bulle ist doch kein schlimmes Wort, oder? Alle sagen es, sogar im Fernsehen.«

»Nein, es ist kein schlimmes Wort. Kennen Sie den Jungen?«

»Er muss irgendwo hier in der Umgebung wohnen, aber ich weiß nicht, wie er heißt. Ich kenne ihn nur vom Sehen. Aus unserem Wohnkomplex ist er jedenfalls nicht.«

Mistral wendet sich an Calderone.

»Würden Sie bitte den Notarzt fragen, wie schwer der Junge verletzt ist? Vielleicht kann man ja mit ihm reden.«

Dann ruft er den Polizisten zu sich.

»Haben Sie den Fundort als Erster betreten?«

»Ja. Meine Kollegen und ich liefen Streife, als der Funkruf kam. Fünf Minuten später waren wir vor Ort. Monsieur Fernandes erwartete uns schon. Gleichzeitig mit uns kam der Notarzt und hat sich sofort um den Jungen gekümmert. Wir gingen in den Keller und fanden einen toten Stadtstreicher, der auf dem Rücken halb auf dem Boden, halb auf umgekippten Fahrrädern lag. Er war voller Blut. Wir haben nichts angefasst. Ich habe über Funk bestätigt, dass der Mann eindeutig tot war, und den Fundort abgesichert, bis die Kripo kam.«

Mistral verlässt mit den Streifenpolizisten und dem Hausmeister den Fahrradkeller. Als Calderone zurückkommt, sieht Mistral, dass sein Gesicht verzerrt und sehr blass ist.

»Eine Katastrophe! Der Zauberer ist wieder da.«

»Der Zauberer? Wer ist das?«

»Ein Kindermörder. Ende der Achtzigerjahre hat er sechs Jungen getötet und vergewaltigt. Zwei konnten ihm mit letzter Not entkommen. Alle Kinder waren ungefähr zehn Jahre alt.«

Mistral macht eine Kopfbewegung zum Notarztwagen.

»Und was hat der Junge gesagt? Ist er schwer verletzt?«

»Glücklicherweise nicht.« Calderone legt es auf Beruhigung an. »Der Junge kommt wohl mit zwei dicken Beulen davon, aber sie nehmen ihn vorsichtshalber zum Röntgen mit ins Krankenhaus. Er hat uns seine Adresse gegeben; er wohnt ganz in der Nähe. Einer von meinen Leuten ist schon unterwegs, um die Mutter zu benachrichtigen. Der Junge hat erzählt, dass dieser Mann plötzlich aus dem Nichts aufgetaucht ist, sich als Gérard vorstellte und Tricks mit Münzen machte. Er wollte ihn zum Wechseln einer Glühlampe begleiten, hat dann aber doch Angst bekommen und geschrien. Daraufhin hat der Kerl ihm eins über den Schädel gegeben. Es ist genau die gleiche Vorgehensweise wie bei den Morden und Mordversuchen vor mehr als zwölf Jahren.«

»Gut, ich rufe jetzt Verstärkung. Unsere Leute sollen sich im Viertel umhören. Wir informieren den Staatsanwalt, dass wir die Angelegenheit übernehmen, und dann fahren wir ins Büro und suchen alles über den Zauberer zusammen.«

Während Calderone den Dienstwagen zum Quai des Orfèvres zurückchauffiert, tätigt Mistral drei Anrufe von seinem Mobiltelefon. Zunächst informiert er Françoise Guerand, die sich erschüttert zeigt.

»Ich hatte gehofft, nie wieder vom Zauberer zu hören. Jetzt fängt der Albtraum also wieder an.«

Als Nächstes spricht er mit dem Leiter der Mordkommission.

»Du weißt zwar jetzt alles, aber bitte kein Wort gegenüber der Presse.«

Das dritte Gespräch führt er mit dem Beamten im Bereitschaftsdienst. Auch der hat schon vom Zauberer gehört.

»Damals auf der Polizeischule hat man uns von ihm erzählt. Es soll einer der ganz seltenen Fälle von Serienmorden in Frankreich sein. Und keiner der Fälle wurde aufgeklärt. Ich freue mich, dass ich daran mitarbeiten darf.«

»Und ich erst!«, seufzt Mistral.

Als der Dienstwagen auf den Parkplatz des Präsidiums einbiegt, ist Mistral gerade fertig mit seinen Telefonaten. Hastig und voller Sorge steigen er und Calderone in die dritte Etage hinauf. Zum Büro der Pariser Kriminalpolizei gibt es keinen Aufzug.

5

Mistral betritt sein Büro und legt seinen Mantel ab. Calderone folgt ihm auf dem Fuß.

»Ich wüsste gern, was genau es mit dem Zauberer auf sich hat. Erzählen Sie.«

»Wo waren Sie Ende der Achtziger? Genauer gesagt: zwischen 1988 und 1989?«

»Im Libanon«, erwidert Mistral nach kurzer Überlegung. »Ich gehörte dem Rauschmitteldezernat an und hatte ordentlich zu tun. Wenn mich nicht alles täuscht, habe ich damals sogar einmal etwas über diesen Zauberer gehört, allerdings nur gerüchteweise. Und als ich nach Frankreich zurückkehrte, war die Sache vom Tisch.«

»Okay, dann fange ich wohl am besten ganz vorne an. Also, im Jahr 1988 ermittelten wir in drei Mordfällen an Kindern. Drei Jungen, die zunächst betäubt, dann erdrosselt und schließlich vergewaltigt wurden. Alle waren zwischen zehn und zwölf Jahre alt. Wir fanden die Leichen in den Nutzräumen großer Wohnblocks, meistens im Keller, und zwar immer in der gleichen Stellung: flach auf dem Bauch liegend, die Arme ausgebreitet, den Kopf nach rechts gewandt. Und wir hatten nicht den geringsten Anhaltspunkt.«

»Vergewaltigung bedeutet, dass es Spermaspuren gegeben haben muss. Wurde eine DNA-Analyse gemacht?«

»Erstens benutzte der Kerl Präservative, und zweitens war damals die DNA-Analyse noch nicht so üblich wie heutzutage, selbst wenn Sperma gefunden worden wäre. Wir kennen die Blutgruppe des Mörders, aber das ist auch schon alles. Wir haben absolut nichts in der Hand – weder die Spurensicherung noch die Vernehmung der Nachbarschaft oder Zeugenaussagen haben irgendetwas ergeben. Die Kinder kannten einander nicht, sie betrieben weder die gleichen Sportarten oder andere Freizeitaktivitäten noch besuchten sie die gleiche Schule. Sie gingen weder zum gleichen Arzt oder Zahnarzt noch wohnten sie im gleichen Arrondissement. Nichts. Einfach gar nichts. Es ist, als wären diese Kinder von einem Außerirdischen ermordet worden. Sie können sich sicher vorstellen, dass die Stimmung bei der Kripo Ende 1988 nicht gerade die beste war.«

»Wie hat die Presse reagiert?«

»Über die ersten beiden Morde wurde absolutes Stillschweigen bewahrt. Zwar wussten zwei oder drei Zeitungen Bescheid, aber die Journalisten zogen am gleichen Strang und hielten dicht. Ganz anders dann beim dritten Delikt. Die Eltern des Opfers rasteten vor Schmerz fast aus und redeten mit einem Journalisten. Daraufhin kam eine ganze Lawine ins Rollen. Auch die beiden früheren Morde wurden publik gemacht. Sie haben keine Vorstellung, was hier los war!«

»Wer hat die Ermittlungen geleitet?«

»Das Team von Jean-Yves Perrec. Zwar war ich damals einem anderen Team zugeteilt, aber wir haben auch an der Sache mitgearbeitet. Eigentlich bemühte sich die komplette Kripo, dem Zauberer auf die Schliche zu kommen. Perrec ist seit vier, vielleicht fünf Jahren pensioniert. Er war ein hervorragender Polizist, ein Bretone. Ein richtiger Brummbär, aber mit einem unheimlich großen Herz. Vor seiner Arbeit bei der Kripo hat er im Bereich Kinderpornografie und Kindesmissbrauch ermittelt. Seine frühere Abteilung hat übrigens eng mit uns zusammengearbeitet und uns eine Menge Namen von Pädophilen zusammengestellt, die etwas mit den Morden zu tun haben könnten.«

Mistral steht auf und geht zum Kühlschrank.

»Viel habe ich nicht da. Nur Bier.«

Er reicht Calderone eine Dose und ein Glas und bedient sich ebenfalls.

»Diesen Perrec muss ich unbedingt treffen. Aber darüber sprechen wir später. Wie ging es weiter?«

Calderone nimmt einen langen Schluck kühles Bier und fährt fort: »1989 glaubten wir, ihm auf der Spur zu sein. Im Februar wurde wieder ein betäubter Junge in einem Keller gefunden. Es war wie bei den anderen Fällen. Aber offenbar war der Täter gestört worden und hatte keine Zeit gehabt, sein grausiges Werk zu vollenden. Der Kleine erzählte uns, dass er einen Mann kennengelernt hätte, der ihm Kartentricks zeigte und zaubern konnte. Sie hatten sich ein paarmal getroffen, weil der Junge den Mann sympathisch fand. Eines Tages nahm der Mann den Jungen mit in einen Keller, wo er angeblich eine Glühlampe austauschen musste. Der Kleine ging vertrauensselig mit und wurde im Keller betäubt. Der Junge gab eine ziemlich genaue Personenbeschreibung ab: Es handelte sich um einen nicht sehr großen, relativ jungen Mann – etwa Anfang zwanzig – mit kurzem, braunem Haar und unauffälliger Kleidung. Das Phantombild gab nicht viel her. Der Kerl war ein Allerweltstyp. Trotzdem haben wir mit der Beschreibung und dem Phantombild die anderen Fälle wieder aufgerollt. Doch das Resultat war gleich null. Bis auf die Tatsache, dass wir inzwischen wussten, wie der Mann sich den Kindern näherte.«

»Bestimmt ist er kurz darauf wieder aktiv geworden. Habe ich recht?«

»Allerdings. Einen Monat später wurde wieder ein Junge tot in einem Keller aufgefunden. Gleiche Stellung, alles wie gehabt. Danach herrschte etwa drei, vier Monate Ruhe, ehe das nächste Kind dran glauben musste. Die Ermittlungen ergaben wieder mal nichts. Einen Monat später kam abermals ein Kind mit dem Schrecken davon. Der Junge hatte ein Riesenglück. Die Vorgehensweise war wie gehabt, nur dass der Täter dieses Mal mit Münzen zauberte. Er schleppte das Kind in einen Müllraum, kam aber nicht zum Zug und verschwand. Wir haben nie in Erfahrung gebracht, warum das so war. Im September 1989 fand man dann ein weiteres totes Kind.«

»Meine Güte, ich kann mir lebhaft vorstellen, wie Ihnen zumute war!«

»Es war schrecklich. Und alle Ermittlungen verliefen im Sande. Die Presse hat uns natürlich fast gelyncht. Das Fernsehen belagerte uns geradezu. Der damalige Kripochef wurde kaltgestellt und auf irgendeinem Abstellgleis geparkt, der Abteilungsleiter auf einen unbedeutenden Posten im Innenministerium versetzt, und – na ja, wir Übrigen arbeiteten weiter an den acht Fällen und bemühten uns, die Familien einigermaßen zu unterstützen. Bisher wurde noch nicht eine einzige Akte geschlossen. Und jetzt scheint der Zauberer wieder da zu sein.«

»Nach allem, was Sie mir da erzählt haben, dürfte die Aufgabe nicht gerade leicht werden. Der Polizeipräfekt wird uns ziemlich schnell auf die Pelle rücken. Wir haben kaum Spielraum. Frau Direktor wird sich wohl kaum für uns opfern, somit stehen wir in vorderster Linie. Ich fürchte, wir müssen sämtliche Vorgänge ausgraben und alles durchlesen, was die Presse zu den Fällen geschrieben hat.«

»Okay, darum kümmere ich mich.«

»Und die Spurensicherung hat tatsächlich nichts Verwertbares gefunden?«

Mistral hat offenbar die Hoffnung noch nicht ganz verloren.

»Tut mir leid, dass ich Sie enttäuschen muss – nein. Und nach jedem Mordfall bot sich das gleiche Schauspiel: Immer waren schon mindestens zehn Personen anwesend, die um das tote Kind herumwuselten. Dabei waren wir wirklich schnell. Aber wenn die Leute von der Spurensicherung mit ihren Handschuhen und ihrer ganzen Ausrüstung anrückten, konnten sie mit ihren Pinzetten herumstöbern, so viel sie wollten – sie wurden nie fündig. Perrec brüllte rum und schmiss alle raus, aber es war immer schon zu spät. Neugier und Dämlichkeit. Und dabei haben wir bestimmt keinen großen Wirbel veranstaltet, als die Morde passierten.«

»Gut, wir werden uns bemühen, es besser zu machen. Jetzt gehe ich erst einmal ins Archiv und hole mir die Akten. Der diensthabende Chef ist ein guter Freund von mir«, schloss Mistral.

»Ich hoffe wirklich, dass Sie etwas finden, ehe der Kerl wieder zuschlägt. Aber große Illusionen mache ich mir nicht.«

Mistral mustert Calderone und wägt seine Worte ab.

»Vincent, der nächste Mord oder Mordversuch wird nicht lange auf sich warten lassen. Ein Serienmörder – ich mag den Ausdruck eigentlich nicht, weil er so nach amerikanischem Fernsehkrimi klingt – durchläuft in aller Regel einen Zyklus von sechs Phasen.

Erstens: die Abkopplung von der Außenwelt. Der Mörder gleitet in eine eigene Welt ab, die in seinem Kopf immer größere Dimensionen annimmt. Er weiß, dass er wieder auf die Pirsch gehen muss.

Zweitens: die Jagd. Er sucht nach einem Opfer. Er ist wie ein Raubtier auf dem Sprung. Seine Beute muss bis ins kleinste Detail den Kriterien seiner Wahnvorstellungen entsprechen.

Drittens: die Annäherung. Er lockt seine Beute. Unser Mann benutzt dazu Zauberkunststücke. Er wird sein Verhaltensmuster nicht ändern, denn es funktioniert.

Viertens: das Zupacken. Das Kind sitzt im Keller in der Falle. Mehr ist dazu nicht zu sagen.

Fünftens: der Mord. Der Täter hat den Höhepunkt seiner emotionalen Anspannung erreicht. Er befindet sich sozusagen mitten in einer Explosion.

Die letzte Phase ist eine Art schwerer Depression, die unmittelbar nach dem Mord einsetzt. Der Täter ist k. o. und muss seine Tat erst einmal verdauen, ehe der Zyklus nach einer gewissen Ruhephase wieder einsetzt.

Der Zauberer hat vier dieser Phasen durchgemacht. Obwohl sein innerer Druck kontinuierlich angestiegen ist, fand die fünfte und für ihn wichtigste Phase nicht statt. Er ist gescheitert. Der Kerl ist jetzt wie ein Dampfkochtopf, in dem der Druck ständig steigt, der Dampf aber nicht entweichen kann. Er wird sehr bald wieder zuschlagen, weil er sich nicht anders zu helfen weiß. Leider können wir beim aktuellen Stand der Ermittlungen unmöglich sagen, wann und wo das der Fall sein wird.«

»Wo haben Sie das gelernt?«, fragt Calderone verblüfft. »Beim FBI?«

Mistral nickt.

»Das ist ja alles andere als ermutigend. Mir geht der Arsch auf Grundeis, wenn ich daran denke, dass da draußen so ein Kerl frei herumläuft. Werden Sie die Sache mit dem Zyklus auch unserer Frau Direktor und dem Präfekten erklären?«

»Klar. Jeder muss sich der Tatsache bewusst sein, dass die Spielregeln bei einem solchen Täter ganz anders sind als bei einem herkömmlichen Mörder.«

»Aber warum ist er zurückgekommen? Eine Zeit lang dachten wir schon, er wäre vielleicht tot.«

»Vielleicht war er auf Reisen. Wir müssen über Interpol nachprüfen, ob es in anderen Ländern Morde nach einem ähnlichen Muster gegeben hat. Möglicherweise war er auch aus einem ganz anderen Grund im Gefängnis. Aber das erfahren wir erst, wenn wir ihn festgenommen haben.«

»Ich schätze Ihren Optimismus und würde ihn nur allzu gern teilen – aber wenn er uns nun wieder so eine Serie hinlegt wie vor zwölf, dreizehn Jahren ...?«

Calderone vollendet den Satz nicht.

»Da ist noch etwas«, fährt er fort. »Als der Zauberer zum ersten Mal tätig wurde, war noch Ihr Freund« – er spricht das Wort mit einem leisen Lächeln aus – »Ihr Freund Dumont bei uns.«

»Was?«, wundert sich Mistral. »Dumont war vor dreizehn Jahren bei der Kripo?«

»O ja! Er hat sich vom kleinen Polizeibeamten hochgearbeitet und nach seinen Lehrgängen ein Kommissariat geleitet. Sechs oder sieben Jahre später stand er plötzlich wieder grinsend bei der Kripo auf der Matte – ganz der Klugscheißer, als den man ihn kennt.«

Während Calderones Bericht öffnet Mistral die Schreibtischschublade und greift nach dem Jahrbuch der Polizeikommissare – dem Nachschlagewerk schlechthin, um die Karriere eines Beamten zu verfolgen. Die Namen sind in alphabetischer Reihenfolge abgehandelt. Er liest laut vor.

»1993: Polizeischule. 1995: Abschluss. Erster Einsatz: Kommissariat des siebzehnten Arrondissements. 2000: Mordkommission. Was hat er während der Zeit gemacht, als der Zauberer sein Unwesen trieb?«

»Sein Job waren die Nachbarschaftsbefragungen und Zeugenverhöre. Dumont gehörte weder zu Perrecs Gruppe – der hätte ihn sicher nicht ertragen – noch zu meiner. Er hat mitgearbeitet, weil die komplette Kripo involviert war. Ein ganzes Jahr lang haben die anderen Abteilungen sich auch um Tötungsdelikte gekümmert, weil wir uns nicht gleichzeitig dem Zauberer widmen und die anderen Morde bearbeiten konnten. Irgendwann war es einfach zu viel.«

Während die beiden Männer sich noch unterhalten, betritt ein junger Beamter das Büro von Mistral.

»Ich komme gerade von der Nachbarschaftsbefragung. Wir haben einen Hinweis. Eine Frau, die gerade ihr Bettzeug ausschüttelte, hat einen Mann aus der Fahrradgarage kommen sehen. Er ging sehr schnell, rannte wohl beinahe, ehe er plötzlich seinen Schritt verlangsamte. Sie wurde aufmerksam, weil er einen beigen Blouson trug, an dessen rechtem oberen Ärmel ein Stück fehlte. Während sie noch darüber nachdachte, zog der Mann den Blouson aus und nahm ihn unter den Arm.«

Der Polizist hat die Aussage von seinem Notizblock abgelesen. Jetzt fügt er hinzu: »Der Mann ist relativ klein, schlank und hat kurzes, braunes Haar. Die Frau hat sein Gesicht nicht sehen können, weil er sich nicht umgedreht hat. Das ist alles.«

»Gute Arbeit«, lobt Calderone. »Nimm das Protokoll bitte schriftlich auf, ich bin gleich bei dir.«

»Das muss der Kerl sein. Aber wo ist das Stück Stoff? Mir hat niemand etwas gesagt.«

Mistral ruft Fernandes an und erfährt, dass der Stadtstreicher Roger tatsächlich ein Stück Stoff in der rechten Hand hatte. Weil Fernandes es aber für einen Putzlappen hielt, hatte er es dem Toten aus den Händen genommen. Der Fetzen müsse noch bei den Fahrrädern liegen, wo Fernandes ihn hingeworfen hatte.

Calderone schickt ein Team los, das den Stofffetzen suchen soll.

»Bitte mit der Pinzette aufheben und zum Transport in einen Umschlag legen«, weist er die Leute an. »Man kann nie wissen, ob nicht doch noch ein paar Spuren übrig sind – obwohl ich ehrlich gesagt nicht wirklich daran glaube.«

Ehe er zum Mittagessen geht, ruft Mistral seine Frau Clara an. Den Mordversuch an dem kleinen Jungen und die Rückkehr des Zauberers lässt er unerwähnt. Es beruhigt ihn, mit ihr zu sprechen und die Gewissheit zu haben, dass sie und ihre beiden Söhne zu Hause sind.

Für Mistral ist die Familie ungeheuer wichtig. Er gehört nicht zu den Polizisten vom Typ einsamer Wolf, die am Tag zwei Päckchen Zigaretten rauchen, eine Flasche Whisky trinken und nur ungern nach Hause gehen, weil sie nicht wissen, wie der nächste Tag aussehen wird. Er ist eher ein Familienmensch, was ihn allerdings nicht daran hindert, in seiner Arbeit aufzugehen. Er genießt es, mit seiner Frau über alles zu sprechen, und hört gern seinen beiden Jungen zu, die jeden Tag aufs Neue die gleiche Frage stellen: »Papa, wie viele Diebe hast du heute verhaftet?«

Je nach Bedarf lautet Mistrals Antwort: »einen« oder »zehn« oder »jede Menge«, was die beiden Jungen jedes Mal zufriedenstellt.

Er legt auf, nimmt seinen Mantel, geht die Treppe hinunter und verlässt das Gebäude. Ohne festes Ziel wendet er sich nach links, geht bis zur Kreuzung des Boulevard du Palais, überquert den Pont Saint-Michel zu seiner Rechten, schlendert an der Seine entlang und verweilt bei den Ständen der Bouquinistes.

Spazieren zu gehen und ganz andere Dinge zu tun bedeutet für ihn, Energie zu tanken. Er kauft das Buch *In Patagonien* von Bruce Chatwin. Zwar hat er den Reisebericht schon einmal gelesen, weiß aber nicht, wo das Buch hingekommen ist.

Eines Tages würde ich gern einmal mit der ganzen Familie nach Patagonien fahren, denkt er.

Nach einer Stunde Spaziergang kehrt er um, sucht ein kleines Café am Boulevard Saint-Michel auf, bestellt einen Kaffee und ein Sandwich, das er in kürzester Zeit hinunterschlingt, und macht sich auf den Rückweg zum Quai des Orfèvres. Für Anfang Februar ist das Wetter eher kühl, und über Paris hängen tiefe, graue Wolken.

Man könnte meinen, es liegt Schnee in der Luft, denkt er.

Zwar hat ihm der Spaziergang entlang der Seine gutgetan, doch der Zauberer geistert weiter in seinem Kopf herum. Und er weiß aus Erfahrung, dass er nicht wieder daraus verschwinden wird, bevor man den Mann festgenommen oder auf andere Weise endgültig unschädlich gemacht hat.

Als er sein Büro betritt, erblickt er einen großen, braunen Umschlag auf dem Schreibtisch. Er ahnt, dass es sich um das Stück Stoff aus dem Blouson des Zauberers handelt.

Calderone hat eine Nachricht hinterlassen, dass er mit Fernandes zum Tatort zurückgekehrt ist, um mit den Nachbarn zu sprechen. Wenn die Ärzte nichts dagegen hätten, würde er außerdem das Kind im Krankenhaus besuchen. Mistral erörtert die ganze Angelegenheit mit Françoise Guerand, die ihm erzählt, dass der Polizeipräfekt sie gegen Abend sprechen möchte. Die unterschwellige Botschaft aber lautet: »Wenn du am Nachmittag wenigstens einen Anhaltspunkt finden könntest, wäre es ganz gut.«

Anschließend begibt sich Mistral ins Archiv. Erfreut begrüßt er Laurent Martinez, den »lebenslänglichen Archivar«, wie er sich selbst zu bezeichnen pflegt.

Martinez ist um die fünfzig und bereits vollständig ergraut. Auf seinem Gesicht liegt stets ein schelmischer Ausdruck. Er hat die Stelle vor fünfzehn Jahren angetreten und beschlossen, sich nie wieder versetzen zu lassen. Die Arbeit im Gedächtnis der Kriminalpolizei gefällt ihm. Im Übrigen hat er sich sehr tatkräftig um die Modernisierung und Digitalisierung des Archivs gekümmert.

Martinez nimmt es mit der Gastfreundschaft genau und serviert Kaffee. Nach einer kurzen Plauderei über frühere Dienststellen und Fragen nach Frau und Kindern kommt Mistral zur Sache.

»Laurent, ich bin gekommen, weil der Zauberer wieder da ist.«

»O Scheiße!«, antwortet Martinez mit entsetztem Gesicht.

»Wie ich sehe, bist du nie um die richtigen Worte verlegen«, gibt Mistral ironisch zurück. »Der Kerl hat heute Morgen zugeschlagen. Glücklicherweise ist das Kind noch am Leben. Wir vermuten, dass der Täter von einem Stadtstreicher gestört wurde, der im Keller geschlafen hat. Der arme Kerl hat dafür mit dem Leben bezahlen müssen; der Zauberer ist geflüchtet. Zum Glück für das Kind. Und damit ist auch schon alles gesagt. Jetzt brauche ich sämtliche Vorgänge, die sich mit dem Zauberer beschäftigen, die Fotos – einfach alles, was du über ihn hast.«

»Kein Problem. Ich lasse dir die Akten sofort heraussuchen.«

Während Martinez seine Anweisungen erteilt, trinkt Mistral tief in Gedanken versunken seinen Kaffee.

»So, wie du dasitzt und grübelst, scheinst du dir ziemliche Sorgen zu machen. Ich verstehe dich nur allzu gut. Schließlich war ich bei der ersten Mordserie dabei. Du kannst dir nicht vorstellen, was hier los war! Die Jungs kamen nicht einmal mehr nachts zum Schlafen. Ich wünsche dir jedenfalls viel Glück. In spätestens zwei Stunden hast du die Akten auf dem Schreibtisch.«

Als Mistral wieder im Büro ist, kommt ein Anruf von Calderone. Er ist bei dem Jungen im Krankenhaus. Abgesehen von zwei Beulen und Kopfschmerzen ist er unversehrt. So bald wie möglich wollen die Eltern mit ihrem Sohn in die Dienststelle kommen, um ein Phantombild anzufertigen.

Mistral öffnet den Umschlag. Vorsichtig lässt er die etwa dreißig Zentimeter beigefarbenen Stoff auf die Schreibtischunterlage gleiten.

Das ist alles, was wir bisher haben, denkt er. *Mindestens zwei Personen haben den Fetzen berührt – der Stadtstreicher und Fernandes. DNA-Spuren dürften damit kaum noch vorhanden sein, was nicht heißt, dass wir nicht trotzdem unser Glück versuchen werden.*

Das Läuten des Telefons unterbricht seinen Gedankengang. Der diensthabende Beamte am Empfang meldet sich.

»Ihre Frau ist da.«

»Bringen Sie sie in mein Büro. Sie kennt den Weg noch nicht«, antwortet Mistral. Der unerwartete Besuch überrascht ihn.

Drei Minuten später betritt Clara mit einem strahlenden Lächeln sein Büro.

»Die Kinder sind bei den Nachbarn zum Geburtstag ihres Sohnes eingeladen«, erzählt sie. »Ich war einkaufen und kam gerade ganz in der Nähe vorbei. Und da bin ich.«

Schon beim ersten Blick hat Clara erkannt, dass ihr Mann besorgt ist. Mistral weicht ihrer Frage nicht aus und erzählt ihr die Geschichte des Zauberers. Clara reagiert erschrocken.

»Wenn das an die Öffentlichkeit dringt, wird Paris vermutlich von einer regelrechten Psychose heimgesucht. Denk bloß an die Eltern der früheren Opfer. Die Ärmsten werden alles noch einmal von vorne durchmachen müssen. Gibt es schon eine Spur?«

»Bisher nicht. Der einzige Hinweis ist ein Stück Stoff, das laut Aussage einer Zeugin vermutlich aus der oberen rechten Ärmelpartie seines Blousons stammt.«

Neugierig betrachtet Clara den Fetzen auf dem Schreibtisch.

»Nicht anfassen!«, warnt Mistral hastig.

Sie nimmt das Stück Stoff näher in Augenschein, ehe sie sich zur Überraschung ihres Mannes hinabbeugt und daran schnüffelt. Mistral schaut ihr eine Minute lang dabei zu, wie sie sich mit geschlossenen Augen konzentriert.

»Bist du ganz sicher, dass der Täter jung ist?«, fragt sie. »Was man an diesem Blouson als Rest seines Eau de Toilette riechen kann, würde ich als fast antik bezeichnen. Zumindest nach dem Stand der heutigen Parfümmode«, setzt sie hinzu und richtet sich auf.

»Wie kommst du darauf?«

»Die Rasierwasserreste auf dem Stoff stammen von einem billigen Zeug, das keine Lagerung verträgt und längst nicht mehr auf dem Markt ist. Es wurde in den Siebzigerjahren in Supermärkten verkauft. Ein sehr herber Duft – er hieß *Mas-*

culine Cliff oder so ähnlich. Spätestens in den Achtzigern kam er völlig aus der Mode. Wenn jemand ein solches Rasierwasser benutzt, muss er mindestens fünfzig sein und noch alte Flakons in Reserve haben.«

Beeindruckt spinnt Mistral den Gedanken weiter.

»Oder aber er ist deutlich jünger und benutzt ein Flakon, das einem älteren Mann gehörte – einem Freund, einem Verwandten oder seinem Vater. Ehrlich gesagt neige ich eher zu dieser Variante. Gut, dass du gekommen bist.«

Unter Claras amüsiertem Blick greift Mistral nach einem Blatt Papier und notiert sich den Gedanken.

»Deine feine Nase überrascht mich immer wieder. Vielleicht hast du uns mit deiner Feststellung ganz neue Perspektiven bezüglich der Persönlichkeit des Täters eröffnet – Dinge, an die ich sonst nie gedacht hätte. Aber wieso hast du überhaupt an dem Stoff gerochen?«

»Na ja, du hattest gesagt, dass ich ihn nicht berühren dürfte. Da habe ich eben daran gerochen. Es ist irgendwie … berufsbedingt.«

Ihre Unterhaltung wird von der Ankunft dreier Männer unterbrochen, die Kartons ins Büro schleppen.

»Monsieur Martinez hat uns gebeten, Ihnen diese Vorgänge zu bringen.«

Mistral bittet sie, die Kartons neben dem Schreibtisch abzusetzen.

Verständnisvoll stellt Clara die Frage, deren Antwort sie bereits ahnt: »Du kommst heute sicher spät nach Hause, nicht wahr? Ich kann mir denken, dass du dich so schnell wie möglich in die Akten einlesen willst.«

»Ich weiß es noch nicht. Natürlich werde ich mit dem Lesen anfangen, aber bestimmt brauche ich mehrere Tage, bis ich diesen Berg durchgeackert habe. Vielleicht bringe ich auch ein paar Akten mit nach Hause, damit ich die Kinder wenigstens einmal am Tag zu Gesicht bekomme. Warte, ich bringe dich bis zum Sicherheitsdienst; von dort aus sind es nur noch zwei Etagen bis zum Ausgang.«

Mistral steigt die Stufen zu seinem Büro hinauf. Vor dem Getränkeautomaten bleibt er stehen und drückt die Taste »Espresso ohne Zucker«. Nachdenklich sieht er zu, wie der Plastikbecher vollläuft. Der Zauberer geht ihm nicht aus dem Sinn.

»Ich habe Sie überall gesucht!« Hinter Mistral steht Calderone und schwenkt ein Blatt Papier. »Gerade habe ich mit einem Kumpel von Perrec telefoniert. Wie es heißt, hält sich Perrec mit seiner Frau in Le Touquet auf. Die beiden haben dort eine Wohnung. Sie macht wohl eine Thalasso-Kur, er geht derweil in den Dünen spazieren. Wir haben versucht, ihn auf seinem Mobiltelefon zu erreichen, aber er geht nicht dran. Sein Freund sagt, dass das bei ihm so üblich ist. Wenn wir ihn sehen wollen, müssen wir wohl hinfahren. Mir war es lieber, keine Nachricht auf seiner Mailbox zu hinterlassen.«

»Gut, dann fahren wir eben.«

Mistral pustet in seinen Kaffeebecher, kostet, verzieht das Gesicht und sieht Calderone an.

»Der Kaffee reißt mich nicht gerade vom Hocker. Aber okay – immerhin ist er heiß. Möchten Sie auch einen?«

»Gern. Übrigens findet jeder hier den Kaffee miserabel. Und trotzdem trifft man sich mindestens drei, vier Mal täglich vor diesem Gerät.«

Hätte Arnaud Lécuyer ruhig denken können, hätte er diesen Tag als den schlimmsten seit seiner Entlassung aus dem Gefängnis bezeichnet. Nichts als Verdruss, Wut und Enttäuschung.

Und dabei hatte er so gut angefangen. Der Junge war genau die Art Kind gewesen, die ihn zum Träumen bringen konnte. Er war leicht zu überzeugen, und niemand hielt sich in der Nähe auf. Und auch der Ort hatte genau die Vorzüge, nach denen er immer suchte. Warum nur musste dieser blöde Stadtstreicher alles verderben? Wirklich ein Scheißtag.

Tief im Innern macht sich Lécuyer Vorwürfe, die er sich nicht eingestehen will. Er ist zu schnell vorgegangen. Ohne Vorbereitung, dafür mit zu viel Begierde. Er sucht nach Entschuldigungen und kann nicht verstehen, warum die Dämonen ihn gedrängt haben, so rasch aktiv zu werden. Vielleicht haben sie sein unwiderstehliches Drängen gespürt, doch dann hätten sie ihn lieber beruhigen sollen.

Immerhin wartet er seit mehr als zwölf Jahren auf diesen Augenblick. Lécuyer hat um der kostbaren Erinnerung willen so viel erduldet. Fast alle seine Träume, die immer eher Albträume waren, führen ihn wieder in die Keller zurück, in die er mit den Kindern gegangen war. Nicht ein einziges Mal ist man ihm auf die Schliche gekommen – und auch jetzt würde er es zu verhindern wissen.

Die Mittagspause verbringt er im Lieferwagen bei einem Sandwich und einer Flasche Mineralwasser. Er möchte so wenig wie möglich mit anderen Menschen in Kontakt kommen. In seinem Lieferwagen fühlt er sich wohl, weil er ihn vor der Außenwelt schützt. Er weiß, dass er über kurz oder lang wieder aktiv werden muss, weil es für ihn lebenswichtig ist. Ein Knoten in der Magengegend, der ihn am Atmen und Verdauen hindert, erinnert ihn an den eben erlebten Fehlschlag.

Den ganzen Tag lang macht Lécuyer gute Miene zum bösen Spiel und beantwortet die absurden Fragen der Leute zu Wasserschäden und anderem Blödsinn. Da er aber immer einsilbig bleibt, verstummen die Fragen bald. Die Dämonen halten sich nach dem tragischen Vorfall am Vormittag zurück.

Am Abend sucht Lécuyer seinen Chef auf, um ihm Schecks und Rechnungen auszuhändigen. Luis Da Silvas Büro ist völlig überhitzt, die Scheiben sind beschlagen. Es herrscht ein heilloses Durcheinander. An den Wänden hängen Reklameposter für Werkzeug zwischen den unterschiedlichsten Kalendern, auf den beiden Stühlen stapeln sich Kataloge, der Schreibtisch biegt sich unter Papieren, und der Aschenbecher quillt von Zigarillokippen über. Am Wochenende will Da Silva gemeinsam mit seinem Sohn aufräumen, da er während der Woche nicht die Zeit dazu findet.

Da Silva der Ältere beobachtet, wie Lécuyer die verschiedenen Papiere auspackt. Dabei beschleicht ihn ein unangenehmes Gefühl. Irgendetwas behagt ihm nicht, doch er kann es nicht näher bezeichnen. Vielleicht ist es der Blick des kleinen Mannes – oder eher die Tatsache, dass er einen nie ansieht.

Da Silva stellt fest, dass Lécuyer keine Sonnenbrille mehr trägt. Stattdessen hält er den Kopf immer ein wenig gesenkt. Wenn er nicht umhinkann, seinen Chef anzuschauen, hebt er langsam die Augen, und sein Blick wird starr. Und das gefällt Da Silva ganz und gar nicht.

Das Klingeln des Telefons reißt ihn aus seinen Gedanken. Wenn ein Kunde anruft, schaltet Luis Da Silva den Lautsprecher ein, nimmt einen schwarzen Filzstift und notiert sorgfältig Ort und Grund für die Reparatur sowie den geplanten Termin. Er hält das für praktischer, als mit einem zwischen

Ohr und Schulter eingeklemmten Hörer zu schreiben. Nachdem er aufgelegt hat, wendet er sich wieder Lécuyer zu.

»He, Arnaud, draußen ist es doch saukalt. Wieso läufst du in Hemdsärmeln herum und hast deinen Blouson nicht an? Du weißt schon, das Teil, das du ständig trägst und das sicher auch nicht gerade dick ist.«

Lécuyer hat große Mühe, die Gefühle zu bezähmen, die ihn zu übermannen drohen.

»Ich bin bei einem Kunden an einem Nagel hängen geblieben. Er ist zerrissen.«

Da Silva geht zu einem Schrank, wühlt darin herum, schließt die Tür, öffnet eine andere und holt einen dunkelblauen Cabanmantel heraus.

»Hier, probier den mal an. Ich glaube, er ist dir ein bisschen zu groß, aber mit einem Pullover drunter könnte es gehen.«

Lécuyer zieht den kurzen Mantel an, knöpft ihn zu, schlägt den Kragen hoch, steckt die Hände in die Taschen und murmelt ein Dankeschön, während er Da Silva mit seinem starren Blick mustert. Sein Verhalten irritiert den Alten.

So ein schmächtiges Männchen! Und trotzdem jagt er mir Angst ein, denkt Da Silva.

Sein Blick ruht unverwandt auf Lécuyer, der im Mantel vor ihm steht.

Er sieht fast aus, als ob ... als ob ... als ob ... ach nichts, beendet er seinen stummen Gedanken.

Mit gekünstelt fröhlicher Stimme fährt er fort: »Prima, damit bist du gewappnet für den restlichen Winter. Februar und März sind hier in Paris oft ziemlich kalt. Du kannst den Mantel behalten. Ich weiß nicht einmal mehr, wem er gehört hat. So, hier ist deine Liste für morgen. Dein erster Kunde wartet um halb elf auf dich. Wenn ich nicht irre, hast du morgen um neun deinen Arzttermin. Richtig?«

»Richtig.«

Lécuyer fällt auf, dass Da Silva lieber Arzt als Seelenklempner sagt.

Draußen auf der Straße geht Lécuyer so langsam, als denke er nach. In dem Cabanmantel fühlt er sich wohl. Der hochgeschlagene Kragen ist breit genug, um seinen Hinterkopf zu verdecken, und die Taschen sind so tief, dass er darin Münzen, Karten und andere Dinge unterbringen kann, die ihm die Aufmerksamkeit von Kindern sichern. Etwas aber ist ihm klar geworden: *Der Alte misstraut mir. Ich muss vorsichtig sein.*

Als er sein Viertel erreicht, ist es bereits acht Uhr abends. Es ist längst dunkel. Den ganzen Tag hatte ein grauer Himmel auf der Stadt gelastet, und es war so eisig, dass den Parisern die Lust zum Flanieren vergangen ist.

Die Rue de la Butte-aux-Cailles hat ihr dörfliches Ambiente bewahrt und ist zu einer der beliebtesten Wohngegenden des dreizehnten Arrondissement geworden. Parkplätze sind hier Mangelware. Lécuyer fährt langsam. Vor allem will er nicht auffallen. Dazu gehört, dass er den Wagen nicht einfach auf einem Fußgängerüberweg abstellen kann, obwohl nachts kaum Gefahr besteht, dass er abgeschleppt wird. Nachdem er einige Seitenstraßen abgesucht hat, findet Lécuyer schließlich einen Parkplatz auf der Place Blanqui, einige Hundert Meter von seiner Wohnung entfernt. Er hat sich eine Pizza gekauft. Nach dem Essen will er sich mit seiner Sammlung in sein Zelt zurückziehen.

Er betritt das alte Gebäude und steigt leise die Treppe hinauf. Jedes Mal, wenn er seine Wohnung betritt, verspürt er eine leichte Beklommenheit in der Herzgegend, wie eine Art

Furcht. Gerade will er den Schlüssel ins Schlüsselloch stecken, als er eine Etage höher zwei Personen auf dem Treppenabsatz sprechen hört.

Den Stimmen nach handelt es sich um ältere Frauen. Er lauscht. Sie beschweren sich über ekelerregende Gerüche und überlegen, ob sie das Ordnungsamt informieren sollen, wenn die Belästigung nicht aufhört. Lécuyer erstarrt zur Salzsäule, steht da mit offenem Mund und weit aufgerissenen Augen.

»Ich glaube, der Gestank kommt aus dem ersten Stock. Sie wissen doch, dieser Mann, der im Gefängnis war. Allerdings werde ich ganz bestimmt nicht bei ihm klingeln.«

»Ich auch nicht«, bestätigt die andere Frau.

Die Nachbarinnen verabschieden sich. Lécuyer hört, wie ihre Türen sich schließen.

Voller Panik betritt Lécuyer seine Wohnung.

Scheiße, jetzt kriegen sie dich!

Der Gestank stört ihn nicht, solange man dadurch nicht auf ihn aufmerksam wird. Er begutachtet seine Küche, beziehungsweise den Raum, der zwar diesen Namen trägt, in Wirklichkeit aber eine Müllhalde ist. Etwa dreißig Müllsäcke stehen hier herum. Wenn er jedes Mal zwei mitnimmt, muss er fünfzehn Mal zum Müllcontainer gehen, was ihn etwa eine Stunde kosten dürfte. Er zieht seinen Mantel aus und macht sich an die Arbeit.

Eine knappe Stunde später ist seine Küche zwar leer, der Geruch jedoch nicht verflogen. Lécuyer entschließt sich, die Fenster zu öffnen.

Bald herrscht in der Wohnung eine Eiseskälte. Der kleine Mann hat kein Licht angemacht; nur der ununterbrochen laufende Fernseher verbreitet ein bleiches Flackern. Lécuyer friert.

Er zieht seinen Caban wieder an, schlägt den Kragen hoch

und isst seine kalt gewordene Pizza. Dabei hockt er in dem Sessel, in dem seine Mutter zu sitzen pflegte. Seine Augen hängen wie gebannt am Bildschirm. Man zeigt einen Film, aber Lécuyer hätte Schwierigkeiten zu sagen, wovon er handelt.

Gegen ein Uhr morgens erhebt er sich schließlich aus dem Sessel, legt den Mantel ab, schließt die Fenster, geht in sein Schlafzimmer, nimmt sein Heft und verkriecht sich im Zelt. Es ist sehr eng, doch es ist der einzige Ort, wo er sich wohlfühlt. Behutsam öffnet der kleine Mann die Sammlung, die er angelegt hat, als er damals die sechs Kinder tötete. Er erinnert sich auch an die beiden anderen, bei denen er gestört wurde – so wie heute Morgen.

Mit kaum hörbarer Stimme murmelt er: »Aber das wird dir nie wieder passieren, nicht wahr, kleiner Arnaud?«

Der kleine Mann hat eine Kopflampe aufgesetzt. Sie gestattet ihm, das Zimmer im Dunkeln zu lassen, im Zelt aber sehen zu können, während er gleichzeitig die Hände frei hat. Gierig betrachtet er die Seiten. Sanft streicht er mit der rechten Hand über die rechte Seite, um die kleinen Unebenheiten zu spüren. Er hält die Augen geschlossen. Die kaum spürbaren Kontakte entführen ihn weit in die Vergangenheit. Unvorstellbare Schauer überwältigen ihn. Er ist in der Lage, sich jeden Augenblick mit seinen kleinen Opfern ins Gedächtnis zurückzuholen. Er erinnert sich jedes einzelnen Jungen. Ihre Namen erfuhr er zwar jeweils erst nach der Tat, doch er trug sie sofort ganz oben auf der rechten Seite ein – der Seite der Gefühle.

Wie in Trance hört Lécuyer die Stimmen der Kinder: *Wie machen Sie das, Monsieur? Wo führen Sie mich hin? Meine Mutter erlaubt nicht, dass ich mit Fremden gehe. Ich habe Angst! Lassen Sie mich gehen! Sie tun mir weh!*

Lécuyer spürt, wie seine Begierde wächst. Mit zitternden Händen schließt er die Sammlung. Aus Erfahrung weiß er, dass er keine Erlösung finden kann, ohne erneut auf Beutezug zu gehen. Und dieses Mal wird ihn niemand stören. Er weiß, wie er vorgehen muss. Die Polizei wird ihn nie erwischen. Sechs Kinder starben, ohne dass die Bullen ihm auf die Spur kamen.

Zwölf Jahre saß er ohne Fluchtmöglichkeit im Gefängnis. Wäre die Polizei nicht völlig im Dunkeln getappt, wäre es ihr nicht schwergefallen, ihn als Täter zu identifizieren. Lécuyer ist viel zu nervös, um sich ins Bett zu legen und zu schlafen. Er nimmt ein Kartenspiel und setzt sich an den Esszimmertisch. Er schließt die Augen und vergnügt sich damit, die zweiundfünfzig Karten so schnell wie möglich zu mischen. Immer noch mit geschlossenen Augen legt er sie in Fächerform vor sich auf den Tisch und dreht sie mit einer einzigen Fingerbewegung alle gleichzeitig um. Erregt öffnet er schließlich die Augen. Konzentriert mischt er die Karten erneut und teilt sie an fiktive Spieler aus. Er weiß, welches Blatt er gibt.

Das Mogeln beherrscht er meisterhaft. Im Gefängnis hätte ihn diese Kunst fast das Leben gekostet. Seine Mithäftlinge hatten eine Partie Poker vorgeschlagen, um ihm sein Erspartes abzuluchsen. Vorsichtig, wie er nun einmal war, hatte sich Lécuyer nicht einmal zu kleinsten Schnörkeln beim Geben oder Abheben hinreißen lassen. Trotzdem gewann er fast jedes Spiel, und das nicht ohne Grund. Als ausgezeichneter Mogler kannte er die Karten, die seine Gegenspieler auf der Hand hatten, ohne sie zu sehen. Zum Schluss lagen die Ersparnisse seiner Spielpartner vor ihm auf dem Tisch. Einer der Männer stand auf, zog eine kurze, aber beängstigend scharfe Messerklinge aus dem Schuh und sagte ganz ruhig: »Wir spielen weiter. Und du wirst jede Runde verlieren, sonst schlachte ich dich ab wie ein Karnickel.« Lécuyer hatte nicht geantwortet, war vom Tisch aufgestanden, hatte seinen Gewinn liegen lassen und sich geschworen, nie wieder im Gefängnis Karten zu spielen. Nur manchmal fantasierte er nachts vor dem Einschlafen von imaginären Pokerpartien, bei denen er seine Gegenspieler ohne jedes Risiko ausnahm wie Weihnachtsgänse.

Aber jetzt ist er draußen und endlich mit dem Geben an der Reihe. Er ist es, der die Karten in der Hand hält und verteilt. Und zwar an alle – die Polizei eingeschlossen. Er spürt, wie ein Gefühl von Macht in ihm wächst. Vollständig bekleidet legt er sich mit angezogenen Beinen auf sein Bett, die Hände zwischen den Knien gefaltet. Mit weit geöffneten Augen starrt er in die Dunkelheit und erinnert sich an Gespräche, die er im Gefängnis belauscht hat.

Von seinen Mitgefangenen hat er viel gelernt, obwohl er so gut wie nie mit ihnen redete. Er hörte einfach nur zu und behielt alles in seinem ausgezeichneten Gedächtnis. Vor allem eines bestimmten Tages entsinnt er sich. Es ist zwei oder drei Jahre her, vielleicht auch mehr. Zeit bedeutet ihm nicht das Geringste.

Es war während des Hofgangs. Lécuyer drehte eine oder zwei Runden, immer darauf bedacht, Gruppen tunlichst auszuweichen und mit niemandem zu sprechen. Diese Technik hatte etwas für sich. Da der kleine Mann stets so gut wie unsichtbar blieb und jahrelang nur schwieg, beachteten die anderen Häftlinge ihn nicht. Lécuyer aber beobachtete und lauschte.

Er sah, wie die Männer Chipkarten für Mobiltelefone, Messer und Päckchen mit Drogen oder anderen sehr begehrten Dingen tauschten, die im Gefängnis teuer bezahlt werden mussten. Er hätte voraussagen können, was bestimmte Gefangene nach ihrer Entlassung tun würden. Er wusste, welche Bank überfallen und welcher Juwelier ausgeraubt würde und wo in dieser oder jener Stadt der Koks ankäme. Doch diese Dinge waren ihm absolut egal; er fühlte sich einfach nicht betroffen. Dafür wusste er genau, wie man sich verhält, damit die Wärter nicht aufmerksam werden. Seit er im Gefängnis war, hatte er schon zwei Männer umgelegt, ohne erwischt worden zu sein; den dritten Kerl hatte er im Visier. Er musste nur den richtigen Moment abwarten. Wichtig war einzig das Ergebnis.

Nachdem Lécuyer seine zwei Runden gedreht hatte, kauerte er sich an eine Mauer, die die Sonne beschien. Grau vor der grauen Mauer. Er dachte an das, was er vor seiner Verurteilung getan hatte und was er nach seiner Entlassung tun würde. Es arbeitete wild in ihm, es war sein einziger Antrieb. Drei Männer kamen auf ihn zu – oder zu der Mauer, vor der er hockte. Seine Knie befanden sich in Höhe seines Gesichtes. Er hatte die Arme um die Beine geschlungen und den Kopf daraufgelegt. Von Weitem hätte man ihn für ein an die Mauer gelehntes Kleiderbündel halten können.

Lécuyer brauchte nur Bruchteile von Sekunden, um die Männer einzuschätzen. Sie waren etwa zwanzig Jahre alt, stammten aus einem der Pariser Vororte und sahen aus wie gewalttätige Schlägertypen. Er rührte sich nicht.

Die jungen Kerle setzten sich etwa zwei bis drei Meter vom dem kleinen Mann entfernt auf den Boden und schwiegen einige Sekunden lang. Einer hatte mit einer Kinnbewegung auf Lécuyer gedeutet, doch ein anderer hatte den Finger an die Schläfe gelegt, um auszudrücken, dass der kleine Mann verrückt wäre. Die drei zündeten sich Zigaretten an und unterhielten sich. Offenbar hatte das Gespräch schon während des Spaziergangs begonnen. Einer der Männer schien einen großen Einfluss auf die beiden anderen auszuüben. Lécuyer wusste, dass er von seinen Mithäftlingen »Boss« genannt wurde. Der Mann wurde seiner Rolle gerecht und geizte nicht mit guten Ratschlägen. Lécuyer lauschte dem Gespräch. *Alles, was gesagt wird, kann von Nutzen sein.*

Nun erinnert er sich an die abgespeicherten Sätze.

»Du musst dich unsichtbar machen, Bruder«, sagte der Boss. »Je weniger du quatschst, desto besser. Wenn du Scheiße gebaut hast, renn nicht davon, sondern geh langsam. Den Leuten fallen nur Typen auf, die anders sind als sie selbst. Wenn du ruhig weitergehst, während um dich herum ein Riesenaufruhr herrscht und alle herumschreien, wird kein Mensch dich bemerken. Ein Mörder rennt nicht. Sieh niemals jemandem in die Augen, vor allem nicht, wenn du irgendwo eingebrochen hast. Die Leute würden sich sofort an den Kerl erinnern, der sie angestarrt hat. Denn sie können in deinen Augen erkennen, dass du unter Druck stehst, weil du gerade Mist gebaut hast. Kapiert? Und zieh dich nie zu modisch oder zu schick an, denn so was fällt sofort auf. Die Bullen fahren grundsätzlich auf aufgebrezelte Typen ab. Wenn du nicht auffällst und keine Spuren hinterlässt, also Fingerabdrücke, Haare und all diesen DNA-Kram, dann kann dir niemand an den Karren fahren. Nie!«

Der Boss prüfte, welchen Eindruck er bei den beiden anderen Gaunern hinterlassen hatte.

»Gut, okay. Aber es gibt doch immer wieder Typen, die all das wissen und sich trotzdem schnappen lassen.«

Einer der jungen Männer schien noch Zweifel zu haben.

»Klar, aber die Gefahr wird geringer. Das gilt übrigens auch beim Autofahren«, fuhr der Boss fort. »Wenn du in deiner Karre sitzt, fahr gemütlich, denk an den Sicherheitsgurt, vergiss nicht zu blinken und halte dich an Geschwindigkeitsbeschränkungen und die Straßenverkehrsordnung. Benimm dich wie der absolute Musterfahrer und telefoniere nie am Steuer. Besorg dir einen unauffälligen Wagen, einen, wie er von Krethi und Plethi gefahren wird. Füttere Parkuhren und parke nie in Tiefgaragen, weil dort immer Kameras installiert sind. Und wo eine Kamera ist, da gibt es auch einen Bildschirm und einen Typen, der glotzt. Das taugt also nix. Denk dran, was ich dir gesagt habe, und man wird dich nie erwischen. Hörst du? Nie erwischen!«

Der Boss legte eine kurze Pause ein und betrachtete die beiden jungen Männer, die seinen Rat suchten. Dann fuhr er mit seiner Lehrstunde fort.

»Wen verhaften die blöden Bullen? Erstens« – er legte den Zeigefinger der rechten Hand auf die Daumenspitze der linken – »Typen, die sie zum Narren halten. Zweitens« – Zeigefinger auf Zeigefinger – »Idioten, die rennen, wenn sie etwas ausgefressen haben. Drittens« – Zeigefinger auf Mittelfinger – »Kerle, die sich aufbrezeln wie ein Weihnachtsbaum, glitzern wie ein Juwelierladen, goldene Uhren tragen und deren Klamotten kilometerweit auffallen. Das ist, als ob man ein Schild über seinen Kopf hielte, auf dem steht: ›Seht her, wie schön und toll ich bin. Ich habe gedealt und massenhaft Knete in der Tasche.‹ Viertens« – Zeigefinger auf Ringfinger – »Leute in geilen Autos, die mit runtergelassenen Fensterscheiben herumfahren und die Anlage bis zum Anschlag aufgedreht haben. Wenn die Bullen so etwas sehen, machen sie postwendend eine Kontrolle und finden bestimmt etwas, das sie dem Fahrer anhängen können.« Er legt den Zeigefinger auf den kleinen Finger. »Und fünftens gilt: Wenn du allein ein Ding gedreht hast, halt die Schnauze.«

Der Boss hielt seine linke Hand mit gespreizten Fingern hoch und betrachtete sein aufmerksames Publikum.

»Mit diesen fünf Regeln kommt ihr überall durch und werdet die Kings, Brüder. Kapiert?«

Doch der Skeptiker konnte es sich nicht verkneifen, die Frage zu stellen, die beiden Ganoven auf der Zunge lag.

»Aber wenn du das alles so genau weißt, wieso bist du dann hier?«

Der Boss lächelte milde.

»Weil ich Regel Nummer fünf nicht beachtet habe. Ich bin aufgeflogen, weil ich verpfiffen wurde – aber das ist eine andere Geschichte.«

Die drei Typen drückten ihre Zigaretten aus und standen auf. Die Stunde Hofgang war beendet.

Lécuyer hatte alles mitangehört und sich gut eingeprägt. Diese Regeln würde er nach seiner Entlassung anwenden.

Der kleine, unscheinbare Mann machte es sich zur Angewohnheit, seine Mithäftlinge zu belauschen, und er lernte schnell. Einbrecher, Räuber, Diebe, Betrüger, Mörder und Dealer unterhielten sich miteinander und unterstrichen ihre Ratschläge mit Flüchen und »Klar, du Proll«. Für sie war Lécuyer nichts als ein Spinner, der eine Oma vergewaltigt hatte und dafür in seiner Zelle gevögelt wurde.

Hätten sie gewusst, wer Lécuyer wirklich war und was er nach seiner Entlassung vorhatte, sie hätten ihn ohne Gewissensbisse kaltblütig ermordet und sich höchstens Vorwürfe gemacht, es nicht schon früher getan zu haben.

Während der Jahre im Gefängnis hatte sich Lécuyer all die wertvollen Hinweise gemerkt, die ihn in dem bestärkten, was er ohnehin schon intuitiv getan hatte.

Vor zwölf Jahren habe ich gemacht, was ich wollte, ohne die Ratschläge zu kennen, und mir ist nichts passiert. Fazit: Jetzt kenne ich mich noch besser aus; also werde ich wohl kaum jemals verhaftet. Vorausgesetzt, ich schlage nicht über die Stränge.

Dieser letzte Punkt jedoch ist der schwierigste, und das weiß Lécuyer genau.

Trotz dieser tröstlichen Gedanken kann Lécuyer nicht einschlafen. Er starrt in die Dunkelheit und gönnt sich keine Schlaftablette, obwohl er inzwischen eine ganze Menge davon besitzt. Seine Erinnerung treibt hin und her – von den begangenen Kindermorden zu den Jahren im Gefängnis und zu seinem heutigen Leben. Bilder, Geräusche und Stimmen prallen aufeinander und vermischen die drei Zeitabschnitte. Er ist fix und fertig. Manchmal weiß er nicht mehr, wo er sich gerade befindet.

Langsam beruhigt er sich und denkt an seinen Termin beim Psychiater.

Den muss ich nur weiter in die Irre führen.

Während Lécuyer seine Pläne schmiedet, gibt es etwa fünfzehn Kilometer von ihm entfernt einen weiteren Menschen, der nicht schläft.

Ludovic Mistral gießt sich eine weitere Tasse Tee ein, steht auf, wandert einige Schritte in seinem Arbeitszimmer hin und her, streckt sich, gähnt und bewegt seine taub gewordenen Arme und den steifen Nacken. Um nicht ständig im Haus herumlaufen zu müssen und die anderen zu stören, hat er am frühen Abend eine Thermoskanne mit heißem Tee gefüllt, der jetzt zur Neige geht. Mechanisch blickt er auf die Uhr. Viertel nach fünf. Er streckt sich noch einmal und reibt sich mit beiden Händen das Gesicht. Seine von Müdigkeit und stundenlangem Lesen geröteten Augen schmerzen. Die Hälfte der Akten hat er durchgelesen und sich Notizen dazu gemacht. Auf seinem Schreibtisch liegen die vom Polizeifotografen gemachten Fotos der kleinen Mordopfer. Alle Kinder liegen in der gleichen Stellung auf dem Bauch. Ihre Gesichter sind nach rechts gewandt, die Arme auf Schulterhöhe ausgebreitet, die Finger gespreizt.

Mistral achtet auf jede Einzelheit. Mehrmals hat er die Berichte des Gerichtsmediziners durchgelesen. Die Vorgehensweise war immer die gleiche: Der Täter hat die Kinder betäubt, erwürgt und schließlich vergewaltigt. Die Leichen wurden nicht weggeschafft; der Mörder hat sich an Ort und Stelle an ihnen vergangen.

Mitten in der Nacht war Mistral in die Zimmer seiner schlafenden Kinder gegangen. Lange betrachtete er sie und lauschte ihrem Atem. Ganz behutsam, um sie nicht zu wecken, strich er mit den Fingerspitzen über ihr Haar. Sanft deckte er den Jüngeren zu, der sich freigestrampelt hatte.

Jetzt ordnet er die Dokumente, setzt sich in seinen Sessel und denkt: *Wenn der Kerl einen Fehler gemacht hat, habe ich ihn noch nicht gefunden. Und wenn nicht, stehen die Chancen schlecht, ihn zu schnappen.*

Er wirft einen letzten Blick auf seine Notizen und beschließt, zumindest noch eine Stunde zu schlafen. Gegen sieben wird er von Clara geweckt, die ihn leise zum Frühstück holt. Mistral folgt ihr in die Küche und setzt sich. Schlaftrunken sieht er ihr bei den üblichen Morgentätigkeiten zu. Sie holt die Becher mit den Namen der Kinder aus dem Schrank, wärmt Milch, bringt das Wasser für den Tee zum Kochen und toastet Brot. Für Mistral hat sie eine kleine Tasse Kaffee gemacht. Eines seiner Morgenrituale besteht darin, vor dem eigentlichen Frühstück einen Espresso zu trinken – sozusagen als Starter.

»Hast du alles gelesen?«

»Gerade mal die Hälfte. Und in allen Akten steht das Gleiche. Haarklein beschriebene Gräueltaten in kalter Behördensprache, klar, ohne Schnörkel oder Adjektive. Ich finde, das macht es noch schrecklicher. Das reine Verbrechen, sauber, präzise und ohne jede Gefühlsregung. So einfache Worte wie ›erdrosselt‹, ›tot‹ oder ›vergewaltigt‹ wiegen schon für sich allein ungeheuer schwer, aber wenn du weißt, dass es sich um Kinder von neun oder zehn Jahren handelt, ist es einfach furchtbar. Auch bestimmte Ausdrücke, etwa die, mit denen der Fundort der Kinderleichen oder deren Zustand beschrieben wird, entwickeln eine ungeheuer starke Wirkung. Und dabei handelt es sich um Tatsachen – nichts als ungeschönte Tatsachen.«

Mistral spricht mit eintöniger, leiser Stimme. Langsam wendet er die Seiten des Notizblocks auf seinen Knien und liest einige Passagen vor: »›Ein Keller ohne Stromanschluss, zwölf Meter lang und sechs Meter breit … eine stillgelegte Werkstatt, deren Wände voller Graffiti sind … es handelt sich um die Leiche eines etwa zehnjährigen Jungen, einen Meter dreißig groß und schlank, dessen Stellung‹ … und so weiter und so fort … ›Die Leiche weist Würgemale auf, die Gliedmaßen sind beweglich, die Leichenstarre hat noch nicht eingesetzt‹ … Gut, dass die Eltern diese Berichte nicht lesen. Sie würden die Umstände des Todes ihres Kindes in allen Einzelheiten erfahren. Es ist schlimmer als ein Zeitungsartikel, der mit grausigen Einzelheiten hausieren geht, aber der einem letztlich irgendwie vertraut vorkommt, weil der Journalist keinen Zugang zum Tatort hat und seiner Fantasie freien Lauf lässt. Weißt du, Clara, ich habe bestimmt schon fast hundert Ermittlungen durchgeführt, aber wenn die Opfer Kinder sind, ist es unglaublich schwierig. Es ist so schwierig, weil sie nichts dafür können, sondern auf einen Irren hereinfallen, der sie in seinen Bann zieht, um sie zu töten.«

Clara hört ihm schweigend zu, ehe sie ruhig feststellt: »Ich verstehe genau, was du empfindest.«

Als sie die Kinder wecken geht, streicht sie Mistral, der in kleinen Schlucken seinen Kaffee trinkt, sanft über das Haar. Nach einer Weile toben die Kinder in die Küche und hängen sich wie jeden Morgen an den Hals ihres Vaters. Der Jüngere gibt ihm einen Kuss und sagt vorwurfsvoll: »Papa, du pikst!«, weil Mistral sich noch nicht rasiert hat. Der Große kuschelt sich auf seinen Knien zurecht und erklärt: »Eigentlich bin ich noch müde.« Alles ist wie jeden Morgen. Sie frühstücken gemeinsam. Auch heute studieren die Kinder fasziniert die Spielanleitungen auf dem Frühstücksflockenpaket. Mistral beobachtet die beiden sehr lange, ehe er eine Frage stellt, die ihm bislang noch nie in den Sinn gekommen ist: »Warum lest ihr eigentlich jeden Morgen den Text auf dem Paket? Es ist doch immer das Gleiche.«

Die beiden Kleinen blicken sich an, als wäre die Frage völlig daneben, ehe sie ganz selbstverständlich antworten: »Weil er klasse ist.«

Mistral zeigt auf den Kalender.

»Morgen ist Samstag. Wenn ihr wollt, gehen wir ins Puppentheater im Parc Montsouris oder in den Jardin du Luxembourg.«

Die beiden Kinder johlen vor Freude.

»Nehmen wir die Fahrräder mit? Bekomme ich eine Schokoladen-Crêpe?«

»Ich hätte lieber eine Waffel.«

»Was ihr wollt«, erwidert Mistral. »Wir können auch einen Ball mitnehmen.«

Eine halbe Stunde später fährt Mistral frisch geduscht, rasiert und vollständig wach zum Quai des Orfèvres.

Der Zauberer spukt ihm im Kopf herum.

6

Eilig steigt Mistral die Treppe zu seinem Büro hinauf. Als er vor dem Empfang erscheint, drückt der wachhabende Beamte den Knopf, der die gläsernen Schiebetüren öffnet.

Bevor er in sein Büro geht, sucht er wie üblich zunächst die Einsatzleitung auf, die sich unmittelbar hinter dem Empfang befindet. Im großen Kommandosaal bereiten die Beamten die Unterschriftenmappen vor, die der Frau Direktor und ihren Vertretern anlässlich der Lagebesprechung um 9.00 Uhr präsentiert werden. Sie enthalten alle Telexe und die Ereignisse der vergangenen Nacht. Alles ist hier dokumentiert – sowohl kleinere Zwischenfälle als auch mit Vorsicht zu behandelnde Begebenheiten, die mit einem roten Stempel in Großbuchstaben gekennzeichnet sind: »NICHT AN DIE PRESSE WEITERGEBEN.« Die Warnung ist dazu gedacht, der Polizei ein diskretes Vorgehen zu ermöglichen. Häufig bleibt die Aufforderung allerdings wirkungslos, denn Fakten sprechen sich immer schneller herum.

An diesem Morgen trägt nur eine einzige Akte diesen Stempel. Der Verkehrspolizei ist ein Abgeordneter ins Netz gegangen, der in angetrunkenem Zustand ein paar rote Ampeln überfahren hat und sich zudem in Gesellschaft einer Nutte befand. Als man den Politiker anhielt, randalierte er und wurde wegen Widerstandes gegen die Staatsgewalt in Untersuchungshaft gebracht. Mistral muss unwillkürlich grinsen. Berichte wie diesen hat er zu Dutzenden gelesen. So ist nun einmal das Pariser Nachtleben mit seinen kleinen und großen Vorfällen. Rasch überfliegt er die Akte – nichts wirklich Besonderes.

»Grüß dich, Ludovic, willst du einen Kaffee?«

»Gern.«

Mistral schüttelt dem Chef der Einsatzleitung die Hand und folgt ihm in die angrenzende Küche, wo die Leute vom Bereitschaftsdienst ihre Mahlzeiten einzunehmen pflegen. Mistral entsinnt sich vieler Nachtdienste, bei denen er lange Gespräche mit seinen Kollegen führte. Anhand der Essensreste in der Küche konnte er meist erraten, woher die Männer stammten.

Zur Tradition des Nachtdienstes gehörte es immer schon, gegen zwei Uhr morgens gemeinsam zu essen, wenn alles wieder ruhiger geworden war. Um diese Zeit verstummten die Funksprüche und das Telexgerät schwieg. Die Nachtdienstler wechselten einander mit dem Kochen ab und brachten häufig Spezialitäten ihrer Heimatregion mit. Da dies allgemein bekannt war, schauten die diensthabenden Abteilungsleiter nachts gern in der Bereitschaft vorbei; nicht nur wegen der Informationen, sondern auch wegen der Spezialitäten.

Noch ganz in Gedanken an die alten Zeiten nimmt Mistral seinen Kaffee in Empfang.

»Vor einer halben Stunde war Calderone da«, berichtet der Kollege. »Er hat uns angewiesen, Zwischenfällen mit Kindern besondere Aufmerksamkeit zu widmen. Wir haben uns mit der Nachtbereitschaft des Jugendschutzes kurzgeschlossen. Alles, was mit dem Zauberer in Zusammenhang stehen könnte, wird umgehend an uns weitergeleitet. Wie findest du das?«

»Gut. Wir behalten das Überwachungssystem bei, bis wir den Kerl dingfest machen können. Alle müssen mithelfen.

Bisher konnte er jedes Mal durch die Maschen schlüpfen – es liegt nur an uns, sie enger zu zurren. Okay, ich verschwinde. Danke für den Kaffee. Tschüss!«

Auf dem Weg in sein Büro sieht Mistral die Direktionssekretärin die Treppe zur Mordkommission hinaufeilen.

»Christiane! Ich könnte fast wetten, dass Sie zu mir wollen.«

Die Sekretärin, eine lebhafte, zierliche Frau, dreht sich um und sagt erleichtert: »Ah, Monsieur Mistral! Sie haben völlig recht. Frau Direktor erwartet Sie in ihrem Büro. Ich soll Ihnen ausrichten, dass es sehr dringend ist.«

Eigentlich kann es nur um den Zauberer gehen, denkt Mistral, während er der Sekretärin folgt. Sie lässt Mistral sogleich in das Direktionsbüro eintreten. Françoise Guerand legt gerade den Telefonhörer auf.

»Guten Morgen, Ludovic. Der Präfekt erwartet uns in zehn Minuten. Wir sollen über den Zauberer Bericht erstatten. Ein wirklich unangenehmer Fall. Gibt es seit gestern etwas Neues?«

»Absolut nichts. Wir müssen dem Präfekten klarmachen, dass wir nicht Däumchen drehen, sondern auch die Akten der Morde vor dreizehn Jahren wieder hervorgeholt haben und unsere gesamte Kraft und Energie aufbieten, den Fall zu lösen.«

»Genau das hatte ich vor. Außerdem will ich ihm erklären, dass wir die gesamte Kriminalpolizei gegen den Zauberer mobilisieren und dass du die Koordination übernommen hast.«

»Allerdings sollten wir ihn auch daran erinnern, dass wir abgesehen von den Morden des Zauberers an sieben ungelösten Fällen arbeiten, die wir nicht einfach sich selbst überlassen können.«

»Ich weiß. Aber ich kenne den Mann – wir sind es, die ihm sagen müssen, wo unsere Prioritäten liegen.«

Auf dem Weg zur Polizeipräfektur am Boulevard du Palais legen sie sich ihre Argumentation zurecht. Guerand und Mistral sind mit den Örtlichkeiten vertraut; sie benutzen die internen Gänge, die innerhalb des Präsidiums direkt zum Justizpalast führen. Von dort aus brauchen sie nur noch den Boulevard du Palais zu überqueren, um die Präfektur zu erreichen. Es handelt sich um ein rechteckiges Gebäude, das nicht nur die Präfektur, sondern auch andere Stabsbereiche beherbergt. Der riesige Innenhof dient als Parkplatz für Einsatzfahrzeuge und manchmal auch als Schauplatz für offizielle Zeremonien.

Weniger als zehn Minuten später stehen Guerand und Mistral im Vorzimmer des Präfekten. Sie müssen kaum eine Minute warten, ehe ein Amtsdiener in vollem Ornat und mit weißen Handschuhen sie ins Büro des Präfekten geleitet. In dem äußerst geräumigen Zimmer steht ein Konferenztisch für acht Personen. Gemälde in dezenten Farben und eine Skulptur, die die Insel Korsika darstellt, verraten Besuchern die Herkunft des Hausherrn.

Welch wichtige Persönlichkeit der Präfekt ist, zeigt sich an der Armada von Telefonen, darunter eine direkte Verbindung zum Präsidenten der Republik und zum Innenminister. Bei besonderen Ereignissen – etwa während der immer wiederkehrenden gewalttätigen Demonstrationen in der Hauptstadt – wurde sein Büro direkt dem Polizeifunkverkehr zugeschaltet. Als es allerdings wirklich ernst wurde, verzog er sich ins zweite Untergeschoss der Präfektur, wo er in den Räumlichkeiten der zuständigen Dezernate die Vorfälle direkt verfolgte. Mit Kennerblick beobachtete er auf den Bildschirmen die Bilder der Überwachungskameras. Die Nachricht von seinem persönlichen Auftauchen verbreitete sich wie ein Lauffeuer bei den Einheiten. Alle wussten, dass der Präfekt nicht zögern würde, sich höchstpersönlich einzumischen, wenn nicht alles nach Plan lief. Und Gnade dem, der für den Fehler verantwortlich war!

Françoise Guerand und Mistral wechseln einen flüchtigen Blick, als sie feststellen müssen, dass der Präfekt schlecht gelaunt ist.

Der Mann ist dreiundsechzig und bekleidet diesen hohen, von vielen geneideten Posten seit fast sieben Jahren. Das ist ein Rekord. Er hat an der Schaltstelle der Exekutive zwei Legislaturperioden überlebt, in denen der Staatspräsident einer anderen politischen Richtung angehörte als die Regierung. Stets erwies er sich als unersetzlich, ganz gleich, welche politische Couleur gerade am Ruder war. Ein Journalist beschrieb ihn einmal als Marionettenspieler, der äußerst geschickt seine Fäden zieht.

An diesem Morgen jedoch hat der Polizeipräfekt offenbar keinen Sinn für Diplomatie, auch wenn seine Stimme ruhig und gelassen klingt.

»Vielen Dank, dass Sie gekommen sind«, beginnt er.

Als ob wir eine Wahl gehabt hätten!, schießt es Mistral sofort durch den Kopf.

Der Präfekt erhebt sich und begrüßt die beiden Polizisten.

»Soeben habe ich mit dem Innenminister telefoniert.«

Guerand und Mistral werfen unwillkürlich einen Blick auf die aufgereihten Telefone. Mistral übersetzt den Satz des Präfekten für sich etwa so: *Er hat mir eine gehörige Standpauke gehalten.*

»Ich möchte Sie bitten, mir einen Überblick über die Delikte des Täters zu verschaffen, den Sie als ›Zauberer‹ bezeichnen. Ich höre.«

Er faltet die Hände auf der Schreibtischplatte, sieht Guerand und Mistral abwechselnd an und wartet.

Guerand überlässt es Mistral, eine Viertelstunde über die sechs Morde und zwei Mordversuche zu referieren und schließlich den erneuten Versuch zu erwähnen, der den Stein wieder ins Rollen brachte. Mistral schildert seine eigenen Schlussfolgerungen, verschweigt aber Claras Bemerkungen zum Rasierwasser des Zauberers.

Dafür ist es noch viel zu früh, denkt er.

Er äußert auch seine Überlegung, dass der Täter nach seinem gescheiterten Versuch von gesteigerter Frustration erfüllt sein dürfte.

Als er geendet hat, zieht der Polizeipräfekt ein Fazit. Seine Stimme klingt noch immer samtweich.

»Mit anderen Worten: Sie wollen mir mitteilen, dass es über kurz oder lang einen weiteren Kindermord geben wird und wir nichts in der Hand haben, um diesen zu verhindern. Zumindest habe ich Sie so verstanden, Herr Kommissar.«

»Genau das befürchte ich, Herr Präfekt«, antwortet Mistral mit tonloser Stimme.

Françoise Guerand bestätigt Mistrals Ausführungen, versucht sie aber ein wenig zu entschärfen. Sie versichert, dass alle Polizeikräfte von Paris dem Fall absolute Priorität einräumen und dass vor allem die Streifenpolizisten gehalten sind, ihr Augenmerk auf Kinder ohne Begleitung zu lenken und darauf zu achten, ob ihnen jemand folgt.

»Sie sind sich einig in der Bewertung der Vorfälle. Sehr gut«, lobt der Präfekt, was Mistral sofort übersetzt: *Wenn es schiefgeht, steht ihr beide auf der Abschussliste.*

»Trotz allem müssen Sie zugeben, dass das Ergebnis eher mager ist. Ganz abgesehen davon, dass es sicher eine große Menge Kinder gibt, die allein in den Straßen von Paris unterwegs sind. Während Sie über den Fall berichteten, habe ich mir überlegt, dass es gewiss noch zu früh ist, die Rückkehr des Zauberers in der Öffentlichkeit publik zu machen. Erstens würden wir damit eine Massenhysterie verursachen, und zweitens würden sich die Medien darauf stürzen. Vielleicht belässt es der Täter ja bei diesem Versuch. Doch dafür gibt es nicht die geringste Garantie.«

Guerand und Mistral hüten sich, den Polizeipräfekten zu unterbrechen, spüren aber hinter den besänftigenden Sätzen eine unmissverständliche Drohung. Die dann tatsächlich kaum verhohlen ausgesprochen wird.

»Sollte er allerdings erneut zuschlagen, erwarte ich Ergebnisse, und zwar schnell. In den letzten dreizehn Jahren hat sich die Wissenschaft beträchtlich weiterentwickelt – vor allem, was die DNA-Analysen angeht. Und ich wage zu bezweifeln, dass Sie bei Einsatz solcher Technologien nicht zu Resultaten kommen.«

Damit ist das Gespräch beendet. Der Präfekt läutet dem Amtsdiener und erhebt sich erneut, um die beiden Polizisten zu verabschieden.

Auf dem Rückweg zu ihren Büroräumen wird Françoise Guerand und Mistral bewusst, dass sie noch einmal knapp davongekommen sind, dass es aber wohl beim nächsten Mal nicht so glimpflich ablaufen wird.

»Der und seine DNA! Natürlich kann uns ein am Tatort gefundenes Haar eine DNA liefern, die wir möglicherweise sogar mit Resultaten aus einer Kartei vergleichen können. Doch das bedeutet lediglich, dass der Mensch, der dieses Haar verloren hat, irgendwann einmal am Tatort war – aber eben nicht unbedingt mit dem Kind zusammen. Es dürfte schwierig sein, ihm einen Mord nachzuweisen.«

»Du hättest ihm sagen sollen, dass die DNA-Analyse zwar

ihr Gutes hat, aber durchaus keine Wunderwaffe ist. Das hätte ihn bestimmt beeindruckt.«

Françoise Guerands letzter Satz klingt leicht ironisch.

Mistral sitzt gerade einmal zehn Minuten in seinem Büro, als Calderone kommt und verkündet, dass die Eltern mit ihrem Kind eingetroffen sind. Mistral bittet sie in sein Büro. Auf den ersten Blick erkennt er, wie sehr das gerade noch einmal abgewendete Drama die Eltern mitgenommen hat. Die Mutter hat rote verweinte Augen, und der Vater denkt sichtlich nur das eine: *Man sollte mich nur ein einziges Mal zehn Minuten mit dem Kerl allein lassen*.

Der Junge hingegen scheint den Schock gut verdaut zu haben und gar nicht zu begreifen, welch unglaubliches Glück er gehabt hat. Er spielt mit seinem Nintendo.

Taktvoll und sanft versucht Mistral das Paar zu beruhigen. Er eröffnet den beiden, dass man ein Phantombild des Täters erstellen wird. Mistral erläutert den besorgten Eltern, dass die Polizei über einen eigenen Zeichner verfügt, einen echten Künstler, der in seiner Freizeit Comics veröffentlicht. Der Mann würde dem Jungen Fragen stellen und nach seinen Angaben eine Zeichnung fertigen. Der Vater sagt, er habe in einer Fernsehsendung gesehen, dass man für ein Phantombild mit übereinandergelegten Folien arbeite, die es einzeln für die Gesichtsform, für die Augen, die Nase, den Mund und so weiter gäbe. Mistral bestätigt dies, meint aber, dass der Kontakt mit einem echten Zeichner für das Kind spielerischer ablaufe und somit weniger Stress verursache. Er sei sicher, dass es keine Probleme geben würde. Im Übrigen könnten die Eltern die ganze Zeit bei ihrem Jungen bleiben, vorausgesetzt, sie sprächen ihn während der Arbeit nicht an.

Der Zeichner erscheint. Er ist ein kleiner, blonder Mann mit beginnender Glatze und einer Pfeife, die er stets zwischen den Lippen hat, ganz gleich, ob sie brennt oder kalt ist. Sein Rollkragenpullover und seine ausgebeulte Cordhose gelten geradezu als legendär bei der Mordkommission. Mit seinem merkwürdig hüpfenden Gang erinnert er ein wenig an den von Jacques Tati dargestellten Monsieur Hulot. Auch die Pfeife trägt dazu bei, doch damit endet die Ähnlichkeit auch schon, denn der Zeichner ist klein und eher rundlich. In seiner Tasche befinden sich ein Zeichenblock und eine schier unglaubliche Vielzahl an Stiften und Zeichenkohle. Eigentlich ist er ständig am Zeichnen. Werke von seiner Hand, darunter auch viele Karikaturen, schmücken zahlreiche Büros am Quai des Orfèvres.

Calderone stellt ihm sein Büro zur Verfügung, in das er sich mit dem Jungen und seinen Eltern zurückzieht. Mistral und Calderone gehen derweil zum Kaffeeautomaten.

»Als ich die Leute in Ihr Büro begleitet habe, erzählte mir die Mutter, dass der Junge sich immer noch fragt, warum der Mann ihm auf den Kopf geschlagen hat. Er hat tatsächlich keinen Schimmer, in welcher Gefahr er schwebte.«

»Eigentlich nicht schlecht. Wenn der Zauberer allerdings wieder zuschlägt und die Presse Wind davon bekommt, besteht die Gefahr, dass er es begreift. Wir sollten den Eltern raten, mit ihm einen Kinderpsychiater aufzusuchen.«

Eine Stunde später kehren die Eltern mit ihrem Sohn in Mistrals Büro zurück. Sie wirken entspannt. Der Zeichner reicht Mistral ein DIN-A4-Blatt mit der Kohlezeichnung eines Männergesichtes. Die Vorderansicht zeigt leicht eingefallene Wangen, einen sehr schmalen Mund, eine gerade

Nase und kurze, dunkle Haare, die sich in der Mitte zu lichten beginnen. Doch am meisten beeindrucken Mistral seine Augen. Der Zeichner hat so viel Intensität in den Blick des Mannes gelegt, dass Mistral instinktiv einen Finger über die Augen legt. Ohne diesen Blick wirkt der Mann geradezu bedrückend banal.

Mistral wendet sich an den Jungen, der auf seinem Stuhl herumhampelt.

»Wie findest du das Bild? Sicher weißt du, dass du die Zeichnung benoten musst. Wenn zwanzig Punkte die beste Note wären, wie viele Punkte würdest du der Zeichnung geben?«

Der Junge betrachtet das Bild.

»Das ist ganz schön schwer. Es erinnert mich ein bisschen daran, wie der Mann ausgesehen hat, als ich mit ihm im Keller war. Aber vorher, als er für mich gezaubert hat, hatte er ein sehr freundliches Gesicht.«

Das Kind zögert. Niemand spricht; man lässt den Jungen in Ruhe. Er weiß nicht, was er tun soll. Um den Erwachsenen eine Freude zu machen, murmelt er schließlich: »Das Bild erinnert mich an beide Gesichter, aber mehr an das Gesicht im Keller. Muss ich wirklich eine Note geben? Wem? Dem Zeichner?«

»Aber nein«, lächelt Mistral. »Die Note ist nicht für den Zeichner. Sie ist wichtig für die Polizisten, die den Mann suchen sollen. Je höher deine Note ausfällt, desto mehr können sie sich darauf verlassen, dass das Bild so aussieht wie der Mann, nach dem sie fahnden.«

»Gut, dann sage ich zehn von zwanzig Punkten. Ich kann die beiden Gesichter nicht richtig auseinanderhalten.«

Mistral lächelt den Jungen tröstend an.

»Weißt du, wenn ich deine Mama oder deinen Papa bitten

würde, jemanden aus ihrer Bekanntschaft zu beschreiben, würden sie es auch nicht besser machen als du, weil das nämlich ziemlich schwierig ist. Und du hast den Mann schließlich nur ein paar Minuten gesehen. Ich muss mich sehr bei dir bedanken, denn du hast uns ein gutes Stück weitergeholfen.«

Während sich Mistral mit dem Jungen unterhält, hängen die Eltern an den Lippen ihres Sohnes. Und der Zeichner zeichnet, die kalte Pfeife zwischen den Lippen. Am Ende des Gesprächs schenkt er dem Jungen ein Bild, das ihn beim Spielen mit seinem Nintendo darstellt. Mistral sieht die Freude in den Augen des Kindes.

13.00 Uhr. Mistral hat keinen Hunger, er ist nur müde. Die schlaflose Nacht sitzt ihm in den Knochen. Er informiert Calderone, dass er »ein Stündchen Augenpflege betreiben« wolle.

Ehe er sich jedoch ausklinkt, holt er die Phantombilder aus der Schublade, die vor mehr als zwölf Jahren nach den beiden fehlgeschlagenen Versuchen des Zauberers erstellt wurden. Er legt sie nebeneinander und vergleicht sie mit der eben angefertigten Zeichnung. Sie sind zwar nicht identisch, ähneln sich aber hinsichtlich der Gesichtsform, des schmalen Mundes und des außergewöhnlich intensiven Blicks. Schließlich legt er alle drei Bilder in einen kartonierten Schnellhefter, schließt die Tür seines Büros ab und stellt sein Telefon ins Sekretariat um.

Nachdem er seine Krawatte gelockert hat, macht er es sich in seinem Sessel bequem und legt die Füße auf den Schreibtisch. Er greift nach seinem Walkman, verringert die Lautstärke und setzt den Kopfhörer auf. Zwei Minuten später ist er über den Walgesängen vor der Küste Patagoniens eingeschlafen.

7

Gegen 6.30 Uhr wacht Lécuyer auf. Wie üblich weiß er nicht genau, wo er sich befindet, und wagt nicht, sich zu bewegen. Langsam gewöhnen sich seine Augen an das Halbdunkel des heraufdämmernden Morgens. Er fixiert das Tipi. Allmählich brennt sich das Bild in sein Gehirn ein. Er begreift, dass er in seinem Zimmer ist. Jetzt erst streckt er die Beine aus, erhebt sich langsam und geht in die Küche. Er erinnert sich, dass er am Vorabend sämtliche Müllsäcke entsorgt hat. Auf der Suche nach etwas Essbarem öffnet er alle Schränke. Sie sind gähnend leer. An diesem Morgen hat er seinen Termin beim Psychiater. Er versucht, sich innerlich darauf vorzubereiten. Ein Blick in den Badezimmerspiegel zeigt ihm, dass er zum Fürchten aussieht. Er beschließt, eine Dusche zu nehmen und sich zu rasieren.

Im Gefängnis ging er nicht gern unter die Dusche, denn dort rechneten die Häftlinge oft miteinander ab, indem sie ihre Mitgefangenen vergewaltigten. Die Schreie der Opfer wurden durch den grölenden Gesang von Komplizen übertönt.

Einen der Typen, die ihn vergewaltigt hatten, brachte Lécuyer unter der Dusche um. Er erinnert sich nur noch ganz dunkel an diesen Mord. Vage entsinnt er sich einer im Mund verborgenen Rasierklinge. Als er an dem Kerl vorbeikam, der ihn stets mit einer obszönen Handbewegung grüßte, schnellte sein Arm vor. Im Bruchteil einer Sekunde hatte die

Rasierklinge die Halsschlagader durchtrennt. *Das war der Erste*, hatte er gedacht. Doch ihm ist, als ob der heiße Wasserdampf von damals ihm auch das Gehirn vernebelt hätte. Vielleicht hatten die Knastbrüder damals mitbekommen, was geschehen war, doch sicher ist er sich dessen nicht. Jedenfalls bemerkte er nach der Tat, dass er seltener angemacht wurde und dass die anderen Häftlinge ihm aus dem Weg gingen. Allerdings wurde er ohnehin schon gemieden.

Während der Morgentoilette hat sich seine Laune gebessert. Ihm knurrt der Magen. Er zieht sich an und genießt es, in den Cabanmantel zu schlüpfen. Mit sicherem Schritt sucht er das Café an der Butte-aux-Cailles auf, in dem er einige Tage zuvor schon einmal war. Er geht an den ausliegenden Zeitungen vorbei in den Schankraum und setzt sich mit dem Rücken zur Wand auf eine mit rotem Kunstleder bezogene Bank unter einen großen Spiegel.

Er beobachtet seine Umgebung. Erste Feststellung: Am Tresen stehen irgendwelche unbedeutenden Gestalten, die ihren Kaffee trinken und die Morgenzeitung lesen. Über dem Tresen hängt ein Bildschirm, über den Lotterieergebnisse flimmern. Zwei Männer studieren hektisch ihre Belege. Lécuyer versteht das Spiel nicht. Er bestellt einen doppelten Espresso und zwei Croissants, weil er wirklich hungrig ist.

Im Raum gibt es noch zwei weitere Bildschirme, auf denen Sport übertragen wird. Eine Frau, deren graues Haar in einem festen Knoten zusammengezurrt ist, sitzt wenige Tische von Lécuyer entfernt. Sie hält ihre Kaffeetasse in Kinnhöhe, tunkt ihr Croissant ein und verschlingt es mit zwei Bissen.

Der Kellner bringt den doppelten Espresso und stellt das

Körbchen mit den Croissants vor den kleinen Mann. Die Rechnung steckt unter der Untertasse.

Lécuyer beginnt das Zuckertütchen akribisch aufzuschneiden. Mit hingebungsvoll zurückgebogenem Kopf lässt er den Zucker bis zum letzten Körnchen in seinen Mund rinnen. Für das eigentliche Frühstück braucht er danach nur wenige Minuten. Dann widmet er sich wieder seinen Beobachtungen. Zweite Feststellung: Jetzt findet er die Menschen um ihn herum noch viel unbedeutender. Er lauscht ihren Gesprächen. Es geht um Fußball und das Wetter. Wirklich prickelnd!

Wenn die wüssten, wer ich bin, denkt er.

Er spürt, wie nach und nach ein Gefühl von Macht in ihm aufsteigt. Die Dämonen, die sich in den vergangenen Tagen ruhig verhalten hatten, kehren auf Zehenspitzen zurück und übermitteln ihm eine Nachricht.

Überleg doch mal, Arnaud, du bist nicht einmal aufgeflogen, als du noch ein blutiger Anfänger warst. Nach allem, was du im Knast gelernt hast, kann dir nun wirklich nichts mehr passieren. Mach weiter!

Lécuyer versucht sich diese Erkenntnis förmlich einzubläuen. Eigentlich war ihm das ja schon längst bewusst, doch plötzlich scheint es ihm sonnenklar.

Innerlich völlig verwandelt tritt er auf die Straße hinaus, als ob ihm dank seiner neu erworbenen Unbesiegbarkeit die ganze Welt zu Füßen läge. Er geht zum Auto, um seinen Psychiater aufzusuchen. Obwohl er sehr vorsichtig fährt, ist er viel zu früh da und hat ausreichend Zeit, seine Rolle als vom Leben gebeutelte Kreatur zu vervollkommnen. Als er den Vorraum des Gebäudes betritt, klappt er den Mantelkragen hinunter. Eine auf Hochglanz polierte Kupferplatte verkündet, dass hier »Jacques Thévenot, Psychiater und Gerichtsbeauftragter« praktiziert. Lécuyer setzt sich in den Warteraum. Um ja nicht aufzufallen, zwingt er sich, in einer mindestens ein Jahr alten Zeitschrift zu blättern. Natürlich liest er nicht wirklich darin. Der Inhalt ist ihm völlig egal.

Die Assistentin ruft ihn auf und führt ihn ins Sprechzimmer des Psychiaters, der an seinem Schreibtisch sitzt. Der Mann nimmt sich offenbar selbst sehr wichtig. Mit einem überdimensionalen Montblanc-Füller schreibt er etwas auf.

Lächelnd hebt er den Blick und sieht Lécuyer über seine halbmondförmigen Lesebrillengläser hinweg an.

»Setzen Sie sich. Ich bin sofort für Sie da.«

Seufzend und mit dem Blick eines geschlagenen Hundes beobachtet Lécuyer ihn. Vor ihm sitzt ein wohlgenährter Mann mit ausgeprägter Halbglatze. Über seinen Schädel zieht sich eine lange, graue Haarsträhne, die über die fortgeschrittene Kahlheit hinwegtäuschen soll. Er trägt eine bordeauxrote Jacke zum rosafarbenen Hemd und eine auffallende, in rotgrünem Schottenmuster karierte Fliege. Sichtlich zufrieden liest er das Geschriebene noch einmal durch, schraubt seinen Füller zu, packt das Schriftstück in einen Umschlag, ruft über die Sprechanlage seine Assistentin herein und übergibt ihr den Brief.

»Schicken Sie ihn bitte so schnell wie möglich ab. Und stellen Sie bitte keine Anrufe mehr durch.«

Jetzt endlich widmet er sich Lécuyer.

»Wie geht es Ihnen heute?«

Während er die Frage stellt, öffnet er Lécuyers Akte und wirft einen raschen Blick auf seine Notizen. Dann lehnt er sich in seinen Ledersessel zurück und mustert den kleinen Mann.

Mit gebeugten Schultern und schüchterner Stimme antwortet dieser: »Mehr schlecht als recht. Es ist nicht leicht, nach zwölf Jahren hinter Gittern das Alleinleben wieder zu erlernen.«

»Natürlich! Und wie läuft es im Job? Ist Ihr Chef mit Ihnen zufrieden?«

Am liebsten hätte Lécuyer ihm ins Gesicht gesagt: *Was hast du schon für eine Ahnung, Blödmann? Du kapierst doch nicht die Bohne!*

Aber er hört sich mit leisem Stimmchen antworten: »Ich arbeite gern als Klempner. Ich habe den Beruf im Gefängnis gelernt und bin handwerklich nicht ungeschickt. Mein Chef sagt, dass ich gute Arbeit leiste. Er hat mir diesen Mantel hier geschenkt, weil mir immer kalt war.«

Die Dämonen amüsieren sich wie verrückt und übermitteln ihm wieder eine Botschaft: *Pass auf! Der Kerl ist nicht so dämlich, wie er aussieht.*

Der Psychiater macht sich Notizen. Lécuyer sieht, wie er nachdenkt. Der Mann wirkt wie eine Katze, die um den heißen Brei herumschleicht.

»Ich würde gern noch einmal mit Ihnen über die Umstände sprechen, die Sie ins Gefängnis gebracht haben. Wir sollten das aufarbeiten. Es gibt zwei Gründe, weshalb wir das völlig unbelastet tun können. Erstens sind Sie inzwischen rechtskräftig verurteilt und bestraft worden. Und zweitens bin ich Arzt und an die Schweigepflicht gebunden. Ich habe Ihre Akte noch einmal durchgelesen. Mein Eindruck ist, dass es meinen Kollegen in der Haftanstalt nicht – wie soll ich sagen? – nicht gelungen ist, sich mit Ihnen tiefergehend auszutauschen. Sie haben sehr viel über Ihre Familie erzählt, aber nichts oder ausgesprochen wenig über die Motive, die Sie zu Ihrer Tat trieben. Und genau an dieser Stelle möchte ich intensiver nachhaken. Ich will Ihnen helfen, die Dinge herauszulassen, die sich in Ihrem Innern angesammelt haben.«

Thévenot hat mit teilnahmsvoller Stimme gesprochen und mustert Lécuyer mit professioneller Aufmerksamkeit.

Sofort läuten die Dämonen die Alarmglocke. Die Worte ACHTUNG! VORSICHT, FALLE! blinken in roten Neonlettern in Lécuyers Kopf auf. Der kleine Mann weiß, dass er auf das Spiel dieses fetten Idioten eingehen muss, sonst ist Gefahr im Verzug. Aber jede Antwort, die er geben könnte, birgt ebenfalls Risiken.

Lécuyer räuspert sich und heftet seine traurigen Hundeaugen auf den Psychiater, der ihn aufmunternd betrachtet.

»Sie haben recht«, beginnt Lécuyer. »Ich hoffe, es hilft.«

Er sieht, dass der Quacksalber zufrieden ist. Thévenot spielt mit seinem schönen Füller, dessen Kappe er auf- und wieder abschraubt. Er spürt, dass Lécuyer reif für eine Beichte ist, weiß aber aus Erfahrung, dass das dünne Band zwischen ihnen jederzeit reißen kann. Daher sagt er nichts, sondern sieht seinen Patienten nur wohlwollend an.

Die Dämonen ermutigen den kleinen Mann, Ballast abzuwerfen.

Tu es, aber immer schön mit der Ruhe. Er wird dich schließlich nicht stundenlang hier festhalten. Du hast fünfzehn, vielleicht zwanzig Minuten, dann setzt er seinen Stempel auf deinen Besuchsnachweis. Wirf ihm einen Köder hin, und dann kommst du in vierzehn Tagen wieder. Bis dahin sehen wir weiter.

»Also, ich ging die Straße entlang, ohne auf die alte Dame zu achten, die sich mit ihren Paketen abschleppte. Sie war es, die mich ansprach und mich bat, ihr zu helfen, ihre Einkäufe nach Hause zu bringen. So hat alles angefangen.«

Lécuyer verstummt.

Der Psychiater wartet eine Weile, ehe er freundlich sagt: »Fahren Sie fort. Versuchen Sie sich die Szene ganz genau vor Augen zu rufen.«

Lécuyer tut, als konzentriere er sich. Natürlich kennt er die Geschichte in- und auswendig. Mehrere Tage war er bereits hinter der Alten her. Sie war eine Freundin seiner Mutter, oder, besser gesagt, eher eine Bekannte als eine Freundin. Seine Mutter hatte die Alte bei einem Wohltätigkeitsbasar kennengelernt und schenkte der Oma seither alle Klamotten, die sie nicht mehr brauchte. Ein gutes Werk, so viel ist sicher. Die Oma war jedenfalls zufrieden. Lécuyer, der damals schon angefangen hatte, kleine Jungen umzubringen, war eine wandelnde Zeitbombe und scharf auf alles, was sich bewegte. Eines Tages belauschte er ein Gespräch. Seine Mutter, dessen war er sicher, sprach über ihn und erzählte in verklausulierten Worten, dass ihr Ehemann Arnaud vergewaltigt hatte. Seitdem fühlte er sich von der Alten beobachtet. Und dann, als er bei ihr zu Hause war, trug die Oma die Kleider seiner Mutter. Die Dämonen, die damals noch selten zu ihm sprachen, grölten: *Das ist deine Mutter! Sie hat das Gesicht der Alten angenommen, um dich zu verarschen!*

Da hatte er beschlossen, die Alte zu töten. Und zwar sofort. Warum? Auf welche Weise? Egal. Die Dämonen hatten gesagt: *Tu es.* Ohne weiter nachzudenken, hatte Arnaud der Alten einen Faustschlag versetzt und sie dann, ohne zu wissen, warum, mit wilder Gier vergewaltigt. Danach war er müde geworden und eingeschlafen. Eigentlich eine ganz einfache Geschichte. Aber wenn er sie dem Seelenklempner auf diese Weise erzählt, wird der Typ mit der Fliege garantiert ins Grübeln geraten und ihn mit ganz anderen Augen betrachten.

Nein, heute nicht mehr. Über die Fortsetzung denken wir bis zum nächsten Mal nach. Auf keinen Fall dürfen wir über die Mutter reden. Die Sache wäre zu heiß. Meister Fliege könnte Schlüsse ziehen, die alles ins Wanken bringen.

Mit tonloser Stimme sagt er: »Ich brauche Zeit. Natürlich weiß ich, dass Sie mir helfen wollen, aber das ist mir zu schnell. Es schmerzt noch sehr.«

Der Psychiater verbirgt seine Enttäuschung hinter einem lapidaren »Ja, natürlich«, stempelt den Besuchsnachweis für die vorgeschriebene Kontrolle und gibt Lécuyer einen neuen Termin in vierzehn Tagen.

»Wir werden uns ungefähr alle zwei Wochen sehen. Ich denke, das ist ein guter Rhythmus für unsere Gespräche.«

Der kleine Mann gibt sich noch unterwürfiger, verabschiedet sich mit betont schlaffem Händedruck von seinem Psychiater und verlässt das Sprechzimmer mit ungeschickten Schritten.

Nachdem Lécuyer gegangen ist, schraubt Thévenot seinen Füller auf und notiert: »Verdient größeres Interesse – viel Arbeit zu leisten – äußerst komplexe Persönlichkeit – hat traumatische Erfahrungen gemacht. Welche? – Alte Frau – Verbindung zur Mutter? – Im Gefängnis erzählte Familiengeschichte aufrollen und verifizieren – scheint inkohärent.«

Wieder zurück auf der Straße schlägt Lécuyer seinen Mantelkragen hoch und geht eilig zu seinem Auto. Nachdem er es sich auf dem Fahrersitz bequem gemacht hat, betrachtet er sein Gesicht lange im Rückspiegel. Das Bild, das ihm entgegenblickt, ist das eines blassen, nervösen Mannes mit einem Blick, der einen das Fürchten lehren kann. Als der kleine Mann seine Augen sieht, sagt er sich sofort: *Du musst diese Hassscheinwerfer irgendwie ausschalten. Die fallen viel zu sehr auf.*

Er überfliegt seinen Laufzettel und beginnt mit den Hausbesuchen. Die ersten vier verlaufen ohne Zwischenfälle. Die

Kunden lassen ihn nicht nur unbehelligt arbeiten – mehr verlangt er ja gar nicht –, sondern stecken ihm obendrein auch noch Trinkgeld zu. Als Letztes muss er an diesem Vormittag noch eine Waschmaschine im zwölften Arrondissement anschließen.

Auch die Dämonen sind mit ihm zufrieden.

Du hast dich heute wie der absolute King benommen. Trotzdem solltest du vorsichtig sein.

Seit zwanzig Minuten steckt Lécuyer mit dem Oberkörper in einem Spültischunterschrank, um die Anschlüsse zu legen. Der Kunde hat Kaffee gekocht und wartet geduldig auf das Ende der Arbeiten. Lécuyer schwitzt, doch der knapp bemessene Raum lässt nicht zu, dass er sich den Schweiß aus den Augen wischt. Da hört er Schritte, die näher kommen, und eine Stimme, die fragt: »Papa, was macht der Mann da unten?«

Plötzlich hört Lécuyer gar nichts mehr. Null. Die Stimme gehört einem kleinen Jungen. Lécuyer wagt nicht, sich zu rühren. Er hat nicht einmal mehr Lust, aus dem Unterschrank zu kriechen. Im Gegenteil. Am liebsten würde er ganz und gar darin verschwinden.

Wenn ich jetzt aufstehe, wittert der Typ sofort meine Verwirrung. Ich sehe bestimmt mehr als merkwürdig aus.

Er bittet seine Dämonen um Hilfe. Sie machen ihm Mut: *Vergiss nicht, dass du unverwundbar bist. Dir kann nichts passieren. Komm aus dem Loch heraus. Punktum. Wenn der Kleine dir gefällt, kannst du ja später einmal wiederkommen. Aber bleib ganz natürlich.*

Lécuyer macht sich wieder an die Arbeit. Er hört, wie Vater und Sohn miteinander sprechen. Als er aus dem Schrank auftaucht, vermeidet er es, das Kind anzusehen. Doch der Vater will beweisen, wie gut erzogen sein Junge ist.

»Pierre, sag dem Herrn guten Tag.«

Der Kleine reicht Lécuyer die Hand. Der kleine Mann schüttelt sie schlaff, ohne das Kind anzuschauen.

»Brauchen Sie noch lang?«, erkundigt sich der Vater. »Mittag ist schon vorüber, und ich müsste dringend etwas erledigen. Es dauert höchstens zehn Minuten. Wenn es Ihnen nichts ausmacht, lasse ich Pierre hier und komme so schnell wie möglich zurück.«

Ob es ihm etwas ausmachte? Und wie! Er braucht nicht einmal seine Dämonen um Rat zu fragen, denn er weiß genau, dass es Ärger gäbe, wenn er mit dem Jungen allein bliebe. Ganz bestimmt. Lécuyer entscheidet sich für die Flucht.

»Mir fehlt ein Knie für das Anschlussrohr. Ich komme lieber später noch einmal wieder – sagen wir gegen drei. Sind Sie dann zurück?«

Ohne eine Antwort abzuwarten, greift er nach seinem Werkzeugkasten und verschwindet. Er hört noch, wie der Vater hinter ihm auf der Schwelle murmelt: »Nun gut … wie Sie wollen … bis später dann.«

Arnaud Lécuyer sitzt in seinem Auto. Er fühlt sich ruhiger, als er gedacht hätte. Seine Dämonen sind mit ihm zufrieden, locken aber wie erwartet: *Du wirst doch wohl jetzt nicht einfach im Auto sitzen bleiben? Wie wäre es, mal wieder auf die Jagd zu gehen? Vergiss nicht, du bist unbesiegbar. Such dir eine Beute!*

Der kleine Mann verspürt eine unbeschreibliche Begierde, die zwischen seinen Beinen beginnt und bis in sein Gehirn aufsteigt. Dann wieder hinab und wieder hinauf. Ohne Unterlass. Der Psychiater hatte dieser Wellenbewegung einen Namen gegeben: Sexualtrieb.

Ohne zu wissen, wo er hin will, startet er den Wagen und fährt aufs Geratewohl los. Er liebt es, auf die Jagd zu gehen – er verspürt dann ein Gefühl von Stärke.

Ich bin Jäger, sagt er sich mehrmals hintereinander.

Jetzt braucht er sein Gesicht nicht mehr im Rückspiegel zu betrachten. Er weiß, dass seine Augen wieder leuchten, und er fühlt sich wohl dabei. Er lässt sich mit dem Verkehrsfluss treiben. Seine Augen suchen rechts und links die Bürgersteige ab. Er meidet die großen Durchgangsstraßen, weil man dort zu schnell fährt und er keine Muße zum Schauen hat. Lieber benutzt er mittlere Verkehrsachsen, wo es gemächlicher vorangeht und er Zeit hat, beide Bürgersteige gleichzeitig abzusuchen. Er hat bereits ein paar Kinder gesichtet, doch entweder sind sie nicht allein oder sie gehen so schnell, dass er keine Chance sieht, sie anzuhalten. Mehrfach parkt er an Kreuzungen aus zwei oder drei Straßen. Er legt sich auf die Lauer wie ein Schakal, der auf Beute wartet. Als er nichts entdeckt, sucht er sich enttäuscht einen anderen Beobachtungsposten, wo er ebenso wenig Erfolg hat. Die Dämonen spüren, dass er kurz davor ist, eine Dummheit zu begehen, und reden beruhigend auf ihn ein: *Du musst langsamer fahren. Wenn du heute nicht fündig wirst, dann sicher morgen. Klar, du bist zwar unbesiegbar, aber nicht, wenn du Mist baust. Geh lieber eine Kleinigkeit essen.*

Der kleine, selbstbewusste Mann tritt in ein Café und bestellt das Tagesgericht sowie einen doppelten Espresso. Wie immer genießt er den Zucker vor dem Kaffee. Seit einiger Zeit fürchtet er sich weniger davor, öffentliche Orte aufzusuchen. Auch wenn ihm das Auto noch immer als wichtigste

Schutzzone erscheint, traut er sich inzwischen häufiger einmal in Cafés. Er wirft einen Blick auf seine Uhr, geht zum öffentlichen Telefon und ruft den Kunden an, bei dem er noch einmal vorbeischauen muss. Der Mann ist wieder zu Hause.

»In Ordnung«, erklärt er. »Wenn Sie wollen, können Sie sofort kommen.«

Beruhigt legt Lécuyer auf. Zumindest wäre er nicht allein mit dem Jungen.

Arnaud Lécuyer hat die Waschmaschine angeschlossen. Er spürt, dass das Kind im Haus ist. Zwar hat er es nicht gesehen, doch er fühlt, dass es sich irgendwo in der Nähe aufhält. Er reicht dem Kunden die Rechnung. Der Mann geht sein Scheckheft holen. Arnaud Lécuyer bückt sich, um sein Werkzeug zusammenzuräumen. Schritte nähern sich. Er weiß, dass es der Junge ist. Die Schritte bleiben stehen. Die Dämonen übernehmen Lécuyers Steuerung.

Nicht aufblicken. Vergiss den Kleinen. Da draußen laufen noch Tausende davon herum.

Das Kind schweigt. Es steht höchstens fünfzig Zentimeter von Lécuyer entfernt. Der Blick des kleinen Mannes entfernt sich langsam von der Werkzeugkiste und gleitet einige Zentimeter aufwärts. STOPP! Ein rotes Licht blinkt in seinem Gehirn auf. Seine Augen blockieren in Höhe der Kinderfüße. Er bewegt sich nicht mehr. Die Dämonen toben.

Scheiße, was machst du denn da? Worauf wartest du? Verschwinde, und zwar sofort!

Lécuyer spürt den Blick des Jungen auf sich. Unwillkürlich nimmt er aus seinem noch immer geöffneten Werkzeugkasten eine dicke Kupferscheibe. In Höchstgeschwindigkeit lässt er sie zwischen seinen Fingern rotieren und anschließend verschwinden, als wäre er allein. Er hört, wie das Kind atemlos »Wow!« ruft. Der kleine, selbstbewusste Mann räumt sein Werkzeug zusammen, richtet sich auf, ohne das Kind auch nur anzusehen, und nimmt den Scheck und fünf Euro Trinkgeld entgegen, die der Vater ihm hinhält. Er bedankt und verabschiedet sich. Die Dämonen sind fassungslos. So viel Unbesonnenheit! Und so viel Stolz! Sie sind beleidigt und sprechen nicht mehr mit ihm.

Im Auto überprüft Arnaud Lécuyer selbstzufrieden seinen Laufzettel.

»Halte vor allem die Augen offen«, sagt er laut. »Vielleicht siehst du ja einen Jungen, der dir gefällt.«

Er setzt sich zurecht und lässt den Wagen an.

Nachdem Mistral seine Akkus wieder aufgeladen hat, geht er zum Getränkeautomaten und holt sich einen Kaffee. Mit dem heißen Becher in der Hand kehrt er in sein Büro zurück und überfliegt zum wiederholten Mal die Notizen, die er in ein schwarzes Heft gemacht hat. Schließlich nimmt er ein Blatt Papier und schreibt:

Täter

männlich, etwa fünfundreißig Jahre alt, von kleiner Statur, kurze, dunkle Haare, schlank. Trug zur Tatzeit einen beigen Blouson (im Schulterbereich zerrissen) und eine dunkle Hose. Parfümiert sich mit billigem Eau de Toilette, das nicht mehr produziert wird und mindestens fünfzehn Jahre alt ist. Bei drei Verhören – zwei 1989, eines 2002 – gaben überlebende Jungen an, dass der Mann sich Gérard nannte und drei Mal von seiner Mutter, aber nie von seinem Vater sprach.

Phantombild ist kaum zu gebrauchen; Allerweltsgesicht, allerdings mit stechenden Augen. Täter kommt und geht, ohne von Zeugen bemerkt zu werden.

Opfer

männlich, zwischen neun und zwölf Jahre alt, dunkelhaarig, hellhäutig. Zwischen den Opfern besteht keine Verbindung, stammen aus verschiedensten Verhältnissen, kein gemeinsamer Schulbesuch, unterschiedliche Arrondissements. Zum bisherigen Ermittlungszeitpunkt sind keine Gemeinsamkeiten erkennbar, bis auf die Tatsache, dass sie den Zauberer anziehen.

Tatorte

sämtlich innerhalb des Stadtgebietes von Paris und immer identisch: Gemeinschaftsräume größerer Wohneinheiten (Keller, Fahrradkeller). Die toten Kinder liegen auf dem Bauch, Gesichter nach rechts gewandt, Arme leicht vom Körper abgewinkelt, Hände auf Höhe des Gesichtes, Finger gespreizt. Tod erfolgt durch Erwürgen vor der Vergewaltigung. Täter hinterlässt keine verwertbaren DNA-Spuren. Ein Kollateralmord (Stand: Januar 2002).

Bilanz

Kinder werden nicht zufällig ausgewählt. Entsprechen einem System des Täters. Tatort hat eine Bedeutung. Welche? Vorgehensweise des Täters ist bekannt, nicht aber seine eigentliche Handschrift. Nimmt vermutlich etwas mit, um seine Traumwelt aufrechtzuerhalten. Was mag es sein? Laut Elternaussagen fehlt nichts. Die Kinder werden nicht verstümmelt. Wie bewegt sich der Täter innerhalb der Stadt? Zu Fuß? Öffentliche Verkehrsmittel? Auto? Sonstiges?

Mistral liest die Aufzeichnungen noch einmal durch und heftet sie in einen kartonierten Ordner mit der Aufschrift »Der Zauberer«, der bereits frühere Notizen sowie eine Kopie des Phantombildes enthält. Dann trinkt er seinen inzwischen kalten Kaffee aus. Zum tausendsten Mal schwört er sich, nie wieder dieses Gesöff vom Getränkeautomaten zu holen.

Da betritt Dumont Mistrals offenstehendes Büro. Sein Gesicht wirkt undurchdringlich.

»Ich möchte wissen, was los ist. Wir haben keinerlei Information bekommen.«

»Setz dich und rede keinen Unsinn. Wenn du über den Zauberer sprechen möchtest – da gibt es nichts. Absolut nichts. Ich habe ein paar Aufzeichnungen gemacht. Du kannst sie gern lesen, sie sind nicht geheim. Und du wirst schnell herausfinden, dass wir noch nicht die geringste Spur haben.«

»Schon gut, war ja nur eine Frage. Ich habe früher selbst an dem Fall gearbeitet. Keine Ahnung, ob du Bescheid weißt, aber während der zwei Jahre, in denen der Kerl sein Unwesen trieb, war ich bei der Mordkommission. Es war schrecklich. Wir fühlten uns so ohnmächtig!«

»Ja, ich wusste bereits, dass du schon einmal für uns gearbeitet hast. Sag mal, da kommt mir ein Gedanke: Hat es eigentlich während der Serie von 88/89 und der beiden Mordversuche im Jahr 89 andere unaufgeklärte Mordfälle gegeben?«

Mistral sieht, wie Dumont rasch überlegt und dann den Kopf schüttelt.

»Schwer zu sagen. Ehrlich gesagt erinnere ich mich nicht mehr. Die Mordkommission hat sich ganz und gar auf den Zauberer konzentriert; die anderen Abteilungen übernahmen derweil die übrigen Tötungsdelikte. Leider weiß ich nicht, was dabei herausgekommen ist. Ich war nur ein kleiner

Beamter und hatte keinen Zugang zur gesamten Akte. Ich hoffe, dass es dieses Mal nicht wieder so läuft.«

Mistral zuckt gereizt die Schultern.

»Madame Guerand hat mich gebeten, die gesamte Mordkommission auf den Zauberer anzusetzen. Wir können nicht erst einen weiteren Mord abwarten, und natürlich müssen die anderen Abteilungen uns irgendwie entlasten. Darum wirst du dich kümmern. Wir müssen schließlich im Auge behalten, was in den anderen Büros passiert.«

Mistral sieht, wie Dumonts Gesicht die Farbe wechselt. Wütend funkelt er seinen Vorgesetzten an.

»Du willst mich also nicht am Fall des Zauberers mitarbeiten lassen? Ich sehe schon, der feine Herr möchte das Lob der Presse ganz allein einheimsen. Vielleicht hast du sogar schon eine Spur? Scheiße, für wen hältst du dich eigentlich?«

Innerhalb weniger Minuten ist die trügerische Ruhe verflogen.

Mistral richtet sich abrupt in seinem Sessel auf. Verdutzt starrt Dumont ihn an.

»Du hältst jetzt die Schnauze und hörst mir zu. Mir geht es nicht um irgendwelche Ehre; darauf pfeife ich. Ich will nur eins: so effektiv wie möglich arbeiten, um einen Kerl zu schnappen, der Kinder umbringt. Und dafür braucht es uns alle – vom kleinen Streifenpolizisten bis hin zu den Abteilungsleitern. Kapiert? Wenn ich dich auf die anderen Morde ansetze, findest du vielleicht andere Spuren. Und wenn du das nicht schnallst, hast du keine Ahnung von der Arbeit eines Polizisten. So, jetzt verschwinde! Ich habe anderes zu tun, als dein Ego zu streicheln.«

Dumont verlässt fluchtartig das Büro. Mistral wirft den Stift, den er die ganze Zeit in der Hand gehalten hat, verärgert auf den Schreibtisch.

»Meine Güte, ist der Kerl blöd!«

Um seine Wut zu besänftigen, geht er hinunter zur Einsatzleitung und gibt Anweisungen für das Wochenende. Die Beamten vom Bereitschaftsdienst haben die Unterschriftenmappen für das 18.00-Uhr-Meeting abgegeben; die Anspannung hat sich gelöst. Der diensthabende Chef bietet Mistral einen Kaffee an, den dieser lächelnd ablehnt.

»Heute habe ich mein Quantum eindeutig überschritten. Wann machen Sie Feierabend?«

Der diensthabende Chef wirft einen Blick auf die große Wanduhr. Sie zeigt 18.45 Uhr.

»In einer Viertelstunde mache ich Schluss. Morgen habe ich Nachtschicht von sieben Uhr abends bis sieben Uhr früh. Haben Sie irgendwelche besonderen Anweisungen?«

»Ich habe dieses Wochenende zwar frei, aber wenn es besondere Vorkommnisse mit Kindern gibt oder der Zauberer wieder aktiv wird, dürfen Sie mich Tag und Nacht anrufen. Mein Handy bleibt eingeschaltet. Martignac ist für die anderen Dienststellen zuständig und weiß, dass er mich jederzeit erreichen kann. Meine persönliche Telefonzentrale ist während des gesamten Wochenendes besetzt.«

Mistral zeigt auf das Mobiltelefon, das an seinem Gürtel befestigt ist.

»In Ordnung. Calderone hat mir übrigens das Gleiche gesagt. Wir geben die Info gleich bei der Ablösung an die Nachtschicht weiter.«

Die beiden Männer schütteln sich die Hand. Im Blick des diensthabenden Chefs liest Mistral Ermutigung. Als Mistral die Treppe zu seinem Büro hinaufsteigt, kommt ihm Dumont entgegen, rot vor Zorn und mit seinem Mantel unter dem Arm. Wort- und blicklos rauschen sie aneinander vorbei.

Calderone ist gerade dabei, mit seinem Team die letzten

Fragen für das bevorstehende Wochenende zu klären, als Mistral das Büro betritt und die letzten Minuten des Briefings mithört. Nachdem die letzten Fragen geklärt sind, verabschieden sich die Polizeibeamten von ihren Vorgesetzten und verlassen den Raum.

»Ich habe unseren Jungs noch ein paar Hinweise gegeben, für den Fall, dass der Zauberer irgendwo auftaucht. Nach menschlichem Ermessen müssten wir alles abgedeckt haben.«

Mistral nickt.

»Was haben Sie am Wochenende vor?«, fragt Calderone.

»Zunächst muss ich unbedingt die restlichen Akten lesen. Aber das mache ich heute Abend zu Hause. Für morgen habe ich den Kindern einen Ausflug in den Jardin du Luxembourg versprochen, und Sonntag – mal sehen. Und Sie?«

»Nachdem der Zauberer wieder sein Unwesen treibt, halte ich es für besser, rund um die Uhr erreichbar zu sein. Am Samstag begleite ich meine Frau zum Einkaufen, sonntags wollen wir an der Place des Vosges essen gehen und anschließend ein wenig durch das Viertel schlendern. Meine Frau liebt diesen Teil von Paris.«

Beide Männer wissen, dass das Wochenende nur eine Unterbrechung ist und dass sie während der gesamten Zeit angespannt warten werden, wie Wachsoldaten mit schussbereiter Waffe.

Mistral besteigt sein Auto, das im Innenhof parkt, und lässt den Wagen an. Doch er fährt nicht sofort los, sondern öffnet das Handschuhfach und nimmt *Sketches of Spain* von Miles Davis heraus. Die Interpretation des *Concerto de Aranjuez* durch den genialen Trompeter ist eine seiner Lieblings-CDs. Mistral weiß, dass ihn diese Musik zumindest für eine Weile von seinen Ermittlungen ablenken wird.

Er fährt bedächtig, lauscht der Musik und nimmt sich die

Zeit, den Anblick der hell erleuchteten Pariser Boulevards zu genießen. Als er sein Haus erreicht, fühlt er sich einigermaßen entspannt.

Als die Kinder hören, dass sich die Haustür öffnet, stürzen sie sich ungestüm auf ihren Vater. Beide rufen: »Ich zuerst!«, als hätten sie ihn monatelang nicht gesehen. Jeden Abend ist es das gleiche Ritual. Clara lächelt. Mistral hat noch keine drei Schritte in den Hausflur tun können, als die Kinder ihn auch schon fragen, ob es denn morgen wirklich in den Jardin du Luxembourg ginge.

»Klar! Außer es regnet.«

Die Kinder beruhigen sich ein wenig.

»Wir haben uns überlegt, dass wir die Fahrräder nicht mitnehmen wollen. Lieber spielen wir mit den Booten, die man mit Stöcken durch das Becken treibt.«

»Wenn ich mich recht entsinne, wärt ihr beim letzten Mal beinahe ins Wasser geplumpst. Natürlich ist das Becken nicht tief, aber ihr solltet trotzdem aufpassen. Es ist einfach zu kalt für ein Vollbad im Freien«, schmunzelt Clara.

Das Abendbrot verläuft ruhig. Die Kinder dürfen nur freitags gemeinsam mit ihren Eltern zu Abend essen. Ein weiteres Freitagsritual ist es, dass Mistral seinen Söhnen vorliest. Beide Kinder kuscheln sich zusammen in ein Bett, und Mistral setzt sich auf den Teppich davor. Mit dem Rücken lehnt er sich gegen das Bett. Zurzeit lesen sie *Die Schatzinsel*. Die Jungen sind fasziniert von der Piratengeschichte mit einem Jungen als Helden.

Die Ausgabe, aus der Mistral vorliest, ist mit Aquarellen illustriert, die nicht nur die Piraten, sondern auch Waffen und Schiffe der damaligen Zeit darstellen. Oft unterbrechen die

Jungen ihren Vater und bitten ihn: »Zeig uns das Bild dazu.« Aber auch das gehört zur Vorlesestunde.

Schon warten die Kinder ungeduldig auf ihren Vater. Mit dem aufgeschlagenen Buch kommt Mistral ins Zimmer.

»Wer von euch kann mir sagen, wo wir beim letzten Mal stehen geblieben waren?«

Die Jungen sehen sich an. Es bedarf mehrerer Anläufe, ehe sie sich schließlich darauf einigen, dass der junge Jim Hawkins gerade auf dem Schiff in Schwierigkeiten steckte; er hatte sich auf den Mast geflüchtet, und ein Pirat war dabei emporzuklettern.

An dieser Stelle liest der Vater nun weiter. Eine halbe Stunde widmet er seinen Söhnen. Dabei vermeidet er es, mit einer Kampfszene aufzuhören, sondern liest weiter bis zu einer ruhigeren Passage.

Wenn Mistral das Buch zuklappt und sagt: »Schluss für heute!«, beschweren seine Söhne sich jedes Mal. Ludovic genießt diese Augenblicke und möchte sie um nichts in der Welt missen.

Nachdem er jedes Kind in sein eigenes Bett gebracht und ihnen einen Gutenachtkuss gegeben hat, kehrt er zu Clara ins Wohnzimmer zurück. Sie fragt, ob es Neues vom Zauberer gäbe, doch er schüttelt den Kopf. »Absolut nichts.«

Sie erzählt ihm von den Tests, die sie für ein neues Parfüm durchgeführt hat. Clara hat bei sich zu Hause eine sogenannte Parfümorgel. Dabei handelt es sich um eine Palette aus mehr als fünftausend unterschiedlichen Düften mit besonderer Charakteristik. Eine »Nase« muss immer wieder ihr Duftgedächtnis trainieren, um neue Kompositionen erfinden zu können. Mit der Orgel verbindet sie Düfte. Die perfekte Harmonie entsteht erst nach der Mischung vieler, manchmal mehrerer Hundert unterschiedlicher Düfte. Wenn es so weit ist, fährt Clara nach Grasse, um ihre Kompositionen zu besprechen und weitere Tests zu machen.

Später an diesem Abend sucht Mistral sein Arbeitszimmer auf. Ein Raum, wo er völlig ungestört ist und sich bei der Arbeit wohlfühlt. An den Wänden hängen gerahmte Reproduktionen des amerikanischen Malers Edward Hopper, *Summertime* und *Hotel Room*, sowie zwei Lithografien von Jack Vettriano, die er bei einem verliebten Wochenendtrip mit Clara in London gekauft hat.

In dieser Nacht will er die verbliebenen Akten lesen, die sich mit den 1989 begangenen Morden des Zauberers beschäftigen. Er hat eine Thermoskanne Tee und etwas Obst mitgenommen. Der Umfang der Akten lässt darauf schließen, dass er die ganze Nacht lesen wird.

Auf einem Möbelstück in seinem Arbeitszimmer steht eine Skulptur, die Don Quichotte darstellt. Es ist eine etwa dreißig Zentimeter hohe, von einem kubanischen Künstler gefertigte Skulptur aus grob zusammengefügten, aber dennoch harmonisch wirkenden Eisenteilen. Eine Lampe wirft den vergrößerten Schatten Don Quichottes, der auf seinem Pferd sitzt und seine Lanze hält, an die Zimmerwand. Mistral betrachtet das Schattenspiel, sieht jedoch keine Parallele zwischen sich selbst und der Romanfigur. Die Mörder, hinter denen er her ist, sind alles andere als Windmühlen.

Seufzend vertieft sich Mistral in die Berichte über Kindermorde. Neben ihm liegt ein Notizblock. Einige Stunden später spürt er, dass er eine Auszeit braucht. Er steht auf, reckt sich und gönnt sich eine Pause von zwanzig Minuten. In dieser Zeit hört er eine CD des Jazztrompeters Chet Baker. Um niemanden zu stören, setzt er einen Kopfhörer auf. Er bedauert es, nicht selbst zu musizieren, hofft aber, dass mindestens einer seiner Söhne ein Instrument erlernen wird.

Fünfzehn Kilometer entfernt gibt es einen weiteren Mann, der nicht schläft. Aber dieser Mann hört keine Musik.

Arnaud Lécuyer sitzt in seinem Tipi, hat die Beine an die Brust gezogen, die Arme um die Knie geschlungen und denkt nach.

Wechsele die Strategie, raten ihm seine Dämonen. *Du bist jetzt unbesiegbar. Lass dir Zeit, ehe du wieder tötest. Genieße den Augenblick.*

Der kleine Mann weiß sehr genau um seine Überlegenheit. Aber er weiß auch, dass es unverhältnismäßig riskant ist, ein Kind in einen Keller oder an einen anderen, öffentlich zugänglichen Ort zu führen. Im Gefängnis hat er gelesen und gehört, dass die Polizei hinsichtlich der Tatorte große Fortschritte gemacht hat und DNA-Dateien für Sexualstraftäter anlegt. Er kann von Glück sagen, dass er die Jungen immer nur mit Präservativen vergewaltigt hat und dass nie eine DNA-Probe von ihm verlangt wurde.

Aber er weiß auch, dass er heutzutage sofort verhaftet würde, wenn er auch nur die kleinste Spur hinterließe. Es gibt also gute Gründe, nicht mehr in Keller zu gehen. Außerdem schwört er sich, nie wieder eine solche Torheit zu begehen wie vor einigen Tagen. Folgerichtig kommt er zu dem Schluss, dass er in Zukunft die Kinder überreden muss, in seinen Wagen zu steigen. Anschließend könnte er sie dann in irgendeinem Winkel abladen. Das Ergebnis befriedigt ihn, nur die Dämonen raunen: *Na gut, einverstanden! Aber vergiss nicht die nötige Vorsicht. VORSICHT!*

Nach wie vor ärgert es Lécuyer, dass er sein Ritual nicht bis zum Ende durchführen konnte. Sosehr ihn seine Sammlung in der Vorbereitungsphase auch beruhigt – jetzt würde er schier zerbersten, wenn er sie auch nur berühren müsste.

Lécuyer streckt die Beine aus, kriecht aus dem Tipi und legt sich ins Bett. Sofort fällt er in einen unruhigen, von wirren Träumen heimgesuchten Schlaf, durch den eine ganze Schar von Kindern geistert und unablässig fragt: »Wie machen Sie das?«

Von Zeit zu Zeit schreckt Lécuyer auf und weiß weder, wo er sich befindet, noch ob die Erscheinungen Traum oder Wirklichkeit sind. Die Dämonen sind verstummt. Der kleine Mann muss allein mit seiner Unruhe klarkommen.

Als die kalte Morgendämmerung anbricht, sind beide Männer völlig erschöpft.

Lécuyer, der bis an die Grenze des Nichts vorgestoßen ist, hat Schwierigkeiten, sich zurechtzufinden. Mistral fühlt sich durch das Gelesene entmutigt.

Nachdem er die Fälle aus dem Jahr 1989 durchgearbeitet und sich einige Notizen gemacht hat, beschließt er, zu Bett zu gehen. Die angestaute Müdigkeit der vergangenen Tage macht ihn pessimistisch; er sieht beim besten Willen keine Spur, der es sich zu folgen lohnt. Nun hofft er, dass der Schlaf ihm Ruhe schenkt.

Ehe er sich neben Clara legt, kontrolliert er, ob sein Handy eingeschaltet ist.

Kaum eine Minute später ist er eingeschlafen.

8

Den Samstagnachmittag verbringt Familie Mistral im Jardin du Luxembourg. Die Kinder sind sofort zum Bootsvermieter gelaufen, der seinen Stand in der Nähe des großen Beckens hat. Er vermietet kleine Boote, auf deren Segeln Nummern stehen, damit die Kinder sie wiedererkennen. Außerdem bekommen die Jungen lange, dünne Stöcke, mit denen sie ihre Boote »aufs offene Meer« hinausstoßen können, ohne dabei ins Wasser zu fallen. Bald laufen und springen sie um das Becken herum und schicken ihre Boote auf große Reisen in ferne Fantasiewelten und zu ihren eigenen Schatzinseln. Das Spiel dauert fast eine Stunde. Der Februarsamstag ist kalt und sonnig. Viele Familien gehen mit ihrem Nachwuchs im Park spazieren. Mindestens fünfzehn Kinder toben um das große Becken herum. Stolze Eltern nutzen das schöne Licht, um ihre Sprösslinge zu fotografieren.

Danach geht es zum Ponyreiten. Clara fotografiert den Vater mit seinen beiden Söhnen, die vor der Linse Grimassen schneiden. Von Zeit zu Zeit gleitet ein Schatten über Mistrals Gesicht. *Ein Kindermörder läuft frei in der Stadt herum*, fährt es ihm durch den Kopf. Doch der Gedanke vergeht schnell, und Mistral widmet sich wieder ganz seiner Familie.

Nachdem sie den Luco, wie die Pariser den Park nennen, verlassen haben, kaufen Mistral und Clara geröstete Maronen. Die Kinder bekommen die versprochenen Schokoladen-Crêpes. Auf dem Heimweg dösen die Jungen im Auto. Die

Erfahrung hat Mistral gelehrt, dass es besser ist, nicht mit Clara über seine Arbeit zu sprechen, solange die Kinder in der Nähe sind. Selbst wenn sie zu schlafen scheinen, bekommen sie vieles mit, und Mistral möchte vermeiden, dass sie etwas über den Zauberer erfahren. Und so drehen sich die Gespräche um die nächste Ferienreise.

Zu Hause spielt Mistral bis zum Abendbrot mit seinen Söhnen. Später liest er noch einige Seiten vor, ehe die Kinder einschlafen.

Clara spürt, wie besorgt ihr Mann ist.

»Sicher findet ihr ihn bald«, versucht sie ihn zu beruhigen.

Ehe er zu Bett geht, ruft Mistral noch einmal bei der Bereitschaft an.

»Alles ist ruhig«, bekommt er zur Antwort. Vor dem Einschlafen schaut er die Nachrichten.

Am Sonntag fällt ein kalter Regen. Die Familie bleibt zu Hause. Abends ruft der Bereitschaftsdienst an: »Bei dem Wetter geht kein Mensch freiwillig auf die Straße. Alles ist ruhig.«

Am späten Abend meldet sich Calderone. Er hat Jean-Yves Perrec endlich auf dem Handy erreicht und ihm vorgeschwindelt, er wäre am nächsten Dienstag zufällig zu einer Vernehmung im Rahmen eines Rechtshilfeersuchens in Boulogne-sur-Mer. Und da Le Touquet nur dreißig Kilometer entfernt sei, wolle er ihn auf einen Sprung besuchen kommen. Über den Zauberer und Mistral hat er tunlichst geschwiegen. Jetzt ist er zum Mittagessen mit Perrec verabredet. Mistral sieht dem Treffen mit dem ehemaligen Polizeibeamten erwartungsvoll entgegen.

An diesem Abend kann Mistral nicht einschlafen. Er weiß, dass es nichts nützen würde, sich noch einmal den Akten zu widmen, weil sich dort keine Indizien finden, die ihm weiterhelfen. So hat er es eilig, am Montag an seinen Arbeitsplatz zurückzukehren.

Die Wochenenden schlagen Arnaud Lécuyer regelmäßig aufs Gemüt. Er erinnert sich, dass seine Eltern samstags immer einkaufen gingen und dass sein Vater am Sonntagmorgen das Wettlokal im Viertel aufsuchte, um auf Rennpferde zu setzen. Nachdem am Nachmittag die Rennen übertragen worden waren, pflegte er die Coupons zu zerreißen und dabei auf die »Schindmähren« zu schimpfen, die »nicht vorwärtskamen«. Ansonsten tat er nichts anderes, als Kette zu rauchen und sich im Café einen Pastis nach dem anderen hinter die Binde zu kippen.

Im Knast spielte es keine Rolle, ob Werktag oder Wochenende war. Und wenn man zwölf Jahre in ein System eingebunden ist, in dem die Zeit lediglich durch Essen und Schlafen eingeteilt wird – und durch Besuchstage, wenn man Besuch bekommt –, wird einem das Leben in Freiheit rasch fremd. Hinzu kam, dass Lécuyer aus freien Stücken auf jeglichen Besuch verzichtet hatte.

Auch wenn man arbeitet oder ein Handwerk erlernt, bedeuten einem die Wochenenden nichts. Man betätigt sich immer am gleichen Ort. Und das ist alles. An solche Dinge denkt Arnaud Lécuyer, als er im Auto sitzt.

Das Raubtier sucht einen Parkplatz in der Nähe des Trocadéro. An diesem touristisch interessanten Ort halten sich immer viele Menschen auf. Reisegruppen laufen herum; die Leute halten Camcorder am ausgestreckten Arm vor sich hin und starren auf den Bildschirm. Die meisten von ihnen werden Paris ausschließlich auf dem kleinen Display zu Gesicht bekommen haben, wenn sie die Filme später zu Hause über den Fernseher flimmern lassen. Andere lassen sich vor dem Eiffelturm fotografieren, um später sagen zu können: »Siehst du, wir waren auch schon einmal in Paris.«

Ein Kind, das sich verlaufen hat, käme Lécuyers Bedürfnissen durchaus entgegen.

V-O-R-S-I-C-H-T, raunen die Dämonen. Lécuyer würde sie am liebsten zum Schweigen bringen.

Nachdem er zwei bis drei Stunden in der klaren Kälte des sonnigen Samstags auf der Esplanade du Trocadéro herumgewandert ist, gibt er auf. Zu viele Bullen, zu viele Leute, zu wachsame Eltern, zu viele Fallen, zu viele potenzielle Zeugen – zu viel zu viel. Er steigt in sein Auto und versucht es anderswo.

Aus Erfahrung weiß er, dass Samstagnachmittage und Sonntage Scheißtage sind. Kinder laufen selten allein herum. Allenfalls auf den großen Boulevards an der Grenze zu den Wohnvierteln der nördlichen und östlichen Vorstädte von Paris. Doch hier gibt es ein Problem, ein großes sogar: Wenn man ihn hier erwischt, wird er umgelegt.

Er erinnert sich eines belauschten Gesprächs auf dem Gefängnishof. Wie üblich war Prahlerei großgeschrieben, doch trotzdem hatte der kleine Mann etwas daraus gelernt. Wieder einmal.

Die Kerle versicherten sich gegenseitig, dass bei größerem Ärger »nicht etwa die Bullenärsche unsere Probleme regeln. Das machen wir schon selbst. Wer in unserem Gebiet Scheiße baut, muss sich warm anziehen.«

Und so meidet Lécuyer sorgfältig die für ihn riskanten Gebiete.

Am liebsten ging er am Mittwochnachmittag auf Beutezug. An den anderen Wochentagen waren der späte Vormittag und der frühe Abend am günstigsten, wenn die Kinder aus der Schule kommen und auf dem Weg zum Sport oder zu anderen Unternehmungen sind.

Wenn er sein Opfer ausgewählt hatte, inspizierte er die nähere Umgebung. Und dann legte er seine Netze aus und wartete geduldig wie eine Spinne. Das Kind verfing sich, blieb hängen und wurde eingesponnen. Oft legte sich der kleine Mann auch in der Nähe von Schwimmbädern auf die Lauer. Einmal hatte er einen Jungen vor einem Schwimmbad erwischt. Die Erinnerung jagt ihm einen Schauder über den Rücken.

Sein derzeitiger Job hat Vor- und Nachteile. Zu den Vorteilen gehört das Auto, das ihm Mobilität, einfaches Vorwärtskommen, Autonomie und zumindest im Augenblick eine gewisse Anonymität bietet. Auch das für seine Verhältnisse großzügige Gehalt ist nicht von der Hand zu weisen. Einer der Nachteile ist, dass er nicht immer zu den richtigen Zeiten an den richtigen Orten sein kann. Andererseits ist er mit dem Wagen in der Lage, sein Jagdgebiet weiter als bisher auszudehnen.

Mit Einbruch der Dunkelheit wird es kalt. Lécuyer hat die Jagd satt und beschließt, nach Hause zu fahren. Unterwegs hält er an einer Tankstelle, tankt den Wagen voll und kauft sich etwas zu essen. Er braucht zwanzig Minuten, um einen ordentlichen Parkplatz zu finden.

Auf dem Fußweg zu seiner Wohnung kommt er durch die völlig menschenleere Rue Gérard. Die Autos parken auf der rechten Seite. Lécuyer geht auf der linken Seite am Rinnstein entlang. Plötzlich setzt er den linken Fuß auf die Bordsteinkante, den rechten lässt er in der Rinne. Es macht ihm Spaß, so zu laufen. Links und rechts. Hoch und runter. Als Kind setzte es Ohrfeigen, wenn er mit nassen Schuhen nach Hause kam. Aber jetzt ist der Rinnstein trocken. Lécuyer geht ungefähr dreißig Meter auf diese Weise, ehe er abrupt stehen bleibt. Zunächst noch wirr und undeutlich, dann aber immer klarer, kehren mit einem Mal Erinnerungen an Bilder und Geräusche zurück.

Ein Streit. Genau hier, mitten in der Nacht. Vor vielen Jahren. Lécuyer entsinnt sich nicht genau, wann es war; es muss etwa dreizehn Jahre her sein.

Der kleine Mann lehnt sich an eine Hauswand und ruft sich mit viel Mühe die Szene ins Gedächtnis zurück. Zunächst die Umstände, die zu dem Streit führten.

Alles hatte am Nachmittag des fernen Tages angefangen. Er hatte einen Jungen von etwa zehn Jahren aufgetrieben, der sich auf dem Heimweg einen Spaß daraus machte, mit einem Fuß auf dem Bürgersteig und dem anderen im Rinnstein zu laufen.

Als das Kind seine Zauberkunststücke sah, blieb es sofort stehen. Innerhalb von drei Minuten hatte Lécuyer das Vertrauen des Jungen gewonnen, fünf Minuten später nahm er ihn mit in einen Mülltonnenraum, um eine Glühlampe zu wechseln. Er betäubte ihn und bereitete ihn für das Opfer vor. Alles lief wirklich gut, als plötzlich ein Hund auftauchte. Ein riesiges Tier, das er nicht hatte kommen hören. Er bemerkte ihn erst, als er auf dem Jungen kniete und an seinem Ohr einen heißen Atem spürte. Dann hörte er das Knurren. Als er voller Panik auf die Füße sprang, sah er im Halbdunkel den Hund. Die Rasse? Das kümmerte ihn nicht, mit solchen Dingen kannte er sich nicht aus. Der Hund wirkte riesengroß, und riesengroß war für den kleinen Mann gleichbedeutend mit böse. Das Tier knurrte. Lécuyer konnte die hochgezogenen Lefzen und die Reißzähne sehen.

In der Hand hielt er seine Lieblingswaffe, die er selbst hergestellt hatte. Ein etwa dreißig Zentimeter langer Schraubendreher mit dünnem Griff, dessen stählernes Ende er in eine scharfe Spitze verwandelt hatte. Er umklammerte ihn so fest, dass die Knöchel weiß hervortraten. Der Hund machte einen Satz. Arnaud Lécuyer stieß aufs Geratewohl zu. Mit dem ersten Stich traf er ein Auge, das sofort platzte. Dann stach er blindlings auf die linke Körperseite des Hundes ein. Jaulend ergriff das Tier die Flucht – vermutlich, um irgendwo zu sterben. Arnaud Lécuyer hatte sich nie gefragt, was aus ihm geworden war. Er selbst machte sich humpelnd aus dem Staub. Seine Beine zitterten so stark, dass er einen Augenblick lang fürchtete, nicht laufen zu können. Seine Jacke war mit Hundeblut besudelt. Er stopfte sie in einen Müllcontainer, wischte den Schraubendreher ab und steckte ihn wieder in seinen rechten Hemdsärmel. Anschließend lief er stundenlang durch das nächtliche Paris, um sich zu beruhigen. Fast war es ihm gelungen, als er sich gegen zwei Uhr morgens auf den Heimweg machte.

In der Rue Gérard begann er mit dem linken Fuß auf dem Bürgersteig und mit dem rechten im Rinnstein zu laufen, wie früher als Kind. Und wie das Kind, das er vor wenigen Stunden bewusstlos geschlagen hatte. Auf diese Weise war es ihm überhaupt erst gelungen, mit dem Kind in Kontakt zu kommen. Nachdem er den Jungen entdeckt hatte, der sich langweilte und mit einem Fuß im Rinnstein dahinzockelte, war ihm die Idee gekommen, dem Kleinen auf die gleiche Weise entgegenzugehen. Den Rest besorgten seine Zauberkunststücke. Mit der Gangart in die Falle gelockt, mit Würfeln zur Strecke gebracht. Wenn bloß dieser Scheißhund nicht gewesen wäre …

Und dann, als er nur noch ein paar Meter von seiner Wohnung entfernt war, näherte sich von hinten ein Auto. Der Fahrer ließ mehrmals vernehmlich den Motor aufjaulen.

Lécuyer, der noch immer an der Hauswand lehnt, erinnert sich jetzt deutlicher. Er hat das Gefühl, einen Film anzuschauen, in dem er selbst der Hauptdarsteller ist.

Er sieht, wie er weiter halb im Rinnstein, halb auf dem Bürgersteig geht, ohne sich stören zu lassen. Noch immer angespannt von dem, was er getan hat, kümmert er sich nicht um den Wagen, der ungeduldig hinter ihm her schleicht. Er würde sich bestimmt nicht von irgendeinem Blödmann die Laune vermiesen lassen, wo er sich doch gerade die Annäherungsszene mit dem Kind ausmalt! Plötzlich setzt das Auto zum Überholen an; Lécuyer wird vom Außenspiegel am rechten Arm getroffen. Er reagiert nicht. Kein Wunder, denn einen Schlag, wie er ihn an diesem Abend verkraften musste, kann so schnell nichts anderes überbieten.

Im Auto sitzen vier Personen, zwei junge Männer und zwei Mädchen. Wenige Meter weiter bremst der Fahrer, steigt aus und geht auf den Spinner zu, der ihn einfach zu ignorieren scheint. Lécuyer spürt einen heftigen Schlag auf den Mund und fällt rückwärts auf den Bürgersteig. Er hat den Faustschlag mitten ins Gesicht nicht kommen sehen. Ein junger Kerl steht über ihm und beleidigt ihn. Lécuyer hört, wie die Insassen des Wagens nach dem Fahrer rufen. Der Flegel lacht. Lécuyer steht auf. Sein Gegner lässt ihn gewähren, um freie Bahn für den nächsten Schlag zu haben. Der kleine Mann, der gewiss niemanden beeindrucken kann, hält in seiner Hand einen merkwürdig zugerichteten Schraubendreher – die Waffe, mit der er den Hund getötet hat. Der junge Mann, der sich seiner Überlegenheit sicher ist, hat nichts bemerkt und holt aus, um dem kleinen Kerl vor ihm einen Schwinger zu verpassen.

Lécuyer bewegt sich nicht. Nur sein Arm schnellt vor und stößt von unten nach oben zu. Mitten ins Herz. Die Insassen des Autos bekommen natürlich von alledem nichts mit. Sie sehen nur, wie ihr Kumpel wie in Zeitlupe in sich zusammensinkt. Als sie bei ihm sind, stirbt er bereits.

Arnaud Lécuyer aber nutzt ihre Unentschlossenheit und rennt davon. Schnell. Sehr schnell. Er biegt gleich links in die Rue Jean-Marie-Jego ab und saust, ohne Luft zu schnappen, durch die Rue de la Butte-aux-Cailles. Ohne nachzudenken oder stehen zu bleiben, überquert er die Straße und läuft an einem Park entlang. Erst im Schatten des Zauns hält er an und versucht zu Atem zu kommen. Er hört sein Herz schlagen. Durch die Rue Bobillot zu gehen kommt nicht infrage. Sie mündet auf die Place d'Italie. Dort würde die Polizei mit Sicherheit Streife fahren, und man würde ihn bestimmt kontrollieren. Hundertprozentig.

Er weiß nicht, wohin er sich wenden soll. Das Heulen einer Polizeisirene, verstärkt durch die Stille der Nacht, nimmt ihm schließlich die Entscheidung ab. Mit einem Satz springt er über den Zaun und verschwindet im Park.

Ein grünes Schild mit weißem Rand verkündet, dass der Park nach dem Ratsvorsitzenden Henri Rousselle benannt ist, der von 1866 bis 1925 lebte. Das allerdings ist Lécuyer ziemlich egal. Er verkriecht sich unter den Büschen und verharrt regungslos. Hier ist er absolut unsichtbar, aber beruhigen kann er sich nicht. Etwa zwanzig Minuten später hört er Autos, die im Schritttempo vorbeifahren. Er braucht sich nicht aufzurichten, um zu wissen, was das bedeutet. Strahlen von Blaulichtern streichen in regelmäßigen Abständen über seinen Kopf hinweg durch die Nacht. Später kommen Streifenpolizisten vorbei, die sich laut unterhalten. Ab und zu lässt einer seine Taschenlampe in den Park leuchten. Lécuyer liegt flach auf dem Bauch und verbirgt seinen Kopf unter den Armen. Er rechnet damit, jeden Augenblick entdeckt zu werden.

Nach zwei oder drei Stunden ebbt der Lärm, der sämtliche Anwohner an die Fenster gelockt hat, allmählich ab. Lécuyer ist am Ende seiner Kraft. Nach der Erfahrung mit dem Kind, dem Hund und dem jungen Kerl fühlt er sich wie eine entsicherte Handgranate – als könne er jeden Moment explodieren.

Lécuyer lehnt immer noch an der Hausmauer. Jetzt sieht er die Szene wieder klar und deutlich vor sich. Er beobachtet sich selbst, wie er gegen sieben Uhr morgens unendlich vorsichtig den Park verließ. Die ganze Nacht hindurch hatte er kein Auge zugetan. Er wusste nicht, wohin er sich wenden sollte, und so streifte er bis zum Mittag durch die Straßen, ohne sich seinem eigenen Wohnbezirk zu nähern. Erst am Nachmittag, nachdem er längere Zeit keinen Polizisten mehr gesehen hatte, traute er sich zurück zur Wohnung seiner Eltern.

Zwei Tage lang vergrub er sich in seinem Zimmer, ohne zu essen und zu trinken. Niemand richtete das Wort an ihn, aber seit einigen Jahren redete er ohnehin nicht mehr mit seinen Eltern.

Als er sich zum ersten Mal wieder vor die Tür wagte, sah er weit und breit keinen Polizisten. Er ging zum Zeitschriftenhändler in der Rue de la Butte-aux-Cailles und kaufte den *Le Parisien*. Irgendwo im Innenteil fand er unter der Rubrik Vermischtes einen halbseitigen Artikel mit einem Foto der Rue Gérard. Eine Kreidezeichnung auf dem Bürgersteig markierte die Lage des Toten.

»Aufregung in der Rue Gérard. Mann stirbt bei Streit zwischen Autofahrer und Fußgänger«, lautete die Überschrift.

»Gut unterrichteten Kreisen zufolge tappt die Polizei noch völlig im Dunkeln. Abgesehen von den Insassen des betroffenen Fahrzeugs gibt es keine Zeugen des kurzen Streites, der sich gegen zwei Uhr früh abspielte. Die Freunde des Opfers sehen sich außerstande, den geflüchteten Täter zu beschreiben. Sie gaben zu Protokoll, dass ein mutmaßlich betrunkener Passant den Fahrer des Wagens beleidigte, als dieser langsam an ihm vorüberfuhr. Darauf verließ der Fahrer das Auto, um den Passanten zur Rede zu stellen. Dieser stach sofort mit einem Messer zu und flüchtete. Während der Auseinandersetzung waren die Mitfahrer im Wagen sitzen geblieben. Die Tatwaffe wurde bisher nicht gefunden.«

Kein Wunder, dachte Lécuyer. *Sie steckt in meinem Ärmel.*

Zwar ärgerten ihn die Lügen, die die Leute im Auto über ihn verbreitet hatten, doch er würde ihnen sicher nicht widersprechen. Und weil er sich nun wieder sicher fühlte – es war äußerst unwahrscheinlich, dass man die Tat bis zu ihm zurückverfolgen konnte – ging der kleine Mann erneut auf die Jagd.

Nachdem er diese Erinnerungen noch einmal durchlebt hat, löst sich Lécuyer langsam von der Hausmauer. Er geht zu seiner Wohnung, bleibt aber auf dem Bürgersteig. Verblüfft muss er sich eingestehen, dass er diesen Totschlag völlig vergessen hatte. Nichts von dieser Geschichte war ihm im Gedächtnis geblieben, bis er sich ihrer an diesem Tag zum ersten Mal erinnerte.

Lécuyer hat Hunger und beeilt sich, nach Hause zu kommen. Eine gelbliche Birne erhellt das langweilige Esszimmer.

Nachdem er seinen Cabanmantel ausgezogen und den Schraubendreher auf den Tisch gelegt hat, lümmelt er sich mit seinen Salatschalen, dem kalten Fleisch und einer Flasche Cola in einen Sessel. Automatisch starrt er auf den Bildschirm und mahnt sich, ein wenig aufmerksamer zu sein. Doch die Sendung interessiert ihn nicht.

Er steht auf, holt sein Kartenspiel und setzt sich an den Tisch. Ohne hinzusehen, mischt er die Karten mit höchster Geschwindigkeit. Dann spielt er eine eingebildete Partie Poker zu viert. Halblaut wendet er sich an seine Mitspieler.

»Dir da rechts habe ich ein Paar gegeben, dir gegenüber zwei Paare, dir links einen Drilling, und ich habe nichts.«

Er dreht die Karten um. Als er sieht, dass er recht hat, lächelt er flüchtig. Aber sein Lächeln springt nicht auf die Augen über.

»Ihr glaubt wohl, ihr könnt mich reinlegen, aber ich werde es euch schon zeigen. Ich schaffe jetzt einen Straight Flush. Mal sehen, ob es hinhaut.«

Lécuyer hebt die Karten ab und ordnet sie in sein Spiel ein. Zufrieden betrachtet er das Ergebnis seiner verteufelten Geschicklichkeit.

Eine Stunde später geht er zu Bett. Seine Sammlung rührt er nicht an. Er fühlt sich nicht in der Lage, sich seinen Träumen hinzugeben. Bestimmt würden ihn die Dämonen wieder mit ihren ständigen Ermahnungen nerven. Er hat keine Lust, sich mit ihnen zu streiten. Der kleine Mann rollt sich zusammen – ausnahmsweise einmal unter seiner Decke – und schläft ein.

Ein Aufbruch in Träume des Verderbens.

9

Mistral hat nur noch einen Gedanken: Er will die Initiative übernehmen und es nicht dem Zauberer überlassen, ihm seinen Rhythmus zu diktieren. Nur nicht in die Falle des Wartens tappen. Ja nicht versuchen, eine gewisse Regelmäßigkeit in den Mordfällen zu erkennen und daraus zu schließen, dass es wahrscheinlich noch soundso lange dauern wird, bis der Täter wieder zuschlägt. Der Mann muss gefunden werden – koste es, was es wolle.

Mistral fährt durch Paris, ohne seiner Umgebung wirklich Aufmerksamkeit zu zollen. Mit einem Ohr hört er den Nachrichtenkanal, mit dem anderen den Polizeifunk. Sein gesamtes Denken richtet sich auf die Verfolgung des Zauberers.

Als er aus dem Auto steigt, ist er so weit, sich zu fragen, ob man nicht doch die Presse einweihen solle. Man könnte sofort die ganze Artillerie auffahren – Zeitung, Radio, Fernsehen. Man könnte über Verhöre berichten, daran erinnern, dass die alten Morde noch immer nicht aufgeklärt sind, und vielleicht sogar das Phantombild veröffentlichen, obwohl es nicht viel taugt. Die Sache groß rausbringen. Vielleicht würde der Zauberer reagieren. Mistral setzt sich eine Frist von acht Tagen, um seiner Chefin die Idee schmackhaft zu machen; Françoise Guerand müsste dann irgendwie den Präfekten mit ins Boot holen. Bis zu dieser selbst gesetzten Deadline läge es allerdings an ihm, zu beweisen, dass er alle möglichen Spuren ausgeschöpft hat.

Mistral ist beunruhigt. Er weiß, dass der Täter seit seinem fehlgeschlagenen Versuch unter einer extremen Spannung steht, die sich jederzeit entladen kann – mit fatalen Folgen.

Erfüllt von solchen Gedanken geht er in ein von ihm anberaumtes Meeting mit Calderone und den diensthabenden Beamten. Auch Dumont wurde aufgefordert, teilzunehmen; Mistral ließ ihm keine Möglichkeit zur Ablehnung. Die etwa sechzig Anwesenden spüren die spannungsgeladene Atmosphäre. Als Mistral seinen Plan darlegt, herrscht lastende Stille im Saal.

»Ich habe Sie kommen lassen, um Ihnen mitzuteilen, dass das Hauptaugenmerk aller hier versammelten Abteilungen ab sofort auf dem Zauberer liegt. Das ist ein Befehl. Ab heute werden alle anderen Tötungsdelikte von den verbleibenden Abteilungen bearbeitet, die von Frau Direktor diesbezüglich instruiert worden sind. Kommissar Dumont wird abteilungsübergreifend als Beobachter für die Kriminalpolizei eingesetzt und fungiert als technischer Berater für die anderen Abteilungen, falls man dort nicht weiterkommt. Er wird mich über eventuelle Vorkommnisse auf dem Laufenden halten. Sollte etwas wirklich Schlimmes passieren, nehmen wir die Sache natürlich selbst in die Hand.«

Mistral streift den Angesprochenen mit einem kurzen Blick. Dumont lehnt an der Saalwand, schweigt und schaut weg. Seine gesamte Haltung macht deutlich, wie sehr er Mistral verabscheut. Dieser wendet sich wieder an die versammelten Beamten und fährt fort: »Allein können wir gegen den Täter nichts ausrichten. Wir brauchen die Unterstützung aller Polizeikräfte. Sie, meine Herren, werden jedes einzelne Bezirkskommissariat aufsuchen und die Streifenpolizisten über den Fall informieren. Alle Polizisten von Paris müssen in die Suche nach dem Kerl eingebunden werden. Das gilt übrigens auch für die Verkehrspolizei. Die Druckerei produziert bereits zwanzigtausend Phantombilder, die Sie bitte an alle Abteilungen weiterleiten. Den heutigen Tag sollten Sie der Vorbereitung Ihrer Unterlagen widmen, dann nutzen Sie den Rest der Woche, um die frohe Botschaft zu verkünden. Gibt es dazu irgendwelche Fragen?«

Ein Beamter meldet sich.

»Ja, bitte?«

»Was sollen wir sagen, wenn wir gefragt werden, worum es geht? Dass wir hinter dem Zauberer her sind? Oder hinter einem Kindermörder? Wenn das nämlich publik wird, dürften wir innerhalb kürzester Zeit die Presse auf dem Hals haben.«

Beifälliges Murmeln.

»Darauf wollte ich gerade eingehen«, antwortet Mistral. »Sie haben natürlich völlig recht. Auf keinen Fall dürfen Sie den Zauberer erwähnen und schon gar nicht von einem Kindermörder sprechen. Sagen Sie lieber, dass wir nach einem Mann fahnden, der Kinder belästigt. Jemand, der vor Schulen, Freizeiteinrichtungen, Schwimmbädern, Sportplätzen und anderen, häufig von Kindern besuchten Orten wartet und den Kleinen folgt. Auch Kaufhäuser und Videotheken gehören übrigens dazu. Wenn wir nicht zu sehr ins Detail gehen, sind die Streifenpolizisten gezwungen, jedem noch so kleinen Verdacht nachzugehen. Sie müssen deutlich machen, dass der Mann nur kleine Jungen weißer Hautfarbe belästigt, die zwischen neun und zwölf Jahre alt sind. Allerdings gebe ich mich keinen Illusionen hin: Die Presse wird sehr bald Wind davon kriegen, dass wir wieder hinter dem Zauberer her sind, und dann werden wir es natürlich bekannt machen. Sonst noch Fragen?«

Als sich niemand meldet, fährt er fort: »Wie Sie sehen,

hängt hinter mir an der Wand ein Stadtplan von Paris, auf dem ich die Morde und Mordversuche von vor zwölf Jahren markiert habe, ebenso wie den Versuch der vergangenen Woche. Mit anderen Worten: Wir rollen alle Fälle des Zauberers wieder auf. Dabei dürfen Sie nie vergessen, dass der Täter offenbar keiner geografischen Logik folgt, sondern tatsächlich nur auf Kinder anspringt, die ganz bestimmte physische Kriterien erfüllen. Alles andere sehen Sie hier.«

Mistral hat auch die vier Blätter mit seinen Notizen aufgehängt. *Täter – Tatorte – Opfer – Bilanz*. Das ernste Schweigen im Versammlungsraum ist fast körperlich spürbar. Dumont tut so, als würdige er die Aufzeichnungen keines Blickes, was Mistral zwar bemerkt, aber nicht weiter beachtet.

»Leider ist dies hier alles, was wir bisher in der Hand haben. Gibt es noch Wortmeldungen? Nein? Dann bedanke ich mich.«

Als Erster verlässt Dumont schweigend und mit schnellen Schritten den Versammlungsraum. Nachdem alle sich an ihre Aufgaben begeben haben, bleiben nur noch Calderone und Mistral zurück.

»Leider haben wir nicht allzu viele Ansatzpunkte. Dass wir die alten Fälle mit einbeziehen, wird die Jungs vielleicht auf Trab bringen, zumal die meisten von ihnen noch gar nicht dabei waren, als der Zauberer zum ersten Mal auftauchte. Sie sollen so tief wühlen, wie es eben geht.«

Calderone blickt Mistral an und nickt.

»Ich gebe Ihnen absolut recht. Wir haben keine andere Wahl. Zwei Jahre lang haben wir geackert wie verrückt – ohne das geringste Erfolgserlebnis. Nur allzu gut erinnere ich mich an die Sitzungen mit den Leuten vom Referat für Öffentliche Sicherheit. Wir suchten nach einem kleinen, dunkelhaarigen Mann. Man brachte uns Dicke und Große,

Blonde und Rothaarige. Die Uniformierten nahmen alles fest, was sich in der Nähe von Orten herumtrieb, wo häufig Kinder verkehrten.«

»Oje, das hat sicher einigen Ärger gegeben!«

»Am Anfang schon. Kein Mensch bei der Kripo hat verstanden, warum die Kerle angeschleppt wurden. Aber nach einiger Zeit konnten wir plötzlich eine deutliche Verringerung der Fälle von Belästigung und Exhibitionismus feststellen. Die Abteilung zum Schutz Minderjähriger arbeitete mit uns zusammen und schnappte auf diese Weise eine ganze Reihe gesuchter Pädophiler. Also haben wir sie gewähren lassen.«

»Ich habe die Akten inzwischen komplett durchgearbeitet. Tatsächlich hat man den Eindruck, dass allen möglichen Spuren nachgegangen wurde. Die Ermittlungen zur Person des Täters haben mich allerdings ein wenig enttäuscht.«

Calderone sieht Mistral fragend an.

»Nun, man erfährt zum Beispiel nichts über sein Verhalten, seine Motive oder seine Persönlichkeit. Warum vergreift er sich nur an Jungen, niemals aber an kleinen Mädchen dieses Alters? Was bedeutet die immer gleiche Stellung der Opfer am Tatort?«

Calderone wirkt bestürzt. Mistral versteht, was in dem Beamten vorgeht, und beruhigt ihn mit einer Handbewegung.

»Damit wollte ich nicht sagen, dass Sie schlechte Arbeit geleistet haben, Vincent. Ganz im Gegenteil. Ich glaube, vor zehn Jahren stellte man sich solche Fragen einfach nicht, oder?«

»Sie haben recht. Natürlich dachten wir darüber nach, welche psychischen Beweggründe den Täter antrieben, aber niemand wusste, wie man solche Fragen anging. Außerdem war der Zeitgeist damals einfach anders. Wenn wir überhaupt darüber sprachen, waren wir der Meinung, dass diese Dinge eher in den Zuständigkeitsbereich des Untersuchungsrichters und des von ihm in Auftrag gegebenen psychiatrischen Gutachtens fielen als in die polizeilichen Ermittlungen.«

»Wir werden versuchen, dieses Mal unser Hauptaugenmerk auf die Psyche des Täters zu richten. Aber morgen fahren wir erst einmal nach Le Touquet und reden mit Perrec.«

»Der wird vielleicht Augen machen! Hoffentlich ist er mir nicht böse, dass ich ihm nur die halbe Wahrheit gesagt habe. Und wenn er erfährt, dass der Zauberer wieder zugeschlagen hat ...«

Calderone beendet den Satz nicht, doch seine Mimik spricht Bände.

Die beiden Männer verlassen den Konferenzraum und gehen langsam in Richtung des Getränkeautomaten.

»Eigentlich geht es mich ja nichts an, aber man muss kein Psychologe sein, um zu sehen, dass Dumont und Sie nicht gerade die besten Freunde sind.«

Mistral zuckt die Schultern.

»Sie wissen ebenso gut wie ich, Vincent, dass Dumont frustriert ist und eigentlich nichts anderes will, als den Zauberer ganz allein auf eigene Faust zu finden, um anschließend sein Foto in allen Zeitungen bewundern zu können.«

Calderone nickt.

»Hoffen wir nur, dass seine Einstellung uns keinen Schaden zufügt.«

Die Morgendämmerung überrascht Arnaud Lécuyer wieder einmal in einem jämmerlichen Zustand. In seinen Träumen herrscht so viel Verwirrung und Gewalt, dass er sich beim Aufwachen jedes Mal wundert, noch am Leben zu sein. Wenn er die Augen aufschlägt, ist er starr vor Angst und in Schweiß gebadet. Aus Furcht, erneut in die Apokalypse abzugleiten, wagt er nicht, sich zu bewegen oder auch nur den Kopf zu drehen. Seine Augen richten sich auf die Zimmerdecke. Erst nach einigen Minuten erkennt er an einer Unebenheit im Putz, dass er sich in seinem Zimmer befindet, und nicht im Gefängnis oder in der Hölle.

Noch immer schwitzend richtet er sich langsam auf und geht ins Bad. Seine Muskeln sind verkrampft und schmerzen. Er hat sich wieder angewöhnt, sich zu waschen und zu rasieren, weil er glaubt, dass er so seine nächtlichen Verfolger endgültig abschütteln kann. Zum Schluss besprüht er sich mit einigen Tropfen des billigen Rasierwassers, das einst seinem Vater gehört hat.

Einigermaßen wieder im Lot verlässt er die Wohnung und geht in sein übliches Café neben dem Zeitungshändler in der Rue de la Butte-aux-Cailles, um zu frühstücken. Er setzt sich auf die rote Kunstlederbank, mustert geringschätzig die übrigen Kunden und denkt unwillkürlich: *Ihr habt keine Ahnung, wie bald ihr schon über mich sprechen werdet. Und ich sitze dann hier und beobachte euch.*

Für den Kellner und die Stammgäste des Cafés gehört der kleine, unscheinbare Mann, der sich immer auf dieselbe Bank setzt und den Zucker grundsätzlich vor dem Kaffee zu sich nimmt, längst zum Inventar. Aber niemand hat Lust, mit ihm ins Gespräch zu kommen.

Sicheren Schrittes geht Arnaud Lécuyer zu seinem Lieferwagen, den er auf dem Boulevard Blanqui geparkt hat. Schon von Weitem erkennt er das weiße Auto. Er findet es beruhigend, dass der Wagen hinten keine Fenster hat – wie bei

Nutzfahrzeugen oft üblich. Fenster gibt es nur im Führerhaus; der hintere Bereich ist für Werkzeug und Ersatzteile bestimmt und von außen nicht einsehbar. Diesen Umstand will Lécuyer bei seinen Beutezügen nutzen.

An diesem Morgen muss er bei den Da Silvas vorbeischauen, um die Liste mit den neuen Aufträgen abzuholen. Wie immer fährt er extrem vorsichtig und hält sich peinlich genau an die Verkehrsregeln. Eine halbe Stunde später trifft er in der Werkstatt ein. Als er mit einer schwungvollen Bewegung aussteigt, melden sich plötzlich die Dämonen.

Achtung! Nicht zu schnell gehen! VORSICHT! Nicht zu auffällig, und achte auf deine Augen.

Lécuyer bedankt sich im Stillen bei ihnen und wird innerhalb von Sekundenbruchteilen wieder zu dem kleinen, unscheinbaren Mann.

Im Büro stößt er auf Vater und Sohn Da Silva. Lécuyer hat das Gefühl, dass der Sohn ihn genauer als sonst beobachtet. Wahrscheinlich hat der Vater ihn um seine Ansicht gebeten.

Arnaud Lécuyer spürt, dass die Dämonen das Heft in die Hand nehmen, und lässt sie gewähren. Jetzt ist er nur noch der unterwürfige, in seinem Caban ein wenig linkisch wirkende Angestellte, der seinen Arbeitgebern schlaff die Hand drückt. Er erhascht einen Blick des Sohnes zu seinem Vater, der etwa ausdrückt: »Anfangs fand ich ihn unsympathisch, aber ich glaube, er ist einfach nur ein ganz armer Kerl.«

Der Alte räuspert sich und bietet Lécuyer eine Tasse Kaffee an, die dieser mit höflichem Dank akzeptiert. Mit bemühter Unbefangenheit erkundigt sich Luis Da Silva, ob der kleine Mann ein angenehmes Wochenende verbracht hat.

Die Dämonen raunen ihm die Antwort zu, und Arnaud Lécuyer hört sich mit traurigem Hundeblick sagen: »Ich war ein wenig in der Stadt unterwegs. Als am Samstag so wunderbares Wetter war, bin ich in der Gegend von Trocadéro und Eiffelturm spazieren gegangen. Sonntags hat es dann ja die ganze Zeit geregnet – ich war nur einmal draußen, um den Wagen für die Woche vollzutanken. Ansonsten bin ich zu Hause geblieben.«

Nun meldet sich Georges Da Silva zu Wort.

»Bravo! Ich halte es für eine ausgezeichnete Idee, die eigene Stadt kennenzulernen. Wenn man in Paris wohnt, gewöhnt man sich so sehr an die schönen Dinge, dass man sie überhaupt nicht mehr wahrnimmt. Mancher chinesische Tourist kennt Paris besser als wir. Gut, dass du etwas draus machst, Lécuyer.«

»Genau das habe ich mir auch gesagt.« Lécuyer wiederholt wortwörtlich, was die Dämonen ihm vorsagen.

Der Vater Da Silva unterbricht die Unterhaltung mit einem Blick auf die staubige Reklamewanduhr.

»Du solltest jetzt besser losfahren, Lécuyer, sonst gerätst du in den Stau und kommst nicht rechtzeitig zum ersten Termin.«

Noch ein schlaffer Händedruck. Lécuyer faltet seine Liste, steckt sie in die Tasche und macht sich auf den Weg. Durch die schmutzigen Fensterscheiben beobachten Vater und Sohn Da Silva einen kleinen, unauffälligen Mann, der mit hängenden Schultern zu seinem Auto schleicht. Sie sehen, dass er den Sicherheitsgurt anlegt, in den Rückspiegel blickt und den Blinker setzt, ehe er losfährt.

»Zumindest beim Autofahren kann ihm nichts passieren«, lacht der Sohn. »Und der Kerl macht dir Angst? Wirklich? Der bringt doch höchstens schlappe sechzig Kilo auf die Waage. Und dann dieser Hundeblick! Ganz zu schweigen von seinem Händedruck – wie eine Qualle.«

Der Vater antwortet nicht sofort, sondern blickt dem Auto nach. Erst als der Lieferwagen um die Ecke verschwunden ist, sagt er: »Du kannst mir ruhig glauben – das ist nicht der gleiche Mensch! Als ich ihm neulich abends den Mantel geschenkt habe, war er ganz anders als heute. Er strotzte vor Selbstbewusstsein, hielt sich kerzengerade und hatte einen Blick, der einem das Blut in den Adern gefrieren ließ. Ganz ehrlich, in einer dunklen Gasse hätte ich ihm nicht begegnen mögen. Erinnerst du dich? Beim ersten Treffen hast du auch gesagt, dass dich irgendetwas an ihm stört.«

»Richtig. Aber du hast mir geantwortet, dass das ganz normal wäre, weil er gesessen hat. Jetzt stört mich eigentlich nichts mehr an ihm. Wann kommt er das nächste Mal? Freitag? Oder früher? Wäre es dir lieber, wenn ich dabei bin?«

Luis Da Silva wirft einen Blick auf den Einsatzplan Lécuyers.

»Er kommt am Mittwochabend und bringt mir die Rechnungen und das Geld. Falls du zufällig in der Gegend bist, würde ich dich bitten, ihn dir noch einmal genau anzusehen.«

Lécuyer berät sich mit den Dämonen, die nicht sehr zufrieden sind.

Warum setzt du nicht einfach das um, was du im Gefängnis gelernt hast?, fragen sie gereizt. *Der alte Da Silva ist schließlich nicht blöd. Als du neulich abends mit dem Cabanmantel herumstolziert bist, hat er Schiss bekommen. Und jetzt hat er Lunte gerochen und beobachtet dich. Scheiße! Wie oft müssen wir dir das noch sagen?*

Lécuyer wagt nicht, sich zu rechtfertigen. Er gibt klein bei, aus Angst, die Dämonen könnten ihn im Stich lassen. Wie würde er wohl ganz allein dastehen? In diesem Gemütszustand arbeitet er sorgfältig und so unauffällig, dass seine Kunden ihn fast vergessen. Außerdem gibt er sich bescheiden und höflich.

»Ja, Monsieur, nein, Monsieur, ich werde mein Bestes tun.«

Bis fünf Uhr nachmittags geht alles gut. Eben hat Lécuyer seinen vorletzten Kundenbesuch beendet. Er hatte bei Leuten zu tun, die an der Ecke Boulevard Davout und Rue d'Avron wohnen, in unmittelbarer Nähe der Metrostation Porte-de-Montreuil. Nach wenigen Hundert Metern auf der schwierig zu befahrenden Rue d'Avron hält er an einer roten Ampel vor der Einmündung der Rue des Maraîchers. Er ist in einer Art Leerlauf und denkt nicht an die Jagd, bis plötzlich ein dunkelhaariger Junge von etwa zehn Jahren mit gesenktem Kopf die Straße überquert. Er geht unmittelbar an Lécuyers Auto vorbei. Der kleine Mann schaut ihm zwar nach, nimmt ihn aber nicht wirklich wahr. Die Dämonen heulen auf.

Was soll das? Siehst du denn nicht?

Lécuyer schreckt auf und entdeckt den Jungen. Genau der Typ, der ihn erregt. Er hat die Straße überquert und folgt der Rue d'Avron in die Richtung, aus der Lécuyer gekommen ist. Vor den Augen des Jägers entstehen Bilder anderer Kinder, die seinen Weg gekreuzt haben.

Lécuyer verliert den Kopf. Er weiß nicht, was er tun soll. In seinem rechten Außenspiegel starrt er auf den Rücken des Jungen, der sehr langsam geht. Am liebsten würde er aussteigen. Jetzt. Sofort. Die aufgeregten Dämonen drängen ihn.

Scheiße! Such sofort einen Parkplatz.

Ein Hupkonzert reißt ihn aus seiner Unentschlossenheit, und entnervte Stimmen brüllen: »Fahr endlich los, du Penner!«

Lécuyer erkennt sofort, dass Parken hier unmöglich ist. Wenn er weiter die Rue d'Avron entlangfährt, wird er den Jungen auf jeden Fall verlieren. Hinter ihm wird heftig geflucht. Doch das ist es nicht, was Lécuyer schließlich zum Handeln veranlasst.

Er setzt den Blinker, biegt rechts in die Rue des Maraîchers ein und stöhnt enttäuscht auf. Über mehrere Hundert Meter ist kein einziger Parkplatz zu finden. So schnell das Tempolimit es zulässt, fährt er die Straße entlang. Wütend trampelt er auf den Boden seines Wagens. Er kommt viel zu weit von seinem Ziel ab, weil es einfach keine Möglichkeit gibt, nach rechts abzubiegen. Sämtliche Querverbindungen, die zur Rue d'Avron führen, sind Einbahnstraßen. Endlich, ganz am Ende der Straße, findet er eine Gelegenheit, zweimal rechts abzubiegen, und ist schließlich wieder auf der Rue D'Avron, wo auch der Junge sein müsste. Er reiht sich in den dichten Verkehr ein. Im Rückspiegel erkennt er drei Verkehrspolizisten, die sich auf Mountainbikes zwischen den Autos hindurchschlängeln, doch sie überholen ihn, ohne ihn zu beachten. Das beunruhigt ihn ein wenig, aber nicht genug, um ihn von seinem Vorhaben abzubringen. Er würde eben noch besser aufpassen müssen – sonst nichts.

Der im Schritttempo dahinschleichende Verkehr gestattet ihm, die Bürgersteige rechts und links abzusuchen. Seine Hände sind feucht, und seine Kehle kratzt vor Trockenheit. Seine Augen bewegen sich wie auf Kugellagern. Die Dämonen schweigen. Die Schaufensterbeleuchtung der Geschäfte wirft helle Lichtinseln auf die im Schatten liegenden Bürgersteige. Immer noch kein Parkplatz. Ohne nachsehen zu müssen, weiß Lécuyer, dass er alles bei sich hat, um sofort zur Tat schreiten zu können.

Sieh einfach zu, dass der Kleine ins Auto steigt, raunen ihm die Dämonen zu.

Einfach? Das ist leicht gesagt, wendet er ein.

Doch die Dämonen wischen seine Bedenken zur Seite: *Wer kann dir schon widerstehen?*

Fieberhaft sucht er weiter nach dem Jungen. Gleich hat er die Ampel erreicht, wo ihm das Kind vor wenigen Minuten über den Weg gelaufen ist. Lécuyer ist sicher, dass der Kleine noch ganz in der Nähe sein muss. Vor dem Krankenhaus Croix-Saint-Simon kommt der Verkehr endgültig zum Stehen.

Einige Meter weiter führt die Straße unter einer Eisenbahnbrücke hindurch. Unter der Brücke ist es dunkel, und Lécuyer sieht nichts, zumal ihm ein Glascontainer und zwei schwatzende Frauen mit prall gefüllten Einkaufstüten die Sicht auf diesen Teil der Straße versperren.

Und zum ersten Mal übertritt Lécuyer eine Sicherheitsregel. Zunächst vergewissert er sich, dass die drei Fahrradpolizisten verschwunden sind, dann setzt er den Blinker rechts, parkt auf dem Bürgersteig vor dem Eingang zum Krankenhaus und steigt aus. Er will Gewissheit haben, er will das Kind finden, er will sich ihm nähern. Er will! Er will! Zweimal überquert er die Straßen in beide Richtungen. Dabei zwingt er sich, nicht zu rennen. Innerhalb von zwanzig Sekunden ist ihm klar, dass die Geschäfte in diesem Teil der Straße für ein Kind nichts Verlockendes bieten. Bars, Ramschläden, Basare, Geschäfte, die Chipkarten für Afrika verkaufen, Internetcafés, Boutiquen für billige Klamotten, Gemüseläden.

Alle verkaufen das Gleiche. Mit einem Mal verliert Lécuyer die Hoffnung. Er weiß, dass er den Kleinen nicht wiederfinden wird. Die Dämonen trösten ihn: *Der Junge stammt bestimmt aus dem Viertel und weiß, wo er hingeht. Komm morgen um die gleiche Zeit zurück. Und sorge dafür, dass man dich vergisst. Fahr deinen Wagen da weg und verschwinde. Denk an die Sicherheitsregeln. Du darfst keine Aufmerksamkeit erregen. VORSICHT.*

Unruhig und enttäuscht kehrt Lécuyer zu seinem Auto zurück. Sicherheitsgurt, Rückspiegel, blinken und wieder einreihen. Noch beim Anfahren schaut er nach rechts und links. Er verlässt die Straße, ohne seine Beute wiedergesehen zu haben.

Im Fahren schmiedet er einen Plan. Zunächst wird er morgen während seiner Mittagspause zurückkommen und einen Platz suchen, wo er den Wagen legal parken kann. Anschließend will er das Viertel durchstreifen, um herauszufinden, ob es hier irgendwo einen Ort gibt, der für ein Kind von Interesse wäre. Er weiß, dass dieser Punkt der kniffligste in seinem Plan ist.

Eine dicke uniformierte Schwarze mit einem Käppi auf einem Berg aus winzigen Zöpfchen steht an einer Kreuzung und hilft den Leuten beim Überqueren der Straße.

Lécuyer tut alles, um nicht aufzufallen. Er wird seine Kundenbesuche so legen, dass er in den nächsten Tagen wieder um 17.00 Uhr in der Rue d'Avron sein kann. Und das wird er so lange fortsetzen, bis er den Kleinen gefunden hat. Er will diesen Jungen – keinen anderen. Zumindest im Augenblick.

Jetzt aber muss er zunächst einmal eine ganze Reihe von Wasseranschlüssen in einer Bar in der Rue des Pyrénées ersetzen, was ihn mehr als eine Stunde in Anspruch nimmt.

Mehrmals bietet ihm der Besitzer etwas zu trinken an, doch Lécuyer hört ihn nicht einmal. Er ist viel zu beschäftigt mit seinen Plänen für eine Kinderfalle in der Rue d'Avron.

Endlich ist er fertig. Schweigend und mit niedergeschlagenen Augen wischt er sich die Hände ab und räumt sein Werkzeug ein. Auf dem Tresen schreibt er die Rechnung aus und will die Bar eben verlassen, als die Dämonen eingreifen.

Trink etwas, raten sie ihm, *sonst machst du dich verdächtig. Ein Typ, der über eine Stunde in einer Bar schuftet und nichts zu trinken annimmt – das wäre nicht normal!*

Zum letzten Mal bietet der Inhaber Lécuyer etwas zu trinken an. Die Kundschaft an der Bar, die sich sicher nicht zweimal bitten ließe, beobachtet den kleinen Mann mit amüsierten Blicken.

»Ich hätte gern ein Radler mit viel Limo«, antwortet Lécuyer.

Konsterniert stellen die Kunden fest, dass hier Perlen vor die Säue geworfen werden. Wenn man eingeladen wird, trinkt man doch keine Limonade – selbst wenn ein wenig Bier darin ist! Angesichts der Tageszeit hätte es durchaus der eine oder andere Pastis sein können. Zumindest ein anständiges Bier!

Langsam schlürft Lécuyer das kühle Getränk und beantwortet einige Fragen des Inhabers. Ein Säufer mit tomatenrotem Gesicht bringt die anderen Gäste zum Lachen, als er erklärt, dass bei ihm zu Hause die Wasseranschlüsse noch so gut wie neu seien, weil er nie Wasser benutze. Auf diese Weise spare er auch das Geld für den Klempner. Lécuyer verlässt die Bar mit zehn Euro Trinkgeld in der Tasche und ohne verstanden zu haben, worauf der Mann eigentlich hinaus wollte.

Nachdem er sich in sein Auto eingesperrt hat, verspürt er das Bedürfnis, tief durchzuatmen. Der Junge geht ihm nicht aus dem Sinn. Langsam fährt er in Richtung seiner Wohnung. Er parkt auf dem Boulevard Blanqui in der Nähe der Rue des Cinq-Diamants. Zu Fuß geht er die Rue du Moulin-des-Prés entlang, betritt ein Lebensmittelgeschäft und kauft eine Dose Bohneneintopf, ein Stück Käse und ein in Plastik verpacktes Brot.

Hätte ihn jemand in diesem Augenblick beobachtet, hätte er vermutlich gesagt: Ein kleiner, bedrückter Mann, der ein paar Einkäufe gemacht hat, geht mit gesenktem Kopf die Rue Gérard in Richtung der Rue Samson entlang. Könnte dieser Jemand allerdings im verwüsteten Gehirn des kleinen, bedrückten Mannes lesen, wäre er vermutlich vor lauter Schreck davongelaufen. Denn Lécuyer streitet sich heftig mit den Dämonen, die seine Mordlust schüren wollen.

Äußerlich hat sich Arnaud Lécuyer seit seiner Entlassung aus dem Gefängnis verändert. Zunächst ist er allmählich aus einer Art Stumpfsinn erwacht, um sich in einen ständig auf der Lauer liegenden Jäger zu verwandeln. Er ist viel selbstsicherer geworden, hat sich jedoch ständig unter Kontrolle, um so unscheinbar und zögerlich wie möglich zu wirken. Auch ist er sich bewusst, dass sein Blick ihn verrät. Er hat wieder angefangen, seine Augen hinter einer Sonnenbrille zu verbergen. Selbst seine Stimme muss er dämpfen. Er spricht leise und schüchtern. Es klingt, als würde er sich ununterbrochen entschuldigen.

Tatsächlich hat Arnaud Lécuyer seine Metamorphose beendet. Wie eine ungeheuerliche, bösartige Kreatur hat er seine alte Haut abgeworfen und ist zum Raubtier geworden. Zu einem Raubtier, das seine Opfer völlig in seinen Bann zieht, ehe es sie tötet. Die neue Haut verbirgt sich unter dem Gewand eines Zauberkünstlers. Lécuyer ist sich seiner Verwandlung bewusst und stolz darauf. Er fühlt sich stark.

Innerhalb einer Viertelstunde verschlingt er sein Abendessen. Mechanisch stopft er den kalten Bohneneintopf aus der Dose in sich hinein. Der ständig laufende Fernseher wirft bleich flackernde Blitze in den Raum. Verärgert studiert er eine weitere Vorladung vor den Untersuchungsrichter.

Ausgerechnet jetzt muss ich mich von dem Kerl durch die Mangel drehen lassen!

Er verspürt das Bedürfnis, sich in seinem Tipi zu verkriechen und seine Sammlung zu genießen. Endlich fühlt er sich zufrieden; der Ärger des Tages fällt von ihm ab. Lange Zeit später kriecht er beruhigt aus dem Zelt, legt sich vollständig angezogen auf sein Bett und wartet auf die Albträume. Wie jede Nacht lassen sie ihn keuchend und schweißgebadet aufschrecken.

Gegen fünf Uhr morgens fällt er endlich in einen festen Schlaf.

10

Genau auf diese Uhrzeit hatte Ludovic Mistral seinen Wecker gestellt, ist allerdings ein paar Minuten vor dem Läuten aufgewacht und lauscht den regelmäßigen Atemzügen Claras, die tief und ruhig schläft. Er schaltet den Wecker aus, ehe er zu klingeln beginnt, und steht so leise wie möglich auf. Verschlafen kommt Clara zu ihm in die Küche, lehnt sich an seine Schulter und trinkt schweigend eine Tasse Kaffee mit ihm. Ehe Mistral das Haus verlässt, verharren er und seine Frau einige Minuten in inniger Umarmung.

Mistral hat sich mit Calderone vor dem Präsidium verabredet, um nach Le Touquet zu fahren. Mistral freut sich darauf, den alten Kriminalbeamten zu treffen; er will mit eigenen Ohren hören, was er über den Zauberer zu berichten weiß. Inzwischen hat er sämtliche Akten studiert und auch die meisten Presseartikel gelesen, in denen die Polizeiarbeit heftig kritisiert wurde. Trotzdem möchte er weiter in die Tiefe gehen, möchte Dinge erfahren, die möglicherweise nie ausgesprochen wurden.

Instinktiv weiß er, dass Perrec seine Gefühle und Eindrücke für sich behalten hat – für so etwas gibt es in Verhören keinen Platz. Außerdem will Mistral in Erfahrung bringen, wie das Betriebsklima in der Mordkommission damals war.

Mistral braucht kaum zwanzig Minuten bis zum Quai des Orfèvres. Morgens um halb sieben sind die Straßen von Paris noch leer. Ehe er sein Büro aufsucht, schaut er noch kurz bei der Einsatzleitung vorbei und informiert sich über die Ereignisse der vergangenen Nacht. Außer einigen Einbrüchen hat sich nichts Besonderes getan.

Er trinkt eine Tasse Kaffee mit der Belegschaft der Nachtschicht, die um 7.00 Uhr Feierabend macht und die Anweisungen an die Tagschicht übergeben wird. Mistral verstaut einen Umschlag für Jean-Yves Perrec in seinem Handkoffer. Wenige Minuten später trifft Calderone ein.

»Wir können losfahren, wann immer Sie wollen. Auch wenn wir es ganz geruhsam angehen lassen, brauchen wir höchstens zweieinhalb Stunden.«

»Ich denke, dass wir spätestens um neun aufbrechen sollten«, antwortet Mistral nach einem kurzen Blick auf seine Uhr.

»Ich muss vorher noch kurz unsere Frau Direktor informieren. Außerdem will ich den Staatsanwalt anrufen und ihm sagen, dass wir ihn bei unseren Ermittlungen selbstverständlich berücksichtigen.«

Pünktlich um 9.00 Uhr machen die beiden Männer sich auf den Weg. Auf der Treppe kommen ihnen Beamte entgegen, die gerade ihren Dienst aufnehmen.

Calderone setzt sich ans Steuer des Peugeot 406. Mistral schaltet einen Nachrichtensender ein, drosselt aber die Lautstärke, sodass sie sich unterhalten können.

Calderone ist ein ruhiger Fahrer. Nachdem sie den üblichen Engpass an der Porte Maillot passiert haben, durchqueren sie Neuilly und fahren durch den langen Tunnel des Viertels La Défense auf die Stadtautobahn, die sie auf die A 15 bringt. In Richtung Paris herrscht dichter Verkehr, doch in Richtung Norden ist weniger los. Je weiter sie sich von der Hauptstadt entfernen, desto besser kommen sie voran. Jetzt tritt Calderone das Gaspedal durch. Über der nördlichen Ile-de-France liegt ein kalter, grauer Februarmorgen. Mistral holt einige CDs aus dem Handschuhfach.

»Haben Sie etwas gegen Jazz?«

»Durchaus nicht. Ganz im Gegenteil.«

Rasch sieht Mistral die CDs durch und legt schließlich eine ein.

»Miles Davis«, sagt er einfach.

Calderone nickt zustimmend. Eine halbe Stunde später durchqueren sie die Picardie und lauschen einer XXL-Version von *So what.*

Beide Männer hängen ihren Gedanken nach. Mistral starrt auf die Autobahn, ohne sie zu sehen, und grübelt über den Zauberer nach. Gegen halb elf machen sie an einer Raststätte eine Kaffeepause.

Mistral schaut auf die Uhr.

»Wir brauchen noch etwa eine halbe Stunde, werden also pünktlich ankommen.«

»Perrec hat gesagt, dass er am Wassersportzentrum Süd auf mich wartet und dass er dort nicht zu verfehlen wäre. Um diese Jahreszeit sind die Strände menschenleer.«

»Erzählen Sie mir etwas über ihn.«

»Er ist ein äußerst faszinierender Mensch. Ziemlich stämmig. Seit ich mich erinnern kann, hat er weißes Haar und ständig einen Zigarillo im Mund. Er kann ganz schön grob werden, doch unter der harten Schale ist er sehr einfühlsam. Ein äußerst zäher Polizist. Was die Bekämpfung von Pädophilen betraf, war er das Aushängeschild des Jugendschutzes.«

Mistral unterbricht Calderone.

»Schon, aber der Zauberer ist kein Pädophiler. Er ist ein Verbrecher – ein Kindermörder. Nennen Sie ihn, wie Sie wollen, aber ein Pädophiler ist er nicht. Pädosexuelle nähern sich einem Kind langsam und vor allem ohne Gewalt. Sie üben einen starken Einfluss auf die Kinder aus, die dann ihren Eltern oft nichts sagen, weil sie befürchten, dass man ihnen nicht glaubt. Und genau das ist schrecklich. Pädophile üben häufig Berufe aus, in denen sie in engem Kontakt mit Kindern stehen. Der Zauberer hingegen lockt Kinder an, um sie sofort zu töten.«

»Richtig. Perrec hat uns den Unterschied genau erklärt. Aus diesem Grund haben wir auch die Spuren in Richtung Pädophilie nicht mehr weiterverfolgt. Sie passten nicht zum Vorgehen des Zauberers. Um aber wieder auf Perrec zurückzukommen: Er hat die Verabschiedung in den Ruhestand sehr schlecht verdaut. Er empfand es als unerträglich, den Polizeidienst quittieren zu müssen, ohne den Kindermörder dingfest gemacht zu haben. Nach seiner Pensionierung kam er einige Monate regelmäßig ins Büro, um sich über die Ermittlungen auf dem Laufenden zu halten. Meistens gingen wir zusammen essen und sprachen über den Zauberer. Nach einiger Zeit allerdings war er es wohl leid, die Wunde immer wieder aufzureißen, und kam immer seltener. Inzwischen sehen wir ihn vielleicht noch alle drei, vier Monate.«

Mistral kann Perrecs Reaktion sehr gut nachempfinden. Er ist überzeugt, dass die Rückkehr des Zauberers den alten Kriminalbeamten tief erschüttern wird.

Gegen 11.00 Uhr erreichen sie Le Touquet. Der leuchtend blaue Himmel und der strahlende Sonnenschein bilden einen erfreulichen Kontrast zum Pariser Einheitsgrau. Ein kalter Wind fegt über den Badeort und vertreibt die Wolken. Vor dem Hotel Westminster sieht Mistral Luxuskarossen mit britischen Nummernschildern. In der Hauptgeschäftsstraße, der Rue Saint-Jean, sind viele Boutiquen geschlossen.

»Keine Saison«, stellt Calderone nüchtern fest.

Sie erreichen die Straße, die am Meer entlangführt. Calderone folgt der Wegbeschreibung Perrecs. Mistral betrachtet den schier endlosen, von der Ebbe freigelegten Strand. Calderone stellt den Wagen auf einem Parkplatz ab. Als die beiden Männer das Auto verlassen, raubt ihnen der kalte Wind fast den Atem.

»Wir wollten uns am Wassersportzentrum Süd treffen. Da vorn ist es.«

Calderone weist auf ein Gebäude, das hinter langen Reihen von Strandseglern und Katamaranen liegt. Die beiden Beamten steuern auf die Segelschiffe zu. Der peitschende Wind lässt Taue gegen metallene Masten knattern. Ein rhythmisches Klirren, als warteten die Boote ungeduldig darauf, dass endlich jemand die Segel hisst, um den Wind auszunutzen. Mistral und Calderone haben die Kragen ihrer Mäntel hochgeschlagen. Die Hände tief in den Taschen verborgen vertreten sie sich die Füße auf dem Deich – so nennen die Einheimischen die lange Promenade, die hoch über dem Strand entlangführt. Ein gutes Dutzend Strandsegler jagt über den harten, feuchten Sand. Dicke gelbe Bojen markieren eine Fahrrinne.

Am Strand halten sich nur zehn Personen auf – sieben Jogger, zwei Spaziergänger und jemand, der ausgesprochen geschickt einen Drachen steigen lässt. Mistral überlegt, dass er gerne einmal ein Wochenende mit Clara und seinen Söhnen hier verbringen würde; den Kindern würde es sicher Spaß machen, Drachen steigen zu lassen.

»Wo ist denn nun Ihr Freund?«

Calderone ist in Gedanken versunken und antwortet nicht sofort. Schließlich schüttelt er langsam den Kopf und sagt: »Es ist der mit dem Drachen.«

Mistral fragt nicht weiter, sondern beobachtet aufmerksam den Mann. Er stemmt seine Absätze in den Sand und scheint gegen das Nylondreieck zu kämpfen, das fast fünfzig Meter hoch über dem Strand seine Freiheit fordert. Der Drache beschreibt unglaubliche Figuren und scheint sich manchmal völlig eigenständig zu bewegen – was natürlich an den durchsichtigen Nylonschnüren liegt, die ihn mit dem Mann verbinden. Nach etwa zehn Minuten legt der Mann die Ellbogen an den Körper und lässt den Drachen mit einer nach Handbewegung auf dem Sand landen, wo er wie ein vom Wind erschöpfter Vogel liegen bleibt. Geübt wickelt der Mann die Nylonschnüre auf, klemmt den Drachen unter den Arm und wendet sich der Treppe zu. Mistral und Calderone haben nicht ein einziges Wort gewechselt.

Perrec erreicht den Deich und stampft mit den Füßen auf, um den Sand von den Sohlen zu schütteln. Er steckt sich einen Zigarillo zwischen die Lippen, zündet ihn an und geht auf die beiden Polizisten zu, die sich nicht von der Stelle gerührt haben. Lachend wendet er sich an Calderone: »Du glaubst vielleicht, ich hätte euch nicht gesehen. Ihr seht aus wie zwei Tonfiguren, die man auf den Deich gesetzt hat.«

Calderone und Perrec umarmen sich herzlich.

»Dieses Talent kannte ich noch nicht an dir. Ist der Drache neu?«, erkundigt sich Calderone.

»Den ersten hatte ich eigentlich für meinen Enkel gekauft.« Perrec zuckt die Schultern. »Inzwischen habe ich selbst Feuer gefangen. Bei starkem Wind ist es richtiger Sport. Man hat den Eindruck, das Ding könnte mit einem davonfliegen.«

»Pierre, darf ich dir Kriminaloberrat Ludovic Mistral vorstellen? Unsere neue Nummer zwei bei der Kripo.«

Die beiden Männer geben sich die Hand, doch Perrecs Lächeln verschwindet sofort. Mistral hat nicht einmal die Zeit, etwas zu sagen. Verblüfft registriert er Perrecs ernste Miene. Der alte Mann mustert die beiden Beamten und sagt schließlich: »Du hast mich reingelegt, Vincent. Dein Auftrag in Boulogne war erstunken und erlogen.« Sein Blick bohrt sich in Mistrals Augen.

»Er ist wieder da. Deshalb seid ihr gekommen. Der Zauberer ist wieder da.«

Mistral antwortet nicht, sondern nickt einfach nur. Calderone wirkt verstimmt. Perrec sagt zu ihm: »Ich brauchte bloß eure Gesichter zu sehen, um Bescheid zu wissen. Hat er wieder ein Kind umgebracht?«

»Bisher hat er es nur versucht, aber wir fürchten, dass er bald wieder zuschlägt. Ich dachte, es ist angenehmer, von Mann zu Mann zu reden, als die Sache am Telefon zu diskutieren. Können wir uns vielleicht irgendwo hinsetzen, wo es wärmer ist?«

»Ich habe in einem Restaurant in Merlimont einen Tisch reserviert. Es liegt etwa zehn Kilometer von hier direkt am Strand und ist ziemlich einfach, aber man isst dort fantastisch.«

Die drei Männer steigen in den Wagen. Perrec setzt sich hinter den Fahrer und sagt Calderone, wohin er fahren soll. Dann wendet er sich an Mistral: »Ich bin froh, dass Sie mir die schlechte Nachricht selbst überbringen. Wenn ich sie aus der Presse erfahren hätte, wäre ich wahrscheinlich stinksauer gewesen. Am liebsten hätte ich natürlich nie wieder von dem

Kerl gehört. Andererseits haben Sie vielleicht eine Chance, ihn zu schnappen, wenn Sie alles noch einmal von vorn aufrollen. Und dass er endlich geschnappt wird – ich glaube, das ist mein innigster Wunsch. Wie lang ist es her, dass er wieder sein Unwesen treibt?«

Mistral erkennt, dass Perrec ungeduldig darauf wartet, Einzelheiten über den neuen Fall zu erfahren. Er dreht sich halb zu dem Mann auf dem Rücksitz um und schildert ihm ausführlich die letzten Ereignisse. Er lässt nichts aus – auch nicht den Rasierwasserduft auf dem abgerissenen Blousonstück, den Clara entdeckt und analysiert hat. Perrec hört aufmerksam zu und stellt keine Fragen.

Die Männer erreichen das Restaurant, das unterhalb der Straße liegt. Nur das Flachdach des lang gestreckten Gebäudes ragt über den Bürgersteig hinaus. Zum Eingang führen einige Stufen hinunter. Auf einem Tisch neben dem Tresen befinden sich eine zerfledderte Zeitung, die vermutlich schon durch mehrere Hände gegangen ist, ein Knobelbecher, ein halb voller Aschenbecher und drei leere Gläser. Drei Stühle stehen so, als wären die Personen, die darauf gesessen hatten, gerade erst aufgebrochen.

Ein großes Panoramafenster blickt auf den Strand hinaus. Vom Meer her weht ein stürmischer Wind. Er trägt Sandkörner mit, die knisternd gegen die Scheibe prasseln. Die drei Männer setzen sich – Mistral gegenüber Perrec, Calderone neben Mistral. Schweigend betrachten sie das aufgewühlte Meer und den im Wind tanzenden Sand. Perrec ordert die Spezialität der Region, Muscheln mit Pommes frites und Bier. Nachdem die Bestellung aufgenommen ist, kommt Mistral wieder auf den Zauberer zu sprechen.

»Nachdem die Kriminalpolizei die Aufklärung des Mordversuchs an einem Jungen und des Mordes an einem Stadtstreicher übernommen hat, informierte mich Vincent über die Vorgeschichte des Zauberers. Inzwischen habe ich sämtliche Akten aus der Zeit von 1988 und 1989 durchgearbeitet. Sie haben wirklich hervorragende Arbeit geleistet!«

Perrec wartet, bis der Kellner die drei Bier serviert hat. Dann meint er: »Was soll ich Ihnen sonst noch sagen? Sie wissen doch schon alles. Alles, was wir tun konnten, finden Sie in den Akten. Schwarz auf weiß. Schon möglich, dass es gute Arbeit war – aber was hat es gebracht? Der Schweinehund läuft noch immer frei herum!«

Mistral spürt, wie aufgebracht der alte Kriminalbeamte ist.

»Wenn wir ihn schnappen, können wir ihm ohne irgendwelchen Verfahrenskrimskrams alles auf den Kopf zusagen. Ohne Ihre gründliche Arbeit wäre das nicht möglich.«

»Ihr Wort in Gottes Ohr! Hauptsache, Sie schaffen es, den Kerl unschädlich zu machen.«

»Was mir bei der Lektüre der Akten auffiel«, fährt Mistral fort, »ist die Vorgehensweise des Zauberers. Dank der beiden Fehlschläge wissen wir, dass er die Kinder mit Zauberkunststücken fasziniert. Und nur, weil er auch bei dem Mordversuch im letzten Monat so vorging, konnten wir eine Verbindung zu den Fällen von vor dreizehn Jahren herstellen. Außerdem erkennt man seine Handschrift in der Sorgfalt, mit der er die Kinderkörper immer auf die gleiche Weise hinlegt. Dieses Verhaltensmuster ist so tief in seinem Innern verwurzelt, dass er es bei jedem Mord wiederholen muss. Sozusagen eine Art Visitenkarte.«

Verblüfft unterbricht ihn Perrec: »Beschäftigt man sich bei der Polizei neuerdings auch mit diesen Aspekten? Zu meiner Zeit überließ man das den Psychiatern.«

»Ich weiß um die Grenzen der Verhaltensforschung, die allmählich ihren Eingang in die Ermittlungsphase findet. Ich kenne auch die südländische Mentalität der französischen Polizisten. Selbst diejenigen, die weniger skeptisch sind, sagen noch immer: ›Mit einem Phantombild ist es schon schwierig, jemanden zu finden; mit einem Psychogramm kommt man genauso wenig weiter.‹ Trotzdem glaube ich, dass man alle Mittel einsetzen sollte, wenn es darum geht, einen Mörder zu finden.«

Perrec nicht zustimmend.

»Ohne die Aussagen der Kinder, die ihm entkommen konnten«, fährt Mistral fort, »wüssten wir nicht, dass der Mörder sie mit Zauberkunststücken anlockt. An den Tatorten wurden ja keine entsprechenden Hinweise gefunden. Der Täter lässt weder Spielkarten noch Würfel oder irgendwelches andere Zauberzubehör liegen. Er lässt überhaupt nichts zurück. Allerdings nimmt er etwas. Aber darüber reden wir noch.«

Der Kellner bringt großzügig bemessene Portionen Muscheln mit Pommes frites, Brot und Briefchen mit feuchten Handreinigungstüchern. Die drei Männer lassen die beruflichen Fragen während des Essens ruhen und plaudern über alltägliche Dinge. Als die Teller leer sind, zieht Perrec seine Schachtel Zigarillos und sein Feuerzeug aus der Tasche und blickt seine beiden Tischgenossen an.

»Darf ich?«

Mistral und Calderone nicken. Der Kellner erscheint erneut. Alle drei bestellen Kaffee.

»Sie sagten, dass der Zauberer etwas mitnimmt?«, hakt Perrec neugierig nach.

»Richtig. Und natürlich frage ich mich, was es sein könnte.«

Mistral trinkt einen Schluck Kaffee. Seine beiden Kollegen starren ihn verblüfft an.

Calderone fasst sich als Erster und fragt: »Was genau wollen Sie damit sagen? Bei den Ermittlungen am Tatort ist nicht das Geringste aufgefallen. Es fehlte nichts.«

»Tatsächlich ist es aber so, dass die meisten Serientäter irgendein Andenken an ihr Verbrechen behalten. Nur auf diese Weise können sie ihre Wahnvorstellungen weiter nähren. Sie brauchen etwas, das sie den für sie wichtigen Moment immer wieder neu erleben lässt. Die Tat ist ein ungeheuer emotional befrachteter Augenblick, währt aber nur so kurz, dass der Täter ihn mehrmals durchleben muss. Aus diesem Grund nimmt er in aller Regel etwas mit.«

Perrec und Calderone starren Mistral mit großen Augen an. Dieses Mal ist es Perrec, der das Schweigen als Erster bricht.

»Von solchen Dingen hatten wir Ende der Achtzigerjahre nicht die geringste Ahnung.«

Mistral nickt verständnisvoll.

»Das liegt daran, dass es in Frankreich bisher erheblich weniger Serienmorde gab als in den Vereinigten Staaten. Aber nachdem sich das Phänomen auch hierzulande ausbreitet, müssen wir lernen, die Dinge auch aus einem anderen Blickwinkel zu betrachten.«

»Ich fürchte, Ihre Bemerkung wird mir ein paar schlaflose Nächte bereiten. Und dabei brauche ich so etwas weiß Gott nicht; ich denke ohnehin viel zu oft an dieses Schwein. Sie ahnen nicht, wie gern ich mich nützlich machen würde.«

Der alte Mann ist so aufgewühlt, dass ihm beim letzten Satz fast die Stimme versagt.

Mistral holt einen großen, braunen Umschlag aus seinem Koffer.

»Hier sind die Fotos sämtlicher Tatorte und Opfer. Schauen Sie sie an – vielleicht fällt Ihnen ja etwas auf. Sie kennen das sicher: Je mehr man sich darauf versteift, etwas finden zu wollen, umso weniger sieht man. Ich muss gestehen, dass mir nichts ins Auge gefallen ist.«

Wortlos nimmt Perrec den Umschlag.

Das Restaurant hat sich allmählich geleert. Nur an einem Tisch ganz in der Nähe der Kriminalbeamten sitzt noch ein Pärchen. Die beiden müssen Stammgäste sein, denn sie plaudern von Zeit zu Zeit mit dem Wirt und essen mit großem Appetit. Am Tisch der Polizisten herrscht wieder tiefstes Schweigen; jeder der drei Männer denkt über das Gespräch nach.

Ganz in Gedanken vertieft beobachtet Mistral das Paar. Von der Frau sieht er nur den Rücken, den Mann hingegen im Profil. Beide haben die Ärmel ihrer Fleecejacken hochgekrempelt, als wären sie bereit zum Kampf gegen die zweite oder dritte Portion Muscheln mit Pommes frites. Immer neue Biergläser und Körbchen mit Brot erscheinen auf dem Tisch. Der Rücken der Frau quillt, ebenso wie ihr Po, deutlich über die Sitzfläche des Stuhls hinaus. Der Mann hat ein Dreifachkinn und sitzt ein gutes Stück vom Tisch entfernt, weil er sonst seinen Bauch nicht unterbringen könnte. Mistral sieht zu, wie der Dicke hastig kaut.

Der Kerl sieht aus wie ein Hamster, denkt er.

Perrec raucht seine Zigarillos. Er scheint ganz in der Vergangenheit versunken. Draußen toben noch immer heftige Böen, und der Sand wirbelt in Spiralen über den Strand.

»Haben Sie sich eigentlich damals das Häftlingsregister angeschaut? Darüber habe ich in den Akten nichts gelesen.«

»Etwa vier Monate nach dem letzten Fall haben wir alle Gefängnisse auf Neuzugänge mit dem Urteil Belästigung Minderjähriger untersucht. Ohne Erfolg. Keiner passte zu unseren Suchkriterien. Natürlich gibt es jeden Tag in ganz Frankreich haufenweise Straftäter, die sich an Kindern und Jugendlichen vergehen, aber es war keiner dabei, der mit unserem Täterprofil übereinstimmte. Wir kannten jedes einzelne dieser Schweine, die wegen abartiger Handlungen mit Kindern einsaßen. Das Resultat war gleich null.«

Mistral, der Perrec aufmerksam gelauscht hatte, spinnt seinen Faden weiter.

»Der Zauberer manipuliert. Und zwar nicht nur Karten, Würfel und Münzen, sondern er manipuliert Menschen. Dabei fällt mir der zweite Mordversuch von 1989 ein. Wenn ich mich recht erinnere, hat der Junge damals zu Protokoll gegeben: ›Ein Mann kam mir entgegen. Er ging genau wie ich – mit einem Fuß auf dem Bürgersteig, mit dem anderen im Rinnstein. Und dann hat er mit Würfeln gezaubert. Er war sehr geschickt, und er hat gelächelt.‹ Das habe ich jetzt aus dem Gedächtnis zitiert. Doch es würde bedeuten, dass er sich sein Opfer zunächst genau anschaut. Dann weiß er genau, wie er die Sympathie des Kindes gewinnen kann.«

Perrec trinkt einen Schluck des inzwischen abgekühlten Kaffees und zündet sich einen weiteren Zigarillo an.

»Das klingt einleuchtend. Auch ich habe mich sehr für die Worte interessiert, die der Zauberer gebrauchte. Wenn ein solcher Mensch spricht, überlässt er nichts dem Zufall. Bei den drei Versuchen – sowohl 1989 als auch vergangenen Monat – behauptete er, sein Name sei Gérard. Entweder heißt er tatsächlich so – was ich allerdings bezweifle –, oder der Vorname hat eine bestimmte Bedeutung für ihn. Außerdem erwähnt er ausschließlich seine Mutter. ›Meine Mutter hat mir auch verboten, mit Leuten zu gehen, die ich nicht kenne.‹ Der Vater kommt nie vor.«

»Ganz genau. Waren Sie es, der sich um die Familien gekümmert hat?«

Mistral weiß, dass er jetzt einen wunden Punkt berührt. Perrecs Gesicht verdüstert sich.

»Den Familien gegenüber habe ich mich immer so ohnmächtig gefühlt! Wir haben alles getan, um ihnen zu helfen, und ich bin über Jahre hinweg mit ihnen in Kontakt geblieben. Vier oder fünf von uns haben regelmäßig mit ihnen telefoniert. Ich hatte das Gefühl, wir waren ihnen Rechenschaft schuldig, denn solange der Kerl noch frei herumlief, würden weder die Kinder noch die Eltern je ruhig schlafen. Sobald publik wird, dass der Zauberer wieder da ist, möchte ich nicht in der Haut dieser Leute stecken. Die Familien werden ihren Leidensweg noch einmal ganz von vorn durchmachen müssen. Wir sind die Einzigen, die ihnen Ruhe schenken können. Nur wenn wir ihn schnappen und für immer hinter Schloss und Riegel bringen, finden die armen Eltern vielleicht irgendwann die Erlösung aus ihrer ganz privaten Hölle. Und genau das ist unsere Aufgabe. Wir haben uns nie davon erholt, dass wir den Zauberer nicht erwischen konnten.«

Mistral hat genau zugehört und das »wir« im letzten Satz durch »ich« ersetzt. Er schreibt seine Handynummer auf ein Stück Papier, das er Perrec reicht.

»Hier können Sie mich zu jeder Tages- und Nachtzeit erreichen – ganz gleich, ob Ihnen etwas eingefallen ist, oder ob Sie einfach nur reden wollen.«

Er zieht seine Kreditkarte aus der Geldbörse und winkt damit dem Kellner, der sofort lächelnd mit dem Lesegerät erscheint.

»Sie sind es also, der heute mit dem ›Gameboy‹ spielen darf!«

Die drei Männer gehen hinaus in den stürmischen Wind, der keine Anstalten macht, sich zu beruhigen. Nachdem sie Perrec in Le Touquet abgesetzt haben, fährt Calderone auf die Autobahn. Die beiden Beamten wechseln kaum ein Wort.

Mistral ruft bei der Einsatzleitung an, um in Erfahrung zu bringen, ob sich etwas getan hat. Doch es gibt nichts Neues. Anschließend telefoniert er mit Clara. Zu Hause ist alles in Ordnung. Schließlich kramt er sein Notizbuch hervor und schreibt sich einige Stichpunkte auf. Als sie gegen 19.00 Uhr in Paris ankommen, sagt er zu Calderone lediglich: »Wir brauchen einen langen Atem.«

Etwa fünfzig Kilometer vor Paris hat es zu regnen begonnen. Wieder einmal fällt ein regelmäßiger, kalter Landregen auf die Hauptstadt.

Als sie die Treppen zu ihren Büros hinaufsteigen, kommen ihnen die Beamten entgegen, die ihre Schicht beendet haben.

Mistral geht sofort zu Françoise Guerand, um ihr von seinem Treffen mit Perrec zu berichten. Außerdem erkundigt er sich, wie bei den Fällen in den Jahren 1988 und 1989 die Kontakte mit der Presse geregelt waren. Françoise Guerand antwortet, das alle, die damals verantwortlich waren, inzwischen in Rente sind.

»Erst wollten sie überhaupt nicht an die Öffentlichkeit gehen, dann gab es Missverständnisse und schließlich Streit. Das Ende vom Lied war, dass sie alle kräftig eins auf die Schnauze bekamen.«

Als Mistral sein Büro betritt, wirft er einen Blick auf den Stapel Post, der sich im Lauf des Tages angesammelt hat. Auch eine Liste von Leuten, die angerufen haben, liegt auf dem Schreibtisch.

»Das muss bis morgen warten.«

Er vertieft sich in den Autopsiebericht des Stadtstreichers, den der Zauberer getötet hat. Der Gerichtsmediziner führt aus, dass der Mann an einem von unten nach oben geführten Stich in den Thorax gestorben ist, der im Herzen endete. Sein Tod trat innerhalb von vier Minuten ein. Laut dem Gerichtsmediziner war die Tatwaffe nicht etwa ein Messer, sondern eine scharfe Stahlspitze von etwa dreißig Zentimeter Länge. Am Rand des Berichtes findet Mistral eine mit Bleistift hinzugefügte Notiz, dass es sich entweder um einen Pfriem, vielleicht auch um einen umfunktionierten Schraubendreher oder ein ähnliches Werkzeug gehandelt haben könnte.

Anschließend liest Mistral auch noch die restliche Post. Nichts Wichtiges. Den Autopsiebericht bringt er ins Sekretariat, das ihn an Calderones Team weiterleiten soll. Gegen halb neun verlässt er das Büro, um nach Hause zu fahren. Als er den Hof des Präsidiums erreicht, gießt es in Strömen. Er rennt zu seinem Wagen. Auf dem Heimweg hat er keine Lust, Musik zu hören.

Da es bei Regen immer Verkehrsprobleme gibt, ist er erst gegen Viertel vor zehn zu Hause. Die beiden Jungen liegen längst im Bett und schlafen. Leise betritt Mistral ihre Zimmer und gibt seinen Söhnen einen sanften Kuss. Dann geht er zu Clara.

Sie hat ihm ein kaltes Abendbrot gerichtet, das er auf einem Tablett mit ins Wohnzimmer nimmt. Während des Essens erzählt ihm Clara von den Erlebnissen des Tages. Sie erinnert ihn daran, dass sie am nächsten Tag für zwei Tage nach Grasse fährt und die junge Frau bestellt hat, die sich während ihrer

Abwesenheit immer um die Kinder kümmert. Mistral hatte ihre Geschäftsreise völlig vergessen. Clara kennt Ludovic sehr genau und weiß, wie schwer es ihm fällt, abzuschalten, wenn ihn ein Fall beschäftigt.

Erst nach und nach fließt die Unterhaltung lockerer. Endlich kann sich Ludovic ein wenig entspannen.

11

Arnaud Lécuyer bebt vor Wut, die durch eine Angst tief in seinem Innern noch verstärkt wird. Das Kind aus der Rue d'Avron geistert ihm im Kopf herum, und er hat keine Ahnung, wann er in diesen Bezirk zurückkehren kann. Die Dämonen versuchen ihn zu besänftigen.

Es gibt zwei Möglichkeiten, den Kleinen wiederzusehen: Entweder in der Mittagspause oder nach sechs Uhr abends.

Nur langsam lässt Lécuyers Unruhe nach.

Er hat es sich angewöhnt, in den Briefkasten zu schauen, ehe er in seine Wohnung geht, denn er fürchtet, einen Termin mit dem Psychiater oder dem Untersuchungsrichter zu versäumen.

An diesem Abend ist der Briefkasten leer.

Lécuyer hat Schwierigkeiten, sich zu entspannen. Die Jagd nach der neuen Beute hält ihn auf Trab.

Er wird sein Abendbrot so schnell wie möglich hinunterschlingen und sich dann mit seiner Sammlung im Zelt verschanzen. Täte er das nicht, fürchtet er auszurasten.

Arnaud Lécuyer ist außerdem aufgebracht, weil er riesige Schwierigkeiten auf sich zukommen sieht. Schwierigkeiten, die einen Namen haben: Thévenot, der Psychiater. Dieser Schwachkopf will doch tatsächlich sein Leben von Anfang an noch einmal unter die Lupe nehmen, seine Kindheit und seine Probleme analysieren. Und obendrein besitzt er die Akte aus dem Gefängnis als Anhaltspunkt.

In der Haft war es ein Kinderspiel, die Psychiater an der

Nase herumzuführen. Erstens interessierten sie sich nicht die Bohne für Lécuyer, und zweitens musste er sich bloß an die Geschichte halten, die er für sich erfunden hatte.

Jetzt aber hat er hunderttausend verschiedene Dinge im Kopf. Vor allem will er seine Sammlung vervollständigen. Außerdem muss er auf die Da Silvas achten, ebenso auf die Kunden, die Leute auf der Straße, seine Fahrweise, den Untersuchungsrichter und diesen Spinner von Psychiater. Alles in allem viel zu viel, als dass er dem Psychiater gegenüber die einmal begonnene Linie durchhalten könnte. Doch die Dämonen trösten ihn.

Du darfst nie vergessen, dass du jedes Mal nur fünfzehn Minuten Sprechzeit hast. Schreib dir nach den Sitzungen auf, was du dem Psychiater erzählt hast. So kannst du es schaffen.

Lécuyer atmet ein wenig auf. Gut, dass die Dämonen bei ihm sind, auch wenn sie ihn manchmal ganz schön vereinnahmen. Er fragt sich, was er ohne sie anfangen würde.

Deutlich ruhiger setzt er sich vor den Fernseher und isst zu Abend. Er begreift, dass es die Nachrichten sind, die über den Bildschirm flackern, und schaut sich die Vielzahl der täglichen Katastrophen an, die über die Welt hereingebrochen sind. Es ist ihm egal. Er bringt seinen schmutzigen Teller in die Küche und stellt fest, dass der Raum schon wieder einer Müllhalde gleicht. Eine Stunde lang spült er und bringt die Müllsäcke zum Container. Mehr kann er nicht tun. Schließlich geht er in sein Zimmer. Ihm ist warm. Tief in der Magengegend spürt er einen Kloß, der nicht verschwinden will. Er kriecht in sein Tipi, betrachtet seine Sammlung und streicht mit geschlossenen Augen über die rechten Seiten.

Innerhalb kürzester Zeit vergisst er, wo er ist; er pendelt zwischen Wahn und Wirklichkeit. Er hört fragende Stimmchen: *Wie machen Sie das?*

Er hört Schreie, Geheul und schließlich Stille. Er bleibt bis spät in die Nacht in seinem Tipi. Schließlich kriecht er heraus, streckt sich auf seinem Bett aus und schläft völlig erschöpft ein.

Aus einem Instinkt heraus wacht Lécuyer jeden Morgen um halb sieben auf. Er keucht und hat Schwierigkeiten, sich zurechtzufinden. Erst eine gute halbe Stunde später kann der die Gefühle der letzten Nacht und die schrecklichen Albträume abschütteln. Schließlich steht er auf, duscht, zieht sich an und lässt wie jeden Morgen den zu einer Waffe umfunktionierten Schraubendreher in seinen rechten Ärmel gleiten. Dann geht er in sein Stammcafé.

Das Wetter ist kalt und grau. Er klappt den Kragen seines Cabanmantels hoch und steckt die Hände in die Taschen. Unwillkürlich berühren seine Finger die kleinen Hilfsmittel, deren er sich bedient, um seine Beute anzulocken. Ein wollüstiger Schauer überläuft ihn. An diesem Morgen hat er etwas mehr Zeit als sonst: Erst um neun muss er bei seinem ersten Kunden sein, der nur zehn Minuten von der Butte-aux-Cailles entfernt wohnt. Wie gewöhnlich hat der Zeitungshändler die Titelseite des *Parisien* an die Glastür seines Ladens geklebt.

Bis zum Café sind es von hier nur noch vier Schritte. Lécuyer tritt ein. Am Tresen stehen die unverwüstlichen Stammgäste. Er setzt sich auf die rote Kunstlederbank und bestellt einen doppelten Espresso und Croissants. Ehe er den Kaffee trinkt, lässt er mit zurückgelegtem Kopf den Zucker in seinen Mund rinnen. Der Kellner und die Stammkunden bezeichnen ihn inzwischen schon als »Original«. Nach dem Frühstück bleibt er sitzen und blickt wie jeder Durchschnittsgast auf den Wandbildschirm, über den Sportnachrichten flimmern.

Als der kleine Mann das Café schließlich verlässt, bemerkt er eine Frau, die zwischen Café und Zeitungsladen auf einem Bündel am Boden sitzt. Die Frau ist nicht mehr jung und offenbar obdachlos. Sie ist ganz in Schwarz gekleidet, auffällig geschminkt, und ihr Haar ist schwarz und weiß gefärbt, als hätte sie ein aus vier Feldern bestehendes Damebrett auf dem Kopf. Sie trägt eine große Sonnenbrille auf der Nasenspitze und raucht. Dabei führt sie Selbstgespräche, beleidigt andere nicht sichtbare Personen und bricht manchmal in lautes Gelächter aus. Ihre Stimme klingt wie verbrannt von Tabak, Alkohol und einem ausschweifenden Leben. Hoheitsvoll thront sie auf ihrem Bündel. Lécuyer hat sie noch nie zuvor gesehen. Gegen seinen Willen bleibt er fasziniert stehen und mustert die Frau. Zwei Minuten später hat er sich noch immer nicht bewegt. Die Selbstgespräche der Frau verstummen. Sie fühlt sich beobachtet und starrt nun ihrerseits den kleinen Mann an. Zunächst scheint sie zu glauben, dass er gerade aus dem Café gekommen ist und ihr eine Münze zustecken will. Doch er macht keinerlei Anstalten dazu. Überrascht betrachtet sie ihn genauer und fixiert den Blick dieses Mannes, der da in einem Caban mit hochgeschlagenem Kragen und den Händen in den Taschen vor ihr steht. In ihrem wirren Kopf nimmt sie außer seinen Augen nichts wahr. Mit ihrer heiseren Stimme kreischt sie los: »Der Teufel! Der Teufel!«

Lécuyer begreift, dass sie ihn meint, und beschließt, so schnell wie möglich zu verschwinden. Als die Frau sieht, wie er sich in Bewegung setzt, zetert sie lautstark: »Komm mir nicht zu nah! Komm mir bloß nicht zu nah!«

Lécuyer geht zwischen zwei geparkten Autos hindurch und wechselt die Straßenseite. Die Frau tobt weiter. »Der

Teufel! Der Teufel! Scheißkerl!« Als der kleine Mann sich verstohlen umblickt, sieht er, dass der Zeitungshändler auf der Ladenschwelle steht und auf die Frau einredet. Offenbar versucht er sie zu beruhigen. Die Dämonen melden sich zu Wort: *Du musst deine Hassscheinwerfer löschen. Wenn du darauf nicht achtest, wirst du irgendwann auffallen – und zwar nicht nur einer armen Irren.*

Lécuyer nimmt die Rüge zur Kenntnis, steigt in sein Auto und macht sich auf den Weg zu seinem ersten Kunden. Die Rue d'Avron behält er dabei im Hinterkopf. Wieder einmal geht der Vormittag schnell vorüber. Der kleine Mann fährt von einem Termin zum nächsten, stellt Rechnungen aus und kassiert Trinkgelder. Als er in seinen Wagen steigt, stellt er fest, dass es zwanzig nach zwölf ist, sein nächster Kunde aber erst um zwei auf ihn wartet. Er rechnet aus, dass er bis zur Rue d'Avron etwa zwanzig Minuten braucht, was ihm ungefähr eine Stunde Zeit für die Jagd ließe. Entschlossen macht er sich mit der üblichen Vorsicht auf den Weg und findet tatsächlich einen Parkplatz im Viertel des Jungen, auf den er es abgesehen hat.

Heute ist Mittwoch; die Kinder sind also nicht in der Schule. Vielleicht habe ich ja eine Chance.

Vom Boulevard Davout aus trottet er durch die Straße; er befindet sich jetzt dort, wo der Junge unterwegs war, als er ihn das erste Mal erspähte. Auf der linken Seite entdeckt er eine Art Passage, die ihm beim ersten Mal nicht aufgefallen war. Er wagt sich hinein und erreicht nach etwa zehn Metern ein schmales Sträßchen namens Rue du Volga, das auf der gegenüberliegenden Seite an einen Park grenzt. Vor dem Eingang zum Park steht ein alter Mann mit einem Einkaufswägelchen, an dem ein ehemals weißer Hund mit schwarzen Augen festgebunden ist.

Lécuyer zögert. Er weiß nicht, welche Richtung er einschlagen soll. Der Alte öffnet den Einkaufswagen, holt ein Brot heraus und beginnt, Krumen auf die Erde zu werfen. Sofort sind etwa fünfzig Tauben zur Stelle, die vermutlich bereits gewartet hatten. Der kleine Hund rührt sich nicht. Reglos liegt er mit der Schnauze zwischen den Vorderpfoten auf dem Boden. Lécuyer entschließt sich, nach rechts zu gehen. Er vermutet, dass das Sträßchen in die Kreuzung einmündet, wo er den Jungen entdeckt hat. An der Ecke sieht er die dicke Frau mit dem Käppi auf der turmhohen Zöpfchenfrisur, die Passanten beim Überqueren der Straße behilflich ist. Sie wendet ihm den Rücken zu. Keine abrupten Bewegungen, niemals rennen, den Leuten nie in die Augen sehen, mit den Hauswänden verschmelzen. Peinlich genau befolgt Lécuyer die im Gefängnis gelernten Lektionen.

Während er langsam die Straße hinunterschlendert, läuft ein etwa zehnjähriger Junge mit kurzem, dunklen Haar in die Passage auf der linken Straßenseite. Er weiß, dass der alte Mann und sein Hund dort sein müssen. Als er die Tauben sieht, ahnt er, dass die Fütterung bereits begonnen hat. Vorsichtig nähert er sich dem alten Mann. Die Tauben bleiben sitzen. Der Alte sagt ein paar freundliche Worte zu dem Kind und reicht ihm ein Stück Brot. Der Junge hält den Vögeln mit ausgestrecktem Arm Brotbrocken entgegen und freut sich, wenn die Tauben sie ihm flatternd aus der Hand fressen.

Es ist der Junge, der in Lécuyer wieder das Jagdfieber geweckt hat.

Der Kleine spielt noch eine Weile mit dem Hund, ehe er sich von dem alten Mann verabschiedet. Dann schlägt er den gleichen Weg ein wie vor ihm Lécuyer, der sich inzwischen wieder in der Rue d'Avron befindet und die dicke Frau beobachtet, die mit gebieterischen Handbewegungen den Verkehr dirigiert. Der kleine Mann hat Hunger, will aber weiter nach seiner Beute Ausschau halten. Also kauft er in einer Kneipe ein Sandwich, das er im Gehen essen kann.

Der Junge hat nun ebenfalls die Rue d'Avron erreicht. Er ist für halb zwei mit einem Kumpel zum Fußballspielen verabredet. Langsam schlendert er zum Boulevard Davout, wo er seinen Freund treffen soll. Er befindet sich auf dem rechten Bürgersteig. Lécuyer kommt mit dem Sandwich aus der Kneipe und geht auf dem linken Bürgersteig in die gleiche Richtung. Der Junge hat etwa zwanzig Meter Vorsprung vor Lécuyer, der ihn noch nicht entdeckt hat und sich weiter eifrig in alle Richtungen umschaut.

Der kleine Mann geht mit ruhigen Schritten. Er weiß, dass niemand ihn beachtet. Sein außerordentlich scharfer Blick streift über die Bürgersteige auf beiden Seiten. Er merkt sich jede Einzelheit. Auch die Fenster der Wohnhäuser prägt er sich ein. Schließlich wäre es möglich, dass der Kleine hier irgendwo wohnt und zufällig aus dem Fenster schaut. Wie ein eingefleischter Fährtenleser sucht Lécuyer die Straße ab.

Noch zehn Meter, dann hat der Junge den Boulevard erreicht.

Einige Kinder im gleichen Alter sind Lécuyers aufmerksamem Blick durchaus nicht entgangen. Plötzlich erstarrt sein Blick und heftet sich auf den Rücken eines Jungen, der gerade in den Boulevard einbiegt. Der kleine Mann ist sich fast sicher: Das muss er sein. Er will losrennen, doch die Dämonen bremsen ihn.

Auf der Straße wird nicht gerannt. Beachte gefälligst die Regeln.

Lécuyer überquert die Straße und beschleunigt seinen Schritt. Als er den Boulevard erreicht, scheint der Junge wie vom Erdboden verschluckt. Am liebsten würde er seine Wut herausschreien. Doch dann sieht er sich genauer um und entdeckt ihn auf einer Bank an einer Bushaltestelle. Was tun? Die Dämonen raunen: *Du weißt jetzt, dass er hier im Viertel wohnt. In zehn Minuten musst du zu deinem nächsten Termin aufbrechen. Lass die Finger davon! Sei kein Idiot! Verschwinde, und zwar schnell!*

Doch Arnaud Lécuyer kümmert sich nicht um die Stimmen in seinem Innern. Er nähert sich dem gläsernen Unterstand und beobachtet den Jungen eine Zeit lang von hinten. Dabei stellt er fest, dass das Kind allein ist und nicht auf den Bus wartet. Der Kleine sitzt auf der Bank und lässt alle Busse durchfahren. Ohne nachzudenken, beschließt Lécuyer, sich neben den Jungen zu setzen. Die Dämonen zetern: *Hau ab!*

Doch Lécuyer stellt sich taub. Er fühlt sich wohl.

Verschwinde, und zwar fix!

Lécuyer holt drei Würfel aus der Tasche und rollt sie zwischen seinen Händen. Das Kind schaut hin. Ein Typ, der mitten auf der Straße mit Würfeln spielt – so etwas sieht man nicht alle Tage. Lécuyer spürt, dass der Kleine angebissen hat.

Ganz leicht, denkt er. *Wie immer.*

Die Dämonen sind verstummt. Lécuyer öffnet die Hände. Die Würfel sind verschwunden, und die Reaktion lässt nicht auf sich warten: »Krass!«

Lécuyer, der sich in seiner bewährten Taktik bestärkt fühlt, antwortet nicht. Stattdessen zieht er ein Kartenspiel aus der Tasche, mischt, fächert die Karten und hält sie dem Jungen hin.

»Soll ich eine nehmen?«, fragt der Kleine.

Lécuyer nickt und sagt: »Nimm sie und schau sie dir an. Du darfst aber nichts sagen.«

Der Junge tut wie ihm geheißen. Das Spiel gefällt ihm. Lécuyer mischt die Karten von Neuem. Ein Bus kommt. Leute steigen aus. Lécuyer fächert die Karten wieder auf und hält sie dem Jungen hin.

»Jetzt steck deine Karte irgendwo dazwischen.«

Das Kind steckt seine Karte mitten in das Spiel. Im Bus sitzt ein Mann, der die beiden beobachtet. Lécuyer drückt dem erwartungsvoll dreinblickenden Kind das vollständige Kartenspiel in die Hand. Dann nimmt er seine Geldbörse aus der Innentasche seines Mantels, öffnet sie und zieht den Herzbuben heraus.

»War es die hier?«

Der Junge klatscht in die Hände. Der Bus fährt an. Der Passagier glaubt, einem professionellen Zauberer zugesehen zu haben.

Ein anderer Junge kommt im Laufschritt auf den Unterstand an der Bushaltestelle zu.

»Los, Sylvain! Wir kommen zu spät!«

Das Kind springt auf und sprintet los. Völlig perplex und sehr enttäuscht sieht Lécuyer ihm nach. Das ging ihm zu schnell. Erneut melden sich die Dämonen.

Na toll! Und jetzt? Willst du hier Wurzeln schlagen und warten, bis der Kleine zurückkommt? Oder vielleicht willst du dich auch gleich den Bullen stellen? Wir wollen ja keine Spielverderber sein – aber denk bitte daran, dass du seit mehr als zwölf Jahren als Mörder gesucht wirst. Du weißt doch, dass die Bullen von deinen Zauberkünsten wissen.

Lécuyer ist nicht in der Lage, logisch zu denken. Er kehrt zu seinem Auto zurück, studiert seine Liste und fährt zu seinem ersten Nachmittagstermin. Die Uhr im Armaturenbrett verrät ihm, dass er etwa fünfzehn Minuten zu spät kommen wird.

Wie in Trance verbringt er den Rest des Nachmittags. Abends muss er noch bei den Da Silvas vorbei, um Geld abzugeben und die neue Terminliste mitzunehmen.

Sein Inneres ist wie ein Dampfkochtopf unter Druck, und es gibt keine Möglichkeit, den Dampf abzulassen. Im Gegenteil: Der Deckel ist noch fester aufgeschraubt worden.

Während der beiden letzten Termine hat es angefangen zu regnen. Der Verkehr wird immer katastrophaler. Lécuyers Anspannung wächst von Stunde zu Stunde. Die Kunden wagen kaum, ihn anzusprechen. Als er endlich zu den Da Silvas fahren kann, atmet er ein wenig durch.

Nur noch eine Zerreißprobe, schießt es ihm durch den Kopf.

Ein wenig verunsichert stellt er fest, dass die Dämonen eisern schweigen. Als hätten sie nie existiert. Sein Verhalten gegenüber dem Kind aus der Rue d'Avron hat sie verstummen lassen. Es war ihnen nicht recht. Ganz und gar nicht. Und das lassen sie ihn jetzt spüren.

Lécuyer steckt in einem Stau und hat keine Ahnung, wie er ihn umfahren könnte. Mühsam zwingt er sich, Ruhe zu bewahren. Da entdeckt er, dass der Wagen ein Radio besitzt, und schaltet es ein. Ein Nachrichtensender ist eingestellt. Er lauscht dem Wetterbericht und den Verkehrshinweisen. *Da der Regen so bald nicht aufhören soll, werden auch die Staus nicht abnehmen*, denkt Arnaud Lécuyer grimmig. Weitere Nachrichten. Er hört nicht mehr hin. Stattdessen bemüht er sich, Kontakt mit den Dämonen aufzunehmen. Er gibt sich demütig und versöhnlich.

Was soll ich bei den Da Silvas tun und sagen?

Nichts. Nicht einmal ein *Sieh zu, wie du klarkommst*, das wenigstens ihre Gegenwart bewiesen hätte.

Als Arnaud Lécuyer in der Werkstatt eintrifft, erfüllt ihn totale Niedergeschlagenheit und gleichzeitig eine unbeschreibliche innere Anspannung. Vater und Sohn wechseln einen langen Blick. In den Augen des Vaters ist zu lesen: »Was habe ich dir gesagt? Ich hatte recht.« Der Blick des Sohnes antwortet: »Nicht so voreilig. Vielleicht hat er einen schlechten Tag. Warten wir ab.«

Luis Da Silva gibt sich betont jovial.

»Grüß dich, Lécuyer. Wie geht's?«

Zunächst antwortet Arnaud Lécuyer nicht. Er ist damit beschäftigt, die Rechnungen und das Geld zusammenzusuchen. Aber er weiß, dass er antworten muss. Er hat daran gedacht, seine Hassscheinwerfer zu löschen, und bemüht sich um Unauffälligkeit. Doch das ist schwierig, zumal ihm die Abwesenheit der Dämonen Angst einjagt. Mit leiser Stimme antwortet er: »Der Tag war nicht einfach, und der Regen hat alles noch schlimmer gemacht.«

Er vermeidet es, den Da Silvas in die Augen zu schauen. Georges hakt sofort nach.

»Wieso war der Tag nicht leicht?«

Scheiße noch mal, was geht es den Idioten an, warum mein Tag nicht leicht war?, hätte Lécuyer am liebsten gebrüllt.

In seinem Innern breitet sich Panik aus. Er hasst solche Fragen, die nichts anderes als versteckte Verhöre sind. Trotzdem antwortet er mit erzwungener Gleichgültigkeit: »Es gibt eben gute und schlechte Tage. Heute war ein schlechter Tag. Man geht zum Kunden und findet ein Leck erst im zweiten Anlauf, oder die Muttern lassen sich nicht lösen. An sich nichts Schlimmes, aber es hält eben auf.«

Als der Sohn nichts erwidert, schließt Lécuyer, dass seine Antwort gut war.

Nun stellt der Vater einige Fragen. Er tut es betont freundlich, doch Lécuyer kommen sie wie Fallen vor.

»Du siehst ziemlich mitgenommen aus. Ist irgendetwas nicht in Ordnung?«

Jetzt fängt auch noch der Alte an. Die ahnen irgendwas! Dabei reiße ich mich doch wirklich zusammen.

Noch einmal fleht Lécuyer die Dämonen um Beistand an.

Helft mir! Ich baue auch bestimmt keinen Mist mehr!

Nichts. Lécuyer ist gezwungen, sich allein aus der Affäre zu ziehen. Der alte Da Silva findet, dass die Antwort ein wenig zu lang auf sich warten lässt.

»Hast du nicht gehört? Ich mache mir Sorgen um deine Gesundheit.«

Lécuyer nickt.

»Doch, doch, ich habe alles gehört, und es geht mir eigentlich gut. Na ja, vielleicht habe ich mich ein bisschen verkühlt. Bei dem Regen … Irgendwelche Termine für morgen?«

Der Vater brummelt undeutlich vor sich hin und sieht seinen Sohn an. Sein Blick sagt: »Da ist irgendwas im Busch – ich weiß nur nicht, was.« Der Sohn scheint ebenfalls irritiert. Da Silva greift nach der Brille, die an einem Band über seinem Bauch hängt, und setzt sie sich auf die Nase. Er nimmt ein Verzeichnis, schlägt es auf und senkt den Kopf, um besser lesen zu können.

»Hier«, sagt er und reicht Lécuyer drei zusammengeheftete Blätter, »das sind die Anfragen für die beiden nächsten Tage. Freitag kommst du wieder, lieferst das Geld ab und holst dir die Termine für kommende Woche.«

Lécuyer reißt dem Vater Da Silva die Liste förmlich aus der

Hand und überfliegt sie hastig. Er will wissen, ob sich eine der Adressen in der Nähe der Rue d'Avron befindet. Doch das ist nicht der Fall: Alle Anfragen konzentrieren sich auf den Pariser Westen. Er hat Mühe, seine Enttäuschung zu verbergen, und will so schnell wie möglich verschwinden.

»Okay, ich muss noch was zu essen einkaufen. Wenn Sie mich nicht mehr brauchen ...«

Er verabschiedet sich mit einem schlaffen Händedruck von den Da Silvas und verlässt die Werkstatt, ganz der kleine, vom Leben gebeutelte Mann. In seinem Rücken fühlt er die Blicke von Vater und Sohn wie zwei brennende Laserstrahlen. Auch als der Regen wieder auf ihn herunterprasselt, glaubt er sie immer noch wahrzunehmen. Langsam steigt er in den Wagen, blinkt und fährt los.

Die beiden Da Silvas sehen schweigend dem Auto nach. Das Klingeln des Telefons lässt sie zusammenfahren. Der Sohn notiert eine Anfrage.

Als er auflegt, fragt der Vater nur: »Und?«

»Er sieht wirklich nicht gut aus. Irgendetwas ist bei ihm nicht in Ordnung. Man hat den Eindruck, dass er nicht richtig mit der Sprache raus will und dass er ganz schön lang nachdenkt, ehe er etwas sagt. Aber was sollen wir tun?«

»Keine Ahnung. Aber wenn es so viele Fragen gibt, wäre es schon gut, eines Tages Antworten zu bekommen.«

»Sicher. Aber wir haben schon einige Arbeiter in Resozialisierung hier bei uns gehabt, die etwas eigenartig waren.«

Schweigend rollt sich Luis Da Silva eine Zigarette, steckt sie an und inhaliert tief. Dann erwidert er: »Du hast recht. Er arbeitet jetzt seit zwei Monaten für uns, und gerechterweise müssen wir feststellen, dass wir ihm nichts vorzuwerfen haben.«

Der Sohn nickt.

»Ich hatte mir schon überlegt, ob ich bei den Kunden der letzten vierzehn Tage nachfragen sollte, ob alles okay war. Aber dann dachte ich mir, wenn jemand unzufrieden gewesen wäre, hätte er sicher selbst angerufen.«

»Stimmt. So viel Aufwand ist nicht nötig. Es wäre schön, wenn du beim nächsten Mal wieder hier sein könntest. Danach sehen wir weiter.«

Arnaud Lécuyer fährt im Schritttempo heim. Er hat rasende Kopfschmerzen und spürt einen Druck, der wild in seinen Schläfen pocht. In seiner Brust ist ein dicker Knoten; er vermag kaum zu schlucken. Der Junge aus der Rue d'Avron geht ihm nicht aus dem Sinn. Er fühlt sich miserabel. Erneut denkt er an den gescheiterten Versuch, als der Stadtstreicher ihn störte.

Lécuyer ist wie eine entsicherte Granate, die jeden Augenblick explodieren kann. Seit Jahren wartet er darauf, endlich wieder auf die Jagd zu gehen, und jetzt läuft alles schief. Die Dämonen sprechen nicht mehr mit ihm, er fühlt sich allein und weiß nicht, was er tun soll. Um sich ein wenig zu beruhigen, schaltet er das Radio ein und versucht, die schier endlosen Staus auf kleineren Nebenstraßen zu umfahren.

Erst gegen halb zehn erreicht er sein Viertel. Er ist am Ende seiner Kräfte. Trotzdem zwingt er sich, einen ordnungsgemäßen Parkplatz zu suchen. Er hat es satt, ständig auf der Hut sein zu müssen, um ja nicht aufzufallen. Seine Beine schmerzen, ebenso sein Rücken und seine Arme. Er kann einfach nicht mehr! Mittlerweile dreht er sicher schon die fünfte oder sechste Runde durch sein Viertel. Die Scheibenwischer bewegen sich im prasselnden Dauerregen so langsam, als würden auch sie gleich den Geist aufgeben. Trotz der Straßenbeleuchtung und der Autoscheinwerfer muss Lécuyer die Augen weit aufreißen, um die Straße zu erkennen.

Langsam fährt er den Boulevard Blanqui hinunter und ordnet sich auf der linken Fahrspur ein. Es sind kaum noch Autos unterwegs.

Als er an den Metrogleisen vorüberfährt, die auf diesem Streckenabschnitt an der Oberfläche verlaufen, sieht er ihn. Er hat sich untergestellt und wartet darauf, dass der Regen nachlässt.

12

Es ist halb elf. Omar Messardi ist allein zu Hause, denn seine Frau und sein Sohn sind bei Freunden zum Essen eingeladen.

Messardi ist Fahrer bei der Pariser Metro und hat seine Schicht um 21.30 Uhr beendet. Seine Stammstrecke ist die Linie 1 zwischen La Défense und Château-de-Vincennes. Er liebt es, gegen Abend im Viertel La Défense anzukommen. Zwei Stationen vor der Endstelle fährt die Metro nicht mehr als Untergrundbahn, sondern oberirdisch. Jeden Abend freut sich Messardi auf den Anblick der hell erleuchteten Gebäude. Manchmal stellt er sich vor, er führe in Manhattan ein. Zwar war er noch nie in New York; er kennt die Stadt nur aus dem Kino. Aber er stellt sich vor, dass es dort ungefähr wie in La Défense aussieht – nur dass alles viel größer ist. Regen fügt noch eine besondere Note hinzu; gern betrachtet Messardi die erleuchteten Gebäude durch die nasse Scheibe seines Führerhauses.

Am schönsten findet er den Anblick, wenn er bei Dunkelheit und Nebel auf das Geschäftsviertel zufährt. Alles wirkt dann wie verzaubert. Die Spitzen der Bürotürme verschwinden im Dunst, und die beleuchteten Fenster werfen verschwommene Lichter in die Nacht.

Eines Abends sah einer der Türme wie ein riesiger Dampfer unter Wasser aus; die Fenster hätte man für Bullaugen halten können. Am liebsten hätte Omar Messardi den Anblick fotografiert – natürlich nicht während seines Dienstes, sondern irgendwann später. Allerdings sind Nachtaufnahmen ziemlich schwierig, und so begnügte er sich damit, weiter zu träumen.

An diesem Abend aber findet Omar Messardi den Regen alles andere als schön. Er steht am Fenster seines Esszimmers. Seit zwanzig Jahren schon wohnt er im siebten Stock eines Wohnhauses in der Rue Eugène Oudiné im dreizehnten Arrondissement. Böiger Wind peitscht harte Güsse gegen die Scheiben. Ungeduldig wartet Messardi darauf, dass der Regen ein wenig nachlässt, damit er endlich den Hund ausführen kann – einen ruhigen, zehn Jahre alten Labrador, der seinen Abendspaziergang herbeisehnt.

Omar Messardi starrt in die Dunkelheit hinaus und hängt seinen Gedanken nach, als er plötzlich trotz des Regenprasselns das Kreischen einer Bremse und einen dumpfen Schlag hört. Er späht durch die nasse Scheibe und sieht – oder erahnt zumindest – einen weißen Lieferwagen, der gegen eine Baustellenabsperrung am Eingang der Rue Watt gefahren ist. Der Fahrer verschwendet keine Zeit damit, anzuhalten. Omar Messardi sieht die roten Rücklichter des Autos in der Rue Watt verschwinden. Die Rue Watt ist eine düstere Straße, die teilweise unter der niedrigen Eisenbahnbrücke der Strecke zur Gare d'Austerlitz verläuft. Hier gibt es weder Geschäfte noch Wohnhäuser.

Omar Messardi lehnt sich gegen das Fenster. Seine Gedanken schweifen wieder ab. Er steckt sich eine Zigarette an. Allerdings nicht einfach so. Am Ende eines Arbeitstages gönnt er sich eine einzige Zigarette, die er voller Wonne genießt und bei jedem Zug mit einer eleganten Bewegung an die Lippen führt. Schon lange wünscht sich Messardi eine Zigarettenspitze, wie sie die Schauspieler in alten Schwarz-Weiß-Filmen häufig benutzen. Er ist überzeugt, dass der Genuss seiner abendlichen Zigarette mit einem solchen Accessoire deutlich gesteigert werden könnte. Nahe der Oper hat er ein Geschäft entdeckt, das Zigarettenspitzen verkauft. Am nächsten Samstag will er sich dort seinen Wunsch erfüllen.

Der Hund steht auf, streckt sich, gähnt und stupst sein Herrchen mit der Schnauze in die Kniekehle. Messardi krault ihn liebevoll zwischen den Ohren.

»Schon gut, Vasco, wir gehen jetzt. Aber ich fürchte, wir werden ganz schön nass.«

Er drückt seine Zigarette ebenso elegant aus, wie er sie geraucht hat, denkt noch einmal an seine Zigarettenspitze, zieht einen Regenmantel über und greift nach einem Klappschirm. Der Hund zerrt ihn zum Aufzug. In der Eingangshalle kämpft Messardi fast eine Minute mit dem Schirm, ehe er zögernd in die Nacht hinaustritt. Der Hund zieht ihn an der Leine hinter sich her. Schon läuft ihm das Wasser in den Kragen. Er geht in Richtung der düsteren Rue Watt. Dort ist es zwar nicht hübsch, aber unter den Gleisen ist man wenigstens im Trockenen.

Am Anfang der Straße ist ein rotweißer Absperrkegel umgekippt. Die Pariser Fernwärmegesellschaft verkündet auf einem Schild, dass hier Reparaturarbeiten stattfinden. Messardi erinnert sich an die kreischenden Bremsen und den dumpfen Schlag. Eine der Metallabsperrungen liegt auf der Straße. Langsam geht Messardi mit dem Hund die gepflasterte Fahrbahn entlang. Den Regenschirm hat er wieder geschlossen. Die rechte Straßenseite wird von einigen schmutzigen Straßenlaternen dürftig erhellt.

Etwa dreißig Meter vor sich sieht er auf dem rechten Gehsteig einen unordentlichen Haufen liegen.

Bestimmt ein Wäschesack, denkt er. Es kommt häufig vor, dass die Leute hier etwas aus dem Auto werfen.

Messardi fixiert den Gegenstand und geht weiter. Er hat den Eindruck, dass das, was er ursprünglich für einen Wäschesack hielt, eine liegende menschliche Gestalt ist. Der Hund zerrt nicht mehr an der Leine. Er wimmert.

Langsam nähert sich Omar Messardi der Stelle. Jetzt sieht er, dass es sich wirklich um einen Menschen handelt. Um einen recht kleinen Menschen. Mit einem gewissen Unbehagen spricht er die Person an, doch sie bewegt sich nicht. Durch die Anwesenheit des Hundes fühlt Messardi sich ein wenig sicherer. Er nähert sich dem flach auf dem Bauch liegenden Körper und stupst mit dem Fuß gegen seine Schuhsohle.

»Alles in Ordnung? Fühlen Sie sich nicht wohl?«

Keine Antwort. Der Hund kommt unbemerkt ein Stück näher und bellt. Messardi schrickt zusammen. Das Tier schnüffelt und bellt erneut. Omar Messardi spürt, wie Angst in ihm hochsteigt. Ist es ein Obdachloser? Nicht allzu weit entfernt befindet sich ein Asyl. Manchmal können die Leute sich nicht mehr auf den Beinen halten und klappen auf dem Gehsteig zusammen. Doch dann beschleichen ihn Zweifel. Nein, das ist kein Obdachloser. Messardi wird fast übel. Ihn schaudert.

Wieder meldet sich der Hund. Sein Bellen hallt laut durch die Unterführung, was wiederum Messardis Beklommenheit verstärkt. Nachdem er sich in alle Richtungen umgesehen hat, ob jemand kommt, beugt er sich zum Kopf der liegenden Gestalt hinunter und stellt fest, dass es sich um einen Jungen mit schwarzem Haar handelt.

»Das ist doch nicht möglich!«, sagt er laut.

Vor Angst weiß Messardi nicht ein noch aus. Mehrmals schüttelt er das Kind, dreht es um und versucht es aufzurichten. Doch der Junge sinkt sofort wieder zusammen. Der

Hund wimmert. Messardi begreift, dass der Kleine tot ist. Noch nicht sehr lang, denn sein Körper ist noch warm und beweglich.

Ein schrecklicher Verdacht keimt in Messardi auf. Dieses Kind ist gerade erst gestorben, aber nicht von selbst. Vielleicht beobachtet ihn der Mörder jetzt gerade – ihn, Omar Messardi, der einfach nur seinen Hund Gassi führen wollte und dabei den Mörder gestört hat. Der Hund hat sich mit hängender Zunge hingesetzt und rührt sich nicht von der Stelle. Messardi gerät in solche Panik, dass er kaum noch logisch denken kann. Hastig späht er in alle Richtungen, weil er fürchtet, der Mörder des Jungen könne gleich um die Ecke biegen. Die mit Graffiti bedeckten Wände verstärken sein Entsetzen noch.

Zitternd rennt Messardi mit dem Hund nach Hause. Zweioder dreimal rutscht er aus und kann sich gerade noch abfangen. Es gießt in Strömen, doch das bemerkt er längst nicht mehr.

Als er zu Hause ist, schließt er die Wohnungstür zweimal hinter sich ab. Leider sind seine Frau und sein Sohn immer noch nicht zurück. Ehe er telefonieren kann, muss er erst einmal zwei große Gläser Wasser hinunterstürzen, weil seine Zähne schrecklich klappern. Endlich greift er zum Telefon. Der Beamte, der den Anruf entgegennimmt, begreift sofort, dass es sich hier um etwas Ernstes handelt. Er ist ein alter Hase in diesem Geschäft und weiß, welche Fragen er stellen muss. Oft sind die Leute derart verstört, dass sie nur hervorstammeln, was sie gesehen haben, und dann wieder auflegen, ohne den Ort zu nennen.

Nachdem er den Anrufer einigermaßen beruhigt hat,

erkundigt er sich nach Einzelheiten und schickt einen Streifenwagen los.

Ludovic Mistral erreicht den Fundort etwa fünfundvierzig Minuten nachdem Messardi die Leiche entdeckt hat.

Als daheim sein Handy klingelte, beschlich ihn sofort ein ungutes Gefühl. Hastig notierte er die Adresse und fuhr in aller Eile los. Sogar sein magnetisches Blaulicht setzte er auf das Autodach, und an Kreuzungen schaltete er die Sirene ein. Vom Auto aus meldete er sich bei der Einsatzleitung und forderte Calderone und sein Team sowie die Spurensicherung an. Anschließend bat er um die Benachrichtigung des diensthabenden Staatsanwalts.

Die Rue Watt wird von einem Polizeifahrzeug blockiert, das sämtliche Scheinwerfer aufgeblendet hat. Außerdem haben die Kollegen ein rotweißes Absperrband mit der Aufschrift »Polizei – Zutritt verboten« quer über die Straße gespannt. Es regnet noch immer. Ein paar Neugierige drücken sich die Nasen an den Fensterscheiben platt, doch sie können nichts sehen. Der Fundort ist zu weit weg. Diejenigen Anwohner, die auf die Straße hinunterkommen wollten, wurden von der Polizei mit großer Bestimmtheit daran gehindert. Den Rest erledigt der Regen.

Mistrals Wagen braust mit Blaulicht durch die Rue Eugène Oudiné heran. Der Kommissar springt aus dem Auto. Unter der Brücke warten fünf Polizisten und ein Mann im Regenmantel, der nervös an einer Zigarette zieht. Der Mann hat einen Hund an der Leine, einen Labrador, der neben ihm sitzt und offenbar verstanden hat, dass er sich ruhig verhalten soll. Stumm beobachten die Männer, wie sich das Team von der Spurensicherung vorbereitet. Die drei Beamten haben weiße

Overalls übergezogen und rücken Brillen und Atemschutzmasken zurecht, um keinesfalls eigene Spuren am Fundort zu hinterlassen.

Das beklommene Schweigen wird nur vom plätschernden Geräusch des Regens und einigen quäkenden Funksprüchen durchbrochen. Es ist eine ganz eigentümliche Atmosphäre, die an allen Orten herrscht, wo ein Verbrechen geschehen ist – eine sprachlose, gedrückte Stimmung, in der die Polizeibeamten mit unnahbarer Miene ihre Arbeit verrichten, als könne sie nichts erschüttern. Tatsächlich ist alles nur Fassade. Die Polizisten bemühen sich, ihre Gefühle angesichts des Todes zu verbergen. Und in diesem Fall geht es auch noch um ein Kind!

Als Mistral kommt, ist dem Teamchef sofort eine gewisse Erleichterung anzusehen. Er grüßt respektvoll und gibt dem Kommissar einen knappen, mit bürokratischen Floskeln gespickten Bericht.

»Um 23.00 Uhr erhielt das siebzehnte Revier einen Anruf, dass eine leblose Person auf einer Straße aufgefunden wurde. Der Anrufer ist hier anwesend.«

Er leuchtet mit der Taschenlampe auf seinen Zettel, um besser lesen zu können.

»Monsieur Omar Messardi, wohnhaft in der Rue Eugène Oudiné, erwartete uns am Eingang zur Rue Watt. Wir fanden einen toten, auf dem Rücken liegenden Jungen von etwa zehn Jahren vor. Ich habe alle nötigen Informationen an die entsprechenden Stellen durchgegeben.«

»Danke. Haben Sie sonst noch etwas unternommen? Wurde die Leiche bewegt?«

»Ja. Wir haben uns bemüht, keine Spuren zu verwischen. Aber natürlich mussten wir zunächst zweifelsfrei den Tod des Kindes feststellen. Auch der Anrufer hat eigenen Angaben zufolge die Leiche bewegt.«

Messardi zündet sich die soundsovielte Zigarette an. Mistral wirft einen raschen Blick auf den Boden neben dem Mann mit dem Hund und zählt sechs Kippen.

Er bedankt sich bei dem Beamten, begrüßt kurz die anderen Männer und geht zum Leichenfundort.

Die Leute von der Spurensicherung haben Planen gespannt, die nicht nur fast die gesamte Straße versperren, sondern auch den Teil des Bürgersteigs abschirmen, wo die Leiche des Jungen liegt. Gerade sind sie dabei, alles zu fotografieren. Mistral beobachtet sie bei der Arbeit, ahnt aber schon jetzt, dass sie nichts Verwertbares finden werden. Natürlich versteht er den Übereifer des Zeugen und der Polizisten im Hinblick auf das Kind – doch der hilft leider nur dem Mörder.

Mistrals Mobiltelefon vibriert in der Innentasche seiner Jacke.

»Herr Kommissar? Hier ist Inspektor Clément von der Einsatzleitung. Ich rufe an ...«

Verärgert unterbricht ihn Mistral: »Wenn Sie eine Bilanz von mir erwarten – dazu ist es noch ein bisschen zu früh. Ich bin erst seit höchstens fünf Minuten hier.«

»Entschuldigen Sie, Herr Kommissar, aber Sie wissen ja, wie die Direktion reagiert: Die wollen alles möglichst sofort wissen. Der diensthabende Direktor wurde informiert, dass ein ermordetes Kind aufgefunden wurde, und jetzt möchte er Genaueres erfahren.«

»Richten Sie ihm aus, dass er alles erfährt, sobald ich mehr weiß. Ich bin schließlich kein Hellseher. Haben Sie den Staatsanwalt und Calderones Team informiert?«

»Ich habe sie eben gerade erreicht. Sie müssten in etwa fünf Minuten bei Ihnen sein.«

»Bitte erkundigen Sie sich bei allen Polizeiwachen, ob

ihnen eine Vermisstenmeldung für ein Kind vorliegt. Fangen Sie mit der Wache des dreizehnten Arrondissements an.«

»Wird gemacht. Außerdem wollte ich Ihnen mitteilen, dass die Einsatzleitung der Pariser Stadtpolizei uns einen Vorfall gemeldet hat. Eine alte Dame wurde in ihrem Haus erwürgt. Das Opfer wohnt in der Rue Raynouard im sechzehnten Arrondissement. Wie soll ich vorgehen?«

Das Gesetz der Serie, denkt Mistral. *Tagelang geschieht nichts, und dann gleich zwei Morde, und die auch noch mitten in der Nacht!*

»Rufen Sie Dumont an und alarmieren Sie das Verstärkungsteam. Dumont soll mir Bescheid sagen, sobald er Näheres weiß. Kennen Sie den Namen des Opfers?«

Mistral hört, wie der Beamte in seinen Notizen blättert.

»Sie heißt … Solange Destiennes und soll fast neunzig gewesen sein. Bisher ist das alles, was mir über den Fall vorliegt.«

»Clément, rufen Sie mich bitte nur noch an, wenn es wirklich wichtig ist. Danke.«

Immer das Gleiche, denkt der Beamte, während er auflegt. *Ich sitze zwischen den Stühlen und muss mich von beiden Seiten anmachen lassen.*

Erneut hebt er ab und wählt Dumonts Nummer. Der reagiert ebenso schlecht gelaunt wie der Leiter des Verstärkungsteams. Sein nächster Anruf gilt der Wache des dreizehnten Arrondissements, wo er sich nach einem vermissten Kind erkundigt.

Mistral steckt sein Telefon in die Tasche und betrachtet die von den Scheinwerfern grell beleuchtete Kinderleiche. Der Junge liegt mit leicht angewinkelten Beinen auf der rechten Seite, sein Kopf ruht auf einem Arm.

Man könnte meinen, er schläft, denkt Mistral unwillkürlich.

»Man könnte meinen, er schläft«, sagt eine Stimme hinter ihm.

Mistral zuckt zusammen. Calderone, der soeben mit zehn von seinen Männern eingetroffen ist, hat den Gedanken seines Chefs laut ausgesprochen.

Calderones Team gibt sich schweigsam und ernst. Die Männer empfinden die geradezu andächtige Stimmung in dieser tunnelförmigen Straße. Befehle und Funksprüche sind verstummt. Alle warten auf Mistrals Anweisungen. Der Mann mit dem Hund zündet sich eine weitere Zigarette an. Der Labrador muss pinkeln und würde gern bellen, doch er spürt, dass jetzt nicht der richtige Zeitpunkt dafür ist.

Calderone tritt zu Mistral und flüstert: »Der Zauberer?«

»Kann man noch nicht sagen. Auf den ersten Blick eher nicht. Das Kind wurde nicht an einem der vom Zauberer bevorzugten Orte gefunden. Und mit dem einzigen Zeugen habe ich noch nicht gesprochen; ich weiß also nicht, in welcher Stellung er den Jungen vorgefunden hat. Klar ist nur, dass er ihn bewegt hat, genau wie die Besatzung des Streifenwagens.«

Calderone nickt stumm. Die beiden Beamten gehen auf den Mann mit dem Hund zu und stellen sich vor. Calderone hält Notizblock und Stift bereit.

»Sie sind derjenige, der das Kind entdeckt hat, Monsieur Messardi?«, beginnt Mistral.

Messardi zittert noch immer. Es ist nicht nur die Kälte, sondern auch der Schock.

»Ich bin draußen gewesen, weil der Hund Gassi musste. Es hat sehr stark geregnet. Ich beschloss, durch die Rue Watt zu gehen, weil man dort nicht nass wird. Als ich die Straße entlangschlenderte, sah ich plötzlich jemanden dort liegen. Ich ging hin, und da fand ich dieses Kind.«

Bei der Erinnerung treten Messardi Tränen in die Augen, die er ein wenig unbeholfen fortwischt.

»Wissen Sie noch, wie der Junge dagelegen hat, als Sie ihn fanden?«

»Er lag auf dem Bauch. Wie ein schlafender Engel.«

Messardis Stimme klingt unsicher, und seine Lippen beben. Er kämpft gegen die Tränen an.

»Und die Lage seines Kopfes?«, fragt Mistral sanft weiter. »Versuchen Sie sich die Szene noch einmal genau vorzustellen.«

Ein Wagen hält unmittelbar am Eingang zur Straße. Calderone schaut sich um und sieht Staatsanwalt Bruno Delattre aussteigen. Der Staatsanwalt kommt auf die drei Männer zu, bleibt aber ein Stück hinter Messardi stehen. Der Hund dreht sich um, beschnüffelt die Hosenbeine des Neuankömmlings und setzt sich dann wieder neben sein Herrchen.

»Was meinen Sie mit ›die Lage seines Kopfes‹?«

Messardi kommt sich ungeheuer verloren vor. Zum ersten Mal in seinem Leben wird er von der Polizei verhört, und dann auch noch wegen eines Mordes! Als großer Freund von Kriminalfilmen hatte er sich immer aufgeregt, wenn er zusehen musste, wie Zeugen wirres Zeug stammelten. Es konnte doch nicht angehen, dass sie sich nicht an ein Ereignis erinnerten, das vor weniger als einer Stunde stattgefunden hatte! Und nun steht er selbst, Omar Messardi, ganz real vor zwei Polizisten und begreift noch nicht einmal, was man von ihm wissen will.

»Ich verstehe Ihre Frage nicht. Wollen Sie wissen, ob er noch lebte?«

Ein Zug donnert über ihre Köpfe hinweg. Man hört die

typischen Rattergeräusche auf den Schienenstößen, das metallische Kreischen der Bremsen. Der ohrenbetäubende Lärm gibt Mistral eine Minute Zeit für die Antwort. Rasch hat er erkannt, dass Messardi zur Gattung der sehr gefühlsbetonten Menschen gehört und möglicherweise empfänglich für unbewusst suggerierte Antworten wäre.

»Nein, ich möchte nur wissen, wie sein Gesicht gelegen hat«, gibt Mistral vorsichtig zurück.

Messardi nickt mehrmals. Man sieht ihm an, wie angestrengt er sich die Situation ins Gedächtnis zurückzurufen sucht. Er zertritt seine Zigarettenkippe.

»Sein Gesicht war nach links gewandt. Ja, nach links. Ich glaube schon.«

Mistral und Calderone verziehen keine Miene, doch beide denken, dass es sich nicht um den Zauberer handelt. Sie haben die Fotos seiner ersten Mordserie vor Augen, auf denen die Opfer immer nach rechts blickten. Die Kopfhaltung galt immer als eine Art Signatur, die der Mörder am Tatort hinterließ.

Mistral will gerade eine weitere Frage stellen, als Messardi plötzlich ausruft: »Nein, ich habe mich geirrt. Das Gesicht war nach rechts gedreht. Und die Hände lagen ungefähr in Gesichtshöhe. So war es. Ich hielt Vascos Leine in der rechten Hand.«

Als der Hund seinen Namen hört, bellt er. Doch da ihn niemand beachtet, verstummt er sogleich wieder.

»Er zog an seiner Leine und schnüffelte am Gesicht des Jungen. Erst in diesem Augenblick habe ich richtig hingeschaut und festgestellt, dass es ein Kind war.«

Mistral und Calderone zeigen nach wie vor keine Regung, doch nun ist beiden klar, dass es sich um den Zauberer handelt.

Mit ruhiger Stimme wiederholt Mistral: »Also flach auf

dem Bauch und mit nach rechts gewandtem Gesicht. Ist ihnen sonst noch etwas an der Stellung des Jungen aufgefallen? Denken Sie in aller Ruhe nach. Wir haben alle Zeit der Welt.«

Messardi beruhigt sich allmählich. Er zündet sich eine weitere Zigarette an.

»Er hatte die Hände in Höhe des Gesichts. Ich trat zu ihm und sprach ihn an. Als er nicht antwortete, drehte ich ihn um und versuchte, ihn aufzusetzen. Aber er blieb nicht sitzen, und da merkte ich, dass er tot war. Und dann bin ich nach Hause zum Telefon gerannt.«

Es war der Scheißzauberer, steht in riesigen Lettern in Calderones Kopf. Mistral und der Staatsanwalt denken das Gleiche.

»Haben Sie jemand anderes auf der Straße bemerkt, während Sie mit dem Hund gingen?«

»Nein, niemanden. Ich bin fortgerannt, weil ich fürchtete, der Mörder könnte sich irgendwo in der Nähe versteckt haben.«

»Als ich ankam, sagte mir der Polizist, dass Sie in der Rue Eugène Oudiné wohnen. Können Sie von Ihrer Wohnung aus die Rue Watt einsehen?«

»Ja. Ich wohne ganz oben, über den Baumwipfeln. Allerdings kann ich nur den Anfang der Straße sehen – nicht weiter hinein.«

»Die Kollegen hier werden Ihre Aussagen noch einmal komplett schriftlich festhalten, und zwar mit allen Einzelheiten, die Sie uns eben mitgeteilt haben. Fällt Ihnen vielleicht noch irgendetwas ein? Etwas, das nicht so war wie sonst?«

Messardi schüttelt den Kopf.

»Ich glaube – wissen Sie, ich bin schließlich kein Experte

auf diesem Gebiet ... Das Kind war noch nicht lange tot, als ich es fand. Sein Körper war noch warm und beweglich.«

Die beiden Beamten wechseln schweigend einen Blick. Mistral erkennt, dass Calderone dem Zeugen gern eine Frage stellen würde, und er weiß auch, welche. Er nickt fast unmerklich.

»Monsieur Messardi, haben Sie vielleicht an diesem Abend am Fenster gestanden – sagen wir, ungefähr eine halbe Stunde ehe sie mit dem Hund hinuntergingen?«

»Ja. Ich schaute in den Regen hinaus und hoffte, er würde ein wenig nachlassen, damit ich den Hund ausführen könnte.«

»Ist Ihnen vielleicht etwas Besonderes aufgefallen? Zum Beispiel ein Wagen, der in die Straße einbog?«

Messardi zündet sich die nächste Zigarette an. Er ist ruhiger geworden; auch seine Stimme klingt jetzt sicherer.

»Ja. Ich dachte, ich hätte es Ihnen schon erzählt. Ein Wagen hat die Kurve zur Rue Watt etwas zu schnell genommen, ist ins Rutschen geraten und hat eines der Absperrgitter umgeworfen. Sie sehen es noch dahinten.«

Den beiden Beamten und dem Staatsanwalt stockt fast der Atem. Calderone fragt weiter: »Und vorher oder nachher? Haben Sie noch mehr Autos gesehen?«

Omar Messardi strengt sein Gedächtnis an. Fast entschuldigend antwortet er schließlich: »Wissen Sie, ich träume manchmal so vor mich hin und achte dann nicht unbedingt auf alles. Den Wagen hätte ich sicher auch nicht bemerkt, wenn er nicht in die Absperrung gerauscht wäre. Ehrlich gesagt weiß ich nicht, ob vorher oder nachher noch andere Autos unterwegs waren.«

»Verstehe. Erinnern Sie sich denn an das bewusste Fahrzeug? Was für eine Art Auto war es?«

»Ein weißer Lieferwagen. Die Marke kann ich Ihnen leider nicht sagen.«

Mistral meldet sich wieder zu Wort.

»Ihre Aussage ist sehr wichtig, Monsieur Messardi. Einer unserer Beamten wird Sie jetzt mitnehmen und ein schriftliches Protokoll Ihrer Aussage anfertigen. Ich weiß, es ist sehr spät, aber ich bin sicher, dass Sie uns verstehen. Anschließend wird jemand Sie nach Hause bringen.«

»Ja, natürlich«, murmelt Messardi. »Ich sage nur meiner Frau Bescheid und bringe den Hund nach Hause.«

Calderone hat sich entfernt und instruiert sein Team.

Der Staatsanwalt wendet sich an Mistral.

»Glauben Sie, dass es sich um den Zauberer handelt?«

»Mit ziemlicher Sicherheit. Wenn er es aber ist, dann bedeutet das, dass er nicht nur seine Vorgehensweise verändert hat, sondern auch mobil ist. Ich kann mir nicht vorstellen, dass er den Jungen auf offener Straße getötet und möglicherweise vergewaltigt hat, auch wenn hier nicht viel los ist. Wahrscheinlicher ist, dass er ihn dort abgelegt hat. Aber warum? Und wie? Im Augenblick habe ich keine Ahnung. Die Obduktion wird uns sicher mehr über die Todesumstände des Kleinen verraten.«

»Was ist mit dem Auto? Könnte uns das weiterhelfen?«

»Auf jeden Fall werden wir recherchieren. Etwas anderes haben wir schließlich nicht. Allerdings würde es mich sehr wundern, wenn wir hier auch nur das Geringste fänden. Der Kerl ist schlau und extrem vorsichtig. Das hat er hinlänglich bewiesen.«

Mistral erhält einen Anruf aus der Einsatzleitung: Auf der Wache des dreizehnten Arrondissements hat ein Paar seinen elfjährigen Sohn als vermisst gemeldet. Der Kommissar lässt sich die Beschreibung der Kleidung des Kindes geben. Sie stimmt mit der des Jungen in der Rue Watt überein. Außerdem erfährt Mistral, dass Dumont ins sechzehnte Arrondissement gefahren ist und sich melden wird, sobald er Näheres in Erfahrung gebracht hat. Er schickt ein Team, das die Eltern abholen und zum Hauptsitz der Kriminalpolizei bringen soll – »mit einem Foto des Jungen«. Die Marter beginnt.

Gemeinsam mit dem Staatsanwalt begibt er sich zu der umgeworfenen Absperrung. Sie ist schmutzig und mit Graffiti besprüht; zwar hat sie eine Delle in der Mitte, aber Farbreste sind nicht zu erkennen. Wahrscheinlich hat das Auto die Barriere zuerst mit dem Stoßdämpfer berührt, und vermutlich war der Aufprall auch nicht sehr heftig. Mistral lässt das Absperrgitter sicherstellen, um es auf eventuelle Spuren zu untersuchen. Der Kommissar und der Staatsanwalt sind sich einig, dass das Verbrechen keinesfalls in der Öffentlichkeit bekannt gegeben werden sollte. Der Staatsanwalt wünscht Mistral viel Glück.

»Und halten Sie mich unbedingt auf dem Laufenden.«

Mistral setzt sich in sein Auto und telefoniert über eine Stunde mit Françoise Guerand und der Einsatzleitung. Die erste ärztliche Untersuchung hat ergeben, dass das Kind erwürgt wurde und seit etwa zwei Stunden tot ist.

Mistral kehrt zu den anderen zurück. Die Straße riecht nach Eisenbahn, Schotter und Asphalt, gemischt mit Regen. Mistral wundert sich, dass er den Geruch nicht schon früher wahrgenommen hat, aber vermutlich war er zu sehr auf das Verhör konzentriert.

Nun kehren die Polizisten aus Calderones Team zurück,

die sich in der Nachbarschaft umgehört haben. Schon an ihren Gesichtern kann Mistral das Ergebnis der Befragung ablesen: nichts – auf der ganzen Linie. Damit hatte er bereits gerechnet. Er denkt an die Worte von Perrec: Weder Spurensicherung noch Befragungen hatten je etwas ergeben.

Die Leiche des Kindes wird in die Gerichtsmedizin gebracht, wo wahrscheinlich bereits am folgenden Tag die Obduktion vorgenommen werden soll.

Gegen zwei Uhr morgens verlassen die Polizisten den Fundort. Mistral fährt zum Quai des Orfèvres. Er vermutet, dass der Mord als Ventil für den inneren Druck des Zauberers ausgereicht hat und der Mörder sich nicht sofort wieder auf die Jagd begeben dürfte. Es ist durchaus möglich, dass er sich nun monatelang nicht rührt und unsichtbar bleibt. Aus Erfahrung weiß Mistral, dass es nur drei Möglichkeiten gibt, dieser Art von Verbrecher habhaft zu werden: Entweder begeht er einen Fehler, wenn er auf der Pirsch ist, oder er hinterlässt Spuren am Tatort, oder man kann am Opfer seine DNA sicherstellen. Hier bleibt lediglich die dritte Möglichkeit, und nur die Obduktion kann die entsprechende Antwort geben. Mistral ist allerdings wenig optimistisch.

Als er in den Hof des Präsidiums am Quai des Orfèvres abbiegt, überlegt er, auf welche Weise er mit dieser Ermittlung beginnen soll.

Von seinem Büro aus ruft er Françoise Guerand an, die ebenfalls noch wach ist.

»Wir haben vierundzwanzig Stunden Aufschub bei der Presse, weil die Zeitungen längst gedruckt und fertig zur Auslieferung sind. Aber im Lauf des Tages werden die Journalisten natürlich einiges in Erfahrung bringen. Die Kommunikation sollte auf jeden Fall anders aussehen als bei den früheren Fällen. Ich denke, wir müssen die Karten auf den Tisch legen. Wie denkst du darüber? Und wie sollen wir uns den anderen Abteilungen gegenüber verhalten? Die Sache wird sich sicher wie ein Lauffeuer verbreiten.«

»Du hast vollkommen recht. Wir müssen es irgendwie schaffen, dem Präfekten unsere Kommunikationsstrategie zu verkaufen, und ihn von unserer Ermittlungsstrategie überzeugen.«

»Was die Ermittlung angeht, so dürfte das ganz schön schwierig werden, denn wir haben absolut nichts in der Hand. Ich denke mal drüber nach. Das Wichtigste sind jetzt die Eltern des Kleinen – Monsieur und Madame Marchand. Sie sind hier im Präsidium, und ich muss sie gleich empfangen. Ich habe keine Ahnung, wie ich ihnen beibringen soll, was mit ihrem Kind geschehen ist.«

»Für solche Fälle gibt es keine vorfabrizierten Floskeln, und etwas Schrecklicheres kann man Eltern wohl nicht sagen. Du kannst nur dein Bestes tun.«

»Natürlich ... zumindest versuche ich es. Gegen sechs muss ich nach Hause, denn Clara fliegt heute Morgen nach Nizza. Ich möchte auf jeden Fall daheim sein, wenn die Kinder aufwachen und die junge Frau erscheint, die sich um die beiden kümmert. Anschließend komme ich wieder ins Büro.«

Calderone lehnt an der Wand und wartet, bis Mistral Zeit für ihn hat.

»Erinnern Sie sich, was ich Ihnen über den Zyklus von Serienmördern erzählt habe?«

Calderone nickt.

»Der Mörder ist jetzt in Phase sechs«, fährt Mistral fort. »Die Depression nach der Tat.«

»Richtig. Und das bedeutet nichts anderes, als dass sein innerer Druck verschwunden ist und er sich ruhig verhält. Allerdings ist es unmöglich, vorherzusagen, wie lange diese Phase dauert. Auch er selbst weiß es nicht.«

Die Wanduhr im Büro zeigt zwanzig nach drei.

»Ich werde jetzt mit den Eltern des Jungen sprechen. Bleiben Sie doch bitte. Einer mehr kann nicht schaden.«

Mistral bittet einen Polizisten, die Eltern in sein Büro zu bringen.

Die Augen der Mutter sind rot und verweint, die Züge des Vaters wirken verzerrt. Der Polizist bedeutet Mistral mit einer leichten Kopfbewegung, dass die Eltern noch nicht Bescheid wissen.

Aber sie ahnen es, denkt Mistral.

Ehe er mit seiner sorgfältig überlegten Einleitung beginnen kann, sagt die Mutter mit fast flehender Stimme: »Ich weiß, dass Guillaume etwas geschehen ist. Wo ist er?«

Mit sanfter Stimme beginnt Mistral, zu sprechen. Es fällt ihm schwer, die richtigen Worte zu finden. Sein Zögern und seine unzusammenhängenden Sätze vernichten die letzte winzige Hoffnung der Eltern. Die Mutter schluchzt auf und wird ohnmächtig, der Vater verbirgt sein Gesicht in den Händen. Calderone ruft einen Notarzt, der in weniger als zehn Minuten erscheint. Er spritzt den Eltern etwas zur Beruhigung und ein Schlafmittel und nimmt sie mit. Nachdem sie fort sind, herrscht ein bedrücktes Schweigen in Mistrals Büro.

Der Kommissar liest die Erklärung der Eltern. Dem Protokoll ist das Foto eines kleinen Jungen beigeheftet. Mistral erkennt das Kind aus der Rue Watt. Der Bericht ist schlicht. Die Familie wohnt am Boulevard Blanqui. Der Sohn wollte bei einem Freund, der nur zwanzig Meter entfernt auf der anderen Straßenseite wohnt, einen Film ansehen, wartete aber das Ende des Films nicht ab, sondern ging etwas früher. Als der Junge nicht zur vereinbarten Zeit zurückkehrte, machten die Eltern sich Sorgen. Von den Eltern des Freundes erfuhren sie, dass das Kind bereits über eine Stunde fort war.

»Das bedeutet«, erklärt Mistral nach der Lektüre des Protokolls, »entweder hatte der Zauberer das Kind schon im Visier und kam zurück – was ich nicht glaube, denn normalerweise läuft kein Kind um diese Zeit auf der Straße herum. Oder aber er hat ihn zufällig entdeckt und entführt. Wir dürfen nicht vergessen, dass er seit seinem vergeblichen Versuch unter erhöhtem Druck stand und immer noch auf der Jagd war. Trotzdem stören mich Zeit und Ort. Es war spät, und es regnete. Unter normalen Umständen hätte sich nie und nimmer ein Kind in diesem Alter auf der Straße aufgehalten. Warum also war der Zauberer dort? Wenn wir eine Antwort auf diese Frage finden, sind wir vielleicht ein gutes Stück weiter. Meinen Sie nicht auch, Vincent?«

Calderone wartet ab, bis Mistral das Protokoll endgültig zur Seite legt. Dann meint er: »Schwer zu sagen. Eigentlich bin ich fast sicher, dass er zufällig auf den Kleinen gestoßen ist. Vielleicht streunte er einfach herum. Wir kennen ihn nicht und können ihn nicht einschätzen.«

»Wahrscheinlich haben Sie recht. Aber ich gehe jede Wette ein, dass er in diesem Fall sein Lockmittel – die Zauberkunststücke – nicht eingesetzt hat. Es goss in Strömen, es war stockfinster, und kein Mensch hielt sich auf der Straße auf. Bestimmt hat er mit dem Wagen neben ihm gehalten, als wollte er ihn etwas fragen, und als der Kleine nah genug war, hat er ihn gepackt und ins Auto gezerrt.«

»Wenn dieses Szenario stimmt, dann hatte sich der Kerl

kaum noch unter Kontrolle und stand kurz vor der Explosion. Mann, dieses Schwein!« Calderone blickt auf die Uhr. »Wenn Sie mich nicht mehr brauchen, fahre ich jetzt nach Hause. Morgen früh rufe ich Perrec an und erzähle ihm, was passiert ist. Besser er erfährt es von uns als durch das Radio.«

Mistral nickt.

»Ich muss noch auf einen Anruf von Dumont warten. Er kümmert sich um einen Mord im sechzehnten Arrondissement. Danach fahre ich nach Hause. Bis gleich dann.«

Ehe Mistral sich einen Kaffee bei der Einsatzleitung genehmigt, geht er in das Büro des Beamten, der Messardis Aussage zu Protokoll genommen hat. Der Polizist sitzt am Schreibtisch und liest den Zeugenbericht durch. Der Metrofahrer hat sich offenkundig das Hirn zermartert, um ja nichts zu vergessen. Anschließend macht Mistral seine Stippvisite bei den Nachtschichtlern der Einsatzleitung.

Er liebt es, zuzusehen, wenn der Morgen über Paris heraufdämmert – den Augenblick zu erleben, wenn die Nacht sich bereits verabschiedet, der Tag sich aber noch nicht wirklich zeigt. Trotzdem kann man ihn an winzigen Anzeichen und bestimmten Geräuschen schon erahnen. Mistral genießt das Erlebnis, dem Beginn eines neuen Tages zuzuschauen – ganz gleich, ob er sich sonnig oder verregnet ankündigt.

Doch dieser junge Morgen ist der schlimmste, den er seit Beginn seiner Laufbahn bei der Polizei erlebt hat. Er weiß, dass er bei diesem Mordfall nicht nur seinen Vorgesetzten, sondern auch und vor allem den Eltern des Opfers Rede und Antwort stehen muss.

Mistral fühlt sich so machtlos gegenüber dem heimtückischen Kindermörder.

Von einem der Fenster in den Räumen der Einsatzleitung hat man eine wunderbare Aussicht über die Seine. Es regnet noch immer. Die ersten Lieferwagen rollen über die Pariser Straßen. Mistral hält seine Kaffeetasse mit beiden Händen fest, als wolle er sich an ihr wärmen, und lässt seinen Blick über den Fluss schweifen. Mit Trauer im Herzen. Verzweifelt sucht er nach einem Fehler des Zauberers, der sie auf seine Spur führen könnte. Er denkt an den Schmerz der Eltern und ihr beschädigtes Leben.

Inspektor Clément teilt ihm mit, dass der Wetterbericht auch für die kommenden Tage Regen ansagt. Mistral zuckt die Schultern, ohne sich umzudrehen.

Als er das Büro der Einsatzleitung verlässt, sieht er den Polizisten und Messardi vor dem Kaffeeautomaten stehen. Messardi raucht.

»Sind Sie fertig?«

Die beiden Männer nicken gleichzeitig.

Mistral wendet sich an den Polizisten.

»Haben Sie Monsieur Messardi die Durchwahlnummern des Präsidiums gegeben?«

Noch ehe der Beamte antworten kann, zeigt ihm Messardi eine Karte mit mehreren Telefonnummern.

»Wie ich sehe, hat der Kollege an alles gedacht. Falls Ihnen noch irgendetwas einfällt – selbst wenn Sie der Meinung sind, dass es in keinem Zusammenhang mit unseren Ermittlungen steht –, rufen Sie uns an. Wir sind jederzeit für Sie da.«

»Selbstverständlich. Ich fürchte, an dieser Sache habe ich noch lange zu knabbern.«

Mistral kehrt in sein Büro zurück. Kurz darauf ruft Dumont an. Seine Stimme klingt unangenehm. Mistral, der inzwischen doch eine gewisse Müdigkeit verspürt, hat keine Lust auf unnötige Diskussionen. Ohne Umschweife fragt er: »Wie weit bist du?«

»Die Tote ist eine Frau von achtundachtzig Jahren und heißt Solange Destiennes. Man hat sie gefoltert, um an die Zahlenkombination ihres Safes zu kommen, wo sie ihr Geld aufbewahrt hat. Der Safe, der unter einem Teppich versteckt war, ist offen. Die Kerle haben alles mitgenommen. Auch ein paar Gemälde sind verschwunden. Die Wohnung ist der pure Luxus. Niemand hat etwas gesehen oder gehört. Um in die Wohnung zu kommen, braucht man zwei Sicherheitscodes. Das Hausmeisterehepaar ist zurzeit in Urlaub. Alles in allem ein echtes Rätsel. Im Moment sind die Leute von der Spurensicherung bei der Arbeit. Was soll ich jetzt tun?«

»Kümmere dich weiter um den Fall und erstatte auch unserer Frau Direktor Bericht. Das Verstärkungsteam steht ganz zu deiner Verfügung. Was den anderen Fall angeht, so war es mit ziemlicher Sicherheit der Zauberer, der das Kind in der Rue Watt ermordet hat. Die nächsten Stunden könnten ziemlich hektisch werden.«

»Ich habe schon bei der Einsatzleitung von dem Kindermord im dreizehnten Arrondissement gehört. Schon irgendwelche Hinweise?«

Dumont klingt jetzt weniger aggressiv.

»Absolut nichts. Und bei dir?«

»Im Augenblick auch noch nichts. Wir müssen wohl warten, bis es hell wird.«

Beide legen gleichzeitig auf.

Während Mistral die Treppe des Präsidiums hinuntersteigt, geht ihm eine Reihe von Bildern durch den Kopf. Abermals sieht er die Leiche des Kindes, das verzerrte Gesicht des Zeugen und die Polizisten vor sich, die sich langsam und mit gesenktem Kopf im Regen bewegen. In seinem Kopf dröhnt das Geräusch ihrer Schritte. Auch das Weinen der Eltern geht ihm nicht aus dem Sinn.

Wahrscheinlich wird ihn der Präfekt zu sich zitieren und ihm möglicherweise mit Sanktionen drohen. Doch dieser Gedanke schreckt ihn nicht. Er hofft nur, dass man ihm den Fall nicht entzieht. Denn er wird wohl kaum jemals wieder ruhig schlafen können, solange der Zauberer nicht dingfest gemacht ist.

Mistral tritt in den Hof hinaus und erwidert den etwas müden Gruß der beiden wachhabenden, in ihre Parkas eingemummelten Polizisten, die vor Kälte und Erschöpfung ganz starr sind. Er schaltet das Autoradio ein und wählt einen Sender, der ausschließlich Jazz ausstrahlt. Vielleicht kann er so auf dem Heimweg zumindest ein wenig Entspannung finden.

Gleichmäßiger Landregen trommelt auf das Autodach. Der Anflug von Müdigkeit ist verschwunden.

Als Mistral vor seinem Haus parkt, sieht er, dass in der Küche Licht brennt. Clara ist bereits aufgestanden. So leise wie möglich betritt er die Wohnung. Die Kinder sollen ausschlafen.

Clara sieht ihrem Mann sofort an, dass er Probleme hat. Er erzählt ihr, was in der Nacht vorgefallen ist, lässt aber einige Einzelheiten aus. Sie frühstücken zusammen und unterhalten sich leise. Um sechs Uhr hält ein Taxi vor dem Haus. Clara umarmt ihren Mann ein wenig fester als sonst und erinnert ihn noch einmal an gewisse Dinge, auf die er bei den Kindern achten soll.

Nachdem seine Frau fort ist, sucht Mistral das Bad auf und betrachtet sich im Spiegel. Sein Gesicht wirkt müde, seine Augen sind gerötet. Er rasiert sich und duscht ausgiebig. Bei der Wahl seines Anzugs denkt er an die bevorstehende Standpauke des Präfekten und kleidet sich entsprechend – dunkles Sakko, weißes Hemd, bordeauxfarbene Krawatte.

Die junge Frau, die sich in Claras Abwesenheit immer um die Kinder kümmert, trifft ein. Sie liest die Hinweise, die Clara für sie hinterlassen hat. Mistral bespricht kurz mit ihr, wie die beiden Tage organisiert werden sollen, dann geht er die Kinder wecken. Die Kleinen kennen die junge Frau gut und machen keine Probleme, als ihr Vater wieder nach Paris aufbricht.

Auf dem Weg zum Quai des Orfèvres stellt Mistral einen Nachrichtensender ein. Ihn interessiert, ob die Journalisten schon Wind von den Verbrechen der vergangenen Nacht bekommen haben. Er fährt fast mechanisch. Der Gedanke an den Zauberer lässt ihn nicht los. In Gedanken vergleicht er die wenigen Informationen über das letzte Verbrechen mit denen, die er aus den Akten kennt. Zwar ist er inzwischen überzeugt, dass der Mord der letzten Nacht auf das Konto des Zauberers geht, doch er tappt noch immer völlig im Dunkeln.

Der Zauberer kehrt in dieser Nacht entspannt nach Hause zurück. Endlich ist der Druck verschwunden, der ihm auf der Brust lag und manchmal so heftig wurde, dass er ihn am Atmen hinderte. Mühelos findet er einen Parkplatz und geht ruhig, den Kragen hochgeschlagen und die Hände tief in den Taschen seines Mantels vergraben, zu seiner Wohnung. Am liebsten würde er pfeifen, verbietet es sich aber, um keine Aufmerksamkeit auf sich zu ziehen. Um nicht allzu nass zu werden, hält er sich dicht an den Hauswänden. Von Zeit zu Zeit berührt er mit der rechten Hand den Umschlag, dessen Inhalt ihm auch in Zukunft die Erinnerung an diesen Abend sichern wird. Endlich kann er seine Sammlung ergänzen. Die Dämonen haben wieder mit ihm gesprochen. Es kam so unerwartet, dass er es nicht sofort bemerkte. Aber sie wiederholten die Worte mehrmals und rissen ihn so aus seiner Träumerei.

Pass auf, dreh dich um – pass auf, dreh dich um – pass auf, dreh dich um.

Er freut sich, wieder ihre Stimmen zu hören, und will sie nicht verärgern, indem er sie nach den Gründen für ihr Schweigen fragt. Die kann er sich eigentlich ohnehin fast denken.

Im Schatten der Auslage eines geschlossenen Geschäftes bleibt er stehen und hält den Atem an, um den Geräuschen der Nacht zu lauschen. Bis auf das Rauschen des Regens und das Plätschern der Regenrinnen, deren Inhalt sich in die Rinnsteine der abschüssigen Straße ergießt, ist nichts zu hören.

Du musst noch vorsichtiger sein als sonst. Denk daran, was du diese Nacht getan hast. Die Bullen passen auf wie die Schießhunde. Bestimmt werden die Streifen verstärkt. Wenn sie einen kleinen Kerl wie dich mitten in der Nacht herumlungern sehen, werden sie dir garantiert folgen – einfach so, auf Verdacht. Sie registrieren, wo du hingehst, kontrollieren dich, und dann filzen sie dich nach allen Regeln der Kunst. Wenn sie dabei das finden, was du mit dir herumträgst, sind dir dreißig Jahre Knast sicher. Kapiert? Also sieh dich vor!

Lécuyer dankt den Dämonen überschwänglich und achtet von diesem Moment an besser auf seine Umgebung. Nachdem er das Haus betreten hat, in dem er wohnt, bleibt er einige Minuten in der dunklen Eingangshalle stehen. Er will ganz sichergehen, dass sich weder ein Streifenwagen noch zu Fuß patrouillierende Polizisten in der Nähe befinden. Schließlich steigt er beruhigt die Treppe zu seiner Wohnung hinauf.

Mit leiser Stimme sagt er: »Arnaud ist wieder daheim. Und ratet mal, was er hat? Jawohl – etwas, womit er seine Sammlung vervollständigen kann. Toll, nicht?«

Mit abgedrehtem Ton strahlt der Fernseher sein geschmackloses Nachtprogramm aus.

Der Zauberer zieht den durchnässten Cabanmantel aus, nimmt den Umschlag aus der Tasche und legt ihn auf den Tisch. Erst danach rubbelt er sich mit einem Handtuch die Haare trocken. Er schlingt das Handtuch um seinen Kopf, geht in sein Schlafzimmer und holt das große Heft mit seiner Sammlung, eine Pinzette und eine Tube Klebstoff. Zurück im Wohnzimmer wirft er das Handtuch auf den Sessel, setzt sich an den Tisch und öffnet liebevoll das große Heft.

Vorsichtig wendet er Blatt für Blatt um und liebkost mit halb geschlossenen Augen die jeweils rechte Seite. Alles lebt wieder auf. Alles, was er seit mehr als dreizehn Jahren getan hat. Bei der letzten Doppelseite hält er inne. Es ist die Seite, mit der alles wieder angefangen hatte. Die linke Seite ist mit den ausgeschnittenen Figuren beklebt – nackte Erwachsenenkörper mit Kindergesichtern. Die rechte Seite ist leer. Noch.

Behutsam öffnet Lécuyer den Umschlag. Dabei achtet er darauf, ihn gerade zu halten. Sorgfältig studiert er den Inhalt.

Schließlich wischt er sich die Hände an der Hose ab und benutzt seine Pinzette, um die neuen Sammlerstücke aus dem Umschlag zu holen. Er zittert vor Erregung. Rasch wischt er sich mit dem Hemdsärmel den Schweiß von der Stirn.

Fast eine halbe Stunde braucht er, bis die rechte Seite fertig ist. Nun muss er nur noch die Zeitungsartikel oder die Radio- und Fernsehnachrichten abwarten. Sobald er den Namen seines Opfers kennt, wird er ihn in Druckbuchstaben oben auf die rechte Seite schreiben.

Doch zunächst einmal muss er schlafen gehen. Drei Minuten später ist er in Träumen voller Gewalt, Raserei und Schreien versunken.

13

Als der Zauberer an diesem Morgen auf die Straße hinausgeht, hört er aufmerksamer denn je auf die Dämonen. Außerdem achtet er sehr genau auf seinen Auftritt als kleiner, unscheinbarer Mann. Zum Frühstück geht er in sein Stammcafé. Eilig überfliegt er die an der Tür des Zeitungsstandes angeklebte Titelseite der Zeitung, doch von einem Mord ist nicht die Rede. Er ist tief enttäuscht, muss sich dann aber eingestehen, dass es vielleicht schon ein bisschen spät war, als die Journalisten die Nachricht bekamen.

Die Stammgäste verfolgen die Morgennachrichten auf dem über der Bar angebrachten Fernsehschirm. Krieg und Sport. Lécuyer bleibt fast eine Stunde vor dem Fernseher sitzen, um ganz sicherzugehen, dass er nichts verpasst hat. Als er das Café schließlich verlässt, erblickt er die Frau, die auf ihrem Bündel sitzt und mit sich selbst spricht. Er hatte sie völlig vergessen. Sie hört, wie sich die Tür des Cafés öffnet, wendet den Kopf, sieht Lécuyer und beginnt mir ihrer von Alkohol und Tabak verätzten Stimme zu schreien: »Da ist er wieder, der Teufel!«

Der Zauberer verkriecht sich noch tiefer in seinem Mantel und wechselt die Straßenseite. Er fürchtet, dass die Alte mit ihrem Geschrei unerwünschte Aufmerksamkeit auf ihn lenkt. Auch dieses Mal ist der Zeitungshändler aus seinem Stand gekommen und folgt ihm mit Blicken. Im Weitergehen denkt Lécuyer darüber nach, wie er der Alten mit seinem Schraubendreher den Garaus machen könnte.

Mistral eilt im Präsidium die Treppe zu seinem Büro hinauf, wobei er immer zwei Stufen auf einmal nimmt. Nachdem er hastig einige Hände geschüttelt hat, setzt er sich an seinen Schreibtisch. Auf dem Posteingangskorb liegt ein großer Umschlag. Es ist eine Kopie des Verfahrens im Mordfall Solange Destiennes, die Dumont ihm zur Information überlassen hat.

Mit geübtem Auge überfliegt Mistral die vom Verstärkungsteam erstellte Akte. Alles ist in Ordnung, das Team hat gute Arbeit geleistet. Dumont hat eine Kurznotiz hinterlassen, laut der er mit seinem Team am Morgen an den Tatort zurückkehren und die Untersuchung fortsetzen will.

Er hat recht, denkt Mistral.

Anschließend bittet ihn Françoise Guerand zu sich. Das Büro des Präfekten hat angerufen und Guerand und Mistral für 11.00 Uhr vorgeladen.

»Ich wusste es«, erklärt Mistral trocken.

Seine Chefin nickt. Auch sie hatte die Unterredung erwartet. Eine Stunde lang besprechen sie die wichtigsten Einzelheiten der beiden Fälle.

Françoise Guerand fragt Mistral nach Dumont.

»Er findet sich nur sehr schwer damit ab, dass er nicht direkt mit dem Fall des Zauberers befasst ist, aber diese Nacht hat er bei seinen Ermittlungen gute Arbeit geleistet«, antwortet Mistral.

Schließlich begeben sich Françoise Guerand und Mistral zur Präfektur. Man lässt sie mehr als zwanzig Minuten im Vorzimmer warten – deutlich länger als sonst.

»Das verheißt nichts Gutes«, meint Mistral schlicht.

»Abwarten«, versucht seine Chefin abzuwiegeln.

Der Amtsdiener holt sie ab, öffnet die Tür und lässt sie eintreten. Guerand und Mistral versuchen dem gelassenen

Gesichtsausdruck des Präfekten zu entnehmen, was passieren wird. Beide kommen zu dem Schluss, dass er stinksauer ist. Nach einigen Begrüßungsfloskeln fordert er sie auf, sich zu setzen.

Im Gegensatz zu seinen sonstigen Gepflogenheiten – der Präfekt sitzt meist vor einem leeren Schreibtisch – liegt heute ein mit Notizen beschriebenes Blatt vor ihm. Ruhig und mit locker übereinandergelegten Händen sitzt er in seinem ausgezeichnet sitzenden Maßanzug vor den beiden Polizisten und mustert sie seinerseits.

»Wir haben eine schwierige Nacht hinter uns.«

Als er das Gespräch mit einer so selbstverständlichen Feststellung beginnt, machen Guerand und Mistral sich auf das Schlimmste gefasst.

»Zwei Tötungsdelikte in einer Nacht, und, soweit ich hier sehe, keinerlei Anhaltspunkt. Richtig?«

Guerand antwortet geschmeidig: »Sie haben recht, Herr Präfekt. Allerdings gestalten sich Ermittlungen mitten in der Nacht nun einmal erheblich schwieriger, weil wir an möglicherweise wichtige Personen nicht herankommen.«

»Natürlich, Frau Direktor. In der Nacht ist es immer schwierig. Wir haben hier eine alte Dame und ein Kind. Gibt es Anlass zu der Vermutung, dass es sich bei dem Kindsmörder um den Zauberer handelt?«

Seine Stimme klingt immer noch völlig ruhig. Die beiden Polizisten sind auf der Hut; sie erwarten jeden Augenblick den Dolchstoß. Guerand bedeutet Mistral mit einem Blick, die Antwort zu übernehmen. Der Präfekt schaut Mistral erwartungsvoll an. Der Beamte wählt seine Worte sehr sorgfältig.

»Es ist noch zu früh, um auf diese Frage eine positive Antwort zu geben, Herr Präfekt. Dennoch spricht vieles für diese

These, auch wenn die Vorgehensweise in diesem Fall anders war als sonst. Erst der Obduktionsbericht wird uns Anhaltspunkte geben, ob das Verbrechen der vergangenen Nacht mit den Delikten des Zauberers vergleichbar ist oder nicht.«

»Das verstehe ich natürlich. Aber sind Sie seit unserem letzten Treffen überhaupt weitergekommen?«

Da haben wir den Salat, denken die beiden Polizisten. *Jetzt sind wir dran.*

Dieses Mal ist es Guerand, die als Mistrals Vorgesetzte in die Bresche springt.

»Die gesamte Mordkommission beschäftigt sich ausschließlich mit dem Zauberer. Kommissar Mistral koordiniert die Arbeiten. Alle zehntausend uniformierten Polizisten der Stadt haben ein Phantombild des Täters erhalten. Außerdem arbeiten wir inzwischen mit Psychiatern zusammen, um die Verhaltensweisen der besagten Person zu erkennen.«

»Das ist in der Tat ein interessanter Ansatzpunkt. Ich darf Sie jedoch daran erinnern, dass ich Ergebnisse erwarte.«

Noch immer befürchten die beiden Polizisten, dass der Präfekt ihnen gleich eine unverhohlene Drohung ins Gesicht schleudern wird. Er spricht weiter und nimmt dabei Guerand ins Visier.

»Allerdings halte ich es für keine besonders gute Idee, dass die gesamte Mordkommission sich auf diesen Fall konzentriert.«

Entgeistert lauschen Guerand und Mistral diesem Satz, der im Prinzip die Anweisungen des Präfekten vom letzten Treffen widerruft, und warten reglos auf das, was folgen wird. Nach wie vor mit sanfter Stimme und mit seiner immer untadeligen Aussprache fährt der Präfekt fort: »Mir ist zu Ohren gekommen, dass die Mordkommission das Tötungsdelikt an Madame Destiennes auf die lange Bank schiebt. Die Dame gehörte der Familie eines einflussreichen Regierungsmitglieds an.«

Er weist mit dem Kinn auf die handgeschriebenen Notizen auf dem Schreibtisch.

»Wie es scheint – ich betone: wie es scheint –, bewahrte besagte Dame in ihrem Safe, abgesehen von Wertgegenständen, vertrauliche Dokumente auf, die man in ihre Obhut gegeben hat. Insbesondere soll es sich hierbei um Fotos handeln. Ich möchte Sie nochmals auf die besondere Vertraulichkeit dieser Informationen hinweisen.«

»Das versteht sich von selbst, Herr Präfekt«, erwidert Françoise Guerand sofort erleichtert. »Im Augenblick befasst sich eines unserer Teams mit dem Fall. Ich werde den Leuten sofort ein weiteres Verstärkungsteam zur Verfügung stellen.«

»Das halte ich für eine gute Entscheidung. Bitte halten Sie mich täglich über den Stand der Ermittlung auf dem Laufenden ... der Ermittlungen, wollte ich natürlich sagen.«

Mit diesem Satz beendet der Präfekt das Gespräch. Man schüttelt sich die Hände, lächelt einander an und nimmt Wünsche für ein gutes Gelingen entgegen. Wie immer verlassen Guerand und Mistral das Büro des Präfekten, ohne sich anzusehen. Erst auf der Straße beginnen sie zu sprechen. Mistral öffnet einen großen Schirm, der sie vor dem Regen schützt.

»Das war verdammt knapp«, meint Françoise Guerand. »Was den Zauberer angeht, so ist uns wenigstens eine kurze Atempause vergönnt. Das bedeutet aber auch, dass wir jetzt wirklich alles dransetzen müssen, wenn es irgend geht ...«

»Da siehst du mal, worauf es ankommt! Eine gewisse Madame Soundso hat ein paar verfängliche Dokumente in ihrem Safe, und schon geht allen der Arsch auf Grundeis.«

»Auf jeden Fall müssen wir Dumont so schnell wie möglich in Kenntnis setzen, damit er sich ranhält. Galt der Diebstahl den Wertsachen oder den Fotos? Das ändert nämlich einiges. Entweder haben wir es mit Dieben zu tun, die es nur auf die Kohle abgesehen hatten, oder es ging um die Fotos. Leute, die sich für so etwas anheuern lassen, sind ein ganz anderes Kaliber.«

»Genau. Aber was machen wir mit dem Zauberer? Um den Kerl zu kriegen, brauchen wir Personal.«

»Am besten, ich rufe Évelyne Girard an. Sie ist für die Abteilung Gewalt gegen Kinder und Jugendliche verantwortlich und kann dir sicher mindestens zehn Leute zur Verfügung stellen. Das hat sie mir schon vor ein paar Tagen angeboten. Sie verfügt über sehr leistungsfähige Teams, die sich mit Sexualdelikten bestens auskennen.«

»Na prima.«

Als Mistral in sein Büro zurückkehrt, trifft er Calderone, der ihn mit ängstlichem Gesicht anschaut.

»Und? Wie war es beim Präfekten?«

Mistral berichtet von den Einzelheiten der Begegnung.

»Mich wundert gar nichts mehr«, seufzt Calderone. Ich könnte mir vorstellen, dass Dumont alle Hebel in Bewegung setzt, wenn er erfährt, dass sein Fall als wichtiger eingestuft wird. Und zwei Tage später dürfen wir dann sein Foto in der Zeitung bewundern.«

»Möglich.«

»Ich habe übrigens mit Perrec gesprochen und ihm von der letzten Nacht erzählt.«

»Und was sagt er dazu?«

»Seltsamerweise nichts Besonderes. Er ist nicht einmal aufgebraust, sondern hat nur gesagt: ›Ich hoffe, dass es der Letzte war‹. Außerdem soll ich Ihnen ausrichten, dass er nicht etwa Ihre Telefonnummer verloren und Sie auch nicht vergessen hat.«

»Gut, warten wir also ab. Ist Ihr Team in der Rue Watt?«

»Ja, sie sind auf der Suche nach möglichen Zeugen. Außerdem hat die Gerichtsmedizin angerufen. Der Junge wird um 16.00 Uhr und die alte Dame um 18.00 Uhr obduziert. Ich brauche Ihnen wohl nicht zu sagen, dass sich für die Obduktion des Kindes kein Freiwilliger gemeldet hat.«

»Dann wissen Sie, was Sie zu tun haben, Vincent. Ich weiß, es ist hart, aber es ist dringend nötig. Außerdem haben Sie den Vorteil, die anderen Fälle zu kennen, und können daher dem Gerichtsmediziner die richtigen Fragen stellen. Was die andere Autopsie angeht, sagen Sie Dumont Bescheid, dass er jemanden schicken soll.«

Den Rest des Vormittags verbringt Mistral damit, seine Post zu erledigen. Gegen 13.00 Uhr lässt der Regen etwas nach. Mistral nimmt die Gelegenheit wahr, in eine Buchhandlung auf dem Boulevard Saint-Michel zu gehen und ein Buch für seine Kinder zu kaufen. Auf dem Rückweg zum Büro isst er ein Sandwich. Anschließend ruft er zu Hause an und fragt nach, wie die junge Frau mit den beiden Jungen klarkommt. Alles läuft bestens, und das beruhigt ihn.

Nachmittags kommt ein Anruf von Évelyne Girard, die ihm ab dem nächsten Tag zwölf Leute ihrer Abteilung zur Verfügung stellt. Sie ist eine kleine, dunkle, sehr energische Frau, die sich über die enge Zusammenarbeit ihrer Abteilung mit der Mordkommission freut. Mistral bedankt sich herzlich.

Am späten Nachmittag rufen die ersten Journalisten an. Mistral gibt ihnen so viele Informationen, wie sie für einen

Artikel brauchen, verschweigt aber bestimmte Details. Der Mord an der alten Dame im sechzehnten Arrondissement interessiert sie kaum, aber alle bringen das Verbrechen in der Rue Watt mit dem Zauberer in Verbindung. Mistral verabredet sich für den folgenden Tag mit einigen von ihnen.

Dumont kommt mit entspannter Miene vom Tatort und schaut bei Mistral vorbei.

»Unsere Ermittlungen scheinen bis in die High Society zu reichen. Die Anwohner berichten, dass bei der Alten die Schönen und Reichen ein- und ausgingen. Sie besaß eine dunkle Limousine und beschäftigte einen Chauffeur und einen Leibwächter. Aber niemand hat auch nur die geringste Information rausgelassen.«

»Was für eine Art Frau war sie?«

»Wohl noch kein bisschen verkalkt – offenbar ein ziemlicher Drache und bestens in Form. Sie hatte drei Angestellte, und das Personal konnte sich mit Sicherheit keinen faulen Lenz machen. Außerdem gibt es da noch einen Sekretär, den ich aber bisher nicht kennengelernt habe, weil er in Urlaub ist. Ich habe eine Nachricht auf seinem Anrufbeantworter hinterlassen.«

»Weißt du schon, was genau gestohlen wurde?«

»Ihr Butler – jawohl, sie hat tatsächlich einen Butler wie die Engländer, einen sehr distinguierten und ziemlich verklemmten Typ – sagt aus, dass sie ihren Schmuck im Safe verwahrte, und das muss eine ziemliche Menge gewesen sein. Wir haben die Versicherungspolice gefunden. Der Gesamtwert wird darin mit 500.000 Euro angegeben. Nicht gerade ein Pappenstiel!«

»Der Präfekt ist von höherer Stelle auf den Fall angesprochen worden. Angeblich hatte sie gewisse Dokumente in ihrer Obhut.«

»Was für Dokumente?«

»Fotos. Mehr weiß ich auch nicht.«

»Der Safe war jedenfalls leer. Ich habe einen meiner Jungs zu ihrer Bank geschickt. Sie ist drei oder vier Tage vor ihrem Ende noch dort gewesen. Der Chauffeur hat ausgesagt, er habe sie zwar hingefahren, aber dann im Wagen gewartet. Es wird sicher interessant, zu erfahren, was sie auf der Bank gewollt hat. Morgen früh müssten wir die Antwort darauf wissen.«

»Hat die Spurensicherung etwas gefunden?«

»Absolut nichts. Die Typen trugen Handschuhe und vermutlich Overalls, und um die Schuhe hatten sie Plastiksäcke gebunden. Nicht die geringste Spur. Das Schloss wurde von Profis geöffnet, und zwar etwa um 21.00 Uhr. Der Mord wurde von der Haushälterin entdeckt, die einen Stock über der Alten schläft und gegen halb elf in die Wohnung ging, um sich ein Glas Milch zu holen. Auch sie hat nichts gehört. Wir mussten dann noch den Krankenwagen kommen lassen, weil sie einen Nervenzusammenbruch hatte. So viel zum neuesten Stand der Dinge.«

»Wie willst du weiter vorgehen?«

»Wir vernehmen jeden, der die Alte kennt, zapfen für alle Fälle die Telefone des Personals an und machen uns bei den für Hehlerei zuständigen Kollegen kundig. Der Schmuck taucht sicher bald wieder auf.«

Mistral nickt.

»Und der Junge? Irgendwas Neues?«

»Nichts und wieder nichts. Calderone ist zur Obduktion gegangen. Vielleicht haben wir ja Glück, und es findet sich eine Spur. Wenn die Gerichtsmedizin mit dem Kleinen durch ist, kommt dein Fall an die Reihe.«

»Ja, ich weiß. Ich habe einen jungen Beamten hingeschickt. Es ist seine erste Autopsie. Unsere jungen Leute müssen sich ja irgendwie an zerstückelte Leichen und die anschließende Kotzerei gewöhnen. Das gehört quasi zur Ausbildung.«

»Ich sehe, du drückst dich so poetisch aus wie eh und je.«

Dumont steht auf, schließt seinen Blouson und schüttelt Mistral die Hand.

»Ich muss los. Morgen wird richtig rangeklotzt. Tschüss!«

Den größten Teil des Tages verbringt Lécuyer damit, so gut wie stumm einen Kunden nach dem anderen abzuarbeiten. Zwischen den einzelnen Aufträgen hört er den Nachrichtensender, doch bis zum späten Nachmittag sieht es aus, als wäre von einem Kindermord noch nichts bekannt.

Mit den 18.00-Uhr-Nachrichten jedoch geht es los. Der Nachrichtensprecher verkündet, dass es in der Nacht in Paris zwei Mordfälle gegeben hat: eine alte Frau, die dem Zauberer völlig egal ist, und ein Kind. Der Reporter, der über die Fälle berichtet, legt sich mächtig ins Zeug und schließt seine Meldung mit der Feststellung, dass »die Polizei zwar bisher noch keine Spur hat, dass aber gewisse Einzelheiten an die Welle von Kindermorden erinnern, die Frankreich vor mehr als zwölf Jahren das Fürchten lehrte«. Kaum sind die Nachrichten vorbei, melden sich die Dämonen zu Wort.

Jetzt ist es wirklich wieder wie früher. Nur besser. Die Bullen werden außer Rand und Band sein. Du musst jetzt noch vorsichtiger sein. Natürlich kannst du deine Suche fortsetzen, aber du darfst die Bullen nicht provozieren. Wenn du dich intelligent anstellst, behältst du die Oberhand.

Der Zauberer hört aufmerksam zu. Er weiß, dass die Dämonen recht haben, und vermeidet es, in die Rue d'Avron zu gehen. Im Augenblick braucht er keinen Adrenalinkitzel. Der Druck ist verflogen, und er kann mit kühlem Kopf nachdenken. Obwohl ihn der Gedanke an den Jungen nicht loslässt. Über kurz oder lang wird er zurückkehren und das Kind zähmen.

Erst einmal aber muss er sich auf seine nächsten Besuche beim Psychiater und bei einem Bewährungshelfer vorbereiten, der die Nachfolge des Untersuchungsrichters angetreten hat. Noch einer, bei dem er mit gesenktem Kopf, erloschenem Blick und unsicherem Gang aufkreuzen muss! Aber er kann sich auf seine schauspielerischen Fähigkeiten verlassen.

Pass trotzdem auf, warnen die Dämonen.

Gegen 19.00 Uhr kommt Calderone aus der Gerichtsmedizin zurück und geht sofort zu Mistral. Als der das niedergeschlagene Gesicht seines Stellvertreters sieht, öffnet er zwei Flaschen Bier. Calderone genießt das kühle Getränk, ehe er Bericht erstattet.

»Kein schöner Anblick. Ich kann verstehen, dass niemand gern an der Obduktion von Kindern teilnimmt.«

»Ich weiß. Es ist schrecklich.«

Calderone zieht ein schwarzes Büchlein aus der Tasche, in dem er sich Notizen gemacht hat. Langsam blättert er die Seiten durch.

»Der Junge wurde zunächst nur niedergeschlagen. Der Tod trat durch Strangulation ein, anschließend wurde er geschändet. Er hat einen Bluterguss im Gesicht, als hätte man ihn geohrfeigt, ehe er niedergeschlagen wurde. Alles trägt die Handschrift des Zauberers, auch wenn er nicht mehr ganz genauso vorgeht wie früher. Aber die Art, wie er die Kinder tötet, ist noch die gleiche wie vor dreizehn Jahren.«

»Hat der Gerichtsmediziner irgendwelche verwertbaren DNA-Spuren gefunden?«

»Nein. Vermutlich hat der Kerl Latexhandschuhe getragen und ein Präservativ benutzt. Genau wie bei der ersten Mordserie.«

»Wir können nicht gerade behaupten, dass die Wissenschaft uns großartig weiterhilft.«

»Wem sagst du das?«, nickt Calderone. »Der Kleine wurde mit einem länglichen, harten Gegenstand niedergeschlagen – einem Stück Holz oder etwas Ähnlichem«, liest er aus seinem Notizbuch vor.

»Genau wie der Junge im sechzehnten Arrondissement. Zu seinem Glück war der Stadtstreicher da«, wirft Mistral ein.

»Verändert hat sich seine Vorgehensweise. Früher benutzte er frei zugängliche Räume in großen Wohnblocks, jetzt scheint er flexibler zu sein. Was halten Sie davon?«

»Ich weiß nicht recht. Aber darüber müssen wir unbedingt nachdenken. Nehmen Sie etwa den Mordversuch am Boulevard Murat. Es war das erste Mal nach dreizehn Jahren, dass der Zauberer wieder in Aktion trat, und zwar an einem Ort, der sehr an die damalige Serie erinnerte. Aber die Sache ist schiefgegangen. Bei der Tat in der Rue Watt ist er ganz sicher mit dem Auto unterwegs gewesen. Das bedeutet, dass sich zwar seine räumlichen Vorlieben verändert haben, nicht aber die Art zu töten.«

»Bei der ersten Mordserie gingen wir davon aus, dass er zu Fuß unterwegs war, weil er entweder kein Auto oder keinen Führerschein besaß. Wir hielten ihn für zu jung dafür, was auch durch Aussagen der beiden entkommenen Opfer gestützt wurde. Der Junge aus dem sechzehnten Arrondissement hat nichts von jugendlichem Aussehen erwähnt.«

»Schon richtig ... Aber, wissen Sie, für einen zehnjährigen Jungen ist man mit dreißig ein alter Mann. Haben Sie die Kleidungsstücke mitgebracht?«

»Sicher. Sie liegen versiegelt zur Untersuchung im Labor. Ich habe das Gutachten mit höchster Priorität angefordert.«

»Gute Arbeit.«

Mistral wirft einen Blick auf die Uhr.

»Zehn vor acht. Ich muss nach Hause. Meine Frau ist zwei Tage verreist, und meine Jungs werden von einem jungen Mädchen beaufsichtigt. Wenn irgendetwas sein sollte – die Einsatzleitung hat meine Nummer.«

Mistral deutet auf das an seinem Gürtel befestigte Handy.

»Die Zentrale ist rund um die Uhr besetzt«, fügt er lächelnd hinzu.

Die beiden Männer verabschieden sich mit Handschlag. Mistral ist bereits im Flur, als er sich noch einmal zu Calderone umdreht.

»Ach übrigens, ich habe ganz vergessen, zu erwähnen, dass ich morgen ein paar Journalisten empfange. Sie kommen wegen der beiden Morde – in erster Linie natürlich wegen dem in der Rue Watt. Ich habe sie alle zur gleichen Zeit bestellt. Aber darüber sprechen wir morgen noch.«

Auf dem Rückweg hört Mistral die Nachrichten und die ersten Kommentare zum Mord in der Rue Watt. Der Zauberer nimmt einen großen Teil der Sendung ein. Mistral überlegt, dass es hier vielleicht eine Möglichkeit gibt, einen Trumpf auszuspielen. Doch er ist zu müde, um den Gedanken weiterzuverfolgen.

Seine beiden Söhne bereiten ihm einen stürmischen Empfang und hängen sich an seinen Hals. Sie haben bereits zu Abend gegessen. Ludovic zieht das neue Buch aus der Tasche. Es ist wieder eine Piratengeschichte: Diesmal geht es um zwei rivalisierende Banden, die hinter einem Schatz her sind. Die

Kinder kuscheln sich in die Kissen, Ludovic setzt sich auf den Boden und lehnt sich ans Bett.

»Nun mach schon, Papa. Und lies schön viel!«

»Ich lese genau fünfzehn Minuten. Wenn der große Zeiger auf der Zwölf steht, überlassen wir die Piraten sich selbst, und ihr geht schlafen.«

Die beiden Kleinen maulen nur der Form halber. Als Ludovic zu lesen beginnt, hängen sie atemlos an seinen Lippen.

14

An diesem Abend kommt der Zauberer gegen 20.00 Uhr nach Hause. Fast zwei Stunden ist er ziellos durch Paris gefahren, wobei er sorgfältig die Rue d'Avron vermied. Er beobachtete die Menschen und lauschte den Nachrichtensendungen. Mithilfe der Dämonen hat er einen Plan für die nächsten Tage entworfen. Gegen halb acht hat er sich eine Pizza gekauft, außerdem ein Glas Marmelade, das er zu Hause gierig leer löffelt. Nach der Mahlzeit kontrolliert er den Zustand der Küche und überzeugt sich, dass nirgendwo unangenehme Gerüche auftreten. Er dreht den Fernseher geringfügig lauter, um mitzubekommen, wenn man von ihm spricht. Allerdings sind die Abendnachrichten schon vorbei; er wird bis zur Nachtausgabe warten müssen.

Gut, dann warten wir eben, sagt er halblaut vor sich hin.

Er beginnt eine imaginäre Pokerpartie, die er ganz leicht gewinnt. Anschließend übt er sich in Zauberkunststücken, die er mit wachsender Geschwindigkeit durchführt.

Als ihm langweilig wird, räumt er die Karten fort und bleibt einen Moment mit leerem Blick sitzen, ehe ihm die Post auffällt, die er seit drei oder vier Tagen nicht geöffnet hat. Eines der Schreiben kündigt ihm an, dass er in wenigen Tagen eine Vorladung bei seinem Bewährungshelfer erhalten wird. Er muss an den Psychiater denken, der sich vorgenommen hat, sein Leben genauer zu durchleuchten. Richtig, er muss die im Gefängnis erfundenen Märchen mit dem abstimmen, was er dem Mann mit der Fliege erzählen will. Himmel – wie weit ist das Gefängnis doch schon fort! Lécuyer schließt die Augen, stützt die Stirn in die Hände und denkt nach. Sofort melden sich die Dämonen zu Wort.

Tu einfach das, was wir dir vorgeschlagen haben. Nimm ein Blatt und einen Stift und schreib dir alles auf. Dann kommt alles wie von selbst – du wirst schon sehen. Vor allem musst du bei deinem Fliegen-Psychiater so tun, als würdest du dir etwas von der Seele reden. Du kannst ihm den gleichen Mist auftischen, den du schon im Knast verzapft hast, nur vielleicht ein bisschen intelligenter. Wenn du vor jedem Besuch deine Notizen noch einmal durchliest, kann nichts schiefgehen.

Vergeblich sucht Arnaud Lécuyer nach Briefpapier. Schließlich nimmt er irgendeinen Zettel, der auf seinem Gerümpel herumliegt, halbiert ihn – *wird schon reichen* – zieht einen Stift aus seinem Cabanmantel und setzt sich gegenüber dem Fernseher an den Esstisch. Zunächst überlegt er ungefähr zehn Minuten, was er im Gefängnis erzählt hatte. Schließlich beginnt er zu schreiben. Seine Schrift ist winzig, er schreibt ausschließlich in Großbuchstaben und hat Schwierigkeiten, mit dem Stift umzugehen.

ICH VERBRACHTE EINE GLÜCKLICHE KINDHEIT MIT MEINER MUTTER LILIANE UND MEINEM VATER GÉRARD. GESCHWISTER HATTE ICH NICHT, ABER SIE FEHLTEN MIR NIE.

Grinsend denkt Lécuyer: *Seelenklempner lieben es, wenn man von seiner Kindheit spricht. Alles scheint damit zu tun zu haben. Okay, soll er sein Leckerchen bekommen.*

MEINE MUTTER ARBEITETE NICHT. JEDEN TAG BRACHTE SIE MICH ZUR SCHULE UND HOLTE

MICH AB. ICH BRAUCHTE AUCH NIE IN DER MENSA ZU ESSEN.

Als hätte ich nie etwas anderes getan! Wir Schüler haben oft ganz schön über die Stränge geschlagen und haben uns dabei kaputtgelacht.

MITTWOCHS GINGEN WIR IMMER IN DER STADT SPAZIEREN. MANCHMAL DURFTE ICH MIT MEINEM VATER INS KINO, UND ANSCHLIESSEND SPENDIERTE ER MIR EIN EIS.

So ein Quatsch!

WENN AM WOCHENENDE DAS WETTER SCHÖN WAR, FUHREN WIR IN DIE WÄLDER UM PARIS UND PICKNICKTEN IM GRÜNEN.

Grässlich! Überall waren Ameisen.

Lécuyer hält kurz inne, geht in die Küche und trinkt Wasser direkt aus dem Hahn. Dabei fällt ihm ein altes, kugelförmiges Aquarium ins Auge, das auf dem Regal steht. Das erinnert ihn an zwei denkwürdige Ohrfeigen, nachdem er die Goldfische im Glas mit einer Schere halbiert hatte. Er wischt sich den Mund mit dem Ärmel ab und kehrt an den Tisch zurück, verwundert darüber, dass er sich ohne ersichtlichen Grund an diesen Vorfall erinnert. Mit lauter Stimme liest er, was er bisher geschrieben hat.

»Mit diesem Schwachsinn müsste es hinhauen. Dürfte nicht allzu schwer sein, das Ganze stundenlang breitzutreten.«

Er greift nach seinem Stift und schreibt eifrig weiter.

IM SOMMER SIND WIR MIT DEM WOHNWAGEN IN DIE VENDÉE GEFAHREN UND ZWEI MONATE GEBLIEBEN. MEIN VATER ARBEITETE, ICH BLIEB

BEI MEINER MUTTER. MIR GEFIEL ES. ICH GING OFT SCHWIMMEN, UND AUF DEM CAMPINGPLATZ WAREN VIELE KINDER IN MEINEM ALTER.

Na, das ist wenigstens nicht gelogen. Es hat wirklich Spaß gemacht. An dieser Stelle werde ich bestimmt ins Schwärmen geraten.

MEINE ELTERN GABEN SICH VIEL MÜHE, DASS ICH IN DER SCHULE MITKAM, ABER ICH HATTE GROSSE PROBLEME – VOR ALLEM AUF DER WEITERFÜHRENDEN SCHULE. ICH WEISS NICHT, WARUM, ABER DIE SCHULE HAT MIR NIE BESONDEREN SPASS GEMACHT.

Sie war stinklangweilig. Am liebsten wäre ich aus der Schule und von zu Hause abgehauen. Ich hätte Bock gehabt, sie alle umzulegen. Aber das darf ich natürlich nicht sagen, *sonst kriegt Meister Fliege noch Muffensausen.*

DANN WURDE ICH LEHRLING, WAS MIR GUT GEFIEL.

Am besten gefiel mir das Werkzeug – Sägen, Schraubendreher und Stichel, vor allem, wenn sie glänzend neu, spitz und scharf waren.

Aufmerksam überprüft der Zauberer das Geschriebene.

Okay, das genügt. Mit dem Stoff kann ich fürs Erste eine ganze Menge Sitzungen abdecken, und dann sehen wir weiter.

Sorgsam faltet er das Blatt zusammen und steckt es in die Tasche seines Cabanmantels, um es vor seinem nächsten Besuch beim Psychiater bei der Hand zu haben. Obgleich er überzeugt ist, dass es eigentlich nichts nützt. Inzwischen erinnert er sich wieder an alles, aber er will die Dämonen nicht verärgern. Und insgeheim fürchtet er sich doch ein wenig davor, dass der Fliegenmann sein Geflunker langsam aber sicher auseinandernehmen könnte.

Der Jingle der Spätnachrichten reißt ihn aus seinen Gedanken. Er sieht zu, wie eine bildschöne, intelligent aussehende Nachrichtensprecherin ein ernstes Gesicht aufsetzt, um von »zwei entsetzlichen Bluttaten, die sich gestern Nacht in Paris ereigneten« zu berichten. Im ersten Bericht geht es um eine alte Dame aus einem der besseren Viertel der Hauptstadt. Lécuyer hört kaum hin. Er wartet darauf, dass sein Mord zur Sprache kommt.

Gleich bei den ersten Worten der Reportage wird er hellhörig. Wie ein Schwamm saugt er jede Einzelheit in sich auf – Bilder, Geräusche, Gesichter, Orte und Kommentare. Hier geht es um ihn. Um ihn, der so viel mächtiger ist als all die Idioten, die gerade über den Bildschirm flimmern.

Als er den Mann sieht, der das Kind gefunden hat, muss er lachen. Ein Typ mit Hund, den man am Fundort der Leiche interviewt. Die Scheinwerfer knallen ihm voll ins Gesicht, während er mit dem Finger auf den Gehsteig deutet.

Man könnte meinen, der Spinner heult, denkt Lécuyer. *Es werden noch mehr Leute flennen, das könnt ihr mir glauben.*

Auch andere Menschen werden befragt, die zwar nichts gesehen haben, aber vor der Kamera ihr Leben ausbreiten.

Schließlich sieht man einen Reporter, der mit ernstem Gesicht vor einem Gebäude steht, vor dem zwei Polizisten Wache schieben. Der Zauberer verdoppelt seine Aufmerksamkeit. Der Typ mit dem Mikro sagt: »Ich stehe jetzt vor dem Hauptsitz der Pariser Kriminalpolizei am Quai des Orfèvres Nummer 36. Die Mordkommission ermittelt in beiden Fällen. Inzwischen wissen wir, dass es im Mordfall Destiennes noch keine aktuelle Spur gibt. Was den Kindermord angeht, so hüllt sich die Polizei in eisernes Schweigen. Aus gut unterrichteten Kreisen verlautet, dass das Verbrechen auf das Konto des Zauberers gehen könnte. Zur Erinnerung: Vor mittlerweile dreizehn Jahren erschütterte eine beispiellose Mordserie an etwa zehnjährigen Jungen die Hauptstadt und mit ihr das ganze Land. Die Serie endete abrupt und ohne erkennbaren Grund. Falls sich die Vermutung erhärtet, dass es sich bei dem Mörder im vorliegenden Fall tatsächlich um den Zauberer handelt, dürfte die Polizei wohl nicht länger umhinkommen, die Öffentlichkeit zu informieren. Der Innenminister verlangt, dass die Ermittlungen mit großem Einsatz vorangetrieben werden, damit nicht weitere Kinder zu Schaden kommen. Auch der Polizeipräfekt fordert von der Mordkommission eine schnelle Lösung des Falls. Und damit gebe ich zurück ins Studio, blablabla.«

Gedankenverloren starrt der Zauberer weiter auf die Nachrichtenbilder, die der Moderatorin nun wieder ein Lächeln auf die Lippen zaubern.

Mit anschwellender Stimme wiederholt er mehrmals die Worte: »Man fordert von der Mordkommission eine schnelle Lösung des Falls.«

Schließlich schreit er zornig: »Für wen halten sich diese Arschlöcher? Glauben die ernsthaft, dass ich mich schnappen lasse? Ich bin denen doch um Längen voraus!«

Blind vor Wut greift er nach seinem Schraubendreher und schmettert ihn mit aller Kraft ins Parkett. Er bohrt sich tief ins Holz. Er will seine Schimpfkanonade fortsetzen, als er plötzlich die Dämonen hört. Auch sie brüllen, und zwar offenbar schon seit geraumer Zeit.

SCHNAUZE! WILLST DU RISKIEREN, DASS MAN DICH ENTDECKT? JA? DANN MACH NUR SO WEITER. ODER ETWA NICHT? DANN HALT ENDLICH DIE FRESSE!

Sofort beruhigt er sich. Er muss mit beiden Händen zupacken, um den Schraubendreher aus dem Holzboden zu ziehen. Schließlich lässt er sich in seinen Sessel fallen und denkt nach. Morgen würde er sich zunächst eine Zeitung kaufen, um nachzulesen, was man so über ihn spricht, und anschließend ins Café gehen, wo er den Kommentaren der Stammgäste lauschen will. Erst danach würde er zur Arbeit gehen. Das Programm befriedigt ihn, bis ihm plötzlich die verrückte Alte einfällt, die immer losschreit, wenn sie ihn sieht. Die geht ihm nun wirklich gegen den Strich.

Er ist nicht müde und weiß genau, dass er in dieser Nacht ohnehin nicht schlafen wird. Damit bleibt ihm Zeit genug, sich mit zwei Dingen zu beschäftigen: Erstens muss er sich etwas überlegen, womit man den Idioten da draußen das Maul stopfen kann, und zweitens will er die Alte unschädlich machen. In aller Ruhe kann er jetzt über den Jungen in der Rue d'Avron und die Bullen nachdenken, die sich jetzt ganz schön ins Zeug legen müssen. Er weiß, dass er nicht nur gegenüber den Bullen, sondern auch bei den Da Silvas, bei Meister Fliege und bei dem noch unbekannten Bewährungshelfer auf der Hut sein muss. Die Dämonen raunen: *Wenn du auf uns hörst, passiert dir nichts, wenn du dich aber blöd anstellst, bist du ein toter Mann.*

Der Zauberer fühlt sich beruhigt. Er wendet sich vom Fernseher ab.

Mit weit geöffneten Augen starrt er in die Nacht und wartet darauf, dass es hell wird.

Der Morgen dämmert nur zögernd herauf. Aus dem bleigrauen Himmel über Paris regnet es noch immer. Steif und übellaunig rappelt sich der Zauberer aus seinem Sessel auf.

Er hat keine Lust, sich zu waschen oder zu rasieren. Im Hintergrund hört er die Dämonen, die langsam ungehalten werden.

Da er keine Lust hat, sich anschnauzen zu lassen, geht er zu einer Katzenwäsche ins Bad. Er duscht flüchtig und rasiert sich, zieht aber die schmutzigen Kleider des Vortags an. Seine Laune wird noch schlechter, als er feststellen muss, dass das väterliche Eau de Toilette verbraucht ist. Er steckt das Flakon in die Tasche, um die Marke zu wissen, wenn er später Nachschub kauft.

Ehe er das Haus verlässt, beobachtet er ein paar Minuten lang die Straße durch die Glasscheibe der Eingangshalle. Auch auf der Türschwelle bleibt er noch einmal stehen und blickt sich nach allen Seiten um. Im strömenden Regen kann er nicht erkennen, ob in einem der geparkten Autos Polizisten sitzen und das Haus observieren. Er kommt zu dem Schluss, dass die Luft rein ist, und geht mit zögernden Schritten in Richtung Café.

Den ersten Zwischenstopp legt er am Zeitungskiosk ein, wo der *Parisien* mit zwei Wäscheklammern befestigt an einer Schnur hängt. Bereits die Titelseite berichtet von den Morden. Der Zauberer betritt den Laden. Außer dem Inhaber, der hinter seiner Ladentheke sitzt und Zeitung liest, ist niemand da. Betont beiläufig nimmt der Zauberer eine Zeitung vom Stapel und zieht einen zerknitterten Fünfeuroschein aus der Tasche. Der Inhaber hat Lust auf ein Schwätzchen, doch als er das Gesicht des kleinen Mannes sieht, bleiben ihm die Worte im Hals stecken, und er gibt ihm schweigend das Wechselgeld.

Als Nächstes geht der Zauberer in sein Stammcafé und setzt sich auf die rote Kunstlederbank, seinen Stammplatz.

Der Kellner kommt und will fragen: »Ein Kaffee und ein

Croissant wie immer?« Doch angesichts der wenig liebenswürdigen Miene des seltsamen Kunden bringt auch er kein Wort heraus.

Mit fast unhörbarer Stimme bestellt der Zauberer sein Frühstück. Er schlägt die Zeitung auf, doch seine Aufmerksamkeit wird durch den Fernseher abgelenkt. Anders als sonst hat man heute nicht das Sportprogramm, sondern einen lokalen Nachrichtensender eingeschaltet. Die Stammkunden hängen an den Lippen des Moderators.

Auch Lécuyer wendet seinen Blick dem jungen Kerl zu, der mit seinen weißen Zähnen wie eine wandelnde Zahnpastareklame aussieht. Er berichtet über die beiden Morde, wobei sein Hauptaugenmerk eindeutig dem Kindermord gilt. Auf dem roten Nachrichtenbanner, das während des gesamten Berichts am unteren Bildschirmrand entlangläuft, steht in weißen Lettern: IST DER ZAUBERER ZURÜCKGEKEHRT? Die vier Worte gefallen Lécuyer. Sie klingen wie Musik in seinen Ohren. Er ist sogar ein bisschen stolz auf diese Bezeichnung und darauf, dass er offenkundig Angst und Furcht verbreitet. Manchmal ertappt er sich dabei, dass er leise vor sich hinspricht: »Ich bin der Zauberer.«

Und dann läuft ein wollüstiges Beben durch seine Eingeweide.

Gegen Ende der Reportage bringt der Kellner ihm sein Frühstück und sagt: »Ist das nicht schrecklich?«

Lécuyer nickt leicht, greift nach dem Zuckertütchen, reißt eine Ecke ab und schüttet sich den Inhalt auf die Zunge. Er kostet den Kaffee. Das Getränk ist kochend heiß und tut ihm gut.

Verstohlen beobachtet er die drei Männer am Tresen. Die

Stammkunden sind bestimmt schon beim dritten oder vierten Calvados zu ihrem Kaffee. Sie reden so laut, dass man sie im gesamten Raum hören kann. Der Wortführer ist ein Typ in schlabbriger Lederweste und ausgebeulter Cordhose. Er hat sein graues Haar nach hinten gekämmt und ist nicht rasiert. Er zetert wie der Teufel.

»Ich finde, dass es für solche Schweine nur eine einzige Lösung gibt – Eier ab!«

Die beiden anderen reden gleichzeitig. Man übertrumpft sich gegenseitig. Einer gewinnt. Sein umfangreicher Bauch steckt in einem Sweatshirt, auf dem in großen Lettern der Name einer Sportmarke prangt. Er schreit: »Ja, aber vor den Eiern sollte man ihnen den Kopf abhacken!«

Dem dritten Mann baumelt eine Brille an einer Kette vor der mageren Brust. In ihr fangen sich die Krümel des Sandwichs, dass er zwischen seinen Kaffees mit Schuss kaut. Er will nicht zurückstehen, zumal die beiden anderen ihr Pulver verschossen haben und sich erst einmal beruhigen müssen.

»Das sollte man auch mit denen machen, die an Kindern herumfummeln. Nicht nur mit den Mördern. Es ist ja so leicht, Kindern Gewalt anzutun!«

»Recht hat er!«, grölen seine beiden Saufkumpane.

Der Zauberer begreift, dass die drei Typen von ihm reden. Nie zuvor hat er Gelegenheit gehabt, direkten Kommentaren zu seinen Taten zu lauschen – auch nicht während der ersten Mordserie. Damals vergrub er sich tagelang zu Hause und konnte das Maß an Hass und Furcht, das er verbreitete, ausschließlich an den Fernsehbildern ablesen. Zum ersten Mal erlebt er nun Menschen aus Fleisch und Blut, die in seiner unmittelbaren Nähe über ihn zetern. Seine Gefühle schwanken zwischen Stolz und Angst. Er lauscht aufmerksam und lässt sich nichts von dem Gesagten entgehen.

Als er das Café schließlich verlässt, haben sich auch andere Gäste in die Diskussion eingemischt, wodurch der Geräuschpegel merklich angestiegen ist. Der Zauberer ist förmlich benommen von der Wirkung, die seine Tat hervorgerufen hat.

Die Alte ist nicht da. Wahrscheinlich hat sie sich wegen des Regens irgendwo verkrochen. Lécuyer flitzt im Laufschritt zu seinem Auto. Hier, wo es ruhig ist, kann er sich endlich seiner Zeitung widmen. Zwar erfährt er nicht viel mehr, als er bereits aus dem Fernsehen weiß; allerdings steht in dem Blatt, dass ein gewisser Kommissar Mistral von der Mordkommission die Ermittlungen leitet. Und dass der Junge, den er getötet hat, Guillaume Marchand hieß. Am Abend wird er die rechte Seite mit dem Vornamen vervollständigen, wie er es bei jedem seiner Opfer getan hat, sobald dessen Name in den Nachrichten verbreitet wurde.

Er besucht seine Kunden, den Blick gesenkt und wortkarg wie immer. Die Leute finden ihn zwar merkwürdig, aber da er seine Arbeit schnell und gut erledigt, zucken sie nur die Schultern, bezahlen und geben manchmal sogar ein Trinkgeld. Der Zauberer hat nur ein einziges Interesse: Er will regelmäßig die Nachrichten hören. Mittags holt er sich ein belegtes Brötchen und isst es im Auto, um nur ja nichts zu verpassen. Man kündigt ein Interview mit Kommissar Mistral an, das aber nicht gesendet wird. Der Zauberer beginnt, nervös zu werden. Ob die Polizei vielleicht eine heiße Spur hat? Erst als die Dämonen ihn zur Ordnung rufen, reißt er sich zusammen. Er vergräbt die Hände tief in den Taschen seines Cabanmantels, wo er das leere Flakon ertastet und sich sogleich fieberhaft auf die Suche nach einer Parfümerie macht. Die erste, die er sieht, ist für seinen Geschmack zu hell erleuchtet. Außerdem warten dort schätzungsweise mindestens fünf oder sechs Verkäuferinnen auf Kunden. Er hasst es, sich beobachtet zu fühlen, und fährt weiter. Erst nach längerem Suchen stößt er auf ein kleines Geschäft, das von einer älteren Dame geführt wird. Betont linkisch und ehrlich eingeschüchtert tritt er ein. Er nimmt das Flakon aus der Tasche und murmelt: »Ich hätte gerne dasselbe.«

Die alte Dame dreht die Flasche in der Hand, schraubt den Stöpsel ab, schnuppert und muss sich zurückhalten, um nicht das Gesicht zu verziehen.

»Solche Produkte werden nicht in Parfümerien verkauft. Früher einmal gab es diesen Duft im Supermarkt.«

Diesen Schlag hat der Zauberer nicht vorausgesehen. Er muss noch eine Frage stellen, aber es kommt ihm vor, als reiße man ihm die Eingeweide aus dem Leib. Mit schwacher Stimme flüstert er: »Und in welchem Supermarkt bekomme ich es?«

»Ich fürchte, dass dieses Eau de Toilette nicht mehr vertrieben wird. Aber wenn Sie rechts ein Stück weitergehen, finden Sie einen großen Basar, der solche Düfte führt.«

Der Zauberer nuschelt ein flüchtiges Dankeschön und macht sich eilig auf die Suche nach besagtem Basar. Der Laden ist voll und hell. Der Zauberer entdeckt die Parfümerieabteilung und versucht, sein Flakon unter den Dutzenden in der Auslage stehenden Flaschen zu finden. Nach einigen Minuten wird er angesprochen.

»Kann ich Ihnen helfen?«

Eine kleine Frau mit müdem Gesicht und grauem Haar steht vor ihm.

Ohne ein Wort zu sagen, hält der Zauberer ihr die leere Rasierwasserflasche hin. Die Verkäuferin setzt eine Brille auf, liest die Aufschrift und schüttelt bedauernd den Kopf.

»Diesen Duft gibt es schon seit Jahren nicht mehr.« Sie entstöpselt das Flakon und schnuppert kurz. »Aber es gibt ein anderes Eau de Toilette, das diesem sehr nah kommt. Wenn Sie mir bitte folgen möchten?«

Der Zauberer folgt der Verkäuferin. Es ärgert ihn, dass dieses Eau de Toilette nicht mehr produziert wird. Nach einem Hindernisparcours zwischen zwei Einkaufswagen nimmt die Frau ein schwarzes Flakon aus dem Regal, dessen silbernes Motiv wohl an einen Motor erinnern soll. Sie besprüht einen Teststreifen und hält ihn dem Zauberer unter die Nase. Lécuyer erkennt eine Ähnlichkeit mit dem gewohnten Duft und zeigt sich zufrieden. Die kleine Frau gibt ihm ein noch verpacktes Flakon und wirft die leere Flasche in einen Abfalleimer. Instinktiv bückt sich der Zauberer und klaubt unter dem verblüfften Blick der Verkäuferin sein leeres Flakon aus dem Müll. Dann geht er zur Kasse, kehrt zu seinem Auto zurück, schaltet das Radio ein und hört den Moderator sagen: »Sie hörten ein Interview mit Kommissar Mistral von der Pariser Kriminalpolizei.«

Der Zauberer lehnt die Stirn ans Lenkrad. Minuten später schaut er auf die Uhr. Es ist 19.30 Uhr. Er konsultiert seinen Laufplan und stellt fest, dass er am nächsten Abend – ausnahmsweise an einem Samstag – bei den Da Silvas erwartet wird. Vorsichtig parkt er aus und fährt mit starrem Blick ziellos durch die Straßen. Er fixiert die Lichtpunkte der Autoscheinwerfer, die im strömenden Regen glitzern. Als er über eine Stunde später seinen Wagen irgendwo parkt, stellt er fest, dass er sich in der Rue d'Avron befindet. Völlig unbewusst ist er in diese Richtung gefahren. Ruhig nehmen ihn die Dämonen in die Pflicht.

Okay, du bist zurückgekehrt, aber jetzt wirst du schleunigst wieder verschwinden. Du hast hier nichts zu suchen. Wenn es wieder eng wird, kannst du zurückkommen, aber bis dahin sagen wir dir, was du zu tun hast. Und jetzt fahr los.

Der Zauberer lässt sich überzeugen und fährt nach Hause. Ihm fällt ein, dass er noch die rechte Seite seines Heftes mit dem Vornamen des toten Jungen versehen muss.

15

Der Radiowecker dudelt bereits seit mehr als einer Viertelstunde, als Mistral aus seinem tiefen Schlaf erwacht. Die ganze Nacht hat er fest durchgeschlafen und erinnert sich an keinen einzigen Traum. Auch sein Mobiltelefon hat ihn nicht geweckt – ein Zeichen dafür, dass die Nacht ruhig gewesen ist.

Er bleibt noch einige Minuten liegen und hört die Nachrichten. Die Journalisten, die keinerlei offizielle Informationen erhalten haben, ergehen sich in Spekulationen. Mistral hat sich in einem Telefoninterview mit dem Nachrichtensender France Info auf ein paar bruchstückhafte Auskünfte beschränkt. Jetzt macht er sich Vorwürfe.

Da gibt es einiges zurechtzurücken, denkt er.

Er frühstückt mit seinen beiden Söhnen, die sich darauf freuen, dass ihre Mutter am Abend zurückkommt. Wie gewöhnlich fährt Mistral zügig zum Quai des Orfèvres. Dabei denkt er daran, dass er den Samstag eigentlich mit seinen Kindern verbringen wollte. Doch die gesamte Kriminalpolizei arbeitet mit Hochdruck an den beiden wichtigen Ermittlungen, und dabei spielt der Wochentag nun einmal keine Rolle.

Im Präsidium führt ihn sein erster Weg zur Einsatzleitung, wo er die Berichte der Nacht durchliest. Keine besonderen Vorkommnisse. Anschließend geht er in sein Büro. Er hofft, nicht allzu häufig gestört zu werden, um sich ganz auf die Suche nach dem Kindermörder konzentrieren zu können.

Auf seinem Schreibtisch entdeckt er ein Post-it: Françoise Guerand bittet um Rückruf.

»Ludovic, ich habe gerade sehr lange mit dem Präfekten telefoniert. Er will, dass du der Presse einen ausführlichen Bericht über den Stand der Ermittlungen gibst. Bislang war er damit einverstanden, dass wir eine Art Nachrichtensperre verhängt haben, obwohl das bei der ersten Mordserie katastrophale Auswirkungen auf die Öffentlichkeit hatte. Jetzt aber wünscht er eine ehrliche Bilanz. Er wünscht sie nicht nur, er besteht darauf.«

»Damit war zu rechnen. Gibt es Anweisungen, was wir sagen sollen, oder vertraut er uns?«

Mistral hat den Telefonhörer zwischen Ohr und Schulter geklemmt und kritzelt während des Sprechens geometrische Figuren auf das oberste Blatt seines Notizblocks.

»Äh … nein, besondere Anweisungen haben wir nicht bekommen. Er will, dass du beruhigend auf die Leute eingehst, dass du sagst … äh … dass wir uns alle Mühe geben, und dass du … äh … davon ausgehst, dass der Fall binnen kürzester Zeit gelöst sein wird. So ungefähr hat er sich ausgedrückt.«

»Na, der hat vielleicht Nerven! Das bedeutet doch nichts anderes als: Gib alles, aber setz dich bloß nicht in die Nesseln. Habe ich recht?«

Guerand lacht leise.

»Du hast es erfasst.«

»Gut. Und die Journalisten? Sind es die üblichen Kriminalreporter?«

»Ja. Er hat gesagt, dass sein Öffentlichkeitsreferent sich ab sofort um die Einladungen kümmert, damit die Sache noch heute über die Bühne geht. Somit kommen wohl die üblichen Leute, die sich auskennen und denen wir vertrauen können.«

»Das glaube ich gern. Aber das ist es auch nicht, was mich beunruhigt.«

Mistral legt auf und überlegt, was er angesichts der dürftigen Fakten überhaupt sagen kann. Er betrachtet seine Zeichnungen, knüllt das Blatt zusammen und wirft es in den Papierkorb. Dann bittet er Calderone zu sich. Gemeinsam zerbrechen sie sich fast eine Stunde lang den Kopf darüber, wie man die Pressekonferenz am besten gestalten soll. Dabei erwähnt Mistral einige Ideen, die ihm während ihrer Unterredung gekommen sind und die er gerne umsetzen würde. Calderone hält seine Pläne für zu riskant, weil die Sache nach Erscheinen der Artikel leicht aus dem Ruder laufen könnte. Daraufhin stellt Mistral nur eine einzige Frage: »Welche anderen Möglichkeiten bleibt uns?«

Calderone muss zugeben, dass ihm auch nichts Besseres einfällt. Ein junger Beamter aus seinem Team betritt das Büro. Er hält eine Akte in der Hand.«Ich habe hier den Laborbericht über die DNA-Spuren auf dem Stück Stoff, das der Stadtstreicher dem Mörder aus dem Ärmel gerissen hat«, beginnt er. »Also ...«

Doch Mistral unterbricht ihn schroff.

»Ich kann Ihnen das Resultat sagen: Auf dem Beweisstück findet sich keine Spur von DNA, somit ist eine Probeentnahme unmöglich.«

»Woher wissen Sie das?«, fragt der junge Beamte verwirrt.

»Ich wusste es nicht, ich habe nur geraten. Oder sagen wir lieber – ich habe es geahnt. Jedes Mal, wenn wir bei diesem Fall irgendwas in der Hand zu haben glauben, erweist es sich als Fehlanzeige. Und das war von Anfang an so, oder nicht? Alles schlüpft uns zwischen den Fingern hindurch.«

»Leider«, pflichtet ihm Calderone bedrückt bei. »Das Schicksal ist gegen uns.«

»Und genau aus diesem Grund müssen wir es herausfordern«, ereifert sich Mistral. »Das bestärkt mich in dem, was ich den Journalisten sagen werde.«

»Sie haben wohl recht«, muss Calderone zugeben.

Am späten Vormittag telefoniert Mistral längere Zeit mit Dumont. Gemeinsam gehen sie verschiedene Hypothesen durch. Dumont gefällt sich wieder in seinem besserwisserischen Ton, bis Mistral, dessen Antworten immer knapper ausfallen, schließlich sagt: »Du kannst mir heute Abend im Büro einen genauen Bericht über deine Ermittlungen geben.«

Mit diesen Worten legt er auf. Damit hat Dumont keine andere Wahl, als abends noch einmal ins Präsidium zu kommen.

Die Sekretärin stellt Journalisten durch, die um ein Gespräch bitten. Mistral bestellt die Reporter für 14.30 Uhr und die Leute vom Radio für 17.00 Uhr ein. Dann holt er Calderone zum Mittagessen ab.

»Wie wäre es mit dem Griechen in der Rue Saint-André-des-Arts?«

»Gute Idee. Ich habe schon lange keinen Ouzo mehr getrunken.«

Gegen 14.00 Uhr kehren die beiden Beamten vom Mittagessen zurück. Die Reporter sind ein wenig früher erschienen, und Mistral beschließt, sofort anzufangen. Calderone setzt sich links von Mistral in eine Ecke. Gekommen sind zwei Männer und eine junge Frau, alle drei Kriminalreporter, die Mistral gut bekannt sind. Sie erkundigen sich häufig per Telefon nach laufenden Fällen. Die Polizei hat mit ihnen eine Art

Deal abgeschlossen: Sie erhalten die erbetenen Informationen, dürfen ihr Wissen aber erst verwerten, wenn keine Gefahr mehr für Opfer oder Zeugen besteht oder in den Ermittlungen nichts mehr schiefgehen kann.

Ehe es zur Sache geht, trinkt man Kaffee und plaudert über dieses und jenes. Ganz allmählich wendet sich das Gespräch den Morden der vorletzten Nacht zu. Mistral beschließt, mit dem Fall Solange Destiennes zu beginnen. Die Informationen des Polizeipräfekten behält er natürlich für sich. Die Diskussion dauert nur wenige Minuten, da der Fall die Journalisten nur am Rande interessiert. Sie sind ganz offenkundig wegen des Kindermordes gekommen.

Als Mistral sich der Tat in der Rue Watt zuwendet, steigt die Aufmerksamkeit der Presseleute spürbar an. Mit Mistrals Einverständnis wird das Interview aufgezeichnet. Er beginnt mit der Feststellung, dass der Mord an dem kleinen Jungen mit ziemlicher Sicherheit auf das Konto des Täters geht, der in der Öffentlichkeit als der Zauberer bekannt geworden ist. Dann gibt er einen kurzen Abriss der ungelösten Mordfälle in den Jahren 1988/1989.

Die junge Frau streicht sich eine Haarsträhne hinters Ohr und stellt die erste Frage.

»Wieso gab es bei den zurückliegenden Fällen so wenige Informationen? Ich habe alles nachgelesen, was in meiner Zeitung damals veröffentlicht wurde. Offensichtlich war es nicht gerade einfach, an Fakten zu kommen.«

»Die Antwort auf diese Frage ist schwierig. Ehrlich gesagt glaube ich, die Kommunikation damals hat einfach darunter gelitten, dass wir es mit einer bislang beispiellosen Mordserie zu tun hatten – ganz bestimmt ging es nicht darum, irgendetwas zu verschleiern. Aber die Fälle haben die damals tätigen Ermittler schlicht überrollt.«

Die junge Frau nickt; ihre beiden Kollegen scheinen mit der Antwort ebenfalls zufrieden.

»Darf ich rauchen?«, erkundigt sich einer von ihnen.

»Nur zu«, erwidert Mistral und schiebt ihm einen Aschenbecher hin. »Noch irgendwelche Fragen zu dieser Serie?«

Die drei Journalisten verneinen. Einer von ihnen stopft sich eine dicke Pfeife, der andere holt Tabak und Papier aus der Tasche, und die junge Frau zieht eine Zigarette hervor und zündet sie mit einem Zippo an. Mistral schenkt Kaffee nach.

»Wenn es Ihnen recht ist, wenden wir uns jetzt den Fällen der beiden letzten Wochen zu. Es gab einen Mordversuch an einem Kind sowie einen gleichzeitigen Mord an einem Stadtstreicher im sechzehnten Arrondissement. Und dann den Kindermord im dreizehnten Arrondissement.«

»Lasten Sie beide Taten dem Zauberer an?«

Es ist die erste Frage des Mannes mit der Pfeife.

»Ja, eindeutig. Im sechzehnten Arrondissement musste ein Mann – eben jener Stadtstreicher – sterben, weil er den Zauberer mit dem Kind überrascht hat. Das Kind hat uns erzählt, wie es angesprochen wurde: Es war die gleiche Masche wie bei den beiden Jungen, die während der Serie Ende der Achtzigerjahre davongekommen sind.«

»Und der Mord in der Rue Watt?«

Die Frage kommt von seinem Kollegen, der sich gerade eine Zigarette dreht.

Mistral antwortet sehr ausführlich. Die Reporter stellen Fragen über die Vorgehensweise des Mörders und Parallelen zu früheren Fällen. Mistral und Calderone warten auf DIE Frage. Schließlich ist es die junge Frau, die sie stellt.

»Wie schätzen Sie den Täter ein? Ist er ein echter Massenmörder?«

»Lassen Sie uns lieber von einem Serientäter sprechen. Ein Massenmörder ist etwas anderes.«

»Einverstanden«, nickt sie lächelnd. »Aber entspricht er dem Bild, das man sich von einem solchen Verbrecher macht – eiskalt, unnachgiebig, intelligent und zielgerichtet?«, erkundigt sich die junge Frau und drückt ihre Zigarette im Aschenbecher aus.

Mit ruhiger Stimme legt Mistral seine Einschätzung dar.

»Sie sprechen von einem Täterprofil, wie man es aus Filmen kennt, doch die Realität sieht anders aus. Vereinfacht ließe sich sagen: Bei einem solchen Menschen handelt es sich meist um einen besessenen, wenig intelligenten und eher schwachen Typus, der eine unglückliche Kindheit hatte.«

»Wenn das zutrifft, warum ist es dann so schwierig, ihn zu fassen?«, fragt der Mann, dessen selbst gerollter Glimmstängel inzwischen erloschen ist.

»Gute Frage«, nickt Mistral. »Lassen Sie uns zunächst einmal analysieren, wie der Zauberer vorgeht. Er benutzt ein Spiel, um sich einem Kind zu nähern. Ohne Geschrei und ohne Gewalt. Das Kind folgt ihm freiwillig, immer noch ohne Geschrei oder Gewalt – was zur Folge hat, dass es keine Zeugen gibt. An einem abgelegenen Ort begeht der Mann sein Verbrechen. Niemand schreit – also wieder keine Zeugen. Offensichtlich entfernt er sich ganz ruhig vom Tatort. Keine unbesonnenen Handlungen – kein Zeuge. Mag sein, dass meine Darstellung ein wenig langatmig war, aber ich möchte sichergehen, dass Sie wirklich verstehen, mit was für einer Art von Täter wir es hier zu tun haben.«

»Unter diesem Blickpunkt betrachtet ...«

Der Mann, der seine Zigarette wieder angezündet hat, beendet seinen Satz nicht.

»Vermutlich handelt es sich um einen Einzelgänger, der bei

seinen Morden unglaubliche Machtfantasien auslebt. Er hat das Gefühl, Herr über Leben und Tod zu sein …«

»Ich muss schon sagen, dass diese Darstellung ganz und gar nicht dem Bild entspricht, das man sich von einem solchen Menschen gemeinhin macht«, wirft der Pfeifenmann ein.

»Und dabei war ich noch nicht einmal fertig. Ich gehe davon aus, dass sein Intelligenzquotient eher niedrig ist und dass er unfähig ist, auch nur die kleinste Enttäuschung zu verkraften. Er hat ein Mittel gefunden, seine Opfer anzulocken und seinen Wahn auszuleben. Und solange diese Masche funktioniert, gibt es für ihn keinen Grund, damit aufzuhören.«

»Ich möchte die Frage wiederholen, die mein Kollege vorhin gestellt hat«, sagt die junge Journalistin. »Warum ist es dann so schwer, diesen Täter zu verhaften? Das Bild, das Sie von ihm zeichnen, ist schließlich alles andere als schmeichelhaft.«

»Die Antwort ist leider sehr einfach. Der Mann ist so banal, dass er in der Masse untergeht. Man erkennt ihn nicht einfach so als Mörder, wenn man ihm auf der Straße begegnet. Genau das macht uns ja solche Angst. Jedermann kann ihn treffen, ohne zu wissen, wen er vor sich hat. Vielleicht wohnt er ja auf derselben Etage wie Sie – Sie wissen es nur nicht!«

Im weiteren Verlauf des Interviews geht es zwar immer noch um Mörder, aber mehr im Allgemeinen. Eigentlich ist es nur noch ein gemeinsames Gespräch, denn die Journalisten haben ihr Aufnahmegerät ausgeschaltet. Zwei Stunden später verlassen sie das Präsidium.

»Gut. Der Anfang ist geschafft. Normalerweise müssten morgen in den Zeitungen Dinge stehen, die dem Zauberer gar nicht gefallen«, sinniert Calderone.

»Wir müssen den Kerl aus der Reserve locken, Vincent.«

»Aber wie wird er reagieren? Etwa ein weiteres Kind töten, um zu beweisen, dass er nicht so ist, wie er in der Presse dargestellt wird?«

»Ehrlich gesagt: Ich habe keine Ahnung. Wenn er tötet, gehorcht er einem übergeordneten Trieb. Mit dem Verbrechen in der Rue Watt müsste der Druck in sich zusammengefallen sein und dürfte sich normalerweise nicht allzu schnell wieder aufbauen.«

Mistral schaut auf die Uhr und stellt fest, dass er bis zum Eintreffen der Radiojournalisten noch etwa eine Stunde Zeit hat. Er nutzt die Frist, um Guerand Bericht zu erstatten.

Als er zurückkommt, warten bereits vier Journalisten mit ihren Aufnahmegeräten vor seinem Büro. Drei von ihnen arbeiten für die Sender Europe 1, RTL und Radio Monte Carlo, einer ist Reporter von France Info. Mistral bittet sie herein und berichtet über die Ermittlungen in den beiden Fällen. Wieder zerstört er systematisch das Bild, das die Öffentlichkeit sich bisher vom Zauberer gemacht hatte, und streicht seine Schwächen und seine Banalität heraus.

»Wir haben es hier keinesfalls mit einem Verbrechergenie zu tun. Wer seine Opfer unter den Wehrlosesten unserer Gesellschaft sucht, geht nur geringe Risiken ein. Die Ermittlungen gestalten sich deshalb so schwierig, weil es sich hier nicht etwa um einen besonders intelligenten Täter handelt, sondern um einen ganz gewöhnlichen, oft widersprüchlichen Menschen.«

Diesen Satz stößt er mit trotziger Verachtung hervor.

Um 19.30 Uhr ruft Clara an. Mistral ist froh, dass seine Frau wieder bei den Kindern ist. Schließlich muss er sich um zwei brisante Fälle kümmern und fühlt sich jetzt weniger angebunden.

Gegen 20.00 Uhr erscheint Dumont in Mistrals Büro. Sein Gesicht verrät, dass er heute einen schlechten Tag hat, sein Ton ist alles andere als freundlich. Mit einem knappen »n'Abend« lässt er sich in einen der beiden Besuchersessel fallen.

»Auf der Rückfahrt habe ich Radio gehört. Ich glaube, es gab mindestens vier Berichte über dich. Nicht schlecht für jemanden, der sich bedeckt halten will. Wenn der Zauberer jetzt immer noch nicht begriffen hat, wie kaputt er ist, dann kapiert er es nie.«

»Genau das war das Ziel.«

Mistral geht nicht auf Dumonts spitze Bemerkung ein.

»Wir haben unsere Strategie verändert. Er soll wissen, dass wir hinter ihm her sind und was wir von ihm halten. Irgendwann wird er sich vielleicht auf die eine oder andere Weise zu erkennen geben.«

»Ja, indem er noch ein Kind umbringt und dir damit zu verstehen gibt, dass du auf dem Holzweg bist und dass er die Fäden in der Hand hält.«

Mit seinen heruntergezogenen Mundwinkeln wirkt Dumont äußerst ungnädig.

»Mich würde wirklich interessieren, was du den Eltern sagen willst, wenn er das nächste Kind abschlachtet.«

»Das wird nicht geschehen. Ihm geht es nicht um Konfrontation, vielmehr muss er seine Wahnvorstellungen befriedigen. Das ist zwar durchaus nicht das Gleiche, doch du scheinst offenbar keinen Unterschied zwischen den beiden Verhaltensweisen zu machen.«

Mistral verstummt.

»Sag mir doch gleich, dass ich blöd bin, dann haben wir es hinter uns.«

»Wenn du meinst. Gut, aber ich habe dich nicht herkommen lassen, um mir deine Kommentare anzuhören, sondern damit du mir über den Fall Destiennes Bericht erstattest. Ich muss dich wohl nicht daran erinnern, dass ich dein Vorgesetzter bin. Ich höre.«

Mit gelassener Miene lehnt Mistral sich in seinen Sessel zurück. Dumont blickt ihn stumm an und muss sichtlich an sich halten, ehe er den Stand seiner Ermittlungen darlegt.

»Erstens: Die Bank hat geantwortet. Omi ist nicht nur an ihrem Safe gewesen – ob sie dort etwas entnommen oder hinterlegt hat, weiß niemand –, sondern hat sich an der Kasse außerdem die lächerliche Summe von 2.000 Euro auszahlen lassen. Zweitens: Ich habe die Telefonleitungen anzapfen lassen.«

»Sehr gut«, lobt Mistral.

»Die Befragungen im Umfeld haben ergeben, dass Omi beste Kontakte zur Crème de la Crème hatte. Hinter vorgehaltener Hand fielen die Namen von zwei bekannten Parlamentariern und einem amtierenden Minister. Sie hat einen Sohn, der kurz vor dem Ruhestand steht und im Vorstand eines großen deutschen Industriekonzerns sitzt. Wir haben den Mann überprüft: Er stinkt vor Geld und verstand sich ganz ausgezeichnet mit seiner Mami. Er ist verheiratet und hat zwei Kinder, die in Amerika studieren und sich seit drei Jahren nicht mehr in Frankreich haben blicken lassen. Wir haben wirklich alles überprüft«, wiederholt Dumont und tätschelt sein Notizbuch. »Den Sohn habe ich übrigens heute gesehen. Er ist am Boden zerstört«, schließt er.

»Keine Fragen. Du hast alles getan, was nötig war. Wann willst du anfangen, die Leute unter Druck zu setzen?«

»Sobald wie möglich. Ich werde sie allesamt zu einem kleinen Verhör von zwei bis drei Stunden vorladen, sie dann laufen lassen und mir die Aufzeichnungen anhören. Wenn sich dabei nichts ergibt, suche ich weiter. Vielleicht müssen wir uns dann die politische Flanke vorknöpfen.«

»Warum nicht? Allerdings müssen wir vorher unbedingt mit unserer Frau Direktor sprechen. Wenn du ohne ihr Wissen in der hohen Politik herumtrampelst, wird der Präfekt sie im Handumdrehen zu sich zitieren, damit sie Rede und Antwort steht. Das könnte ziemlich ins Auge gehen.«

Dumont nickt zustimmend.

»Sonst noch was?«

»Nein. Halte uns einfach nur auf dem Laufenden.«

Dumont steht auf, und die beiden Männer schütteln sich ziemlich steif die Hände.

Nachdem Dumont gegangen ist, schaut Mistral noch einmal bei Guerand vorbei, um den Ablauf des Tages zu besprechen. Er berichtet ihr von den Interviews, die er den Zeitungen und den Radiosendern gegeben hat.

»Auf France Info habe ich dich schon gehört. Nicht schlecht. Der Präfekt hat eine Kopie deiner Interviews erhalten und ist ebenfalls zufrieden. Er hat mich eigens angerufen, um mir das zu sagen. Glaubst du, dass der Zauberer reagiert?«

»Ich hoffe es. Zumindest ist es das Ziel unserer Bemühungen. Vielleicht begeht er ja dabei einen Fehler.«

»Am Tatort gab es keine verwertbaren Spuren?«

»Leider nein, wie immer. Ich habe allerdings durchblicken lassen, dass wir dabei sind, Spuren zu analysieren. Das wird dem Kerl natürlich zu denken geben. Tatsächlich gibt es lediglich eine einzige, ziemlich unsichere Spur: Möglicherweise fährt unser Täter einen weißen Lieferwagen. Wenn du allerdings auf die Straße schaust, fahren mindestens zehn Stück davon pro Minute vorbei. Also eine Fährte, die sich kaum verfolgen lässt. Abgesehen davon sind die Lackreste, die wir auf der umgefahrenen Absperrung gefunden haben, uralt. Auch da kommen wir also nicht weiter. Auf jeden Fall haben wir versucht, den Kerl aufzumischen. Mal sehen, was passiert.«

Mistral tritt in den Regen hinaus. Er freut sich auf Clara. Wie schön, endlich über andere Dinge als die schwierigen Ermittlungen sprechen zu können.

Mistral hat nicht die geringste Lust, sich selbst im Radio zu hören, sondern sehnt sich danach, auf dem Heimweg ein wenig zu entspannen. Also schaltet er seinen Lieblings-Jazzsender ein und fährt in aller Gemütsruhe los.

16

Als der Zauberer am Samstagmorgen aufwacht, ist sein Körper starr vor Kälte. Er hatte sich nicht zugedeckt. Er duscht, rasiert sich, wechselt die Kleidung und besprüht sich ausgiebig mit seinem neuen Eau de Toilette. Der Duft erinnert ihn an früher, und jedes Mal, wenn er ihn wahrnimmt, verspürt er Unruhe. Aber jetzt braucht er sich wenigstens nicht mehr einzuschränken, denn er weiß, wo er ihn bekommt. Er geht zum Zeitungshändler und kauft den *Parisien*, den er in sein Stammcafé mitnimmt. Die drei Unverwüstlichen an der Bar reden heute über Fußball.

Der Zauberer verlässt das Café. Er zieht seinen Cabanmantel enger um den Körper, faltet die Zeitung zusammen und steckt sie in die Tasche, damit sie nicht nass wird.

Es regnet ohne Unterlass. Der Zauberer fährt los und beginnt mit seiner Runde. Am Samstagmorgen gibt es nur wenige Staus. Der Nachmittag allerdings gestaltet sich zu einem wahren Albtraum, weil alle Leute zum Einkaufen in die Stadt fahren. Nach endlosen Staus erreicht Lécuyer gegen 17.00 Uhr endlich das Büro der Da Silvas. Vor lauter Wut hat er mit den Fäusten auf das Lenkrad getrommelt. Seine Hand schmerzt wie verrückt. Ehe er aussteigt, warnen ihn die Dämonen.

Vorsicht! Sei auf der Hut! Der Klempner und sein Sohn sind misstrauisch geworden. Sie finden dein Verhalten seltsam. Du musst sie beruhigen. Immer schön das arme, vom Leben gebeutelte Männlein spielen.

Der Zauberer schlüpft in sein zweites Ich. Ohne sie sehen zu können, weiß er, dass die Da Silvas ihn vom schmutzigen Fenster der Werkstatt aus beobachten.

Tatsächlich stehen Vater und Sohn hinter der Ladentheke und sehen zu, wie das unscheinbare Männlein mit kleinen Schritten auf die Tür zugeht. Auf dem Tresen liegt der *Parisien*. Die Doppelseite, die sich mit dem Kindermord beschäftigt, ist aufgeschlagen.

»Da kommt er ja«, verkündet der Vater.

Der Sohn blickt von der Terminliste auf, die auf einer Ecke der Zeitung liegt, und wirft einen Blick durch das Fenster.

»Dem scheint es aber nicht besonders gut zu gehen«, stellt er fest.

»Warten wir's ab«, brummt der Vater wenig überzeugt.

Arnaud Lécuyer betritt die Werkstatt mit einem flüchtig hingenuschelten »Guten Abend«. Als er den aufgeschlagenen *Parisien* mit dem Artikel über den Zauberer auf der Ladentheke entdeckt, schrillen in seinem Kopf sofort sämtliche Alarmglocken.

»Du scheinst nicht ganz in Form zu sein, Lécuyer. Was ist?«, erkundigt sich der Vater.

»Ich habe mir die Hand an der Werkzeugkiste verletzt. Aber nicht schlimm – in zwei, drei Tagen ist das wieder in Ordnung.«

Die Dämonen geben sich alle Mühe, ihn zu beruhigen.

Mach dir keine Sorgen wegen der Zeitung. Wenn dir die Bullen auf der Spur wären, hätten sie ein Empfangskomitee für dich hergeschickt.

»Du machst mir Kummer, Lécuyer«, fährt der Vater fort. »Wenn du so hier reinkommst, könnte man meinen, dir wäre der Himmel auf den Kopf gefallen.«

»Nein, das ist bestimmt nicht der Fall. Ich muss mich einfach erst noch an ein Leben ohne Zwänge gewöhnen. Im Gefängnis war alles reglementiert.«

»Klar, das verstehe ich.«

»Willst du nicht vielleicht lieber zum Arzt gehen?«, schlägt der Sohn vor.

»Nein, nicht nötig. Außerdem behindert mich die Verletzung nicht bei der Arbeit.«

Der Vater schnuppert geräuschvoll und meint lachend: »Sag mal, du hast ein nettes Mädchen aufgerissen – oder warum hast du dir eine halbe Flasche Parfüm auf den Kopf gekippt?«

Lach mit, drängen die Dämonen.

Lécuyer verzieht den Mund zu einer Art Lächeln.

»Nein, ein Mädchen habe ich nicht, aber ich rieche nun mal gern gut.«

»Na ja, jedenfalls fällst du damit auf.«

Vater Da Silva zählt das Geld, das Lécuyer ihm reicht, und vergleicht es mit den Rechnungen.

»Gute Arbeit, mein Junge.«

»Macht Spaß«, nickt Lécuyer.

Der Sohn reicht ihm seine Terminliste – diesmal ausnahmsweise für vier Tage. Die beiden Männer beobachten genau, wie Lécuyer nach dem Blatt greift. Doch anders als beim letzten Mal folgt er dem Rat der Dämonen, nimmt das Blatt ganz ruhig und überfliegt es, ohne besonderes Interesse zu zeigen.

»Gut, dann bin ich also in vier Tagen wieder hier.«

»Richtig, mein Junge«, bestätigt der Vater. »Und falls du doch lieber zum Arzt gehen möchtest, ruf einfach an, dann verschieben wir die Termine.«

»Nein, wirklich, das geht schon. Vielleicht hole ich mir etwas in der Apotheke.«

Unter den aufmerksamen Blicken von Vater und Sohn und

unter dem Beifall der Dämonen trottet Arnaud Lécuyer in seiner Rolle als kleiner, bedrückter Mann zum Auto zurück.

»Und? Was denkst du?«, fragt der Vater.

»Nichts Besonderes«, antwortet der Sohn. »Ich glaube, du machst dir zu viele Gedanken. Mag sein, dass es an meinem ersten Eindruck liegt. In der Zwischenzeit hatte ich ja auch wieder mal meine Zweifel ...«

Der junge Da Silva lässt seinen Satz unvollendet und zuckt die Schultern.

»Aber um der Gerechtigkeit willen muss ich sagen, dass er jetzt ganz anders ist ... nicht so wie damals, als er mir solche Angst eingejagt hat.«

Lécuyer hält vor einem kleinen Laden und kauft Fertighähnchen und eine Flasche Cola.

»Wir haben es hier keinesfalls mit einem Verbrechergenie zu tun. Wer seine Opfer unter den Wehrlosesten unserer Gesellschaft sucht, geht nur geringe Risiken ein. Die Ermittlungen gestalten sich deshalb so schwierig, weil es sich hier nicht etwa um einen besonders intelligenten Täter handelt, sondern um einen ganz gewöhnlichen, oft widersprüchlichen Menschen.«

Der Zauberer steht im Esszimmer seiner Wohnung und wiederholt gewiss zum hundertsten Mal diese Sätze von Kommissar Mistral. Er rührt sich nicht vom Fleck. Das, was er nun schon mehrfach im Radio gehört hat, lässt ihn erstarren. Natürlich hat er sofort die Dämonen um Rat gefragt, doch zum ersten Mal mussten sie verlegen bekennen, dass sie erst einmal nachdenken wollten – in der Zwischenzeit solle er aber keinesfalls irgendwelche Unvorsichtigkeiten begehen.

Plötzlich hört er Geräusche vor seiner Wohnungstür. Zumindest glaubt er, sie zu hören. Das einzige Licht im Zimmer kommt von dem ständig laufenden Fernseher, den er auf stumm geschaltet hat. Er wirft einen hastigen Blick zur Tür, die mit einem Spion versehen ist. Dieses Auge zieht ihn geradezu magisch an – wie damals im Gefängnis, als er überzeugt war, die Wärter würden ihn pausenlos beobachten. Durch den Spion kann man die Treppenhausbeleuchtung erkennen. Lécuyer bringt es nicht fertig, sich von dem leuchtenden Auge loszureißen. Manchmal wird es dunkel, wenn das Licht im Flur erlischt. Sobald ein Bewohner das Haus betritt oder verlässt, wird es wieder hell. Der Zauberer jedoch bildet sich ein, dass es dunkel wird, weil jemand in die Wohnung zu spähen versucht. Und wenn es dann wieder hell wird, glaubt er, dass der Beobachter seine Position verändert hat.

Das leuchtende Auge in seiner Tür hypnotisiert ihn. Alle Gefühle, die er damals in seiner Zelle verspürte, melden sich zurück. Hitze kriecht ihm den Rücken hinauf bis in den Nacken. Seine starren Augen brennen. Er verliert das Gleichgewicht und stolpert über die hölzerne Rückenlehne seines Sessels. Der jähe Schmerz an den Rippen reißt ihn aus seinem Delirium. Er legt das Ohr an die Tür. Nichts.

Er schaltet das Licht ein und wühlt in seiner Truhe, bis er das braune Klebeband findet, mit dem seine Mutter die weihnachtlichen Pralinenschachteln zu verpacken pflegte. Mit der Rolle kehrt er zur Wohnungstür zurück und überklebt den Spion mit fünf oder sechs Schichten Klebeband. Zufrieden geht er in die Küche, trinkt Wasser aus dem Wasserhahn und benetzt Gesicht und Hals.

Als er ins Esszimmer zurückkehrt, sieht er seine Sammlung auf dem Tisch liegen. Die Seite, auf der oben rechts in Blockschrift GUILLAUME steht, ist aufgeschlagen. Er nimmt die

Sammlung, geht in sein Schlafzimmer und verkriecht sich in seinem Tipi. Obwohl er todmüde ist, fühlt er sich nicht bedrückt. Vorsichtig wendet er die Seiten der Sammlung und fährt mit dem Finger über die rechten Seiten des großen Heftes. Die kleinen Unebenheiten führen ihn unmittelbar an die Tatorte zurück – an alle Tatorte, auch die längst vergangenen, die er so lebendig vor Augen hat, als habe er sie eben erst verlassen.

17

Am Sonntagmorgen liest Mistral aufmerksam die Artikel in den Zeitungen, die ihn interviewt haben. Zufrieden mit dem, was die Journalisten aus seinen Vorgaben gemacht haben, bemüht er sich, ganz und gar für Clara und die Kinder da zu sein. Doch es gelingt ihm nicht einmal für vierundzwanzig Stunden, den Zauberer ganz aus seinem Kopf zu verbannen.

Auch Lécuyer stürzt sich auf die Zeitungen. Das, was er liest, erfüllt ihn mit ohnmächtiger Wut. Er sitzt an seinem Stammplatz im Café und versucht mit aller Kraft, sich unter Kontrolle zu halten. Natürlich geben die Stammgäste ihre Kommentare ab.

»Der Bulle hat recht. Dieser Kerl ist ein Schlappschwanz«, stellt der Typ mit der umgehängten Brille kategorisch fest.

Er ist sehr zufrieden, dass er seine Meinung als Erster kundgetan hat.

Die beiden anderen pflichten ihm bei, und alle sind sich einig, dass man dem Mörder – ob nun Schlappschwanz oder nicht – die Eier abhacken solle.

Lécuyer flüchtet sich in sein Auto. Jede Zeitung widmet dem Zauberer mindestens eine Seite mit einem Bild vom Quai des Orfèvres. Lécuyer kann sich nicht mehr beherrschen. Er schreit seine Wut heraus und hämmert mit den Fäusten auf das Lenkrad. Erst der Schmerz lässt ihn innehalten. Die Dämonen versuchen ihn zu beschwichtigen.

Immer mit der Ruhe. Lass uns nachdenken. Aber tröste dich: Das bist nicht du, von dem da im Radio und in den Zeitungen die Rede ist. Du bist viel intelligenter, als dieser blöde Bulle glaubt. Wir werden es ihm zeigen.

Lécuyers Sonntag ist schrecklich. Auch dass er die halbe Nacht mit seiner Sammlung im Tipi sitzt, kann daran nichts ändern. Erregt verlässt er das Zelt, fährt sich mit der Zunge über die trockenen, aufgesprungenen Lippen und erklärt im Brustton der Überzeugung: »Dieser Bulle hat rein gar nichts verstanden. Ich bin bestimmt nicht derjenige, von dem er redet. Wenn ich ein gewöhnlicher und widersprüchlicher Mensch wäre, hätten die Leute nicht so viel Angst vor mir. Und ich weiß, dass allen der Arsch auf Grundeis geht. Allen!«

Die Dämonen klatschen frenetischen Beifall. Lécuyer rollt sich mit den Händen zwischen den Knien auf seinem Bett zusammen und schläft sofort ein.

Eine Stunde später wird er von seinen Angstträumen aufgesogen.

Am Montagmorgen telefoniert Mistral mit seiner Kollegin Évelyne Girard. Ihre Abteilung ist auf der anderen Seite der Seine untergebracht und befindet sich in einem imposanten Gebäude am Quai des Gesvres. Die Fenster zum Fluss hin bieten eine außergewöhnlich schöne Aussicht, die von den dort arbeitenden Polizisten kaum noch wahrgenommen wird.

Nach einem kurzen Bericht über die Ermittlungslage kommt Mistral sofort zur Sache. Er möchte wissen, ob Évelyne Girards Abteilung mit Psychiatern zusammenarbeitet und ob sie ihm einen der Ärzte besonders empfehlen könne. Die Kollegin bestätigt, dass sie bei schwierigen Fällen auf Kinderpsychiater und Psychiater zurückgreifen, und nennt ihm drei Namen.

»Da gibt es einmal Gosselin, eine absolute Koryphäe und sehr begehrt, außerdem Villard und Thévenot, die beide ebenfalls sehr gut sind. Alle drei erstellen auch gerichtliche Gutachten.«

Sie gibt ihm die Telefonnummern und Adressen der drei Ärzte.

Einen Teil des Vormittags verbringt Mistral damit, gemeinsam mit den Teams alle Spuren zu analysieren, die zur Ergreifung des Zauberers führen könnten. Außerdem erhält er einen Anruf von Dumont, der ihm seinen Zeitplan bei den Ermittlungen im Fall Destiennes mitteilt.

In seinem Büro hat Mistral zwei große Tafeln aufstellen lassen. Auf einer steht in großen blauen Buchstaben ZAUBERER, auf der anderen DESTIENNES. Unter jedem Namen sind die fertigen, die gerade laufenden und die noch zu erledigenden Untersuchungen aufgelistet. Mistral sitzt in seinem Sessel, hat die Füße auf den Schreibtisch gelegt und hält eine Tasse Kaffee in den Händen. Ihn beschäftigt ein rot eingekringelter Satz, der mit einem Fragezeichen endet.

»Was nimmt der Zauberer vom Tatort mit?«

Es ist ihm unmöglich, diesen Satz zu beantworten, und das ärgert ihn. Er greift nach dem Block, auf dem er die Telefonnummern der drei Psychiater notiert hat. Zunächst ruft er Gosselin an, erreicht aber nur den Anrufbeantworter. Er legt auf, ohne eine Nachricht zu hinterlassen. Auch unter der nächsten Nummer, bei Villard, läuft der Anrufbeantworter, ebenso bei Thévenot. Auch bei diesen beiden spricht er nichts auf.

Der Zauberer hat sich in seinem Tagesablauf feste Rituale angewöhnt. Jeden Morgen beginnt er mit dem Kauf der Zeitung, anschließend frühstückt er, hört die Nachrichten und lauscht den drei Schreihälsen am Tresen, ehe er zu seinen Kunden aufbricht, wo er stumm und zügig seine Arbeit erledigt. Zwischen zwei Terminen flüchtet er sich in seinen Lieferwagen, wo er sich vor fremden Blicken geschützt fühlt und durchatmen kann. Gierig verfolgt er die Nachrichten und stellt fest, dass immer noch auf allen Kanälen die Rede vom Zauberer ist. Die Kommentare zu seinem Fall haben sich allerdings verändert; inzwischen lässt man Experten, Ärzte, Kinder und Jugendschützer zu Wort kommen, die sich in epischer Breite produzieren. Lécuyer ist ehrlich erstaunt. Man sendet wissenschaftliche Analysen über Viktimologie – ein Wort, das Lécuyer noch nie zuvor gehört hat – Verhaltensmuster, Ängste und solche Dinge. Manchmal fragt er sich, ob das, was da endlos im Radio wiederholt wird, tatsächlich noch mit ihm zu tun hat und ihn etwas angeht. Er überrascht sich bei dem Gedanken, dass er eigentlich ebenfalls seine Ansicht kundtun sollte – schließlich ist er selbst der Zauberer. Die anderen Leute reden doch nur, ohne wirklich Ahnung zu haben.

Am Nachmittag findet er sich nur wenige Schritte von der Rue d'Avron wieder, ohne es zunächst zu bemerken. Als ihm jedoch klar wird, dass er ganz in der Nähe der Stelle ist, wo er den Jungen wiedergesehen hat, beginnt sein Rückgrat zu kribbeln, seine Hände werden feucht, und er bekommt einen trockenen Hals. Nur mit Mühe kann er sich auf die Arbeit bei seinem Kunden konzentrieren. Als er fertig ist, steigt er in sein Auto und fährt entschlossen in die Rue d'Avron, ohne auf die Dämonen zu hören, die ihm befehlen, sofort umzukehren.

Der Zauberer ist innerlich ruhig. Das Gefühl von Mangel, das ihn dazu drängt, Verbrechen zu begehen, hat sich noch nicht eingestellt. Er hat einfach nur Lust, das Kind wiederzusehen. Danach wird man weiterschauen. Zunächst aber muss er sich ganz aufs Fahren konzentrieren, denn nach ein paar Stunden Pause hat es wieder heftig zu regnen begonnen. Er entdeckt einen Parkplatz und beschließt, diesen Umstand als gutes Omen zu betrachten. Zunächst macht er eine Runde durch das Viertel. Nichts. Eine Zeit lang lungert er an der Bushaltestelle herum. Nichts. Anschließend schlendert er durch die Passage, wo der Alte mit dem Hund Tauben gefüttert hat. Nichts. Er dreht eine zweite Runde und schaut in die Geschäfte. Nichts. Schließlich kehrt er an die Haltestelle zurück. Nichts. Nur ein Haufen Leute, die aus einem haltenden Bus aussteigen. Lécuyer gerät in einen fieberhaften Zustand, womit er nicht gerechnet hatte. Er gesteht sich noch zehn Minuten zu, danach will er fahren.

Bei der dritten Runde schließlich entdeckt er den Jungen in einer Bäckerei. Wie vom Donner gerührt bleibt er stehen, wild entschlossen, das Kind nicht anzusprechen, aber ihm zu folgen. Er sieht zu, wie die Verkäuferin eine Zuckerbrioche in eine Tüte packt und dem Kind reicht. Der Junge ist allein. Langsam verlässt er die Bäckerei. Den Zauberer, der sich wie zum Schutz vor dem Regen in den Eingang eines alten Mietshauses drückt, beachtet er nicht. Der Zauberer aber lässt den Jungen nicht aus den Augen. Er bemerkt, dass der Kleine unter der Straßenbrücke stehen bleibt und dort im Trockenen seine Brioche isst. Als er fertig ist, hebt er die Tüte an den

Mund, biegt den Kopf zurück und lässt die letzten Zuckerkrümel in seinen Mund rieseln. Atemlos beobachtet der Zauberer ihn dabei und denkt: *Auch ich esse meinen Zucker gern so.*

Dabei fällt ihm ein, dass er dank dieser Eigenart vielleicht beim nächsten Mal mit dem Jungen ins Gespräch kommen könnte.

Das Kind wirft die Tüte in den Rinnstein, schaut ein paar Sekunden zu, wie sie vom Wasser mitgerissen wird und schließlich in einem Gulli verschwindet, und eilt davon. Beinahe wäre er dem Zauberer entwischt. Auch Lécuyer muss nun rennen, um seine Beute nicht aus den Augen zu verlieren, und das gefällt ihm ganz und gar nicht. Allerdings läuft der Junge nicht allzu schnell. Nur ein paar Minuten später bleibt er vor einer Haustür stehen, tippt den Zugangscode ein und verschwindet im Flur. Ehe die Tür wieder zuschlägt, gelingt es dem Zauberer mit einem Satz, sie festzuhalten, ohne entdeckt zu werden. Er bleibt draußen stehen, hält die Tür fest und lauscht auf die Geräusche von innen. Als er kurz darauf eine Wohnungstür hört, betritt er die Eingangshalle. Gegenüber der Haustür befindet sich ein Aufzug, dessen Kabine im Erdgeschoss steht. Rechts ist eine Treppe.

Der Zauberer schließt daraus, dass der Junge den Aufzug nicht genommen hat, also vermutlich im Erdgeschoss oder in der ersten Etage wohnt. Er schleicht die Treppe hinauf und lauscht an den beiden Türen im ersten Stock. Nichts. Nicht das geringste Geräusch. Er wagt sich auch noch in die zweite Etage, doch auch hier ist nichts zu hören. Schließlich geht er zurück ins Erdgeschoss und lauscht an der einzigen Wohnungstür, hinter der er undeutliche Musik und Gesprächsfetzen wahrnimmt. Plötzlich hört er, wie an der Eingangstür der Code eingetippt wird. Innerhalb von Sekundenbruchteilen verwandelt er sich in den kleinen, vom Leben gebeutelten Mann, wartet, bis die Tür aufgeht, drückt sich an der eintretenden Person vorbei und verlässt das Haus. Erbost über die Störung bezieht er auf der gegenüberliegenden Straßenseite Posten und beobachtet das Haus. In den Fenstern der ersten und zweiten Etage ist kein Licht zu sehen. Seine gesamte Aufmerksamkeit gilt der einzigen Wohnung im Erdgeschoss, deren zwei auf die Straße hinausgehende Fenster erleuchtet sind. Nach einigen Minuten Warten tritt ein großer, magerer, gebeugt gehender Mann ins Zimmer. Das Kind folgt ihm. Beide setzen sich an einen Tisch. Der Junge holt seine Schulsachen hervor und beginnt, Hausaufgaben zu machen. Der Mann liest Zeitung.

Draußen herrscht Eiseskälte, es gießt in Strömen. Obwohl es gerade einmal fünf Uhr nachmittags ist, wird es bereits dunkel. Der Zauberer ist völlig durchnässt, spürt aber nichts. Von Zeit zu Zeit wischt er sich mechanisch mit der Hand über das Gesicht, aber das ist auch schon alles. Die Mahnungen der Dämonen wecken ihn aus seiner Starre.

Du weißt ja jetzt, wo er wohnt – und nun solltest du schleunigst verschwinden, ehe du die Aufmerksamkeit der Leute erregst.

Der Zauberer scheint aufzuwachen und setzt sich langsam in Bewegung. Bevor er geht, wirft er noch einen Blick zurück auf die beiden erleuchteten Fenster. Er fühlt sich wohl und ganz ruhig. Jetzt weiß er, wo der Junge wohnt, und kann nach Belieben zurückkehren, wann immer er will.

Als er an seinem Auto ankommt, schlottert er vor Kälte. Nachdem die Anspannung von ihm abgefallen ist, spürt er den Regen und die eisigen Temperaturen. Doch das kümmert ihn nicht. Es ist ihm gelungen, seine nächste Beute aufzutreiben. Ganz bestimmt ist er nicht der »gewöhnliche, oft widersprüchliche Mensch«, als den ihn die Zeitungen bezeichnet haben. Und das wird er ihnen beim nächsten Mal beweisen.

Sein nächster Kunde will ihm angesichts seiner durchnässten Kleidung unbedingt ein warmes Getränk aufdrängen. Er zwingt sich, das Angebot anzunehmen. Die letzte Kundin des Tages ist eine ältere Dame, die ununterbrochen auf ihn einredet. Ab und zu ringt er sich ein »Ja« oder ein »Nein« ab, was der Frau genügt, um hemmungslos weiterzuschwatzen. Auch sie bietet ihm etwas Warmes zu trinken an. Er hat seine Arbeit erledigt und würde sich gern sofort verabschieden, doch das Getränk ist kochend heiß, und die Dame besteht darauf, dass er seine Tasse austrinkt. Also muss er noch zehn Minuten Gewäsch über sich ergehen lassen, ehe er endlich verschwinden kann.

Als er nach einem leisen, mit gesenkten Augen hervorgepressten Dank die Treppe hinuntergeht, muss er sich eingestehen, dass das warme Getränk – er weiß nicht einmal, ob es Tee oder Kräutertee war – ihm gutgetan hat. Auf dem Weg nach Hause kauft er sein Abendessen im Shop der Tankstelle ein, wo er Stammkunde ist. Die Dämonen mahnen zur Vorsicht. Er beherzigt ihren Rat und wirft einen Blick in den Rückspiegel, um festzustellen, ob er verfolgt wird. Nachdem er ordnungsgemäß geparkt hat, legt er den restlichen Heimweg zu Fuß zurück. Dabei verdoppelt er seine Wachsamkeit, doch er entdeckt niemanden, der ihm folgt. Keine Spur von Polizei. Als er sein Haus betritt, trifft er eine letzte Sicherheitsmaßnahme: Er schaltet das Licht nicht ein. In der dunklen Eingangshalle bleibt er, von außen unsichtbar, hinter der schmutzigen Glasscheibe der Haustür stehen und hält Ausschau, ob sich jemand nähert. Beruhigt drückt er schließlich auf den Knopf der Treppenhausbeleuchtung, holt zwei Briefe aus seinem Briefkasten und betritt endlich seine Wohnung, wobei er mit kindlicher Stimme murmelt: »Arnaud ist wieder da. Ihr wärt stolz auf ihn, wenn ihr wüsstet, was er geschafft hat.«

Der Zauberer legt seine Einkäufe auf dem Tisch ab und öffnet noch im Mantel die beiden Briefe. Er weiß, dass es sich um offizielle Schreiben handelt, weil die Umschläge mit einer Frankiermaschine gestempelt und mit Adressetiketten beklebt sind. Der erste Brief kommt von seinem Psychiater mit der Fliege, der ihm seinen nächsten Termin nennt: in drei Tagen um 18.30 Uhr. Der andere ist von seinem Bewährungshelfer, den er noch nicht kennt und der ihn am Morgen nach dem Psychiaterbesuch sehen will. Der Zauberer hatte ganz vergessen, dass er ja auch zum Bewährungshelfer muss. Sein Arbeitstag und der emotionale Aufruhr, in den ihn das Wiedersehen mit dem Jungen aus der Rue d'Avron gestürzt hat, haben ihn erschöpft. Auch kalt ist ihm jetzt wieder. Die beiden Briefe gehen ihm gegen den Strich. Die Dämonen spüren die Wut, die ihn zu überwältigen droht, und übernehmen mit fester Stimme das Kommando.

Halt! Beruhige dich. Es ist völlig normal, dass du solche Briefe bekommst. Du hast nichts zu befürchten. Du bist der Boss, das darfst du nie vergessen. Du weißt, wie du mit Meister Fliege reden musst; du hast deinen Spickzettel. Sag ihm einfach deine Lektion auf, dann ist er zufrieden. Und bei dem Neuen machst du das, was du immer getan hast. Täusche ihn – es gibt keinen Grund, warum es nicht klappen sollte.

Die Dämonen wiederholen ihre Botschaft mehrmals. Beim dritten oder vierten Mal ist der Zorn des Zauberers verraucht.

Endlich zieht er seinen Cabanmantel aus und öffnet die eben gekaufte Konservendose.

Am Nachmittag empfängt Mistral den Vertreter einer Kinderschutzorganisation, gibt einige Telefoninterviews, spricht mit dem zuständigen Richter und trinkt vier bis fünf Tassen Kaffee. Als er alles erledigt hat, versucht er erneut, die Psychiater anzurufen. Bei den beiden ersten ist immer noch der Anrufbeantworter eingeschaltet. Beim dritten Arzt, Jacques Thévenot, hebt die Sekretärin ab. Nachdem Mistral ihr sein Anliegen erläutert hat, verspricht sie, dass der Psychiater ihn gleich nach seiner Sprechstunde zurückrufen wird.

Zwei Stunden später meldet er sich tatsächlich. Als Mistral ihm erklärt, dass er seine Nummer von Évelyne Girard erhalten hat, reagiert der Psychiater sehr herzlich. Zunächst entschuldigt er sich.

»Tut mir leid, dass ich so spät zurückrufe, aber in meinem Wartezimmer saßen noch drei Patienten, von denen sich einer in einem so desolaten Zustand befand, dass ich ihn einweisen musste. Und ich wollte doch lieber in aller Ruhe mit Ihnen reden. Was kann ich für Sie tun?«

»Ich arbeite an einem überaus schwierigen Fall. Es geht um einen Verbrecher, der in der Öffentlichkeit ›der Zauberer‹ genannt wird und sich immer an kleinen Jungen vergreift …«

»Oh, jetzt erkenne ich Ihre Stimme! Ich habe aus der Presse von dem Fall erfahren«, wirft der Psychologe ein. »Auch im Fernsehen habe ich Sie in den letzten Tagen öfter gesehen. Hören Sie, Sie gehen ja nicht gerade zimperlich mit dem Mann um. Wenn er Sie hört, dann weiß ich nicht …«

»Genau das wollte ich erreichen – dass er mich hört oder

vielleicht die Zeitungen liest«, unterbricht ihn Mistral. »Alles Absicht. Ich will ihn aus der Reserve locken.«

»Der Erfolg hängt davon ab, wann und wie Ihnen das gelingt und was er dann tut«, fährt Thévenot fort. »Und was wollen Sie von mir?«

»Mit Ihnen über den Zauberer reden. Könnte ich bei Gelegenheit bei Ihnen vorbeischauen? Ich würde gern ein paar meiner Überlegungen mit Ihnen erörtern.«

»Klar, warum nicht? Sehr gern sogar. Warten Sie ...« Mistral hört, wie am anderen Ende der Leitung geblättert wird. »Am Donnerstag hätte ich gegen Abend einen Termin frei. Das wäre in drei Tagen. Wäre Ihnen 19.00 Uhr recht?«

»Gern, vielen Dank.«

Mistral notiert den Termin in seinem Kalender. Etwas später ruft Dumont an und berichtet über seine Fortschritte im Fall Destiennes. Mistral entgeht nicht der frustrierte Unterton in seiner Stimme. Dumont kann sich einfach nicht damit abfinden, dass Mistral sein Vorgesetzter ist.

Endlich packt Mistral seine Sachen zusammen, um nach Hause zu fahren. Doch Calderone fängt ihn auf der Treppe ab.

»Das Labor hat mir die Analyse der Spuren auf der Jacke des Jungen aus der Rue Watt zugeschickt. Ich hatte um rasche Erledigung gebeten, und sie haben sich tatsächlich beeilt.«

»Sie sind ja ganz aufgeregt, Vincent. Sollte sich die Wissenschaft tatsächlich einmal als hilfreich erwiesen haben?«

»Vielleicht. Möchten Sie gleich darüber sprechen, oder wollen wir lieber bis morgen warten?«

Calderone stellt die Frage mit gespielter Gleichgültigkeit und einem leichten Grinsen.

»Kommen Sie in mein Büro«, erwidert Mistral ebenfalls schmunzelnd.

Sie setzen sich in die Besucherecke.

»Also?«

Calderone hält den Bericht in der Hand, doch er braucht nicht ein einziges Mal hineinzuschauen.

»Sie erinnern sich: Der Zeuge hat das Kind auf dem Bauch liegend und mit dem Gesicht nach rechts gefunden. Er hat versucht, es aufzurichten, ehe er begriff, dass der Kleine tot war. Und als wir den Jungen zum ersten Mal sahen, lag er auf der rechten Seite.«

Mistral, der aufmerksam zuhört, ruft sich den Anblick ins Gedächtnis und nickt.

»Die Spurensicherung hat Proben an der Fundstelle und in der Umgebung entnommen. Das Ergebnis war hauptsächlich Zementstaub, der sich auch vorne und rechts auf der Kleidung des Kindes befindet. Das erste Ergebnis des Labors lautet, dass der Staub nicht in die Fasern eingedrungen ist. Man kann also davon ausgehen, dass das Kind nicht gezogen sondern einfach auf dem Boden abgelegt wurde.«

»Verstehe«, sagt Mistral. »Der Täter hat sich der Leiche entledigt, indem er sie auf die Straße legte. Und weiter?«

»Auf der Rückenpartie seines Blousons wurden blaue Veloursfasern gefunden, die möglicherweise von einem Sessel oder Sofa stammen. An den Hosenbeinen des Jungen befanden sich Katzenhaare. Morgen werde ich feststellen lassen, ob es bei den Eltern oder dem Freund des Kindes Veloursitze und eine Katze gibt. Wenn nicht ... Aber das ist noch nicht alles.«

»Fahren Sie fort.«

Mistral blickt Calderone gespannt an. Er ahnt, dass das Wichtigste noch kommt.

»Am rechten Ärmel des Blousons hat das Labor zwei weitere Dinge gefunden. Erstens minimale Spuren eines Klebstoffs, mit dem Plastikrohre zusammengefügt werden, und zweitens Reste einer Paste, mit der man Wasserhähne abdichtet. So!«

Beide Männer schweigen einige Sekunden. Mistral nickt erneut und wirft Calderone einen komplizenhaften Blick zu.

»Schon verstanden. Morgen werden Sie ebenfalls überprüfen, ob diese Substanzen bei seinen Eltern oder dem Freund zu finden sind. Und wenn nicht ...«

»Wenn nicht«, fährt Calderone fort, »dann müssen diese Spuren aus dem Auto des Zauberers stammen. Der Kerl hat sicher Vorkehrungen getroffen und eine Plane oder ein Tuch ausgelegt. Aber mitten in der Nacht ist ihm vielleicht entgangen, dass der Ärmel des Kindes seinen Werkzeugkasten oder etwas Ähnliches berührt hat ...«

»Genau. Sollten sich Ihre Hypothesen bewahrheiten, dann können wir davon ausgehen, dass der Zauberer in einem weißen Lieferwagen herumfährt und einen Beruf ausübt, bei dem er mit solchen Substanzen in Berührung kommt.«

»Zum Beispiel könnte er Klempner sein.«

»Zum Beispiel«, wiederholt Mistral. »Das ist zwar nicht viel, aber falls morgen unsere Vermutung bestätigt wird, dann ist es immer noch viel mehr, als wir je zuvor in der Hand hatten. Allerdings fürchte ich, dass uns das nur wenig weiterbringt. Trotzdem: Es ist ein Anfang.«

»Immerhin ist es das erste Mal«, erwidert Calderone, »dass wir – abgesehen von einer sehr ungenauen Beschreibung seines Äußeren – etwas auf dem leeren Blatt mit der Aufschrift ›Zauberer‹ eintragen können.«

»Vielleicht bedeutet es sogar, dass wir die Pechsträhne endlich hinter uns haben!«

Calderone nickt eifrig.

»Es gibt noch einen Hinweis, Vincent. Jemand, der sich so gut mit Vorsichtsmaßnahmen auskennt, muss im Knast gewesen sein.«

»Gut möglich. Aber er war auch schon bei der ersten Mordserie extrem vorsichtig. Bereits damals haben wir vermutet, dass er möglicherweise schon mal im Gefängnis war, aber ... Na ja, Sie kennen das Ergebnis.«

Die beiden Beamten verabschieden sich herzlich. Sie fühlen sich ermutigt, obwohl die Spuren wirklich sehr dürftig sind und möglicherweise ins Leere führen. Doch da sie im Augenblick nichts anderes in der Hand haben, wollen sie an einen Erfolg glauben. Mistral fährt mit Musik im strömenden Regen nach Hause. Clara wartet mit dem Abendessen; die Kinder sind schon fertig zum Schlafengehen. Eine Viertelstunde lang liest Mistral ihnen aus dem Piratenbuch vor. Die Kinder freuen sich, dass die guten Piraten den Sieg über die bösen davontragen.

»Die Guten gewinnen immer, nicht wahr, Papa?«, fragt der Jüngere.

Zwar hätte Mistral gern geantwortet, dass auch manchmal die Bösen einen Sieg erringen, doch der Junge ist noch zu klein für solche unerfreulichen Dinge.

»Gewiss, junger Mann.«

Clara und Ludovic unterhalten sich noch lang. Sie erzählt ihm von ihrem Parfüm, das inzwischen fast vollendet ist.

»Wir haben fast hundert verschiedene Düfte kombiniert. Das Geheimnis liegt in der Dosierung. Vor allem freut mich, dass sich fast alle für die Basis ausgesprochen haben. Jetzt müssen wir dem Duft noch die letzte Nuance geben, bevor er einen Namen bekommt und das Design des Flakons entworfen wird.«

»Ich bewundere dich. Was du machst, ist wirklich eine Kunst. Ich glaube, ich könnte nicht einmal zwei oder drei Gerüche auseinanderhalten.«

»Für die feine Nase muss ich mich wohl bei meinen Eltern bedanken«, gibt Clara lächelnd zurück. »Und was ist mit dem Zauberer? Kommst du voran?«

Mistral erzählt ihr von dem geplanten Besuch beim Psychiater und der zaghaften Hoffnung, dass die Spuren auf der Kleidung des Jungen sie weiterbringen werden.

»Wir haben wenig in der Hand. Extrem wenig. Es ist, als würdest du mit einer Angel aus Schilf und einem Haken für Gründlinge fischen gehen und hoffen, dass du damit einen kapitalen Hecht aus dem Wasser ziehen kannst. Wichtig ist, dass der Haken hält, bis du ein solides Fangnetz hast.«

18

An diesem Morgen herrscht rings um die Gare du Nord ein fürchterlicher Verkehr, und der Dauerregen macht alles noch schlimmer. Doch Lucien Carmassol, gebürtig aus dem Aveyron und Pariser Taxifahrer, bleibt gelassen. Er wartet auf einen Kunden, der mit dem Thalys aus Brüssel kommt. Der belgische Geschäftsmann, den er seit mehreren Monaten kennt, bucht Carmassol bei seinen Parisaufenthalten grundsätzlich für den ganzen Tag. Dies kommt dem Mann aus dem Aveyron sehr zupass, obwohl er sich nie selbst darum bemüht hat, ganztägige Dauerkunden zu bekommen. Als selbstständiger Taxifahrer ist er niemandem außer sich selbst verantwortlich, und das empfindet er als äußerst angenehm.

Carmassol übt seinen Beruf seit etwa sechs Jahren aus. Nach dreißig Jahren als Beamter hat er sich den Wagen und eine Taxilizenz gekauft, weil er nach der Pensionierung nicht in seinem Haus im Aveyron versauern wollte. Er liebt seine Heimat und verbringt dort häufig zwei oder drei Monate am Stück, aber noch lieber ist er in Paris. Vielleicht später einmal …

Er sieht ein Auto aus einer Parklücke fahren und nimmt sofort dessen Platz ein. Weil er eine halbe Stunde zu früh dran ist, steigt er aus, klappt den Kragen seines Samtjacketts hoch und sucht hastig Schutz in der großen Ankunftshalle des kürzlich renovierten Bahnhofs. Jetzt könnte er einen Kaffee gebrauchen.

Lécuyer beginnt seinen Arbeitstag bei einem alten Mann, der in der Nähe der Gare du Nord wohnt. Die Dusche ist verdreckt und verstopft, doch das macht Lécuyer nichts aus. Mit einer starken Säure entfernt er alle Verschmutzungen und wechselt die Dichtungen der Wasserhähne am Waschbecken. Der Alte weicht ihm nicht von der Seite. Er ist wirklich schmutzig und stinkt. Auch das macht Lécuyer nichts aus – er riecht es nicht einmal.

Nachdem er die Reparaturen erledigt hat, stellt er fest, dass sein Auto zwischen mehreren Lieferwagen eingekeilt ist. Entnervte Autofahrer veranstalten ein Dauerhupkonzert. Lécuyer räumt sein Werkzeug in den Kofferraum. Sein Blick fällt auf ein großes, zusammengerolltes Wachstuch, das er auseinandergefaltet hatte, um den Jungen daraufzulegen. Er hat sich strikt an eine der Lektionen aus dem Gefängnis gehalten: »Niemals Spuren hinterlassen, mit denen du identifizierbar bist.«

Er überlegt einen Augenblick, dann nimmt er das Wachstuch und schließt den Wagen ab. In einer Seitenstraße, wo ein Haus entkernt wird, hat er einen Schuttcontainer gesehen. Dort entsorgt er sein Wachstuch.

Sein nächster Termin ist erst in einer Stunde, und er hat keine Lust, im Auto zu warten. Aus unerfindlichen Gründen zieht der Bahnhof ihn an. Als er die große Halle betritt, erinnert er sich an die Worte von zwei Häftlingen im Gefängnis. Es waren zwei Typen, die auf halbwüchsige Jungen aus waren. Keine Mörder. Sie suchten nach Ausreißern, die sie mit nach Hause nahmen und mit ihrem Körper für eine warme Mahlzeit und eine Nacht in Sicherheit bezahlen ließen. Im Gefängnis hatte man die beiden zunächst windelweich geprügelt und anschließend links liegen lassen. Männer wie sie waren im Knast äußerst unbeliebt. Lécuyer brachte ihnen ihre Mahlzeiten und hörte ihnen zu. Auf diese Weise lernte er, dass sich Verirrte und Ausreißer oft in Bahnhöfen aufhalten und zunehmend jünger werden. Dieses Gespräch fällt ihm jetzt wieder ein, und nun weiß er, warum er in den Bahnhof gegangen ist. Allerdings ist es mehr Neugier als sein Jagdtrieb, der noch nicht wieder erwacht ist.

Lécuyer hat einen Blick für Kinder und weiß, wie man Beute aufstöbert. Nachdem er mehrmals an den Bahnsteigen entlanggeschlendert ist, entdeckt er drei Jungen von etwa zwölf oder dreizehn Jahren, die auf einer Bank sitzen. Sie sehen aus, als interessierten sie sich für das Gepäck der Reisenden. Lécuyer bleibt stehen und beobachtet sie.

Wenige Minuten später verzichten die Jugendlichen mangels Mut darauf, eine Tasche zu stehlen, auf die sie es abgesehen hatten, und trennen sich. Einer von ihnen bleibt auf der Bank sitzen und weiß offenbar nicht recht, was er mit sich anfangen soll. Lécuyer löst sich sacht von dem Pfeiler, gegen den er sich gelehnt hatte, und nähert sich schweigend und geschmeidig der Bank. Neben dem Jungen ist noch Platz. Langsam setzt er sich, die Hände in den Taschen seines Cabanmantels. Die Dämonen brüllen ihn an, er solle sofort verschwinden. Lécuyer tut, als höre er sie nicht, und greift nach einer Münze in seiner Tasche. Er reibt sie ein wenig, ehe er sie hervorzieht.

Carmassol trinkt den letzten Schluck Kaffee, kratzt mit seinem Löffel den letzten Rest Zucker aus der Tasse und lässt ihn genießerisch auf der Zunge zergehen. Dann blickt er auf die Bahnhofsuhr. Der Zug aus Brüssel wird in etwa zehn Minuten eintreffen. Er faltet seine Zeitung zusammen, steckt sie in die Jackentasche und verstaut seine Lesebrille in einem Etui. Ohne Eile schlendert er zum Bahnsteig.

Carmassol ist ein eher massiv gebauter Mann mit sehr kurz geschnittenem, grauem Haar, einem gegerbten Gesicht und blauen Augen. Zwischen seinen beiden oberen Schneidezähnen befindet sich eine kleine Lücke – die Leute sagen »Glückszähne« dazu. Er trägt einen grauen Samtanzug mit Weste und hält mit beiden Händen die Revers der Jacke fest. Würde man ihn auf den Markt von Laguiole stellen, würde jeder ihn für einen Viehhändler halten; er sieht aus wie ein typischer Bauer aus dem Aveyron. Und sein ganzes Leben lang war es ihm eine Ehre, sich dazu zu bekennen.

»Ich bin mitten unter Schafzüchtern geboren und schäme mich dessen nicht«, sagt er gern mit seinem rauen Akzent.

Er steckt sich ein Streichholz in den Mundwinkel und kaut darauf herum. Carmassol raucht nicht, hat aber immer Streichhölzer bei sich, die er gern kaut.

Während er auf seinen Kunden wartet, schaut er sich unwillkürlich um. Er lässt seinen Blick über Menschen und Dinge gleiten – mit einer scharfen Beobachtungsgabe, die ihm in Fleisch und Blut übergegangen ist. Wenn man dreißig Jahre lang geschaut, beobachtet, gesucht, untersucht, herumgeschnüffelt und überwacht hat, bleibt davon natürlich etwas zurück. Dreißig Jahre Pariser Kriminalpolizei! Carmassol denkt oft daran zurück. In den 1960er Jahren hat er angefangen, Mitte der Neunziger wurde er pensioniert. Er liebt Paris, und er liebt seine Freiheit; er fährt Taxi, um herauszukommen. Und ab und zu trifft er sich zum Essen mit seinen früheren Kollegen.

Der Zauberer hat die Münze hervorgeholt und lässt sie zwischen seinen Fingern tanzen. Dabei liegt sein Arm regungslos auf dem linken Oberschenkel. Es wirkt, als würden seine Finger sich völlig unabhängig von ihrem Besitzer bewegen. Auch die Münze scheint ein Eigenleben zu führen. Man hat den Eindruck, als würden Finger und Münze miteinander spielen. Lécuyer blickt nicht auf seine Hand, sondern auf die vorbeihastende Menschenmenge. Der Junge links von ihm beobachtet die Hand des Zauberers mit weit aufgerissenen Augen. Am liebsten würde er nach der Münze greifen, um festzustellen, ob sie lebendig ist.

»Wow! Wie machen Sie das?«

Der Zauberer antwortet nicht. Er spielt weiter und betrachtet die Umgebung. Er hat den magischen Satz gehört und ist stolz auf sich.

Den habe ich an der Angel, denkt er.

Seine Hand verschwindet in der Tasche des Cabanmantels und tauscht die Münze gegen drei Würfel. Erneut lässt er seine Finger tanzen; die Würfel wirbeln in einer infernalischen Sarabande wild herum. Der Junge sperrt Mund und Augen auf. Der Zauberer blickt sich fast unmerklich um; kaum, dass er den Kopf leicht wendet.

Carmassol geht fast ebenso vor, ohne allerdings genau zu wissen, wonach er Ausschau hält. Sein Blick gleitet zunächst über einen Bahnbeamten, der sich gedankenverloren das Ohr mit einer Büroklammer kratzt. Dann beobachtet er einen Mann, der mit zwischen den Beinen eingeklemmtem Koffer eine Zeitung liest. Schließlich streift sein Blick die Bank, wo in etwa fünfzehn Metern Entfernung der Zauberer und der Junge sitzen. Zunächst wandert er weiter, doch sein Gehirn registriert etwas Ungewöhnliches und befiehlt Carmassols Blick, zu der Bank zurückzukehren. Der ehemalige Polizist sieht einen etwa zwölfjährigen Jungen, den er sofort als Ausreißer einstuft. Der Junge beugt seinen Kopf zu den Händen eines Erwachsenen, der neben ihm sitzt. Carmassols Blick bleibt ebenfalls an den Fingern des schmächtigen Männleins hängen, zwischen denen wie verrückt drei Würfel tanzen. Die Geschicklichkeit des Mannes verblüfft ihn ebenfalls, und zwar so sehr, dass er einige Sekunden wie gebannt zuschaut. Erst dann hebt er die Augen zum Gesicht des Spielers in dem dunkelblauen Cabanmantel. Ihre Blicke kreuzen sich.

Mit seinen kleinen, stechenden, schwarzen und extrem scharfen Augen beobachtet der Zauberer die Menschenmenge. Ein vierschrötiger Mann mit einem Streichholz im Mund fällt ihm auf. Für Sekundenbruchteile treffen sich ihre Augen, ehe der Mann den Blick abwendet.

Der guckt aber komisch, denkt der Zauberer.

Carmassol macht sich Vorwürfe, dass er den Blick des Fremden erwidert hat.

Seltsamer Kauz, denkt er.

Die schwarzen, vor Hass sprühenden Augen haben ihn irritiert. Doch er tut, als wäre nichts geschehen, wendet sich ab und geht einige Schritte auf den Bahnsteig.

Der Zauberer steckt seine Würfel ein, steht ohne ein Wort oder einen Blick für den Jungen auf und verschmilzt mit der Menge. Er beobachtet den Rücken des Mannes im Samtanzug, zu dem sich kurz darauf ein weiterer Mann gesellt, der einen dunklen Anzug, einen Mantel und eine Aktentasche trägt. Mit den Augen folgt er den beiden und sieht, dass der im Samtanzug einen kurzen Blick auf die Bank wirft, wo er noch vor wenigen Minuten gesessen hat. Das gefällt ihm absolut nicht.

Rasch verlassen Carmassol und sein Kunde den Bahnhof. Der Zauberer sieht, wie der beunruhigende Mann zu einem Taxi geht und seinem Passagier die rechte hintere Tür öffnet. Ehe er selbst einsteigt, wirft der Mann einen letzten Blick auf die Eingänge des Bahnhofs. Überrascht springt der Zauberer zur Seite und verbirgt sich hinter einer Gruppe. Zwar ist er sich nicht ganz sicher, doch er fürchtet, dass er mit seiner heftigen Bewegung die Aufmerksamkeit des Mannes auf sich gezogen hat. Schließlich fährt das Taxi an, reiht sich in den Verkehr ein und entschwindet seinem Blick. Das Herz des Zauberers pocht zum Zerspringen. Völlig verstört lässt er sich in sein Auto sinken. Hätte der Kerl sich nicht auf den Fahrersitz eines Taxis gesetzt, wäre er sicher gewesen, einen Bullen vor sich zu haben.

Ohne Widerrede lässt er die Gardinenpredigt der Dämonen über sich ergehen. Er weiß jetzt, dass der Bahnhof ein vielversprechendes Jagdrevier sein könnte, und nimmt sich vor, zurückzukommen. Allerdings wird er dann vorsichtiger sein müssen.

Carmassol setzt seinen Fahrgast im Bürovertel La Défense ab und wartet auf ihn. Während der gesamten Fahrt musste er an den merkwürdigen Kerl denken, der sich – dessen ist er fast sicher – hinter einer Reisegruppe versteckt hat, als er zum Bahnhof zurückschaute.

Carmassol dreht den Musiksender im Radio leiser und faltet seine Zeitung auseinander, ohne eigentlich rechte Lust zum Lesen zu haben. Sein Blick fällt auf einen Artikel, in dem eine Journalistin Mütter interviewt, ob sie ihre Kinder unbegleitet von der Schule nach Hause gehen lassen. Eine der Mütter antwortet, dass davon keine Rede mehr sein könne, seit der Zauberer wieder sein Unwesen treibt. Carmassol liest den ganzen Artikel, legt die Zeitung auf den Beifahrersitz und besorgt sich ein neues Streichholz. Zehn Minuten später setzt er seine Brille auf, zieht ein altes, in Leder gebundenes Büchlein aus seiner Tasche und sucht eine Telefonnummer. Schließlich greift er nach seinem Mobiltelefon, murmelt: »Was haben wir damals eigentlich ohne diese Dinger gemacht?«, vergewissert sich noch einmal der Nummer und wählt. Beim fünften Läuten meldet sich eine ungeduldig klingende Männerstimme: »Kriminalpolizei. Was kann ich für Sie tun?«

»Ich möchte bitte mit Kommissar Dumont sprechen.«

»Ich muss erst sehen, ob er im Haus ist. Darf ich Ihren Namen erfahren?«

»Lucien Carmassol, pensionierter Kriminalbeamter. Ich …«

»Bleiben Sie dran.«

Nur Sekunden später hört Carmassol eine heitere Stimme:

»Lucien! Das ist doch nicht möglich! Was verschafft mir die Ehre?«

»Wie geht es dir, Cyril? Wie lange haben wir uns jetzt nicht gesehen? Drei Jahre? Vier Jahre?«

»Mehr als vier Jahre. Aber deine Stimme würde ich unter Tausenden erkennen. Wo bist du? Im Aveyron oder in Paris?«

»Immer noch in Paris, alter Freund. Sag mal, bist du mit dem Mörder befasst, der in den Medien ›der Zauberer‹ genannt wird?«

»In der Tat. Wieso?«

Dumont, dem Carmassols Professionalität bekannt ist, spitzt die Ohren.

»Ich muss dir etwas erzählen. Heute Morgen habe ich an der Gare du Nord einen Kerl gesehen, der mir ausgesprochen sonderbar vorkam.«

»Was meinst du damit?«

»Der Typ sah irgendwie übel aus, saß neben einem Jungen und spielte mit Würfeln. Kann natürlich sein, dass das nichts zu bedeuten hat.«

»Trotzdem sollten wir drüber reden. Hättest du Zeit, mit mir zu Mittag zu essen?«

Dumont will mehr erfahren, und zwar möglichst rasch.

»Nein, es ginge erst heute Abend. Ich habe heute den ganzen Tag einen Kunden.«

»Gut, dann heute Abend. Weißt du ein gutes Restaurant?«

»Ja, ein kleines Bistro hinter der Gare de Lyon. Wäre dir halb neun recht?«

»Prima. Bis später, Lucien.«

Nachdenklich legt Dumont auf.

»Probleme?«, fragt sein Stellvertreter.

»Nein, ganz im Gegenteil. Der Anrufer ist ein ehemaliger Kollege. Ich habe mit ihm zusammengearbeitet, als ich nach Paris kam. Eine echte Koryphäe! Er hat mir die Polizeiarbeit von der Pike auf beigebracht, und wir sind trotz aller Versetzungen und Beförderungen immer in Kontakt geblieben. Ich habe ewig nicht mehr mit ihm gesprochen. Heute Abend wollen wir uns einen hinter die Binde gießen und über die guten alten Zeiten reden.«

Am späten Vormittag erhält Mistral Informationen, die Calderones Vermutungen stützen. Die Katzenhaare auf der Hose des Kindes stammten vom Kater seines Freundes, die Veloursfasern von einem Sofa in dessen Wohnung. Doch weder bei dem Freund noch bei den Eltern des Kindes gab es Kleber oder Dichtungsmasse. Endlich haben Mistral und Calderone eine Spur gefunden, mag sie auch noch so winzig sein. Außerdem ist und bleibt es die einzige.

Der Junge muss in einem Lieferwagen transportiert worden sein, in dem sich diese Substanzen befanden.

Ein Beamter streckt den Kopf durch den Türspalt und meldet, dass es in Paris und Umgebung mehrere Tausend Klempner und Reparaturfirmen gibt. Calderone bedankt sich für die prompte Recherche. Mistral notiert die gefundenen Fakten auf der Tafel des Zauberers.

Eine Stunde später trifft eine Nachricht von Interpol ein: Während der vergangenen zwölf Jahre habe es in keinem anderen Land eine Mordserie gegeben, die mit derjenigen des Zauberers in Frankreich übereinstimme. Mistral tritt erneut an die Tafel, notiert die Nachricht und schreibt mit einem roten Stift daneben: »Was hat der Zauberer in den letzten zwölf Jahren gemacht?«

Am Nachmittag findet eine lange Unterredung zwischen Mistral und Dumont statt. Zunächst geht es um den Fal Destiennes. Dumont berichtet, dass seit dem Morgen die Telefone des Personals abgehört werden und dass man demnächst ein paar unangenehme Fragen stellen werde, um die Leute zu beunruhigen und zu sehen, wie sie reagieren. Mistral begrüßt dieses Vorgehen. Anschließend kommt er auf den Zauberer zu sprechen und erinnert Dumont an seine Aufgabe, die Delikte der ersten Mordserie zu überprüfen. Zu Mistrals Überraschung erklärt Dumont, solange sich der Fall Destiennes nicht in einem kritischen Stadium befinde, werde sich sein Team unter der Leitung eines erfahrenen Beamten darum kümmern. Er selbst wolle sich verstärkt dem Fall des Zauberers zuwenden.

Carmassols Anruf erwähnt Dumont mit keinem Wort.

Am späten Nachmittag erhält Dumont die Adresse des Bistros hinter der Gare de Lyon. Als er dort ankommt, lehnt

Carmassol bereits am Tresen und unterhält sich mit dem Wirt. Zwischen den beiden Männern stehen ein großer Teller Wurst und eine Flasche Rotwein. Zu dritt machen sie Rotwein und Wurst nieder, während sie sich über Gott und die Welt unterhalten. Anschließend setzen sich Dumont und Carmassol an einen etwas abgelegenen Tisch.

»Na«, beginnt Lucien, »hast du immer noch diesen miserablen Charakter?«

»Wie kommst du darauf, dass ich mich geändert haben könnte? Mit vierzig ist es damit vorbei. Und du? Hast du immer noch Spaß an deinem Taxi?«

»Mehr denn je. Ich arbeite, wann ich will, komme in der Stadt rum und muss nicht den ganzen Tag zu Hause bei meiner Frau sitzen. Wenn wir mal alt sind, mag das ja vielleicht angehen. Wir werden sehen ...«

Der Wirt bringt ihnen einen Topf mit Kalbskaldaunen und Kartoffeln.

»Probier das erst mal, mein Freund. Über die Arbeit reden wir später.«

Carmassol steckt sich die Serviette in den Hemdkragen, zieht ein Laguiole-Messer aus der Hosentasche, dessen Klinge vom häufigen Schleifen hauchdünn geworden ist, und schneidet das Brot. Die beiden Männer unterhalten sich über das Aveyron, regionale Spezialitäten und Wein. Dumont ist sich darüber im Klaren, dass der schlaue Bauer Carmassol das wichtige Thema erst mit vollem Magen anschneiden wird.

Schließlich schiebt Carmassol seinen Teller zurück und zieht die Serviette aus dem Kragen. Dumont hatte diesen Augenblick ungeduldig erwartet, wollte seinen alten Freund aber nicht vor den Kopf stoßen.

»Du hast mir heute Morgen gesagt, dass du dich um den Zauberer kümmerst«, beginnt Carmassol. »Doch in den Zeitungen der letzten Tage, die ich alle aufgehoben habe, ist ständig von einem gewissen Mistral die Rede. Ich kann mich sogar an ein Radiointerview mit diesem Mistral erinnern, allerdings habe ich dem keine besondere Beachtung geschenkt.«

Carmassol sieht Dumont mit seinen blauen, stets lachenden Augen an.

»So ist das nun mal. Mistral ist eine Nummer zwei, die sich gern für die Nummer eins hält. Und er legt Wert darauf, an die Öffentlichkeit zu gehen. Er liebt es, im Mittelpunkt zu stehen, und spricht nur von sich selbst.«

Carmassol nickt verständnisvoll und fragt weiter:

»Der Zauberer – war das nicht der Kerl, der Ende der Achtzigerjahre kleine Jungs umbrachte? Gibt es den immer noch?«

»Offensichtlich ja. Kein Mensch weiß, was er in den Jahren dazwischen gemacht hat. Vielleicht war er im Knast oder krank – keine Ahnung. Auf jeden Fall treibt er jetzt wieder sein Unwesen, und wir haben nicht die geringste Spur.«

Carmassol schenkt sich ein Glas Wein ein und trinkt in aller Gemütsruhe, ehe er sich ein Streichholz zwischen die Zähne steckt und mit seinem rauen Akzent weiterspricht.

»Heute Morgen habe ich an der Gare du Nord einen merkwürdigen Burschen beobachtet. Der Kerl war klein, ausgesprochen dürr und hätte für seine Augen einen Waffenschein gebraucht. Er jonglierte mit Würfeln – also, so etwas habe ich noch nie gesehen. Sein einziger Zuschauer war ein Junge von etwa zwölf Jahren. Mit ziemlicher Sicherheit ein Ausreißer.«

»Klasse, Lucien. Offensichtlich hast du deine Beobachtungsgabe nicht verloren. Was du über den Kerl sagst, entspricht dem, was wir bisher wissen. Könnte hinhauen. Und der Junge hat das von ihm bevorzugte Alter. Ist sonst noch was passiert?«

»Nicht viel. Wir hatten Blickkontakt, was mir alles andere als angenehm war. Ich hatte den Eindruck, dass er seine Umgebung genau beobachtete. Seine Hand zauberte ganz von allein. Er sprach auch nicht mit dem Jungen – mir kam es vor, als wäre ihm der Kleine völlig gleichgültig.«

»Hast du ihn weggehen sehen? Allein? Oder mit dem Jungen?«

»Für wie verkalkt hältst du mich? Hätte ich den Kerl mit dem Jungen weggehen sehen, dann hätte ich ihm sicher die eine oder andere Frage gestellt. Nein, er hat das Kind nicht mitgenommen. Ich habe einen Kunden am Bahnsteig abgeholt, und als ich kurz zu dieser Bank hinüberschaute, war der Kerl fort, aber der Junge saß noch da. Mein Taxi parkte in der Nähe des Eingangs. Ehe ich in den Wagen stieg, habe ich noch ganz mechanisch einen Blick zurückgeworfen. Und da kam es mir so vor, als wäre der Kerl mir gefolgt und hätte sich hinter eine Gruppe Reisender geduckt.«

»Du liebe Zeit, da kommt ja einiges zusammen.«

»Meinst du, es wäre sinnvoll, wenn ich zu euch käme, um ein Phantombild zu erstellen?«

Scheiße, denkt Dumont, *jetzt haben wir den Salat. Auf keinen Fall darf er ins Präsidium kommen, sonst bin ich dran.*

»Ich bin mir nicht sicher, ob das nötig ist ...«, windet sich Dumont und legt einen Block und einen Stift auf den Tisch. »Vielleicht beschreibst du ihn mir erst einmal – danach sehen wir weiter.«

Als gewissenhafter Ex-Bulle bemüht sich Carmassol, den kleinen Mann so genau wie möglich zu beschreiben. Dumont stellt präzise Fragen, die Carmassol nach bestem Wissen und

Gewissen beantwortet. Zu manchen kann er keine Angaben machen. Die Auskunft, der Mann habe einen dunkelblauen Cabanmantel getragen, unterstreicht Dumont doppelt.

»Auf den ersten Blick scheint es mir nicht nötig zu sein, dass du wegen des Phantombilds ins Präsidium kommst. Bei nächster Gelegenheit zeige ich dir die anderen Phantombilder, aber toll sind sie nicht gerade. Das Beste hat 10 von 20 Punkten. Aber du solltest mir die Stelle beschreiben, wo die beiden in der Gare du Nord gesessen haben.«

»Sollen wir hingehen?«, schlägt Carmassol vor.

»Jetzt noch?«

»Warum nicht? Aber erst gibt es zum letzten Rest Wein ein Stück Roquefort und anschließend einen Kaffee.«

Die Männer verlassen das Restaurant und treten in den strömenden Regen hinaus. Carmassol lässt Dumont in sein Taxi steigen. Um elf Uhr abends treibt sich ein ganz anderes Völkchen im Bahnhof herum. Viele Obdachlose drängen sich dort. Gruppen von drei oder vier Halbstarken lungern herum und sind auf Schlägerei aus.

Die große Halle ist fast leer. Carmassol zeigt Dumont die Bank, wo der Junge und der kleine Mann gesessen haben. Dumont schaut nach oben.

»Suchst du ein Versteck?«

»Nein, da oben sind Kameras. Ich werde mich kundig machen, ob sie tatsächlich aufzeichnen.«

»Gute Idee. Aber freu dich nicht zu früh – vielleicht ist der Kerl ja gar nicht drauf.«

»Kann schon sein, aber überprüfen muss ich es trotzdem. Das habe ich übrigens von dir gelernt.«

Als sie den Bahnhof verlassen, stoßen sie auf eine Gruppe

junger Obdachloser mit Hunden, die ziemlich aggressiv betteln. Ohne ein Wort zu sagen, öffnet Dumont seinen Blouson und zeigt ihnen seine Waffe. Stumm strebt die Gruppe auseinander.

Auf dem Rückweg tauschen die beiden Männer ihre Handynummern aus.

»Danke für alles, Lucien!«

»Es war mir ein Vergnügen, alter Freund. Tschüss!«

19

Die beiden letzten Tage haben in keinem der beiden Fälle Fortschritte gebracht – weder hinsichtlich des Zauberers noch im Fall Destiennes. Was den Raubmord angeht, so lauern die Polizisten mit Kopfhörern auf verdächtige Telefonate der Personen, deren Leitungen angezapft wurden.

Der Zauberer hält sich bedeckt und begnügt sich damit, zu arbeiten. Er kehrt weder in die Rue d'Avron noch zur Gare du Nord zurück. Die Dämonen haben ihm eine ordentliche Standpauke gehalten, die er ohne Widerrede hingenommen hat.

Am Morgen des dritten Tages verschlechtert sich die Lage. Dabei hat der Zauberer seinen Tag ganz klassisch begonnen: Zeitung, Kaffee, Kommentare der Stammgäste. In den Nachrichten gibt es nichts Besonderes; aus dem Fernseher dröhnen die neuesten Sportberichte. Lécuyer verlässt das Café. Die Alte mit den schwarz-weißen Haaren, die immer hinter ihm herschrie, ist nirgends zu sehen. Leichter Regen fällt aus tief hängenden, dunklen Wolken. Der Zauberer schlägt den Kragen hoch und geht mit tief in den Taschen vergrabenen Händen und eingezogenem Kopf die Rue des Cinq-Diamants hinunter. Er hat seine Sonnenbrille aufgesetzt, da es ihm nötig schien, seinen Blick zu verbergen.

Plötzlich sieht er die Alte. Sie hat sich wegen des Regens eine Plastiktüte über den Kopf gestülpt und schleppt in der rechten Hand ein dickes Bündel. Mit gesenktem Kopf schlurft sie vorwärts und führt mit ihrer heiseren Stimme Selbstgespräche. Der Zauberer dreht sich um. Hinter ihm ist niemand. Auch vor ihm ist kein Mensch zu sehen. Er hebt den Kopf. Keiner schaut aus dem Fenster. Nicht ein einziges Auto ist auf der Straße. Das Scheißwetter ist sein bester Komplize.

Ohne seine Gangart zu verändern, lässt er den Schraubendreher aus dem rechten Ärmel in die rechte Hand gleiten und hält sich ein bisschen weiter links. Die Alte ist noch etwa vier Meter vom Zauberer entfernt, als sie den Kopf hebt. Sie sieht nur sein ausdrucksloses Gesicht; seine Augen sind hinter der Sonnenbrille versteckt. Trotzdem begreift sie, wie böse sie sind. Und sie hat große Angst. Sie holt tief Luft, um »Der Teufel!« zu schreien, doch dazu bleibt ihr keine Zeit mehr. Sie spürt nur noch, wie etwas Kaltes in sie eindringt und ihr Herz innerhalb von zwei Sekunden explodieren lässt.

Der Zauberer hat die Alte fest an sich gepresst und hält sie aufrecht, indem er sie mit dem linken Arm an sich drückt, während er mit der rechten Hand den Schraubendreher festhält. Es sieht aus wie eine seltsame Ballettpose. Von Weitem hätte man die beiden für ein friedliches, eng umschlungenes Paar halten können, doch für die Alte ist es ein Rendezvous mit dem Tod.

Dreißig Sekunden später stirbt sie in der Rue des Cinq-Diamants. Als der Zauberer spürt, dass die Frau sich nicht mehr bewegt, lässt er sie sanft auf den Boden zwischen einem abgestellten Fahrzeug und einer Parkuhr gleiten. Das ist keine mitfühlende Geste – er weiß einfach, dass man durch abrupte Bewegungen die Aufmerksamkeit auf sich lenkt.

Ohne sich umzuschauen, setzt er seinen Weg fort. Die Alte

verschmilzt mit ihrem Bündel, neben dem geparkten Auto fällt sie nicht sofort auf. Am Ende der Straße reinigt der Zauberer seinen Schraubendreher im Rinnstein, durch den Regenwasser gluckert. Flüchtig wischt er ihn mit der Hand ab, ehe er ihn wieder in seinen rechten Ärmel steckt. Sein Auto steht am Boulevard Blanqui. Ruhig steigt er ein, fährt sich mit beiden Händen durch die Haare, schnallt sich an und fährt umsichtig los. Sein erster Kunde wohnt auf dem Boulevard du Montparnasse.

Der Tod der alten Frau mit den schwarz-weißen Haaren wird der Einsatzleitung etwa eine halbe Stunde später von zwei Angestellten der Stadtreinigung gemeldet. Der diensthabende Beamte hält sich buchstabengetreu an die Vorschriften. Da es sich eindeutig um einen Mord handelt, benachrichtigt er zunächst die Mordkommission. Weil das Opfer aber kein Kind war, schlägt er nicht etwa Alarm, sondern wendet sich an die Abteilung der Kriminalpolizei, die für das linke Seineufer zuständig ist.

Zwei Beamte begeben sich an den Tatort, wo sie bereits von einem mit starken Scheinwerfern ausgerüsteten Polizeifahrzeug erwartet werden. Auch die kleine grüne Elektrokarre der Stadtreinigung ist noch vor Ort. Die Fakten sind rasch ermittelt und werden von einem ebenfalls gerufenen Notarzt bestätigt: Die alte Frau ist erstochen worden. Man hat ihr eine lange Klinge von unten nach oben mitten durch das Herz gestochen. Da sie höchstens vierzig Kilo wog, traf die Klinge auf keinerlei Widerstand.

Zwei weitere Beamte kommen hinzu und erkundigen sich bei den Anliegern der Rue des Cinq-Diamants nach Einzelheiten. Die Befragung ist schnell beendet. Die meisten Leute kennen das Opfer. Alle sind schockiert, aber niemand hat etwas gesehen.

Um 10.00 Uhr werden die sterblichen Überreste von Irène Meunier, fünfundsechzig Jahre alt, ohne festen Wohnsitz – die Fakten entnimmt man ihrem Personalausweis – in die Gerichtsmedizin an der Place Mazas im zwölften Arrondissement gebracht, wo sie innerhalb der nächsten vierundzwanzig Stunden obduziert werden soll. Die beiden Polizeibeamten fahren auf ihr Revier zurück, wo sie den Staatsanwalt informieren und alle Fakten zu Protokoll nehmen. Einer von ihnen macht der Einsatzleitung Meldung, der die Nachricht erneut an die Mordkommission weitergibt.

Sie landet im Posteingang von Dumont, der sie liest und mit seinen Initialen abzeichnet.

Der Zauberer arbeitet den ganzen Tag. Dabei meidet er sorgfältig die Orte, an denen die Versuchung lauern könnte. Immer wieder denkt er an den bevorstehenden Termin mit dem Fliegen-Pyschiater. Er bittet die Dämonen um Rat, doch die würdigen ihn keiner Antwort; sie missbilligen den Mord an der alten Frau. Der Zauberer versucht ihnen klarzumachen, dass die Alte eine Gefahr für ihn darstellte, weil sie ihn durchschaut hatte. Doch die Dämonen erwidern nur knapp: *Dann hättest du einfach dein Frühstück in einem anderen Viertel zu dir nehmen können, anstatt uns jetzt mit deinen Problemen zu nerven.*

Mehr ist nicht aus ihnen herauszuholen. Der Zauberer beendet seinen Arbeitstag schweigend und konzentriert. Der Gedanke an den Termins beim Psychiater macht ihm mehr zu schaffen, als er sich eingestehen mag. Um 18.00 Uhr, eine halbe Stunde zu früh, parkt er fast direkt gegenüber der Praxis.

Er lässt die Scheibe seines Wagens herunter, atmet tief durch und versucht in die Rolle des kleinen, vom Leben gebeutelten Mannes zu schlüpfen. Ab und zu peitscht der Wind Regentropfen durch die geöffnete Scheibe auf sein Gesicht. Der Zauberer empfindet das als angenehm; er verlässt den Wagen, legt den Kopf zurück und lässt sich mit geschlossenen Augen nass regnen. Schließlich steigt er wieder ein, fährt mit beiden Händen über sein Gesicht und kämmt mit den Fingern sein Haar nach hinten. Er wischt sich die Hände an der Hose ab und zieht den Text aus der Tasche, den er auf Anraten der Dämonen aufgeschrieben hat. Als er merkt, dass er ihn auswendig kennt, wird er ein wenig ruhiger. Um 18.25 Uhr klingelt er an der Praxistür. Die Sekretärin bittet um etwas Geduld. Er geht ins Wartezimmer, setzt sich aber nicht. Pünktlich um halb sieben begleitet sie ihn ins Sprechzimmer.

Der Zauberer geht mit kleinen Schritten. Er hat den Kragen seines Cabanmantels heruntergeschlagen und den Kopf zwischen die Schultern gezogen. Seine Hassscheinwerfer sind abgeschaltet, seine Mundwinkel hängen herab. Er gibt sich tief beeindruckt von dem Luxus des Sprechzimmers mit seinen Mahagonimöbeln und dem gedimmten Licht. Mit tief in den dicken Teppich eingesunkenen Füßen bleibt er stehen, bis der Psychiater mit der Fliege ihn auffordert, Platz zu nehmen. Er setzt sich auf den äußersten Rand des Stuhls. Mit eng zusammengepressten Beinen und einer unterwürfigen Haltung wartet er, dass der Arzt das Wort an ihn richtet. Sein gesamtes Verhalten scheint um Entschuldigung für die Störung zu betteln. Der Psychiater hat seine Notizen über Lécuyer vor sich auf dem Schreibtisch liegen. Er sitzt bequem in seinem Ledersessel, wippt vor- und rückwärts und mustert schweigend den kleinen Mann. Dann wirft er einen verstohlenen Blick auf die

Uhr. Lécuyer ist sein letzter Patient, ehe er um 19.00 Uhr den Termin mit dem Polizeikommissar hat.

»Wie ist es Ihnen seit unserem letzten Treffen ergangen?«

Lécuyer nickt, ehe er mit leiser Stimme sagt: »Eigentlich ganz gut.«

»Na wunderbar«, erwidert der Psychiater. Ehe er weiterspricht, ordnet er mit der Hand die über seinen Schädel gekämmte Haarsträhne. »Wissen Sie, ich würde gern mit Ihnen ein wenig ausführlicher über Ihren bisherigen Lebensweg sprechen.«

Und schon geht es los, denkt Lécuyer. *Du hast nichts zu befürchten*, erinnern ihn die Dämonen. *Wir sind bei dir.*

Erleichtert wartet Lécuyer auf die Fragen des Psychiaters.

Thévenot öffnet und schließt seinen dicken Füllfederhalter, was Lécuyer für ein Zeichen von Konzentration hält. Er sieht, wie der Psychiater die Akte auf seinem Schreibtisch überfliegt. Nur allzu gern wüsste er, was darin steht. Thévenot liest: »Sollte genauer untersucht werden – viel Arbeit vonnöten – äußerst komplexe Persönlichkeit – vermutlich traumatisches Erlebnis – welches? – Verbindung zwischen alter Frau und Mutter möglich? – im Gefängnis erzählte Familiengeschichte überprüfen – bestimmte Partien erscheinen inkohärent – Anfang ist gemacht.«

»Erzählen Sie mir von Ihrer Kindheit. Fangen Sie so früh an, wie Sie sich erinnern können«, ermuntert Meister Fliege ihn lächelnd.

»Womit soll ich anfangen?«, fragt Lécuyer schüchtern.

»Mit den ersten Erlebnissen, an die Sie sich erinnern können.«

Lécuyer tut so, als denke er intensiv nach. Schließlich beginnt er langsam – sehr langsam – mit der Geschichte, die er längst auswendig kennt. Mit stockender Stimme, als könne er sich nur mühsam bestimmter Dinge entsinnen, breitet er seine Lügengespinste vor dem Psychiater aus. Thévenot notiert sich ab und zu Einzelheiten, runzelt manchmal die Stirn und unterstreicht gewisse Worte. Das wiederum irritiert Lécuyer. Die Dämonen versuchen, ihn zu beruhigen.

Schließlich konsultiert der Psychiater seine Uhr, die 18.50 Uhr anzeigt, setzt endgültig die Kappe auf seinen Füllfederhalter, stempelt Lécuyers Besuchsnachweis und begleitet seinen Patienten zum Ausgang.

Anschließend kehrt er an seinen Schreibtisch zurück und tippt sich nachdenklich mit dem Zeigefinger an die Lippe. Mit einem langen Strich teilt er ein Blatt Papier in zwei Hälften. Auf die linke Seite schreibt er: »Aussage im Gefängnis«, rechts notiert er: »Aussage in der Praxis«. Fünf Minuten lang hält er auf beiden Hälften des Blattes bestimmte Ausführungen fest. Er ist sichtlich unzufrieden. Endlich faltet er das Blatt, heftet es in die Akte mit der Aufschrift LÉCUYER und räumt sie in die Hängeregistratur eines Schrankes, den er abschließt.

Der Zauberer verlässt die Praxis ausgesprochen erleichtert. Er setzt sich in sein Auto, kann aber nicht sofort losfahren, weil seine Knie noch immer schlottern. Er ist sich bewusst, dass er sich auf sehr unsicheres Terrain begeben hat und dass diese Situation noch einige Zeit andauern wird. Langsam erholt er sich. Die Dämonen billigen jeden Satz, den er gesagt hat. Alles steht zum Besten. Schon jetzt erinnert er sich kaum noch der alten Frau, die er in der Rue des Cinq-Diamants kaltgemacht hat.

Er lässt den Motor an und betätigt, ehe er losfährt, die Scheibenwischer, als sein Blick an einem Mann auf dem gegenüberliegenden Gehsteig hängen bleibt. Der Mann ist groß, dunkel und elegant gekleidet. In der Hand hält er eine kleine Aktentasche aus weichem Leder. Er verlangsamt seinen Schritt, wirft einen suchenden Blick auf die Hausnummer und steigt die drei Stufen hinauf, die ihn von der Sicherheitsglastür und der Gegensprechanlage trennen. Lécuyer sieht, dass der Mann die Klingel unten links drückt – es ist die Klingel des Psychiaters. Er sagt seinen Namen in die Sprechanlage, doch den kann der Zauberer nicht hören. Die Tür summt, springt auf und lässt den Besucher in die hell erleuchtete Eingangshalle eintreten. Der Mann schaut sich nicht um. Lécuyer schaltet das Abblendlicht ein, befestigt den Sicherheitsgurt, blinkt links, reiht sich in den Verkehr ein und fährt nach Hause.

Der Psychologe setzt sich in einen der Besuchersessel, Mistral nimmt ihm gegenüber Platz.

»Sie heißen Mistral? Wie der Dichter?«

»Und wie der Wind. Ich bin Provenzale.«

»Dagegen klingt Ludovic alles andere als provenzalisch.«

»Meine Mutter hat den Namen ausgesucht und durchgesetzt. Ich weiß bis heute nicht, warum und bin für sämtliche Vermutungen offen.«

Der Gesprächsbeginn amüsiert Mistral.

»Ehrlich gesagt wäre ich tief enttäuscht gewesen«, fährt er fort, »wenn Sie keine Couch gehabt hätten. Die berühmte Couch des Psychiaters! Ich muss schon sagen: Ihre ist ja wirklich der schiere Luxus!«

»Ein Psychiater muss eine Couch haben, das gehört nun mal zum Mythos. Aber soll ich Ihnen etwas verraten? Ich benutze sie höchstens fünf-, sechsmal in der Woche. Die meisten Patienten bevorzugen die Sessel, in denen wir jetzt sitzen. Der eifrigste Benutzer der Couch bin ich übrigens selbst.

Nach dem Mittagessen habe ich häufig einen toten Punkt, und die Couch eignet sich ganz hervorragend für ein Mittagsschläfchen.«

»Und wer legt sich – abgesehen von Ihnen – auf diese Couch?«, fragt Mistral schmunzelnd.

»Hauptsächlich Leute, die viel über Psychiatrie gelesen oder im Fernsehen oder Kino gesehen haben und den Psychiater von vorneherein mit einer Couch in Verbindung bringen«, erwidert Thévenot. »Aber ich bin ganz sicher, dass alle meine Patienten enttäuscht wären, wenn ich keine hätte – selbst, wenn sie sie nicht benutzen.«

»Tatsächlich?«

»Da muss ich Ihnen eine kleine Anekdote erzählen – und danach können wir über Ihr Anliegen sprechen. Also, ich habe einen Kollegen, der an zwei oder drei Vormittagen pro Woche Sprechstunden in einer Ambulanz abhält. Sein Sprechzimmer dort ist äußerst spartanisch eingerichtet – Schreibtisch, zwei Stühle, ein Aktenschrank, alles aus dunkelgrünem Metall im typischen Bürocharme der 1950er Jahre. Fast alle Patienten fragen ihn, warum er keine Couch hat, was er normalerweise nicht näher erklärt. Eines Tages war er die ständige Fragerei leid. Er besorgte sich einen ausrangierten gynäkologischen Stuhl, legte eine rote Decke darauf und stellte das Ding in sein kleines Büro. Seitdem hat nie mehr jemand gefragt. Mein Kollege behauptet sogar, dass seine Patienten ihm zufriedener erscheinen, seit sie bei einem Psychiater mit einer Couch in Behandlung sind – eben einem echten Psychiater. Und nun – was kann ich für Sie tun?«

»Wie schon gesagt möchte ich mit Ihnen über das Verhalten des Kindermörders sprechen, den man in der Öffentlichkeit ›den Zauberer‹ nennt. Sechs Morde an kleinen Jungen und zwei Mordversuche gehen auf sein Konto. Vor etwa zwölf Jahren hörte die Serie plötzlich auf, aber ebenso plötzlich fing es vor drei Wochen wieder an – zunächst mit einem Versuch und schließlich vor einigen Tagen mit einem vollendeten Mord.«

Der Psychiater hört Mistral aufmerksam zu.

»Interessant, dass die Polizei inzwischen solche Wege beschreitet. Ich persönlich erlebe zum ersten Mal einen Polizisten, der mich anlässlich eines solchen Falls konsultiert.«

»Ich habe einige Monate in den USA beim FBI verbracht und miterlebt, wie häufig die Bundespolizei mit Psychiatern zusammenarbeitet. Ich denke, man sollte diese Methode auch bei uns in Frankreich ausbauen.«

»Da bin ich ganz und gar Ihrer Ansicht.«

»Zunächst wüsste ich gern, ob Sie schon zuvor etwas über diesen Menschen gehört haben.«

»Selbstverständlich. Wie ich Ihnen bereits am Telefon sagte: Ich kenne die Geschichte des Zauberers und finde sie sehr beängstigend. Schon während der ersten Serie habe ich mich im privaten Rahmen mit einigen Kollegen über seine möglichen Motive und Beweggründe ausgetauscht. Vor einiger Zeit habe ich dann aus der Presse erfahren, dass er wieder zugeschlagen hat. Wir sprechen also tatsächlich von ein und demselben Täter.«

Mistral nickt. »Wenn Sie möchten, gebe ich Ihnen einen kurzen Überblick.«

Der Psychiater greift zu Notizblock und Füller. »Was wissen wir über den Zauberer?

Obwohl Mistral die Fälle in- und auswendig kennt, nimmt er eine Akte mit einigen handgeschriebenen Dokumenten aus seiner Tasche und wirft ab und zu einen Blick hinein. Akribisch berichtet er von sämtlichen Fällen – von den frühesten bis hin zu dem Mord in der Rue Watt.

Der Psychiater macht sich Notizen. Manchmal fügt er ein Fragezeichen hinzu. Mistral berichtet auch über den aus einem Blouson herausgerissenen Stofffetzen mit den Spuren von Eau de Toilette. Außerdem spricht er über die Spuren, die das Labor auf der Kleidung des Jungen in der Rue Watt gefunden hat, und teilt Thévenot seine Schlüsse mit. Lange verweilt er bei den Aussagen der Opfer, die dem Mörder entkommen konnten.

»Sehr interessant«, erklärt der Psychiater schließlich nachdenklich. »Jetzt verstehe ich Ihre Stellungnahme in den Medien sehr viel besser.«

Er schweigt und überlegt. Dabei spielt er mit der Kappe seines Montblanc herum. Mistral beobachtet ihn wortlos. Langsam steht der Psychiater aus seinem Sessel auf, geht mit großen Schritten in seinem Sprechzimmer auf und ab und tippt mit dem Zeigefinger an seine Lippen. Schließlich wendet er sich einem niedrigen Mahagonischränkchen zu und entnimmt ihm eine Flasche Portwein sowie zwei Gläser, die er füllt.

»Dies ist ein ganz herausragender Portwein«, sagt er lächelnd. »Sie werden gleich merken, wie er unsere Überlegungen erleichtert.«

Mistral führt das Glas an seine Nase, ehe er einen kleinen Schluck kostet.

»Wirklich köstlich«, sagt er dankbar.

»Ein Kollege aus Porto hat ihn mir geschenkt. Wer hat den Mörder eigentlich ›Zauberer‹ getauft?«, fährt der Psychiater nach einem kurzen Blick auf seine Notizen fort.

»Ich denke, das waren die Ermittler bei der Kripo.«

»Und wann?«

»Tja, ich glaube, zu Beginn sprach man immer nur vom ›Kindermörder‹, bis einer der entkommenen Jungen aussagte, dass der Täter mit Würfeln oder Münzen spielen konnte wie ein Zauberer. Seither war er der Zauberer. Wissen Sie«, fügt Mistral hinzu, »wenn wir jemanden suchen, dessen Identität uns nicht bekannt ist, benennen wir ihn immer nach einem Charakteristikum. Auf der Akte steht dann: ›X, genannt DER ZAUBERER‹.«

»In gewisser Weise haben Sie ihm damit zu einer neuen Identität verholfen.«

Der Psychiater steht mit seinem Portweinglas noch immer mitten im Sprechzimmer. Mistral wartet auf eine nähere Erläuterung.

»Das bedeutet, Ihr Täter – der mit Sicherheit Zeitungen liest und fernsieht – hat eines Tages erfahren, dass man ihn den Zauberer nennt.«

»Und?«

»Vermutlich hat er sich geschmeichelt gefühlt. Sein Ego ist bestärkt worden. Ein Zauberer – das macht doch gleich viel mehr her als ein Kindsmörder.«

»Aber ändert das etwas? Wird er durch diese Bezeichnung gefährlicher?«

»Möglicherweise nicht. Aber zumindest empfindet er es als eine gewisse Wertschätzung, die seinem Ego guttut. Obendrein ist es sein Feind, der ihn so getauft hat, und der Name ist in ganz Frankreich bekannt. Was kann er mehr erwarten?«

»Sehen Sie das nicht ein wenig einseitig? Ich glaube kaum, dass er sich so viele Gedanken macht.«

»Woher wollen Sie das wissen? Welche Informationen haben Sie über ihn? Nicht gerade viel. Sie wissen das, was Ihnen drei Kinder erzählt haben. Von seinem Aussehen haben Sie eine mehr als vage Vorstellung; sein Gesicht ist das Ergebnis dreier Phantombilder, die nicht viel taugen. Richtig?«

»Richtig«, bestätigt Mistral.

»Sie haben an seiner Kleidung ein vergammeltes Eau de Toilette gefunden, das ihn – da stimme ich mit Ihnen überein – vermutlich an jemanden erinnert. Aber an wen? Im Augenblick haben Sie ein paar vage Vermutungen, die Sie aber nicht weiterbringen. Oder liege ich falsch?«

»Leider nicht«, seufzt Mistral.

»Er hingegen ist Ihnen gegenüber im Vorteil. Er kennt den Namen des Polizisten, der die Ermittlungen leitet. Er weiß, dass das Phantombild nicht viel hergibt und dass Sie seinen Status als Zauberer herabgewürdigt haben, denn Sie haben ihn mehr oder weniger als Dummkopf hingestellt. Sicher – Sie wollen, dass er reagiert, und das ist ein sinnvoller Schachzug.«

Genüsslich leert der Psychiater sein Glas, tupft sich die Lippen mit einem weißen Taschentuch ab, überzeugt sich, dass seine Haarsträhne ordentlich über seinem Schädel klebt, und schenkt sich ein weiteres Glas Portwein ein. Als er auch Mistral nachschenken will, schüttelt dieser leicht den Kopf. Mit dem Glas in der Hand wandert der Arzt weiter in seinem Sprechzimmer umher.

»Aber jetzt stecken Sie mittendrin. Das Beste wäre, nach vorn zu preschen und nachzulegen. Zeigen Sie sich. Er muss ein Gesicht mit dem Namen Mistral in Verbindung bringen können. Außerdem sollten Sie die Ausgangslage verändern. Stürzen Sie ihn in Zweifel. Machen Sie ihn glauben, dass Sie etwas gegen ihn in der Hand haben.«

Mistral überlegt. Die Taktik des Psychiaters ist nicht von der Hand zu weisen.

»Sie haben recht. Wir müssten den Präfekten dazu bringen, dass er mich an einer Fernsehsendung teilnehmen lässt – irgendetwas in dieser Art.«

»Gute Idee. Sie sollten ihn auch weiterhin erniedrigen, allerdings immer in Maßen. Er darf nicht zur Karikatur werden.«

»Vor allem müssen wir versuchen, seine Reaktion einzuschätzen«, meint Mistral nachdenklich.

»In dem Augenblick, wo Sie persönlich auf dem Bildschirm auftauchen, könnte er sich versucht fühlen, Ihnen irgendwie zu antworten – zum Beispiel mit einem anonymen Brief an eine Zeitung oder die Polizeidirektion, etwas in dieser Art. Und ganz bestimmt wird er sich bemühen, Ihnen zu demonstrieren, dass der Zauberer durchaus nicht das armselige Würstchen ist, als das Sie ihn darstellen. Möglicherweise versucht er, telefonisch Kontakt zu Ihnen aufzunehmen. Dazu ist er fast gezwungen! Ziel der Sache ist, ihn aus der Anonymität zu locken, sodass er zu einem Wesen aus Fleisch und Blut wird. Es ist leichter, nach einem Menschen zu fahnden, als nach einem Phantom.«

»Da gebe ich Ihnen recht. Aber was ist, wenn er nichts von alledem tut?«

»Das wäre eine absolute Katastrophe. Dann hätte er in jeder Hinsicht gewonnen. Er würde seinen Feind kennen, seine Anonymität wahren und wäre Ihnen gegenüber auf allen Ebenen im Vorteil. Sie hingegen würden sich mit einer Jagd nach dem Wind aufreiben.«

»Trotzdem: Mir bleibt keine andere Wahl«, entgegnet Mistral fatalistisch. »Zu Beginn unseres Gesprächs haben Sie erzählt, dass Sie während der ersten Mordserie mit Kollegen den Fall des Zauberers erörtert haben. Zu welchen Ergebnissen sind Sie damals gekommen?«

Der Psychiater setzt sich Mistral gegenüber und leert sein zweites Glas Portwein zur Hälfte.

»Lassen Sie mich nachdenken … Wenn ich mich recht entsinne, haben wir versucht, uns ein Bild von dem Kerl zu machen. Wie Sie wissen, hatten wir damals keinen Kontakt zur Polizei. Wir haben uns darauf geeinigt, dass er mit ziemlicher Sicherheit sexuell frustriert ist, keine oder allenfalls eine äußerst schwache Beziehung zu seinen Eltern hat, sich wehrlose Opfer sucht, weil er absolute Macht über sie ausüben will, und dass er vermutlich keinerlei Schuldbewusstsein kennt. Das dürfte es im Großen und Ganzen gewesen sein.«

»Ich denke, da sind wir einer Meinung«, erwidert Mistral. »Aber warum tötet er Kinder?«

»Ganz ehrlich: Ich habe nicht die geringste Ahnung. Wenn es Ihnen je gelingen sollte, ihn dingfest zu machen, müssten wir die Antwort auf Ihre Frage in den tiefsten Tiefen seines Gehirns suchen. Er ganz allein besitzt den Schlüssel! Als meine Kollegen und ich vor einigen Jahren über den Fall sprachen, kamen wir unter anderem auch überein, dass der Zauberer den Intimkontakt zu einem Opfer braucht, das er zwar nicht kennt, dem er sich aber überlegen fühlt. Der Mann macht sich über seine jungen Opfer her, um – wie soll ich sagen? – ihre Seele zu verschlingen. Ja, das ist es: Er will ihre Seele verschlingen.«

»Ein ähnlicher Gedanke ist mir auch schon gekommen, aber das bringt uns nicht näher an ihn heran. Also werde ich wohl oder übel zu anderen Mitteln greifen müssen, um ihn aus der Reserve zu locken.«

»Was ist mit Ihren Kollegen? Werden Sie bei Ihrem psychologischen Ansatz unterstützt?«

»Eine kleine Minderheit pflichtet mir bei, ein paar sind vehement dagegen – die meisten allerdings bezweifeln, dass es etwas bringt, oder es ist ihnen egal, weil sie ohnehin nicht wissen, was sie damit anfangen sollen. Dennoch bin ich mir jetzt ganz sicher, dass ich trotz der wenigen gefundenen Spuren weiterkommen könnte, wenn ich im Fernsehen auftrete. Falls man es mir gestattet …«

»Ich stimme Ihnen aus vollstem Herzen zu.«

Mistral räumt seine Unterlagen in die Aktentasche. Gerade als er sich von dem Psychiater verabschieden will, fällt ihm noch etwas ein.

»Sie betreuen doch Haftentlassene, nicht wahr? Sehen Sie in Ihrer Praxis häufig Menschen, die Kindern gegenüber … heftige Begierden entwickeln?«

»Ab und zu schon. Meist sind es Männer, die in irgendeiner Weise mit Kindern gearbeitet haben. Betreuer in Feriencamps, Hauslehrer und so weiter, die sexuelle Beziehungen zu Kindern hatten. Aber keine Mörder, wenn es das ist, was Sie interessiert.«

»Eine letzte Frage: Wenn jemand wie der Zauberer Ihnen gegenübersäße …«

Mistral lässt den Satz in der Schwebe.

»Nun, das ist ganz einfach«, antwortet der Psychiater begeistert, rückt seine Fliege zurecht und fährt über seine Haarsträhne, »ich wäre hingerissen. Ja, wirklich – hingerissen! Wundert Sie das? Jeder Psychiater träumt davon, Menschen jenseits aller Normen, große Verbrecher und komplizierte Persönlichkeiten zu behandeln. Trotzdem muss ich auch zugeben, dass ich wahrscheinlich große Angst hätte. Jedenfalls würde ich die Therapie wesentlich lieber im Gefängnis durchführen, als ihm hier in der Praxis unter vier Augen gegenüberzusitzen.«

Auf dem Rückweg denkt Mistral über den langen Weg nach, der ihm noch bevorsteht, ehe er den Zauberer dingfest machen kann – falls es ihm überhaupt je gelingen wird. Der Regen hat noch immer nicht nachgelassen; hinzu kommt eine beißende Kälte.

Morgen früh wird es bestimmt spiegelglatt auf den Straßen, denkt Mistral.

Entgegen seiner sonstigen Gepflogenheiten schaltet er seinen CD-Spieler nicht ein. Stattdessen überlegt er, wie er Guerand am besten überzeugen könnte, seinen Fernsehauftritt zu befürworten. Sie müsste voll und ganz hinter ihm stehen, um dem Präfekten die Sache schmackhaft machen zu können.

Als Mistral nach Hause kommt, schlafen die Kinder schon. Er geht kurz in ihre Zimmer und betrachtet sie in ihren Betten, ehe er mit Clara zu Abend isst. Clara spricht von den Sommerferien und macht ihm einige Vorschläge. Mistral bemüht sich redlich, an etwas anderes als den Zauberer zu denken. Clara bemerkt es und ist ihm dankbar dafür.

Lécuyer öffnet eine Dose Erbsen und isst sie mit einem Suppenlöffel kalt aus der Büchse. Er sitzt in seinem Sessel, starrt auf den Fernsehbildschirm und schmatzt vernehmlich. Der Zauberer hat eigens die Spätnachrichten abgewartet, doch die Moderatorin beließ es bei einem einzigen Satz zu den polizeilichen Ermittlungen – »Was die Morde an dem zehnjährigen Jungen und der alten Dame betrifft, gibt es bisher keine neuen Erkenntnisse.« Lécuyer hat daraus geschlossen, dass der Mord an der alten Stadtstreicherin niemanden interessierte, wenn schon das Fernsehen nicht darüber berichtete.

Trotzdem musst du aufpassen, wenden die Dämonen nüchtern ein. *Vielleicht sagen die Bullen ja nicht alles.*

»Schon möglich«, erwidert Lécuyer laut.

Vor dem Schlafengehen zieht er sich für mehr als zwei Stunden mit seiner Sammlung in sein Tipi zurück. In einer Art Trance erlebt er jede Einzelheit von Neuem. Er durchlebt alle Gefühle mit ungeahnter Kraft und doch ohne die Gefahr, dabei erwischt zu werden.

Als er sein Tipi verlässt, ist er fast ruhig. Er legt sich auf sein Bett, doch kurz vor dem Einschlafen fällt ihm siedend heiß der Termin mit dem Bewährungshelfer am nächsten Morgen ein. Als ob der Psychiater und der Untersuchungsrichter nicht schon genügten! Ganz abgesehen von der penetranten Neugier der Da Silvas. Allmählich wird es Lécuyer zu viel.

Mit einem Satz springt er aus dem Bett. Er ist stinkwütend und schimpft mit hasserfüllten Augen halblaut vor sich hin, wobei er jedes Wort betont: »Wie lange wollen die mich mit ihrer Fragerei noch nerven? Die kapieren doch ohnehin nicht das Geringste. Der neue Blödmann kriegt genau den gleichen Mist serviert wie alle anderen. Und wie alle anderen wird er nichts merken. Er stempelt meinen Besuchsnachweis, und das war's.«

Wie ein Irrer marschiert er immer wieder um den Tisch herum, bis ihm schwindelig wird. Erst dann geht er langsamer und lässt sich schließlich in seinen Sessel fallen. Kurz darauf schleppt er sich in sein Bett und schläft tief und fest ein – endlich einmal ein Schlaf ohne Träume.

ZWEITER TEIL

20

Als Lécuyer erwacht, macht er ausgiebig Toilette, rasiert sich sorgfältig, zieht saubere Kleider an und besprüht sich mit seinem Eau de Toilette.

Wenn es denn sein muss, werde ich dem halt auch den ›armen kleinen Mann‹ vorspielen. Er will einen rehabilitierten Knastbruder? Kann er haben. Ich werde jedenfalls picobello bei ihm aufkreuzen.

Mit entschlossenem Schritt verlässt er seine Wohnung und stürmt die wenigen Stufen hinab. Erst auf dem Gehsteig zieht er andere Register und ist nun wieder der kleine, vom Leben gebeutelte Mann auf dem Weg zur Arbeit. Sein Programm läuft ab wie immer: Zeitung kaufen, Kaffee trinken, den Spinnern an der Bar lauschen.

Die Saufkumpane ziehen mächtig vom Leder. Es geht um ein Thema, das Lécuyer brennend interessiert – den Mord an der alten Stadtstreicherin mit dem Damebrett auf dem Kopf. Und wie sie über das Schicksal der Alten mit der heiseren Stimme lamentieren! Bestimmt hätte keiner von ihnen auch nur im Traum daran gedacht, ihr einen Kaffee auszugeben, aber alle regen sich darüber auf, dass man sie wie einen Hund auf offener Straße abgestochen hat. Und dabei wurde ihr noch nicht einmal etwas geklaut! 1.500 Euro trug sie am Körper versteckt. Warum also wurde sie umgelegt, wenn nicht wegen der Kohle? Wir leben wirklich in einer komischen Zeit!

Lécuyer hört ihnen zu, wie sie herumgrölen und Krokodilstränen vergießen. Der Wirt streicht seine Menschenfreundlichkeit heraus: »Ich habe ihr manchmal etwas zugesteckt. Und wenn ich ihr Wasser anbot, hat sie so lange herumgejammert, bis ich ihr dann doch ein großes Glas Wein einschenkte. Sie wollte immer den Roten. Auf ihrer Weise war sie ganz schön keck. Die Bullen sind gestern Nachmittag noch einmal hier gewesen und haben sich die Geschäftsleute und Anwohner aus dem Viertel zur Brust genommen. Man hat uns gefragt, ob wir die Alte kannten und vielleicht wüssten, warum man sie abgemurkst hat.«

»Und was hast du gesagt?«, erkundigt sich einer der Saufkumpane.

»Was hätte ich schon sagen sollen? Natürlich die Wahrheit, wie alle anderen auch. Dass ich keine Ahnung hätte und mir keine Feinde bekannt wären. Ich habe den Satz mal in einem Film gehört und konnte ihn hier prima gebrauchen.«

Lécuyer beobachtet, wie der Wirt und seine Gäste in lautes Gelächter ausbrechen, bis sich einer verschluckt. Eine Runde Calvados erscheint auf dem Tresen. Die Gläser werden auf einen Sitz geleert.

Als der Zauberer in sein Auto steigt, regnet es nicht mehr. Lécuyer ist das Wetter gleichgültig. Es ist sehr kalt; der Himmel hängt grau und niedrig über den Straßen. Der Zauberer fährt vorsichtig wie immer und kommt ein wenig zu früh bei seinem Bewährungshelfer an. Noch einmal überfliegt er flüchtig den Zettel, den er für den Psychiater vorbereitet hat. Er fühlt sich ruhiger als am Vortag – vermutlich wegen der Dinge, die er im Café gehört hat. Was den Mord an der alten Stadtstreicherin betrifft, tappen die Bullen offenbar völlig im Dunkeln.

Ich werde ihm den gleichen Mist auftischen wie dem anderen Idioten.

Auch die Dämonen beruhigen ihn, und so betritt er voller Selbstvertrauen, jedoch in seiner Rolle des kleinen, bedrückten Mannes das Büro des Bewährungshelfers. Er meldet sich bei der Sekretärin, die ihn ins Wartezimmer schickt.

Wie beim Untersuchungsrichter, denkt er.

Schließlich ist er an der Reihe.

Der Bewährungshelfer entpuppt sich als junge, ziemlich hübsche, aber sehr energische Frau, was sofort die Dämonen auf den Plan ruft.

Achtung, Gefahr! VORSICHT!

Auch Lécuyer hat die Falle bemerkt. Er bleibt stehen, bis er aufgefordert wird, sich zu setzen. Die Bewährungshelferin kennt seine Akte offensichtlich sehr genau. Sie beginnt mit dem Hinweis, dass sie ab jetzt anstelle des Untersuchungsrichters für ihn zuständig ist und dass er ab sofort – abgesehen natürlich von seiner psychiatrischen Betreuung – nur noch mit ihr zu tun hat. Anschließend erinnert sie ihn an seine Pflichten.

Das weiß ich doch alles. Ich lasse sie einfach reden. Solange sie quatscht, habe ich meine Ruhe. Eine altbewährte Taktik.

Lécuyer nickt gehorsam.

Aber natürlich, Madame, ich habe alles begriffen.

Dann stellt sie ihm die erste Frage. Er kennt sie bereits.

»Wie sieht Ihr Leben seit der Entlassung aus dem Gefängnis aus?«

»Ganz gut. Es gibt keine Probleme.«

Er spricht mit tonloser, unsicherer Stimme.

»Ich kann Sie kaum verstehen. Geht es Ihnen in Freiheit nicht gut?«

»Doch, natürlich.«

Lécuyer bemüht sich um eine festere Stimme. Er spürt, dass ihm sonst Gefahr droht.

»Arbeiten Sie noch immer für den gleichen Betrieb – bei dieser Klempnerei?«

»Ja. Hier ist meine letzte Lohnabrechnung.«

»Und Ihre Termine beim Psychiater?« Sie konsultiert die Akte. »Zeigen Sie mir bitte den Besuchsnachweis.« Sie kontrolliert die Stempel. »Gut, da ist alles in Ordnung. Zumindest behördlicherseits.« Sie mustert Lécuyer. »Trotzdem will mir scheinen, dass Sie Ihr Leben in Freiheit nicht wirklich genießen. Was tun Sie, wenn Sie nicht arbeiten?«

»Äh ...« Lécuyer weiß nicht, was er antworten soll. »Eigentlich nichts.«

»Wie nichts? Gehen Sie nie aus der Wohnung?«

Lécuyer überlegt hektisch. Am liebsten hätte er sie angebrüllt: *Natürlich unternehme ich jede Menge, blöde Kuh. Zum Beispiel suche ich Kinder, die ich kaltmachen kann, außerdem beschäftige ich mich mit meiner Sammlung. Ich habe genug zu tun! Und wenn ich wollte, könnte ich dich in der Luft zerreißen.*

Er räuspert sich: »Sicher ... äh ... ich gehe spazieren. Und ich besuche Einkaufszentren.«

Diesen Satz hat er im Gefängnis tausendmal von jungen Knastbrüdern gehört. Offenbar war es ihre Leidenschaft, die Wochenenden in Einkaufszentren zu verbringen. Warum sollte es bei ihm nicht genauso sein?

»Und was machen Sie so im Einkaufszentrum?«

»Nichts Besonderes«, antwortet er schulterzuckend. »Ich schaue mir die Geschäfte an und kaufe mir etwas zu essen. Solche Dinge eben.«

»Haben Sie Familie?«

»Nur eine Tante, aber die wohnt nicht in Paris. Ich glaube, nach allem, was ich getan habe, hat sie keine Lust, mich zu sehen.«

»Schon möglich ... Ich werde mich mit Ihrem Arbeitgeber in Verbindung setzen, um zu sehen, ob von seiner Seite aus ebenfalls alles gut läuft.«

»Sicher. Das ist doch völlig normal.«

Lécuyer sitzt wie auf glühenden Kohlen. Er fürchtet den alten Da Silva, seit er einmal mit dem Cabanmantel in der Werkstatt herumstolziert ist. Da Silva hatte ihn verstört gemustert, als wäre ihm plötzlich klar geworden, welch erschreckende Persönlichkeit sich unter dem kleinen, harmlos wirkenden Männlein verbarg.

Lécuyer verspürt ein Kribbeln im Rücken. Er hasst Gespräche, in denen er sich unterwerfen muss und wo er hinter jedem Satz eine Falle vermutet.

Die Bewährungshelferin ermahnt ihn nochmals, seine Arbeit zuverlässig zu erledigen und allen behördlichen Aufforderungen Folge zu leisten. Lécuyer nickt nur.

»Wohnen Sie noch immer in der Rue Samson?«

Eine unverfängliche Frage.

»Ja, noch immer. Ich habe die Wohnung von meinem Eltern geerbt.«

Eine ebenfalls unverfängliche Antwort.

Lécuyer atmet auf. Er spürt, dass sich das Gespräch seinem Ende zuneigt, und ist relativ zufrieden. Doch der letzte Satz der Bewährungshelferin nagelt ihn fest wie einen Schmetterling im Schaukasten.

»Vielleicht schicke ich in den nächsten Tagen einmal eine Sozialarbeiterin bei Ihnen vorbei, damit sie sich ein Bild von Ihren Lebensumständen machen kann.«

»Selbstverständlich.«

In Wirklichkeit versteht Lécuyer die Welt nicht mehr. Innerhalb einer Sekunde ist alles zusammengebrochen. Er sieht das Chaos vor sich, das er in der Wohnung angerichtet hat, das verwüstete Elternschlafzimmer, sein Zimmer mit dem Tipi, die ordentlich ausgeschnittenen Pornohefte, schmutzige Wäsche in allen Ecken, ganz zu schweigen von der Küche. Er schluckt mit Mühe.

»Aber es ist eine Junggesellenwohnung. Wann kommt sie?«

»Sobald ich sie darum bitte. Gut, damit sind wir eigentlich fertig. Vielen Dank – und verhalten Sie sich weiterhin ruhig.«

Das Gespräch endet abrupt.

Mit brennenden Wangen steht Lécuyer auf dem Gehsteig. Mühsam versucht er, seinen fiebrigen Zustand zu verbergen. Er schließt sich in den Wagen ein und bemüht sich, sein heftiges Zittern zu unterdrücken, das durch die frostigen Temperaturen noch verstärkt wird.

Er verbringt einen schrecklichen, fast vollständig stummen Arbeitstag. Grässliche Kopfschmerzen quälen ihn. Ihm ist schlecht, ihm ist kalt, und er hat keine Ahnung, wie er der Falle entkommen soll. Am liebsten würde er fliehen. Aber wohin? Am Abend fühlt er sich völlig zerschlagen. Das Kind in der Rue d'Avron und den Jungen von der Gare du Nord hat er ganz vergessen. Tausendmal hat er die Dämonen befragt, doch die erwidern immer nur das Gleiche:

Halt den Mund und tu, was man dir sagt.

Nun traut er sich nicht mehr, sie anzusprechen. Nach der Arbeit kauft er sich eine Pizza, die er, obwohl sie noch glühend heiß ist, sofort im Auto mit den Fingern zerreißt und verschlingt. Anschließend holt er sich in einer Apotheke eine Schachtel Aspirin, ehe er endlich nach Hause fährt.

Langsam geht er zu Fuß die Rue Samson entlang. Er fürchtet sich vor dem Augenblick, wo er das Haus betreten muss, denn insgeheim erwartet er, eine Sozialarbeiterin in der Eingangshalle vorzufinden. Doch da ist niemand. Er steigt die Treppe hinauf und renkt sich fast den Hals aus, als er festzustellen versucht, ob jemand auf dem Treppenabsatz auf ihn wartet. Aber auch dort ist niemand. Endlich betritt er seine Wohnung. Erleichtert schließt er die Tür zweimal hinter sich ab, schließt auch die Fensterläden und dreht die Heizung voll auf. Er friert bis ins Mark.

Eine Stunde nach der Einnahme von zwei Aspirin fühlt er sich allmählich besser. Hastig wandert er durch seine Wohnung, ohne allerdings das elterliche Schlafzimmer zu betreten. Er räumt auf, so gut es geht, bringt es jedoch nicht über sich, sein Tipi abzubauen. Von Zeit zu Zeit hält er sein Ohr an die Tür und lauscht. Draußen herrscht eine Stille, die ihn allmählich ruhiger werden lässt. Er setzt sich vor den Fernseher, um die Spätnachrichten anzuschauen.

Mistral weiß, dass die Kinder nicht gern einschlafen, ohne ihren Vater gesehen zu haben. Wenn er dann aber auch noch verschwindet, ehe sie aufstehen, ist das für alle nicht besonders erfreulich. Sofern es irgend möglich ist, nimmt er sich daher die Zeit, gemeinsam mit der Familie zu frühstücken und den Tag in Ruhe zu beginnen.

Als er dann im Auto sitzt, schaltet er den Polizeifunk ein und wechselt zur Frequenz der Mordkommission. Das Autoradio ist auf den Nachrichtensender France Info eingestellt.

Am Quai des Orfèvres opfert er den traditionellen Kaffee bei der Einsatzleitung zugunsten eines sofortigen Besuchs bei Françoise Guerand. Er berichtet ihr von seiner Unterredung mit dem Psychiater und der Idee des Fernsehauftritts. Françoise Guerand wirkt zunächst skeptisch, doch Mistrals Argumente und der Hinweis auf die bisherigen zähen Ermittlungen überzeugen sie schließlich.

»Das ist wirklich ein Schachzug, den wir uns nicht nehmen lassen sollten. Nach der ersten Mordserie wurde uns oft genug vorgeworfen, dass wir nicht ausreichend mit den Medien zusammengearbeitet haben. Hier haben wir die Chance, den Gegenbeweis anzutreten.«

In Mistrals Gegenwart ruft sie das Sekretariat der Präfektur an. Die Antwort auf die Bitte um eine Unterredung kommt schnell: Man erwartet sie um 11.00 Uhr.

Auf dem Weg in sein Büro schaut Ludovic Mistral rasch bei der Einsatzleitung vorbei, um die Berichte und die Telegramme der vergangenen Nacht zu lesen, doch es gibt keine besonderen Vorfälle. »Calderone war eben auch hier«, bemerkt der diensthabende Beamte. Mistral sucht sein Büro auf, wo er sich über den letzten Stand der Ermittlungen informiert. Dann ruft er Dumont an, dessen Stellvertreter ihm mitteilt, dass sein Chef unterwegs ist. Mistral versucht es auf Dumonts Mobiltelefon, doch hier meldet sich nur die Mailbox. Mistral hinterlässt eine Nachricht: »Ruf mich bitte an, sobald du kannst.«

Anschließend verabredet er sich mit Calderone am Kaffeeautomaten. Nach dem ersten Schluck erläutert Mistral seinem Stellvertreter die mit dem Psychiater entwickelte Strategie.

»Ich glaube, der Mann hat recht«, kommentiert Calderone nüchtern. »Was er sagt, erscheint mir durchaus logisch. Der Zauberer hat Sie mit Sicherheit im Radio gehört; jetzt muss er Sie sehen. Wissen Sie schon, wann es so weit ist?«

»Es wäre wichtig, die Sache so schnell wie möglich über die Bühne zu bringen. Ideal wäre gleich morgen. Im Augenblick sind wir noch im Gespräch, und fast alle Zeitungen berichten über den Fall.«

»Ich schlage vor, dass wir das Telefon in Ihrem Büro überwachen. Sollte der Zauberer anrufen, können wir das Gespräch wenigstens zurückverfolgen.«

»Ehrlich gesagt bezweifele ich, dass er hier anruft. Alle Welt ist doch der Meinung, dass die Telefone der Polizei über einen besonderen Knopf verfügen, mit dem man Gespräche problemlos mitschneiden kann.«

Gemeinsam kehren sie in Mistrals Büro zurück. Dort erwartet sie Calderones Stellvertreter, ein erfahrener Beamter, der seinem Chef einen Aktenordner mit der Aufschrift DER ZAUBERER reicht. Calderone wirft einen kurzen Blick hinein und klappt ihn wieder zu.

»Es sind die Berichte der verschiedenen Untersuchungen«, antwortet Calderone auf einen fragenden Blick Mistrals hin.

»Ich höre.«

»Da gibt es nicht viel. Einige Teams haben sich sämtliche Zauberschulen von Paris und der näheren Umgebung vorgenommen und das Phantombild präsentiert. Leider war der Erfolg gleich null.«

»Das hatte ich befürchtet«, seufzt Mistral. »Sonst noch etwas?«

»Die mit dem Mord in der Rue Watt befassten Teams haben sich bei den Klempnereien des dreizehnten Arrondissements erkundigt, aber niemand beschäftigt einen Arbeiter, auf den die Täterbeschreibung zutrifft. Wir werden unsere Ermittlungen auf ganz Paris und die Le-de-France ausdehnen müssen. Eine andere Lösung sehe ich nicht.«

»Zumal die Hinweise auf den Klempnerbetrieb bislang unsere einzige Spur sind. Wenn man in diesem Fall überhaupt von Spur reden kann ... Sehen Sie, Vincent, wieder ein Grund mehr, warum ich den Versuch mit dem Fernsehauftritt wagen muss. Anders bekommen wir das Heft nicht wieder in die Hand.«

Am späten Vormittag kommt ein telefonisches Lebenszeichen von Dumont. Er erklärt Mistral, dass er im Fall Destiennes unterwegs war und die Personalunterkünfte selbst in Augenschein genommen hat. Außerdem verfolge er vorschriftsmäßig die von anderen Abteilungen übernommenen Tötungsdelikte. Das Gespräch ist knapp und sachlich.

Ehe Dumont seinen Parkplatz vor der Gare du Nord verlässt, ruft er einen Kollegen in der Abteilung an, die den Mord an Irène Meunier in der Rue des Cinq-Diamants übernommen hat, und lässt sich genauestens Bericht erstatten. Der Beamte antwortet ziemlich ausweichend: »Um ehrlich zu sein, die Ermittlungen bringen nicht allzu viel. Es gibt keinen Tatzeugen. Die Anwohner sind fassungslos darüber, dass sie ermordet wurde und dass man ihr obendrein auch noch ihr Geld gelassen hat.«

Dumont fährt zurück zur Kripo. Im Radio läuft eine Reportage über Serienmörder in den Vereinigten Staaten, in der sich alle möglichen selbst ernannten Spezialisten über das Thema verbreiten. Dumont kann nicht umhin, in bitterem Tonfall zu bemerken: »In der Runde hätte sich unser lieber Mistral sicher gut gemacht.«

Gegen halb eins ruft Guerand bei Mistral an. Sie befindet sich in Gesellschaft des Öffentlichkeitsreferenten des Präfekten und erwartet ihn in ihrem Büro.

»Der Präfekt ist einverstanden. Er findet die Idee ausgezeichnet, will aber keinen Reinfall erleben.«

Mistral schweigt.

»Er hat beim Innenminister angerufen«, fährt Guerand fort, »der sich wiederum mit den Fernsehsendern ins Benehmen gesetzt hat. Du bist für das erste oder zweite Programm vorgesehen, und zwar höchstwahrscheinlich morgen Abend. Die genauen Einzelheiten erfahren wir heute Nachmittag. Inzwischen sollst du dich mit Monsieur Marot, seinem Öffentlichkeitsreferenten, zusammensetzen, der dir ein paar Tricks verraten wird.«

Mistral und Marot verbringen den größten Teil des Nachmittags damit, über die Auftritte zu sprechen. Mistral erfährt, dass man gewisse Worte besser vermeidet und welche Körperhaltung vorzugsweise einzunehmen ist.

»Eigentlich wollte ich mich nicht an einem Probedreh für zukünftige Moderatoren beteiligen«, grinst Mistral angesichts von Marots Pedanterie.

»Natürlich nicht, aber Sie sind der Übermittler einer Botschaft, die zwei bis drei Minuten dauern wird. Sie müssen sich mächtig ins Zeug legen.

»Sie haben ja recht«, gibt Mistral zu.

Um 17.00 Uhr ruft Guerand an und teilt Mistral mit, dass sein Auftritt für den folgenden Tag in den 20.00-Uhr-Nachrichten des ersten Programms geplant sei und dass er sich um sechs vor Ort einfinden solle, um das Interview vorzubereiten. Marot beschließt, ihn zu begleiten.

Mistral informiert den Untersuchungsrichter über die Entscheidung des Präfekten. Er erläutert ihm den Hintergrund des Interviews und versichert ihm, dass keine Verletzung des

Amtsgeheimnisses stattfinden würde. Der Untersuchungsrichter antwortet, dass er den Auftritt im Fernsehen für eine ausgezeichnete Idee halte und sich die Darbietung sicher anschauen würde.

Nach diesem Gespräch trinkt Mistral hintereinander zwei Tassen Kaffee und eine halbe Flasche Mineralwasser. Er kontrolliert seine Notizen und unterstreicht die wichtigsten Punkte, die er übermitteln will.

Dann ruft er Clara an. Er braucht eine kleine Verschnaufpause und möchte die Stimme seiner Frau hören. Die beiden Kinder sind bereits aus der Schule zurück und freuen sich, mit ihrem Vater schwatzen zu dürfen. Anschließend telefoniert er mit Jacques Thévenot, dem Psychiater, und teilt ihm die Neuigkeiten mit. Der Arzt reagiert begeistert.

»Wunderbar! Sie müssen die Sendung unbedingt aufzeichnen. Es ist sehr wichtig, selbst festzustellen, was man gesagt hat und wie man es rübergebracht hat. Auf diese Weise können wir uns in etwa ausrechnen, wie Ihr Auftritt beim Zauberer ankommt.«

»Daran habe ich auch schon gedacht, aber trotzdem danke für den Rat.«

»Wenn Sie möchten, können wir uns die Aufzeichnung zusammen ansehen und anschließend darüber sprechen.«

»Sehr gern.«

Mistral lässt Calderone kommen.

»Ich habe mir überlegt, dass es vielleicht sinnvoll wäre, die Familien vorab über meinen Fernsehauftritt zu informieren. Was halten Sie davon?«

»Sie haben völlig recht. Ich werde die Leute gleich anrufen. Vielleicht schöpfen sie wieder Hoffnung – und gebe Gott, dass sie dieses Mal nicht enttäuscht werden.«

»Sagen Sie ihnen, dass wir unser Bestes tun. Das macht

zwar ihre Kinder nicht wieder lebendig, aber wenn wir den Scheißkerl erwischen, geht es ihnen vielleicht ein bisschen besser.«

Um halb sieben erhält Mistral einen Anruf von Perrec. Der Bretone hält sich nicht lange mit Höflichkeitsfloskeln auf, sondern kommt direkt auf den Punkt. Er spricht schwerfällig und abgehackt.

»Ich glaube, ich weiß jetzt, was der Zauberer nach seinen Verbrechen mitgenommen hat.«

»Warten Sie, ich rufe Calderone und stelle auf Lautsprecher um.«

Mistral hat sogleich gespürt, wie ernst dem ehemaligen Polizisten die Sache ist. Über eine interne Leitung ruft er Calderone an, der wenige Sekunden später erscheint.

»Vincent steht jetzt neben mir. Wir hören Ihnen zu.«

»Ich habe mich ausschließlich auf die Fotos konzentriert, die Sie mir überlassen haben – diejenigen, auf denen man nur die Kinder in Nahaufnahme sieht. Zunächst ist mir nichts aufgefallen. Dann habe ich sie mit der Lupe erforscht, und zwar mindestens zehn, vielleicht zwanzig Mal. Ich weiß es nicht mehr. Ich bin Millimeter für Millimeter vorgegangen. Und ich glaube, ich habe es gefunden.«

»Und was ist es?«

Mistral und Calderone wagen kaum zu atmen.

»Ich denke, es übersteigt alles, was wir uns vorgestellt haben.«

»Nämlich?«

Mistral und Calderone blicken sich an. Sie fürchten sich vor Perrecs Eröffnung.

»Die Fingernägel!«

»Was ist mit den Fingernägeln?«

»Sie sind geschnitten.«

»Wie das – geschnitten?«

»Ganz kurz abgeschnitten. Und zwar an beiden Händen und bei allen Jungen.«

»Ja und?«

Perrec spricht langsam und betont jedes Wort.

»Der Zauberer nimmt nichts vom Tatort im eigentlichen Sinn mit, sondern etwas von seinem jeweiligen Opfer.«

Mistral und seinem Stellvertreter fällt es wie Schuppen von den Augen. »Es hätten auch Haare sein können«, wirft Calderone ein. »Aber auch darauf sind wir nicht gekommen.«

»Ich habe lange darüber nachgedacht«, fährt der Bretone fort. »Es bedeutet ein hohes Maß an Konzentration, und er nimmt ein sehr viel höheres Risiko in Kauf, wenn er den Kindern die Fingernägel schneidet. Und jedes Mal, wenn er die Nägel später berührt, erinnert er sich. Schauen Sie sich die Hände des letzten Opfers an und sagen Sie mir, ob es bei diesem Jungen ebenfalls so ist.«

Calderone rennt fast aus dem Büro und kommt mit den Notizen von der Autopsie zurück. Inzwischen hat Mistral einen Schnellhefter mit Farbfotos der jungen Opfer geöffnet, der auf seinem Schreibtisch lag.

Eigentlich kann man es fast mit bloßem Auge erkennen, denkt er. *Aber es ist so selbstverständlich, dass ich es nicht gesehen habe.*

»Hier steht: Die Nägel sind sehr kurz geschnitten«, bestätigt Calderone. »Ich frage die Eltern, ob sie mir diese Einzelheit bestätigen können. Bei der ersten Mordserie macht das natürlich keinen Sinn mehr – es ist zu lange her.«

»Diese Entdeckung erhärtet unsere Annahmen«, stellt

Mistral fest. »Der Zauberer muss die letzten Szenen wiederholt erleben, weil sie viel zu schnell vorbei sind, um seinen Druck zu lindern. Das bedeutet, er schneidet die Fingernägel der Kinder ab, um sie irgendwo hinzukleben. Bestimmt fügt er den Vornamen seines Opfers oder irgendetwas anderes hinzu, um sich richtig zu erinnern und die Szene neu zu erleben, indem er mit dem Finger über die kleinen Unebenheiten fährt.«

»Was für ein Scheiß-Monster«, knurrt Calderone.

»Das habe ich dir schon immer gesagt, Vincent«, pflichtet Perrec ihm trocken bei.

Die drei Männer unterhalten sich noch ein wenig, um sich wieder zu beruhigen. Die Vorstellung ist nur schwer zu verarbeiten. Sie stellen sich den Zauberer vor, wie er sich über seine kleinen Opfer beugt. Alle drei fragen sich, wie so etwas möglich sein kann. Keiner von ihnen ist in diesem Augenblick fähig, etwas auszusprechen, das sich jeder Vernunft entzieht.

Sie reden alle drei, manchmal gleichzeitig, und bemühen sich, auf keinen Fall dem Entsetzen nachzugeben, das sie erfüllt. Sie sprechen von längst erforschten Spuren und lange verhörten Zeugen. Sie wollen einfach nur reden, um den Druck wenigstens ein bisschen zu mildern. Wäre in diesem Augenblick jemand ins Büro gekommen, hätte er in dem wirren Durcheinander absolut nichts verstanden. Schließlich legen sie auf.

»Sagen Sie es Guerand? Dem Psychiater? Und dem Untersuchungsrichter?«

»Heute Abend nicht, Vincent. Für heute habe ich genug und möchte mit niemandem mehr darüber reden. Ich fahre jetzt heim. Morgen sehen wir weiter.«

»Heute feiert ein Mitglied meines Teams seinen Geburtstag. Ich glaube, ich werde mir ein Gläschen genehmigen«, sagt Calderone leise.

Auf dem Heimweg wälzt Mistral ununterbrochen Perrecs Entdeckung in seinem Kopf. Er fühlt sich entschlossener denn je, den Zauberer unschädlich zu machen.

Der Kerl verfolgt mich penetranter, als ich es mir je hätte träumen lassen, stellt er fest.

Er denkt an seine eigenen Kinder und an den Schmerz, den die Eltern der kleinen Opfer haben ertragen müssen. Eine maßlose Wut steigt in ihm auf, die er vergeblich zu besänftigen versucht.

Von ganz weit oben betrachtet sind Mistral und der Zauberer wie zwei Kreisel, die sich mit Höchstgeschwindigkeit um ihre Achse drehen und sich auf einer Bahn aufeinander zu bewegen. Langsam aber sicher geraten sie auf Kollisionskurs. Der Kreisel, der nach dem Zusammenprall nur trudelt, sich dann aber weiter um seine Achse dreht, hat gewonnen. Der Verliererkreisel aber wird aus der Bahn geworfen.

Mistral fährt nicht sofort nach Hause. Er hält auf den Champs-Elysées vor dem Virgin Megastore, geht eilig in die Abteilung DVDs für Kinder und sucht ein paar Filme aus, ehe er im Untergeschoss noch einige Comics kauft.

Als er heimkommt, sind die Kinder gerade mit dem Abendbrot fertig. Sie fliegen ihrem Vater an den Hals und freuen sich von ganzem Herzen über die mitgebrachten Geschenke.

Clara bemerkt sofort, dass Ludovic etwas auf der Seele liegt. Doch sie sagt nichts und behandelt ihn mit größter Behutsamkeit.

An diesem Tag liest Mistral den Kindern länger vor als sonst.

Clara muss ihn mehrmals darauf hinweisen, dass die Kinder ihren Schlaf brauchen. Die Jungen finden das schade; sie sind begeistert, dass ihr Vater an diesem Abend mehr Zeit mit ihnen verbringt als üblich.

Mistral erzählt Clara, dass er einen Teil seines Arbeitstages mit den Vorbereitungen für die Fernsehsendung verbracht und den anderen Teil Verwaltungskram gewidmet hat. Ein normaler, ziemlich langweiliger Tag eben. Clara glaubt ihm nicht. Instinktiv spürt sie, dass da noch etwas anderes war, aber dass es besser ist, nicht nachzufragen.

An diesem Abend bringt Mistral es nicht fertig, zu lesen. Länger als eine halbe Stunde verweilt er bei derselben halben Seite; seine Augen irren immer wieder ins Leere ab. Clara beobachtet ihn. Irgendwann fragt sie ihn, wie er das Buch findet. Er antwortet, er sei begeistert, worauf Clara erwidert: »Umso besser«, sich aber jedes Kommentars enthält.

Auch nachdem das Licht längst gelöscht ist, liegt Mistral mit weit geöffneten Augen im Bett. Immer wieder sieht er die Fotos der Kinder vor sich und hört Perrecs Worte.

Nur über eines ist er froh: dass ihm der Zauberer in diesem Moment nicht gegenübersteht.

In dieser Nacht findet Mistral keinen Schlaf. Als der Tag heraufdämmert, findet er ihn im gleichen Zustand vor wie am Abend zuvor.

Mistral steht als Erster auf und bereitet das Frühstück für die Familie vor. Er trinkt eine Tasse Kaffee und öffnet die Fensterläden, um nach dem Wetter zu sehen. Der Wetterbericht kündigt Eisregen an.

In derselben Nacht steht der Zauberer aus seinem Sessel auf, ohne den Fernseher auszuschalten. Er dreht lediglich den Ton leiser. Seitdem er nach der Haftentlassung zum ersten Mal wieder die Wohnung betreten hat, läuft dieser Fernseher Tag und Nacht. Lécuyer holt seine Sammlung und verkriecht sich im Tipi. Mit dem geöffneten Heft lässt er sich im Schneidersitz nieder. Lüstern betrachtet er die ausgeschnittenen Figuren in pornografischen Posen, bei denen er die Köpfe durch Kindergesichter ersetzt hat.

Er erinnert sich der am weitesten zurückliegenden Verbrechen, die er lange vor seiner Haftstrafe begangen hat. »Eric« steht oben auf der Seite. Der Zauberer berührt die Nägel des Kindes, die er mit dem Nagelknipser abgeschnitten und sorgfältig aufgeklebt hat, vorsichtig mit den Fingerspitzen der rechten Hand. Der Kontakt befördert ihn sofort in die Vergangenheit. Noch einmal durchlebt er die Tat – von den ersten Vorbereitungen, den Jungen zu stellen, bis hin zum letzten Augenblick in einem Fahrradkeller. Minute für Minute. Alles. Er erinnert sich jeder Einzelheit. Der Nagelknipser gehört zu seiner Ausstattung – zu den Fetischen, die er immer bei sich trägt, genau wie die Karten, Würfel und Münzen. Er wurde zwölf Jahre lang in der Kammer des Gefängnisses verwahrt. Als Lécuyer ihn bei seiner Entlassung zurückbekam, verspürte er eine unbändige Freude, die er jedoch wohlweislich hinter seinem üblichen, nichtssagenden Gesichtsausdruck verbarg.

Wie in einem inneren Kino lässt er einige seiner Verbrechen Revue passieren. Die Gewalt der wieder erlebten Gefühle erschöpft ihn zutiefst. Keuchend kriecht er aus dem Tipi, räumt seine Sammlung fort und rollt sich mit den Händen zwischen den Knien auf dem Bett zusammen. Fünf Minuten später ist er eingeschlafen. Nach zehn Minuten kommen die Albträume, nehmen ihn an der Hand und entführen ihn.

Seine Albträume bringen ihn zurück ins Gefängnis. Arnaud Lécuyer sortiert Bücher in einer Bibliothek. Etwa ein Dutzend Menschen sind anwesend, einschließlich der Häftlinge und Wärter. Lécuyer nimmt Bücher aus einem Karton und ordnet sie nach Themenbereichen. Er macht mehrere Stapel – einen für Gärtnerei, einen für Heimwerkerbücher, einen für Anglertipps und einen für Maschinenwesen. Schließlich nimmt er den ersten Stapel und bringt ihn in die Reihe, wo sich die Regale für das entsprechende Thema befinden.

Im Vorübergehen entdeckt er zwischen den Regalen einen der Männer, die ihn achtzehn Monate lang in der Zelle drangsaliert haben. Er kniet mit dem Rücken zu Lécuyer auf dem Boden und liest gebannt in einem der Bücher, das er eigentlich einräumen sollte.

Lécuyer kehrt sofort um. Neben einem der Kartons, die er ausgepackt hat, liegt eine Nylonschnur. Mit dem Bücherstapel auf den Armen kniet er sich hin und macht eine Schlinge. Dank der Fingerfertigkeit des kleinen Mannes merkt der nur einen Meter entfernt stehende Wärter nicht das Geringste. Lécuyer schafft die Schlinge mit nur einer Hand innerhalb von weniger als fünf Sekunden. Er wickelt die Schnur um sein Handgelenk und kehrt zu der Reihe zurück, in der sich sein Opfer aufhält, doch der unterhält sich inzwischen mit einem Mitgefangenen. Lécuyer geht weiter und räumt seine Bücher ein. Als er zurückkommt, sitzt der Mann wieder allein da und ist in seine Lektüre vertieft. Ein Wärter ist eben durch die Reihe gelaufen.

Lécuyer rollt die Schnur von seinem Handgelenk ab und

weitet die Schlinge. Mit zwei Schritten ist er bei dem Kerl, der ihn nicht kommen hört. Mit den Knien voran lässt sich Lécuyer auf den Rücken des Mannes fallen und streift ihm gleichzeitig die Schlinge über. Wütend zerrt er mit aller Gewalt an der Schnur und schnürt dem Mann die Luft ab. Gleichzeitig drückt er mit den Knien nach. Sein Opfer ist völlig überrascht. Bereits eine Sekunde später ringt der Mann nach Luft.

Zwei Sekunden: Er greift verzweifelt an seinen Hals, um die Schur zu entfernen.

Acht Sekunden: Er kann seine Beine nicht mehr bewegen.

Neun Sekunden: Lécuyer kniet mit seinem ganzen Gewicht auf ihm und hindert ihn daran, sich auch nur zu regen.

Dreißig Sekunden: Der Mann stirbt mit zermalmter Luftröhre.

Vierzig Sekunden: Lécuyer erhebt sich keuchend und mit gerötetem Gesicht. Es ist ihm gleichgültig, ob man ihn erwischt.

Normal atmend kehrt er zu seinen Kartons zurück und stapelt weiter Bücher. Eine Minute später ertönen grelle Pfiffe.

»Alle Mann an die Wand und einen Monat Strafverschärfung für alle.«

Die Polizei ermittelt.

»Nun, Sie wissen ja – was soll man machen, wenn niemand etwas gesehen oder gehört haben will? Es gibt weder Spuren noch irgendwelche Indizien. Die Sache ist nicht einfach.«

Keuchend und wie erstarrt erwacht Arnaud Lécuyer mitten in der Nacht. Seine Hände haben sich in die Decke verkrampft. Er bekommt kaum Luft, und seine Hände schmerzen wie verrückt. Es dauert eine Viertelstunde, bis ihm klar wird, dass er sich in seinem Zimmer in Paris und nicht in der Gefängnisbibliothek befindet.

Mühsam steht er auf, hält den Kopf unter den Wasserhahn, trinkt sich satt und rubbelt sich ab. Anschließend öffnet er alle Fenster und stellt fest, dass es noch immer regnet. Es ist drei Uhr morgens, und der Regen ist ihm scheißegal.

Lange bleibt er stehen, atmet die kalte Luft ein und beobachtet den Hauch, der beim Ausatmen entsteht. Endlich schließt er die Fenster, geht wieder ins Bett und schläft ein, ohne an die Albträume zu denken. Auch die Albträume sind ihm scheißegal.

21

An diesem Morgen bricht Mistral früher als gewohnt von zu Hause auf. Er hat es eilig. Schon zwanzig Minuten später trifft er am Quai des Orfèvres ein. Wie üblich trinkt er seinen Kaffee in der Einsatzleitung, ehe er mit den Fotos der toten Kinder zu Guerand geht und ihr erklärt, was der Zauberer vom Tatort mitnimmt. Guerands anfängliches Entsetzen verwandelt sich zunehmend in Zorn.

»Darüber sollte der Präfekt vielleicht zunächst lieber nichts erfahren. Ich bin sicher, er würde überstürzt reagieren, und dann hätten wir Schwierigkeiten, die Sache in unserem Sinn zu steuern. Noch mehr Druck können wir beim besten Willen nicht brauchen.«

»Völlig einverstanden. Dem Untersuchungsrichter sagen wir besser auch nichts, weil es im Augenblick keinen Sinn machen würde. Aber Thévenot werde ich darauf ansprechen. Mich interessiert, was er davon hält.«

»Hast du schon Lampenfieber wegen heute Abend?«

»Eigentlich nicht. Der Auftritt ist eine Chance, die wir auf keinen Fall versieben dürfen. Und vielleicht haben wir ja Glück, und der Zauberer reagiert.«

»Hast du schon mit Dumont über seine Ermittlungen gesprochen?«

»Nur am Telefon. Er hat für heute Vormittag die Angestellten der Madame Destiennes vorgeladen, um sie ein bisschen zu verunsichern. Anschließend hört er ihre Telefonate ab, für den Fall, dass sie sich gegenseitig anrufen und irgendeine verdächtige Reaktion zeigen. Eine gute Idee – mal sehen, was dabei herauskommt.«

»Halte mich auf dem Laufenden.«

Zurück in seinem Büro ruft Mistral Dumont an und bittet ihn zu sich.

»Du hast doch für heute Morgen deine Kandidaten im Fall Destiennes vorgeladen, richtig?«

»Klar. Wir hören uns an, was sie zu sagen haben, dann lassen wir sie ganz altmodisch von der Leine und belauschen sie.«

»Hast du sonst noch eine Spur?«

»Nichts. Wir wissen nur, dass man Omi die Kohle und die Klunker aus dem Safe geklaut hat. Ich habe die Bankkonten der Angestellten überprüfen lassen. Sie sind samt und sonders in den Miesen.«

»Richtig große Schulden?«

»So schlimm auch wieder nicht. Aber alle sind mehr oder weniger in den roten Zahlen. Aber wenn diese Spur ins Leere führt, muss ich mir die beiden Typen aus dem Parlament zur Brust nehmen. Und dann wird die Geschichte richtig heiß. Anschließend ist der Minister dran – wieso eigentlich nicht?«

Dumont lacht.

»Immer mit der Ruhe. Wenn du dich in die hohe Politik wagst, musst du etwas Konkretes in der Hand haben.«

»Hast du etwa Schiss, unseren gewählten Volksvertretern Fragen zu stellen?«

»Du bist wirklich schrecklich! Du solltest dir lediglich darüber im Klaren sein, dass es zwar nicht unmöglich, geschweige denn verboten ist, einen Parlamentarier oder Minister zu verhören – aber du kannst nicht einfach ohne irgendwelche handfesten Hinweise vorpreschen.«

»Ich bin ja vielleicht ein bisschen doof, aber kein Selbstmörder. Und meine Karriere liegt mir am Herzen!«

»Was den letzten Punkt angeht, so ist mir das durchaus nicht verborgen geblieben. Sag mir Bescheid, sobald du die Verhöre beendet hast.«

Als Nächstes ruft Mistral den Psychiater an und erzählt ihm, was der Zauberer von den Kindern mitgenommen hat. Thévenot schweigt einen Augenblick. Mistral fragt ihn, was er davon hält. Der Psychiater antwortet noch immer nicht. Mistral überlegt, ob Thévenot seine Frage richtig verstanden hat und überhaupt noch am Apparat ist. Gerade will er noch einmal nachhaken, als der Psychiater endlich das Wort ergreift.

»Du liebe Zeit, da haben Sie es wirklich mit einer komischen Type zu tun! Leute wie der laufen wirklich nicht im Dutzend herum – Gott sei Dank!«

»Wie denken Sie über seine Macke?«

»Und Sie?«, fragt Thévenot zurück.

»Also, ich glaube, er braucht diese – äh – Mitbringsel, um den letzten Akt nachempfinden zu können, der immer extrem intensiv, aber sehr kurz ist. Ich vermute, er schürt damit das Feuer seiner Wahnvorstellungen.«

»Ausgezeichnete Analyse«, lobt der Psychiater. »Sie haben völlig recht: Das, was der Mann mitnimmt, gestattet ihm, sich auch an die geringste Kleinigkeit seiner Verbrechen zu erinnern. Wir müssen uns immer vor Augen halten, dass er den ganzen Tag lang in seinem Wahn verbringt. Und abends durchlebt er per Berührung alles schön langsam von Neuem.«

»Vermutlich verspürt er auf diese Weise auch eine absolute Macht über seine Opfer. Er nimmt sich, was er will.«

»Auch da stimme ich mit Ihnen überein. Sie dürfen seine Persönlichkeit nicht aus dem Fokus verlieren, wenn Sie heute Abend Ihr Interview geben. Bleiben Sie vor allem sachlich.«

»Ich werde mich bemühen.«

Am späten Vormittag ruft Mistral bei Dumont an, um zu erfahren, wie die Verhöre im Fall Destiennes gelaufen sind. Doch es meldet sich nur Dumonts Teamchef. Mistral äußert sein Erstaunen darüber, dass Dumont trotz der auf Hochtouren laufenden Ermittlungen nicht anwesend ist. Der Teamchef entschuldigt seinen Vorgesetzten, der wegen einer persönlichen Angelegenheit für etwa eine Stunde außer Haus sei, aber jeden Augenblick zurückkommen müsse. Und was das Verhör der Angestellten anginge, so hätte sich nicht viel ergeben; die Leute verstünden kaum, um was es ginge und hätten ziemlich dämlich auf die gestellten Fragen geantwortet.

Didier Marot, der Öffentlichkeitsreferent des Präfekten, holt Mistral zum Mittagessen ab. Als Mistral das Präsidium verlässt, muss er feststellen, dass der Wetterbericht recht hatte – über Paris geht ein Eisregenschauer nieder. Die beiden Männer nehmen eine schnelle Mahlzeit in einem Restaurant an der Place Dauphine ein, das Mistral gelegentlich aufsucht. Anschließend kehren sie in die Büroräume der Kripo zurück, wo sie zum wiederholten Mal den geplanten Ablauf des Fernsehinterviews durchgehen.

Gegen fünf Uhr nachmittags fällt Mistral ein, dass er Dumont sprechen wollte, und bittet ihn zu sich. Dumont ist wieder einmal schlecht gelaunt.

»Du hast nach mir gesucht? Wieso? Gibt es irgendwelche Probleme?«

»Ich wollte nur Näheres über den Stand deiner Verhöre erfahren.«

»Mein Teamchef kann dir ebenso gut Bericht erstatten.«

»Mag sein, aber normalerweise wende ich mich an den Abteilungsleiter, und der bist du. So sehen es die Vorschriften nun einmal vor. Mir wurde gesagt, du hättest ein persönliches Problem?«

»Nichts Gravierendes. Okay, die Leutchen haben nichts als Banalitäten von sich gegeben. Wir haben sie laufen lassen, und jetzt sitzen meine Jungs mit Kopfhörern da und horchen, was man sich so untereinander erzählt. Das ist schon alles, und du siehst, es ging ganz schnell. Kann ich jetzt gehen?«

In Dumonts letztem Satz schwingt gespielte Ironie mit.

Mistral geht nicht darauf ein. Dumont steht auf und verlässt das Büro. Ehe er die Tür hinter sich schließt, dreht er sich noch einmal um.

»Heute Abend ist also dein großer Fernsehauftritt? Ganz Frankreich wird dich sehen. Ist das nicht toll?«

Immer noch eine unangenehme Scherzhaftigkeit in seiner Stimme.

»Wenn man mir Gelegenheit dazu gibt, kann ich ja auch etwas über den Fall Destiennes sagen. Soll ich dir auch ein Fernsehinterview verschaffen?«

Mistrals Stimme klingt ein wenig spöttisch.

Dumont erwidert nichts, sondern verlässt schulterzuckend das Büro.

Arnaud Lécuyer hat das Gefühl, sich den ganzen Tag geschunden zu haben. Es begann damit, dass er sein Café aufsuchte und sich die Kommentare der Saufkumpane anhörte. An diesem Morgen ging es allerdings weder um den Zauberer noch um die alte Schrulle – wahrscheinlich bis zum nächsten Mal. Außerdem fühlte Lécuyer sich nicht besonders wohl. Das wetterbedingte Verkehrschaos und Kunden, die ununterbrochen auf ihn einredeten, taten ein Übriges. Als er schließlich gegen 17.00 Uhr seine Tour beendete, kostete es ihn ausnahmsweise keine Mühe, als harmloser, kleiner Mann bei den Da Silvas zu erscheinen und mit seiner Auftragsliste wieder zu verschwinden. Er hat nicht einmal Lust, nachzuschauen, ob seine Termine ihn in die Nähe der Rue d'Avron oder der Gare du Nord führen. Lécuyer ist todmüde, bis auf die Knochen durchgefroren und möchte nur noch nach Hause. Auf dem Heimweg kauft er sich eine Pizza, ein Stück Apfelkuchen und eine große Flasche Cola.

Mistral erhält einen Anruf von Calderone, der bei den Eltern des kleinen Guillaume war. Calderone hat zwei wichtige Informationen für seinen Chef: Erstens war es der Vater, der seinem Sohn in aller Regel die Nägel schnitt, und zweitens lernte der Kleine Gitarre und trug daher die Fingernägel an der rechten Hand etwas länger als links. Auf keinen Fall waren seine Nägel am Abend seines Verschwindens ganz kurz geschnitten. Perrec hat sich also nicht geirrt. Mistral ruft den ehemaligen Kollegen an und informiert ihn. Perrec sagt daraufhin nur einen einzigen Satz: »Ziehen Sie den Kerl ein für alle Mal aus dem Verkehr!«

Gegen 18.00 Uhr machen sich Mistral und Didier Marot auf den Weg zum Fernsehsender TF1. Calderone begleitet sie. Sie treffen sich mit dem Regieassistenten der Nachrichtensendung, um das Interview vorzubereiten. Mistral übergibt dem Mann ein Blatt mit vorformulierten Fragen.

»Eigentlich ist so etwas bei uns nicht üblich«, wendet der Regieassistent ein.

»Ich weiß«, antwortet Mistral. »Aber hier handelt es sich nicht um ein Interview im herkömmlichen Sinn. Das Frage-und-Antwort-Spiel dient einem ganz bestimmten Zweck, nämlich dem, eine Reaktion beim Zauberer hervorzurufen.«

»Verstehe. Sie haben etwa anderthalb Minuten Redezeit. Das hört sich zwar wenig an, ist aber tatsächlich ziemlich lang für die Hauptnachrichtensendung. Können Sie Ihre Absicht in dieser Zeit verwirklichen?«

»Ich denke schon«, antwortet Didier Marot an Mistrals Stelle. »Wir haben die Fragen und Antworten so konzipiert, dass wir in kürzester Zeit die Botschaft über den Sender bringen können.«

»Gut. Wenn Sie wollen, gehen wir jetzt alles noch einmal genau durch.«

Mistral und der Regieassistent üben Fragen und Antworten drei- oder viermal mithilfe eines Chronometers ein, während Didier Marot akribisch alles überwacht. Calderone macht sich unterdessen mit dem Studio vertraut.

Gegen 19.00 Uhr bringt der Regieassistent Mistral in die Maske.

»Alle unsere Interviewpartner werden geschminkt«, erklärt er. »Es ist wichtig, um Ihr Gesicht richtig auszuleuchten.«

Lächelnd ergibt sich Mistral in sein Schicksal. Kurz darauf gesellt sich Cécile Keller zu ihm. Sie ist die Redakteurin der Nachrichtensendung.

»Nun? Bereit zu großen Taten?«, erkundigt sie sich freundlich.

»Ich denke schon«, gibt Mistral zurück.

»Sind Sie zum ersten Mal live auf Sendung?«

»Ich bin überhaupt noch nie in einer Fernsehsendung aufgetreten. Heute ist meine Premiere.«

»Keine Sorge, es wird schon klappen. Diese Sache mit den Kindermorden ist wirklich schrecklich. Haben Sie schon irgendeine heiße Spur?«

»Nicht wirklich – und genau aus diesem Grund bin ich hier. Die Antworten auf die von Ihnen gestellten Fragen sollen dazu führen, den Mörder aus der Anonymität zu locken. Natürlich immer vorausgesetzt, er sieht die Sendung und reagiert so, wie wir es erhoffen. Ich weiß, das sind eine Menge Unwägbarkeiten! Aber wir haben keine andere Wahl.«

»Jetzt verstehe ich, warum Sie Ihre Fragen vorformuliert haben. Sollen wir sie vielleicht noch einmal gemeinsam durchgehen?«

»Sehr gern.«

»Okay. Hier das Procedere: Sobald ich auf Sendung bin, präsentiere ich zunächst die Schlagzeilen. Anschließend kündige ich an, dass Sie am Ende der Sendung zum Mordfall Guillaume Marchand interviewt werden. Sie sitzen dann bereits mit mir zusammen vor der Kamera und kommen kurz ins Bild, sagen aber noch nichts. Sobald wir am Ende der Nachrichten dran sind, wende ich mich Ihnen zu, stelle Sie vor und richte die vereinbarten Fragen an Sie. Nach dem Interview bleiben Sie bitte sitzen. Wir verlassen das Studio nach dem Ende der Sendung gemeinsam.«

»In Ordnung«, erwidert Mistral.

Eine Viertelstunde später tönt eine Stimme über Lautsprecher: »In fünf Minuten gehen wir auf Sendung.«

Die Redakteurin tritt gemeinsam mit Mistral ins Studio. Er nimmt auf dem angewiesenen Sessel Platz, Cécile Keller setzt sich ebenfalls. Eine Technikerin bringt ein durchsichtiges Headset in ihrem Ohr an, mit dem Madame Keller den Kontakt zur Regie aufrechterhält. Mistral bekommt ein Mikrofon ans Revers geheftet. Die Redakteurin überfliegt ihre Manuskripte und schaut auf den Teleprompter, auf dem ihr Text dargestellt wird. Marot und Calderone stehen in der Kulisse und beobachten das Geschehen mit gespannter Aufmerksamkeit.

Der Jingle der Nachrichten erklingt. Im Studio wird es mucksmäuschenstill. Die Redakteurin stützt sich leicht auf den Schreibtisch, spielt entspannt mit ihrem Stift und wirft Mistral ein letztes ermutigendes Lächeln zu.

Der Präfekt ist verhindert und hat darum gebeten, dass man die Sendung für ihn aufzeichnet.

Guerand hat die diensthabenden Kommissare der anderen Abteilungen um sich versammelt und eine Videokassette eingelegt. Nur Dumont ist nicht dabei; er hat es vorgezogen, zu verschwinden. Die meisten Beamten der Kripo und der Abteilung für Jugendschutz sitzen vor ihren Fernsehern.

Auch Messardi, der den Abend wieder einmal allein verbringt, wartet auf die Abendnachrichten. Er sitzt in seinem Sessel und raucht mit eleganten Bewegungen. Seine Zigarette steckt in einer schwarzen Zigarettenspitze. Der Hund hat sich zu Füßen seines Herrchens zusammengerollt. Die beiden sind gerade erst von ihrem Abendspaziergang heimgekehrt. Der Hund begreift nicht, warum sie nie mehr durch die kleine Straße gehen.

Vater Da Silva und seine Frau haben soeben ihr Abendessen beendet. Als das Intro der Nachrichtensendung erklingt, greift der alte Da Silva nach der Fernbedienung, die neben seinem Besteck liegt, und stellt den Ton lauter.

Der Sohn Da Silva befindet sich in seiner Garage und steckt

mit dem Kopf unter der Motorhaube eines Golf GTI – seinem größten Hobby.

Clara hat die Kinder kurz vor acht ins Bett gebracht und eine Kassette eingelegt, um die Ausführungen ihres Mannes festzuhalten.

Der Psychiater sitzt in seiner Praxis vor einem kleinen Fernseher und schnalzt mit der Zunge. Zuvor hat er zwei Gläser Portwein genossen, seine Haarsträhne glatt gestrichen und alles Nötige veranlasst, um die Sendung aufzuzeichnen.

Das Schluckspecht-Trio sitzt zu Hause, jeder bei sich. Alle nehmen vor dem Fernseher ihr Abendbrot ein.

Carmassol spielt in der Kneipe eines seiner Freunde mit drei Landleuten aus dem Aveyron eine Partie Belote. Der Fernseher befindet sich hinter ihm an der Wand. Zwischen den Männern aus dem Aveyron steht ein Teller Schweinefleisch, ein Körbchen mit dicken Brotscheiben und eine Flasche Cahors-Wein.

Der Zauberer hat sich in seinen Sessel gelümmelt. Er hat seine Pizza aufgegessen und ist dabei, anderthalb Liter Cola aus der Flasche zu trinken.

Die Familien der ermordeten Kinder – alle Familien – haben Calderones Anruf erhalten und neue Hoffnung geschöpft. Wie gebannt hängen ihre Augen am Bildschirm. Ihr Schmerz brennt noch wie am ersten Tag.

Als der Jingle verklungen ist, richtet sich die Kamera auf Cécile Keller, die, wie jeden Abend, die Zuschauer mit dem gleichen Satz begrüßt: »Guten Abend, meine Damen und Herren. Hier sind zunächst die Schlagzeilen unserer Nachrichtensendung.« Sie präsentiert die Themenbereiche mit kurzen Bildsequenzen. Zum Abschluss sagt sie: »Heute darf ich in unserer Nachrichtensendung begrüßen: Unseren Gast, Kommissar Ludovic Mistral von der Pariser Kriminalpolizei. Er wird uns am Ende der Sendung einen Überblick über den Fall Guillaume Marchand verschaffen. Der kleine Junge wurde vor einigen Tagen in Paris ermordet.« Eine Kamera richtet sich auf den reglos dasitzenden Mistral. Die nächste Einstellung zeigt wieder die Redakteurin. »Und nun zu den Nachrichten aus dem Inland ...«

Zu Beginn der Nachrichten befindet sich der Zauberer in einer Art Lethargie. Als er jedoch den Satz vernimmt: »... unseren Gast, Kommissar Ludovic Mistral ...«, wird er mit einem Schlag hellwach. Zwei Sekunden lang betrachtet er das Gesicht des Polizisten. Es kommt ihm vage bekannt vor, und er fragt sich wieso. Wie in Zeitlupe stellt er seine Colaflasche ab und dreht den Ton lauter. Plötzlich ist jegliche Müdigkeit von ihm abgefallen. Mit angespanntem, bleichem Gesicht und fest zusammengepressten Lippen verfolgt er die Sendung. In seinen schwarzen Augen spiegelt sich aller Hass dieser Welt wider. Er braucht keinen Videorekorder. Sein Gehirn zeichnet jedes Wort auf. Ungeduldig wartet er auf das Erscheinen »... unseres Gastes, Kommissar Ludovic Mistral ...«

Als die letzte Reportage über den Bildschirm flimmert, sagt Cécile Keller mit ruhiger Stimme zu Mistral: »Jetzt sind wir an der Reihe.« Unwillkürlich strafft Mistral seinen Rücken. Didier Marot und Vincent Calderone schauen wie gebannt zu.

Die Kamera richtet sich auf die Redakteurin.

»Ludovic Mistral, guten Abend. Sie sind Kommissar der Pariser Kriminalpolizei und verantwortlich für die Ermittlungen bei dem grausigen Mord an dem kleinen Guillaume Marchand. Gibt es einen Zusammenhang mit der Mordserie, die vor mehr als zehn Jahren unser Land in Angst und Schrecken versetzt hat?«

Die Kamera zeigt Mistral.

»Guten Abend. Für eine endgültige Antwort auf diese Frage ist es wahrscheinlich noch zu früh. Vieles deutet jedoch darauf hin, dass es sich hier wieder um den Mörder handelt, den wir den ›Zauberer‹ genannt haben, weil er Kinder mit Zaubertricks auf sich aufmerksam macht.«

Die Kamera schwenkt zurück auf Cécile Keller.

»Ist dieser Zauberer tatsächlich so genial, wie es den Anschein hat?«

Schwenk. Die Kamera zeigt Mistrals ernstes Gesicht in Großaufnahme.

»Nein. Im Gegensatz zur landläufigen Meinung ist der Zauberer alles andere als ein Genie. Vermutlich muss man sich ihn als frustrierten, eher unscheinbaren Zeitgenossen mit allenfalls durchschnittlichem IQ vorstellen, der sich in dieser Welt nicht wirklich zurechtfindet. Durch seine Angriffe auf Schwächere, auf unschuldige Kinder, fühlt er sich jedoch stark und geradezu allmächtig.«

Kameraschwenk auf Cécile Keller, die jetzt ebenfalls sehr ernst dreinblickt.

»Ist das der Grund dafür, dass er so aalglatt wirkt?«

Wieder richtet sich die Kamera auf Mistral.

»Ich würde eher sagen, dass er immer wieder unentdeckt davonkommt, weil er so unscheinbar ist. Es ist besonders schwierig, einem grauen, kümmerlichen Wesen hinterherzulaufen. Und er macht uns umso mehr Angst, als er ein absolutes Allerweltsgesicht hat. Niemand bemerkt ihn.«

Kameraschwenk auf Cécile Keller.

»Ich verstehe. Vermutlich haben Sie alle Hebel in Bewegung gesetzt, um den Mann zu finden. Glauben Sie, dass Sie seinem Treiben ein Ende setzen können, wenn er wirklich so unauffällig ist, wie Sie annehmen?«

Schwenk auf Mistral.

»Sie werden sicher Verständnis haben, dass ich die Einzelheiten unserer Recherche für mich behalte. Aber das Blatt hat sich gewendet. Und wenn wir den Mörder erst einmal dingfest gemacht haben, wird jeder sehen können, wie gesichtslos und unscheinbar jemand sein kann, der so viel Schaden anrichtet.«

»Nur noch zwei Fragen«, raunt Didier Marot Calderone zu. »Er macht seine Sache richtig gut. Ernstes Gesicht, ruhige und gesetzte Ausdrucksweise. Jeder Zuschauer versteht, dass die Polizei sich wirklich ins Zeug legt, und außerdem schafft er es, den Zauberer von seinem Thron zu stürzen.«

»Aber wenn wir uns irren, trudeln wir in eine Katastrophe«, wendet Calderone ein, dem durchaus klar ist, dass ein Fehlschlag schreckliche Folgen haben könnte.

»Natürlich haben Sie recht. Aber wenn der Kerl vor dem Fernseher sitzt, muss er wohl oder übel reagieren.«

Als Carmassol, der wie üblich auf einem Streichholz kaut, das Wort »Zauberer« hört, legt er seine Karten auf den Tisch, dreht sich um und starrt stumm auf den Fernseher. Seine Mitspieler erinnern ihn lachend daran, dass er nicht mehr im Dienst ist. Darauf antwortet Carmassol mit seiner rauen Stimme: »Bei Fällen wie diesem ist man immer im Dienst.«

Die Kamera richtet sich wieder auf Cécile Keller, die nun die letzte Frage stellt.

»Welche Ratschläge können Sie Eltern und ihren Kindern geben?«

Schwenk auf Mistral. Auch er weiß, dass es die letzte Frage ist. Sein innerer Druck lässt nach.

»Als erste Vorsichtsmaßnahme sollten Eltern ihren Kindern unbedingt nahelegen, sich sofort aus dem Staub zu machen, wenn jemand ihre Aufmerksamkeit mit Zauberkunststücken zu erregen versucht. Zweitens ...«

Während Mistral weiterspricht, erhält Cécile Keller über Kopfhörer eine Anweisung des Regisseurs.

»Wir haben ein kleines technisches Problem mit dem letzten Trailer und brauchen etwa dreißig Sekunden. Stell ihm einfach noch eine Frage, um die Zeit zu überbrücken.« Die Redakteurin ist ein Profi. Sie hat keine weitere Frage auf ihrem Zettel und weiß zunächst nicht, wie sie weitermachen soll. Sie hört, wie Mistral den letzten Satz beendet und sieht, wie er sich entspannt. Mit den Augen sucht sie seinen Blick.

Die Kamera wendet sich zu Cécile Keller, die Mistral mit einem angedeuteten Lächeln anschaut, das tröstlich wirken soll. Mit samtiger Stimme sagt sie: »Ich habe noch eine letzte, etwas persönlichere Frage an Sie. Auch Sie sind möglicherweise Familienvater. Wie trennen Sie Ihren Beruf von Ihren Gefühlen?«

Mistral ist wie vom Donner gerührt, lässt sich aber nichts anmerken.

Marot muss sich zurückhalten, um nicht wütend aufzustampfen.

Der Psychiater schimpft laut: »Verdammt noch mal, wo hat sie denn diese idiotische Frage her? Du musst jetzt schnell antworten, Mistral, sonst bist du ein toter Mann!« Er tobt wie ein aufgeregter Fußballfan beim Elfmeterschießen vor seinem kleinen Fernseher herum.

Die Kamera schwenkt wieder auf Mistral, der zunächst schweigt. Er braucht drei Sekunden, um sich zu erholen, und seine Antwort kommt langsamer als bei den Fragen zuvor.

»Diese Frage lässt sich nicht so leicht beantworten. Hier handelt es sich nicht um eine Arbeit, bei der es Mann gegen

Mann geht, sondern eine ganze Institution ist auf der Jagd nach einem Kindermörder. Für eine solche Aufgabe braucht man Klarsicht, Gründlichkeit und kaltblütige Professionalität. Gefühle haben hier nichts zu suchen.«

Kameraschwenk auf Cécile Keller.

»Wir danken Ludovic Mistral ganz herzlich für die Beantwortung unserer Fragen. Mit unserem letzten Beitrag wenden wir uns wieder einem heitereren Thema zu und ...«

Nach Mistrals Verabschiedung atmet der Psychiater vernehmlich aus und sagt laut vor sich hin: »Okay, okay, er hat sich ganz gut aus der Affäre gezogen. Trotzdem: Die Antwort kam einen Tick zu spät.«

Als der Abschlussjingle der Nachrichtensendung ertönt, bleibt Mistral unbeweglich sitzen. Die Scheinwerfer erlöschen. »Ende«, sagt die Stimme aus dem Lautsprecher. Die Redakteurin nimmt das Headset aus dem Ohr, ein Techniker entfernt Mistrals Mikro. Cécile Keller sieht Mistral an und begreift, dass etwas nicht stimmt.

»Tut mir leid, wir hatten ein technisches Problem, und die Regie hat mich gebeten, Ihnen eine weitere Frage zu stellen. Aber Sie haben sich bravourös geschlagen. Ich garantiere Ihnen, dass niemand etwas bemerkt hat.«

Mistral nickt langsam.

»Mir geht es nicht darum, dass eine zusätzliche Frage gestellt wurde. Problematisch war der Inhalt, aber das konnten Sie nicht wissen. Bei der Verfolgung eines Serienmörders darf der Verbrecher um keinen Preis etwas über das Leben der Ermittler erfahren. Das ist der Grund, weshalb ich Ihre Frage nicht beantwortet habe.«

»Das wusste ich nicht. Aber Sie haben ohne Verzögerung geantwortet, und was Sie gesagt haben, klang völlig logisch.«

»Hoffentlich.«

Nach Beendigung der Nachrichtensendung sind Clara, die Polizeibeamten, die Familien, Messardi, Da Silva und die drei Saufkumpane aus dem Café ausgesprochen zufrieden mit Mistral.

Carmassol nimmt seine Karten wieder auf, doch er ist nicht mehr ganz bei der Sache. Was er gesehen und gehört hat, beschäftigt ihn sehr.

Der Zauberer rührt sich nicht vom Fleck. Er atmet kaum. Sein Gesicht ist noch weißer geworden und wirkt eingefallen. Seine Pupillen sind nur noch winzige schwarze Punkte. Immer noch starrt er auf den Fernseher, nimmt aber nichts mehr wahr. Er projiziert seine eigenen Bilder auf den Schirm – Bilder, die sein Gehirn von Mistral aufgezeichnet hat, als er die Fragen der Moderatorin beantwortete.

Jetzt endlich weiß er, wie sein Feind aussieht, der Mann, der ihn vor ganz Frankreich gedemütigt hat. Als er begreift, warum das Gesicht des Bullen ihm bekannt vorkam, wird er von Panik überwältigt. Er ist sich ganz sicher, dass es sich um den Mann handelt, den er vor wenigen Tagen vor der Tür seines Psychiaters gesehen hat. Der Polyp und der Seelenklempner kennen sich! Deshalb war der blöde Bulle sich so sicher! Wahrscheinlich hat der Psychofritze ihm gesteckt, wer der Zauberer ist, und der Bulle konnte vor Millionen von Zuschauern seine Nummer abziehen. Die Dämonen mischen sich ein. *Wenn dein Seelenklempner wirklich wüsste, wer du bist, hätte er es schon längst gesagt, und du säßest in einer Zelle. Und der Bulle hätte ein Bild von dir im Hintergrund gehabt, wie du mit Handschellen an den Händen und einer Decke über dem Kopf in ein Auto steigst. Sie wissen bestimmt nichts, weder der eine noch der andere.*

Der Zauberer nickt ergeben. Die Dämonen haben wieder einmal recht. Trotzdem gehen sie ihm mit ihrer oberlehrerhaften Art auf die Nerven. Er kann sie kaum noch ertragen und würde sie lieber heute als morgen los, traut sich aber nicht, es ihnen zu sagen.

Reglos sitzt er vor dem Fernseher und lässt das Interview noch einmal in seinem Kopf Revue passieren. Zweimal, zehnmal, zwanzigmal. Schließlich sagt er mit lauter Stimme: »Eins, zwei, drei Sekunden. Die Antwort auf die letzte Frage hat ganz schön auf sich warten lassen, Bulle. Außerdem warst du langsamer als bei den anderen Fragen. Du willst mir etwas verschweigen, aber ich weiß längst Bescheid. Schließlich bin ich nicht so blöd, wie du die Leute glauben machst. Du bist verheiratet, und du hast Kinder. Ich weiß es, ich weiß es, ich weiß es.«

Die letzten Worte spricht er mit piepsiger Kinderstimme. Er steht auf, trippelt mit ausgebreiteten Armen um den Tisch und wiederholt immer wieder: »Ich weiß es.« Schließlich lässt er die Arme sinken, geht in sein Zimmer, holt seine Sammlung und verkriecht sich in seinem Tipi. Er hat vor, die ganze Nacht dort zu verbringen.

Wieder melden sich die Dämonen zu Wort: *Pass bloß auf. Der Bulle wollte dich nur provozieren. Er hat nichts gegen dich in der Hand. Du darfst auf keinen Fall reagieren. Wenn du dich nicht rührst, drehen sie irgendwann durch. Und lass dich bloß nie wieder in der Rue d'Avron und an der Gare du Nord sehen, kapiert?*

Der Zauberer schnaubt verärgert. Er hat die Nase voll von dieser Bevormundung. Die Dämonen verstehen, dass es höchste Zeit ist, zu verschwinden. Sie machen sich davon. Für immer.

Gegen 21.00 Uhr verlassen Mistral, Calderone und Marot das Studio von TF1. Calderone fährt, Marot sitzt auf dem Beifahrersitz, Mistral im Fond. »Ich kann nur wiederholen, Sie waren fantastisch«, sagt Marot. »Die letzte Frage hat uns natürlich alle auf dem falschen Fuß erwischt, aber Sie werden auf dem Video sehen, dass man nichts davon bemerkt.«

»Keine Ahnung. Ich weiß nicht einmal mehr, was ich geantwortet habe. Auf jeden Fall müssen wir uns die Kassette ansehen und ...«

Mistrals Mobiltelefon vibriert in der Tasche. Die angezeigte Nummer ist die des Psychiaters.

»Ich habe die Sendung gesehen und würde gern so bald wie möglich mit Ihnen reden.«

»Ist es dringend?«

»Jedenfalls wäre es wichtig, sich möglichst bald ein paar Fragen zu stellen. Allerdings habe ich in den nächsten Tagen wenig Zeit.«

»Soll ich vielleicht jetzt gleich noch kommen? Sind Sie noch in der Praxis?«

Mistral schaut auf die Uhr.

»Gute Idee. Kommen Sie. Es dauert bestimmt nicht lang.«

»Okay, in zehn Minuten bin ich bei Ihnen.«

Thévenot öffnet gleich nach dem ersten Klingeln. Mistral stellt Calderone und Marot vor. Der Psychiater stellt drei Gläser auf den Tisch und serviert Portwein. Die Männer sind erfreut über diese Geste und genießen schweigend den ersten Schluck.

»Danke, dass Sie sofort gekommen sind. In den nächsten Tagen besuche ich einen Kongress und bin somit schlecht abkömmlich. Ich habe Ihren Fernsehauftritt aufgezeichnet.

Sie waren wirklich großartig, und wenn der Kerl Sie gesehen hat, wird er sicher reagieren. Trotzdem gibt es ein Aber.«

»Die letzte Frage, nicht wahr?«

»Genau. Lassen Sie uns die Aufzeichnung zunächst einmal anschauen.«

Nachdem der Psychiater einige Sekunden mit der Fernbedienung gekämpft hat, lässt er die Aufzeichnung von Anfang an abspielen. Gebannt blicken die vier Männer auf den Bildschirm.

Nach Mistrals Antwort auf die letzte Frage hält Thévenot die Aufzeichnung an.

»Was halten Sie davon?«, fragt er.

»Vor dieser Antwort macht Monsieur Mistral eine Pause von etwa drei Sekunden, was bei den anderen nicht der Fall war«, sagt Marot. »Aber das wissen nur wir, weil wir den Ablauf von Anfang bis Ende auswendig kennen.«

»Und Sie?«, erkundigt sich der Psychiater zu Mistral gewandt. »Was meinen Sie selbst dazu?«

»Ich sehe die Sache etwas zwiespältig. Allerdings glaube ich auch, dass die Pause zu kurz war, um bemerkt zu werden. Sie fällt uns auf, weil wir Bescheid wissen.«

»Ich bin der Meinung«, sagt Thévenot und streicht seine Strähne glatt, »dass Sie auf der Hut sein müssen. Ich sage Ihnen auch, warum. Sie sind zur besten Sendezeit im Fernsehen aufgetreten. Ihre Botschaft klang wie eine Nachricht für die Öffentlichkeit, aber in Wirklichkeit richtete sie sich nur an eine einzige Person. Falls dieser Mensch vor dem Fernseher gesessen hat, hat er die Botschaft als äußerst persönlich wahrgenommen und daher ganz besonders aufmerksam verfolgt. Wir dürfen aber nicht vergessen, dass es sich um einen gefährlichen Psychopathen handelt, der in jeder Hinsicht ständig auf der Lauer liegt. Wenn Sie also meine Ansicht hören wollen, so muss ich Ihnen sagen: Ich gehe davon aus, dass er die drei Sekunden Pause bemerkt hat.«

»Und das heißt?«, hakt Calderone nach.

»Das heißt: Er wird versuchen, herauszubekommen, warum der Mann, der so viele unschöne Dinge über ihn verbreitet hat, sich bei der letzten Frage mehr Zeit lässt.«

»Jetzt verstehe ich, worauf Sie hinaus wollen. Allerdings ist mir nicht ein einziger Angriff auf einen Polizisten bekannt, selbst wenn der Mörder ein Verrückter war«, wendet Mistral ein. »Natürlich ist so etwas theoretisch möglich, aber in der Realität kommt es äußerst selten vor.«

»Vermutlich haben Sie recht«, räumt der Psychiater ein. »Doch die Reaktionen eines Verrückten, wie Sie sagen, sind eben manchmal unberechenbar.«

Als Ludovic Mistral die Haustür öffnet, sieht er Licht im Wohnzimmer und hört, dass der Fernseher leise läuft. Clara sitzt mit untergeschlagenen Beinen auf dem Sofa und begrüßt ihren Mann mit einem Lächeln.

»Ich habe auf dich gewartet«, sagt sie. »Du warst wirklich toll. Deine und meine Eltern haben schon angerufen, um lobend hervorzuheben, wie wunderbar seriös du gewirkt hättest. Sie meinten, man hätte den Eindruck, dass du sehr genau weißt, worüber du redest, und hoffen, dass du den Kerl bald schnappst.«

»Was soll ich da erst sagen!« Mistral setzt sich ganz dicht neben seine Frau und legt ihr den Arm um die Schultern. »Und wie gefiel dir das Interview? Fandest du es stimmig?«

»Durchaus. Wieso? Du hast allen Zuschauern klargemacht, dass hinter dir ein kompetentes Team steht, das wild entschlossen ist, den Mörder so schnell wie möglich zu schnappen. Apropos Mörder: Den hast du ja wirklich nach Strich und Faden fertiggemacht. Er wird nicht gerade erfreut darüber sein.«

»Genau das war meine Absicht. Ist dir sonst noch etwas aufgefallen?«

»Nicht, dass ich wüsste. Warum – habe ich etwas übersehen?«

»Absolut nicht; ich wollte bloß deine Meinung hören.«

»Wie ist diese Cécile Keller denn so im richtigen Leben?«

»Sehr professionell und hilfsbereit.«

Clara greift nach einem Päckchen, das neben der Couch liegt.

»Hier, das ist für dich.«

Bereits bei der ersten Berührung erkennt Mistral, dass es sich um ein Buch handelt. Er packt es aus und hält einen Fotoband über Patagonien in Händen. Sein Kindheitstraum! Mit einem strahlenden Lächeln blättert er darin herum.

»Wenn diese Geschichte vorbei ist, fahren wir alle zusammen einen ganzen Monat lang in Ferien. Wir fangen mit Buenos Aires an, wo ich einmal mit dir Tango tanzen möchte. Anschließend geht es in die endlose Weite Patagoniens. Ich erzähle den Kindern die Geschichte von Butch Cassidy und Sundance Kid, die nach Patagonien geflohen sind.«

»Sag ihnen bitte noch nichts. Sonst sind sie ständig in heller Aufregung und fragen jeden Abend, wann es endlich losgeht.«

22

Als Mistral am Montagmorgen im Präsidium ankommt, wollen die Kollegen alles Nähere über seinen Auftritt erfahren. Immer wieder muss er sein Interview kommentieren. Alle gratulieren ihm – mit Ausnahme von Dumont, der so tut, als sei nichts gewesen. Auch Anrufe erhält er, die ihn freundschaftlich ermutigen, so weiterzumachen wie bisher.

Gleich zu Beginn des Arbeitstages beruft er ein Meeting ein, zu dem er Calderone, die Abteilungsleiter sowie alle Mitarbeiter einlädt, die am Fall des Zauberers mitarbeiten. Fast achtzig Polizisten sind versammelt.

»Wir haben eine winzige Spur, die im Augenblick noch nicht viel mehr als eine Vermutung ist. Es könnte sein, dass der Zauberer als Klempner arbeitet. Falls dies zutrifft, gibt es zwei Möglichkeiten: Entweder er ist selbstständig, oder er arbeitet als Angestellter für eine Firma. Zunächst werden wir uns auf alle Installateure in Paris konzentrieren. Ausgenommen sind nur die Firmen im dreizehnten Arrondissement, die wir bereits überprüft haben. Falls wir dort nicht fündig werden, weiten wir die Suche aus auf Betriebe, die Dienstleistungen rund um das Haus anbieten. Gibt es hierzu Fragen?«

Niemand hebt die Hand. Die Beamten lauschen aufmerksam Mistrals Plänen.

»Wir werden folgendermaßen vorgehen – Vincent, könnten Sie uns bitte die Karte zeigen?«

Calderone entfaltet einen nach Bezirken aufgeteilten Pariser Stadtplan, auf dem die Funkkennungen der Mordkommission und der Abteilung für Jugendschutz verzeichnet sind.

»Sie teilen gemeinsam mit den Jugendschützern die Arrondissements unter sich auf und bilden gemischte Teams mit den Beamten der Stadtpolizei. Auf diese Weise ist in jedem Team jemand, der mit dem Fall vertraut ist, und eine Person, die sich im jeweiligen Viertel genau auskennt. Außerdem können wir so alle gleichzeitig tätig werden und die Stadt in relativ kurzer Zeit durchkämmen. Zumindest hoffe ich das. Irgendwelche Fragen?«

Niemand meldet sich. Den Polizisten scheinen Mistrals Ausführungen einzuleuchten.

»Vincent Calderone ist für die Koordination zuständig. Er ist Ihr Ansprechpartner, und ihm erstatten Sie Bericht. Grob gerechnet werden wir drei gemischte Teams pro Stadtviertel einsetzen. Jeder von Ihnen erhält eine Akte; sie enthält den Sektor, in dem Sie eingesetzt sind, die Nummer der dortigen Polizeiwache sowie die Funkkennung und die Handynummern aller anderen Teams. Sollten Sie Verstärkung brauchen, melden Sie sich bei den Kollegen. Fragen dazu?«

Keine Fragen. Die Beamten verlassen den Versammlungsraum und nehmen auf dem Weg ihre Arbeitsanweisungen mit. Mistral und Calderone kommen endlich zu ihrem lang ersehnten Kaffee.

Als der Zauberer vor die Tür tritt, befürchtet er, dass sich alle Welt auf ihn stürzen könnte. Er glaubt, die von Mistral abgegebene Beschreibung seiner Person mache ihn für jedermann erkennbar. Nachdem er jedoch fünfzehn Personen begegnet ist – er hat sie auf dem Weg zu seinem Café genau gezählt –, erkennt er erleichtert, dass niemand ihn beachtet. Wirklich niemand! Noch nicht einmal einen schrägen Seitenblick kann er erhaschen. Er wird kühner. Mit den Händen in den Taschen seines Cabanmantels, dessen Kragen wie immer hochgeschlagen ist, geht er weiter, kauft seine Zeitung und betritt das Café. Die Saufkumpane stehen an ihren Stammplätzen. Der Zauberer setzt sich auf seinen Platz und entfaltet die Zeitung. Nichts. Er lässt den Zucker auf seine Zunge rinnen und trinkt seinen Kaffee, ohne seine Umgebung aus den Augen zu lassen, doch nichts passiert. Ganz allmählich entspannt er. Alles ist wie immer. Mit anderen Worten: Der blöde Bulle hat Mist geschwafelt. Der Mann hat nicht die geringste Spur! Immer noch ist er der Boss. Er, der Zauberer, hält die Karten in der Hand.

Lécuyer bestellt einen zweiten Kaffee und denkt nach. Vor Vater Da Silva fürchtet er sich ein wenig. Ob auch er den Bullen in den Nachrichten gesehen hat? Und wenn ja – erinnert ihn die Beschreibung an seinen Angestellten? *Ich muss auf jeden Fall vorsichtig sein*, denkt er.

Er weiß, dass er eine weitere Klippe umschifft hat. Wie gut, dass die Dämonen ihn endlich in Ruhe lassen! Endlich kann er ganz er selbst sein, ohne dass man ihm dauernd Vorschriften macht. Natürlich muss er zugeben, dass sie ihn meist gut beraten haben. Zumindest anfänglich. Aber mit der Zeit lähmten sie ihn geradezu. Deutlich optimistischer als zuvor verlässt er das Café und geht zur Arbeit.

Der letzte Auftrag des Vormittags ist die Reparatur eines ziemlich großen Lecks in einer Bar in der Fußgängerzone des Viertels Beaubourg. Als er fertig ist und die Bar verlässt, stellt er fest, dass er sich nur einen Katzensprung entfernt vom Quai des Orfèvres befindet. Mit einem leichten Schauder bewegt er sich wie magisch angezogen auf den Ort zu, wo sein Widersacher arbeitet. Gemächlich schlendert er am Kai entlang und wird auf Höhe der Nummer 36 noch langsamer.

Er sieht die vor der Tür postierten, uniformierten Schutzleute und die geparkten Polizeiautos. Er dreht noch eine Runde und kehrt schließlich zum unterirdischen Parkhaus Harlay zurück, dessen Eingang sich direkt gegenüber der Nummer 36 befindet. Seine Gefühle sind zwiespältig. Einerseits empfindet er eine tief verwurzelte Angst, andererseits genießt er es, so nah an seinem Feind dran zu sein – er, der Zauberer, nach dem ganz Paris sucht.

Langsam wandert er am Ufer der Seine weiter. Er beobachtet die Polizisten, die das Gebäude betreten oder verlassen. Nachdem er seinen Weg noch einige Hundert Meter fortgesetzt hat, erreicht er die Brücke und überlegt, was er jetzt tun soll. Gegenüber befindet sich eine Kneipe. Er betritt sie, kauft ein Sandwich und verlässt sie sofort wieder.

Inzwischen hat er genug von diesem Viertel. Immerhin hat er sich ja selbst bewiesen, dass er niemanden zu fürchten braucht. Also kehrt er zu seinem Wagen zurück. Auf dem Boulevard du Palais herrscht dichter Verkehr. Es ist kalt; Regen liegt in der Luft. Der Zauberer überquert die Straße auf dem Zebrastreifen – bloß keine Aufmerksamkeit erregen! – steigt ins Auto und macht sich auf den Rückweg.

An der Kreuzung des Quai des Orfèvres und des Boulevard du Palais steht ein dunkelblauer Peugeot 406 vor der roten Ampel. Mechanisch gleitet der Blick des Zauberers über die Motorhaube zum Fahrer. Am Steuer sitzt sein Feind! Es ist tatsächlich Mistral. Neben ihm sitzt ein zweiter Mann. Mit wild pochendem Herzen wendet der Zauberer den Blick von den beiden ab, bleibt aber äußerlich ganz ruhig. Innerhalb einer halben Sekunde hat er sich das Kennzeichen eingeprägt. Zwar weiß er noch nicht, was er damit anfangen soll, doch es schmeichelt ihm, etwas von seinem Widersacher zu kennen, der selbst absolut nichts gegen ihn in der Hand hat. *Ich bin wirklich gut*, denkt der Zauberer. *Und dabei verkauft mich dieser Kerl als Volltrottel.*

Lécuyer entsinnt sich eines Satzes, den er von den Gaunern im Gefängnis aufgeschnappt hat: »Wenn du wissen willst, mit welchen Karren die Bullen rumfahren, brauchst du dich nur vor dem Kommissariat zu postieren. Danach kennst du die Farbe ihrer Autos, die Nummern, und außerdem weißt du, wie sie aussehen. Wenn du dann irgendwann mit nicht ganz sauberer Weste heimkommst, drehst du erst mal 'ne Runde und guckst, was Sache ist. Falls da dann Bullenkarren rumstehen, könnte es deinetwegen sein. Also pennst du im Hotel und hörst dich in aller Ruhe um.«

Wieder einmal erkennt der Zauberer, dass er im Gefängnis wirklich wichtige Dinge gelernt hat, um nicht geschnappt zu werden. Und er ist fest entschlossen, das Gelernte auch anzuwenden.

Am Nachmittag beginnt es wieder zu regnen, und rasch bilden sich die üblichen Staus. Seltsamerweise fühlt Arnaud Lécuyer sich entspannt. Ohne zu wissen, warum, empfindet er eine gewisse Ruhe. Als er gegen 16.00 Uhr von einer Kundin kommt, deren Duschabfluss durch Haare verstopft war, hat er Lust auf einen Kaffee. Zwar wurde ihm von der Dame einer angeboten, doch wie üblich hatte er es eilig, vor allzu gesprächigen Mitmenschen zu flüchten. Wie auch vor Menschen, die weniger schwatzen.

Er schlendert gemächlich über den Gehsteig, als die Fehlzündung eines Autos Dutzende von Tauben erschreckt. Arnaud Lécuyer sieht, wie die Vögel von Hausdächern und aus Bäumen auffliegen.

Merkwürdig, denkt er, *wenn Tauben losfliegen, lassen sie sich zunächst nach unten fallen, ehe sie wie Pfeile in die Luft aufsteigen.*

Sekundenlang beobachtet er, wie sie in alle Richtungen davonstieben. Plötzlich erinnert er sich anderer Tauben, die Brot oder Körner pickten. Wer hatte sie gefüttert? Ein alter Mann mit einem Einkaufswagen und einem schmutzigen Hund. Und wo? Richtig, in der Rue d'Avron. Er denkt an den Jungen.

Als er das Café betritt, sagt er halblaut zu sich selbst: »Nur keine Hast!«

Gegen Abend hat Dumont allen Grund zum Jubeln. Er war an der Gare du Nord und hat sich mit den zuständigen Leuten für die Videoüberwachung getroffen. Er hat ihnen weisgemacht, er ermittle gegen eine Gruppe von Drogendealern, von denen einer wegen Mordes an einem Kollegen gesucht würde. Anstandslos gestattet man ihm, die Aufzeichnungen der Kameras einzusehen, die ihn interessieren. Die Aufzeichnungen werden normalerweise acht Tage aufbewahrt. Wenn keine Anfrage kommt, werden sie automatisch nach Ablauf dieser Frist überspielt. Dumont bittet um die Aufzeichnungen des Tages, an dem Carmassol den Kerl mit den Würfeln gesehen hatte.

Der Techniker ruft den entsprechenden Zeitraum von der Festplatte seines Computers ab. Gebannt starrt Dumont auf den Bildschirm. Als er Carmassol entdeckt, verdoppelt er seine Aufmerksamkeit. Die Bilder wirken abgehackt – eine Folge der sequenziellen Aufzeichnung, bei der nur alle fünf Sekunden ein Bild aufgenommen wird.

Dumont beobachtet alles ganz genau. Er sieht den Jungen auf der Bank und den Mann neben ihm. Der Mann ist nur undeutlich zu erkennen. Trotzdem hat Dumont vor lauter Aufregung einen trockenen Mund. Ein Reisender, der im Stehen seine Zeitung liest, verdeckt den Mann auf der Bank zur Hälfte. Fünf Sekunden später faltet der Zeitungsleser sein Blatt zusammen.

Dumont kann den Mann auf der Bank nur im Profil sehen. Er wendet sein Gesicht in Richtung von Carmassol. Nach weiteren fünf Sekunden scheint der Kerl aufgestanden und aus dem Blickfeld der Kamera verschwunden zu sein. Dumont bittet um ein Standbild der einzigen Ansicht, auf der man den Mann und den Jungen zusammen sieht. Der Techniker tut sein Bestes, doch Dumont ist enttäuscht: Die Profilansicht des Gesichtes wirkt verschwommen. Es ist unmöglich, aus den Vorgaben ein Foto zu machen; sie sind nicht lesbar genug. Dumont bittet darum, dass man ihm eine Kopie künftiger Aufzeichnungen zuschickt. Das ist immerhin besser als gar nichts. Vielleicht kehrt der Mann ja noch einmal in den Teil des Bahnhofs zurückkehren sollte, wo sich die jungen Ausreißer aufhalten.

Bei seiner Rückkehr ins Präsidium findet Cyril Dumont eine Nachricht vor, er möge bitte Lucien Carmassol zurückrufen. Er greift sofort zum Hörer.

»Hallo, Lucien. Du wolltest mich sprechen?«

»Allerdings. Ich habe dieser Tage Mistral in den Abendnachrichten gesehen. Kann es sein, dass du mich verarscht hast, Cyril? Mistral hat wirklich Ahnung von dem Fall und wirkt nicht, als hätte er sich das alles nur für eine Fernsehsendung angelesen. Oder irre ich mich etwa?«

»Nein, natürlich nicht. Worauf willst du hinaus?«

Dumont spürt, dass sich Unannehmlichkeiten anbahnen, und schleicht wie eine Katze um den heißen Brei.

»Ich glaube, dass er die Ermittlungen leitet, und nicht du. Wenn das aber stimmt, Cyril, dann kann ich nur sagen, solche Methoden habe ich dir bestimmt nicht beigebracht. Kollegen hintergeht man nicht. Also, ich höre. Und red schön deutlich, denn am Telefon hört man alles – vor allem das, was nicht ausgesprochen wird.«

Carmassol hat mit seiner unnachahmlich rauen Stimme sehr langsam und eindringlich gesprochen.

»Hör zu, Lucien, Mistral ist der Chef der Mordkommission. Natürlich ist er derjenige, der im Fernsehen auftritt. Aber du weißt doch, wie es läuft. Er verfolgt die Ermittlungen, aber ich bin es, der sich um die Einzelheiten kümmert.«

Dumont weiß, dass er ein paar Zugeständnisse machen muss.

»Hast du ihm von unserem Gespräch und unserer Spritztour zur Gare du Nord berichtet?«

»Noch nicht. Im Augenblick kümmern wir uns mit Hochdruck um alle Pariser Installateure. Aber natürlich werde ich ihm so bald wie möglich von deiner Entdeckung berichten«, lügt Dumont.

»Ich kann nur hoffen, dass du die Wahrheit sagst, mein Lieber. Bis wahrscheinlich ziemlich bald.«

Carmassol legt auf, ohne eine Antwort abzuwarten. Während Dumont noch mit ärgerlichem Gesicht den Hörer in der Hand hält, betritt der für den Fall Destiennes zuständige Teamchef das Büro. Der Beamte kann seine Erregung kaum verbergen.

»Was ist denn mit dir los?«, fragt Dumont ziemlich unfreundlich.

»Bingo, Chef! Die Abhörmaßnahmen im Fall Destiennes haben sich ausgezahlt!«

»Wie? Was redest du da?«

Dumont hat sich noch nicht von seinem Telefonat mit Carmassol erholt.

»Ganz einfach. Der Fall Destiennes ist gelöst.«

»Raus mit der Sprache!«

Dumont findet allmählich seine gute Laune wieder.

»Der Butler und der Chauffeur haben gemeinschaftlich Solange Destiennes ermordet. Anschließend haben sie den Safe geplündert. Allerdings hatte die Sache einen Haken.«

»Was für einen Haken?«

»Im Safe war ein Umschlag mit Fotos. Wir wissen noch nicht, was auf den Abzügen ist, aber den beiden geht der Arsch auf Grundeis. Sie haben keine Ahnung, was sie mit dem Zeug anfangen sollen; es scheint echt heißes Material zu sein. Am liebsten hätten sie sich längst aus dem Staub gemacht, aber der Hehler hat die Kohle noch nicht rüberwachsen lassen.«

»Ja super!« Dumont wirft einen Blick auf die Uhr. »Jetzt ist es acht. Entweder schnappen wir sie uns noch heute Abend vor neun oder gleich morgen früh um sechs.«

Der Beamte blickt Dumont erwartungsvoll an, ohne ihn in seinen Überlegungen zu stören.

»Ich weiß, wie wir es machen. Ihr kümmert euch darum, dass morgen früh alles bereit ist. Einer von euch hört die Telefone die ganze Nacht hindurch weiter ab. Ein Team postiert sich vor der Haustür der beiden Gauner, und wir schnappen sie uns morgen früh um sechs. Vor dem Frühstück. Du triffst jetzt alle Vorbereitungen, ich informiere Mistral.«

»In Ordnung, bin schon unterwegs.« Der Beamte verschwindet, um alles Nötige in die Wege zu leiten.

Mistral wippt in seinem Sessel und mustert Dumont, der ihm gerade von der Lösung des Falls berichtet hat.

»Gut gemacht! Glückwunsch. Was die Sache mit den Fotos angeht, so rede ich gleich mit Guerand, damit sie so schnell wie möglich den Präfekten informieren kann. Wann machst du heute Feierabend?«

»Noch nicht sofort. Erst einmal warte ich. Falls die Ereignisse sich überschlagen sollten, ist es besser, ich bin hier.«

Als Dumont Mistrals Büro verlässt, wünscht er sich für die Gare du Nord einen Erfolg wie im Fall Destiennes – denn dann wäre er Sieger auf der ganzen Linie.

Es regnet wieder. Arnaud Lécuyer sitzt im Auto und hört leise Radio. Schon eine Stunde sitzt er da, ganz ruhig. Das Fenster hat er einen Spalt geöffnet, um zu verhindern, dass es beschlägt. Er parkt am Quai du Marché-Neuf, kurz vor der Kreuzung des Boulevard du Palais, beobachtet die Fahrzeuge, die vom Quai des Orfèvres kommen, und wartet auf den Wagen von Mistral. Der Kommissar muss diese Stelle passieren, denn der Quai des Orfèvres ist eine Einbahnstraße. Lécuyer nimmt sich vor, noch eine oder zwei Stunden zu warten. Zeit spielt keine Rolle. Sollte er Mistral an diesem Abend nicht sehen, wird er eben am nächsten Tag wiederkommen. Und am übernächsten und überübernächsten – so lange, bis er ihn entdeckt. Er hat keine Eile. Er ist der Zauberer, der Herr über die Zeit, und hat das Spiel in der Hand.

Gegen 21.30 Uhr ruft Guerand bei Mistral an und teilt ihm mit, dass Dumont grünes Licht für seine Aktion am nächsten Morgen hat, dass er aber unbedingt die Fotos finden muss. Mistral gibt die Information an Dumont weiter und teilt ihm zehn zusätzliche Beamte für die Festnahmen und Hausdurchsuchungen zu. Dumont bedankt sich, enthält sich aber jeglichen Kommentars.

Um fünf nach zehn verlassen Dumont und Mistral das Präsidium zur gleichen Zeit. Beide fahren als Dienstwagen einen dunkelblauen Peugeot 406. Beide haben das Gefühl, lange genug gearbeitet zu haben, und wollen nur noch nach Hause.

Die beiden Autos fahren hintereinander. Als die beiden Männer feststellen, dass auf dem Boulevard du Palais kaum noch Verkehr herrscht, kümmern sie sich nicht um die rote Ampel, sondern fahren unter den empörten Blicken des Zauberers einfach durch.

Lécuyer glaubt, Mistral im zweiten Peugeot erkannt zu haben, ist sich aber nicht sicher. Als die beiden Wagen bereits die Brücke hinter sich gebracht haben und nach rechts auf die Busspur abbiegen, legt er einen Kavalierstart hin. Er folgt den Autos so schnell wie möglich auf die andere Seite der Seine. Die beiden Polizisten sind bereits jenseits der Ampel am Pont-Neuf und haben gut und gern fünfhundert Meter Vorsprung. Lécuyer, dessen Scheibenwischer wegen des strömenden Regens auf Hochtouren laufen, sieht die beiden Autos zur Einfahrt der Schnellstraße hinunterfahren. Obwohl er entgegen jeder Vernunft deutlich schneller als die in der Stadt vorgeschriebenen fünfzig Stundenkilometer fährt, schafft er es nicht, Anschluss zu den beiden Wagen zu halten. Sie sind einfach zu schnell. Lécuyer sieht die Rücklichter des hinteren Wagens nur noch als rote Punkte.

Irgendwann jedoch müssen die beiden Peugeots abbremsen, und Lécuyer kommt wieder bis auf etwa hundert Meter an sie heran. Er ist aber nicht nah genug, um zu erkennen, in welchem Auto Mistral sitzt. Am Pont Mirabeau biegt der erste Peugeot über die Brücke in Richtung Maison de la Radio ab, der zweite fährt weiter die Uferstraße entlang.

Lécuyer hält an. Er orientiert sich, ehe er selbstzufrieden vor sich hin spricht: »Das graue, kümmerliche und unscheinbare Männlein kommt morgen zurück und folgt dem richtigen Auto.«

Dann fährt er nach Hause. Unterwegs denkt er daran, wie jemand ihm im Gefängnis die beste Methode erläutert hat, unbemerkt einen Wagen zu verfolgen. Nicht ständig an der Stoßstange kleben. Die Fahrspuren wechseln. Von Kreuzung zu Kreuzung folgen. Sich unauffällig verhalten, und zwar bis zum endgültigen Ziel.

Lécuyer hat Zeit genug und so viel Wut im Bauch, dass er notfalls um die ganze Welt fahren würde.

Bei der Abfahrt vom Quai des Orfèvres hat Mistral eine CD von Till Brönner eingelegt – Cool Jazz, der ihn sofort entspannt. Er liebt es, bei guter Musik nachts im Regen durch die Straßen zu fahren. Für ihn ist dies die beste Möglichkeit, einen Abstand zwischen Beruf und Privatleben zu schaffen, auch wenn er den Gedanken an den Zauberer nie ganz loswird.

Als er zu Hause ankommt, schlafen die Kinder längst. Leise betritt er ihre Zimmer, um einen Augenblick ihren friedlichen Atemzügen zu lauschen. Clara erkundigt sich, ob es ein Lebenszeichen des Zauberers gegeben hat.

»Falls er mich überhaupt in den Nachrichten gesehen hat, ist es dafür noch zu früh. Dann sitzt er vermutlich noch in seinem Eckchen und schmollt«, antworte Ludovic.

Anschließend schmiedet er Pläne für ihre Reise nach Patagonien. Die praktisch veranlagte Clara lächelt und gibt zu bedenken, dass bis zu den Ferien noch viel Zeit ist.

»Ich finde, dass der Urlaub im Kopf beginnen muss«, entgegnet Ludovic. »In dem Augenblick, wo du das Flugzeug besteigst, verwirklichst du einen Traum, der viele Monate in dir gereift ist. Nur so wirst du dir dessen wirklich bewusst und hast mehr davon.«

Am nächsten Morgen regnet es zwar nicht mehr, doch es ist nach wie vor sehr kalt. Ludovic Mistral ist bereits um Viertel vor sechs im Präsidium. Er möchte an Ort und Stelle sein, wenn Dumont mit den beiden Festnahmen im Fall Destiennes auftaucht. Mistral hat einen kurzen Funkspruch mit der Frage nach dem Standort der Teams abgesetzt, der aber in Wirklichkeit bedeutet: »Guten Morgen. Falls du irgendwas brauchst – ich bin da!«

Das Abhören der Telefone während der Nacht hat nichts Neues gebracht, und die beiden Verdächtigen haben ihre Wohnungen nicht verlassen. Die Polizei wartet bis 6.00 Uhr; erst dann ist ein Zugriff auf Wohnungen rechtlich zulässig.

Währenddessen macht Mistral seine übliche Kaffee-Runde, auch wenn er an diesem Tag ein wenig früher dran ist als sonst. Die Nacht war außergewöhnlich ruhig. Lediglich eine Abteilung bekam einen Auftrag von der Staatsanwaltschaft: Die Beamten sollten klären, ob eine in ihrer Wohnung in der Avenue Bosquet erhängt aufgefundene Person den Freitod gewählt hatte. Manchmal nämlich entpuppen sich vermeintliche Selbstmorde als verdeckte Morde. Bei der Polizei heißt es dann gern, der Betroffene »wurde geselbstmordet«, was im vorliegenden Fall allerdings nicht zutraf. Der Tote hatte einen Abschiedsbrief hinterlassen, und die Nachbarn bestätigten, dass er seit langer Zeit depressiv war.

Gegen neun treffen die mit den Ermittlungen gegen den Zauberer befassten Teams nach und nach bei der Mordkommission ein. Die Teamleiter versammeln sich bei Calderone, um über die Nachforschungen bei den Klempnern Bericht zu erstatten.

Die Ergebnisse sehen leider so aus, dass man eigentlich wieder ganz am Anfang steht. Zwar entsprachen einige der Befragten entfernt der Täterbeschreibung, doch sie konnten jeden Verdacht schnell entkräften. Die Teams, die in den vier zentralen Arrondissements unterwegs waren – den kleinsten Bezirken von Paris – haben ihre Aufgabe bereits erledigt. Vincent Calderone verteilt sie nun auf die großen Randbezirke, wo sie die Kollegen unterstützen können, deren Arbeit noch lange nicht beendet ist.

Sollte der Zauberer bei den Klempnereien nicht gefunden werden, würde Phase zwei in Kraft treten: Man müsste sich die Dienstleistungsbetriebe vornehmen, die Reparaturen jeder Art im häuslichen Bereich anbieten. Deren Anzahl ist allerdings beträchtlich.

Bei der Suche nach einem solchen Kriminellen braucht man Geduld, muss methodisch vorgehen und darf sich nicht entmutigen lassen.

Um 10.30 Uhr treffen Dumont und seine Teamkollegen mit den beiden Verdächtigen – dem Butler und dem Chauffeur – ein.

Einen Menschen, der sozusagen von der Bettkante weg verhaftet wurde, erkennt man sofort, ganz gleich, welchem sozialen Status er angehört. In den meisten Fällen ist er weder rasiert noch gekämmt. Dumonts Delinquenten machen da keine Ausnahme. Ihre Hände sind mit Handschellen hinter dem Rücken gefesselt. Mistral sieht zu, wie sie zum Verhör in ein Büro gebracht werden. Sie haben alle Großspurigkeit verloren, wirken kleinlaut und sind eigens für den Polizeigewahrsam »bequem« in Pullover, Jeans und Sportschuhe gekleidet. Wahrscheinlich haben die Beamten ihnen das empfohlen.

Mistral weiß ganz genau, was in diesem Büro geschieht. Ein Beamter wird Schnürsenkel, Gürtel, Ringe, Ketten und Uhren in einem Pappkarton verstauen. Die Stimmung der Betroffenen sinkt unter den Nullpunkt.

Anschließend klärt ein anderer Beamter die beiden darüber auf, dass sie sich seit einem festgesetzten Zeitpunkt – vermutlich sechs Uhr morgens – in Polizeigewahrsam befinden, und unterrichtet sie über ihre Rechte: Sie dürfen einen Anwalt berufen, eine ärztliche Konsultation fordern und eine Person ihrer Wahl benachrichtigen. Die Stimmung sinkt weiter.

Dann finden die Verhöre statt.

Sicher werden sie alles ableugnen, denkt Mistral. Ende des ersten Tages. Die Stimmung wird immer mieser. Sie erhalten eine kalte Mahlzeit und verbringen die Nacht in Polizeigewahrsam.

Am nächsten Morgen, nach einer sicher nicht erholsamen Nacht und noch immer ungewaschen und ungekämmt, beginnen die Verhöre nach einer hastig hinuntergestürzten Tasse Kaffee aufs Neue. Beide halten an ihren Aussagen fest. Man spielt ihnen die Aufzeichnungen ihrer Telefonate vor. Mit bleichen Lippen und trockenem Mund brechen sie schließlich weinend zusammen. Danach erfolgt die Gegenüberstellung der beiden, die sich dann gegenseitig die Verantwortung zuschieben.

»Er hat sie umgebracht, nicht ich. Ich wollte sie nur bestehlen.«

Ende des Polizeigewahrsams. Überstellung in die Verwahrung. Es folgen Haftrichter, Schwurgericht und schließlich Gefängnis. Eine häufig gestellte Frage beim Verlassen des

Polizeigewahrsams lautet: »Wie viel steht mir bevor?« Antwort in diesem Fall: »Zwischen fünfzehn und zwanzig Jahren.« Tiefer kann die Stimmung nicht mehr sinken. Vorhang.

Und genau so geschieht es.

Am Ende brechen beide Delinquenten in Tränen aus und geben Namen und Adresse des Hehlers preis, bei dem man dann die Diebesbeute findet. Wie Mistral vorhergesehen hat, schieben sich beide gegenseitig den Mord an Solange Destiennes in die Schuhe.

Françoise Guerand, Mistral und Dumont betrachten die Fotos, die dem Präfekten so am Herzen liegen. Es sind Farbfotos von ausgezeichneter Qualität, auf denen gut fünfzehn Personen in »nicht gerade vorteilhaften Situationen« dargestellt sind – so der O-Ton Guerand. Es handelt sich um eine bunte Mischung von Promis, hauptsächlich Sportler und Politiker jeder Couleur, die offenbar ordentlich getrunken und sicher etwas anderes als Luft inhaliert hatten; außerdem muss ihnen ziemlich warm gewesen sein, denn sie trugen keine Kleider.

»Hatten deine beiden Schurken schon Pläne, was sie mit den Fotos anstellen wollten?«, erkundigt sich Françoise Guerand.

»Nicht wirklich. Sie haben sie erst gefunden, als sie zu Hause den Inhalt des Safes auspackten«, antwortet Dumont. »Nachdem sie festgestellt hatten, was ihnen da in die Hände gefallen war, kriegten sie es zunächst mit der Angst zu tun. Später beschlossen sie, die Fotos erst einmal zu behalten und später zu entscheiden, was sie damit machen würden. Auf jeden Fall wollten sie eine Menge Kohle herausschinden.«

»Wenn sie das gemacht hätten, wäre ihre Überlebenschance gering gewesen. Früher oder später hätte man sie tot aufgefunden – entweder Selbstmord oder Verkehrsunfall. Es gibt Grenzen, die man besser nicht überschreitet«, meint Mistral, nachdem er die Fotos genau unter die Lupe genommen hatte. »Das hier sind wirklich Promis vom Feinsten.«

»Das kannst du laut sagen!«

»Auf jeden Fall ist der Präfekt sehr zufrieden. Ich bin sicher, dass er die Fotos ordentlich verschlossen und versiegelt dem Minister überstellt. Mit der unausgesprochenen Botschaft: ›Seht her, wie wichtig ich bin‹.« Françoise Guerand schaut auf die Uhr. »Ich muss gleich zu ihm. Er erwartet mich in einer Viertelstunde.«

»Hast du eine Ahnung, woher Solange Destiennes die Fotos hatte?«, will Mistral von Dumont wissen.

»Nicht die geringste. Auch ein Brief war nicht dabei. Die Durchsuchung der Wohnung hat ebenfalls nichts ergeben. Und ehrlich gesagt kann ich mir kaum vorstellen, dass der Präfekt uns mitteilt, warum Omi auf etwas derart Verfängliches aufpassen sollte«, grinst Dumont.

Der Zauberer verbringt zwei relativ entspannte Tage. Er arbeitet, wie er es gewohnt ist: ruhig, schnell und schweigend. Nur allzu gern würde er zur Gare du Nord und in die Rue d'Avron zurückkehren, einzig und allein, um die Atmosphäre zu genießen. Doch er weiß, dass es unvorsichtig wäre. Er muss jetzt doppelt und dreifach aufpassen, seit dieser Bulle im Fernsehen die Eltern vor ihm gewarnt hat.

Aus Angst, entdeckt zu werden, denkt der Zauberer inzwischen ernsthaft darüber nach, seine Strategie zu verändern. Allerdings ist die Zauberei seine einzige Stärke. Nur damit kann er die Aufmerksamkeit von Kindern auf sich ziehen. So beschließt er, vorerst nichts zu ändern, jedoch äußerst wachsam zu bleiben. Und für die Zukunft wird er sich überlegen, ob er sich kleinen Jungen nicht auch anders nähern kann.

Gegen acht Uhr abends bezieht er in der Nähe des Pont Mirabeau Posten, um auf Mistrals Wagen zu warten. Gegen zehn hat er keine Lust mehr, vorüberfahrende Autos zu beobachten, und fährt nach Hause.

Zehn Minuten später kommt Mistral an der Stelle vorbei. Wie immer fährt er sehr zügig. Aus dem CD-Player dröhnt Miles Davis in voller Lautstärke. Die Musik hilft ihm, sich von der Last seines sechzehnstündigen Arbeitstags zu befreien.

23

Am nächsten Morgen taucht Lécuyer wieder völlig zerschlagen aus seinen Albträumen auf. Nachdem er sich seinen morgendlichen Toilettenritualen hingegeben hat, geht er zunächst zum Zeitungskiosk und anschließend in sein Café, um zu hören, was man so redet. Er ist fest überzeugt, dass er hier erfährt, was die Bullen vorhaben, um ihn dingfest zu machen.

Zwar reden die drei Saufkumpane meist ziemlichen Schwachsinn, aber zumindest kann er sich über die Themen des Tages informieren. Vor einigen Tagen verbreitete das Fernsehen die Nachricht, dass die Mörder der alten Dame, die am gleichen Tag getötet wurde wie der kleine Guillaume, verhaftet worden waren.

»Jetzt fehlt nur noch der Perverse, der kleine Jungs um die Ecke bringt«, hatte einer der Saufkumpane gegrölt, »dann hätten wir endlich unsere Ruhe.«

Die beiden anderen und der Wirt hatten ihm vehement beigepflichtet.

In den letzten Tagen jedoch drehen sich die Thekengespräche hauptsächlich um Fußball. Eine Mannschaft, deren Namen der Zauberer nicht behalten hat, aber die von den Trunkenbolden an der Theke unterstützt wird, steht kurz vor dem Abstieg.

Lécuyer hat den Eindruck, dass kein Mensch sich mehr um den Zauberer kümmert, seit der Kommissar ihn im Fernsehen derart niedergemacht hat. Die Idioten fühlen sich offenbar dadurch beruhigt, dass der Zauberer nach Aussage der

Polizei lediglich ein jämmerliches Würstchen ist. Arnaud Lécuyer beschließt, den Lauf der Dinge umzukehren. Er will es nicht hinnehmen, dass man ihn vor Millionen von Fernsehzuschauern als graues, kümmerliches Wesen bezeichnet.

In den folgenden Tagen wird er nicht rasten noch ruhen, bis er herausgefunden hat, wo dieser Mistral wohnt. Nichts anderes zählt jetzt mehr. Die Suche hat absolute Priorität. Zwar weiß er noch nicht, was er tun wird, wenn er die Adresse kennt, doch zumindest wäre er gegenüber seinem Widersacher einmal mehr im Vorteil.

Und was der Zauberer will, das muss er einfach haben. Er wird weder zur Gare du Nord noch in die Rue d'Avron zurückkehren, bevor er weiß, wo der Bulle wohnt. Die blanke Wut treibt ihn an, den Fehdehandschuh aufzunehmen.

»Der kleine Mann wird dir schon zeigen, dass er kein Würstchen ist. Zwar weiß ich noch nicht, was ich dann mache, aber sicher nicht die Dummheit, die du erwartest. Provokationen ziehen bei mir nicht. Ich werde dich in den Arsch ficken, mein Lieber! Und wie ich dich in den Arsch ficken werde!«

Der Zauberer hat sich angewöhnt, in seinem Auto laut zu sprechen. Manchmal schreit er sogar, vor allem, wenn er an Mistral denkt. Und weil der Kommissar ihn ständig beschäftigt, schreit er häufig. Als wäre er vor Schmerz von Sinnen. Und auch jetzt brüllt er wie ein Verrückter: »Ich werde dich in den Arsch ficken!«

Da er sich nicht ganz sicher ist, welchen Heimweg Mistral wählen wird, postiert sich Lécuyer an diesem Abend gegen 19.00 Uhr an der Ecke Boulevard du Palais und Quai du Marché-Neuf. Um 23.00 Uhr kommt der Peugeot aus der Garage und hält dieses Mal auch an der roten Ampel. Lécuyer kann Mistral am Steuer erkennen.

Als der Wagen anfährt, startet auch Lécuyer. Entgegen seinen selbst auferlegten Vorsichtsmaßnahmen überfährt er eine rote Ampel. Der Peugeot fährt sehr schnell und benutzt die Busspur. Auch Lécuyer fährt schnell, hält sich aber an die für Pkws vorgesehenen Spuren. Zu dieser späten Stunde kann er auch zweihundert Meter Abstand zwischen sich und Mistral riskieren, ohne ihn zu verlieren.

Beide Autos fahren zur Schnellstraße hinunter. Vier Fahrzeuge trennen Mistral und Lécuyer. Zwar sieht Mistral ab und zu in den Rückspiegel, nimmt aber wenig wahr. Sein Tag hat ihn noch völlig im Griff. An diesem Abend hört er zur Entspannung ein Best-of-Album von Creedence Clearwater Revival und dreht bei ihrer außergewöhnlichen Fassung von *I put a spell on you* die Lautstärke voll auf.

Der Peugeot flitzt dahin. Fünf Autos hinter ihm hat ein Mann, der weder Grenzen kennt noch Gut und Böse unterscheiden kann, nur ein Ziel: Er will dem Auto des Bullenschweins folgen, bis er weiß, wo der Mann wohnt. Der 406 fährt am Pont Mirabeau vorbei und folgt weiter der Uferstraße. Der Zauberer reiht sich in den fließenden Verkehr hinter Mistral ein. Als er das Gefühl bekommt, er könne entdeckt werden, gibt er auf.

Er braucht fast zehn Tage, bis er Mistral endlich bis zu seinem Haus in La Celle-Saint-Cloud verfolgen kann. Das Haus ist hübsch und hat einen Vorgarten. An den Seiten befinden sich hohe Mauern, die es von den Nachbargrundstücken trennen. Zur Straße hin ist es mit einem soliden Zaun abgesichert, der sich hinter Büschen verbirgt.

Noch weiß der Zauberer nicht, wie er diesen unglaublichen Vorteil nutzen soll. Innerlich aber jubelt er und ist mächtig stolz auf sich. Es gibt nur einen Wermutstropfen: Er kann seinen Triumph mit niemandem teilen und niemandem zeigen, dass er der Boss ist. Trotzdem ist er mit sich zufrieden. Er hat die selbst gestellte Herausforderung angenommen und bewältigt. Endlich darf er wieder in die Rue d'Avron und zur Gare du Nord zurückkehren, sobald er Lust dazu hat.

Nach seinem Erfolg im Fall Destiennes empfängt ein selbstzufriedener Dumont mit Guerands Genehmigung einige Journalisten. Um nicht zu viel über die laufenden Untersuchungen zu verraten, greift er zu verbalen Akrobatenstückchen. Die erfahrenen Kriminalreporter wissen um diese Schwierigkeiten und warten geduldig darauf, dass Dumont ein paar Bruchstücke preisgibt, auf die sie sich stürzen können. Das Frage-und-Antwort-Spiel dauert fast eine Stunde.

»Wir werden Ihren Namen nicht nennen«, sagt ein alter Hase in Sachen Kriminalberichterstattung. »Wir schreiben einfach: ›Wie aus gut informierten Kreisen verlautet‹. Ist das in Ordnung?« Und so geht es eine Stunde lang.

Als die Journalisten die Kripo verlassen, ist Dumont begeistert von seiner Leistung. Nachdem er die Reporter zum Ausgang begleitet hat, trifft er Mistral auf der Treppe und berichtet stolz von seinem Interview.

Der Zauberer fühlt sich stark. Dass er mehrere Längen Vorsprung auf seinen Widersacher hat, befriedigt ihn ungemein. Und so beendet er seinen Arbeitstag in bester Laune. Ein Blick auf seine Liste verrät ihm, dass der letzte Termin in der

Rue des Pyrénées ist. Seine Augen bleiben an der Adresse hängen. Rue des Pyrénées, zwanzigstes Arrondissement. Es dauert einige Sekunden, ehe ihm bewusst wird, dass sich im zwanzigsten Arrondissement auch die Rue d'Avron befindet – und damit der Junge, von dem er seit Wochen träumt.

Der Zauberer zögert nicht lang. Er fährt los und ist eine knappe Viertelstunde später bei seinem Kunden, wo er seinen Auftrag auf professionelle Weise erledigt. Danach macht er sich auf die Suche nach dem Jungen.

Zunächst fährt er zu dem Haus, in dem das Kind wohnt. Die Fenster der Wohnung sind dunkel. Der Zauberer kehrt zurück in die Rue d'Avron. Zu seiner Rechten befindet sich die Passage zur Rue du Volga. In dieser Passage, die an einen Dorfplatz irgendwo in der Provinz erinnert, hat er den Alten gesehen, der die Tauben fütterte. Der Alte ist nicht da. Aber auf einem Mäuerchen sitzt der Junge und scheint sich zu langweilen.

Der Zauberer muss sich zurückhalten, um seine Freude nicht laut herauszuschreien. Das Glück ist ihm wirklich hold. Nicht nur, dass er das Haus von Mistral gefunden hat – jetzt ist er auch noch weniger als zehn Meter von diesem Kind entfernt. Noch empfindet er kein Jagdfieber, keinen quälenden Drang. Er hat Zeit, mit seiner Beute zu spielen.

Ein wenig fühlt er sich wie ein Angler, der einen schönen Fisch gefangen hat, sich aber noch ein wenig amüsieren will, weil der Fang so einfach war. Er wirft den Fisch wieder ins Wasser, zieht die Angel erneut ein, wirft ihn vielleicht noch ein zweites Mal hinein und kurbelt die Schnur wieder hoch – bis er ihn schließlich mit dem Käscher herausholt, den Haken aus seinem Gaumen entfernt und ihn in seinen Eimer wirft.

Und auch hier spielt ein Angler mit seiner Beute.

Das Kind sieht ihn kommen. Es bleibt ganz ruhig, denn es

erkennt in ihm den Mann, der an der Bushaltestelle gezaubert hat. Und da es sich langweilt, hofft es auf ein wenig Unterhaltung.

Der Zauberer sieht, dass das Kind ihn anschaut und keine Anstalten macht, wegzulaufen.

Es ist wirklich zu einfach, denkt er. *Der Scheißbulle hat sich zwar im Fernsehen und im Radio aufgespielt wie sonst wer, aber ich – ich ficke ihn in den Arsch!*

Er setzt sich zur Linken des Kindes auf die niedrige Mauer. Absolut selbstsicher, ein Mann, der seine Beute zu manipulieren weiß und Herr der Lage ist.

»Grüß dich«, sagt er, ohne das Kind anzusehen.

»Hi«, antwortet das Kind. »Zaubern Sie jetzt wieder?«

»Wenn du magst. Sag mal, wo gehst du denn zur Schule?«

Seine Hände stecken tief in den Taschen des Cabanmantels. Mit der Linken berührt er den Nagelknipser, mit der Rechten ein Kartenspiel.

»Ich gehe in die Gesamtschule gleich nebenan.«

Der Zauberer ist extrem aufgewühlt. Sein Herz schlägt zum Zerspringen, und das Gefühl berauscht ihn. Ein Adrenalinstoß, der ihn hoch in den Himmel katapultiert. Er starrt ins Leere, ohne das Kind auch nur ein einziges Mal anzusehen. Ihm genügt es, den Kleinen ganz in seiner Nähe zu wissen. Schell, fast schon zu hastig, zieht er die rechte Hand mit dem Kartenspiel aus der Tasche. Der Junge, der keinen Blick von den Händen des Zauberers wendet, sieht aus dem Augenwinkel ein Stück Papier zu Boden fallen. Ohne lange zu überlegen, stellt er den Fuß darauf.

Vielleicht hat er sich dort die Geheimnisse der Kartentricks notiert, denkt er.

Der Zauberer übertrifft sich wirklich selbst. Obwohl er kaum bei der Sache zu sein scheint, bewegen sich seine Finger und die Karten wie von selbst. Das Ganze dauert mehrere Minuten. In den Augen des Jungen funkeln Sterne. Noch nie hat er so viele Kunststücke gesehen, die er nicht enträtseln kann.

Irgendwann erscheint der Alte mit dem schmutzigen Hund und dem Einkaufswagen voll trockenem Brot. Die Tauben haben ihn bereits erwartet, sie kommen von überall her angeflogen und wirbeln mit ihren Flügeln den Staub auf, als sie sich setzen.

Sofort lässt der Zauberer sein Kartenspiel verschwinden und erhebt sich im gleichen Augenblick, als die Tauben sich niederlassen. Gleichmütig geht er davon, stumm und ohne das Kind anzuschauen. Er wirkt fast wie eine Traumgestalt, als er in seinem dunklen Cabanmantel mit hochgeschlagenem Kragen langsam durch eine Wolke von flatternden Tauben schreitet. Er ist völlig ruhig. Er weiß, dass er wiederkommen kann, wann immer er will, und dass das Kind sicher am Haken hängt.

Ich darf den Käscher beim nächsten Mal nicht vergessen, denkt er. *Aber bis dahin ist noch viel Zeit.*

Der Junge sieht den Tauben zu, die begeistert Brotkrümel aufpicken. Einige Minuten später verabschiedet er sich mit einem kurzen Winken von dem Alten und springt von dem Mäuerchen. Nachdem er sich einige Meter entfernt hat, fällt ihm der Zettel wieder ein, und er kehrt zurück, um ihn aufzuheben. Im Laufschritt saust er nach Hause – wie alle Kinder dieses Alters, die immer lieber rennen als gehen.

Der Vater ist schon zu Hause; er riecht nach Pastis. Zum Abendessen gibt es ein in der Mikrowelle zubereitetes, tiefgekühltes Fertiggericht. Als der Junge schließlich in seinem Zimmer ist, erinnert er sich an den Zettel und faltet ihn auseinander. Doch das, was er liest, enttäuscht ihn. Statt der erwarteten Auflösung der Kartengeheimnisse findet er einen unsinnigen Text, der folgendermaßen beginnt:

»ICH VERBRACHTE EINE GLÜCKLICHE KINDHEIT MIT MEINER MUTTER LILIANE UND MEINEM VATER GÉRARD. GESCHWISTER HATTE ICH NICHT, ABER SIE FEHLTEN MIR NIE. MEINE MUTTER ARBEITETE NICHT. JEDEN TAG BRACHTE SIE MICH ZUR SCHULE UND HOLTE MICH AB. ICH BRAUCHTE AUCH NIE IN DER MENSA ZU ESSEN ...«

Ernüchtert liest der Junge den Rest und wirft den Zettel schließlich achtlos auf seinen Schreibtisch. Dann holt er sein Gedichtheft aus der Tasche und macht sich daran, das für den nächsten Tag aufgegebene Gedicht von Pierre Gamarra auswendig zu lernen. Auch ein Bild soll er dazu malen.

In der Avenue Gambetta im zwanzigsten Arrondissement parkt ein dunkelblauer, mit drei Männern und einer jungen Frau besetzter Renault Laguna. Der Fahrer und die Frau sitzen vorne, zwei der Männer haben im Fond Platz genommen. Im Wagen herrscht Schweigen. Einer der beiden Männer auf dem Rücksitz liest in einem Schnellhefter abgeheftete Notizen. Die junge Frau schaut zerstreut aus dem Fenster, der Fahrer hat den Kopf an die Kopfstütze gelehnt und die Augen hinter seiner Sonnenbrille geschlossen. Ein Funkgerät krächzt, doch das scheint niemanden in dem Renault zu stören.

»S2 an Türkis 40, Türkis 40 bitte kommen.«

»Geh doch dran, Magali«, fordert der Mann mit dem Schnellhefter die junge Frau auf. Sie nimmt das Mikrofon.

»Hier Türkis 40. S2, sprechen Sie.«

»Türkis 40, ist es Ihnen möglich, uns telefonisch zu erreichen?«

»Ja.«

Türkis 40 ist die Kennung eines der Fahrzeuge der Abteilung zum Schutz von Kindern und Jugendlichen. Bei dem Mann mit dem Schnellhefter handelt es sich um Kommissar Michel Vidal, der das Einsatzteam leitet. Neben ihm sitzt ein Polizist aus dem Viertel. Sie bilden eines der von Mistral geforderten gemischten Teams. Am Steuer sitzt der Polizist Serge Gosselin, neben ihm Kommissarin Magali Delahaye.

Der Teamleiter wählt die Nummer der Einsatzleitung. Dabei murmelt er: »Wenn die Einsatzleitung um einen telefonischen Rückruf bittet, kann man sicher sein, dass die Kacke am Dampfen ist.«

Die drei anderen nicken stumm.

»Grüß dich. Hier ist Vidal, Türkis 40. Du wolltest uns sprechen?«

»Richtig. Seid ihr gerade dabei, im zwanzigsten Arrondissement Klempner zu befragen?«

»Ja. Warum? Gibt es irgendwelche Probleme?«

»Das sollst du feststellen. Meldet euch auf der Wache des zwanzigsten Arrondissement. Der Chef dort will mit euch sprechen. Einer seiner Männer soll einen merkwürdigen Kerl gesehen haben. Und ruf mich an, sobald du Genaueres weißt.«

Die vier Polizisten stehen in einem Büro. Vor ihnen sitzt der junge Leiter der Wache. Ein verlegen wirkender Polizist tritt von einem Bein aufs andere. Vidal wendet sich zu ihm: »Lassen Sie mich noch einmal zusammenfassen, und korrigieren Sie mich, wenn ich etwas missverstanden habe. Also: Sie beendeten Ihren Dienst gegen 17.00 Uhr und fuhren mit dem Bus nach Hause. Der Bus hielt an der Haltestelle Boulevard Davout, kurz hinter der Rue d'Avron. Passagiere stiegen ein und aus. Sie blickten aus dem Fenster und sahen an der Haltestelle einen Jungen neben einem Mann sitzen, der Spielkartentricks vorführte. Richtig?«

»Richtig«, bestätigt der Polizist. »Ich dachte, es muss ein professioneller Zauberkünstler sein. Er handhabte die Karten ungeheuer geschickt.«

»Wann war das?«

»Vor etwa einem Monat. Vielleicht sogar mehr.«

»Und warum haben Sie uns das nicht schon früher mitgeteilt?«

»Keine Ahnung.« Der Mann zuckt die Schultern. »Damals habe ich die Sache nicht mit dem Zauberer in Verbindung gebracht und sie schlicht vergessen. Sie ist mir erst wieder eingefallen, als Ihr Chef in den Nachrichten war. Gestern habe ich meinen Dienst wieder aufgenommen, und Mistrals Auftritt war natürlich in aller Munde. Erst da wurde mir klar, dass der Täter der Kerl sein könnte, den ich vom Bus aus gesehen habe. Also habe ich meinen Vorgesetzten informiert. Mehr kann ich dazu nicht sagen.«

»Können Sie den Mann beschreiben?«

»Tja, eigentlich nicht. Ich habe hauptsächlich auf seine Hände geschaut – sehr zierliche, weiße Hände mit langen Fingern. Soweit ich mich erinnere, war der Mann recht dünn und ziemlich dunkel gekleidet.«

»Und das Kind?«

»An den Jungen erinnere ich mich noch weniger, weil ich ständig auf die Hände des Mannes starren musste. Er dürfte etwa zehn gewesen sein. Das war's dann schon.«

»Okay, vielen Dank.«

Vidal wendet sich an den Leiter der Wache.

»Wie sieht euer Personalbestand für das Viertel um den Boulevard Davout aus?«

»Wir haben einige Kontaktbereichsbeamte, eine Fahrradstreife und ein paar Verkehrspolizisten im Einsatz.« Der junge Beamte konsultiert einen Plan des Arrondissements. »Jetzt müssen wir natürlich Verstärkung anfordern und ...«

»Auf keinen Fall«, unterbricht Vidal. »Überlassen Sie das uns. Stellen Sie sich mal vor, es handelt sich tatsächlich um unseren Täter, und hier schwirren auf einmal jede Menge Polizisten herum! Was glauben Sie, was er dann tut? Er macht sich natürlich dünne! Wir fahnden nach deinem Phantom – vielleicht haben wir ja diesmal ein bisschen Glück. Lassen Sie uns nur machen. Und was Sie betrifft« – er wendet sich an den Polizisten – »so sollten Sie jetzt gleich zur Kripo fahren und Ihren Bericht zu Protokoll geben. Ich melde Sie dann schon mal an.«

Auf dem Weg zum Auto telefoniert Kommissar Vidal mit der Einsatzleitung, erstattet Bericht und kündigt an, dass sein Team die Rue d'Avron einmal genauer unter die Lupe nehmen wolle.

Die Polizisten haben weniger Skrupel als Lécuyer und parken auf einem Lieferantenparkplatz. Kaum haben sie sich einige Meter entfernt, ruft eine Politesse hinter Ihnen her: »Sie können dort nicht stehen bleiben. Das ist ein Lieferantenparkplatz.«

Die Beamten drehen sich um und stehen vor einer korpulenten Farbigen mit einer unglaublichen Turmfrisur, auf der hoch oben das vorschriftsmäßige Käppi thront. Der Chauffeur zückt seinen Dienstausweis und erklärt, dass sie in einer Ermittlung unterwegs sind. Die dicke Frau meint lakonisch: »Okay, kein Problem«, und geht weiter.

Die Polizisten verbringen über eine Stunde im Viertel, um sich mit den Örtlichkeiten vertraut zu machen. Auch sie entdecken die Passage, die zur Rue du Volga führt. Außerdem erkunden sie alle nahegelegenen Straßen, merken sich Bars und Kneipen sowie die unterschiedlichsten Geschäfte. Nachdem sie sich alles Notwendige notiert haben, fahren sie zurück zum Präsidium und suchen Kommissar Calderone auf, der für die Überprüfung verantwortlich zeichnet.

Um 19.45 Uhr sieht Mistral, wie Dumont das Gebäude verlässt. Calderone und Mistral haben einen großen Teil des Nachmittags damit verbracht, den Berichten der für das zwanzigste Arrondissement zuständigen Teams zu lauschen. Interessant war vor allem die Meldung der Gruppe, die mit dem Polizisten auf der Bezirkswache gesprochen hatte. Mistral hat beschlossen, die weiteren Ermittlungen im Viertel in die Hände ebendieser Gruppe zu legen. Kommissar Vidal will alles tun, um diesen Abschaum der Menschheit ein für alle Mal aus dem Verkehr zu ziehen. Vielleicht haben sie diesmal ja wirklich eine heiße Spur; dann brauchen sie jedoch Verstärkung.

Alle sind sich darüber im Klaren, dass keine Zeit zu verlieren ist.

Mistral fährt wie üblich mit Musikbegleitung nach Hause. An diesem Abend hat er eine CD des belgischen Sängers Arno aufgelegt. Er liebt seine an Tom Waits erinnernde Stimme. Kurz zuvor hat er Clara angerufen und gesagt, dass er auf dem Weg ist. Die Kinder erwarten ihn schon ungeduldig.

Als er endlich da ist, wollen sie sofort auf dem Sofa mit ihm kuscheln. Er verkündet ihnen, dass sie bald alle gemeinsam eine große Reise machen werden, worauf sie völlig aus dem Häuschen geraten. Natürlich wollen sie sofort wissen, wann, wohin und wie. Mistral, den es amüsiert, wie sie auf ihm herumhopsen, antwortet auf jede Frage nur: »Pst! Überraschung!«

Schließlich bringt er die beiden zu Bett und liest ihnen aus dem Piratenbuch vor, bis Clara ihn ermahnt, dass die Kinder ihren Schlaf brauchen.

Der Zauberer, der ganz auf seiner Erfolgswelle schwimmt, fährt am folgenden Tag in der Mittagspause zur Gare du Nord. Er parkt den Wagen und schlendert in aller Gemütsruhe zum Haupteingang des Bahnhofs. An einem Kiosk kauft er ein belegtes Brötchen und eine Flasche Wasser, setzt sich auf die Bank, wo er den jungen Ausreißer kennengelernt hat und bleibt eine Viertelstunde sitzen. Als er gerade aufbrechen will, sieht er den Jungen, für den er gezaubert hat. Auch der Junge erkennt ihn, und sie grüßen sich mit einem leichten Kopfnicken. Da Lécuyer jedoch befürchtet, zu spät zum nächsten Termin zu kommen, verlässt er den Bahnhof, schwört sich aber, so bald wie möglich zurückzukehren. Er platzt fast vor Stolz. Alles scheint ihm zu gelingen. Er braucht nur mit den Fingern zu schnipsen, und alles läuft, wie es ihm gefällt.

Wieder auf der Straße erhascht er in einem Schaufenster einen Blick auf sein Spiegelbild und findet sich viel zu selbstsicher. Sofort verändert er seine Haltung, zieht den Kopf zwischen die Schultern und wird wieder zum unscheinbaren Männlein.

Gut, dass ich meine Sonnenbrille aufgesetzt habe, denkt er, als er in seinen Wagen steigt.

Kommissar Michel Vidal hat drei zusätzliche Viererteams für die Gegend um die Rue d'Avron angefordert. Ausgerüstet mit einer vagen Beschreibung und einem nicht sehr aussagekräftigen Phantombild fragen sich sechzehn Beamte in allen Geschäften am Boulevard Davout durch.

Am ersten Tag kommen sie dabei keinen einzigen Millimeter voran. Doch sie lassen sich nicht entmutigen. Nach weißen Lieferwagen halten sie schon lange nicht mehr Ausschau; es gibt viel zu viele davon in Paris.

Am folgenden Tag hält der Zauberer sich bedeckt und beschränkt sich darauf, seine Kundenliste abzuarbeiten.

Dumont telefoniert mit der Bahngesellschaft, die verspricht, ihm so bald wie möglich die neuesten Aufzeichnungen zukommen zu lassen.

Calderone lässt weitere Recherchen bei Installationsbetrieben durchführen, erhält jedoch nur uninteressante Informationen.

Mistral begleitet Françoise Guerand zum Präfekten, der ihn mit sanftem Vorwurf daran erinnert, dass der Fall Zauberer im Gegensatz zum Fall Destiennes noch nicht gelöst ist.

Gegen 12.30 Uhr befinden sich Kommissar Vidal und sein Team in der Passage, die zur Rue du Volga führt. Vidal hat soeben die anderen Teams angerufen und sich mit ihnen zum Mittagessen im Viertel verabredet.

Ein alter Mann mit einem schmutzigen Hund und einem Einkaufswagen voll trockenem Brot betritt die Passage. Sofort fliegen Dutzende Tauben herbei und wirbeln kiloweise Staub auf. Der Hund legt sich mit der Nase zwischen den

Pfoten auf den Boden. Der alte Mann beginnt, den Vögeln Brotkrümel hinzuwerfen. Die Beamten gehen ein Stück zur Seite, um den Staubwolken auszuweichen. Nachdem der Alte sein Brot verstreut hat, beobachtet er die pickenden Vögel. Einige streiten sich um Brotkanten. Nur wenige Minuten später liegt nicht mehr das kleinste Krümelchen auf dem Boden. Die Tauben fliegen davon.

Kommissarin Magali Delahaye, eine junge, dynamische Frau aus Marseille, spricht den alten Mann an und unterhält sich kurz mit ihm. Die anderen Beamten warten, ohne sich in das Gespräch einzumischen. Schließlich gehen der Alte und sein schmutziger Hund dahin, wo sie hergekommen sind. Magali Delahaye tritt mit einem triumphierenden Lächeln zu ihren Kollegen.

»Ich habe eine hieb- und stichfeste Information bekommen«, erklärt sie.

»Schieß los.«

»Der Opa kennt das Kind vom Sehen und ist auch dem Kerl schon zweimal begegnet.«

»Was sagst du da?« Serge ist verblüfft.

»Der Kleine wohnt hier in der Nähe; seine Eltern lassen ihn einfach so herumlaufen. Offenbar ein netter Junge, der sich oft zu langweilen scheint. Manchmal kommt er dazu, wenn der Opa seine Tauben füttert – allerdings nicht regelmäßig.«

»Nach solchen Kindern lecken sich Kinderschänder doch die Finger! Und was sagt der Alte zu dem Mann?«

»Dass er ihm Angst macht. Wörtlich! Der Typ ist klein, trägt meist eine Sonnenbrille und hat ein völlig ausdrucksloses Gesicht. Der Opa kennt ihn nur in einer Art dunklem Wintermantel mit hochgeschlagenem Kragen, und er war jedes Mal zu Fuß unterwegs.«

»Ich glaube, wir haben da eine Spur – das sagt mir mein Gefühl«, meint der ansonsten recht wortkarge Serge Gosselin.

»Zunächst müssen wir dafür sorgen, dass hier jeden Tag zwischen halb fünf und acht Uhr abends ein Team patrouilliert. Mittwochs und am Wochenende ganztägig. Da der Junge nur manchmal vorbeikommt, müssen wir ununterbrochen in Bereitschaft sein. Gleich heute Abend werde ich mit Calderone sprechen.«

Als die anderen Teams von der Neuigkeit erfahren, melden sich gleich alle freiwillig für die zusätzliche Überwachung. So ist es immer: Hat die Kripo eine heiße Spur, ziehen sofort alle Beteiligten an einem Strang. Kommissar Vidal will Calderone vorschlagen, die Überwachung dieses Teils der Rue d'Avron ganz in die Hände seines Teams zu legen.

In Hochstimmung gehen die Polizisten gemeinsam zum Mittagessen. Als sie das Restaurant verlassen, treffen sie die farbige Politesse, deren Käppi hoch auf ihrer Turmfrisur schaukelt.

»Ich habe Ihr Auto bereits entdeckt«, knurrt sie. »Es steht schon wieder auf einem Lieferantenparkplatz. Glücklicherweise habe ich ein ganz gutes Gedächtnis, sonst hätte ich es längst abschleppen lassen.«

»Arbeiten Sie schon lange in diesem Viertel?«, erkundigt sich Magali Delahaye.

»Fast zehn Jahre. Ich wohne hier und gehöre sozusagen zum Inventar.«

Sie stößt ein volltönendes Lachen aus, neigt den Kopf und fasst die Beamten fest ins Auge.

»Keine Sorge, mein Käppi sitzt bombenfest. Aber warum schwirren Sie hier eigentlich ständig herum? Ich habe schon gehört, dass sie nach einem Kind und einem Mann suchen. Um wen geht es?«

Sie muss über die verblüfften Gesichter der Beamten lächeln.

»Ich habe Ihnen doch schon gesagt, dass ich hier zu Hause bin. Die Leute reden mit mir und haben mir erzählt, dass die Polizei im Viertel herumschnüffelt. Das ist doch völlig normal, oder?«

»Ja, natürlich.«

Der Teamchef zeigt der Politesse das Phantombild des Zauberers und berichtet ihr, was der alte Taubenfütterer gesagt hat.

»Gesehen habe ich den Kerl noch nie. Ganz bestimmt nicht. Aber mit dem Phantombild da müssten Sie ohnehin die halbe Stadt verhaften. Es ist absolut nichtssagend. Den Jungen kenne ich allerdings. Er lebt allein mit seinem Vater in der Rue des Maraîchers – ich glaube, es ist Nummer 42. Den Nachnamen weiß ich zwar nicht, aber Sie finden ihn ganz leicht. Heute Abend dürfte er so gegen halb sechs zu Hause sein. Um halb fünf ist die Schule aus. Ich sehe ihn jeden Abend, wenn ich die Schüler vor der Schule über die Straße lotse. Ein netter Junge, der niemals Dummheiten macht. Die Hausmeisterin seines Wohnhauses kann Ihnen bestimmt noch mehr erzählen. Sie wohnt im ersten Stock.«

Die Beamten finden das Haus ohne Probleme, und die Hausmeisterin teilt ihnen mit, wie das Kind heißt und wo es wohnt. Sie bestätigt ihnen auch, dass der Junge allein mit seinem Vater lebt – eigentlich ein ganz netter Kerl, der nur manchmal ein wenig zu tief ins Glas schaut. Die Mutter habe sich vor zwei oder drei Jahren auf Nimmerwiedersehen verabschiedet.

Der Teamchef beschließt, den Jungen von der Schule abzuholen.

Die Polizisten suchen den Schuldirektor auf und ziehen

ihn ins Vertrauen. Fünf Minuten vor Unterrichtsschluss lässt er den Jungen aus seiner Klasse holen. Erleichtert sehen die Polizisten, wie der Kleine durch den Flur auf sie zukommt. Solange der Zauberer nicht verhaftet ist, wird man ihn unter Personenschutz stellen.

Als der Junge im Auto sitzt, kümmert sich Magali Delahaye um ihn. Sie hat ein gutes Händchen für Kinder. Zunächst beruhigt sie den Jungen, ehe sie ihm erklärt, dass die Polizei auf der Suche nach dem Mann ist, der mit Spielkarten zaubert. Der Junge sagt, dass er ihn nur zweimal gesehen hätte.

Vom Wagen aus ruft Michel Vidal den diensthabenden Chef seiner Abteilung an, ehe er sich mit Vincent Calderone in Verbindung setzt. Calderone gibt den Hörer an Mistral weiter, der das Team von ganzem Herzen beglückwünscht und den Beamten mitteilt, dass er so gut wie auf dem Weg sei, um sie vor Ort zu treffen.

In der Wohnung des Jungen spricht zunächst Vidal mit dem Vater. Kurz darauf treffen auch Mistral und Calderone ein. Vidal berichtet, wie es dem Team gelungen ist, den Jungen zu finden.

Mistral wendet sich an den Vater.

»Wussten Sie, dass Ihr Sohn einen Zauberkünstler kennengelernt hatte?«

»Äh, nein. Wissen Sie, der Junge erzählt mir längst nicht alles.«

»Sehen Sie manchmal fern? Zum Beispiel die Nachrichten?«, fährt Mistral fort.

»Nur ab und zu. Schreckliche Dinge habe ich selbst genug erlebt, dazu brauche ich keinen Fernseher.«

»Was machen Sie beruflich?«

»Seit zwei Jahren fahre ich Lieferungen aus, aber davor war

ich Seemann bei der Handelsmarine«, antwortet der Mann voller Stolz. »Ich bin bestimmt zwanzigmal um die Welt gefahren. Leider habe ich mein ganzes Geld auf den Kopf gehauen. Seeleute sind nicht gerade ein Muster an Sparsamkeit. Meine Frau hat dieses Leben nicht ertragen und sich vom Acker gemacht.«

Alle schweigen. Natürlich ist die Situation nicht gerade alltäglich für Vater und Sohn. Kommissar Vidal wendet sich an den Jungen.

»Hat der Zauberer dir gesagt, wann er wiederkommt?«

»Nein. Er spricht fast nie. Er sagt ›Guten Tag‹, dann zaubert er, ohne auf seine Hände zu schauen – wirklich cool! – und danach geht er wieder.«

»Weißt du, wie er heißt?«

»Nein.«

»Hast du ihn immer an der gleichen Stelle getroffen?«

»Nein. Einmal war er an der Bushaltestelle und einmal in der Passage zur Rue d'Avron.«

»Weißt du sonst etwas über ihn?«

»Nein, nichts.«

»Ist er freundlich?«

»Keine Ahnung, aber ich glaube schon.«

»Siehst du, wir wissen, dass er überhaupt nicht freundlich ist«, erklärt Mistral. »Und solange wir ihn nicht gefunden haben, werden wir dich jeden Tag in die Schule bringen und auch wieder abholen. Mittwochs, samstags und sonntags sagst du uns einfach, was du unternehmen möchtest, und dann fahren wir mit dir und deinem Papa hin. Wie findest du das?«

»Glauben Sie wirklich, dass der Mann so gefährlich ist?«, fragt der Vater.

»Sie können sich nicht vorstellen, wie gefährlich«, entgegnet Mistral.

»Ich glaube, sein Vater heißt Gérard und seine Mutter Liliane«, meldet sich plötzlich der Junge zu Wort.

Der Satz schlägt ein wie eine Bombe. Alle verstummen. Die Polizisten schauen den Jungen verblüfft an.

»Woher weißt du das?«, erkundigt sich Magali Delahaye sanft.

»Weil ihm ein Zettel aus der Tasche gefallen ist, wo es draufstand. Ich habe ihn aufgehoben, ohne dass er es bemerkte. Ich dachte, er hätte vielleicht seine Zaubergeheimnisse aufgeschrieben.«

»Wo ist dieser Zettel? Hast du ihn noch?«, fragt Mistral.

»Ja, er liegt auf meinem Schreibtisch. Ich hole ihn.«

Niemand in dem überheizten Zimmer sagt ein Wort. Alle halten förmlich die Lauft an. Sekunden später kehrt der Junge mit einem zerknitterten Stück Papier zurück, das er der jungen Frau reicht. Magali Delahaye streicht den Zettel vorsichtig glatt und liest vor: ICH VERBRACHTE EINE GLÜCKLICHE KINDHEIT MIT MEINER MUTTER LILIANE UND MEINEM VATER GÉRARD. GESCHWISTER HATTE ICH NICHT, ABER SIE FEHLTEN MIR NIE. MEINE MUTTER ARBEITETE NICHT. JEDEN TAG BRACHTE SIE MICH ZUR SCHULE UND HOLTE MICH AB. ICH BRAUCHTE AUCH NIE IN DER MENSA ZU ESSEN. MITTWOCHS GINGEN WIR IMMER IN DER STADT SPAZIEREN. MANCHMAL DURFTE ICH MIT MEINEM VATER INS KINO, UND ANSCHLIESSEND SPENDIERTE ER MIR EIN EIS. WENN AM WOCHENENDE DAS WETTER SCHÖN WAR, FUHREN WIR IN DIE WÄLDER UM PARIS UND PICKNICKTEN IM GRÜNEN. IM SOMMER SIND WIR MIT DEM WOHNWAGEN IN DIE VENDÉE GEFAHREN UND ZWEI MONATE GEBLIEBEN. MEIN VATER

ARBEITETE, ICH BLIEB BEI MEINER MUTTER. MIR GEFIEL ES. ICH GING OFT SCHWIMMEN, UND AUF DEM CAMPINGPLATZ WAREN VIELE KINDER IN MEINEM ALTER. MEINE ELTERN GABEN SICH VIEL MÜHE, DASS ICH IN DER SCHULE MITKAM, ABER ICH HATTE GROSSE PROBLEME – VOR ALLEM AUF DER WEITERFÜHRENDEN SCHULE. ICH WEISS NICHT, WARUM, ABER DIE SCHULE HAT MIR NIE BESONDEREN SPASS GEMACHT. DANN WURDE ICH LEHRLING, WAS MIR GUT GEFIEL.

Als sie fertig ist, herrscht drückendes Schweigen im Raum. Niemand zweifelt mehr daran, dass sie auf der richtigen Spur sind. Mistral nickt und sagt zu Magali Delahaye: »Stecken Sie den Zettel bitte in einen Umschlag, damit er auf gar keinen Fall beschädigt wird.«

Dann wendet er sich an Kommissar Vidal: »Nehmen Sie bitte die Aussagen von Vater und Sohn zu Protokoll und kommen Sie morgen früh ins Präsidium. Ich kümmere mich um die nötigen Maßnahmen für den Personenschutz. Nachdem Sie den Jungen ja jetzt schon einigermaßen kennen, sollte sich Ihr Team zumindest in der ersten Woche um die Sicherung des Schulwegs kümmern – ihn also morgens bringen und abends abholen. Danach sehen wir weiter.«

Mistral ist ins Präsidium zurückgekehrt und sitzt mit Françoise Guerand zusammen. Vor ihnen auf dem Schreibtisch liegt der Zettel des Zauberers.

»Allmählich schöpfe ich wieder Hoffnung. Endlich haben wir einmal etwas Konkretes in der Hand. Vielleicht kann uns dieses zerknitterte Stück Papier zu unserem Mörder führen.«

Mistral nickt.

»Vor allem aber müssen wir diese Information absolut geheim halten. Vielleicht solltest du zunächst nicht einmal dem Präfekten etwas sagen. Ich weiß genau, wie es sonst abläuft: Der Präfekt ruft sofort den Innenminister an, und dann haben wir keine ruhige Minute mehr, bis wir den Zauberer dingfest gemacht haben.«

»Du hast recht. Wir werden die Sache erst einmal unter Verschluss halten. Falls es dann irgendwann mal eng wird, kann ich das Papier hervorzaubern, alle Beteiligten beruhigen und beweisen, dass wir durchaus nicht untätig waren. Was willst du jetzt tun?«

»Vor allen Dingen Thévenot befragen. Der Mann ist prima. Ich habe den Eindruck, dass er uns wirklich helfen will. Auch bei meinem Fernsehauftritt stand er mir mit Rat und Tat zur Seite. Ich rufe ihn morgen an.« Mistral schaut auf seine Uhr. »Heute ist es wahrscheinlich schon zu spät. Er ist vermutlich nicht mehr in der Praxis. Weißt du eigentlich, warum ich felsenfest überzeugt bin, dass dieser Zettel tatsächlich von dem Zauberer stammt und auch von ihm selbst geschrieben wurde?«

Françoise Guerand denkt scharf nach, schüttelt dann aber den Kopf.

»Keine Ahnung.«

»Im ersten Fall – du weißt schon, das Kind, das sein Leben einem Stadtstreicher verdankt, der an seiner Stelle dran glauben musste – hat der Junge uns erzählt, dass der Zauberkünstler sich Gérard nannte. In dem Brief hier sagt der Schreiber, dass sein Vater Gérard hieß. Ich glaube nicht an Zufälle. Und ich bin gespannt darauf, was der Psychiater sonst noch aus dem Text herausliest.«

Mistral fährt nach Hause. Die Uhr des Armaturenbretts zeigt 20.30 Uhr. Vielleicht kommt er ja noch rechtzeitig an, um den Kindern im Bett einen Gutenachtkuss zu geben. Mistral hat nun wieder neue Hoffnung geschöpft. Er nimmt sich vor, Perrec über die Neuigkeiten zu informieren.

Zu den Klängen von Chet Bakers Trompete schmiedet er Pläne, wie man dem Zauberer das Handwerk legen könne.

Er kann nicht wissen, dass sich ebendieser Zauberer etwa dreihundert Meter hinter ihm befindet und laut vor sich hin schimpft, weil der Beamte die Geschwindigkeitsbegrenzungen nicht einhält.

»Der meint wohl, er kann sich alles erlauben, bloß weil er ein Bulle ist!«

Der Zauberer will sich für alle Fälle mit Mistrals Angewohnheiten vertraut machen. Kurz vor La Celle-Saint-Cloud lässt er sich abhängen. Mistral fährt zu schnell, als dass er ihm in den nahezu leeren Straßen noch unbemerkt folgen könnte. Dennoch: Die Beschattung des Polizisten verleiht ihm ein Gefühl von Macht.

»Ich bin hinter dir her, du Idiot. Dabei sollte es genau umgekehrt sein«, leiert Arnaud Lécuyer gebetsmühlenartig vor sich hin.

Zu Hause findet der Zauberer im Briefkasten eine Erinnerung an seinen Termin beim Psychiater in zwei Tagen vor. Instinktiv greift er in die Manteltaschen, um den Zettel hervorzuholen, auf dem er den Anfang seines erfundenen Lebenslaufs notiert hat. Eigentlich braucht er ihn gar nicht mehr; es ist eine rein mechanische Geste. Doch er kann ihn weder in der rechten noch in der linken Tasche entdecken. Auch seine Hosentaschen sind leer. Verärgert kehrt er zu seinem Auto zurück und sucht unter den Sitzen, im Handschuhfach und hinten beim Werkzeug, bis er sich schließlich der Einsicht fügen muss, dass er den Zettel wohl irgendwo verloren hat. Zunächst ist ihm das egal, denn schließlich kennt er den Text auswendig. Doch eine gewisse Unruhe bleibt. Was, wenn jemand das Papier gefunden hat? Doch er tröstet sich mit der Einsicht, dass auch in diesem Fall niemand wissen könnte, von wem das Geschreibsel stammt.

Trotzdem ist er ganz schön genervt.

24

Als Arnaud Lécuyer am folgenden Morgen vom Frühstück kommt, brummen ihm die Ohren von den Dummheiten, die der Wirt und seine Saufkumpane heute verzapft haben. Er fühlt sich in Bestform und im Vollbesitz aller Möglichkeiten. Dass er dem Bullen ganz nach Belieben folgen kann, hat sein Gefühl von Unbesiegbarkeit noch verstärkt.

Inzwischen weiß der Zauberer, wie gut es war, dass er die schwachsinnigen Provokationen des Polizisten im Fernsehen einfach ignoriert hat. Er ahnt, dass es Mistral mehr als recht gewesen wäre, wenn er sich zu einem Brief oder Anruf hätte hinreißen lassen. Damit hätte der Bulle es geschafft, Lécuyer aus dem schützenden Schatten der Anonymität zu locken. Was für ein Pech, dass Mistral bei seinem Fernsehauftritt nichts anderes erreicht hat, als den Zauberer auf sein Privatleben aufmerksam zu machen. Lécuyer hätte Tränen darüber lachen können, wenn er gewusst hätte, wie man lacht oder weint.

Er beschließt, an diesem Tag sowohl zur Gare du Nord wie auch in die Rue d'Avron zu fahren. Er hat große Lust, wieder einmal die Luft seiner zukünftigen Jagdreviere zu schnuppern.

Sein Tag verläuft ohne besondere Vorkommnisse. Er wechselt Dichtungen, installiert Geräte, verbindet Leitungen und schweißt. Er spricht kaum ein Wort, vergisst die Trinkgelder, die seine Kunden neben die Rechnung legen, und fährt zum nächsten Termin.

Zur Mittagszeit fährt er zur Gare du Nord und setzt sich mit einem Sandwich auf eine der Bänke, wo er die jungen Ausreißer gesehen hat.

Irgendwann entdeckt er die Jungen. Sie sind gerade dabei, einen ausländischen Touristen zu bestehlen, der den Fahrplan zu entziffern sucht. Der Jüngste der Gruppe, derjenige, für den er gezaubert hatte, kommt näher und grüßt mit einem kurzen Handzeichen. Mit Blicken gibt er dem Zauberer jedoch zu verstehen, dass er keine Zeit hat, sich zu ihm zu setzen. Dann folgt der Junge zwei jungen Touristen, deren offenstehender Rucksack ihn geradezu magisch anzieht.

Der Zauberer hat seinen Blick erwidert.

»Ich habe verstanden und komme wieder«, sagten seine Augen.

Mistral versucht mehrfach, den Psychiater zu erreichen, doch es meldet sich immer nur den Anrufbeantworter. Erst am frühen Nachmittag ruft die Sekretärin zurück und teilt ihm mit, dass Doktor Thévenot Notdienst hat und sich daher bis zum folgenden Mittag in der Klinik aufhält.

Nach kurzem Nachdenken beschließt Mistral, dem Arzt eine Fotokopie des bei dem Jungen aus der Rue d'Avron gefundenen Dokuments zuzuschicken. Dazu verfasst er ein kurzes Memo, das mit den Worten endet: »Sobald Sie Zeit hatten, sich mit dem Inhalt des Schreibens auseinanderzusetzen, wäre ich Ihnen dankbar für einen Rückruf.« Beides steckt er in einen Umschlag mit der Aufschrift »Streng vertraulich«, den er in die Praxis des Psychiaters bringen lässt.

Gegen 17. 30 Uhr erreicht der Zauberer die Rue d'Avron und findet einen Parkplatz, von dem aus er sowohl die Wohnung seines künftigen Opfers als auch einen Teil von dessen Heimweg überblickt.

Eine Viertelstunde später biegt ein dunkelblauer Renault Laguna langsam in die Straße ein. Mit einem unbehaglichen Gefühl beobachtet der Zauberer den im Schritttempo fahrenden Wagen. Er lässt sich auf seinem Sitz zusammensinken, bis er gerade noch über das Armaturenbrett hinwegspähen kann.

Zunächst steigen Fahrer und Beifahrer aus und betreten das Haus, in dem der Junge wohnt. Einer der beiden Männer kommt zurück und winkt den Personen im Fond zu. Nun steigen eine junge Frau und ein Kind aus. Der Junge, auf den der Zauberer es abgesehen hat, hält die Hand der Frau. Alle gehen zusammen ins Haus.

Der Zauberer glaubt, ersticken zu müssen. Er hat das Gefühl, als ob sein Kopf in einem Schraubstock stecke, der ihn nach und nach zum Platzen bringen würde. Er richtet sich auf, fährt langsam los, verlässt das Viertel und macht sich auf den Heimweg.

Als er zu Hause ankommt, sieht er aus wie ein Zombie. Er verschließt die Tür hinter sich und lässt sich in seinen Sessel fallen. Das Chaos in seinem Kopf wird von einem einzigen Gedanken beherrscht: Die Bullen beschützen den Jungen.

Tausend Fragen stürmen gleichzeitig auf ihn ein, und die Antworten verursachen ihm Schwindel. *Woher wissen sie es? Und seit wann? War der Junge verwanzt?* Und so weiter. Ein kurzer bedauernder Gedanke gilt den Dämonen, die ihm jetzt hätten helfen können. Doch sie sind endgültig verschwunden, und eigentlich will er auch nicht, dass sie zurückkehren. Er wird es sicher auch allein schaffen.

Er schließt die Augen und überlegt. Schließlich kommt er zu dem Ergebnis, dass die Polizei zwar das Kind beschützt, ihn selbst aber bisher nicht identifiziert hat, denn sonst läge er längst mit auf dem Rücken gefesselten Händen flach am Boden.

Wenn es dem Bullen aber gelungen ist, das zukünftige Opfer des Zauberers ausfindig zu machen, so heißt das, dass er weiter ist, als Lécuyer bisher angenommen hatte.

Die ganze Nacht hindurch sitzt der Zauberer in seinem Sessel und starrt auf den Fernseher. Er versucht herauszufinden, welchen Fehler er gemacht haben könnte, der es dem blöden Bullen ermöglicht hat, das Kind aufzuspüren. Ihm fällt jedoch nicht das Geringste ein, und das beunruhigt ihn.

Die Nachtausgabe der Nachrichten bringt nichts, was für ihn von Interesse wäre. Bei Tagesanbruch beschließt er, etwas zu unternehmen. Was es sein soll, weiß er allerdings noch nicht.

Die morgendlichen Nachrichten im Café sind einfach nur banal. Den ganzen Tag lang schleppt der Zauberer sich dahin. Wenn er von Kunde zu Kunde fährt, schaut er beständig in den Rückspiegel. Jeden Moment erwartet er, dass die Bullen auf ihn aufmerksam werden. Er schwört sich, nie wieder in die Rue d'Avron zurückzukehren. Doch ganz so einfach ist das nicht, und daher setzt er sich zunächst einmal eine Frist von vierzehn Tagen. Sollte in dieser Zeit nichts passieren, würde er ganz diskret wieder einmal vorbeischauen. Er kann seine Beute beim besten Willen nicht endgültig loslassen. Seine Fantasie ist viel zu fixiert auf den Kleinen, um sich auf etwas anderes einlassen zu können. Fast gelingt es ihm, sich einzureden, dass die Bullen vielleicht ganz andere Absichten mit dem Kind haben. Da er sich jedoch nicht sicher ist, bleibt er lieber vorsichtig.

Am späten Nachmittag fährt er wie vorgesehen bei den Da Silvas vorbei. Der Vater sitzt hinter der Ladentheke und schreibt hingebungsvoll in ein großes Heft. Der Anblick des Jungen in Polizeibegleitung hat Lécuyer so aus der Bahn geworfen, dass er sich nicht anstrengen muss, den kleinen, unscheinbaren und etwas verwirrten Mann zu spielen. Er wirkt dermaßen glaubhaft, dass Da Silva jeglichen Argwohn verliert und Lécuyer mit einem gewissen Wohlwollen betrachtet.

»Du scheinst nicht ganz auf der Höhe zu sein, mein Junge. Stimmt irgendetwas nicht?«

»Ich weiß nicht«, murmelt Arnaud Lécuyer, »ich bin so müde. Seit drei oder vier Tagen habe ich Kopfschmerzen, die mir den Schlaf rauben.«

»Willst du nicht lieber zum Arzt gehen und dich ein paar Tage krankschreiben lassen? Danach geht es dir bestimmt wieder besser. Wir kommen hier schon klar.«

»Ich habe heute Abend einen Termin beim Psychiater. Vielleicht frage ich den mal.«

»Halte mich auf dem Laufenden und pass auf dich auf.«

Arnaud Lécuyer kommt ein wenig zu früh vor Thévenots Praxis an, doch ihm fehlt der Mut, aus dem Auto auszusteigen und sich ins Wartezimmer zu setzen. Heftige Kopfschmerzen martern sein Hirn, und ihm ist übel. Er wartet bis zur letzten Minute, ehe er klingelt.

Seit dem späten Vormittag ist Thévenot wieder in der Praxis. Er hat im Krankenhaus schwierige Stunden mit einem Kranken verbracht, der einen Selbstmordversuch hinter sich hat, und mit zwei anderen, bei denen er Ähnliches vorausahnt.

Als er sich an seinen Schreibtisch setzt, fühlt er sich nicht unbedingt in Bestform. Seine Sekretärin bringt ihm einen großen Berg Post und ein Päckchen. Als er den Namen des Absenders auf dem Paket sieht, muss er lächeln. Es ist ein langjähriger Freund aus der Gegend von Bordeaux, mit dem er seine gesamte Assistenzarztzeit verbracht hat. Thévenot packt eine Flasche guten, alten Cognacs aus, auf welcher der Freund den Warnhinweis »Maßvoll genießen« mit einem großen »NICHT« überklebt hat.

Er folgt dem Rat seines Freundes und genehmigt sich ein Glas Cognac, das ihm ganz hervorragend mundet. Rasch schreibt er ein paar dankbare Worte an seinen Freund, ehe er sich dem Rest der Post widmet.

Zwischen zwei Patienten schenkt er sich einen weiteren Cognac ein. Gleichzeitig öffnet er den mit »Streng vertraulich« gekennzeichneten Brief und erkennt Mistrals Unterschrift unter dem Schreiben, das mit den Worten beginnt: »Ehe Sie das als Fotokopie beigefügte Dokument lesen, möchte ich Ihnen erklären, wie wir in den Besitz des Papiers gekommen sind. Wir haben mehrere Teams in den Pariser Arrondissements herumgeschickt, um die Angestellten der verschiedenen Klempnereien zu überprüfen. Eines der Teams, das im zwanzigsten Arrondissement eingesetzt war …«

Thévenot unterbricht die Lektüre, schenkt sich einen weiteren Cognac ein und wärmt ihn einige Zeit zwischen den Händen an. Unwillkürlich rechnet er aus, dass er an diesem Nachmittag vier Gläser Hochprozentiges zu sich genommen hat. Das Brötchen vom Mittag ist längst Vergangenheit. Er verspürt eine leichte Benommenheit und macht sich gelinde Vorwürfe, obwohl er sich jetzt wirklich besser fühlt.

Das Klingeln des Telefons reißt ihn aus seinen Gedanken. Die Sekretärin kündigt Arnaud Lécuyer an. Der Psychiater stellt die Cognacflasche und das Glas neben den Schreibtisch auf den Boden, rückt seine Fliege zurecht, streicht noch einmal über die Haarsträhne und weist seine Sekretärin an, Lécuyer ins Sprechzimmer zu bringen.

Ich fürchte, ich bin ganz schön knülle, denkt er bei sich.

Thévenot erkennt auf den ersten Blick, dass mit seinem Patienten etwas nicht stimmt. Sein Gesicht ist grau; der Mann wirkt leidend. Nachdem Lécuyer sich gesetzt hat, stellt der Psychiater die übliche Eingangsfrage, obwohl er die Antwort bereits kennt.

»Wie geht es Ihnen?«

»Nicht besonders. Ich schleppe mich herum und habe Kopfschmerzen.«

Am liebsten hätte Thévenot geantwortet: »Ich habe ebenfalls Kopfschmerzen, aber das kommt vom Picheln.«

Das Frage-und-Antwort-Spiel beginnt. Der Psychiater schreibt mit, was Lécuyer ihm berichtet.

Der Zauberer sitzt etwa einen Meter von Thévenots Schreibtisch entfernt. Meist schaut er den Arzt an, manchmal irren seine Augen zu den Bildern an der Wand oder zu den Utensilien auf dem Schreibtisch. Im Augenblick folgt sein Blick den Fingern Thévenots, der die schwarze Kappe seines Füllers abschraubt. Zehn Zentimeter vor den Fingern des Psychiaters liegt ein auseinandergefaltetes Stück Papier auf einem Umschlag.

Der Zauberer glaubt an eine Halluzination, als er seine eigene Schrift erkennt. Es handelt sich um eine Fotokopie, doch er ist sich ganz sicher: Vor dem Arzt liegt der Text, den er geschrieben hat, um den Psychiater zu täuschen. Der Zettel liegt da, genau vor Thévenot, und der tut so, als wäre nichts!

Lécuyer fällt es schwer, die Fotokopie nicht dauernd anzustarren. Tausend Fragen drängen sich in seinem malträtierten Kopf. Er verliert zunehmend den Faden.

Der Psychiater spürt, dass Lécuyer zu faseln beginnt. Eine geschlagene Minute lang stellt er keine Fragen mehr, doch Lécuyer scheint das lange Schweigen überhaupt nicht zu bemerken. Als der Arzt das Gespräch wieder aufnimmt, muss er dreimal dieselbe Frage stellen, ehe Lécuyer darauf eingeht.

»Was ist mit Ihnen?«

»Äh ... nichts ... alles ... also, nichts. Ich habe wirklich schlimme Kopfschmerzen«, wiederholt der Zauberer.

»Nehmen Sie die Medikamente, die ich Ihnen verschrieben habe?«

»Ja, natürlich.«

In Wirklichkeit nimmt Lécuyer nicht eine einzige Pille. Er verwahrt die Beruhigungsmittel, um sie irgendwann in ein Getränk zu mischen, mit dem er ein zukünftiges Opfer zu betäuben gedenkt. Aber das darf er dem Psychiater natürlich nicht sagen.

»Ich denke, ich sollte Sie ein paar Tage krankschreiben.«

»Ja, gern. Ich glaube, ich muss mich mal ausruhen.«

Lécuyer ist zufrieden. Er möchte die Praxis so schnell wie möglich verlassen und nachdenken. Er sieht zu, wie der Arzt ein Rezept ausstellt und es ihm zusammen mit dem abgestempelten Besuchsnachweis überreicht.

Und in diesem Augenblick fasst der Zauberer einen Entschluss, der sich fast von selbst aufdrängt. Er muss den Psychiater töten. Allerdings nicht hier in der Praxis.

Thévenot wirft einen raschen Blick auf die Bürouhr, sammelt ein paar auf dem Schreibtisch herumliegende Papiere ein, darunter auch die Fotokopie von Lécuyers Text, und steht auf. Auch Lécuyer erhebt sich. Dass der Psychiater ebenfalls gehen will, erleichtert ihm die Arbeit. Er wird ihn draußen töten.

»Lassen Sie uns zusammen gehen. Ich bin heute Abend ein wenig zu spät dran.«

Die beiden Männer verlassen die Praxis gemeinsam. Lécuyer öffnet sein nur wenige Meter entfernt stehendes Auto, verabschiedet sich mit undeutlichem Murmeln von seinem Arzt, setzt sich hinein und beobachtet, in welche Richtung Thévenot geht.

Der Psychiater setzt seinen Weg zu Fuß fort. Lécuyer lässt ihm einen Vorsprung von etwa hundert Metern, ehe er ihm verstohlen folgt. Thévenot geht nicht sehr schnell, sondern wird im Gegenteil zunehmend langsamer.

Der Psychiater ist leicht beschwipst. Nicht so sehr, dass er schwanken würde; nur sein Gehirn und seine Reflexe arbeiten langsamer als sonst. Ihm ist ein wenig unbehaglich zumute, doch er weiß nicht, woher dieses Gefühl kommt. Erst nachdem er über die drei letzten Patienten des Abends nachgedacht hat, wird ihm klar, dass der Grund seines Unwohlseins Arnaud Lécuyer ist.

Er denkt über das Gespräch mit dem kleinen Mann nach. Richtig, er wirkte sehr verstört, ging nicht auf seine Fragen ein oder brauchte endlos lange für die Antwort.

Thévenot ruft sich ins Gedächtnis, wie sein Patient zusammengesunken und mit seinem Hundeblick dasaß. Der Blick! Er konnte ihn offenbar nicht vom Schreibtisch wenden. Genauer, von einem der Papiere. Aber welchem? Der Psychiater denkt an die Briefe, die zu lesen er noch keine Zeit hatte. Im Gehen öffnet er seine Aktentasche und durchblättert die

Papiere, die er ungeordnet hineingeworfen hat. Als er die Fotokopie erblickt, die ihm Mistral zugeschickt hat – ein Text, der ganz in Großbuchstaben geschrieben ist –, erinnert sich Thévenot, dass Lécuyer genau dieses Dokument ununterbrochen anstarrte.

Der Zauberer sieht, wie der Arzt ein Blatt aus seiner Tasche zieht und es im Weitergehen liest. Angesichts der plötzlichen Veränderung in der Haltung des Psychiaters wird ihm klar, dass es sich bei dem Papier um die Fotokopie seines Textes handelt. Der Arzt bleibt wie vom Donner gerührt stehen. Er betrachtet das Blatt, dann hebt er ungläubig die Augen, als suche er nach Leuten, die ihm als Zeuge dienen könnten.

Er steht an der Treppe zur Metrostation. Langsam, fast zögernd, beginnt er die Stufen hinunterzusteigen. Gleichzeitig zieht er sein Mobiltelefon aus der Tasche, wühlt fieberhaft in seinem Aktenkoffer und findet schließlich ein kleines Heft.

Der Zauberer beobachtet ihn. Er kann die Panik, die den Arzt erfasst hat, deutlich spüren. Langsam und unmerklich schleicht er sich im Schatten der geparkten Autos näher. Aus der Metrostation kommen Leute. Der Psychiater wird leicht angerempelt. Sichtlich verärgert muss er ein zweites Mal wählen.

Der Zauberer blickt sich um. Von hinten kommt niemand. Auch die andere Straßenseite ist leer, und aus dem Metroschacht kommt niemand mehr. Er weiß, dass er innerhalb von Sekunden handeln muss, sonst kann er es vergessen.

Der Psychiater hat in seiner Panik und nach den vier Cognacs ein wenig Mühe, seine Bewegungen zu koordinieren. Er muss gleichzeitig seinen geöffneten Aktenkoffer und das Dokument festhalten, die Zahlen in seinem Heftchen entziffern und die Nummer wählen, bei der er sich zu seinem Ärger mehrmals irrt.

Als der Arzt sich dabei einmal umdreht, erblickt er den Zauberer. Entsetzt lässt er das Telefon fallen. Eine maßlose Angst schnürt ihm die Kehle zu. Der Zauberer hat seine Hassscheinwerfer eingeschaltet. Mit aller Kraft stößt er Thévenot die Treppe hinunter. Der Psychiater fällt rückwärts herab. Er hat nicht einmal mehr Zeit, zu schreien. Sein Kopf kracht mehrmals gegen die Metallecken der Stufen. Sein Aktenkoffer und die darin enthaltenen Papiere fliegen in alle Himmelsrichtungen. Hastig und voller Panik sucht der Zauberer nach der Fotokopie, kann sie aber nicht finden. Er steigt einige Stufen hinunter und sucht weiter.

Die Automatiktüren der Station öffnen sich – in fünf Sekunden werden die ersten Leute die Treppen hinaufstürmen. Der Zauberer gibt die Suche auf, erhebt sich und versetzt dem Arzt mit aller Gewalt einen heftigen Fußtritt gegen die Schläfe. Anschließend rennt er die Treppe hinauf und geht, oben angekommen, langsam zu seinem Wagen, indem er sich auf der Fahrbahn an den geparkten Autos entlangdrückt.

Die ersten Reisenden, die die Metrostation verlassen, würden später zu Protokoll geben, sie hätten niemanden auf dem Gehsteig gesehen.

Als der Zauberer zu Hause ankommt, ist er mit den Nerven völlig am Ende. Seit zwei Tagen muss er einfach zu viel schlucken. Und so viel Unerklärliches obendrein. Nicht nur, dass die Bullen ihm zuvorgekommen sind und den Jungen aus der Rue d'Avron beschützen, zu allem Überfluss liegen auch noch seine Aufzeichnungen fotokopiert auf dem Schreibtisch seines Psychiaters. Allerdings hatte der Arzt sie offenbar vor Lécuyers Eintreffen noch nicht gelesen, denn sonst hätte er sicher zu Hause ein uniformiertes Empfangskomitee vorgefunden. Und dafür gibt es nur eine Erklärung: Die Polizei hat den Zettel nicht mit ihm in Verbindung gebracht.

Der Zauberer verbringt die zweite schlaflose Nacht. In den Spätnachrichten ist nichts.

Weil er dringend Emotionen nachladen muss, steht er aus seinem Sessel auf und verkriecht sich mit seiner Sammlung in seinem Tipi. Hier durchlebt er jedes Ereignis von Neuem – vom ersten Augenblick bis zum Ende. Er berührt die kleinen Erhebungen der Andenken, die er von seinen Opfern mitgenommen hat, und lässt sich von ihnen an die Orte führen, die er mit den Kindern aufgesucht hat. So verbringt er die ganze Nacht in einer Art Trance.

Völlig verstört verlässt er am folgenden Morgen sein Tipi. Er duscht, rasiert sich, zieht etwas Sauberes an und schüttet sich die halbe Flasche Eau de Toilette über den Kopf und in den Hemdkragen.

In der Zeitung steht nichts über den Tod des Psychiaters, ebenso wenig ist in den morgendlichen Fernsehnachrichten im Café davon die Rede. Lécuyer schleppt sich zu seinem Auto, als wögen seine Schuhe mindestens fünfzig Kilo.

Mistral ruft bei Thévenot an. Eine am Boden zerstörte Sekretärin berichtet ihm, was geschehen ist. Sofort erkundigt sich Mistral bei dem für die Untersuchung zuständigen Kollegen des entsprechenden Arrondissements und erläutert ihm die Gründe für seine Zusammenarbeit mit dem Psychiater.

»Ich habe alles hier vor mir liegen. Was willst du wissen?«

»Was genau passiert ist.«

»Anscheinend eine ganz simple Geschichte. Der Mann ist die Treppe zur Metrostation runtergefallen. Jetzt liegt er im

Koma, allerdings machen uns die Ärzte keine große Hoffnung. Eine Blutprobe bei seiner Einlieferung ergab 1,3 Promille. Nicht genug, um sturzbesoffen zu sein, aber wenn du damit im Auto erwischt wirst, ist der Lappen weg. Und wenn du damit neben eine Treppenstufe trittst, brichst du dir eben den Hals.«

»Gibt es Zeugen?«

»Passagiere, die aus einer kurz zuvor angekommenen Metro stiegen, haben ihn bewusstlos auf der Treppe gefunden. Ein paar sind gleich nach oben gelaufen, haben aber niemanden gesehen. Er hat eine Felsenbeinfraktur, ein riesiges Hämatom über der rechten Schläfe und mehrere Prellungen am Rücken. Der behandelnde Arzt, mit dem ich heute Morgen telefoniert habe, spricht von – ich zitiere: ›schweren polytraumatischen Verletzungen nach einem Sturz‹. Gestohlen wurde offenbar nichts. Wir haben seine Geldbörse samt Inhalt und sein Handy gefunden, das allerdings den Sturz nicht unbeschadet überstanden hat. Außerdem scheint sein Aktenkoffer nicht richtig geschlossen gewesen zu sein, denn die Papiere lagen über die ganze Treppe verstreut. So, jetzt weißt du wirklich alles.«

»Danke. Darf ich bei Gelegenheit vorbeikommen und mir seine Sachen anschauen?«

»Wann immer du willst.«

Mistral ruft Françoise Guerand an und informiert sie über Thévenots Unfall. Sofort fragt sie: »Woran denkst du?«

»An nichts Genaues … Im Moment sieht es wirklich nach einem Unfall aus, aber wer weiß … Auf jeden Fall werde ich mit der Sekretärin sprechen und anschließend auf die Wache fahren, um mir alles genau anzusehen. Um ehrlich zu sein: Der Vorfall bereitet mir einige Sorgen …«

Mistral, Calderone und ein junger Beamter fahren zu Thévenots Praxis. Die schluchzende Sekretärin ist gerade dabei, alle Termine ihres Chefs abzusagen. Mistral bittet sie, das Sprechzimmer sehen zu dürfen. Als er es in ihrer Begleitung betritt, erinnert er sich an die lebhaften Diskussionen und die Sympathie, die ihn mit dem Arzt verband. Hinter dem Schreibtisch findet er ein Glas und die angebrochene Cognacflasche, die die Theorie seines Kollegen erhärtet.

Er sagt der Sekretärin, er werde mit einem Mitglied der Ärztevereinigung wiederkommen, um sich ein genaues Bild von den Patienten zu machen, mit denen Thévenot unmittelbar zu tun hatte. Außerdem möchte er Einsicht in den Terminplan nehmen. Die Sekretärin ist so durcheinander, dass sie über die Patienten des gestrigen Tages nur Banalitäten zu äußern weiß. Ihrer Meinung nach handelte es sich lediglich um Menschen mit gewissen Problemen, jedoch keinesfalls um Psychopathen.

Anschließend fahren die Beamten zur zuständigen Polizeiwache, doch das Protokoll bringt ihnen keine neuen Erkenntnisse. Mistral bittet seinen Kollegen darum, die Dinge sehen zu dürfen, die Thévenot bei sich hatte. Der Kommissar lässt alles in sein Büro bringen. Mistral blättert die Papiere durch und entdeckt seinen eigenen Brief sowie die Fotokopie des Textes vom Zauberer. Einen Kommentar des Psychiaters findet er nicht. Entweder hatte der Arzt noch keine Zeit gehabt, den Text zu lesen, oder ihm ist nichts Bemerkenswertes aufgefallen.

Schweigend kehren die Beamten ins Präsidium zurück. Mistral überlegt, mit wem er jetzt über die Psyche des Zauberers debattieren soll.

Am späten Vormittag steht Lécuyer am Rand eines Nervenzusammenbruchs. Er gibt seine Krankmeldung bei den Da Silvas ab. Der Alte redet ihm gut zu, sich ein wenig auszuruhen. Auf dem Rückweg kehrt Lécuyer in einer Gaststätte ein und bestellt ein belegtes Brötchen, ein Stück Apfelkuchen und einen Kaffee. Während des Essens denkt er fieberhaft nach und kommt zu dem Schluss, dass er in den vergangenen zwei Tagen von den Ereignissen eher überrollt wurde, als dass er sie kontrollieren konnte. Sein Widersacher scheint im Verborgenen ein Netz zu spinnen, in dem er sich verfangen soll. Der Zauberer beschließt, die Zügel wieder in die Hand zu nehmen.

Er verlässt die Gaststätte und fährt in Richtung La Celle-Saint-Cloud, wo Mistral wohnt. Zwar weiß er noch nicht genau, was er dort tun wird, doch es ist ihm ein Bedürfnis, in den Privatbereich seines Verfolgers einzudringen, um wieder das Gefühl von Macht zu verspüren.

»Ich muss die Zügel wieder in die Hand nehmen«, sagt er laut vor sich hin.

In vorschriftsmäßiger Fahrweise erreicht er Mistrals Haus, ohne sich auch nur ein einziges Mal zu irren. Langsam fährt er die Straße entlang. Das Viertel ist eine reine Wohngegend ohne Geschäfte. Die meisten Häuser sind von hohen Mauern umgeben, einige andere, wie das von Mistral, werden durch Büsche, hinter denen sich Zäune verbergen, vor unbefugten Blicken geschützt.

Lécuyer parkt hinter zwei anderen Autos einige Meter von Mistrals Anwesen entfernt, macht sich auf seinem Sitz ganz klein und überlegt. Eigentlich hat er keine Ahnung, was er tun soll; er weiß nur, dass er seinen Vorteil ausspielen will und die Gewissheit braucht, wieder Herr der Lage zu sein.

Während er auf der Lauer liegt, öffnet sich das Tor des

Hauses, und ein Wagen mit einer Frau am Steuer rollt langsam auf die Straße.

Nachdem das Auto um eine Straßenecke verschwunden ist, kommt Leben in den Zauberer. Er holt einen Bolzenschneider aus dem Werkzeugkasten, mit dem er den Zaun durchtrennen will. Als mögliche Stelle hat er sich den Bereich ausgesucht, wo der Zaun an die Mauer des Nachbargrundstücks grenzt. Ein Straßenbaum, ein Transformatorenkasten und sein geparkter Wagen schützen ihn zwar vor Blicken aus vorbeifahrenden Autos, nicht aber vor Fußgängern. Was er tun wird, falls man ihn ertappen sollte, will er erst entscheiden, wenn es so weit ist.

Mit durch Latexhandschuhe geschützten Händen schneidet er den Zaun durch, was nur wenige Sekunden in Anspruch nimmt. Hastig zwängt er sich durch das Loch und läuft gebückt bis zum Haus. In einem kleinen Rucksack trägt er verschiedene Utensilien bei sich; den geschärften Schraubendreher hält er in der Hand, für den Fall, dass er auf einen Hund stößt. Doch alles bleibt ruhig. Lécuyer umrundet das Haus. Mit dem Brecheisen stemmt er ein Fenster auf. Ehe er einsteigt, streift er eine Gummikappe über seine Haare und befestigt Plastiktüten mit Gummiringen über seinen Schuhen. Diese Grundregel hat er von den Einbrechern und Vergewaltigern im Gefängnis gelernt, die beim Einbruch in fremde Wohnungen darauf achten, keine DNA-Spuren zu hinterlassen.

Das Fenster, das er aufgestemmt hat, gehört zu einem Flur. Er steigt über das Fensterbrett und schließt den Fensterflügel wieder.

Im Innern des Hauses empfindet der Zauberer, der sich jetzt ganz als Jäger fühlt, ein nie gekanntes Gefühl von Macht. Er befindet sich in der Wohnung seines Widersachers, während dieser weder seinen Namen noch seine Adresse kennt!

Ich bin wirklich und wahrhaftig stärker als er, denkt er.

Behutsam bewegt er sich von Zimmer zu Zimmer. Er schwitzt vor Anspannung, seine Ohren summen, und sein Herz schlägt wie wild. Um sich zu beruhigen, kontrolliert er seine Atmung.

Nacheinander betritt er die beiden Kinderzimmer. Mit seinen behandschuhten Fingern berührt er die Spielsachen von Mistrals Söhnen. Anschließend geht er ins Elternschlafzimmer, lehnt sich gegen die Wand und betrachtet das Bett. In seinem Kopf tobt ein unvorstellbares Chaos. Er will zunächst alles begutachten, ehe er zur Tat schreitet.

In Küche und Wohnzimmer hält er sich nicht so lange auf. Er stellt fest, dass die Einrichtung weitaus luxuriöser ist als bei den Kunden, die er tagtäglich aufsucht.

Eine weitere Tür führt ihn in Mistrals Arbeitszimmer. Merkwürdigerweise traut er sich nicht sofort hinein. Der Raum flößt ihm Respekt ein. Nachdem er zwei Minuten gewartet hat, tritt er ein und setzt sich in Mistrals Sessel. Sein Herz pocht so heftig, dass er die unregelmäßigen Schläge fast zu hören glaubt.

Neugierig sieht er sich um und prägt sich alles genau ein. In den Regalen stehen eine Menge Bücher und CDs. Auf einem Schränkchen befindet sich ein merkwürdiger Reiter mit Lanze; auch eine ganze Serie von Comic-Heften mit einem Seemann als Hauptperson findet der Zauberer. Schließlich bleibt sein Blick an einem Schnellhefter hängen, der auf dem Schreibtisch liegt. Die mit schwarzem Filzstift geschriebene Aufschrift lautet: DER ZAUBERER. In Großbuchstaben.

Wie hypnotisiert starrt er den Ordner an. Vorsichtig zieht er ihn zu sich heran und wartet einige Sekunden, ehe er ihn öffnet. Er enthält nur drei Blätter, die er langsam durchliest. Unwillkürlich formen seine Lippen jede Silbe und jedes Wort.

Er liest es nur ein einziges Mal. Es ist eine Reihe von Abscheulichkeiten über ihn. Das, was Mistral in der Nachrichtensendung eher zurückhaltend formuliert hatte, breitet sich hier wesentlich drastischer vor seinen Augen aus. Worte, die sich vom Papier zu lösen scheinen, dringen in seine Augen ein und explodieren in seinem Gehirn. »Gefährlicher Irrer«, »Triebtäter«, »Angst vor Frauen«, »abgelehnte Persönlichkeit«, und so fort. Er verliert die Kontrolle über sich, packt den Schraubendreher mit beiden Händen und stößt ihn mit voller Wucht zwanzig- oder sogar dreißigmal durch die wenigen Blätter in die Schreibtischplatte. Er atmet stoßweise und hält die Augen fest geschlossen, um die Worte am Eindringen zu hindern.

Als er die Augen wieder öffnet, hört er eine Frauenstimme, die laut zu Kindern spricht. Er hatte sie nicht heimkommen hören.

Etwa eine halbe Stunde nachdem sie das Haus verlassen hat, ist Clara von der Schule zurückgekehrt. Unterwegs hatten die Kinder Hunger, was zu einem außerplanmäßigen Halt beim Bäcker führte.

Während die Jungen in wilder Jagd in ihre Zimmer stürmen, geht Clara in die Küche und setzt Teewasser auf. Mitten in der Küche bleibt sie stehen und schließt die Augen. Sie wittert einen ungewohnten Duft, der ihr jedoch nicht völlig unbekannt ist. Mit geschlossenen Augen konzentriert sie sich auf ihre Nase und ihr Gedächtnis. Es ist nicht genau der Geruch, den sie vor zwei oder drei Monaten wahrgenommen hatte und dessen sie sich in Verbindung mit etwas Unangenehmem erinnert. Richtig – damals handelte es sich um ein Eau de Toilette, dessen Inhaltsstoffe überaltert und verdorben waren. Der Duft, den sie jetzt riecht, stammt von einem neueren Eau de Toilette, dessen Basis zwar ähnlich ist, dessen andere Komponenten sich jedoch von denen der ersten Rezeptur unterscheiden.

Entsetzt reißt sie die Augen auf. Ihr ist eingefallen, woher sie den ersten Duft kennt: Er war an dem Stück Stoff, das auf Ludovics Schreibtisch lag. Der Mörder, der Kinderschänder ist in ihr Haus eingedrungen und hält sich vielleicht sogar noch darin auf!

Clara weiß nicht, was sie tun soll. Sie schreit nach den Kindern und stürmt auf die Zimmer zu. Die beiden Jungen hören die Stimme ihrer Mutter und halten sofort wie versteinert inne. In wilder Panik stürzt Clara ins Zimmer des Älteren, wo die beiden Jungen gespielt haben, greift nach ihren Händen und reißt sie mit sich fort.

Als sie die Haustür öffnet, um zu fliehen, sieht sie durch die halb geöffnete Tür von Ludovics Arbeitszimmer einen Mann mit einer Gummihaube über den Haaren und Latexhandschuhen am Schreibtisch sitzen. Er stützt sein Gesicht in beide Hände.

Clara stürmt aus dem Haus. Sie zerrt die beiden weinenden Kinder hinter sich her. Beide Jungen stolpern und fallen immer wieder, doch darauf nimmt die Mutter keine Rücksicht. Blindlings rennt sie die Straße hinunter zum nächsten Telefon.

Das Schreien, Weinen und Türschlagen dringt ins Bewusstsein des Zauberers ein und reißt ihn aus seiner Lethargie. Er steckt seinen Schraubendreher ein und verlässt das Haus ruhig durch die Haustür. Ehe er auf die Straße tritt, entfernt er seine Haube und die Plastiktüten an den Füßen und steckt sie zusammen mit den Handschuhen in den Rucksack.

Ohne Hast geht er zu seinem Wagen, legt seinen eigenen Vorgaben getreu den Sicherheitsgurt an, blinkt und fährt nach Hause.

Fünfhundert Meter die Straße hinunter stürmt Clara in die Werkstatt eines Schreiners. Als der Handwerker ihr verstörtes Gesicht und die schluchzenden Kinder sieht, zeigt er sofort auf das Telefon.

Eine halbe Stunde später brausen drei Polizeiautos mit Blaulicht und Sirene in die Straße. Der erste Wagen fährt sofort zur Schreinerwerkstatt durch.

Als Mistral die Tür aufreißt und zu seiner Frau und den Kindern läuft, lässt Clara endlich ihren Tränen freien Lauf. Sie schmiegt sich in die Arme ihres Mannes und weint sich die durchgestandene Angst von der Seele. Auch die Kinder, die immer noch nichts begriffen haben, brechen erneut in Tränen aus. Alle vier machen sich auf den Weg nach Hause.

Acht Polizeibeamte haben das Haus unterdessen bereits von oben bis unten durchsucht und verständigen die Spurensicherung. Als die Männer schließlich eintreffen, lässt Mistral sie in den Schlafzimmern anfangen, damit Clara und die Kinder sich möglichst bald zurückziehen können.

Die Untersuchung des aufgehebelten Fensters ergibt nichts. Der Garten wird bis zu der Stelle, wo der Zauberer durch den Zaun gestiegen ist, mit einem gelben Band abgesperrt. Scheinwerfer tauchen Garten und Zaun in taghelles Licht. Man findet Fußspuren, die jedoch nur eine Schuhgröße ergeben, denn die Spurensicherung muss schnell feststellen, dass der Eindringling seine Schuhe mit Plastiktüten umwickelt hatte. Am Zaun werden dunkle Fasern gesichert, die vom Mantel des Eindringlings stammen könnten.

Schließlich kümmern sich die Kriminaltechniker um Mistrals Arbeitszimmer. Sorgfältig suchen sie den Boden ab, können jedoch nichts entdecken. Am Sessel finden sie wieder Fasern. Die durchlöcherten Blätter stecken sie in Umschläge, um sie später auf Fingerabdrücke oder DNA-Spuren zu untersuchen. Dann machen sie Großaufnahmen von den Löchern, die der Zauberer mit seinem Werkzeug in den Schreibtisch gebohrt hat.

Mistral hat seine Zweifel, dass die Suche etwas Brauchbares zutage fördern wird, zumal Clara gesehen hat, dass der Mann eine Haube und Handschuhe trug.

Er telefoniert sehr lang mit Françoise Guerand, die alle Einzelheiten wissen will. Die Wende der Ereignisse beunruhigt sie. Sie ist sicher, dass Mistrals Provokation die Reaktion des Zauberers ausgelöst hat. Mistral zieht seinerseits den Schluss, dass der Zauberer seinen Fernsehauftritt gesehen und die vermaledeite letzte Frage richtig interpretiert hat. Thévenot hatte recht gehabt.

Gegen 22.00 Uhr verlassen die Kriminaltechniker Mistrals Haus. Clara hat große Probleme, die Kinder zu Bett zu bringen.

Vor dem Haus parkt gut sichtbar ein Polizeifahrzeug. Vincent Calderone hat dafür gesorgt, dass zwei Beamte über Nacht in Mistrals Haus bleiben. Mistrals Frau und die Kinder stehen ab sofort unter Personenschutz. Auch das Haus wird fortan ständig überwacht, und zwar so lange, bis der Zauberer unschädlich gemacht ist.

Nachdem einigermaßen Ruhe eingekehrt ist, essen Clara und Mistral mit den beiden Polizisten zu Abend. Alle bemühen sich, von etwas anderem zu reden.

25

Um 7.00 Uhr kommt die Ablösung. Mistral nimmt sich die Zeit, mit seinen Kindern zu frühstücken und sie selbst zur Schule zu bringen. Clara sagt eine Reise nach Grasse ab, die sie in den nächsten Tagen unternehmen wollte.

Als Mistral im Präsidium ankommt, erscheinen Kollegen aus allen Abteilungen, um ihm Mut zuzusprechen, ihn ihrer Freundschaft zu versichern und ihm Hilfe anzubieten. Mistral bedankt sich und erklärt, dass er gerne auf die Angebote zurückkäme, sollte der Fall sich noch mehrere Monate hinziehen.

Er vereinbart mit Françoise Guerand, der Presse keine Mitteilung von dem Eindringling in seinem Haus zu machen. Er spürt, dass der Zauberer einem inneren Trieb gefolgt ist. Wahrscheinlich war er ihm mit dem Auto gefolgt. Mistral macht sich Vorwürfe, dass er nicht oft genug in den Rückspiegel geschaut hat. Hätte Clara die Anwesenheit des Zauberers nicht buchstäblich gerochen – wer weiß, was dann geschehen wäre.

Am späten Vormittag melden sich die Männer von der Spurensicherung bei Mistral und informieren ihn, dass die Spuren, die der Zauberer auf seiner Schreibtischplatte hinterlassen hat, weder von einem Messer noch einem Stichel stammen. Vielmehr handelte es sich vermutlich um eine von Hand bearbeitete und geschärfte Spitze, denn die Löcher wiesen allesamt die gleiche Unregelmäßigkeit auf. Mistral fällt sofort die Waffe ein, mit der der Stadtstreicher im sechzehnten

Arrondissement erstochen wurde. Sein Tod hatte das Leben eines Kindes gerettet.

Jede Stunde ruft er seine Frau an und erkundigt sich, ob alles in Ordnung ist. Er hat ein Funkgerät bei sich, das ständig auf die Frequenz der Beamten eingestellt ist, die seine Familie schützen sollen. Mistral ertappt sich bei Rachegefühlen, die, wie er wohl weiß, nicht mit dem Polizistenberuf zu vereinen sind.

Immer mit der Ruhe, mein Freund. Der Zauberer legt es doch nur darauf an, dass du ausrastest und aus dem Konzept gerätst.

Er erinnert sich an einen Ausspruch seines Lehrers auf der Polizeischule: »Ich stelle Sie in die Mitte eines Kreises. Es ist der Kreis aus Strafverfahren, Gerechtigkeit und Legalität. Die Außenlinie dieses Kreises versuche ich so intensiv zu verstärken, dass Sie sofort bemerken, wenn Sie die Grenze überschreiten.«

Mistral wiederholt sich diesen Satz, um sicherzugehen, dass er auf dem richtigen Weg bleibt.

Dumont hat ein schlechtes Gewissen. Vor allem seit dem Zwischenfall bei Mistral. Dass er auf eigene Faust ermittelt, würde früher oder später sicher ans Licht kommen; trotzdem kann er es nicht lassen. Er sieht sich bereits seinen erfolgreichen Ermittlungsbericht auf Mistrals Schreibtisch legen – höchstens drei Seiten nach dem Motto: »Gut, dass du mich hast!«

Er ruft den Verantwortlichen für die Videoüberwachung an der Gare du Nord an, der ihm mitteilt, dass er die Aufzeichnungen erst in einigen Tagen erhalten wird. Früher ginge es nicht, denn es gäbe ein paar technische Probleme, die zunächst behoben werden müssen. Dumont ärgert sich, sagt aber nichts. Er muss sich mit der Verspätung abfinden.

Nach seinem Einbruch bei Mistral ist der Zauberer mit gemischten Gefühlen nach Hause gefahren. Er ist überzeugt, dass er gegenüber seinem Gegner einen psychologischen Erfolg erzielt hat: »Siehst du, ich dringe bei dir ein, wenn es mir passt. Du bist dazu nicht in der Lage!«

Abgesehen davon ist er allerdings kein Stück weitergekommen. Er hat seinen Vorteil nicht ausreichend genutzt. Am besten wäre es natürlich gewesen, wenn er eins von Mistrals Kindern hätte mitnehmen können.

Das wäre wirklich ein Triumph gewesen. So, wie die Dinge jetzt liegen, habe ich ihn nicht schwächen können. Vermutlich sinnt er jetzt auf Rache.

Der Zauberer hat den größten Teil der Nacht in seinem Sessel gekauert. Die Nachrichten berichten nichts. Mit weit geöffneten, ins Leere starrenden Augen denkt er nach, bis ihm fast der Kopf platzt.

Ehe er schlafen geht, verbringt er noch einige Stunden mit seiner Sammlung im Tipi. Gegen vier Uhr morgens kriecht er heraus. In seinem Kopf toben Schreie und Bilder von Gewalt, doch er fühlt sich beschwichtigt. Er legt sich auf das Bett und schläft ein, begleitet von seinen Albträumen, die ihn seit Jahren heimsuchen.

Um halb sieben wacht er auf und braucht fast eine Viertelstunde, ehe er sich zurechtfindet. Zunächst bleibt er wie erstarrt mit an den Körper gepressten Armen liegen, bis er sich erinnert, dass er zu Hause in seinem Bett liegt.

Schließlich steht er auf, beschließt aber, sich weder zu rasieren noch zu waschen, bis er wieder zur Arbeit geht. Wie gewöhnlich beobachtet er die Straße durch die schmutzigen Scheiben der Eingangstür, bevor er das Haus verlässt. Nachdem ihm alles ruhig erscheint, geht er zum Frühstück in sein Stammcafé.

An diesem Tag bleibt er länger als sonst. Mit seiner Zeitung, seinem Kaffee und seinem Croissant sieht er wie ein ganz gewöhnlicher Gast aus, und darauf legt er Wert. Er hört den Saufkumpanen und dem Wirt zu, die wie üblich lautstark ihre Meinung zum Besten geben.

An diesem Morgen geht es um ihr Lieblingsthema – den Fußball und diese spezielle Mannschaft, deren Namen sich der Zauberer immer noch nicht gemerkt hat und die trotz ihres ausgeglichenen Budgets und wirklich guter Spieler vom Abstieg bedroht ist. Schon mehrmals wurde er von den Stammgästen angesprochen und um seine Meinung gefragt, doch da er nie reagierte, hat man ihn schließlich schulterzuckend ignoriert.

Um neun begibt er sich zur Gare du Nord. Er sitzt bereits eine Viertelstunde am üblichen Platz, als der Junge, den er bereits kennt, sich zu ihm gesellt. Der Zauberer interpretiert diesen Umstand als gutes Omen. Nach einigen Minuten erkundigt sich der Junge: »Zaubern Sie noch?«

»Soll ich dir ein paar neue Kunststücke zeigen?«

»Klar. Könnten Sie mir vielleicht ein paar davon beibringen? So was gibt Schotter von den Touris.«

»Wenn du willst.«

Der Zauberer zieht ein Kartenspiel aus der Tasche und zieht den Jungen für einige Minuten völlig in seinen Bann. Anschließend nimmt er die Würfel und lässt sie vor den bewundernden Augen des Jungen einen wilden Tanz vollführen. Er hört erst auf, als er feststellt, dass Reisende stehen bleiben und ihm amüsiert zuschauen. Der Gedanke an den Fernsehauftritt des Bullen mahnt ihn zur Vorsicht.

»Ich komme demnächst wieder«, verspricht er und verstaut die Würfel in seiner Tasche.

»Haben Sie etwa Angst vor den Leuten?«, fragt der Junge, der das Interesse der Umstehenden ebenfalls bemerkt hat.

»Nein, aber ich mag es nicht, wenn man meine Kunststücke beobachtet.«

»Glauben Sie, jemand könnte erraten, wie Sie es zustande bringen?«

»Schon möglich. Demnächst zeige ich dir, wie es geht. Ich muss jetzt weg. Aber wenn ich dir Kunststücke beibringen soll, dann brauchen wir einen ruhigen Platz, wo nicht so viel Leute sind.«

»Oh, das ist ganz easy«, erklärt der Junge hingerissen. »Wir treffen uns hier und gehen zusammen irgendwohin, wo es ganz ruhig ist. Ich kenne den Bahnhof wie meine Westentasche. Hier gibt es Stellen, wo nie jemand ist.«

»Prima Idee. Also, mach's gut!«

Der Zauberer nutzt eine Bewegung in der Menge, um aufzustehen und zu gehen.

Schon wenige Minuten später ist er auf dem Weg zur Rue d'Avron.

Als Dumont an diesem Morgen in sein Büro kommt, kleben mehrere Post-its auf seiner Schreibtischunterlage. Auf einem steht die Nummer eines Kollegen, der die Ermittlungen im Fall Irène Meunier in der Rue des Cinq-Diamants leitet. Ohne sich erst zu setzen, wählt Dumont die angegebene Nummer und fragt nach dem Kollegen Hervé Cazal. Die beiden Männer kennen sich seit gemeinsam absolvierten Lehrgängen. Sie plaudern ein wenig über Belangloses, doch schnell kommt Dumont zur Sache.

»Du wolltest mich sprechen?«

»Eigentlich wollte ich dich schon früher anrufen, aber mir wurde gesagt, dass der Fall Destiennes dich völlig mit Beschlag belegt.«

»Schon richtig, aber die Sache ist unter Dach und Fach. Wir haben echt Schwein gehabt. Ich habe die Telefone der Angestellten angezapft und abgewartet. Nachdem wir sie alle vorgeladen und ein wenig gekitzelt hatten, haben wir sie alle wieder laufen lassen. Und die Idioten haben doch tatsächlich miteinander telefoniert! Für ein Zweiminutentelefonat dürfen der Butler und der Chauffeur jetzt zwanzig Jahre in den Bau – also ungefähr zehn Jahre pro Minute.«

»Na super! Ein bisschen Glück gehört wohl immer dazu, aber das haben wir uns auch redlich verdient. Schließlich ackern wir dafür tagtäglich wie die Blöden!«

»Du sagst es! Also, weswegen wolltest du mich sprechen?«

»Ich habe hier eine Supersache für dich. Mit einer Million Dollar bist du dabei.«

»Kein Problem. Komm rüber. Ich gebe dir als Anzahlung schon mal einen Kaffee aus. Worum geht es denn?«

»Ich habe den Autopsiebericht von Irène Meunier vorliegen – du weißt schon, die Alte aus der Rue des Cinq-Diamants.«

»Und das soll eine Million Dollar wert sein? Du hast ganz schön inflationäre Preise!«

»Warte nur ab! Die gute Frau ist nämlich nicht mit einem Messer gekillt worden. Also, wenn du so willst, es war keine Messerklinge, mit der ihr Herz aufgespießt wurde.«

»Sondern?«

Dumont wird ernst. Er weiß, dass Cazal zwar gerne herumalbert, aber ein echter Profi ist.

»Mit einer etwa zwanzig Zentimeter langen, spitz zulaufenden Waffe, sagen die Gerichtsmediziner.«

»Ja und?«

Dumont überlegt. Das, was Cazal da sagt, hat er schon einmal gehört. Aber in welchem Zusammenhang?

»Wenn ich dir den Bericht vorlese, verstehst du sofort. Am Rand hat der Gerichtsmediziner mit der Hand Folgendes notiert: ›Es handelt sich mit ziemlicher Sicherheit um einen Stichel oder einen zurechtgeschliffenen Schraubendreher – etwas in dieser Art.‹ Weißt du jetzt, was ich meine?«

»Heilige Scheiße – na klar! Der Stadtstreicher im sechzehnten Arrondissement! Der wurde genauso abgeschlachtet!«

Sofort muss Dumont an den Zauberer denken.

»Und was bedeutet das? Na? Aber natürlich, dass wir einen Mörder suchen, der es auf Obdachlose abgesehen hat!«, versucht Dumont seinen Kollegen auf den Arm zu nehmen.

»Für wie blöd hältst du mich eigentlich? Machst du das absichtlich, oder willst du nur nicht blechen? Ich darf dich darauf aufmerksam machen, dass wir eine Kopie vom Autopsiebericht dieses Stadtstreichers bekommen haben. Und muss ich dich etwa daran erinnern, wer unter dem Verdacht steht, diesen Mord begangen zu haben?«

»Der Zauberer«, antwortet Dumont atemlos.

»Volltreffer, mein Junge. Der Zauberer!«, lobt Cazal lachend. »Und ich ziehe daraus einen Schluss, den andere vielleicht für voreilig halten mögen, der mir persönlich aber sehr plausibel scheint: Vermutlich hat Irène Meunier eines verregneten Morgens in der Rue des Cinq-Diamants den Weg des Zauberers gekreuzt, und der Kerl hat sie kaltgemacht. Aber warum und wieso? Die Antwort darauf musst du uns geben!«

»Und wie bist du darauf gekommen? Durch die Gerichtsmediziner?«

»Die Zusammenhänge wurden mir durch einen dummen Zufall klar. Die Autopsie wurde von zwei verschiedenen Gerichtsmedizinern vorgenommen, denen verdanke ich also nichts. Aber stell dir vor, einer von meinen Jungs hat ein Techtelmechtel mit einer süßen Maus aus einer anderen Abteilung. Und was glaubst du, reden zwei Polizisten, wenn sie das Bettgeflüster hinter sich haben?«

»Sie erzählen sich Kriminalgeschichten«, grinst Dumont.

»Der Kandidat hat hundert Punkte!«

»Schon komisch, wie sich manche Dinge ergeben.«

»Du sagst es.«

»Wie sollen wir die Sache angehen? Kannst du die Information erst einmal komplett unter Verschluss halten? Für, sagen wir, zwei oder drei Tage?«

»Eine ziemlich heiße Kiste! Du weißt, dass Heimlichkeiten nicht gerne gesehen werden. Wenn das rauskommt, kann ich die Kripo vergessen.«

»Ich bitte dich doch nur um zwei oder drei Tage Vorsprung, mehr nicht.«

»Willst du Mistral in die Pfanne hauen?«

»Spinnst du? Ich möchte nur, dass er mich ein paar Tage in Frieden lässt, damit ich konzentriert arbeiten kann. Er bekommt seinen Bericht, ob ich nun Beweise habe oder nicht. Aber wir müssen sicher sein, welchen Kurs der Zauberer verfolgt.«

»Irgendwie kommt mir deine Geschichte nicht ganz koscher vor.«

»Mach dir nicht ins Hemd, alles ist im grünen Bereich.«

»Na hoffentlich. Dann übernehmt ihr also jetzt den Fall Meunier. Im Viertel sind noch ein paar hübsche Umfragen fällig.«

»Einverstanden. Und weil dein Fall damit den offiziellen Weg geht, schicke ich dir einen von meinen Jungs rüber, um eine Kopie abzuholen. Okay?«

»Na schön. Wenn mich aber jemand fragt, warum ich den Mund gehalten habe, sage ich, dass du es so gewollt hast. Mehr kann ich nicht tun.«

»Okay, schon klar. Aber du musst verstehen, dass der Präfekt, wenn er diese Information zu früh bekommt, uns auf den Füßen steht, bis wir den Kerl dingfest gemacht haben. Du hast dir deine Million Dollar redlich verdient. Und ein Essen samt Käse und Nachtisch.«

Dumont legt auf. Die Information hat es in sich, und er verspürt keine Lust, sie mit Mistral zu teilen. Am liebsten würde er sich zunächst einmal das Viertel anschauen. Er schließt die Augen und überlegt. Gleich darauf greift er zum Telefon und wählt die Nummer von Laurent Martinez, dem »lebenslänglichen Archivar«.

»Martinez? Dumont hier. Grüß dich.«

»Guten Morgen, Dumont. Irre ich mich, oder willst du etwas von mir?«

»Erraten! Mistral hat dir wahrscheinlich schon gesagt, dass ich mir alle nicht gelösten Mordfälle in der Zeit der ersten Serie des Zauberers ansehen soll.«

»Hat er. Ich dachte, du meldest dich schon früher.«

»Ich hatte viel Arbeit, und zwei Sachen gleichzeitig sind nicht so mein Ding.«

»Wenn du meinst … Also, ich habe hier die Liste mit den Namen.«

»Wie viele sind es?«

»Ich glaube, du solltest mit den beiden Jahren anfangen, in denen der Zauberer von sich reden machte. Anschließend kannst du dir das Jahr davor und das Jahr danach vornehmen. Das macht insgesamt vier Jahre, in denen wir zweiunddreißig ungelöste Mordfälle haben – alles kunterbunt durcheinander. Wie sieht es aus – willst du die Akten haben?«

»Bis wann schaffst du es?«

»Bis morgen, am frühen Nachmittag. Früher ist es leider nicht möglich. Ich habe keine Leute und ertrinke in Arbeit.«

»Kein Problem, das passt schon.«

Eigentlich hätte Dumont die Akten lieber sofort gehabt, aber wenn er zu sehr gedrängt hätte, hätte Martinez vielleicht Lunte gerochen und Mistral angerufen.

Nachdem der Zauberer die Gare du Nord verlassen hat, irrt er ziellos herum. Er fährt durch die Stadt, ohne den Blick von den Gehsteigen zu wenden. Zwar ist er noch nicht wieder auf der Jagd, doch er bleibt wachsam.

Zum Mittagessen hält er vor einer Gaststätte in der Nähe der ehemaligen Weinlager von Bercy. Beim Essen überlegt er, wie er sich in der von der Polizei überwachten Rue d'Avron wieder einen Vorteil sichern kann. Er setzt sich eine Frist von zwei Tagen.

Nachdem er seinen Kaffee getrunken hat, fährt er in die Richtung der Rue d'Avron. In der Nähe des Viertels parkt er seinen Wagen, zieht den Cabanmantel aus, den der Junge den Polizisten vielleicht beschrieben hat, und geht als kleiner, ganz in Grau gekleideter Mann durch die Straße. Ganz wohl ist ihm nicht dabei. Er hält etwa einen Meter Abstand zu einigen jungen Leuten, die gemächlich dahinschlendern, und versucht mit den Passanten zu verschmelzen und sich sozusagen in Luft aufzulösen. Dabei beobachtet er jedoch alles – Häuser, Autos und Gehwege. Er passiert die Straße in eine Richtung, kehrt auf der gegenüberliegenden Seite zurück und geht sie ein drittes Mal entlang, dieses Mal bis zur Kreuzung der Straße, in welcher der Junge wohnt. Dann wandert er ein viertes Mal durch die Rue d'Avron, setzt den Weg bis zu seinem Auto fort und lässt sich völlig durchgefroren auf den Sitz fallen. Zwei Zivilfahrzeuge der Polizei hat er entdeckt. Eines parkt am Anfang der Rue d'Avron, das andere an der Kreuzung der Rue des Maraîchers. Ein weißer Kleintransporter ohne Firmenaufschrift steht quer auf dem Gehsteig gegenüber dem Eingang des Hauses, in dem der Junge wohnt.

Die Bullen scheinen mich für ganz schön blöd zu halten, denkt der Zauberer. *Im Knast weiß jeder, dass diese Kleintransporter der Polizei gehören.*

Trotzdem fühlt er sich geschmeichelt. Die Maßnahmen beweisen, dass man Angst vor ihm hat.

Er dreht die Heizung bis zum Anschlag auf und startet in Richtung der Schule des Kleinen. Als er gegen 16.00 Uhr zum ersten Mal am Eingang vorüberfährt, kann er kein Polizeiauto entdecken. Um halb fünf mischt er sich in seinem Cabanmantel unter die Eltern, die auf ihre Sprösslinge warten. Angesichts seiner Kühnheit und der Gefahr schlägt ihm das Herz bis zum Hals. Doch er sieht weder Polizisten noch den Jungen.

Als der Kleine nicht auftaucht, mischt er sich unter die Eltern und Kinder, die sich langsam in alle Richtungen zerstreuen, verbirgt sich dann aber ganz in der Nähe. Um 17.00 Uhr fährt der blaue Renault Laguna der Polizei vor. Um 17.35 Uhr kommt der Junge aus der Schule und setzt sich in den Wagen.

Zufrieden mit seiner Entdeckung reiht sich der Zauberer in den Verkehr ein und fährt nach Hause.

Am nächsten Tag kehrt er um 17.00 Uhr zur Schule zurück und stellt fest, dass die Polizisten immer noch auf Posten sind. Er riskiert es, dem Polizeiwagen in einer gewissen Distanz zu folgen; der Rollentausch gefällt ihm, weil er ihm Selbstvertrauen einflößt.

Der Laguna hält vor dem Haus des Jungen, und ein Mann steigt gemeinsam mit dem Kind aus. Die Polizisten bleiben vor Ort, bis der Vater von der Arbeit kommt. Der Zauberer beschließt, eine Woche lang jeden Abend zur Schule zu kommen, bis er die genauen Zeiten des Jungen kennt. Danach will er weitersehen.

Am Nachmittag erhält Dumont die zweiunddreißig Akten. Er hat sich einen Plan zurechtgelegt. Ehe er sich im Einzelnen mit jedem Vorgang beschäftigt, ordnet er die Akten zunächst nach Vorgehensweise des Mörders und innerhalb dieser Kategorie nach Tatorten. Die nötigen Informationen befinden sich auf dem Deckblatt jeder Akte, die ansonsten alle Ermittlungsergebnisse und alle wichtigen Einzelheiten enthält. Dumont braucht lediglich zehn Minuten, um zu erkennen, dass es nur einen Fall gibt, der aus dem Rahmen fällt. Es handelt sich um den Mord an einem Autofahrer in der Rue Gérard im dreizehnten Arrondissement.

Auf einem Stadtplan sucht Dumont nach der betreffenden Straße. Erregt stellt er fest, dass er auf eine mögliche Spur gestoßen ist. Es ist ziemlich wahrscheinlich, dass die Lösung in einem kleinen Sektor des dreizehnten Arrondissements zu finden ist: im Viertel Butte-aux-Cailles, wo zwei Personen im Abstand von etwa dreizehn Jahren und nur fünfhundert Meter voneinander entfernt auf exakt die gleiche Weise ermordet wurden. Im Bericht des Gerichtsmediziners zum Fall des Autofahrers ist von einem spitzen Gegenstand die Rede, keinesfalls einer Messerklinge – genau wie bei der alten Frau aus der Rue des Cinq-Diamants und dem Stadtstreicher im sechzehnten Arrondissement.

Dumont verlässt sein Büro, um sich einen Kaffee zu holen und etwas ruhiger nachdenken zu können. Unterwegs trifft er Mistral, der ihn einlädt. Mistral macht eine Bemerkung über Dumonts offenkundige Nervosität, was dieser bestreitet. Ihm fällt auf, dass Mistral ihm offenbar nichts nachträgt. Trotzdem will er im Fall des Zauberers auf eigene Faust so weit wie möglich vorankommen. Alle sollen erfahren, dass er, Dumont, der beste Ermittler ist und dass er es fertiggebracht hat, den Zauberer zur Strecke zu bringen, nachdem er bereits den Fall Destiennes mit Bravour gelöst hat.

Nach dem Kaffee verlässt Dumont in aller Eile das Präsidium. Er hat ein Funkgerät und sein Mobiltelefon bei sich. Damit bleibt er erreichbar – von dieser Seite sollte es kein Problem geben. Nach dem Erfolg im Fall Destiennes und der unglaublichen Entdeckung von Cazal fühlt er sich von einer Welle des Erfolgs getragen.

Er parkt seinen Peugeot 406 auf dem Boulevard Blanqui und geht langsam die Rue des Cinq-Diamants entlang, wo Irène Meunier ermordet wurde. Dabei sieht er sich nach allen Richtungen um, als suche er eine Botschaft.

An der Place de la Butte-aux-Cailles bleibt er stehen; er weiß nicht, ob er sich nach rechts oder nach links wenden soll. Gegenüber befinden sich ein Zeitungshändler und ein Café, zu seiner Rechten liegt ein Restaurant, links ein Lebensmittelgeschäft. Er kann sich nicht vorstellen, einfach hineinzugehen und nach einem kleinen, schmächtigen Mann mit dunklem Haar und einem manchmal merkwürdigen Verhalten zu fragen. Wahrscheinlich würde man sich, kaum dass er gegangen wäre, schenkelklopfend über ihn lustig machen, denn diese Beschreibung trifft auf Hunderttausende zu.

Schließlich entscheidet er sich, links in die Rue de la Butte-aux-Cailles abzubiegen. Er faltet seinen Stadtplan auseinander, um sich zurechtzufinden, und stellt fest, dass die nach links abgehende Rue Samson auf die Rue Gérard trifft, wo vor dreizehn Jahren der Autofahrer ermordet wurde. Und so geht er die Rue Samson entlang, ohne zu ahnen, dass er am Haus des Zauberers vorbeikommt. Unwillkürlich wittert er in die Luft, als könne er auf diese Weise etwas entdecken. Wie alle Polizisten hat er längst aufgehört, sich für weiße Lieferwagen zu interessieren. Es gibt viel zu viele davon – man hat fast den Eindruck, als würden die Pariser Straßen von nichts anderem bevölkert.

Schließlich verlässt er das dreizehnte Arrondissement und fährt in das sechzehnte zum Boulevard Murat, wo der Zauberer nach langer Zeit zum ersten Mal wieder sein Unwesen trieb. Die Umgebung hier ist gutbürgerlich und ganz anders als in der Rue des Cinq-Diamants. Trotzdem hat der Zauberer hier versucht, ein Kind zu töten, und einen Stadtstreicher umgebracht.

Trotz der Unterschiede zwischen den Vierteln hätte es durchaus ähnliche Tatorte geben können, etwa die Eingangshallen der Wohnblocks. Doch das ist offenbar nicht der Fall.

Im sechzehnten Arrondissement war der Tatort ein Fahrradkeller, im dreizehnten die offene Straße. Und dann gab es ja auch noch den Mord an dem Jungen in der Rue Watt, ebenfalls im dreizehnten Arrondissement. Die Waage neigt sich eher in Richtung des dreizehnten Arrondissements.

Dumont fährt zurück ins Büro und schreibt seine Überlegungen akribisch auf. Das Blatt schließt er sorgfältig in eine Schreibtischschublade ein, ehe er das Präsidium verlässt und nach Hause fährt.

Dumont legt eine Strategie fest, die er glaubt durchhalten zu können. Er wird Martinez die Akten, die nicht zur Ermittlung gehören, vorläufig nicht zurückgeben. Martinez würde sicher bald Rückschlüsse ziehen und Mistral benachrichtigen. Dumont legt die Akten in seinen Schrank, die Unterlagen zum Fall des Autofahrers räumt er beiseite.

Beim Durchlesen der Aktenkopie zum Fall Irène Meunier in der Rue des Cinq-Diamants stellt er fest, dass der Tathergang bei den drei Morden an Erwachsenen immer ähnlich war. Er weiß, dass er ein gutes Stück vorwärtsgekommen ist, doch von jetzt an wird es schwierig, allein weiterzuarbeiten. Normalerweise müssten alle Beamten ab sofort im besagten Viertel ausschwärmen und mit dem Phantombild – auch, wenn es nicht allzu viel hergibt – von Tür zu Tür gehen. Ein solches Vorgehen wirkt, als ob man einen Ameisenhaufen aufwühlt, und würde vielleicht sogar einen Erfolg bringen.

Dumont geht zu Mistral und bittet ihn unter dem Vorwand, persönliche Angelegenheiten regeln zu müssen, um zwei freie Tage. Mistral genehmigt ihm den Urlaub, ohne weitere Fragen zu stellen.

Dumont hat sich zu diesem sehr riskanten Schritt entschlossen, um mehr Bewegungsfreiheit zu haben. Er kehrt ins Viertel Butte-aux-Cailles zurück. Mistral konzentriert sich zurzeit intensiv auf die Rue d'Avron, was Dumont eine gewisse Autonomie beschert.

Die Aufzeichnungsbänder der Bahngesellschaft fallen ihm ein, die ihm demnächst zugeschickt werden. Zwar hat er mehrere Eisen im Feuer, weiß aber auch, dass er ein gefährliches Spiel spielt. Wenn er die Sache verbockt, wird er sich bestenfalls auf Lebenszeit in irgendeiner unbedeutenden Polizeiwache wiederfinden. Damit alles gut geht, muss er genügend Beweise erbringen, um den Zauberer dank seiner persönlichen Ermittlungen einbuchten zu können. Allerdings darf niemand herausbekommen, dass sein Alleingang auf Kosten anderer ging; ein solches Verhalten wird bei der Polizei nämlich nicht geduldet.

Aber die Grenze zwischen den beiden Möglichkeiten – große Ehre oder lebenslängliche Strafversetzung – ist dünner als ein Zigarettenpapier.

26

Arnaud Lécuyer nimmt seine Arbeit sichtlich erholt wieder auf. Er ist fast überzeugt, die Fäden des Spiels wieder in der Hand zu haben.

Da Silva lobt ihn, dass er sich einige Tage Ruhepause gegönnt hat. Lécuyer bekommt seinen Laufplan und arbeitet wie üblich schnell und schweigend. Jeden Abend schafft er es, um 17.00 Uhr vor der Schule zu sein und zu kontrollieren, ob der Junge tatsächlich zur geplanten Zeit die Klassenräume verlässt und ob die Polizei ihn nach wie vor überwacht. Die regelmäßigen Unterrichtsstunden und der Personenschutz für das Kind stellen den Zauberer vor Probleme. Noch weiß er nicht, wie er die Sache anpacken soll.

Perrec kehrt nach Paris zurück. Sein erster Weg führt ihn – nicht ohne eine gewisse Nostalgie – zur Pariser Kriminalpolizei. Lange spricht er mit Mistral und Calderone. Dabei kann er feststellen, wie vielen Spuren die ehemaligen Kollegen nachgehen, was seine Laune deutlich hebt. Die drei Männer gehen gemeinsam zum Mittagessen; einziges Gesprächsthema ist und bleibt der Zauberer.

»Ich habe alle verfügbaren Kräfte auf den Zauberer angesetzt, einschließlich der Verstärkungsteams der anderen Abteilungen. Wir müssen alles daransetzen, ihn so schnell wie möglich zu erwischen.«

Mistrals letzter Satz klingt wie ein Richterspruch.

»Ich fürchte nämlich, dass er bald wieder auf die Pirsch geht. Er hat gespürt, wie nah wir ihm gekommen sind, und wird alles daransetzen, die Oberhand zu gewinnen. Vermutlich hat er uns in der Rue d'Avron gesehen. Seine erste Antwort darauf war, in mein Haus einzudringen. Als Nächstes wird er sich ein Opfer suchen, um uns zu demonstrieren, dass noch immer er der Boss ist. Und dann wird die Sache riskant.«

Calderone und Perrec wechseln einen Blick und nicken. Perrec bittet Mistral, ihn zu informieren, sobald der Zauberer verhaftet ist.

Nach der Rückkehr aus der Mittagspause spricht Mistral mit dem Staatsanwalt und leitet alles Nötige in die Wege, um auch die Ermittlungen zu Thévenots Unfall übernehmen zu können. Außerdem erhält er endlich die Zustimmung der Ärztevereinigung, den Terminplan des Psychiaters einsehen zu dürfen.

Am Nachmittag kommt Calderone in Mistrals Büro und schließt mit Verschwörermiene die Tür hinter sich. Mistral schaut ihn fragend an.

»Was ist los, Vincent?«

»Das hier«, antwortet Calderone und zieht eine schmale Plastikhülle aus der Tasche.

»Was ist das?«

»Eine DVD, die Ihnen sicher gefallen wird. Na ja, sagen wir bis zu einem gewissen Grad.«

Calderone wirft einen auffordernden Blick auf den DVD-Player unter dem Fernseher.

»Schön, legen Sie sie ein.«

Calderone schaltet den Fernseher ein und legt die DVD ein. Zunächst flimmern nur schwarz-weiße Störungen über den Bildschirm, ehe langsam ein farbiges Bild erscheint, das sich allmählich stabilisiert. Verständnislos betrachtet Mistral die Bilder, die Personen auf einer Bank zeigen. Erst nach einiger Zeit stellt er fest, dass es sich um einen Bahnhof handelt. Oben auf dem Bildschirm sind jeweils Datum und Uhrzeit vermerkt. Die Bilder, die ziemlich abgehackt wirken, wurden im Verlauf der vergangenen zehn Tage aufgezeichnet.

»Und?«, hakt Mistral nach.

»Warten Sie ab«, gibt Calderone lediglich zurück.

Mit der Fernbedienung beschleunigt er den Vorlauf und hält bei einer Sequenz an, deren Datum eine Woche zurückliegt. Ruckartig flimmern die Bilder über den Fernsehschirm.

»Warum wirkt der Film so abgehackt?«, erkundigt sich Mistral.

»Sie stammen aus einer Überwachungskamera und sind auf DVD überspielt worden. Würde man alles auf ganz normale Weise filmen, bräuchte man viel zu viel Speicherplatz. Daher sind die Kameras so programmiert, dass sie lediglich alle fünf Sekunden ein Bild aufnehmen. So passen mehrere Tage Videoaufnahmen auf eine DVD.«

Mistral erkennt jetzt im Profil aufgenommene Reisende, die auf die Bahnsteige blicken. Doch nach und nach scheint sich ihre Aufmerksamkeit nach rechts zur Bank zu wenden. Mistral fragt sich, was sie dort sehen. Die Reisenden stehen im Blickfeld der Kamera und verdecken die Personen, die auf der Bank sitzen. Plötzlich entsteht eine kurze Lücke, und Mistral erkennt einen Mann und ein Kind. Das Kind blickt auf die Hände des Mannes, der mit Würfeln hantiert. Unwillkürlich hält Mistral den Atem an. Kurz darauf hasten Passagiere zu den Bahnsteigen und verdecken den Mann und das Kind aufs Neue. Als die Menschen fort sind, sitzt nur noch das Kind auf der Bank.

»Ist das der Zauberer?«, fragt Mistral.

»Alles spricht dafür.«

»Lassen Sie uns die Aufzeichnung noch einmal an der entsprechenden Stelle anhalten. Ich möchte endlich wissen, wie er aussieht.«

»Das habe ich bereits versucht. Viel ist nicht zu erkennen. Man sieht ihn leider zu kurz. Das Bild ist unscharf. Einen Papierabzug können wir nicht davon machen.«

»Macht nichts. Ein seltsames Gefühl, zum ersten Mal einen Menschen zu sehen, den man seit zwölf, dreizehn Jahren sucht!«

»Stimmt. Er wird gewissermaßen zu einem Menschen aus Fleisch und Blut.«

»Wo haben Sie die Aufzeichnung her?«

»Ich war zufällig im Sekretariat, als ein Bote der Bahngesellschaft kam und die DVD zu Händen von Cyril Dumont ablieferte. Daraufhin habe ich seine Teamleiter angerufen, die keine Ahnung hatten, welcher Ermittlung die DVD zuzuordnen war. Daher habe ich mir die Freiheit genommen, sie anzuschauen, und habe das dort gefunden.« Calderone zeigt auf den Fernseher. »Und was sollen wir jetzt tun?«

»Nichts.« Mistral überlegt. »Ich meine, wir sagen Dumont erst einmal nichts. Warten wir ab, ob er von selbst damit zu uns kommt. Bringen Sie bitte die DVD sofort in die Technik und geben Anweisung, eine ganze Serie von Abzügen mit dem Konterfei des Kerls zu machen. Die Fotos zeigen wir dem Jungen aus dem sechzehnten Arrondissement, dem Kleinen aus der Rue d'Avron und meiner Frau. Dann sehen wir weiter.«

»Die Abzüge werden nicht gerade toll sein.«

»Ich weiß, aber sie sind das Einzige, was wir haben. Wir dürfen nichts unversucht lassen.«

Anschließend geht Mistral zu Françoise Guerand.

Als sie von der Angelegenheit erfährt, will sie Dumont sofort rufen lassen. Mistral beschwichtigt sie und meint, man solle Dumont zumindest die Chance geben, seinen Alleingang aus eigenem Antrieb zu erklären. Sie würden sich ohnehin noch in Geduld üben müssen, da Dumont sich zwei Tage freigenommen habe. Nach einigem Zögern lässt sich Guerand widerstrebend auf Mistrals Vorschlag ein.

Zwei Stunden später kommt Calderone mit fünfzig Abzügen eines Standbildes zurück, auf dem der Mann und das Kind einigermaßen zu erkennen sind. Aufmerksam betrachtet Mistral den Mann mit dem unscharfen, ausdruckslos wirkenden Gesicht, dessen Körperhaltung verrät, dass er auf der Hut ist. Er ist überzeugt, dass es sich um den Zauberer handelt. Es fällt ihm schwer, die Augen von dem kleinen Mann abzuwenden.

»Wenigstens haben wir jetzt eine Vorstellung davon, wie er aussieht. Natürlich ist das Bild nicht besonders scharf, aber wenigstens haben wir etwas in der Hand.«

»Wir können nur hoffen, dass es der Richtige ist. Ich würde Ihren Optimismus ja gern teilen, aber leider bin ich abergläubisch, und solange wir nicht sicher sind ...« Calderone vollendet den Satz nicht.

»Sie haben ja völlig recht. Trotzdem: Irgendwann muss auch unsere Pechsträhne einmal zu Ende sein!«

»Absolut einverstanden!«

»Vergessen Sie bitte nicht, eine Fotostrecke mit Bildern ähnlicher Typen vorzubereiten. Wir brauchen sie für die Gegenüberstellung bei den Zeugen.«

»Ist alles schon in die Wege geleitet. Einer von meinen Männern ist dabei, Abzüge zu machen, um alle Bilder einheitlich darzustellen.«

Scherzhaft fährt Calderone fort: »Wir könnten ja mal versuchen, das Foto unseres Delinquenten zwischen ein paar pausbackige Schnurrbartträger zu schmuggeln – wahrscheinlich würde der erstbeste Winkeladvokat unser Verfahren platzen lassen.«

Trotz seiner Anspannung muss Mistral grinsen. Doch er spürt, dass die Ermittlung allmählich vorankommt, und weiß, dass er jetzt nichts übersehen darf.

»Sobald Sie mit der Fotostrecke fertig sind, zeigen Sie sie bitte Thévenots Sekretärin. Auf die Weise gewinnen wir Zeit bei der Durchsicht seines Terminkalenders. Wenn sie ihn nicht erkennt, brauchen wir die Patienten nicht zu überprüfen.«

»Ich rufe sie gleich an und mache einen Termin mit ihr.«

»Gut. Gleich morgen sollten Sie mit ein paar verfügbaren Leuten zur Gare du Nord fahren und versuchen, den Jungen zu erwischen. Außerdem sollten Sie beim Sicherheitspersonal nachfragen, wer die DVD bestellt hat und aus welchem Grund. Und sorgen Sie dafür, dass die Aufzeichnungen fortgesetzt werden.«

Mistral steht auf und notiert die Fortschritte der vergangenen Tage auf der Tafel. Er dreht sich zu Calderone um.

»Wenn es sich bei dem Mann wirklich um den Zauberer handelt, wird er rasch spüren, dass wir ihm auf den Fersen sind. Denken Sie an das, was ich heute Mittag gesagt habe: Als Reaktion auf unseren Druck wird er sehr bald wieder auf die Jagd gehen.«

»Das wäre eine Katastrophe!«

Gegen 20.00 Uhr fährt Mistral nach Hause. Vom Auto aus ruft er Dumont an, erreicht aber nur die Mailbox. Er zieht es vor, keine Nachricht zu hinterlassen, und fährt nachdenklich weiter.

Zu Hause angekommen unterhält er sich kurz mit den Polizisten, die das Haus bewachen. Ehe er hineingeht, umrundet er das Haus und sieht nach, ob alle Fensterläden verschlossen sind. Drinnen fallen ihm die Kinder um den Hals. Sofort stellt der Ältere die allerwichtigste Frage: »Papa, hast du den bösen Mann verhaftet?«

»Noch nicht, aber es dauert nicht mehr lang.«

»Erzähl uns davon!«

»Dazu ist es noch zu früh. Jetzt ist es nämlich noch ein Geheimnis.«

Sobald er mit Clara allein ist, berichtet er ihr von der neuesten Entwicklung, die sie sichtlich beruhigt.

Mit der üblichen Vorsicht hat Lécuyer den Wagen einige Hundert Meter von seiner Wohnung entfernt geparkt. Wind ist aufgekommen – ein kalter Märzwind, der durch die Kleidung dringt und ihn bis auf die Knochen erstarren lässt.

Es ist halb zehn. Lécuyer hat wohlgemut in einer Gaststätte zu Abend gegessen, sich anschließend in den Sexshops im Pariser Norden herumgetrieben und ein paar Pornohefte erstanden. Gewisse Vorzeichen kündigen ihm an, dass er sich bald wieder auf die Lauer legen muss. Seine Fetische in den Manteltaschen – vom Kartenspiel bis hin zum Nagelknipser – sind bereit. Dass er sich wieder auf die Pirsch begibt, ist die natürliche Antwort auf den steigenden Druck der Polizei.

Der Wind zerrt und rüttelt an den klappernden Vordächern der Geschäfte. Für Lécuyer klingt es wie auf ihn gemünzter Applaus.

Er erreicht die Rue Gérard. Sein Haus ist nur noch etwa dreihundert Meter entfernt. Aus unerfindlichen Gründen beginnt er so zu laufen wie damals, vor mehr als zwölf Jahren, an jenem Tag, als er auf der Straße Pech hatte. Den linken Fuß auf dem Gehsteig, den rechten im Rinnstein, wie es Kinder manchmal tun. So legt er vielleicht hundert Meter zurück. Als er schließlich sein Wohnhaus erreicht, wartet er zwei bis drei Minuten in der dunklen Eingangshalle, um sicherzugehen, dass die Luft rein ist. Beruhigt betritt er seine Wohnung.

Nachdem er sich die Spätausgabe der Nachrichten angesehen hat, verkriecht er sich in sein Tipi. Gegen 3.00 Uhr kommt er aus dem Zelt und verbringt den Rest der Nacht völlig angezogen und in desolatem Zustand auf seinem Bett.

Am Morgen stürzt er seinen Kaffee hastig hinunter, weil sein erster Kunde ihn bereits um 8.30 Uhr erwartet. Er wohnt im zehnten Arrondissement, nicht weit entfernt von der Gare du Nord. Die Versuchung ist groß, und Lécuyer gibt sich keine Mühe, ihr zu widerstehen.

Gerade will er den Bahnhof betreten, als er den jungen Ausreißer in der Nähe des Taxistands entdeckt. Beunruhigt bleibt er stehen. Der Junge sieht ihn und rennt auf ihn zu. Lécuyer blickt sich nach allen Seiten um.

»Da drinnen sind jede Menge Bullen. Sie haben ein Foto von uns und suchen nach Ihnen.«

»Woher weißt du das?«

»Von meinen Kumpels. Ich war noch nicht da, als die Bullen ihnen ein Foto von uns beiden auf der Bank gezeigt haben. Sie suchen nach einem Mann, der Zauberkunststücke macht. Meine Kumpel haben mich gewarnt, und ich wollte gerade abhauen, als ich Sie gesehen habe. Was haben Sie verbrochen? Haben Sie irgendwie Dreck am Stecken?«

»Ich habe überhaupt nichts verbrochen. Bestimmt handelt es sich um einen Irrtum.«

»Sind Sie vielleicht Falschspieler? Nehmen Sie die Leute

beim Poker aus? Jetzt könnten sie mir doch vielleicht ein paar Tricks beibringen. Ich kenne einen wirklich ruhigen Ort.«

»Heute habe ich leider keine Zeit. Ich komme ein anderes Mal wieder. Tschüss!«

Lécuyers Nacken kribbelt. Eine Heidenangst überwältigt ihn. Er kehrt zu seinem Wagen zurück. Dabei muss er an sich halten, um nicht zu rennen, sondern normal zu gehen. Mit erzwungener Ruhe startet er das Auto. Bloß jetzt nicht schreien!

Als er den Bahnhof hinter sich gelassen hat, geht sein Atem stoßweise. Er schlottert am ganzen Körper. Seine Zähne klappern, und sein Kiefer schmerzt.

Wie zum Teufel ist es möglich, dass die Scheiß-Bullen mein Foto haben? Und das des Jungen obendrein! Es ist zum Verrücktwerden. Ich habe doch nicht den geringsten Fehler gemacht! Das alles habe ich nur diesem Arschloch Mistral zu verdanken. Er glaubt, mich in der Hand zu haben – aber da kennt er mich schlecht!

In seinem Kopf stößt Lécuyer stumme Schreie aus. Kein Ton kommt über seine Lippen. Bei dem Gedanken, dass man ihn um Haaresbreite erwischt hätte, hämmert er mit den Fäusten auf das Lenkrad ein.

Von der Gare du Nord aus ruft Calderone bei Mistral an.

»Wir haben den Jungen ausfindig gemacht, der mit unserem mutmaßlichen Zauberer auf dem Bild ist. Es handelt sich um einen vierzehnjährigen Ausreißer, der allerdings höchstens wie zehn oder zwölf wirkt.«

»Haben wir eine Chance, ihn zu finden?«

»Ich glaube eher nicht. Vermutlich ist er von seinen Kumpels gewarnt worden. Auf jeden Fall geben wir seine Daten an die Abteilung Jugendschutz weiter. Die wissen besser als wir, wie man an solche Jungs herankommt.«

»In Ordnung. Waren Sie beim Sicherheitsdienst? Wissen Sie, wer die DVD angefordert hat?«

»Ja«, sagt Calderone bedrückt, »unser Verdacht hat sich bestätigt. Dumont war allein hier und hat den Leuten erzählt, er ermittle in einem Dealer-Mordfall.«

»Was ist denn das für ein Blödsinn?« Mistral hat Mühe, seinen Ärger hinunterzuschlucken. »Okay, ich denke, jetzt muss ich ihn mir doch zur Brust nehmen. Und zwar bald.«

Völlig verstört und mit einiger Verspätung sucht Lécuyer seinen zweiten Kunden auf. Der beschwert sich jedoch nicht, da die Reparaturen einwandfrei und schnell erledigt werden. Trotz seines Zustandes arbeitet Lécuyer alle Kunden auf seiner Liste ab. Er macht nicht einmal eine Mittagspause.

Da drei Kunden ihre Termine abgesagt haben, beendet Lécuyer seinen Arbeitstag schon gegen 13.00 Uhr und fährt direkt zu den Da Silvas.

Vater und Sohn sind in der Werkstatt, als Lécuyer kommt. An diesem Tag trägt er nicht seinen Cabanmantel, sondern einen grauen Pullover. Er wirkt extrem hinfällig. Tatsächlich fühlt er sich alles andere als wohl.

Der Sohn wirft seinem Vater einen fragenden Blick zu. Mit einem unmerklichen Nicken gibt ihm der Alte zu verstehen, dass er ihn mit Lécuyer allein lassen kann. Georges Da Silva greift nach seinem Werkzeug und geht in den Hof, wo schon zwei Angestellte im Auto auf ihn warten.

»Nun, mein Junge, wie weit bist du?«, erkundigt sich der Vater.

»Hier.« Lécuyer zieht aus der rechten Gesäßtasche die

Schecks, aus der linken das Bargeld und die Duplikate der Rechnungen.

»Prima.« Luis Da Silva prüft die Abrechnung. »Und hier ist dein neuer Terminplan, mit dem du morgen früh anfangen kannst. Sag mal, du bist ja völlig durchgefroren. Hast du den Mantel verloren?«

»Nein, er liegt im Auto. Ich habe ihn zum Fahren ausgezogen.«

»Man hat den Eindruck, dass dir eine Laus über die Leber gelaufen ist. Irgendwie wirkst du genervt.«

»Absolut nicht. Ich fühle mich sehr gut.« Am liebsten hätte er hinzugefügt: *Und geh mir nicht auf den Zeiger! Ich kann das jetzt nicht ertragen.*

»Übrigens, auf der Liste steht ein Termin, bei dem es um das Auswechseln eines …«

Das Klingeln des Telefons unterbricht Da Silva. Es ist extrem laut, damit man es auch hinten in der Werkstatt hört. Ehe er abhebt, überzeugt sich Da Silva, dass das große Heft, in dem er alle Anfragen aufschreibt, an der richtigen Stelle geöffnet ist. Mit der Hand glättet er die aktuelle Seite, zieht einen Stift aus der Brusttasche seiner Latzhose und sagt zu Lécuyer: »Warte noch, es dauert bestimmt nicht lange.«

Er drückt die Freisprechtaste und meldet sich geschäftsmäßig: »Da Silva und Söhne, was kann ich für Sie tun?«

»Schönen guten Tag.«

Die Stimme am anderen Ende der Leitung schallt durch den kleinen Raum. Da Silva hat den Lautsprecher bis zum Anschlag aufgedreht, um nur ja nichts zu überhören. Die Folge ist, dass jeder im Ladenlokal mithören kann.

»Mein Name ist Renaud. Ich bin bereits Kunde bei Ihnen und hätte gern einen Termin für den Anschluss eines Geschirrspülers.«

»Einen Augenblick. Wie wäre es am nächsten Dienstag um elf?«

»Ausgezeichnet. Sagen Sie, könnten Sie vielleicht den Handwerker schicken, der schon einmal bei uns war? Ein ziemlich kleiner, schmaler Mann, der nicht viel redet, aber hervorragend arbeitet. Als er hier war, hat er ein paar Zauberkunststücke zum Besten gegeben. Mein kleiner Sohn war völlig hingerissen.«

»Ja, natürlich, sehr gern. Ihre Adresse habe ich ja, um alles andere kümmere ich mich. Auf Wiederhören.«

Die Stimme von Luis Da Silva ist sehr nachdenklich geworden.

Vater Da Silva legt langsam auf, setzt die Kappe auf den Stift und steckt ihn wieder in die Brusttasche seiner Latzhose. Dann dreht er sich mit dem Stuhl zu Lécuyer um, der nach wie vor am Tresen steht.

Die beiden Männer mustern sich. Es gibt nicht viel zu sagen. Da Silva räuspert sich. Seine Stimme klingt heiser. Vor Angst hat er einen Kloß im Hals, der ihn am Schlucken hindert.

»Dann bist du also der Zauberer! Schade, dass es immer noch Leute gibt, die sich nie die Nachrichten anschauen.«

Mit einer kaum merklichen Bewegung greift er nach einem Brieföffner, den Lécuyer zuvor nicht wahrgenommen hat.

Der Zauberer lässt seinen Schraubendreher in die rechte Hand gleiten. Nun, da er entdeckt ist, braucht er dem Alten nichts mehr vorzumachen. Da Silva beobachtet den kleinen Mann, dessen Gesicht sich in eine hasserfüllte Maske verwandelt hat. Seine schmalen, blutleeren Lippen pressen sich aufeinander. Er richtet sich kerzengerade auf, strafft die Schultern und hebt den Kopf. Jegliche gespielte Unsicherheit ist von ihm abgefallen. Der Zauberer fühlt sich gut.

»Ich wusste schon immer, dass mich etwas an dir stört. Von Anfang an habe ich es meinem Sohn gesagt.«

Lécuyer schweigt. Er analysiert die Situation und mustert aufmerksam seine Umgebung.

Erneut versucht Mistral, Dumont auf dem Handy zu erreichen. Wütend erwartet er, dass sich nach endlosem Klingen wieder die Mailbox meldet, als Dumont doch noch rangeht. Mistral bemüht sich, seinen Ärger zu zügeln.

»Grüß dich, Cyril. Ich muss dich unbedingt so bald wie möglich sehen.«

»Hallo! Hat das nicht Zeit bis morgen? Ich bin gerade dabei, ein paar persönliche Angelegenheiten zu regeln.«

»Deine persönlichen Angelegenheiten sind mir ziemlich egal. In spätestens einer Stunde bist du bei mir im Büro.«

Zornig legt Mistral auf. Dumont starrt verblüfft auf sein Mobiltelefon. Dann steckt er es in sein Etui und denkt nach.

Sein Auto parkt an der Place de la Butte-aux-Cailles, etwa dreihundert Meter entfernt von der Wohnung Arnaud Lécuyers, genannt der Zauberer. Das kann er natürlich nicht wissen, doch er ahnt, dass sich der Schlüssel zu den Mordfällen in diesem Viertel verbirgt. Die beiden Morde, die im Abstand von zwölf Jahren mit der gleichen selbst gemachten Waffe begangen wurden, bilden eine Art Epizentrum, in dem sich der Zauberer befinden könnte. Hinzu kommt das nur wenige Hundert Meter von hier entführte Kind. Dumont findet, dass die Verbrechensdichte recht hoch für ein einziges Arrondissement ist. In der Kriminalistik sind drei solcher Zufälle einer zu viel.

Mistrals Anruf behagt ihm überhaupt nicht. Im Gegenteil. Es lag eine unterschwellige Drohung in seinen Worten. Sollte sein Vorgesetzter bemerkt haben, dass er im Alleingang versucht, alle anderen zu übertrumpfen?

Dumont trinkt einen Kaffee in Lécuyers Frühstückscafé, ehe er sich beunruhigt auf den Weg zum Quai des Orfèvres macht.

Der Schuldirektor diskutiert erregt mit dem Verwalter, der Sparmaßnahmen ankündigt, falls die Schule Zuschüsse zur Klassenfahrt der Oberstufe nach Spanien beisteuern soll. Er hasst Geldfragen. Als das Telefon klingelt, kümmert er sich zunächst nicht darum, doch das Läuten hört einfach nicht auf. Schließlich nimmt er ab. Am anderen Ende der Leitung ist eine energische Stimme zu hören.

»Guten Tag, Herr Direktor. Hier spricht der Polizist, der für die Überwachung des kleinen Sylvain zuständig ist.«

»Guten Tag. Was kann ich für Sie tun?«

»Wir sind in unseren Ermittlungen inzwischen so weit, dass wir dem Jungen einige Fotos vorlegen können. Dazu brauchen wir ihn heute Nachmittag um 16.00 Uhr im Präsidium. Wäre es möglich, ihn ausnahmsweise um halb vier abzuholen?«

»Ja, natürlich, wenn es nicht anders geht.«

Der Direktor hat Mühe, seinen Ärger zu verbergen.

»Vielen Dank für Ihr Verständnis.«

Um 15.25 Uhr fährt der blaue Renault Laguna vor der Schule vor und wartet auf den Jungen. Von einem Bürofenster im zweiten Stock aus beobachtet einer der Lehrer die Ankunft des Polizeiautos und wartet pflichtbewusst, bis das

Kind sicher im Wagen sitzt, ehe er zu seiner Arbeit zurückkehrt.

Genau im gleichen Augenblick betritt Dumont Mistrals Büro.

»Hallo, setz dich!«, begrüßt ihn Mistral kühl. »Ich werde dir jetzt etwas zeigen, und du sagst mir deine Ansicht dazu.«

»Okay ... um was geht es?«

»Sieh es dir einfach an.«

Mistral zeigt auf den Fernseher und drückt einen Knopf der Fernbedienung. In seinem Blickfeld befinden sich sowohl der Bildschirm als auch Dumont. Innerhalb weniger Sekunden kann Mistral erkennen, dass Dumont sich äußerst unbehaglich fühlt. Schweigend spielt er die DVD ab. Dumont reißt überrascht die Augen auf, als er den Zauberer erblickt, der mit dem Kind auf der Bank sitzt. Mistral schweigt eisern. Eine drückende Stille liegt über dem Büro. Schließlich dreht sich Dumont zu Mistral um. Er ist bereit, sich der Konfrontation zu stellen.

»Okay, was genau willst du wissen?«

»Ich möchte eine Erklärung für das, was wir da gesehen haben. Und keine Ausflüchte – die wären jetzt alles andere als angebracht.«

Mistral beobachtet, wie Dumont fieberhaft nachdenkt. Er lässt ihm Zeit zu überlegen. Es dauert eine Minute, bis Dumont schließlich auspackt. Carmassol, die Gare du Nord, der Anruf des Kollegen Cazal, sein Hinweis auf die Verbindung zwischen den beiden Morden an den Obdachlosen und dem ungelösten Fall des Autofahrers in der Rue Gérard.

»So, jetzt weißt du ebenso viel wie ich«, schließt Dumont trotzig.

»Warum, Cyril?«

»Warum? Weil ich stinksauer war, als du einfach so bei der Kripo hereinspaziert bist und mich ohne jegliche Skrupel abgehängt hast. Weil ich ihn damals nicht einbuchten konnte. Weil drei Viertel der Kollegen mich deswegen für einen Idioten halten. Weil ich den Fall sehr gut hätte vorantreiben können. Weil ... ach Scheiße!«

»Du redest Unsinn, und das weißt du sehr genau. Ich bin nicht zur Kripo gegangen, um dich auszustechen. Man hat sich für mich entschieden, weil du längst nicht mehr zur Debatte standest, und zwar wegen deiner Alleingänge und deiner Art, dich immer für den Größten zu halten. Du warst schon unten durch, als ich noch nicht mal an die Kripo dachte. Also erzähl mir bitte kein dummes Zeug. Deinen Abschuss hast du ganz allein dir selbst zu verdanken.«

»Das finde ich nicht fair. Ich ...«

»Mir ist ziemlich gleichgültig, ob du es fair findest oder nicht – es ist die Wahrheit. Ich habe dir bei dieser Scheiß-Ermittlung die Gelegenheit gegeben, mit mir zu arbeiten, und zwar gemeinsam. Als Team. Davon, dass du deine eigenen Brötchen backst, war nicht die Rede. Wo zum Teufel kommst du her? Wer hat dir diesen Mist beigebracht? Glaubst du etwa, du bist hier beim Film? Ist dir klar, welche katastrophalen Folgen deine Dummheit für meine Familie hätte haben können?«

»Nein, ich ... äh ... ich muss mich entschuldigen, ich habe mich mitreißen lassen, ich wollte ...«

»Mir ist egal, was du wolltest. Du hast grandiosen Mist gebaut und wirst die Konsequenzen tragen. Wir gehen jetzt gemeinsam zu Françoise Guerand und erzählen ihr die ganze Geschichte. Sie wird ausgesprochen erfreut sein!«

Der Zauberer steigt aus dem blauen Renault Laguna. Der Junge liegt im Fond und schläft tief und fest, nachdem er einen mit einer ordentlichen Portion Rohypnol und Temesta vermischten Fruchtsaft getrunken hat. Lécuyer ist sehr zufrieden mit sich.

So waren die Medikamente von Meister Fliege endlich mal zu etwas nütze, denkt er.

Der Renault parkt an einer abgelegenen Stelle hinter dem Boulevard MacDonald im neunzehnten Arrondissement. Der Zauberer legt das Kind zwischen Vorder- und Rücksitze. Um es vor den Blicken der wenigen Passanten zu verbergen, breitet er seinen Caban darüber. Zu Fuß macht er sich auf den Weg zu seinem Auto, das er etwa zwanzig Minuten entfernt in der Rue de Flandre abgestellt hat. Obwohl er zügig geht, zittert er vor Kälte, was vor allem daran liegt, dass er nicht mehr so extrem unter Spannung steht. Er hat in kurzer Zeit wirklich viel geschafft.

Nachdem er einige Stunden zuvor die Werkstatt der Da Silvas verlassen hatte, fuhr er noch ganz unter Schock ziellos durch die Straßen. Er kann sich nicht erinnern, wie er in die Rue de Flandre geraten ist. Wie ein Roboter stieg er aus und lief ein paar Hundert Meter aufs Geratewohl durch die Gegend. Als er eine Straße überquerte, fuhr ein dunkelblauer Renault Laguna an ihm vorüber. Beinahe wäre er vor Angst gestorben, als er das vermeintliche Polizeiauto erkannte, das direkt vor ihm plötzlich abbremste. Wie versteinert hatte er darauf gewartet, dass Bullen herausspringen und ihn zu Boden werfen würden. Er fragte sich nicht einmal, wie sie ihn gefunden hatten. Seit einigen Tagen hatte die Polizei die Nase vorn, ohne dass er wusste, wie oder warum. Da hätte ihn gar nichts mehr erstaunt …

Aber dann war eine junge Frau hastig aus ihrem Fahrzeug

gestiegen, um einen Brief einzuwerfen. Sie ließ die Tür offen und den Motor laufen. Die Gelegenheit war einfach zu günstig! Ein Wagen der gleichen Marke und mit derselben Farbe wie die Polizeiautos! Lécuyer sprang in den Wagen und brauste davon. Hätte man ihn gefragt, warum er das tat, wäre ihm die Antwort schwergefallen. Er handelte einfach aus einem Instinkt heraus, ohne zu wissen, was er mit dem Wagen wollte. Einfach so, hätte er vielleicht geantwortet.

Einmal hatte er mitangehört, wie der »Boss« seinen Mitgefangenen gute Ratschläge erteilte.

»Wenn du mal ein Auto brauchst, um schnell abzuhauen, komm bloß nicht auf die Idee, es zu machen wie in billigen Fernsehserien – also: Scheibe einschlagen, Armaturenbrett rausreißen und kurzschließen. Das ging vielleicht vor dreißig Jahren.«

»Und wie macht man es heute?«, erkundigte sich ein Häftling.

»Ganz einfach: Du stellst dich vor ein Postamt oder eine Bank und wartest. Es gibt immer wieder Leute, die rasch einen Brief einwerfen oder Geld abheben wollen, und den Wagen nicht nur nicht abschließen, sondern sogar den Schlüssel stecken lassen. Du steigst ein und verschwindest.«

»Und was machst du, wenn niemand kommt?«

»Dann stellst du dich in einer ruhigen Straße an eine Ampel. Wenn du an eine Tussi gerätst, umso besser. Du reißt die Tür auf, setzt die Tussi an die frische Luft und haust mit dem Wagen ab. Einfacher geht es wirklich nicht.«

Genau diese Lektion hatte Lécuyer nun unbewusst angewendet. Zwar verstand er nicht sofort, warum er in den blauen

Laguna gestiegen war, doch kurze Zeit später war ihm klar, wozu ihm der Wagen dienen würde.

Flashback: *Er parkt in einer stillen Seitenstraße, atmet eine Viertelstunde lang tief durch, um sich einigermaßen zu beruhigen, und schmiedet seinen Plan. Er will den Bullen wieder voraus sein, und zwar um jeden Preis. Er stöbert in seinem Rucksack, ob alles da ist, was er braucht. Nachdem er eine Packung Temesta geöffnet hat, löst er mehrere Tabletten in einer kleinen Flasche Fruchtsaft auf, gibt das Rohypnol dazu und schüttelt die Flasche, um die Medikamente gut zu vermischen. Dann geht er in eine Telefonzelle, erkundigt sich bei der Auskunft nach der Nummer der Schule des Jungen und ruft dann den Direktor an. Ganz einfach! Ergebnis: Der Junge liegt im Auto und schläft.*

Ehe der Zauberer seinen Lieferwagen holt, geht er in eine Drogerie. Dann fährt er zu dem Renault zurück. Vorsichtig biegt er mit seinem Wagen in die von meist geschlossenen Lagerhäusern gesäumte Straße ein, die immer noch so ruhig und verlassen daliegt wie zuvor.

Binnen kürzester Zeit verfrachtet er das immer noch schlafende Kind von einem Auto in das andere. Er sieht sich um, ob jemand kommt, steigt wieder in den Renault und zerfetzt die Vorder- und Rücksitze. Dann holt er seine Einkäufe aus der Tasche: Grillanzünder und Streichhölzer. Er stopft die weißen Würfel in die Risse der Sitze und zündet sie an.

Dank einer anderen Lektion des »Bosses« weiß er, dass Grillanzünder langsam verbrennen und dabei den Schaumstoff der Sitze in Brand setzen. Dann wird der ganze Wagen binnen Minuten in Flammen aufgehen, während er selbst längst über alle Berge ist. Ende.

Und in einem völlig verkohlten Autowrack findet man weder Spuren noch Indizien.

Während das Gespräch bei Françoise Guerand immer unangenehmer wird, stürmt ein Beamter der Einsatzleitung ins Büro und verkündet, dass der Zauberer den Jungen entführt hat. Die Besatzung des Fahrzeugs, das den Jungen regelmäßig von der Schule abholt, hat ihn informiert. Der Schuldirektor hat ausgesagt, dass er einen Anruf von der Polizei erhalten habe, weil man den Jungen früher von der Schule abholen wollte. Ein Lehrer hat gesehen, wie das Kind in einen blauen Renault Laguna einstieg.

Innerhalb von Sekunden ist die Angelegenheit Dumont vom Tisch. Françoise Guerand befiehlt ihm: »Du hilfst jetzt mit. Über alles andere reden wir später.« Aufschub.

Mistral funkt alle Polizeifahrzeuge an und setzt sie über Sylvains Verschwinden in Kenntnis. Auch sämtliche Wachen werden informiert. Schon wenige Minuten später kommt die Nachricht, dass man im neunzehnten Arrondissement einen völlig ausgebrannten dunkelblauen Renault Laguna gefunden habe. Der Wagen sei vor einem Postamt in der Rue de Flandre gestohlen worden.

Mistral schickt sofort ein Team los, um die Aussage der Besitzerin des Autos aufzunehmen und – was noch viel wichtiger wäre – möglicherweise eine Täterbeschreibung zu erhalten. Auch die Straßenpatrouillen im Viertel um die Rue de Flandre werden verstärkt. Mistral erkundigt sich bei der Stadtpolizei, ob es an diesem Tag weitere Vorkommnisse gegeben habe. Wenig später wird ihm ein Dokument mit den wichtigsten Ereignissen zugestellt, bei denen die Polizei gerufen wurde. Mistral überfliegt den Bericht, in dem von Unfällen, Diebstählen und einem schweren Brand im achtzehnten Arrondissement die Rede ist. Der Meldung zufolge ist ein Malerbetrieb bis auf die Grundmauern niedergebrannt. Die Feuerwehr hatte große Probleme, das Feuer unter Kontrolle zu bringen, weil durch die im Hinterhaus gelagerten Lacke und Lösungsmittel die Flammen immer wieder neue Nahrung fanden. Traurige Bilanz: ein Toter, bei dem es sich um den bis zur Unkenntlichkeit verbrannten Besitzer des Betriebes handelt.

Am späten Nachmittag kehren die Beamten zurück, die dem Jungen in der Avenue Murat die Fotos vorgelegt haben. Sie sind nicht uneingeschränkt zufrieden, denn der Junge war nicht in der Lage, das Gesicht zu erkennen. Allerdings hat er ausgesagt, dass die Haltung des Mannes auf dem Foto mit der des Zauberers übereinstimme.

Auch Clara Mistral hat ihn nicht erkannt. Allerdings hatte sie den Eindringling nur für Sekundenbruchteile und obendrein mit einer Haube über den Haaren gesehen.

Die Sekretärin von Thévenot wurde nicht befragt, weil man sie nicht erreichen konnte.

Mistral bittet Calderone, den Terminkalender von Thévenot genauer unter die Lupe zu nehmen.

Der ausgesprochen kleinlaute Dumont erhält die Aufgabe, mit seinen Teams das Viertel Butte-aux-Cailles zu durchkämmen. Erleichtert verzichtet er auf jeglichen Kommentar und kehrt in sein Büro zurück, um seine Männer zu instruieren.

Mistral ruft seine Frau an und teilt ihr mit, dass der Zauberer ein Kind entführt habe und er nicht wisse, wann er nach Hause kommen werde.

Gerade als er das weitere Vorgehen mit Françoise Guerand absprechen will, erhält sie einen Anruf aus der Präfektur.

»Ich muss rüber, dem Präfekten Bericht erstatten. Was soll ich ihm über den entführten Jungen erzählen? Glaubst du, dass der Zauberer es bis zum Schluss durchzieht?«

»Mit ziemlicher Sicherheit, allerdings nicht sofort. Früher hat er zwischen zwei Morden immer fünf bis sechs Monate verstreichen lassen, aber das hat inzwischen nichts mehr zu sagen.«

»Könntest du dich vielleicht etwas deutlicher ausdrücken?«

»Vermutlich hat ihn die dauernde Verfolgung veranlasst, wieder aktiv zu werden. Hinzu kommt das, was wir im Radio und im Fernsehen über ihn verbreitet haben. Außerdem haben wir den Jungen, auf den er es abgesehen hatte, unter Polizeischutz gestellt, und obendrein sind wir dem Jugendlichen von der Gare du Nord auf den Fersen. Irgendwann hat sich der Zauberer aus seinem Versteck gewagt und ist in mein Haus eingedrungen. Aber dann ist er irgendwie aus dem Tritt gekommen. Jetzt will er uns beweisen, dass noch immer er es ist, der die Fäden in der Hand hält, und hat deshalb den Jungen entführt. Zwar ist das Kind jetzt bei ihm, doch der Zauberer hat noch nicht das Stadium erreicht, in dem er mordet. Er muss sich zunächst stimulieren.«

»Und das heißt?«, erkundigt sich Françoise Guerand niedergeschlagen. Sie ahnt die Antwort.

»Das heißt, dass wir den Jungen so schnell wie möglich finden müssen. Du solltest dem Präfekten vorschlagen, gleich heute Abend die Medien in großem Stil einzuschalten.«

Um 19.45 Uhr kommt Guerand von ihrer Unterredung mit dem Präfekten zurück. Er hat angeordnet, nicht nur alle Radiostationen einzuschalten, sondern das Foto des Jungen zudem in sämtlichen Fernsehnachrichten zu verbreiten. Auf allen Sendern wird über die Entführung des kleinen Sylvain berichtet.

27

Arnaud Lécuyer ist unbeschreiblich wütend. Er hat einen Brief erhalten, der ihm den Besuch einer Sozialarbeiterin in seiner Wohnung ankündigt. Zornig zerreißt er den Brief in tausend Fetzen. Anschließend kann er sich nicht mehr erinnern, wann diese »Scheiß-Nervensäge« zu ihm kommen soll.

Er setzt sich vor den Fernseher und isst Schinkenbrote, wischt sich die Hände an der Hose ab und trinkt Cola direkt aus einer großen Flasche. Bis nach Einbruch der Dunkelheit hat er gewartet, bevor er das Kind in seine Wohnung brachte – gefesselt, geknebelt und in eine große Plane gewickelt. Anschließend suchte er sich einen Parkplatz am Boulevard Blanqui, gleich neben der überirdischen Metro, unweit der Stelle, wo er den kleinen Guillaume mitgenommen hatte.

Der Zauberer erhebt sich von seinem Sessel und geht in sein Zimmer. Der Junge liegt auf dem Bett und schläft wieder tief und fest, nachdem Lécuyer ihm weitere Schlafmittel verabreicht hat.

Gegen 22.00 Uhr hatte der Zauberer bemerkt, dass der Kleine sich zu bewegen begann, und gab ihm erneut zu trinken. Das völlig benommene Kind nahm die Mischung aus Fruchtsaft und Betäubungsmitteln ohne Widerstand zu sich. Kaum eine Minute später war der Junge wieder bewusstlos. Der Zauberer hat ihn mit dickem Klebeband an Händen und Füßen gefesselt, obwohl es eigentlich unnötig ist.

Lécuyer lässt sich wieder in seinen Sessel sinken und denkt nach. Die Ereignisse überstürzen sich, was ihm überhaupt nicht gefällt. Im Augenblick kann er nur auf die Aktionen der Polizei reagieren. Zwar hat er noch immer das bessere Blatt auf der Hand, doch er weiß, dass seine Trümpfe nicht die höchsten sind.

Es ist das erste Mal, dass er ein Opfer zu sich nach Hause gebracht hat. Obwohl er sich schon seit Wochen nach diesem Jungen sehnt, wäre er lieber anders vorgegangen. Alles ist viel zu früh passiert. Doch nachdem Vater Da Silva ihn enttarnt hatte, musste er handeln.

Im Handumdrehen setzte eine Kettenreaktion ein: der Mord an dem Klempner, der Brand in der Werkstatt, der blaue Renault Laguna, die Schule, das Kind. Und jetzt hat er den Kleinen am Hals, obwohl das Triebwerk seiner Begierden noch gar nicht angesprungen ist.

Der Zauberer weiß genau, dass er das Kind auf Dauer nicht in der Wohnung behalten kann, auch wenn es unter Drogen steht. Aber zunächst einmal muss er sich beruhigen und nach und nach seine Gefühle zum Leben erwecken.

Lécuyer denkt an seine Sammlung und die Chance, eine neue Seite in Angriff zu nehmen. Diese Vorstellung behagt ihm immer mehr.

Der Jingle der Nachtausgabe der Nachrichten auf France 3 reißt ihn aus seinen Überlegungen. Er brennt darauf, zu erfahren, was man über ihn zu berichten weiß. Denn dass man über ihn berichten wird, ist sicher.

Lange braucht er nicht zu warten. Gleich die erste Meldung widmet sich der Entführung des Jungen. Man zeigt ein Foto des Kindes. Der Nachrichtensprecher macht ein ernstes Gesicht, ein vor dem Quai des Orfèvres stehender Journalist berichtet über die Ermittlungen. Polizisten sind zu sehen, die

Direktorin der Pariser Kriminalpolizei wird interviewt. Tatsächlich, eine Frau! Sie spricht über die Umstände der Tat und das vom Täter benutzte Fahrzeug, das zunächst gestohlen und später ausgebrannt wiedergefunden wurde. Sie ergeht sich in Allgemeinplätzen: »Wir überlassen nichts dem Zufall. Alle Spuren werden ausgewertet. Wir beziehen sämtliche Polizeikräfte in die Ermittlungen ein.«

Der Zauberer steht auf und sagt mit lauter Stimme: »Blablabla, Rhabarber, Rhabarber, Rhabarber.« Zufrieden betritt er sein Zimmer und betrachtet das schlafende Kind. Er löst die Fesseln von den Händen des Jungen und beginnt, ihm langsam und sorgfältig die Fingernägel zu schneiden. Als er damit fertig ist, sammelt er die kleinen Stückchen ein, setzt sich an den Tisch und klebt sie hingebungsvoll auf eine neue rechte Seite.

Es ist das erste Mal, dass ich in dieser Reihenfolge vorgehe, denkt er.

Dann kehrt er in sein Schlafzimmer zurück, fesselt die Hände des Jungen wieder und kriecht in sein Tipi. Allmählich kommt der teuflische Kreislauf in Gang.

Der Zauberer blättert in seiner Sammlung und betrachtet die ausgeschnittenen Pornodarstellungen und die in Großbuchstaben geschriebenen Vornamen. Anschließend würde er auf der ersten rechten Seite beginnen, seine kleinen Trophäen mit dem Finger zu berühren, um auf diese Weise jedes einzelne Ereignis wieder neu zu durchleben. Dann erst wäre er bereit, die letzte Seite zu vollenden, die er schon vorbereitet hat.

Mistral erhält einen Anruf von Jean-Yves Perrec. Der ehemalige Polizist hat durch die Nachrichten erfahren, was geschehen ist, und will dem Kommissar Mut zusprechen. Ehe er sich verabschiedet, sagt er noch: »Ich drücke Ihnen die Daumen. Wissen Sie schon, wie Sie vorgehen werden?«

»Noch nicht im Geringsten. Wir werten alles aus, was uns in die Finger gerät. Dumont glaubt aus gutem Grund, dass sich der Täter im dreizehnten Arrondissement aufhält. Aber selbst wenn die Annahme stimmt, müssen wir erst einmal herausfinden, wo ...«

»Dumont?«

»Von dem erzähle ich Ihnen später – wenn der Fall zu einem guten Abschluss gekommen ist. Ich fürchte, uns bleiben höchstens noch sechs bis sieben Stunden, ehe der Zauberer das Kind tötet.«

Gegen 22.00 Uhr treffen Dumont und seine beiden Teams im Viertel Butte-aux-Cailles ein. Jeder Polizist hat einen Plan des dreizehnten Arrondissements, das unscharfe Foto des Zauberers sowie ein Bild des entführten Kindes bei sich.

Die Teams beginnen damit, in allen noch geöffneten Geschäften und Restaurants das Foto des Zauberers zu präsentieren. Sie erhalten keine einzige positive Antwort.

»Das Bild ist unscharf«, bekommen sie immer wieder zu hören.

Das Café, in dem Lécuyer regelmäßig frühstückt und wo Dumont Kaffee getrunken hat, ist geschlossen. Ebenso der Zeitungskiosk und die Bäckerei. Der Gemischtwarenladen an der Place de la Butte-aux-Cailles ist zwar noch offen, doch die Verkäufer kennen den Mann auf dem Foto nicht.

Auf ihrem Weg durch die Straßen des Viertels kommen die Teams mehrfach an dem kleinen, altmodischen Wohnhaus vorbei, in dem der Zauberer das Kind gefangen hält.

Gegen halb zwei ruft Dumont seine Teams zusammen und erstattet Mistral telefonisch Bericht.

»Wir haben alles abgeklappert, was noch offen ist – meistens Restaurants. Niemand hat den Kerl erkannt, obwohl wir den Suchbereich sogar noch ausgeweitet haben. Das Ergebnis ist leider gleich null.«

»Wie wollt ihr weiter vorgehen?«

»Tagsüber ist die Gegend ganz anders. Hier gibt es jede Menge Geschäfte, eine Bäckerei, einen Zeitungskiosk und viele Cafés und Kneipen. Abends herrscht mehr Touristenrummel. Ich denke, wir sollten gleich morgen früh von vorn anfangen.«

»Falls es dann nicht schon zu spät ist. Ich schicke dir jetzt erst einmal alle zur Verfügung stehenden Kräfte. Sie sollen jeden im Viertel geparkten weißen Lieferwagen identifizieren.«

»Okay. Bis die Leute kommen, zeigen wir weiter das Foto rum.«

Mistral und Calderone genehmigen sich bei den Nachtdienstlern der Einsatzleitung einen Kaffee. Im Büro herrscht Krisenstimmung. Ununterbrochen krächzt das Funkgerät, Autokennzeichen werden durchgegeben und Personendaten abgeglichen. Auf allen Fernsehern läuft der Nachrichtensender LCI, der über Reaktionen auf die Entführung des kleinen Sylvain berichtet. Françoise Guerand ist in ihr Büro zurückgekehrt. Die Beamten aller Abteilungen des Präsidiums müssen sich auf Abruf bereithalten. Ludovic Mistral spürt, dass er im Blickpunkt der gesamten Belegschaft steht.

Im Büro der Einsatzleitung halten sich mehrere Personen auf – unter ihnen eine junge Frau, die Mistral vom Sehen kennt. Sie hält ein Blatt Papier in der Hand und diskutiert mit einem Beamten. Als sie Mistral entdeckt, stellt sie die Frage, die alle bewegt: »Und? Gibt es schon etwas Neues über den Jungen?«

»Um ehrlich zu sein – leider nicht. Wir kommen zwar vorwärts, allerdings geht es für meinen Geschmack viel zu langsam. Und ich sitze hier herum und kann nichts tun, während die Zeit gegen uns arbeitet. Und du? Was führt dich hierher?«

»Mein Bericht für die Einsatzleitung. Ich liefere ihn lieber persönlich als am Telefon ab. Die Staatsanwaltschaft hat uns den Brand der kleinen Firma im achtzehnten Arrondissement aufs Auge gedrückt. Es hat einen Toten gegeben – den Chef. Die verkohlte Leiche war kein besonders schöner Anblick.«

»Und die Brandursache? Ein Unfall?«

»Kann ich beim besten Willen nicht sagen. Die Kriminaltechniker sind noch vor Ort und suchen nach Spuren, falls es überhaupt noch welche gibt. Der Laden hat gebrannt wie Zunder. Viel ist nicht mehr übrig, und die Feuerwehr hat den Rest erledigt. Die halbe Straße musste evakuiert werden.«

»Na dann viel Glück. Ich gehe derweil einmal nachschauen, ob wir Neuigkeiten haben.«

Mistral, Calderone und zwei weitere Polizisten unterhalten sich mit der Kaffeetasse in der Hand.

»Sollten wir den Kerl schnappen, befürchte ich, dass er sofort in die Klapse wandert«, sagt Calderone.

»Mal sehen«, entgegnet Mistral. »Wenn der Typ wirklich komplett durchgeknallt ist, muss er natürlich in die Psychiatrie. Dazu müssen die Seelenklempner aber erst einmal seinen Zustand zur Tatzeit feststellen. Wichtig ist doch nur eines: Ob verrückt oder nicht – Hauptsache, wir ziehen ihn aus dem Verkehr …«

»... und er wird ein für alle Mal weggesperrt«, vollendet einer der Polizisten den Satz.

Mistral und Calderone nicken.

Noch immer klingeln die Telefone. Auch der Funkverkehr ist nach wie vor lebhaft. Selbst wenn er sich mit den Kollegen unterhält, lauscht Mistral mit einem Ohr ständig auf den Funk. Er wirft einen kurzen Blick durch das zur Seine hinausgehende Fenster.

Wer weiß, wann ich das nächste Mal die Muße habe, ruhig aus diesem Fenster zu schauen, denkt er.

Plötzlich ist es für wenige Sekunden ganz still. Die vier Männer hängen ihren Gedanken nach. Im Hintergrund hört man nur noch die Stimme der jungen Kommissarin, die das Protokoll des Brandes diktiert.

»Das Opfer heißt Luis Da Silva, geboren am 19. Januar 1935 in Porto in Portugal, von Beruf Installateur und Eigner der Firma ›Da Silva und Söhne, Dienstleistungen rings um das Haus‹, wohnhaft in der Allee du Bois 61 in Vincennes ...«

Mistral und Calderone wechseln einen Blick und wenden sich fast gleichzeitig der jungen Frau zu, die ihren Bericht abbricht und die beiden Männer fragend anschaut.

»Was ist los? Warum seht ihr mich so an? Habe ich etwas Falsches gesagt?«

»Du hast gerade gesagt, dass der verbrannte Mann Klempner war«, sagt Mistral. »Ich dachte, es hätte sich um eine Anstreicherfirma gehandelt?«

»Ja und nein. Es war ein Dienstleistungsunternehmen, das alles Mögliche machte. Der Chef war Klempner und arbeitete zusammen mit seinem Sohn. Sie beschäftigten Handwerker der verschiedensten Fachrichtungen, darunter auch einen ehemaligen Häftling auf Bewährung. Auf diese Weise hat sich das Unternehmen fünfzehn Jahre lang gehalten, wie mir der Sohn erzählte. Der arme Kerl war so fertig, dass er kaum sprechen konnte.«

»Hast du die Namen der Beschäftigten?«

»Leider nicht. Alle Listen und Papiere sind verbrannt. Aber ich denke, dass der Sohn uns Genaueres sagen kann. Er besitzt die Kopien sämtlicher Dokumente und kommt morgen um neun zur Anhörung ins Präsidium. Aber warum wollt ihr das wissen?«

»Mag sein, dass es ein bisschen an den Haaren herbeigezogen ist, aber bei dem Mord an dem Jungen im dreizehnten Arrondissement hat das Labor auf seiner Kleidung Spuren von Substanzen entdeckt, die fast ausschließlich von Klempnern benutzt werden. Wir verfolgen diese Spur schon seit längerer Zeit, weil wir nichts anderes haben, um den Zauberer dingfest zu machen. Zurzeit überprüfen wir sämtliche Installationsfirmen in ganz Paris.«

»Ja und?«

»Außerdem hast du uns gerade von einem Haftentlassenen auf Bewährung erzählt. Vielleicht liegen wir ja völlig falsch, aber es wäre gut, wenn wir wüssten, wie der Mann heißt. Und zwar schnell.«

»Und was soll ich tun?«

»Ruf den Sohn Da Silva an. Er soll dir alle Namen und Adressen seiner Angestellten geben.«

»Wann? Jetzt sofort? Es ist nach zwei Uhr morgens! Ich treffe den Mann doch um neun!«

»Hör zu, ich habe mich vielleicht nicht richtig ausgedrückt, aber bei dieser Klempner-Geschichte geht es vielleicht um Leben und Tod. Du rufst den Sohn jetzt sofort an und erklärst ihm, was los ist. Er wird sicher Verständnis dafür haben. In sieben Stunden ist es auf jeden Fall zu spät.«

»Verstehe. Ich rufe gleich an.«

»Komm mit in mein Büro, da ist es ruhiger als hier.«

Der Zauberer kriecht aus seinem Tipi und streckt sich. Nachdem er das schlafende Kind einige Minuten beobachtet hat, geht er in die Küche, um aus dem Wasserhahn zu trinken. Er wischt sich den Mund mit dem Ärmel ab und tritt an das zur Straße hin gelegene Fenster. Ihm ist heiß. Er presst sein glühendes Gesicht gegen die Scheibe; die Kälte tut ihm gut. So bleibt er einige Zeit im Dunkeln stehen und schaut nach draußen.

In seiner Straße gibt es zwei Restaurants, die beide noch offen sind. Gerade verlassen die letzten Gäste die Lokale. Sie sprechen laut miteinander. Drei schweigende Männer kreuzen den Weg der Restaurantbesucher.

Eine Viertelstunde später kommen die drei Männer in umgekehrter Richtung zurück. Der Zauberer lehnt die Stirn ans Fenster, beobachtet sie und denkt nach. Sie sehen eindeutig wie Polizisten aus. Panik steigt in ihm auf. Er weiß nicht, was er tun soll. Reglos steht er weiter am Fenster, alle Nerven bis aufs Äußerste angespannt, und blickt hinaus.

Als er das Trio nach weiteren zwanzig Minuten nicht zurückkehren sieht, geht er zur Eingangstür. Zunächst überzeugt er sich, dass der Schlüssel auch wirklich zweimal im Schloss umgedreht ist. Dann lauscht er. Draußen im Flur herrscht Totenstille. Der Zauberer kehrt zum Fenster zurück, wo er noch einige Minuten stehen bleibt. Doch die Straße ist jetzt leer. Schließlich geht er wieder in sein Schlafzimmer, bewaffnet sich aber vorsichtshalber mit dem Schraubendreher.

Ohne das Kind auch nur eines Blickes zu würdigen, zwängt er sich in sein Zelt und macht es sich mit seiner Sammlung auf den Knien bequem. Fünf Minuten später taucht er in seine Welt aus Schreien und Gewalt ab. Mit den Fingern streicht er über die winzigen Erhebungen auf der rechten Seite und setzt so das Triebwerk seiner Erinnerungen und Sehnsüchte in Gang.

Es ist Viertel vor drei.

Mistral begleitet die junge Kommissarin in sein Büro. Sie ruft Georges Da Silva an, der mit Beruhigungsmitteln vollgestopft ist und zunächst nicht versteht, wer da am Telefon ist und worum es geht.

Calderone, der sich bei seinen Teams nach dem Stand der Dinge erkundigt hat, möchte mit Mistral sprechen. Die beiden Männer lassen die junge Frau telefonieren und treffen sich im Flur.

»Ich habe mich gerade mit den Leuten unterhalten, die sich mit Thévenots Terminkalender beschäftigen. Wir sind da womöglich auf ein paar interessante Dinge gestoßen, die aber alle erst überprüft werden müssen. An den drei Tagen vor seinem Sturz auf der Treppe zur Metrostation hatte er mehrere ehemalige Häftlingen mit Therapiepflicht in seiner Praxis empfangen. Einige auch im Krankenhaus.«

»Worauf wollen Sie hinaus?«

»Alle vierzehn Tage behandelt er ausschließlich Leute, die auf Bewährung draußen sind. Zu Anfang waren wir verblüfft, dass sich bei ihm zu bestimmten Zeiten Knastbrüder mit geradezu unglaublichen Vorstrafenregistern die Klinke in die Hand geben. Aber schließlich haben wir kapiert, dass er sie turnusmäßig einbestellt.«

»Könnte unter denen, die bereits überprüft wurden, vielleicht jemand interessant für uns sein?«

»Das lässt sich bislang nicht mit hundertprozentiger Sicherheit sagen. Wir haben ja nur Namen, aber keine Personendaten vorliegen. Meine Jungs müssen erst jeden Einzelnen überprüfen. Bisher allerdings haben wir unter seinen Patienten weder einen Vergewaltiger noch einen Kindermörder gefunden. Nur Totschläger, Brandstifter, Alkoholiker und Betrüger. Ganz interessanter Querschnitt.«

»Andere Sexualstraftäter vielleicht?«

»Ein paar Typen, die wegen Belästigung Minderjähriger eingesessen haben. Einer davon war am Tag des Treppensturzes bei Thévenot, aber nicht als letzter Patient. Die letzte Sitzung hatte er mit einem Patienten, der wegen Vergewaltigung und versuchtem Mord an einer alten Frau im Gefängnis saß. Mit Jungen zwischen zehn und zwölf hat das nicht viel zu tun.«

»Wie wahr! Na dann suchen Sie mal weiter.«

Es ist drei Uhr morgens. Mistral betritt sein Büro, wo ihm die junge Kollegin einen Zettel in die Hand drückt, auf dem sie Einzelheiten des Gesprächs mit Georges Da Silva notiert hat.

»Der Mann ist völlig neben der Spur. Vermutlich hat er jede Menge Beruhigungsmittel eingeworfen, um über den Schock hinwegzukommen. Ich frage mich, ob er sich morgen noch an unser Gespräch erinnert.«

»Konnten Sie irgendetwas in Erfahrung bringen?«

»Es handelte sich um ein kleines Unternehmen. Insgesamt sieben Leute, die auf Arbeiten aller Art spezialisiert waren. Anstreicher, Fliesenleger, Maurer und Klempner. Der Sohn sagt, dass es dem Unternehmen gut ging. Es gebe keinerlei Probleme, was uns der Buchhalter bestätigen könne.«

»Und die Angestellten?«

»Ich habe die vollständige Liste einschließlich der Personendaten.« Die Frau zeigt Mistral eine Aufstellung. »Seit Januar war auch ein Haftentlassener auf Bewährung dabei.«

»In welcher Sparte?«

»Klempner.«

»Der Name?«

»Arnaud Lécuyer.«

»Warum war er im Knast?«

»Das wusste der Sohn nicht mehr ganz genau. Soweit er sich erinnerte, ging es wohl um Gewalttätigkeit oder etwas in dieser Art.«

»Gab es Probleme mit ihm?«

»Offenbar nicht. Er nahm seine Arbeit durchaus ernst.«

»Und mit den anderen Angestellten?«

»Nichts. Die meisten arbeiteten seit mehr als zehn Jahren bei der Firma.«

»Wo wohnt dieser Lécuyer?«

»Das wusste er nicht. Um die Strafentlassenen im Wiedereingliederungsprogramm kümmerte sich sein Vater. Er verwahrte ihre Akten bei sich zu Hause.«

»Was hast du jetzt vor?«

»Nichts Besonderes. Ich wollte eigentlich nach Hause fahren. Warum?«

»Bitte bleib hier. Georges Da Silva kennt dich, und es ist durchaus möglich, dass wir ihn nochmals anrufen müssen. Allerdings muss ich vorher etwas abklären.«

Mistral lässt der jungen Frau keine Zeit zu antworten. Im Laufschritt eilt er zu Calderones Team, das Thévenots Terminkalender bearbeitet. Ohne anzuklopfen, reißt er die Tür auf.

»Hatte Thévenot einen Patienten namens Arnaud Lécuyer?«

Einer der Männer wirft einen Blick auf die Liste.

»Ja. Er war sein letzter Patient am Abend des Unfalls.«

»Es war kein Unfall. Dieser Lécuyer wollte ihn umbringen. Wo wohnt er, und warum war er im Knast?«

Mistral bemüht sich, ruhig zu bleiben, doch er spürt, dass es jetzt wirklich ernst wird.

Der Beamte überprüft noch einmal rasch die Personendaten und antwortet: »Arnaud Lécuyer, geboren am 17. März 1970 im dreizehnten Pariser Arrondissement. Er wohnt in der Rue Samson Nummer 46, ebenfalls im dreizehnten Arrondissement. Seine Haftstrafe verbüßte er wegen Vergewaltigung und versuchten Mordes an einer alten Frau.«

»Und wann war er im Gefängnis?«

Der Polizist fragt die Datenbank ab und antwortet:

»Rechtskräftig verurteilt wurde er 1990, die Entlassung erfolgte im Januar 2002, also vor fast vier Monaten.«

»Dann haben wir den Zauberer identifiziert«, stellt Mistral nüchtern fest. »Die Kindermorde hörten 1990 mit seiner Verhaftung auf und fingen wieder an, als er entlassen wurde.«

Unter den verblüfften Blicken der drei Beamten geht er zu dem großen, an der Wand aufgehängten Stadtplan von Paris, sucht die Rue Samson und legt den Finger auf die Stelle.

»Haargenau in der Mitte zwischen den beiden Tatorten – dem Mord an dem Autofahrer in der Rue Gérard vor zwölf Jahren und dem an der Obdachlosen in der Rue des Cinq-Diamants.«

Die Kollegen starren ihn an. Fast eine halbe Minute lang sagt keiner ein Wort.

Halb vier. Erstaunlich ruhig kehrt Mistral in sein Büro zurück. Die junge Kommissarin ist dabei, ihre Notizen zu dem Brand durchzuarbeiten.

»Du musst den Sohn Da Silva noch einmal anrufen und ihn fragen, was für ein Fahrzeug Arnaud Lécuyer benutzt. Ich bleibe hier.«

Beim zehnten Läuten hebt Georges Da Silva ab. Er antwortet, dass Arnaud Lécuyer einen weißen Peugeot Expert fährt – einen Lieferwagen, betont er.

»Frag ihn nach dem Kennzeichen.«

Die junge Frau gibt Mistrals Frage weiter. Georges Da Silva hat offensichtlich Mühe, die Unterlagen zu finden, beantwortet die Frage aber zwei Minuten später. In dieser Situation aber sind zwei Minuten eine sehr lange Zeit.

»3240 FBS 75.«

Mistral dankt der jungen Kollegin und hastet zur Einsatzleitung, wo sich Calderone und zwei weitere mit dem Fall beschäftigte Polizisten aufhalten. In einem Funkspruch fordert er alle Dienststellen auf, nach dem von Lécuyer benutzten Fahrzeug zu fahnden. Dann holt er sein Handy aus der Gürteltasche und ruft Dumont an.

»Wo bist du?«, will Mistral wissen.

»Wir kämmen gerade das dreizehnte Arrondissement um die Place d'Italie nach weißen Lieferwagen durch. Wieso?«

»Hast du schon etwas gefunden?«

»Null. Aber ich habe gerade deinen Funkspruch gehört. Woher hast du das Kennzeichen? Ist es der Wagen des Zauberers?«

»Ein Zufallstreffer, aber das erkläre ich dir später. Und jetzt schickst du einen deiner Männer zur Rue Samson 46. Aber bitte diskret – äußerst diskret. Und wirklich nur einen! Ich muss wissen, ob dort ein gewisser Arnaud Lécuyer wohnt. Ich warte auf deinen Rückruf. Und beeil dich.«

»Klar, wird gemacht. Wer ist dieser Lécuyer? Der Zauberer?«

»Vielleicht. Ruf mich so bald wie möglich zurück.«

Er legt auf und nimmt Dumont so die Möglichkeit, weitere Fragen zu stellen. Dann wendet er sich Calderone und den beiden anderen Beamten zu, die ihm schweigend zugesehen haben und auf eine Erklärung warten.

»Ich glaube, wir sind auf der richtigen Spur. Dumont muss in der Rue Samson im dreizehnten Arrondissement noch etwas überprüfen, dann soll er mich zurückrufen.«

Mistral erzählt den Kollegen, wie es dazu kam, dass er möglicherweise auf die richtige Fährte gestoßen ist. Staunend hören die Beamten zu.

»Sobald ich die Bestätigung bekommen greifen wir zu. Es wird vermutlich schnell gehen, denn alle unsere Teams befinden sich bereits in der Gegend.«

Die Spannung steigt. Alle haben nur zwei Gedanken im Kopf, wagen aber nicht, sie laut auszusprechen. Erstens: Wenn es nicht der richtige Mann ist, hat das Kind keine Chance mehr. Zweitens: Selbst wenn es der Richtige sein sollte – wer weiß, ob es nicht schon zu spät ist.

Endlich vibriert Mistrals Telefon am Gürtel. Es ist Dumont. Mistral erkennt die Nummer auf dem Display.

»Und?«

»Da wohnt tatsächlich ein Arnaud Lécuyer, und zwar im ersten Stock rechts.«

»Wie viele Leute hast du bei dir?«

»Fünfundzwanzig.«

»Vier platzierst du in der Eingangshalle des Hauses, je vier beziehen Posten an beiden Enden der Straße. Mit den anderen überprüfst du, ob es in dem Haus Fenster gibt, über die man eine dahinter liegende Straße erreichen kann. Ich bin so schnell wie möglich bei dir, mit zwei Männern und dem Werkzeug zum Aufbrechen der Tür. Lass dein Funkgerät eingeschaltet.«

Er wendet sich an die wartenden Kollegen.

»Ihr ruft bitte einen Krankenwagen und den Notarzt. Aber sie sollen auf jeden Fall ohne Sirene kommen und an der Place de la Butte-aux-Cailles parken.«

Inzwischen ist es 3.50 Uhr. Mistral berichtet Françoise Guerand von den neuesten Entwicklungen, bleibt aber vorsichtig, weil auch er abergläubisch ist.

»Ich stelle den Funk auf deine Frequenz um. Sag mir sofort Bescheid, wenn es etwas Neues gibt«, meint sie hoffnungsvoll.

Mistral telefoniert mit dem Haftrichter und kündigt an, dass er noch in der Nacht in eine Wohnung eindringen wird, in der man den Zauberer mit dem Kind vermutet.

Die Polizisten haben in der Rue Samson und deren Umgebung ihre Stellungen eingenommen. Wie häufig vor Zugriffen herrscht eine angespannte Ruhe. Man spürt, dass man das Ziel fast erreicht hat. Alle Männer überprüfen noch einmal ihre Ausrüstung: Taschenlampe, Handschellen, Funkgerät und die Armbinde mit der Aufschrift »Polizei«. Niemand zieht seine Waffe, um sie schussbereit zu machen – so etwas sieht man höchstens im Kino. Einige rücken ihre kugelsicheren Westen zurecht.

Auch Mistral streift eine schusssichere Weste über, ehe er in Begleitung seiner ebenfalls einsatzbereiten Kollegen schweigend die Treppe des Präsidiums hinuntersteigt. Die beiden bereits wartenden Fahrzeuge fahren sofort los. Nur mit Blaulicht, ohne Sirene.

In weniger als zehn Minuten erreichen sie das Viertel und parken mehrere Hundert Meter von der Rue Samson entfernt. Mistral funkt Dumont an, der ihm bestätigt, dass seine Männer ihre Positionen eingenommen haben und dass es vom Wohnhaus Lécuyers keinen Fluchtweg in eine andere Straße gibt. Im Gänsemarsch schleichen die Männer an den Häusern entlang. Sie sprechen kein Wort und haben ihre Funkgeräte auf Empfang gestellt.

»S2 an Beryll 2.«

Mistral wird von der Einsatzleitung angefunkt.

»S2, ich höre.«

»Beryll 2, ein Einsatzwagen der Schutzpolizei hat das gesuchte Fahrzeug lokalisiert. Es parkt auf dem Boulevard Blanqui, in Höhe der Metrostation Corvisart. Was sollen sie tun?«

»Warten. Ich komme sofort.«

Mistral gibt die Nachricht weiter und fährt in Begleitung dreier Polizisten zum Fundort des Autos. Zwei Minuten später sind sie da. Die Schutzpolizisten stehen neben einem weißen Lieferwagen. Mistral leuchtet mit seiner Taschenlampe in das Wageninnere, kann aber nicht erkennen, was sich im Kofferraum befindet.

»Aufbrechen«, kommandiert er knapp. »Man kann nie wissen – vielleicht liegt das Kind noch im Kofferraum.«

Mit seinem Schlagstock zertrümmert einer der Schutzpolizisten den Handgriff und das Türschloss des Autos. Doch im Lichtkegel der Taschenlampen finden sie nur Werkzeug. Ehe

Mistral zurück in die Rue Samson fährt, ordnet er an: »Ein Abschleppwagen soll das Auto in den Innenhof des Quai des Orfèvres bringen. S2 muss über die Ergebnisse informiert werden. Und bitte nicht vergessen: Ich brauche einen schriftlichen Bericht.«

Um 4.15 Uhr versammeln sich die Einsatzkräfte auf der Place de la Butte-aux-Cailles. Notarzt und Krankenwagen sind ebenfalls vor Ort. Mistral legt die genaue Vorgehensweise dar.

»Wir machen es folgendermaßen: Unsere beiden Techniker brechen die Tür auf und springen sofort zur Seite, damit ich mit meinen beiden Begleitern in die Wohnung stürmen kann. Unmittelbar hinter mir folgt Calderone mit vier weiteren Männern. Wir wissen nicht, wie die Wohnung aufgeteilt ist und wie viele Zimmer es gibt. Falls der Zauberer nicht hinter der Tür steht, dringe ich mit meinen Männern in den hinteren Teil der Wohnung vor. Calderone und seine Leute kümmern sich um die seitlich liegenden Räume. Sollte der Junge sich in der Wohnung befinden, tritt sofort das Krankenwagenteam in Aktion.«

Alle Männer nicken stumm.

»Und ich? Was soll ich tun?«, fragt Dumont.

»Du kümmerst dich darum, dass niemand das Haus betritt oder verlässt. Auch deine Wachposten bleiben an den Enden der Straße. Während unseres Zugriffs darf kein Auto und kein Fußgänger die Straße passieren.«

Dumont schweigt. Er kann es sich nicht leisten, zu widersprechen.

Über den Rücken des Zauberers laufen begehrliche Schauer – viel früher, als er erwartet hatte. Die Empfindungen beginnen im Kopf und strömen bis in den Unterleib, steigen wieder auf, sinken wieder ab, und so geht es immer weiter. Es ist wie eine Art Kreislauf, der dem Zauberer vertraut ist und den er, wenn er einmal angekurbelt ist, nicht wieder abschalten kann. Er ist viel erregter als sonst. Seine Beute liegt bewusstlos nebenan und erwartet ihn. Zum letzten Mal fährt er mit den Fingern über die kleinen Trophäen, die er dem Jungen schon abgenommen hat. Er streichelt sie mit der zarten Berührung, die das Triebwerk in Gang gesetzt hat. Er erbebt.

Mit seiner Sammlung zwängt er sich aus dem Tipi und legt das Heft auf den Tisch. Dann tritt er zu dem Jungen, schneidet ihm die Fesseln durch, hebt ihn vom Bett und lässt ihn auf den Boden sinken. Mit nach rechts gewandtem Gesicht, ausgebreiteten Armen und gespreizten Fingern liegt das Kind vor ihm.

Er richtet sich auf und begutachtet sein Werk. Aus Arnaud Lécuyer ist der Zauberer geworden, die Tötungsmaschine. Nichts in seiner Haltung und seinen Bewegungen erinnert mehr an den Arnaud Lécuyer, der für seine Mitmenschen lediglich ein kleiner unscheinbarer Mann ist.

Er kniet sich neben den Jungen und legt ihm eine Schnur um den Hals.

Lautlos sind die Einsatzkräfte die Treppe emporgestiegen. Zwei Männer haben Werkzeug zum Aufbrechen der Tür bei sich. Einer legt eine Art Stethoskop an das Türblatt und konzentriert sich auf die von drinnen kommenden Geräusche. Im Treppenhaus herrscht völlige Stille. Die Polizisten wagen kaum zu atmen. Eine Minute später dreht sich der Lauscher zu Mistral um und raunt ihm ins Ohr: »Das einzige Geräusch, das ich feststellen kann, ist ein sehr leise laufender Fernseher.«

»Möglicherweise sieht er fern«, informiert Mistral die beiden Kollegen, die ihn begleiten werden.

Die beiden Techniker warten auf Mistrals Signal, um die Tür gewaltsam zu öffnen. Die Polizisten haben die auf ihre Pistolen montierten Lampen angeknipst. Sie halten die Waffen mit beiden Händen und waagerecht ausgerichtetem Lauf.

Mistral macht eine leichte Kopfbewegung. Die beiden Techniker betätigen das Gerät, das die Tür unter lautem Gepolter aus der Füllung reißt, und springen beiseite. Mit vorgehaltener Waffe dringen Mistral und seine Begleiter in die Wohnung ein.

Rasch erkennen sie, dass vor dem Fernseher niemand sitzt. Sofort eilen sie weiter in den schmalen Flur. Die Lichtkegel der auf die Waffen montierten Lampen streifen über Türen und Wände. Eine Tür rechts steht offen, eine auf der linken Seite ist geschlossen. Sie gehen weiter, während die nachfolgenden Beamten sich in der Küche und dem geschlossenen Zimmer verteilen.

Der Zauberer kniet neben dem Kind. Er hat ein lautes Geräusch gehört, splitterndes Holz und Schreie. Vier Sekunden später blendet ihn das Licht dreier Taschenlampen. Noch immer auf Knien wirbelt er herum. Halb von Sinnen vor Wut und Enttäuschung fletscht er die Zähne und gebärdet sich wie ein wildes Tier. Seine rechte Hand mit dem Schraubendreher schnellt auf den Mann zu, der ihm mit seiner Lampe die Sicht nimmt.

Sekundenbruchteile später bohrt sich die Spitze zwischen den Gürtel und die schusssichere Weste von Mistral. Der Kommissar versucht noch auszuweichen, doch der Schraubendreher dringt in seinen Körper ein, ohne auf Widerstand zu treffen.

Die beiden Polizisten, die Mistral begleitet hatten, berichteten später, wie sie die Ereignisse wahrnahmen.

Vom Betreten der Wohnung bis zum Auffinden des Zauberers vergingen vier Sekunden. Den beiden Männern kam die Zeit viel länger vor. Auch waren sie überzeugt, dass der Zugriff, bei dem ihre Nerven bis zum Zerreißen gespannt waren, schweigend vonstattenging. Die Polizisten im Flur und die Anwohner bestätigten jedoch, dass sie laute Schreie ausstießen.

Die Polizisten an Mistrals Seite hatten die Bilder des Zugriffs wie in Zeitlupe in sich aufgenommen. Ihnen erschien es wie ein Schwarz-Weiß-Film, was vermutlich auf das harte weiße Licht der Taschenlampen zurückzuführen war. Sie sahen den Mann auf Knien liegen, und als sie die Lichtkegel ihrer Lampen auf ihn richteten, fuhren sie entsetzt vor dem Gesicht zurück, das sich ihnen zuwandte. Beide sagten aus, dass sie trotz ihrer auf den Mann gerichteten Waffen Angst vor diesem Blick ergriff. Die Verwirrung dauerte höchstens zwei Sekunden, doch diese Zeit genügte dem Zauberer, um Mistral niederzustechen. Die beiden Polizisten warfen sich sofort auf ihn, während Mistral langsam zusammensackte.

Der Zauberer antwortete auf keine einzige Frage. Niemand bekam seine Stimme zu hören. Er erinnerte sich, seinen Widersacher niedergestochen zu haben, und war zufrieden. Alles andere war ihm nicht wichtig.

Das, was anschließend mit ihm geschah, beobachtete er wie ein Außenstehender – wie ein Zuschauer, der dem Schauspiel seines eigenen Lebens beiwohnt. Er hoffte lediglich, dass er eines Tages seine Sammlung zurückbekommen würde.

Françoise Guerand hatte den Zugriff am Funkgerät verfolgt und entsetzt mitanhören müssen, wie aufgeregte Stimmen nach einem Notarzt für Mistral riefen.

Der Junge erinnerte sich nur noch daran, dass er einen Fruchtsaft getrunken hatte und danach eingeschlafen war. Als er im Krankenhaus erwachte, wusste er nicht, was geschehen war. Der Zauberer hatte dem Jungen kein Haar gekrümmt. Das Kind würde erst sehr viel später erfahren, dass sein Leben auf Messers Schneide gestanden hatte.

Clara war einem Zusammenbruch nahe, doch sie sagte sich, dass ihr Mann es aus Prinzip abgelehnt hätte, jemand anderen vorzuschicken. Der Täter war ihm schon seit Monaten nicht aus dem Sinn gegangen und stellte für ihn das Böse schlechthin dar. Sie lehnte alle Bitten um Interviews ab, ganz gleich, ob sie vom Fernsehen, vom Rundfunk oder von Zeitungen kamen.

Im Café, in dem der Zauberer zu frühstücken pflegte, standen der Wirt, der Kellner und die drei Saufkumpane eine geschlagene Minute lang mit offenen Mündern vor dem Fernseher, als das Gesicht des Zauberers in Großaufnahme über den Bildschirm flimmerte. Sofort erkannten sie den merkwürdigen, kleinen schweigsamen Mann wieder, der seinen Zucker vor dem Kaffee zu sich nahm. Als sie die Nachricht schließlich verdaut hatten, stürzten sie sich in lautstarke Diskussionen, bei denen einer den anderen zu übertrumpfen suchte.

Omar Messardi verfolgte aufmerksam und traurig die Fernsehreportagen, in denen das Phänomen des Zauberers analysiert wurde. Schweigend saß er in seinem Sessel, die rechte Hand mit seiner langen Zigarettenspitze lag auf der Armlehne. Im Aschenbecher qualmte eine Zigarette.

Dumont wurde aufgefordert, seine Kompetenz in Zukunft dem Kommissariat einer Provinzstadt zur Verfügung zu stellen, in der es einige problematische Viertel gibt.

Die beiden Justizbeamten im Gefängnis von Moulins saßen vor einem kleinen Fernseher und sahen sich immer neue Berichte über die Verhaftung des Zauberers an. Lakonisch sagte der Ältere zum Jüngeren: »Ganze drei Monate war er draußen.«

Jean-Yves Perrec kann wieder ruhig schlafen. Er hat endlich aufgehört, stumme Gebete zum Himmel zu schicken, wenn er seinen Drachen steigen lässt.

EPILOG

Drei Monate später stehen Clara und die Kinder am Hafen von Ushuaia in Patagonien und sehen zu, wie Schiffe ablegen und hinaus aufs Meer fahren. Clara hält ihre Söhne fest an sich gedrückt. Tränen rinnen über ihr Gesicht.

»Warum weinst du, Mama?«, fragt der Jüngere.

»Wegen nichts«, antwortet sie leise.

Die Kinder reißen sich los und scheuchen fröhlich Dutzende von Möwen auf, die so viel Fisch gefressen haben, dass sie kaum noch hochkommen.

»Aber er hat recht. Weshalb weinst du?«

»Wegen nichts«, antwortet sie ein zweites Mal und dreht sich um.

Hastig tupft sie die Tränen mit einem Taschentuch fort.

»Es geht schon wieder. Es ist vorbei. Patagonien ist wirklich wunderschön. Und beim nächsten Mal tanzen wir ganz bestimmt Tango in Buenos Aires. Heute Abend spielen wir den Kindern eine CD mit den Gesängen der Wale vor, und morgen fahren wir mit dem Schiff hinaus und sehen uns die Tiere an.«

Ludovic ist stark abgemagert. Sein blasses Gesicht wirkt angespannt. Er erholt sich nur langsam.

»Ein süchtig machender, brillanter, gruseliger Thriller, dessen Spannung nicht eine Sekunde nachlässt« MARIE CLAIRE

Sophie Hannah
NIMMERMEHR
Psychothriller
Aus dem Englischen
von Anke Angela Grube
528 Seiten
ISBN 978-3-404-16528-5

Nie wieder. Nie wieder will Sally ihren Mann betrügen. Nie wieder die quengelnden Kinder als Last empfinden, wenn sie, aufgerieben vom Job, nach Hause kommt. Vorausgesetzt, dass sie ihre geliebte Familie je wiedersieht. Sally glaubt nicht mehr daran. Denn sie ist in der Gewalt eines Wahnsinnigen. Er hat gemordet und wird wieder morden. Und er verfolgt einen monströsen Plan …

Sophie Hannah ist »eine der Größten des Genres, die man keinesfalls versäumen darf – intelligent und mit wunderbar schauriger Fantasie« THE TIMES

Bastei Lübbe Taschenbuch